DAS BUCH

Rom braucht einen findigen Soldaten, der das Kommando über die Garnison auf der Insel Sardinien übernimmt. Die einheimischen Stämme verursachen immer wieder Verwüstung und unterbrechen den Nachschub an Getreide und Öl für das Imperium. Der gegenwärtige Statthalter, Borus Pomponius Scurra, ist der Lage nicht gewachsen. Seine Truppen sind in einem erbarmungswürdigen Zustand. Der ehemalige Tribun Cato, nach einer missglückten Mission an der Ostgrenze des Reichs seines Ranges enthoben, soll die Insel in dieser schwierigen Lage befrieden. Es ist seine letzte Chance, sich zu beweisen. Andernfalls wird der ganze Zorn Kaiser Neros ihn treffen.

Am Ende des Buchs findet sich ein ausführliches Werkverzeichnis von Simon Scarrow.

DER AUTOR

Simon Scarrow wurde in Nigeria geboren und wuchs in England auf. Nach seinem Studium arbeitete er viele Jahre als Dozent für Geschichte an der Universität von Norfolk, bevor er mit dem Schreiben begann. Mittlerweile zählt er zu den wichtigsten Autoren historischer Romane. Mit seiner großen Rom-Serie und der vierbändigen Napoleon-Saga feiert Scarrow internationale Bestsellererfolge.

Besuchen Sie Simon Scarrow im Internet unter
www.simonscarrow.co.uk

SIMON SCARROW

VERBANNUNG

Roman

Aus dem Englischen von
Martin Ruf

WILHELM HEYNE VERLAG
MÜNCHEN

Die Originalausgabe THE EMPEROR'S EXILE erschien erstmals 2019
in der Headline Publishing Group, London.

Penguin Random House Verlagsgruppe FSC® N001967

3. Auflage
Deutsche Erstausgabe 11 / 2021
Copyright © 2010 by Simon Scarrow
Copyright © 2021 der deutschsprachigen Ausgabe
by Wilhelm Heyne Verlag, München,
in der Penguin Random House Verlagsgruppe GmbH,
Neumarkter Str. 28, 81673 München
Redaktion: Dr. Rainer Schöttle
Printed in Germany
Umschlaggestaltung: Nele Schütz Design, München,
unter Verwendung von Motiven von Adobestock (Lionello Rovati);
Shutterstock.com (Marcin Krzyzak, Vitalii Gaidukov,
Michael Rosskothen); Trevillion (Nik Keevil)
Satz: Greiner & Reichel, Köln
Druck und Bindung: GGP Media GmbH, Pößneck
ISBN 978-3-453-44148-4

www.heyne.de

Für meinen Sohn Nick,
im Jahr seines 21. Geburtstags und
seiner Abschlussprüfungen.
Glückwünsche, Respekt und Liebe!

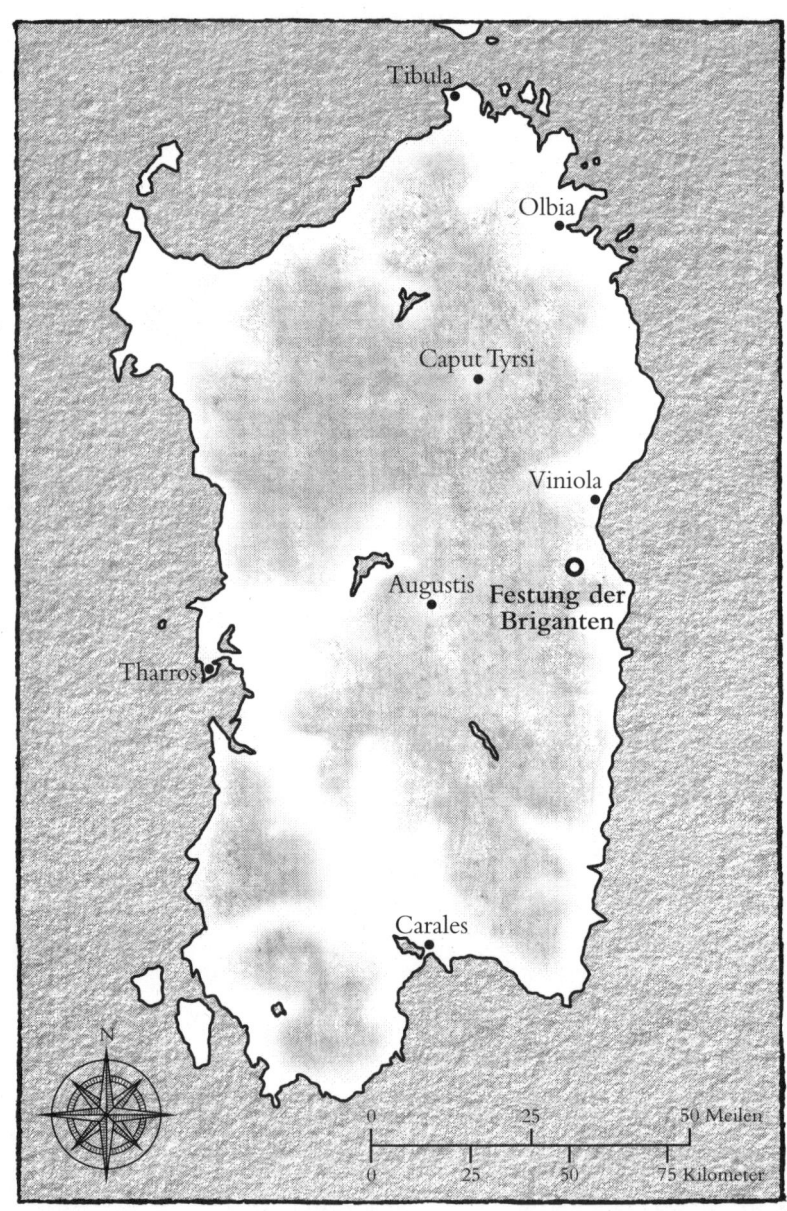

Tibula

Olbia

Caput Tyrsi

Viniola

Augustis **Festung der Briganten**

Tharros

Carales

N

| 0 | | 25 | | 50 Meilen |
| 0 | 25 | | 50 | 75 Kilometer |

PERSONEN

PRÄTORIANER

Präfekt Quintus Licinius Cato: ein junger Offizier,
  der oft ausgenutzt wird
Centurio Lucius Cornelius Macro: ein langjähriger
  Soldat, der bald in Pension gehen wird
Centurionen: Ignatius, Placinus, Porcino, Metellus,
  Offiziere der Zweiten Kohorte der Prätorianergarde,
  allesamt gute und aufrichtige Männer
Optios: Pelius, Cornelius, aus der Zweiten Kohorte,
  die kurz vor einer Beförderung stehen (und vor dem
  Abmarsch in eine unruhige Provinz)

CATOS HAUSHALT

Apollonius: ein Spion von großer Intelligenz
Petronella: Macros Ehefrau, die sich darauf freut, dass
  er endgültig aus der Armee ausscheiden wird
Lucius: Catos Sohn, der sich darauf freut, erwachsen
  und ein zweiter Macro zu werden
Croton: der Vorsteher von Catos Haushalt
Pollenus: ein Sklave, der früher Senator Seneca gehörte
  und daher zu Recht misstrauisch beäugt wird
Cassius: eine wild aussehende Promenadenmischung
  von Hund mit einem Herzen aus Gold

KAISERPALAST

Kaiser Nero: ein eitler Playboy und Herrscher der
römischen Welt
Senator Seneca: Neros geduldiger Mentor
Präfekt Burrus: Neros ungeduldiger Ratgeber

PROVINZ SARDINIEN

Statthalter Borus Pomponius Scurra: ein träger Aris-
tokrat, der weit über seine bescheidenen Fähigkeiten
hinaus befördert wurde
Decianus Catus: Scurras Ratgeber, der weiß, welche
Fäden man ziehen muss
Decurio Locullus: ein Soldat aus Scurras Stab
Claudia Acte: Neros ehemalige Geliebte, die über das
Ende des Verhältnisses nicht gerade glücklich ist
Centurio Massimilianus: der leitende Centurio der
Sechsten Gallischen Kohorte
Optio Micus: ein mutiger junger Offizier der Sechsten
Gallischen Kohorte
Pinotus: Magistrat der Stadt Augustis
Lupis: ehemaliger Jäger, jetzt Soldat bei den Hilfs-
truppen
Calgarno: ein junger Brigant, der einen größeren
Happen genommen hat, als er verdauen kann
Barcano: ein Besitzer mehrerer Maultiergespanne,
der sein Geschäft mehr liebt als sein Leben
Vespillo: ein Maultiertreiber, der sein Leben mehr liebt
als das Geschäft seines Arbeitgebers
Benicus: ein Anführer eines Brigantentrupps, der frem-
des Eigentum mehr liebt als irgendeine Moral
Milopus: ein Schäfer, der mehr weiß, als gut für ihn ist

ANDERE

Olearius Rhianarius Probitas: ein Besitzer eines Schiff-
fahrtsunternehmens, das auf jeglichen Komfort
verzichtet

Präfekten: Vestinus, Bastillus und Tadius, die Befehlshaber der Garnison auf Sardinien

KAPITEL 1

Rom, Sommer 57 n. Chr.

Der Garten des »Stolz von Latium« bot eine hervorragende Aussicht auf die Stadt. Das Gasthaus lag auf einer kleinen Anhöhe direkt an der Via Ostiensis, jener Straße, die vom Hafen in Ostia in das etwa fünfzehn Meilen entfernt gelegene Rom führte. Eine leichte Brise fuhr durch die raschelnden Zweige der hohen Pappel, die unweit des Gasthauses stand. Mehrere Holzspaliere, über die man Weinranken gezogen hatte, boten an den Tischen und Bänken des Gartens Schutz vor der gleißenden Nachmittagssonne. Das »Stolz von Latium« besaß eine ausgezeichnete Lage, wenn es darum ging, unter den Menschen, die die Straße entlangkamen, Gäste zu gewinnen. Da waren Kaufleute und Viehtreiber, die Waren aus allen Teilen des Imperiums in die Hauptstadt brachten, und ebenso Beamte und Vergnügungsreisende, die den kürzlich vollendeten Hafenkomplex in Ostia entweder aufsuchten oder von dort kamen. Es gab Reisende, die Rom verließen, um das Meer zu überqueren, und andere, die in die Hauptstadt zurückkehrten, nachdem sie ihren Dienst an der Ostgrenze geleistet hatten. Zu Letzteren gehörte eine kleine Gruppe, die am Tisch mit dem besten Blick auf Rom saß.

Sie waren zu fünft: zwei Männer, eine Frau, ein Junge

und ein großer, wild aussehender Hund. Der Wirt und Besitzer des Gasthauses behielt sie scharf im Auge, als er mit einem alten Lappen Ameisen von seinem Tresen wischte. Er besaß so viel Erfahrung, dass er einen Soldaten erkannte, wenn er einen vor sich hatte, auch wenn dieser keine Uniform trug. Obwohl die Männer anstatt der schweren Wollkleidung der Legionen nur leichte Leinentuniken trugen, verriet ihre Haltung die ruhige Sicherheit von Veteranen, und die Narben der beiden deuteten darauf hin, dass sie an vielen Schlachten teilgenommen hatten. Der Ältere war ein wenig kleiner als der Durchschnitt, doch kräftig gebaut. Graue Strähnen zogen sich durch sein kurz geschnittenes dunkles Haar, und sein Gesicht war von tiefen Furchen und Narben durchzogen. Aber außer diesen Zeugen seiner hart erworbenen Erfahrung hatte er auch kleine Fältchen um die Augen und die Mundwinkel und war stets zu einem Lächeln bereit, was sein heiteres Gemüt verriet. Er mochte fünfzig Jahre alt sein, schätzte der Wirt, und gewiss das Ende seiner Laufbahn erreicht haben. Der andere Mann, der neben dem Knaben saß, hatte ebenfalls dunkles Haar, war aber fast zwei Jahrzehnte jünger, vielleicht so um die dreißig. Es war schwer, sein Alter genauer zu bestimmen; er hatte einen nachdenklichen Gesichtsausdruck, und die kontrollierte Eleganz seiner Bewegungen verriet eine größere Reife, als man sie von einem jungen Mann erwarten würde. Im Gegensatz zu seinem kleineren Kameraden war er groß, und er war so schlank wie der andere bullig und muskulös war.

Der Wirt hatte wohl noch nie zwei Männer gesehen, die so wenig zueinanderzupassen schienen, doch beide waren sie zweifellos harte Burschen, und er war froh, dass sie noch bei ihrem ersten Krug Wein und damit nüchtern waren. Er hoffte, das würde auch so bleiben. Oft genug waren betrunkene Soldaten fröhlich und sentimental und schon einen Augenblick später wütend und gewalttätig, wenn sie sich auch nur im Geringsten gekränkt glaubten. Glücklicherweise hätten die Frau und der Junge wahrscheinlich einen besänftigenden Einfluss. Sie saß neben dem älteren Mann und rückte noch ein Stück näher, als er seinen haarigen Arm um sie legte. Ihr langes dunkles Haar war zu einem einfachen Pferdeschwanz gebunden und enthüllte ein breites Gesicht mit dunklen Augen und sinnlichen Lippen. Sie besaß eine füllige Figur und eine entspannte Art und hielt beim Wein Becher für Becher mit den Männern mit. Der Junge war etwa fünf Jahre alt. Sein Haar war dunkel und lockig, und er hatte dieselben Züge wie der jüngere Mann, weshalb der Wirt annahm, dass es sich bei diesem um seinen Vater handelte. Die aufgeweckte Miene des Jungen verriet, dass er jede Menge Unsinn im Kopf hatte, und während sich die Erwachsenen unterhielten, schob er seine kleine Hand heimlich auf den Becher der Frau zu, bis sie seinen Arm sanft wegschob, ohne auch nur hinzusehen – wie das oft bei Frauen ist, die einen unheimlichen sechsten Sinn entwickelt haben, wenn es um Kindererziehung geht.

Der Wirt lächelte, warf den Lappen in einen Eimer mit trübem Wasser und ging zum Tisch der kleinen Gruppe, wobei er sich bemühte, einen Bogen um den Hund zu machen.

»Möchtet ihr etwas zu essen, meine Freunde?«

Sie sahen auf, und der ältere Mann erwiderte: »Was gibt es?«

»Rindereintopf. Aufschnitt vom Schwein, warm oder kalt. Dann hätte ich noch geröstetes Huhn, Ziegenkäse, frisch gebackenes Brot und Obst. Trefft eure Wahl, und ich sorge dafür, dass mein Mädchen euch die beste Mahlzeit zubereitet, die ihr jemals an der Straße nach Ostia bekommen werdet.«

»Das beste Essen im Umkreis von fünfzehn Meilen?« Der ältere Mann lachte leise und fuhr in ironischem Ton fort. »Du nimmst den Mund ja ganz schön voll.«

»Lass gut sein, Macro«, unterbrach ihn der Jüngere und wandte sich seinerseits an den Wirt. »Wir hätten gern eine schnelle Mahlzeit. Wir nehmen kalten Schweineaufschnitt, dazu das Huhn und ein Körbchen Brot. Hast du Olivenöl und Garum?«

»Ja. Kostet ein klein wenig extra.«

»Ich mag kein Garum«, murmelte der Junge. »Grässliches Zeug.«

Der ältere Mann lächelte ihn an. »Du musst es nicht essen, Lucius. Ich nehme deine Portion, Kumpel.«

»Was verlangst du dafür?«

Rasch rechnete der Wirt im Kopf die einzelnen Posten zusammen. Dabei stützte er sich auf den Preis der Zutaten, noch mehr aber auf die Qualität der Kleidung der Männer und die Wahrscheinlichkeit, dass sie den Restsold von ihrem letzten Einsatz bei sich trugen. Seiner Erfahrung nach waren Männer, die auf diese Weise nach Hause zurückkehrten, oft bereit, etwas mehr auszugeben, ohne ein großes Theater zu machen. Er kratzte sich seitlich am Kopf und räusperte sich. »Ich kann euch ein wunderbares

Mahl für drei Sesterzen pro Kopf anbieten. Garum, Öl und einen weiteren Krug Wein eingeschlossen.«

»Drei Sesterzen?« Die Frau schnappte verächtlich nach Luft. »Du machst wohl Witze, Mann. Wenn wir alles in allem fünf bezahlen würden, wäre das noch immer zu viel.«

»Also, hör mal zu …« Der Wirt setzte eine empörte Miene auf und trat einen halben Schritt zurück. Aber sie unterbrach ihn, bevor er fortfahren konnte, zeigte mit dem Finger auf ihn und folgte diesem Finger mit ihrem Blick, als fixiere sie ein Ziel mit einem Pfeil.

»Nein! *Du* hörst mir zu, du gieriges kleines Wiesel. Ich habe auf den Märkten von Rom Speisen verkauft, seit ich laufen konnte, und ich war mehr als zwei Jahre lang auf Märkten auf dem Land und in den Straßen von Tarsus. Nirgendwo habe ich erlebt, dass jemand versucht hätte, es so weit zu treiben wie du jetzt.«

»Aber die Preise sind gestiegen, nachdem du weggegangen warst«, jammerte er lautstark. »Auf Sardinien gab es eine Hungersnot und eine Seuche, und die treiben die Preise hoch.«

»Lass dir etwas Besseres einfallen«, gab sie knurrend zurück.

Der junge Mann konnte sich nicht mehr beherrschen und brach in lautes Gelächter aus. Er nahm ihre Hand und drückte sie liebevoll. »Immer mit der Ruhe, Petronella. Du machst dem Mann Angst. Außerdem lade ich euch ein.« Er wandte sich an den Wirt. »Um des Friedens und der Freundschaft willen treffen wir uns in der Mitte.«

»Also gut, zehn«, erwiderte der Wirt rasch. »Billiger geht es wirklich nicht.«

»Zehn?« Der junge Mann seufzte. »Sagen wir acht oder ich muss Petronella noch einmal auf dich loslassen.«

Der Wirt warf ihr einen wachsamen Blick zu, sog durch seine fleckigen Zähne pfeifend Luft ein und nickte schließlich. »Also gut, acht. Aber ohne den Wein.«

»Mit Wein«, verlangte der junge Mann nachdrücklich. Jeder humorvolle Ausdruck seiner dunklen Augen war völlig verschwunden, während er den Mann eindringlich anstarrte.

Der Wirt blähte die Wangen auf, dann wandte er sich ab und eilte zur Tür hinter der Theke, die in die Küche führte, und schrie seiner Kellnerin die Anweisungen zu.

»Das ist mein Mädchen«, sagte Macro. »Wild wie eine Löwin. Ich selbst habe noch die Kratzer am Leib und kann es beweisen.«

»Du hättest keine acht bezahlen müssen, Herr.« Petronella runzelte die Stirn. »Das ist zu viel.«

Cato schüttelte den Kopf. Es amüsierte ihn, dass sie ihn manchmal noch immer als ihren Herrn ansprach. Er hatte ihr vor über einem Jahr die Freiheit gegeben, nachdem Macros Neigung ihr gegenüber offensichtlich geworden war. Und jetzt waren sie verheiratet, und der Veteran und Centurio war entschlossen, sich um sein offizielles Ausscheiden aus dem Dienst zu bemühen, damit die beiden sich irgendwo in Frieden zur Ruhe setzen konnten. Tatsächlich aber würde der Frieden ein wenig schwieriger zu erreichen sein, als Macro sich das vorstellte, denn sie wollten in Kürze nach Britannien aufbrechen, wo er die Hälfte des Geschäfts übernehmen sollte, das er zusammen mit seiner Mutter besaß. Cato kannte Macros Mutter so gut, dass er wusste, sie würde Petronella in jeder Hinsicht die Stirn bieten können, denn ihre Krallen waren nicht weniger scharf. Wenn Cato den Charakter der beiden Frauen richtig einschätzte, hätte Macro alle Hände voll zu tun. Der Centurio würde sich schon bald wieder wünschen, im Dienst der Legionen einem weniger Furcht einflößenden Feind gegenüberzustehen. Doch Macro hatte seine Entscheidung getroffen, und es gab nichts, das Cato tun konnte oder auch nur tun wollte, um seinen Freund von dessen Entscheidung abzubringen. Er würde Macros Gegenwart vermissen – er würde ihn sogar ganz schrecklich vermissen –, aber nun musste er seinen eigenen Weg finden. Vielleicht würden sich ihre Wege in Zukunft noch einmal kreuzen, wenn Cato der Armee in Britannien zugeteilt würde.

Er wischte die Gedanken an eine noch ferne Zukunft beiseite und wandte sich mit der Zunge schnalzend an Petronella. »Du solltest wirklich aufhören, mich weiterhin deinen Herrn zu nennen. Von nun an bin ich so wenig dein Herr, wie es dein Ehemann jemals sein wird.«

Macro grinste und schob seine Hand in ihre Richtung, um ihr sanft den Rücken zu tätscheln. »Zu meiner Zeit habe ich weitaus störrischere Rekruten gebrochen. Bei allen Göttern, Cato, du warst einer der größten Waschlappen, die mir jemals vor Augen gekommen sind, als du damals in dieser Nacht plötzlich vor der Festung der Zweiten Legion aufgetaucht bist.«

»Und jetzt sieh dir an, was aus ihm geworden ist«, warf Petronella ein. »Ein Tribun der Prätorianergarde. Während du nie über den Rang eines Centurio hinausgekommen bist.«

»Jedem das Seine, meine Liebe. Ich bin gern Centurio. Das ist das Amt, das ich am besten ausüben kann.«

»Ausüben *konntest*«, sagte sie nachdrücklich. »Diese Zeiten sind vorbei. Und du kommst besser gar nicht erst auf die Idee, mich wie einen Rekruten zu behandeln, sonst kannst du was erleben.« Sie ballte die Faust und hielt sie Macro einen Augenblick lang unter die Nase, bevor sie sich wieder entspannte.

Lucius knuffte Cato. »Ich mag es, wenn Petronella wütend wird, Vater«, flüsterte er. »Dann wird sie richtig angsteinflößend.«

Macro stieß ein dröhnendes Gelächter aus. »Ganz genau, Junge. Und dabei weißt du noch gar nicht, wie schlimm es werden kann. Die Liebe meiner Frau ist zäh wie altes Stiefelleder.« Er warf ihr einen besorgten Blick zu. »Aber viel zarter.«

Petronella verdrehte die Augen. »Oh, hör auf.«

Macros Miene wurde ernst. Er drehte ihr Gesicht zu sich und küsste sie sanft auf die Lippen. Sie erwiderte den Druck, schlang ihren Arm um seinen breiten Rücken und zog ihn zu sich heran. Ihre Lippen blieben noch einen Augenblick zusammen, bevor sie sich voneinander lösten, und Macro schüttelte verzückt den Kopf. »Bei allem, was heilig ist, du bist die Frau für mich. Mein Mädchen. Meine Petronella.«

»Mein Liebster«, erwiderte sie, und die beiden sahen einander zärtlich an.

Cato hüstelte. »Soll ich versuchen, für euch beide ein günstiges Zimmer zu bekommen?«

Die Speisen kamen kurz darauf. Ein stämmiges Servier-mädchen, dem noch der Schweiß von der Arbeit über dem Feuer in der Küche auf der Stirn stand, trug sie auf einem großen Tablett. Sie setzte das Tablett ab und leg-te den Aufschnitt und zwei geröstete Hühner auf einen Holzteller; daneben stellte sie ein Weidenkörbchen mit mehreren kleinen runden Brotlaiben, zwei auf Samos gefertigte Krüge mit Öl und Garum und einen weiteren Krug Wein. Die Portionen waren üppiger, als Cato er-wartet hatte, und da er heute besonders gut gelaunt war, fühlte er sich so großzügig gestimmt, dass er ihr einen Sesterz Trinkgeld gab. Sie musterte die Münze in ihrer Hand mit weit aufgerissenen Augen und warf dann einen nervösen Blick über ihre Schulter, doch der Wirt war ge-rade an einem anderen Tisch beschäftigt, an dem zwei neue Gäste Platz genommen hatten. Sie schob die Münze in eine Tasche vorn an ihrer schmutzigen Stola und ver-schwand wieder in der Küche.

»Ah, das ist ein Leben!«, sagte Macro, während er einen Hühnerschlegel abriss, seine Zähne in die knacki-ge Haut schlug und zu kauen begann. »Ein schöner, son-niger Tag. Die beste Gesellschaft. Gutes Essen, passabler Wein und die Aussicht auf ein bequemes Bett am Abend. Und es wäre nett, ein heißes Bad und Kleider zum Wech-seln zu bekommen.«

»Ich bin sicher, da lässt sich im Haus etwas finden«, erwiderte Cato und warf dem Hund ein Stück Fleisch zu, der es auffing und sich dann an Catos Hand rieb, um noch mehr zu bekommen. »Tut mir leid, Cassius. Das war's.«

Sie hatten ihr Gepäck in Ostia gelassen und einem von

Catos Männern den Auftrag gegeben, es nach Rom zu bringen. Dort wollten sie Catos Villa aufsuchen, die er in einem der besseren Viertel der Stadt auf dem Viminal besaß. Vor einigen Jahren hatte seine Beförderung zum Befehlshaber einer Hilfskohorte die Erhöhung in den Rang eines Ritters mit sich gebracht, jener Klasse, die nur eine Stufe unter der eines Senators lag. Darüber hinaus war er ein Mann, der über einige finanzielle Mittel verfügte, die er größtenteils der Tatsache verdankte, dass ihm der Besitz und das Vermögen seines früheren Schwiegervaters, welcher sich an einer Verschwörung gegen den Kaiser beteiligt hatte, übertragen worden waren. Hätte Cato nicht eingegriffen, wäre es den Verschwörern gelungen, Nero zu ermorden. Als Belohnung hatte er das gesamte Gut des Senators Sempronius erhalten.

So wankelmütig verhält sich das Glück des römischen Adels unter den Caesaren, dachte Cato. Er war sich bewusst, dass der Kaiser einem alles, was er gab, ebenso leicht wieder wegnehmen konnte. Jetzt, da er einen Sohn großzuziehen hatte, war er entschlossen, sich nichts zuschulden kommen zu lassen und seine günstigen Lebensumstände zu bewahren. Es würde nicht leicht werden, wenn man daran dachte, wie schlecht sich der Konflikt mit den Parthern in den vergangenen zwei Jahren entwickelt hatte. Und der Versuch, den armenischen Regenten durch einen Herrscher zu ersetzen, der den Römern wohlgesinnt war, hatte in einer Katastrophe geendet, und fast hätte die Revolte in einem kleineren Grenzreich immer größere Kreise gezogen, bevor es gelungen war, sie zu unterdrücken. Cato hatte an beiden Feldzügen teilgenommen, und jetzt fürchtete er, er würde den Preis dafür zahlen müssen, wenn er im Kaiserpalast seinen Bericht darüber abgab.

Mehrstimmiges Gelächter lenkte seine Aufmerksamkeit zurück auf die anderen Gäste und den Wirt, der dem Serviermädchen eine Anweisung zurief. Dann trat er zu Cato und seinen Gefährten, wobei er sich mühsam ein munteres Lächeln abrang.

»Was meint ihr, ist das Essen etwa nicht so gut, wie ich euch gesagt habe?«

»Es ist zufriedenstellend«, erwiderte Petronella und inspizierte mit großer Geste einen der kleinen Laibe. »Das Brot könnte frischer sein.«

»Es wurde heute Morgen als Erstes gebacken.«

»Gut möglich, dass es als Erstes gebacken wurde. Aber nicht heute.«

Zähneknirschend fuhr der Wirt fort: »Aber der Rest ist gut. Mehr als nur zufriedenstellend, hoffe ich doch. Was meinst du, mein kleiner Sonnenschein?« Er zerzauste Lucius' Haar. Der Junge, dessen Kiefer sich mit einem Stück Knorpel abmühten, schüttelte die Hand ab und hob die Augen.

Cato sagte rasch: »Es ist ganz in Ordnung.«

Obwohl Petronellas Protest gerechtfertigt war, wollte er den Wirt nicht zu sehr verärgern. Solche Menschen konnten einem stets den neuesten Tratsch und nützliche Informationen liefern, die sie von vorbeikommenden Kaufleuten aufschnappten, und es gab einiges, das er unbedingt über die Lage in Rom wissen wollte, bevor sie die Stadt betreten würden. Rasch schluckte er das Stück ölgetränktes Brot, das er im Mund hatte, und räusperte sich.

»Wir waren ein paar Jahre lang an der Grenze im Osten.«

»Ah!« Der Wirt nickte. »Ihr habt gegen diese Bastarde von Parthern gekämpft, nicht wahr? Wie sieht es aus mit dem Krieg?«

»Krieg?« Cato wechselte einen schnellen Blick mit Macro. »Der hat noch gar nicht richtig angefangen.«

»Nicht? Das letzte Mal, als ich in Rom war, war in den Anschlägen auf dem Forum von mehreren Zusammenstößen an der Grenze die Rede. Es hieß, wir hätten sie mächtig in den Arsch getreten.«

»Na ja, man darf nicht alles glauben, was man auf diesen Anschlägen liest«, sagte Macro. »Da stimmt manchmal nicht viel mehr als das Datum.« Er zuckte mit den Schultern.

Der Wirt runzelte die Stirn. »Willst du damit sagen, dass die Anschläge falsch sind?«

»Falsch? Nicht unbedingt. Aber ich würde keineswegs meine gesamten Ersparnisse darauf wetten.«

»Wie auch immer«, meldete sich Cato wieder zu Wort. »Wir haben vom Leben in der Hauptstadt gar nichts mehr mitbekommen. Gibt es irgendetwas Neues, das wir wissen sollten?«

»Aus den ganzen letzten zwei Jahren? Wie viel Zeit habt ihr?«

»Genug, um unsere Mahlzeit zu essen und uns dann wieder auf den Weg zu machen. Also solltest du dich kurzfassen.«

Der Wirt kratzte sich die Wange, während er seine Gedanken sammelte. »Die große Nachricht ist, dass Pallas' Zeit anscheinend abgelaufen ist.«

»Pallas?« Macro hob eine Augenbraue. Pallas war einer der kaiserlichen Freigelassenen, die Nero von Claudius geerbt hatte, und Chefberater des Kaisers. Es war ein Posten, auf dem man neben Ehrgeiz und Gier auch Geschick in Sachen Spionage und die Fähigkeit zu Angriffen aus dem Hinterhalt besitzen musste. All dies hatte Pallas in höchstem Maße kultiviert. Doch anscheinend hatte man ihn hereingelegt oder einer seiner Rivalen hatte sich als Gegner erwiesen, der ihm gewachsen war. »Was ist passiert?«

»Man hat ihm Verschwörung zum Sturz des Kaisers vorgeworfen. Der Prozess soll in etwa einem Monat stattfinden. Es dürfte eine beeindruckende Veranstaltung werden, denn sein Verteidiger ist Senator Seneca. Ich würde mir die Sache sicher selbst ansehen, wenn ich hier nicht so viel zu tun hätte.«

Macro wandte sich an Cato. »Beim Hades, das ist eine Wendung, die in die Annalen eingehen wird. Ich dachte, Pallas hätte seine Schnauze gut und sicher im Trog. Wenn man bedenkt, wie souverän er sich um die Sache mit Agrippina gekümmert hat«, schloss er in vorsichtigem Ton.

Cato nickte und dachte über die Machtverschiebung in der Hauptstadt nach. In den letzten Jahren der Herrschaft des vorherigen Kaisers hatte sich Pallas auf die Seite von Agrippina und ihres Sohnes Nero geschlagen. Sein Verhältnis zur Mutter des neuen Machthabers hatte nicht nur politische Gründe. Cato und Macro hatten dieses Geheimnis vor einigen Jahren herausgefunden und klugerweise den Mund gehalten. Obwohl die Aristokraten bei ihren Banketten die Zungen genauso wenig im

Zaum hielten wie die Tratschweiber an den öffentlichen Brunnen in den Armenvierteln. Doch Gerüchte waren eines; die Wahrheit zu kennen, war hingegen etwas ganz anderes und weitaus Gefährlicheres. Jetzt schien es, als schwämmen Pallas die Felle davon. Möglicherweise würden die Ereignisse sogar einen tödlichen Verlauf nehmen. Und vielleicht nicht nur für ihn.

»Ist noch jemand außer ihm angeklagt?«

»Nicht dass ich wüsste. Gut möglich, dass er allein gehandelt hat. Wahrscheinlicher aber ist, dass der Kaiser ein Auge auf sein Vermögen geworfen hat. Niemand wird so reich, ohne dass er sich Feinde macht. Menschen, für deren Abstieg man auf dem Weg nach oben gesorgt hat. Oder Leute, die einfach etwas dagegen haben, dass man so viel Erfolg hat und so reich ist. Ihr wisst ja, wie es bei den vornehmen Leuten in Rom zugeht. Immer bereit, ein Messer in den … jedenfalls sagt man das.« Unsicherheit flackerte in seinen Augen auf, als er Cato ansah. »Was hattet ihr noch mal vor in der Stadt?«

»Wir wurden zurückbeordert. Das heißt, meine Kohorte der Prätorianergarde.«

»Deine Kohorte?« Der Wirt lächelte matt, als ihm klar wurde, welch gefährliches Terrain er damit betreten hatte, über die Motive des Kaisers zu spekulieren.

»Ich bin der befehlshabende Tribun. Macro hier ist mein oberster Centurio. Wir haben das erste Schiff genommen, das nach Ostia ging. Meine anderen Männer kommen in wenigen Tagen auf Transportschiffen nach, also hast du vielleicht Glück, wenn sie hier vorbeikommen.«

»Ich hatte nicht die Absicht, Menschen zu kritisieren,

die über mir stehen, Herr. Das war nur, was man sich so auf der Straße erzählt. Ich wollte niemanden beleidigen.«

»Immer mit der Ruhe. Deine Ansichten über Nero sollen dir bei uns keinen Schaden bringen. Aber was ist mit Agrippina? Weißt du, ob sie irgendetwas damit zu tun hat, dass man Pallas eine Verschwörung vorwirft? Als wir zur Ostgrenze aufbrachen, waren die beiden die engsten Berater Neros.«

»Das ist jetzt anders, Herr. Wie ich schon sagte: Pallas wird der Prozess gemacht, und sie hat die Gunst des Kaisers verloren. Er hat sie aus dem Kaiserpalast geworfen und ihr die offizielle Leibwache entzogen.«

»Das hat Nero getan?«, fragte Macro. »Beim letzten Mal, als ich die beiden zusammen gesehen habe, hatte sie ihn ganz und gar um den Finger gewickelt. Es sieht so aus, als hätte der Junge endlich ein paar Eier bekommen und die Führung übernommen. Gut für ihn.«

»Möglich«, sagte Cato nachdenklich. Aufgrund seiner Erfahrung mit dem neuen Kaiser zweifelte er daran, dass Nero selbst eine solche Initiative übernommen hatte. Wahrscheinlicher war, dass eine andere Gruppe im Palast ihm jetzt die Hand führte. »Und wer berät den Kaiser jetzt?«

Obwohl er einigermaßen sicher sein konnte, dass seine Worte nicht gegen ihn verwendet würden, senkte der Wirt die Stimme. »Einige behaupten, dass Burrus, der Kommandant der Prätorianergarde, inzwischen die Macht in Händen hält. Er und Seneca.«

Cato musste diesen besonderen Tratsch erst verdauen. Er hob eine Augenbraue. »Und was sagen andere?«

»Sie behaupten, dass Nero Sklave seiner Geliebten Claudia Acte ist.«

»Claudia Acte? Nie von ihr gehört.«

»Das überrascht mich nicht, Herr. Nicht, wenn du ein paar Jahre weg warst. Man findet sie erst seit ein paar Monaten an seiner Seite. Im Theater, bei den Rennen und so weiter. Ich selbst habe sie gesehen, als ich das letzte Mal in Rom war. Sie ist recht hübsch, aber die Leute behaupten, dass sie eine Freigelassene ist, und den Bessergestellten gefällt das nicht.«

»Kann ich mir vorstellen.« Cato wusste, wie empfindlich die eher traditionell eingestellten Senatoren waren, wenn es um Klassenunterschiede ging. Sie betrachteten den Zufall der Geburt, der ihnen gewaltige Privilegien verschaffte, als eine Art von den Göttern verliehenes Recht, alle anderen Menschen als ihnen grundsätzlich untergeordnet zu behandeln. Das affektierte Gehabe, mit dem die Schlimmsten unter ihnen ihre eigene Überlegenheit zur Schau stellten, ging ihm gewaltig auf die Nerven. Sie selbst hatten vielleicht die Ansicht, dass ihre Scheiße besser roch als die eines Mitglieds der großen ungewaschenen Menge, aber da waren sie gründlich im Irrtum. Ganz abgesehen davon, dass diese Scheiße einen größeren Teil ihres Kopfes auszufüllen schien als jeglicher andere Stoff, von dem dort noch ein Rest vorhanden sein mochte und der als ihr Gehirn herhalten musste. Die Vorstellung, dass der Kaiser in der Öffentlichkeit mit einer Frau von niederer Geburt auftrat und ihnen die Gegenwart dieser Dame sogar unter die Nase rieb, musste die empfindlicheren Senatoren geradezu in wilde Verschwörungsgelüste treiben. Nero ging ein hohes Risiko ein, selbst wenn er sich dessen nicht bewusst war.

»Dann lasse ich dich mal deine Mahlzeit beenden, Herr.« Der Wirt nickte Cato und seinen Begleitern zu und zog sich auf seinen Hocker am Ende der Theke zurück.

Macro nahm rasch einen Schluck Wein aus seinem Becher, rülpste und lächelte. »Das hört sich an, als hätten sich die Dinge in Rom endlich zum Besseren gewendet. Mit etwas Glück tritt diese Schlange Pallas die Reise in die Unterwelt an und macht uns keine Schwierigkeiten mehr. Darauf trinke ich gern.« Er füllte seinen eigenen Becher und schenkte dann Cato nach. Doch sein Freund ließ den Becher stehen und blickte nachdenklich vor sich hin.

»Was ist los, Cato? Hast du irgendetwas gefunden, das dir an dieser Situation nicht gefällt? Warum sollten wir nicht wenigstens ein Mal auf gute Nachrichten anstoßen dürfen?«

Cato seufzte und griff nach seinem Becher. »Schon gut. Aber verrate mir eines, Bruder: Wenn du nach unserer bisherigen Erfahrung gehst – wie oft folgt dann auf eine gute Neuigkeit bald eine schlechte?«

»Ah, sag deinem Pessimismus endlich, er soll sich verpissen, und genieß den Wein, na los.«

Petronella knuffte ihn mit dem Ellbogen. »Deine Sprache! Willst du etwa, dass der kleine Lucius so spricht?«

Macro sah den Jungen an und blinzelte. Lucius grinste.

»Dann wollen wir hoffen, dass ich unrecht habe«, sagte Cato. Er hob seinen Becher. »Auf Rom, auf die Heimat, auf ein Leben in Frieden. Wir haben es verdient.«

KAPITEL 2

Jedes Mal, wenn man nach mehreren Jahren Abwesenheit nach Rom zurückkam, hatte diese Rückkehr auch etwas Unangenehmes, dachte Cato, als sie die Hauptstadt betraten und durch die überfüllten Straßen gingen. Obwohl der vertraute Anblick, die Geräusche und Gerüche seine Sinne überwältigten, wirkte etwas daran merkwürdig und beunruhigend. Es war das Gefühl, dass sich die Dinge weiterentwickelt hatten und er an dem Ort, an dem er geboren und aufgewachsen war, ein Fremder war. Auch kam ihm die Stadt auf eine unbestimmte Weise kleiner vor. Einst war Rom die ganze Welt für ihn gewesen, gewaltig und allumfassend. Er hatte sich unmöglich vorstellen können, dass irgendetwas ihre Prachtstraßen, Tempel, Theater und Paläste in ihrer Großartigkeit übertreffen könnte, dass es möglich wäre, das Angebot ihrer Unterhaltungsmöglichkeiten zu erweitern, dass die Werke in den Bibliotheken und das kultivierte Wissen der Gelehrten irgendwo im Römischen Reich oder jenseits seiner Grenzen ihresgleichen fänden. Doch seit Cato die Stadt verlassen hatte, hatte er mit eigenen Augen den Reichtum der Parther und die große Bibliothek von Alexandria gesehen, deren Galerien immer größere Kreise zu ziehen schienen; die Bibliothek stand im Schatten des weit aufragenden Leuchtturms von Pharos, der viel höher und beeindruckender war als jedes Gebäude in Rom.

Andererseits, so dachte er, wirkte jeder Ort – genauso wie jede Erfahrung – weniger beeindruckend, wenn man ihn ein zweites Mal aufsuchte. Unablässig veränderte die Erfahrung die Art, wie man sich an gewisse Dinge erinnerte, sodass die Bewunderung, die man ursprünglich für etwas empfunden hatte, einem jetzt wie eine leicht beschämende Naivität vorkam.

Aber trotz allem war es ein Trost, in so viele vertraute Dinge eintauchen zu können. Ein mattes Zugehörigkeitsgefühl war besser, als keine Wurzeln zu haben. Neben dem Gestank der Kanalisation und des Mülls auf den Straßen lagen ebenso das warme Aroma von gebackenem Brot und Holzrauch in der Luft sowie der zu Kopf steigende Duft der Gewürze auf den Märkten. Straßen und Kreuzungen tauchten genau da auf, wo er sie erwartete, als die kleine Gruppe ihrem Weg den Kaiserpalast entlang über das Forum folgte und den Hang des Viminal hinaufstieg, wobei die fünf an überfüllten und verfallenden Gebäuden im Armenviertel am Fuß des Hügels vorbeikamen. Cato nahm Lucius' Hand, damit sie auf der engen belebten Straße nicht getrennt wurden. Als er nach unten sah, entdeckte er ein aufgeregtes Funkeln in den Augen seines Sohnes, der die um ihn herum eilenden Menschen aufmerksam musterte.

»Natürlich! Als wir Rom verlassen haben, warst du zu jung, um dich jetzt noch daran zu erinnern.«

»Doch, ich erinnere mich, Vater«, erwiderte Lucius energisch. »Ich bin sechs Jahre alt. Ich bin kein Baby.«

Cato lachte. »Das habe ich auch nie behauptet. Du wächst schnell, mein Junge. Zu schnell«, fügte er wehmütig hinzu.

»Zu schnell?«

»Wenn du selbst Vater wirst, wirst du verstehen, was ich meine.«

»Ich möchte kein Vater sein. Ich möchte Soldat sein.«

Catos Miene verhärtete sich, während er an erschütternde wie ruhmvolle Momente denken musste. »Darüber können wir später einmal sprechen. Wenn du dann wirklich Soldat werden willst.«

»Das will ich. Onkel Macro sagt, dass ich ein feiner Soldat werden kann. Genau wie du. Auch ich werde einmal meine eigene Kohorte führen.« Er hob seine freie Hand und zupfte Macro an dessen Tunika. »Das hast du doch gesagt, nicht wahr, Onkel Macro?«

»Genau. Recht hast du, mein Junge.« Macro nickte, während er Cassius fest an der Leine hielt. Die zahllosen Düfte und Geräusche versetzten den Hund in Aufregung, sodass er sie unbedingt erkunden wollte und die Leine in alle Richtungen zerrte. »Das Soldatsein liegt dir im Blut. Es wird einen Mann aus dir machen.«

Cato empfand ein mulmiges Gefühl angesichts dieser Aussicht. Anders als sein Freund hielt er den Krieg nicht für eine Gelegenheit, um Ruhm zu erwerben, sondern bestenfalls für ein notwendiges Übel und für das letzte Mittel, wenn alle Versuche gescheitert waren, einen Konflikt zwischen Rom und anderen Imperien oder Königreichen auf friedliche Weise zu schlichten. Oder um die Ordnung nach einer Rebellion oder einem anderen Konflikt innerhalb des Staates wiederherzustellen. Er wusste, dass Macro seiner Haltung in dieser Sache nur wenig Verständnis entgegenbrachte, weshalb die beiden diese Frage nur selten direkt ansprachen. Was auch der Grund dafür war, dass Cato sich darüber ärgerte, wenn Macro seinen Sohn so ermutigte. Er kannte seinen Freund gut genug, um zu verstehen, dass das kein Versuch war, Lucius in dieser Auseinandersetzung als eine Art Stellvertreter für sich zu benutzen; die Ermutigung geschah vielmehr ganz unschuldig. Doch dadurch wurde es umso schwieriger, etwas zu entgegnen, ohne den Eindruck zu erwecken, er reagiere viel zu heftig. Eine Ablenkung wäre die bessere Strategie.

»Wir müssen einen Lehrer für dich finden, sobald wir uns zu Hause eingerichtet haben, Lucius.«

Der Junge stieß ein abwehrendes Knurren aus. »Ich will keinen. Ich will lieber mit Onkel Macro und Petronella spielen.«

Cato seufzte. »Du weißt sehr wohl, dass sie schon sehr bald aus Rom fortgehen werden. Du brauchst jemanden, der sich um dich kümmert und deine Erziehung in Angriff nimmt, wenn Petronella nicht mehr hier ist.«

Sie warf ihm einen düsteren Blick zu. »Ich habe ihm die Buchstaben und die Zahlen beigebracht, Herr. Und ein wenig Lesen.«

»Natürlich. Entschuldige. Ich danke dir. Es wird nicht leicht sein, dich zu ersetzen.«

Sie nickte besänftigt. »Ich werde sehen, ob ich jemanden finde, dem du vertrauen kannst. Ich werde mich in den anderen Häusern auf dem Viminal umhören. Zweifellos wird es jemanden geben, der meinen Platz einnehmen kann.«

»Liebste«, sagte Macro lächelnd. »Niemand kann deinen Platz einnehmen. Du bist praktisch eine zweite Mutter für den Jungen.«

»Ich will nicht, dass sie geht«, murmelte Lucius und senkte den Blick. »Können die beiden nicht bleiben?«

»Wir haben doch darüber gesprochen, mein Sohn«, antwortete Cato. »Die beiden müssen ihr eigenes Leben führen.«

»Kannst du ihnen nicht befehlen zu bleiben, Vater?«

»Ihnen befehlen?« Macro brach in dröhnendes Gelächter aus. »Das würde ich gern erleben, dass irgendjemand Petronella befiehlt, irgendetwas zu tun. Ich würde viel Geld dafür geben, zusehen zu dürfen, wie der Betreffende pulverisiert wird.«

Sie bogen in die Straße ein, in der sich Catos Haus befand. Auf beiden Seiten gab es kleine Läden, die von den Besitzern der größeren Güter dahinter verpachtet worden waren. Am unteren Ende der Straße standen ein paar Mietshäuser, auf welche die Häuser der reicheren Nachbarn folgten. Die Zugänge zu den größeren Grundstücken befanden sich zwischen den Geschäften und waren von der Straße durch große eisenbeschlagene Türen getrennt. Als sie auf etwa halber Höhe der Straße Catos Haus erreichten, sah er, dass der Eisenwarenhändler und der Bäcker, die jeweils einen Teil des Grundstücks von ihm gepachtet hatten, zu beiden Seiten der bescheidenen Treppe, die von der Straße zur Eingangstür führte, noch immer ihren Geschäften nachgingen. Er hielt kurz inne, um die gut gepflegten Holz- und Bronzebeschläge zu bewundern. Dann ging er die Stufen hinauf und betätigte kraftvoll den Türklopfer.

Kurz darauf öffnete sich ein schmales Sichtfenster und ein Augenpaar musterte ihn kurz durch das Gitter, bevor eine gedämpfte Stimme fragte: »Was willst du?«

»Mach die Tür auf«, sagte Cato ungeduldig.

»Wer bist du?«

»Tribun Quintus Licinius Cato. Und jetzt mach auf.«

Der Türsteher kniff die Augen zusammen und sagte: »Einen Moment.«

Das Sichtfenster schloss sich klappernd, und Cato wandte sich den anderen zu. »Das muss ein neuer Türsteher sein. Oder ich habe mich mehr verändert, als ich dachte, seit wir zuletzt in Rom waren.«

Das Sichtfenster wurde erneut geöffnet, und ein älterer Mann erschien hinter dem Gitter. Ein Blick genügte, und die Riegel auf der Innenseite der Tür wurden zurückgeschoben. Sie schwang auf, und da stand Croton, der Hausverwalter. Er verbeugte sich rasch und lächelte, während er zur Seite trat, damit Cato und die anderen eintreten konnten. »Herr, es tut meinem Herzen wohl, euch alle wiederzusehen. Wir hatten keine Ahnung, dass ihr heute nach Hause kommen würdet.«

»Wir sind erst gestern in Ostia angekommen. Wir sind beim ersten Tageslicht aufgebrochen.«

Rasch überwand Croton seine Überraschung, schloss die Tür und sperrte die Straßengeräusche aus. Jetzt hörte man in der stillen Eingangshalle nur noch das leise Rauschen des Springbrunnens im Atrium dahinter.

»Ich werde unverzüglich die Schlafkammern und die Wohnräume vorbereiten, Herr. Und du wirst etwas essen wollen nach der Reise.«

»Das Essen kann warten«, unterbrach ihn Cato. »Wir wollen vor allem ein Bad und frische Kleider. Lass zuerst das Badehaus anheizen und kümmere dich danach um den Rest.«

Croton musterte die kleine Gruppe und hob dann eine Augenbraue. »Und das Gepäck, Herr?«

»Kommt von Ostia über den Fluss. Es sollte morgen hier sein. Ein Mann namens Apollonius ist dafür verantwortlich. Er wird bei uns im Haus wohnen, also solltest du auch für ihn ein Zimmer vorbereiten.«

»Was umso deprimierender ist«, murmelte Macro. Er mochte den Spion nicht besonders, der bei ihrer letzten Mission im Partherreich als Catos Führer gedient hatte und bereit gewesen war, den Tribun zu begleiten, als die Prätorianergarde nach Rom zurückkehrte. Sehr viele Männer aus der ursprünglichen Einheit waren nicht zurückgekommen, dachte er. Nicht mehr als einhundertfünfzig von den ehemals etwa sechshundert Mann hatten die Schlachten der letzten beiden Jahre überlebt. Obwohl ihre Standarte mehrfach für ihre Tapferkeit ausgezeichnet worden war, würde es einige Zeit dauern, bis die Kohorte ihre ursprüngliche Einsatzstärke wieder erreicht hatte und bereit wäre, erneut in eine Schlacht zu ziehen. An der Macro dann nicht mehr teilnehmen würde. Einen Augenblick lang empfand er Bedauern und Sehnsucht nach seinem Beruf und seinen Waffenbrüdern, die er zurücklassen würde, wenn er nach Britannien ging. Vor allem nach Cato.

Macro war im Dienst gewesen, als Cato, abgemagert und vor Kälte und Nässe zitternd, in die Festung der Zweiten Legion am Rhein gekommen war. Zähneknirschend war er der Mentor des jungen Mannes geworden, doch schon bald hatte er begriffen, welch ein Talent in Cato steckte, nachdem dieser erst einmal seine Nervosität überwunden und ein guter Soldat geworden war. Von jener Zeit an hatte Cato unter Macro gedient; später hatten sie denselben Rang innegehabt; und schließlich war Cato sogar noch weiterbefördert worden als er selbst. Während der letzten fünfzehn Jahre waren sie so gut wie unzertrennlich gewesen, während sie an verschiedenen Grenzen des Imperiums ihren Dienst taten. Schon bald würden sie sich trennen, und wenn man die große Entfernung bedachte, die dann zwischen ihnen lag, würden sie einander wohl nie wiedersehen. Das war schwer zu ertragen.

Zu wissen, dass Apollonius bei zukünftigen Feldzügen an Catos Seite sein würde, war nicht gerade ein Trost für Macro. Er hatte dem Spion von Anfang an misstraut. Apollonius war Cato von General Corbulo bei ihrer Mission im Partherreich als Führer zugeteilt worden. Er war mager; seine rasierte Kopfhaut lag so eng an seinem Schädel an, dass er wie der Geist eines Dahingeschiedenen aussah. Seine tief liegenden Augen huschten stets hin und her, und nichts entging seinem scharfen Verstand. Doch ärgerlicherweise machte sich dieser scharfe Verstand über all jene lustig, die nicht so gebildet waren und deren Denken nicht dieselbe Gewandtheit besaß. Wenn der Ausdruck »er ist ein richtiger Schlaumeier« jemals berechtigt war, dann war Apollonius der Erste, auf den er zutraf. Natürlich hatte der griechische Freigelassene auch einige Eigenschaften, welche diese besondere Schwäche ausglichen, wie Macro zugeben musste. Es gab nur wenige andere Männer, die ihm an Geschick mit der Klinge gleichkamen, und er war ein guter Kämpfer, den man gern an seiner Seite hatte. Aber genau das war auch der Grund, warum man ihm nicht gern den Rücken zudrehte. Er hatte etwas an sich, das Macro von Grund auf misstrauisch machte, und der Centurio hatte lange genug gelebt und seine Erfahrungen auf so schmerzliche Weise sammeln müssen, dass er seinem Instinkt in dieser Sache inzwischen vertraute.

Als Croton sie in die Wohnquartiere führte, fiel Macro mit seinem Freund in Gleichschritt und sagte leise: »Ich an deiner Stelle wäre nicht so leicht bereit, Apollonius um mich zu haben, Bruder. Er ist vom gleichen Schlag wie Pallas und Narcissus und all die anderen griechischen Freigelassenen, die dir nur allzu gern ein Messer in den Rücken rammen.«

Cato lächelte dünn. Wie viele Römer neigte Macro dazu, auf die Griechen herabzuschauen und sie als eine Sorte Mensch zu betrachten, die nichts als an den Haaren herbeigezogene philosophische Spekulationen oder gerissene Intrigen im Kopf hatte. Es war eine sehr beschränkte Sicht, die kaum zu etwas anderem diente, als dem römischen Glauben an die eigene offenherzige Klarheit und überlegene Integrität zu schmeicheln. In ihren vielen gemeinsamen Jahren war es Cato nicht gelungen, die Einstellung seines Freundes zu ändern, und es war kaum angebracht, zu einem so späten Zeitpunkt einen weiteren Versuch zu unternehmen.

»Apollonius hat im Partherreich seinen Wert bewiesen. Ohne ihn wäre ich jetzt nicht mehr am Leben.«

»Er war nur darauf aus, seine eigene Haut zu retten. Dass er dabei auch deine gerettet hat, war nichts als eine Art Nebeneffekt.«

»Wenn man es so sehen will … Aber wie auch immer. Ich habe meine Entscheidung getroffen. Ich werde ihn in die Kohorte aufnehmen und ihm die Stabsleitung im Hauptquartier übertragen. Wir werden sehen, was dann passiert. Aber ich glaube, du irrst dich in ihm.«

»Ja, wir werden sehen. Es würde mir ganz und gar nicht gefallen, wenn ich eines Tages verkünden müsste: ›Ich hab's dir ja gesagt‹.«

Cato sah ihn an und lächelte. »Doch. Es würde dir gefallen.«

Sie gingen durch das Atrium mit dem kleinen Wasserbecken, das offen unter dem freien Himmel lag, und folgten dann einem Flur zu den Wohnquartieren, vor denen man, auf der Rückseite der Villa, auf den ummauerten Garten blickte. Senator Sempronius war stets stolz auf die Gestaltung seiner Hecken und Blumenbeete gewesen, und Cato musste unwillkürlich lächeln, als er sah, dass Croton zusammen mit seinen wenigen Mitarbeitern die Pflanzen in seiner Abwesenheit gut versorgt hatte.

»Es ist gut, wieder zu Hause zu sein«, sagte er. »Vielleicht wird es mir sogar Vergnügen bereiten, Lucius selbst großzuziehen, während ich im Hauptquartier der Prätorianergarde meinem Dienst nachkomme.«

»Du wirst sehr viel freie Zeit zur Verfügung haben«, sagte Macro. »Überlass es einfach den Centurionen, bei deinen Männern für den letzten Schliff zu sorgen, und genieße es, dich für die kaiserlichen Zeremonien in Schale zu werfen.« Er sah Cato nachdenklich an. »Obwohl ich dir jetzt schon sagen kann, dass du dich in etwa einem Jahr danach sehnen wirst, wieder in den aktiven Dienst zurückzukehren.«

Cato schüttelte den Kopf. »Das glaube ich nicht. Ich habe für eine ganze Weile genug davon. Ich würde gern zur Ruhe kommen und meine Zeit mit Lucius verbringen.«

Er wandte sich um und legte eine Hand auf die Schulter seines Sohnes. »Wie hört sich das an, mein Junge? Es gibt so viele Dinge, die wir beide genießen können. Theater, Bücher, die Jagd auf dem Land. Die Arena, Wagenrennen.«

»Wagenrennen!« Lucius strahlte. »Das machen wir! Ich möchte die Wagen sehen.«

»Dann wäre das abgemacht«, antwortete Cato. »Wir gehen, sobald wir können. Wir alle vier zusammen. Aber jetzt sollten wir ein Bad nehmen und uns ein paar saubere Kleider besorgen.«

»Muss ich auch baden, Vater?«

»Natürlich musst du das«, sagte Petronella mit einem Glucksen in der Stimme und nahm ihn bei der Hand. »Lucius, mein kleiner Herr, komm mit. Wir können Croton helfen, das Badehaus anzufeuern.«

Cato und Macro starrten den beiden nach, während sie durch den Garten gingen.

»Sie wird den Jungen vermissen«, sagte Macro. »Und ich auch.« Er spürte, wie sich zwischen ihnen eine melancholische Stimmung auszubreiten drohte, und rümpfte angewidert die Nase. Es wurde Zeit, das Thema zu wechseln. Er klopfte seinem Freund auf den Rücken. »Wein! In diesem Haus muss es doch irgendwo guten Wein geben. Wir besorgen uns einen Krug voll, setzen uns an den Springbrunnen und trinken einen Schluck, während wir warten. Komm, Bruder. Machen wir uns auf die Jagd!«

KAPITEL 3

Um die Mittagszeit des folgenden Tages saß Cato auf einer Bank des Präfekten Burrus, des Kommandanten der Prätorianergarde. Er war kurz empfangen worden und hatte seinen Bericht abgegeben, bevor man ihm befahl, draußen zu warten, während Burrus das Dokument durchsah. Es dürfte keine angenehme Lektüre sein, dachte er. Seine Kohorte war als persönliche Leibwache General Corbulos nach Osten geschickt worden. Angesichts einer solchen Aufgabe konnte niemand erwarten, dass die Männer in irgendwelche Kämpfe verwickelt würden; vielmehr würden sie ohne Verluste zurückkehren, sobald man sie wieder nach Rom rief. Doch weil Corbulo viel zu wenige Soldaten zur Verfügung standen, war Cato und seinen Männern aufgetragen worden, eine Mission anzuführen, die den von Rom bevorzugten Kandidaten auf den Thron von Armenien bringen sollte. Das kleine Königreich war von so großer strategischer Bedeutung, dass die dortige Gegend seit über hundert Jahren heftig umkämpft war und die Kontrolle über das Territorium immer wieder zwischen Römern und Parthern wechselte. Im Augenblick hatten die Römer eine Niederlage erlitten, und der König, den sie bei den Armeniern durchsetzen wollten, war gefangen genommen und hingerichtet worden, bevor man Cato und seine Männer gedemütigt zu Corbulo zurückgeschickt hatte.

Corbulo hatte die Angelegenheit so weit als möglich heruntergespielt, da er zu Recht fürchtete, ein solcher Rückschlag würde zu seiner Absetzung als Kommandant der Armeen im Osten führen. Er hatte sich geweigert, Cato und seine Männer nach Rom zurückkehren zu lassen, und später eine Nachricht ignoriert, in welcher der Kohorte befohlen worden war, sich dem Rest der Garde in deren Lager vor den Wällen der Hauptstadt anzuschließen. Corbulo hatte alles getan, um den Kaiser und seine Ratgeber so lange wie möglich über das wahre Ausmaß der römischen Niederlage im Unklaren zu lassen. Deshalb war es keine leichte Aufgabe gewesen, den kurzen Feldzug so darzustellen, dass kein Schatten auf Corbulos und Catos Ansehen fiel. Die Mission war gründlich schiefgegangen, auch wenn die beiden das Beste getan hatten, was sie mit so wenigen Soldaten ausrichten konnten. Davon abgesehen würde es Burrus gewiss nicht gefallen, dass es nach diesen Ereignissen in der Stadt Thapsis, einem Ort in den Bergen, der in der Nähe von Corbulos Hauptquartier in Tarsus lag, zu einem Aufstand gekommen war. Die römischen Soldaten mussten einen bitteren Winter und zu allem Überfluss auch noch eine Meuterei überstehen, die nur unter größten Schwierigkeiten und dem Verlust vieler Menschenleben niedergeschlagen werden konnte. Nichts davon würde Corbulo und den Männern in seinem Dienst in den Augen des Kaisers zum Vorteil gereichen. Der einzige Aspekt des Berichts, der Nero und seine Berater zufriedenstellen mochte, betraf die Informationen, die Cato über das Terrain und die politische Lage innerhalb des Partherreichs gesammelt hatte, als er sich auf Corbulos Befehl hin auf eine Botschaftsmission zu den Parthern begeben hatte.

Cato erhob sich von der Bank, lockerte seine Schultern und zog das Ordensgeschirr zurecht, das über seinem polierten Brustpanzer hing. Er hatte seine beste Uniform angezogen, um im Hauptquartier zu erscheinen, und jetzt richtete er sorgfältig seinen weinroten Umhang, sodass dieser ihm in ordentlichen Falten von den Schultern hing. Der Mitarbeiter des Präfekten, der am Schreibtisch neben der Tür zu Burrus' Arbeitszimmer saß, sah auf, und die beiden wechselten einen kurzen Blick. Dann räusperte sich der Mann.

»Möchtest du, dass ich dir ein paar Erfrischungen bringe, Herr? Es ist ein warmer Tag.«

Das konnte man wohl sagen. Selbst für Juli war es ungewöhnlich heiß. Die ersten Schweißtropfen erschienen bereits an Catos Haaransatz und rannen ihm den Rücken hinab. Er schüttelte den Kopf. »Danke, aber das ist nicht nötig.«

Der Mann senkte den Blick und fuhr fort, sich weiter mit den Zahlen zu beschäftigen, die er auf mehreren Wachstäfelchen vor sich hatte, während Cato ans Fenster trat und auf den Innenhof des Hauptquartiers hinaussah. Er hatte einen freien Blick auf die von einem Ziegeldach gekrönten und mit einer Säulenreihe versehenen Gebäudeteile, die einen offenen Platz umgaben, der so groß war, dass eintausend Mann auf ihm antreten konnten. Dahinter lagen die Kaserne und die Mauer des Hauptquartiers, und dahinter wiederum befand sich die Stadt mit ihren Tempeln, Palästen, Foren, den Mietshäusern, in denen die Ärmsten wohnten, und den größeren Häusern der

Reichen. Der gewaltige Komplex des weitläufigen Kaiserpalasts bedeckte den Palatin; er dominierte das Bild. Der Lärm der Stadt drang als vielstimmiges gedämpftes Murmeln über die Mauer des Hauptquartiers, und in deutlich geringerer Entfernung konnte Cato hören, wie ein Centurio seine Männer bei der Inspektion lautstark mit Schimpfworten bedachte. Drunten im Hof gingen Offiziere und andere Mitarbeiter entlang des Säulengangs von Raum zu Raum. Nur die Posten hielten in der gleißenden Sonne Wache, und ihre verkürzten Schatten zeichneten sich deutlich auf den Steinplatten am Boden ab. Rüstung und Waffen dieser Männer waren makellos, und Cato war beeindruckt vom Gefühl von Anstand und ruhiger Ordnung, welches sie ausstrahlten; ihre Welt hatte nichts zu tun mit seinen jüngsten Erfahrungen, die geprägt waren von Blutvergießen, Hunger, Schlamm, Schmutz, beißender Kälte und der allgegenwärtigen Gefahr an der Grenze, hinter der sich das Land des mächtigsten Feindes von Rom erstreckte: das Partherreich.

Seine Gedanken wanderten zurück zu dem Mann, der im Zimmer nebenan seinen Bericht las. Wie würde Burrus auf die Worte reagieren, die Cato so sorgfältig ausgesucht hatte, um die Lage an der Ostgrenze zu beschreiben? Würde er zu der Ansicht kommen, dass Corbulo sich den Schwierigkeiten, denen er sich gegenübersah, so gut es eben ging gestellt hatte und dass Cato sich nichts vorzuwerfen hatte angesichts der Rolle, die er selbst dabei spielte? Oder würde er den Kommandanten einer Kohorte, der mit weniger als einem Drittel seiner dienstfähigen Männer nach Rom zurückgekehrt war, tadeln wollen? Was in Kürze geschehen würde, war entscheidend für Catos zukünftige Karriere. Sobald Burrus ihn zu sich rief, bekäme er vielleicht die Chance, sein Handeln zu rechtfertigen; es war überaus wichtig, dass der Präfekt sich Catos Version der Ereignisse zu eigen machte, wenn der Bericht an den Kaiser und seine Berater im Palast weitergeleitet wurde. Er war sich bewusst, dass Burrus ihn sehr schätzte wegen der Rolle, die er beim Kampf gegen eine Verschwörung gespielt hatte, bei der Nero in den ersten Tagen seiner Regierung gestürzt werden und dem außerehelichen Sohn des vorherigen Herrschers der Thron zufallen sollte. Die Intrige war gescheitert, und Britannicus, der Usurpator, und alle übrigen Verschwörer waren tot. Doch Cato wusste, dass Dankbarkeit in der hektischen Welt der römischen Politik ein flüchtiges Gut war. Vielleicht hatte Burrus Anhänger, die er an Catos Stelle befördern wollte.

Ein Klicken erklang, als der Türgriff betätigt wurde. Die Tür ging auf, und da stand Burrus. Er war ein stämmiger Mann mit geöltem dunklem Haar, dessen sorgfältiger Schnitt so viel wie möglich von seiner vorzeitig entstehenden Glatze verbergen sollte. Er trug eine Seidentunika mit einem Saum aus Silberfäden, die ein Muster aus Eichenlaub bildeten, das sich die Ärmel hinauf und um den Kragen zog. Kniehohe Stiefel aus rotem Leder mit geschlossener Spitze zierten seine Beine. Da sie einander bereits knapp begrüßt hatten, sagte er nichts, sondern gab Cato mit einer Geste zu verstehen, er solle ihm ins Arbeitszimmer folgen. Dann wandte er sich um und verschwand aus Catos Blickfeld.

Cato eilte in den Raum und schloss die Tür hinter sich. Der Raum, der am Ende des Gebäudes lag, nahm die gesamte Breite des Verwaltungsblocks ein. Es gab mehrere Bänke und Hocker, die benötigt wurden, wenn der Präfekt seine Offiziere informieren wollte. Ein freier Platz befand sich vor dem Walnussschreibtisch, hinter dem Burrus auf einem mit Kissen bedeckten Stuhl Platz nahm, zwei offene, in der Außenwand des Gebäudes gelegene Fenster im Rücken. Der auf einer Schriftrolle abgefasste Bericht lag, mit einem Tintenfass und einem Dolch beschwert, vor ihm. Er bot Cato nicht an, sich zu setzen, und verschränkte die Hände, während er seinen Untergebenen mit starrem Blick fixierte. Eine angespannte Stille erfüllte den Raum, bis er sich schließlich räusperte.

»Ich muss sagen, ich finde es schwierig, das, was hier steht, mit den eher zuversichtlichen Berichten in Einklang zu bringen, die Corbulo die ganze Zeit über aus Tarsus geschickt hat. Davon abgesehen kommt es den Informationen recht nahe, welche die kaiserlichen Spione uns geliefert haben, die dort an der Seite des Generals ihren Dienst tun. Sie bestätigen, was du über den Mann schreibst, der als König von Armenien installiert werden sollte. Anscheinend ist – war – Rhadamistus ein gefährlicher Hitzkopf. Gut möglich, dass er uns noch mehr Probleme gemacht hätte, wäre es ihm gelungen, erneut den Thron zu besteigen, weshalb sein Verlust vielleicht den kleineren Rückschlag darstellt. Aber das werden wir nie erfahren.«

»Nein, Herr.«

»Was uns zu deinem Verhalten auf dieser Mission bringt. Du scheinst zu zögern, mit Corbulo allzu hart darüber ins Gericht zu gehen, dass er dir nur eine unge nügende Anzahl an Männern überlassen hat, um deine Aufgabe zu erfüllen.«

Burrus hielt lange genug inne, um anzudeuten, dass er eine Antwort erwartete. Es war verführerisch, ihm zuzustimmen und zu behaupten, dass höchstens ein paar Tausend Männer nötig gewesen wären, um den Erfolg zu sichern, doch Cato war nicht bereit, Corbulo in den Rücken zu fallen. Der General war ein guter Soldat, und es war wohl kaum sein Fehler, wenn die Anzahl der Männer, die ihm zur Verfügung gestellt wurden, nicht ausreichte, um die Ostgrenze zu verteidigen, ganz zu schweigen davon, in das Partherreich einzumarschieren und es zu erobern. Er hatte Catos Loyalität verdient.

»Der General hat mir so viele Männer überlassen, wie er für vernünftig hielt, Herr.«

»Vernünftig?« Burrus lächelte kalt. »Aber was wäre für dich eine vernünftige Schätzung?«

»Herr?«

»Wie viele Männer waren deiner Meinung nach nötig, um Rhadamistus' Thron zu sichern?«

Cato nickte in Richtung des Berichts. »Wie du selbst gelesen hast, waren wir genug Männer, um die Hauptstadt einzunehmen und ihn zum König zu machen.«

»Außer dass eure vereinigten Truppen kaum einen Monat später von den Rebellen in der Schlacht geschlagen wurden. Es war gut, dass der Feind das, was von deiner Kohorte noch übrig war, als Friedensangebot an Rom am Leben gelassen hat, damit wir möglicherweise seine Neutralität akzeptieren.« Burrus seufzte. »Glaub mir, Tribun, ich weiß, wie beschränkt die Mittel Corbulos sind, aber die Lage war nicht so aussichtslos, dass er dich und deine Prätorianer auf eine Mission hätte schicken müssen, in der nur die Wahl zwischen absolutem Erfolg und dem Tod bestand. Du hast mehr als dreihundert der besten Kämpfer des Kaisers verloren. Das wird Nero nicht gefallen, das versichere ich dir. Besonders da du mit deinen Leuten nur als Leibwache für Corbulo vorgesehen warst, um seiner Autorität ein wenig Nachdruck zu verleihen. Niemand hatte je die Absicht, dich in eine Schlacht zu schicken.«

»Obwohl genau das die Aufgabe eines Soldaten ist«, bemerkte Cato.

»Du solltest mir besser keine Vorträge halten«, knurrte Burrus. »Ja, für gewöhnliche Soldaten hast du recht. Aber die Prätorianer spart man sich als allerletztes Mittel auf. Sie mögen die besten Soldaten in unserer Armee sein, aber gerade das ist der Grund, warum man sie nicht auf einem Nebenkriegsschauplatz wie Armenien vergeudet oder dazu, irgendwelche Aufstände in obskuren Bergdörfern zu unterdrücken, von denen kaum ein zivilisierter Mensch jemals gehört hat. Ich wusste nicht einmal, dass Thapsis existiert, bevor ich den Wunsch hatte, dass es einen solchen Ort niemals geben möge. Corbulo hat seine Befugnisse überschritten, als er deine Kohorte in einer solchen Weise eingesetzt hat. Es gibt nichts, was ich in dieser Angelegenheit noch tun könnte; es liegt jetzt an Nero, den General so zu behandeln, wie es ihm angemessen erscheint. Doch auch du hattest deine Befehle. Du hättest dich widersetzen müssen, als Corbulo dich nach Armenien schicken wollte. Und in *dieser* Sache kann ich als dein vorgesetzter Offizier sehr wohl etwas tun.«

Er löste die Hände voneinander, legte sie flach auf den Bericht und beugte sich vor, um das Gespräch mit Cato in förmlichem Ton fortzuführen.

»Tribun Cato, ich habe beschlossen, dich für die Dauer einer vollständigen Untersuchung deines Verhaltens während deiner Zeit an der Ostgrenze deiner Verpflichtungen zu entheben.«

Jetzt hatte er ihn bekommen, dachte Cato bitter. Den Lohn für seine jahrelangen treuen Dienste gegenüber Rom. Er hätte nicht überrascht sein sollen, sagte er sich, doch Burrus' Worte schmerzten ihn sehr.

»Dein oberster Centurio Macro wird unverzüglich das Kommando übernehmen«, fuhr Burrus fort.

»Ich sollte dich darüber informieren, dass Centurio Macro die Absicht hat, um eine sofortige Entlassung aus seinem Dienst nachzukommen, Herr. Ich habe seinen Antrag gegengezeichnet. Er wird ihn in den nächsten Tagen bei dir einreichen.«

»Was für ein Pech«, knurrte Burrus. »Nun, in diesem Fall wird Macro das Kommando übernehmen, während sein Antrag in Bearbeitung ist und ich nach einem Ersatz für dich suche. Vorerst wirst du Rom ohne meine Erlaubnis nicht verlassen. Möchtest du noch etwas zu meiner Entscheidung sagen?«

Durch Catos Kopf schwirrten all die Dinge, die er gern zum Ausdruck gebracht *hätte*. An erster Stelle stand dabei die Empörung darüber, dass er so ungerecht behandelt wurde, wo er doch nur das getan hatte, was er immer tat: so gut er konnte seinen Dienst im besten Interesse Roms zu leisten und dabei den Befehlen seiner Vorgesetzten zu folgen. Aber er würde dem Präfekten nicht die Befriedigung geben, Zeuge seiner Wut und seines Grolls zu werden. Abgesehen davon brauchte er Zeit, um nachzudenken und seine Verteidigung zu planen, seine Handlungen von seiner Warte aus zu erläutern. Vorausgesetzt, dass er überhaupt die Möglichkeit bekam, seine Sicht der Geschichte darzulegen.

Er holte tief Luft, um seine Ruhe wiederzufinden. »Im Augenblick nicht, Herr.«

Burrus musterte ihn aufmerksam und nickte dann. »Verstehe. Dann ist unser Gespräch hiermit beendet. Dein Rang als Tribun wird dir unverzüglich aberkannt, und ich möchte, dass du sofort das Quartier der Prätorianer verlässt. Dir ist nicht mehr gestattet, ohne meine Erlaubnis einen Fuß in dieses Gebäude zu setzen. Wenn es in der Kaserne deiner Kohorte noch irgendwelche persönlichen Gegenstände von dir gibt, magst du dich darum kümmern, dass sie zu dir nach Hause geliefert werden. Man wird dich über den Fortgang der Untersuchung informieren sowie über alle weiteren Schritte, die man möglicherweise gegen dich unternehmen wird. Hast du das verstanden?«

»Ja, Herr«, entgegnete Cato mit zusammengebissenen Zähnen.

»Gut. Dann bist du hiermit entlassen.« Burrus machte eine knappe Geste in Richtung Tür. Dann sah er nach unten und nahm die behelfsmäßigen Gewichte von der Schriftrolle, wodurch er es vermied, Catos Blick auch nur einen Moment länger zu erwidern.

Mit angespanntem Kiefer wandte Cato sich um und ging davon. Wut brannte in seinem Herzen und seinen Adern, als er das ganze Ausmaß seiner beschämenden

Behandlung begriff, und der Schmerz dabei war fast so real wie derjenige, den er bei jeder seiner Verwundungen während seiner fünfzehn Jahre im Dienst Roms empfunden hatte.

»Deines Kommandos enthoben?«, fragte Macro ungläubig. Seine Augen wurden immer größer. »Willst du mich auf den Arm nehmen?«

Cato ließ sich neben seinem Freund auf der Marmorbank nieder und starrte auf die unzähligen winzigen Wellen, welche die Wasseroberfläche kräuselten, als das Wasser aus dem Springbrunnen in den Teich fiel. Er holte tief Luft und seufzte bitter. »Es ist leider wahr, Macro. Der Befehl des Präfekten lautet, dass du das Kommando übernehmen sollst, bis ein neuer Tribun ernannt ist, der mich ersetzen soll. Ich vermute, dass das nicht allzu lange dauern wird, wenn man bedenkt, wie viele Aristokraten sich um einen Platz in der Prätorianergarde drängen.« Er warf Macro einen verstohlenen Blick zu. »Es tut mir leid, dass ich der Grund dafür bin, dass sich dein Ausscheiden aus dem Dienst verzögert, Bruder.«

»Scheiß aufs Leidtun«, erwiderte Macro. »Beim Hades, weiß Burrus eigentlich, was er da tut? Hat er dir eine Begründung gegeben?«

Cato nickte. »Mehr oder weniger. Es ist so, wie ich befürchtet habe. Die Ratgeber des Kaisers haben erfahren, dass die Dinge nicht so gut für Corbulo gelaufen sind, wie sich der General das gewünscht hätte. Sie wollen ein Exempel statuieren, damit Corbulo die Botschaft versteht: Sorge für einen Erfolg oder trage die Konsequenzen.« Er beugte sich vor, hob einen Kieselstein auf und warf ihn auf eine Gruppe Lilien am Fuß der Fontäne. »Es wirkt sich nicht gerade günstig auf meine Position aus, dass die Kohorte so viele Verluste erlitten hat. Und wenn meine Männer ihr Quartier beziehen, wird so mancher angesichts ihrer ausgedünnten Reihen die Augenbrauen heben. Das Gerücht wird die Runde machen, auch ich sei nichts weiter als jemand, der rücksichtslos auf seine Karriere aus ist, ganz egal, wie viele seiner Männer es das Leben kostet.«

»Das ist doch Schwachsinn. Ein paar werden vielleicht murren, aber wenn sie die ganze Geschichte erfahren, werden sie es verstehen.«

»Aber ich frage mich, wie lange das dauern wird. Du weißt, wie es ist, Bruder. Eine Lüge reist schneller als die Wahrheit und richtet größeren Schaden an, wenn sie ihr Ziel trifft. Wenn – oder besser: falls – die wahre Geschichte dessen, was an der Ostgrenze passiert ist, bekannt sein wird, dürfte es viel zu spät sein. Mein Nachfolger wird fest im Sattel sitzen, und ich werde Jahre damit zugebracht haben, in Rom festzustecken und auf ein neues Kommando zu warten. Und weil mir gegenüber immer ein gewisser Zweifel zurückbleiben wird, wird man mir nie wieder erlauben, in die Armee einzutreten. Meine Tage als Soldat sind vorüber.«

»Pfft«, schnaubte Macro. »Angesichts der vielen Leistungen, die du vorweisen kannst, wird niemand zulassen, dass dein Talent einfach so verschwendet wird.«

Cato zuckte mit den Schultern. »Ich hoffe, du hast recht. Aber wenn ich an den Charakter der Menschen denke, die in Rom Entscheidungen treffen, sieht es wohl so aus, dass Politik stets über Vernunft triumphiert …

Du meldest dich wohl besser so schnell wie möglich bei Burrus. Er wird dich wahrscheinlich über den Inhalt meines Berichts ausfragen und herausfinden wollen, ob es zwischen unseren Darstellungen irgendwelche Unterschiede gibt, die er verwenden kann.«

»Verwenden? Wozu verwenden?«

»Es wird eine Untersuchung darüber geben, wie ich meine Kohorte geführt habe. Der Präfekt möchte die Beweise in kürzester Zeit zusammentragen. Er will, dass jedermann mitbekommt, wie konsequent und streng er mit einem Offizier verfährt, der so viele von Neros besten Soldaten verloren hat.«

»Dann musst du für deine Sache kämpfen. Ich werde tun, was immer ich kann, um dir zu helfen. Dasselbe gilt für die anderen Centurios und ihre Männer. Wir werden uns für dich einsetzen. Ich werde Burrus klarmachen, wie die Dinge stehen.«

»Sag einfach die Wahrheit, Macro. Und fasse dich kurz. Ich will nicht, dass du in diese Sache verwickelt wirst, indem du irgendetwas sagst, das später gegen dich verwendet werden könnte. Ich weiß, du wirst schon bald nach Britannien gehen, aber wir beide wissen auch, dass, wenn du dir in Rom Feinde machst, ihr Arm überallhin reicht. Sie werden dich aufspüren, wo immer du bist. Dasselbe gilt für den Rest der Jungs. Du solltest besser mit ihnen sprechen, sobald sie hier eintreffen.«

»Das sind sie bereits. Gestern haben die Schiffe Ostia erreicht, am späten Nachmittag. Apollonius hat sie einlaufen sehen, als er sich mit unserem Gepäck auf den Weg gemacht hat. Er ist gekommen, nachdem du zum Quartier der Prätorianer aufgebrochen bist.«

Cato sah sich um. »Wo ist er?«

»Im Badehaus.« Macro deutete mit dem Daumen über die Schulter. »Er ist schon die ganze Zeit dort. Typisch Grieche, macht sich einen faulen Tag, sobald er Gelegenheit dazu hat.«

»In manchen Dingen ist er von Nutzen.« Cato stand auf und rang sich ein Lächeln ab, während er seine Hand ausstreckte. »Ich denke, ich sollte dir zu deiner Beförderung gratulieren, wie kurz dein Kommando über die Kohorte auch immer sein mag. Stellvertretender Tribun Macro. Da klingt nett, findest du nicht?«

»Ganz und gar nicht, verdammt noch mal«, grollte Macro und weigerte sich, Catos Hand zu nehmen. »Das ist nicht richtig. Das Ganze ist ein solcher Scheißdreck! Du solltest dagegen ankämpfen. Ich halte zu dir, wie lange es auch dauern mag.«

»Das weiß ich. Aber im Augenblick solltest du deinen Aufgaben nachkommen, während wir darauf warten, dass die Untersuchung ihren Lauf nimmt. Das ist doch eine schöne Sache, dass du im Rang eines Tribuns aus dem Dienst ausscheiden wirst, oder?«

»Ich war vollkommen zufrieden als Centurio.«

»Schon klar. Aber so läuft das nun mal in der Armee. Man weiß nie, was einem das Schicksal in den Weg legt. Eines ist jedoch sicher: Wenn du jetzt nicht deinen Arsch bewegst und dich bei Burrus meldest, dürfte ziemlich schnell auch noch ein Posten als stellvertretender oberster Centurio frei werden.«

Cato ging zum Badehaus am Ende des Gartens. Einer der Sklaven, ein kräftiger Mann, der nur einen Lendenschurz trug, war damit beschäftigt, Holzscheite in den Ofen zu schieben; sein breiter Rücken glänzte vor Schweiß. Am Ende des Gebäudes stieg Rauch aus dem Schornstein. Catos Haus war vergleichsweise bescheiden, verglichen mit den kostbaren Villen, die Cato in der Hauptstadt gesehen hatte, aber auch sein Badehaus verfügte über einen warmen und einen heißen Raum, ein Dampfbad und ein kleines Wasserbecken, welche um den Umkleideraum herum angeordnet waren, wo auf einem Gestell mehrere Gewichte ruhten. Er blieb neben dem Sklaven stehen. Der Mann richtete sich eilends auf und senkte den Kopf, sobald er sich der Gegenwart seines Herrn bewusst wurde.

»Ich kenne dich nicht«, sagte Cato. »Wer bist du?«

»Pollenus, Herr.«

»Wie lange gehörst du schon dem Haushalt an?«

»Sieben Monate, Herr. Croton hat mich vom Sklavenmarkt geholt, nachdem der Mann, der zuvor den Garten und das Badehaus versorgt hat, gestorben war. Jetzt kümmere ich mich darum.« Der Mann sprach mit einem ganz eigenen Akzent. Cato konnte ihn nicht zuordnen, aber er war sicher, dass der Mann nicht in Rom oder in der Umgebung der Stadt aufgewachsen war.

Cato nickte. »Woher weißt du, dass ich dein Herr bin?«

»Ich war im Garten, als du gestern zurückgekommen bist. Croton hat auf dich gedeutet, Herr.«

»Verstehe. Dann heiße ich dich, wenn auch verspätet, hier willkommen. Tu deine Pflicht und diene mir treu, dann werden wir gut miteinander auskommen.«

»Ja, Herr, das werde ich«, erwiderte Pollenus tonlos, und Cato fragte sich, ob er eine Spur von Groll in der

Stimme des Mannes wahrnahm oder sich das vielleicht nur einbildete.

»Wem hast du früher gehört?«

»Senator Seneca, Herr.«

»Seneca? Warum hat er dich verkauft?«

»Wir waren uns uneinig darüber, ob einige Bäume in seinem Garten gefällt werden sollten.«

»Du warst uneinig mit ihm?« Cato hob eine Augenbraue. »Du hast es gewagt, mit dem Senator uneinig zu sein?«

»Ja, Herr. Und dafür wurde ich geschlagen und aus dem Haus gejagt, um verkauft zu werden.«

»Dann gehe ich davon aus, dass du deine Lektion gelernt hast. Sklave zu sein ist dasselbe wie Soldat zu sein. Beide müssen ihren Befehlen gehorchen. Wenn du hierbleiben möchtest, wirst du mir gegenüber nicht dieselbe Widersetzlichkeit an den Tag legen wie gegenüber Seneca. Wenn es dir in den Sinn kommen sollte, eine solche Aufsässigkeit zu wiederholen, gehst du zurück auf den Sklavenmarkt. Erledige deine Pflichten zu meiner Zufriedenheit, und man wird sich gut um dich kümmern und dich gerecht behandeln. Habe ich mich klar ausgedrückt, Pollenus?«

»Ja, Herr.«

»Gut. Mach weiter.«

Cato betrat den Umkleideraum und sah, dass Apollonius' Kleidung ordentlich gefaltet auf einem Hocker neben seinen Stiefeln lag. Er löste die Schließe seines Umhangs und legte diesen dann sorgfältig auf eine kleine Holzbank. Dann streifte er seine Rüstung ab und zog sich aus. Noch immer ging ihm Pollenus im Kopf herum. Obwohl Cato den wenigen Sklaven, die er besaß, ein toleranter Herr war, erwartete er von ihnen dasselbe wie von den Männern unter seinem Kommando. Er hielt inne, lächelte und korrigierte sich: unter seinem *ehemaligen* Kommando. Er beschloss, mit Croton über den neuen Sklaven zu sprechen. Wenn Pollenus sich an den Haushalt anpassen konnte und niemandem Schwierigkeiten bereitete, dann war alles gut. Sollte das nicht der Fall sein, wollte Cato darüber informiert werden, und wenn es Probleme mit Pollenus' Verhalten gab, würde er weiterverkauft werden. Zweifellos aber war seine Verbindung zu Seneca ein Grund, ihm mit Misstrauen zu begegnen – gleichgültig, welchen Grund Pollenus für seine Entfernung aus dem Haushalt des Senators angegeben hatte.

Als er nackt war, nahm Cato ein Leinengewand und ein Handtuch aus dem Regal im Umkleideraum und ging in den warmen Raum. Dieser war leer, weshalb Cato weiter in den heißen Raum ging, indem er den Ledervorhang beiseiteschob, welcher in dem gewölbten Durchgang zwischen den beiden Räumen hing. Apollonius saß auf einer Bank gegenüber. Er war kaum zu erkennen in dem trüben Licht, das durch ein kleines Glasfenster hereinfiel. Schweiß schimmerte auf seinem sehnigen Körper. Er sah auf und deutete einen Gruß an, indem er die Hand ein wenig hob.

»So schnell schon wieder zurück aus dem Hauptquartier?«

Cato setzte sich auf die Bank ihm gegenüber und erzählte mit knappen Worten, was geschehen war. Apollonius schnalzte mit der Zunge.

»Das ist hart. Und wohl kaum ein gerechter Lohn für deine Dienste.«

»Allerdings«, stimmte Cato ihm nachdrücklich zu. »Es sieht so aus, als wäre ich nicht mehr in der Lage, dir eine Stelle in meiner Kohorte anzubieten. Das tut mir leid.«

Der Freigelassene dachte kurz nach. »Das ist schade. Aber noch ist nicht alles verloren. Die Untersuchung könnte zu einem für dich günstigen Ergebnis kommen.«

»Das ist möglich.«

Apollonius studierte Catos Miene. »Aber nicht wahrscheinlich, denkst du.«

»Es war nicht Burrus, der mich auf diesen Posten gebracht hatte. Ich verdanke mein Kommando dem Einfluss von Narcissus.«

»Und der ist inzwischen Vergangenheit«, sagte Apollonius nachdenklich. »Damit hast du keinen Schutzherrn mehr im Palast, der sich für deine Interessen einsetzen würde. Heikel.«

»Um es milde auszudrücken.«

»Kannst du dich an jemanden im Senat wenden, um deine Sache zu unterstützen?«

Es gab tatsächlich einen Senator, dem Cato vertraute und der ihm womöglich eine Hilfe sein konnte. Vespasian war Kommandant der Zweiten Legion gewesen, als Cato zu der Truppe gekommen war. Seither hatten sich ihre Wege mehrmals gekreuzt, und Vespasian war von seiner Leistung beeindruckt gewesen. Doch im Augenblick hatte der Senator nur wenig Einfluss, und Cato konnte die Vorstellung, sich an seinen früheren Kommandanten zu wenden, nicht mit seinem Stolz vereinbaren.

»Nein. Ich bin allein. Ich werde die Sache selbst in die Hand nehmen.«

Apollonius seufzte. »Es ist deine Beerdigung. Aber wenn es irgendetwas gibt, mit dem ich dir helfen kann, mache ich das gern.«

»Wenn es so weit kommt … Aber vielen Dank.«

Ein kurzes Schweigen entstand, während Cato fühlte, wie ihm der Schweiß aus den Poren trat und Tropfen auf seiner Haut bildete und dann nach unten rann. »Angesichts meiner Lage möchtest du vielleicht eine Verbindung zu jemand anderem suchen. Ich würde es verstehen, wenn du eine solche Entscheidung treffen würdest.«

»Noch besteht kein Anlass dazu.«

Cato musterte den Spion einen Augenblick lang. Er hatte gelernt, Apollonius' scharfen Verstand und seine kluge Sicht der Welt zu schätzen. Darüber hinaus hatte er nur wenige Menschen getroffen, die mit der Waffe so geschickt waren wie der Freigelassene. Obwohl sie gemeinsam in Corbulos Botschaft im Partherreich gedient und Seite an Seite gekämpft hatten, musste Cato sich besorgt eingestehen, dass er nur sehr wenig über den Charakter des anderen und das, was ihn antrieb, wusste. Er wollte gern mehr erfahren, und die veränderten Umstände brachten ihn dazu, die Grenzen des gesellschaftlich Erwünschten zu überschreiten.

»Sag mir, Apollonius, warum hast du Corbulos Dienst verlassen und dich mir angeschlossen?«

»Das war eine leichte Entscheidung. Corbulo hat seine Zukunft bereits hinter sich, und ich brauchte einen Förderer, der die seine noch vor sich hat. Ich dachte, du hättest Potenzial. Das denke ich immer noch.«

»Corbulo hat seine Zukunft bereits hinter sich?« Cato schüttelte den Kopf. »Der Mann hat ein wichtiges Kommando erhalten. Er stellt eine große Armee zusammen, um im Partherreich einzumarschieren. Wenn er Erfolg hat, wird man einen Triumphzug für ihn veranstalten, und er wird der Liebling der Menge und des Senats sein. Ich würde sagen, er ist noch weit davon entfernt, dass man ihm so lässig Macht und Einfluss absprechen kann.«

»Das glaubst du?« Apollonius wischte sich den Schweiß von der Stirn. »Vielleicht sollte ich dir erklären, wie ich zu meiner Einschätzung komme. Du hast recht, hinter Corbulo steht eine mächtige Armee. Genau das wird sein Untergang sein, ob er nun einen Sieg über die Parther erringt oder von ihnen in einer Niederlage gedemütigt wird. Wenn er Erfolg hat, würde ich darauf wetten, dass jeder ehrgeizige Senator in der Hauptstadt neidisch auf ihn ist. Schlimmer noch: Wenn er zum Liebling des Pöbels wird, kannst du sicher sein, dass Nero ihm so schnell wie möglich die Flügel stutzen und ihn als mögliche Bedrohung ausschalten wird, indem er ihm Verschwörung vorwirft. Wenn er versagt, hat Nero einen Sündenbock. Wie es auch immer kommen mag, Corbulo ist verloren. Es ist nur noch eine Frage der Zeit, bis er zu Fall gebracht wird. Mir schien es vernünftiger, einem Förderer meine Gefolgstreue zu versichern, dessen Karriere sich noch auf dem aufsteigenden Ast befindet, ohne dass diese dabei für den Betreffenden selbst oder für andere eine allzu große Gefahr darstellt. Ich bezweifle, dass dich irgendjemand im Palast in absehbarer Zukunft für eine Bedrohung halten wird. Du warst genau das, was ich gebraucht habe. Also bin ich hier, dir zu Diensten.«

Cato stieß ein trockenes Gelächter aus. »Du scheinst kein großes Vertrauen in meinen Ehrgeiz zu haben. Und das gerade eben war wohl kaum die inspirierendste Loyalitätserklärung, die jemand seinem Gönner machen kann.«

»Vielleicht nicht. Aber ich glaube, du wirst herausfinden, dass sie zu den ehrlichsten und am genauesten zutreffenden gehört, die du jemals hören wirst.«

»Da haben wir es.« Cato lachte wieder. »Aber wie ich schon sagte, es ist gut möglich, dass du dich einem Förderer angeschlossen hast, dessen guter Stern wohl kaum noch höher steigen wird, so wie die Dinge stehen.«

»Du solltest dich nicht unter Wert verkaufen, Herr.«

Es kam nur selten vor, dass Apollonius ihn als Höhergestellten ansprach, und Cato gefiel das.

»Wenn ich bedenke, was ich über dich und deinen Einfallsreichtum weiß«, fuhr der Spion fort, »bin ich zuversichtlich, dass du die Untersuchung überstehen und weiter dein Glück machen wirst. Also bleibe ich gern weiterhin in deinem Dienst.«

»Sofern ich glücklich damit bin, dich in meinem Dienst zu behalten.«

Apollonius' Züge formten sich zu einem wissenden Grinsen. »Uns beiden ist klar, dass du ein Narr wärst, mich zu entlassen.«

Das stimmte, wie Cato zugeben musste. Es wäre gut, Apollonius bei einer Auseinandersetzung auf seiner Seite zu haben; außerdem war der Grieche so klug, dass er einen erfahrenen Ratgeber abgab. Das Einzige, was gegen ihn sprach, war eine gewisse Rücksichtslosigkeit. Er schien stets nur an sich selbst zu denken. Cato fand das entnervend, denn er war das Band bedingungsloser Loyalität und Aufrichtigkeit gewohnt, das zwischen ihm und Macro während der letzten fünfzehn Jahre bestanden hatte. Es würde eine Weile dauern, bis er sich an seinen neuen Gefährten gewöhnt hatte, und gewiss noch länger, bis er ihm vertraute. Aber Vertrauen war ein Luxus, den er sich möglicherweise nicht leisten konnte. In seiner Lage brauchte er jeden Verbündeten, den er bekommen konnte.

KAPITEL 4

Unter der Führung von Centurio Ignatius an der Spitze der Farben tragenden Abteilung marschierte die Zweite Kohorte am folgenden Morgen ins Hauptquartier ein. Die Männer waren so ordentlich hergerichtet, wie das überhaupt nur möglich war, nachdem ihre Rüstungen und ihre Ausrüstung noch von zwei harten Feldzügen gezeichnet waren. Immerhin waren sie noch in der Lage, im Gleichschritt zu gehen und ein Marschlied zu schmettern, als sie unter dem Bogen des Torhauses hindurchgingen. Die Prätorianer, die Wache hielten oder sich träge im Schatten der Kasernengebäude herumdrückten, spähten neugierig zu ihnen hinüber. Obwohl immer eine gewisse Aufregung herrscht, wenn Soldaten aus einem Krieg heimkehren, wurde die Stimmung hier rasch gedämpft, als die Zuschauer erkannten, wie wenige Männer überlebt hatten. Heute Abend gab es viele Geschichten zu erzählen in den Kneipen um das Quartier.

Macro wartete beim Arbeitszimmer des Tribuns am Ende der Kaserne der Zweiten Kohorte auf sie. Er trug seine beste Tunika und seinen besten Umhang, und seine Orden funkelten auf dem Brustpanzer, den er über seinem Schuppenhemd trug. Die Sonne spiegelte sich in seinem Helm und den Beinschienen, während er mit seinem Offiziersstöckchen müßig gegen seine Ferse klopfte. Ignatius führte die Kolonne an der Vorderseite des Gebäu-

des entlang und befahl seinen Männern dann, haltzumachen. Er hielt für einen kurzen Augenblick inne, bevor
er die Soldaten anwies, sich nach rechts zu wenden und
dann Haltung einzunehmen. Die umgebenden Wände warfen den Klang der genagelten Stiefel zurück, die
über die Steinplatten kratzten und dann energisch aufstampften.

Voller Zuneigung musterte Macro die Truppe. Er hatte diese Männer gut kennengelernt, und er war stolz auf
sie. Obwohl er es gegenüber anderen nie zugeben würde, hatten sie sich in jeder Hinsicht als so fähig erwiesen
wie seine früheren Kameraden der Zweiten Legion. Er
empfand einen Stich heftigen Bedauerns in seiner Brust
bei der Aussicht, sie bald verlassen zu müssen, wenn er
seinen Abschied nehmen und mit Petronella nach Britannien gehen würde. Im Augenblick jedoch war er ihr
neuer Kommandant, und er würde dieser Pflicht so gut
er nur konnte nachkommen. Er holte tief Luft, ließ die
Schultern locker nach hinten rollen und wandte sich an
die Männer.

»Brüder! Rom heißt uns willkommen nach unserem
Dienst für das Imperium an der Ostgrenze. Die Zweite Kohorte kann stolz auf sich sein. Wir haben ehren-
voll und tapfer unter unserer Standarte gedient. Während unsere Kameraden in den anderen Kohorten sich
hier in der Hauptstadt den Arsch platt gesessen haben,
haben wir dem Feind gezeigt, wie wahre Römer kämpfen. Nach Dienstschluss werdet ihr heute den Kopf ein
wenig höher tragen und mit der schwungvollen Lässigkeit von Soldaten einhergehen, die sich ihren Sold red-
lich verdient haben. Sorgt dafür, dass eure Freunde in

den anderen Kohorten das mitbekommen. Und sollte irgendjemand wegen der Art, wie ihr hier einmarschiert seid, eine große Lippe riskieren, gebe ich euch die offizielle Erlaubnis, dem Betreffenden einen ordentlichen Tritt zu verpassen!«

Einige unter den Mannschaften und Offizieren lachten oder grinsten, und Macro strahlte sie seinerseits an. »Aber seid nicht zu streng mit ihnen, Jungs. Es ist schon eine ganze Weile her, dass sie es mit gefährlicheren Dingen als ein paar aufsässigen Betrunkenen oder wütenden Huren zu tun hatten.«

Er gestattete ihnen, den kurzen Moment zu genießen, bevor seine Miene ernst wurde. Er deutete auf den Eingang des Kasernengebäudes. »Wenn ihr in euer Quartier zurückkehrt, werdet ihr unweigerlich an eure Brüder denken müssen, die nicht mehr bei uns sind. Viele von euch kehren zum ersten Mal überhaupt von einem Feldzug zurück. Obwohl ihr die Kaserne so gut wie euren eigenen Handrücken kennt, wird sich jetzt alles anders anfühlen. Es wird viele leere Kojen in den Schlafräumen geben und weniger von jenem harmlosen Geplänkel, wie ihr es von früher kennt. Ihr werdet euch dabei ertappen, wie ihr an glücklichere Zeiten zurückdenkt und die Gesichter der Gefallenen vermisst. Sie waren eure Kameraden und eure Freunde, und es ist nur natürlich, dass ihr sie jetzt, da ihr zu euren normalen Verpflichtungen in der Garnison zurückgekehrt seid, vermissen werdet. Ihr werdet Zeit haben, über die beiden letzten Jahre nachzudenken und eure toten Brüder zu betrauern. Einige von euch werden gut mit dem Verlust zurechtkommen. Andere werden plötzlich von düsterer Trauer heimgesucht werden, wenn sie es am wenigsten erwarten. Das ist keine Schande. Ich habe lange genug gedient, um zu wissen, dass keine zwei Soldaten wirklich gleich sind und wir alle auf unsere eigene Art mit den Steinen zurechtkommen müssen, die uns das Leben in den Weg legt. Wir sind stolze Prätorianer, und stolz sind wir zu Recht. Aber ebenso, wie wir die Disziplin und die Muskeln der besten Soldaten des Kaisers besitzen, haben wir das Herz und den Kopf aller Sterblichen. Unsere Glieder schmerzen, unser Fleisch blutet und unser Herz muss die Last unserer Verluste tragen. Doch es gibt andere, an die wir denken sollten. Einige von euch werden die Familien der Gefallenen kennen. Zu euch sage ich: Begegnet all jenen mit Güte und Nachsicht, die ihre Söhne nie wiedersehen werden, weil diese Söhne sie zurückgelassen haben, um ihre Pflicht für Rom zu tun und zu sterben. Sie werden das Schicksal ihrer Kinder erfahren wollen. Sprecht mit sanften Worten und zeigt euer Mitgefühl. Sie werden es brauchen …«

Er hielt inne, damit die Soldaten seine Worte verarbeiten konnten. Dann räusperte er sich.

»Da wäre noch etwas, das ich euch mit schwerem Herzen mitteilen muss. Einige von euch werden sich fragen, warum Tribun Cato nicht hier ist, um euch zu begrüßen. Mit großer Traurigkeit muss ich euch sagen, dass er von seinem Posten entfernt wurde und ich so lange euer stellvertretender Kommandant sein werde, bis ein neuer Tribun ernannt ist.«

Ein wütendes Murmeln erhob sich unter den Männern. Eine Stimme rechts von Macro rief: »Was soll das heißen? Was soll der Tribun getan haben?«

»Ruhe!«, brüllte Macro. »Ihr seid Prätorianer und nicht irgendein Haufen plappernder Ziegenhirten! Der Nächste, der sich unaufgefordert zu Wort meldet, bekommt meinen Stock schneller auf seinen verdammten Schultern zu spüren, als man Spargel kocht!«

Er starrte die Männer an, als wolle er sie mit seinen bloßen Blicken dazu herausfordern, sich ihm zu widersetzen. Dann seufzte er schwer und fuhr fort.

»Zweite Kohorte! Morgen früh wird es eine umfassende Inspektion geben. Also putzt eure Sachen und besorgt euch beim Quartiermeister die Dinge, die ersetzt werden müssen. Nehmt ein Bad, rasiert euch und bringt eure gesamte Erscheinung auf Vordermann. Ich will, dass die Zweite Kohorte morgen die beeindruckendste im ganzen Hauptquartier ist. Ich schneide jedem die Eier ab, der mich hängen lässt. Zweite Kohorte! Wegtreten!«

Als die Männer die Reihen aufzulösen begannen, bemerkte Macro, dass einige von ihnen murrend nach ihrer Ausrüstung griffen und nur widerwillig in Richtung ihrer Quartiere schlurften. Es schien, als seien sie genauso wenig glücklich über die Absetzung ihres Tribuns wie Macro. Centurio Ignatius sah zu, wie seine Männer in das Gebäude gingen, und wandte sich dann Macro zu.

»Was ist das für eine Geschichte mit Tribun Cato?«

Bevor Macro antwortete, sah er sich um, denn er wollte sicher sein, dass niemand sie belauschte. »Jemand im Palast ist nicht glücklich darüber, wie Corbulo die Dinge angeht, und will ein Exempel statuieren. Die offizielle Linie lautet, dass Cato das Leben seiner Männer leichtfertig aufs Spiel gesetzt hat.«

»Was für eine Scheiße! Wir haben es einzig und allein

dem Tribun zu verdanken, dass überhaupt jemand von uns aus Armenien zurückgekehrt ist.«

»Ich weiß das. Du weißt es. Die Männer wissen es. Aber irgendein schwachköpfiger Berater Neros gibt einen Scheiß auf die Wahrheit. Indem sie unseren Tribun bestrafen, wollen sie Druck auf Corbulo ausüben, einen raschen Sieg über die Parther zu erringen. Und sie wollen dem General zu verstehen geben, was er zu erwarten hat, wenn er ohne einen Triumph nach Rom zurückkehrt, mit dem der Kaiser den Pöbel besänftigen kann. Das ist ihnen viel wichtiger als die Tatsache, dass der Tribun das Bestmögliche getan hat angesichts der Strafmission, zu der Corbulo uns gezwungen hat.«

»Was wird mit Tribun Cato passieren?«

Macro schob sein Offiziersstöckchen unter den Arm und löste sein Helmband. »Es wird eine Untersuchung geben. Möglicherweise wird offiziell Anklage gegen ihn erhoben.«

»Welche Art von Anklage?«

Macro nahm den Helm ab und wischte sich den Schweiß von der Stirn. »Das weiß ich noch nicht. Es könnte sein, dass man ihm vorwirft, seine Befugnisse überschritten zu haben.«

»Inwiefern?«

»Wir wurden als Corbulos Leibwache in den Osten geschickt. Wir waren nur zur Dekoration dort und sollten überhaupt nicht in irgendwelche Kämpfe verwickelt werden.«

»Aber es war doch der General, der uns nach Armenien geschickt hat.«

»Zweifellos werden sie sagen, dass die Befehle, die

Cato von Burrus erhielt, Vorrang hatten gegenüber den Befehlen von Corbulo und dass der Tribun dem General den Gehorsam hätte verweigern sollen.«

»Das ist doch Schwachsinn. Welchen Sinn hätte es, zum General ernannt zu werden, wenn man den Männern, die einem unterstehen, keine Befehle geben darf?«

Macro lächelte schief. »Genau … Und dann ist da noch die Sache mit unseren Verlusten. Sie werden versuchen, ihm auch die vorzuwerfen. Sie werden behaupten, dass die Verluste auf seine Inkompetenz zurückzuführen sind.«

Ignatius knirschte mit den Zähnen. »Ich würde gern sehen, wie einer dieser Bastarde sich besser schlägt als unser Tribun.«

»Darauf kannst du lange warten. Hör zu, Ignatius, es könnte sein, dass sie mit ein paar Offizieren und Mannschaften sprechen wollen. Wenn es dazu kommt, sollten wir dafür sorgen, dass sie bei der Version der ganzen Geschichte bleiben, die auch der Tribun erzählen wird. Normalerweise bin ich nicht gerade begeistert davon, die Männer in Angelegenheiten zu verwickeln, die weit über ihren Rang hinausgehen, aber das alles ist nicht richtig, und wir sind es Cato schuldig, alles zu tun, um ihn zu schützen.«

»Genau.«

»Unterdessen werde ich versuchen, mit Burrus zu sprechen. Gut möglich, dass ihm das gar nicht gefällt, aber es ist ja nicht so, dass ich irgendetwas zu verlieren hätte, wenn ich darauf dränge.«

Ignatius sah ihm direkt ins Gesicht. »Dann hast du immer noch vor, die Armee zu verlassen?«

»Warum auch nicht? Wenn die Prätorianergarde einen ihrer besten Männer auf eine solche Weise behandelt, dann möchte ich ihr nicht mehr angehören.«

»Das kann ich gut verstehen. Doch ich und die übrigen Centurios haben noch ein paar Jahre vor uns.«

Macro begriff sofort. »Sag einfach nur die Wahrheit. Mehr wird wahrscheinlich gar nicht nötig sein, wenn man dich um eine Zeugenaussage bittet. Wenn die Wahrheit überhaupt noch zählt, dann wird Cato sofort, nachdem dieser ganze Zirkus vorbei ist, den Befehl über die Kohorte zurückerhalten.« Er hielt inne und klopfte mit dem knorrigen Kopf seines Stocks dem anderen Centurio auf die Schulter. Du hast dem Tribun treue Dienste erwiesen. Ich werde mich dafür einsetzen, dass du nach meinem Ausscheiden zum obersten Centurio befördert wirst.«

Ignatius war bewegt und hatte Mühe, die richtigen Worte zu finden, um sich zu bedanken. »Ich …«

»Du hast es verdient, Bruder. Meiner bescheidenen Ansicht nach bist du der beste Mann für diesen Posten. Außer mir natürlich.«

»Es wird nicht leicht sein, in deine Fußstapfen zu treten, Herr.«

»Immer mit der Ruhe, du sentimentaler Hund«, knurrte Macro. »Sonst bringst du mich noch zum Weinen, Scheiße noch mal.«

Beide lachten leise.

»Na schön. Dann wollen wir mal dafür sorgen, dass sich die Männer wieder einleben, und danach gehen wir in die Offiziersmesse und trinken einen Schluck. Ich bin vollkommen ausgedörrt. In meinem Hals ist es trockener als zwischen den Arschbacken eines Kamels.«

Der Abend dämmerte bereits, als Macro zu Catos Villa zurückkehrte. Er war gerade dabei, seinen Umhang in der Nische neben der Tür aufzuhängen, als er die Gegenwart eines anderen Menschen hinter sich spürte und in Erwartung dessen, was kommen würde, zusammenzuckte.

»Was hat dich aufgehalten?«, fragte Petronella in gereiztem Ton. Sie beugte sich vor und schnüffelte. »Wein.«

»Ich habe schnell einen Becher mit den anderen Centurios getrunken, nachdem die Kohorte im Hauptquartier eingetroffen war. Wir hatten wichtige Angelegenheiten zu besprechen.«

»Einen Becher? Für mich riecht das, als sei es mehr als nur einer gewesen.«

»Wäre möglich«, sagte Macro und runzelte leicht die Stirn, als er sich daran zu erinnern versuchte, wie viel er genau gehabt hatte. »Nein, ich glaube, es war doch nur einer.«

»Ein Becher? Oder ein Krug?«, erwiderte Petronella verächtlich. Dann drehte sie sich um und stapfte in Richtung ihres Schlafquartiers davon.

»Wo ist Cato?«, rief Macro ihr nach.

»In seinem Arbeitszimmer. Er wollte, dass du ihn aufsuchst, wenn du nach Hause kommst. Aber das war schon vor ein paar Stunden.« Sie bog um eine Ecke und verschwand.

Macro atmete erleichtert auf. Er war ohne große Probleme davongekommen. Er hob den Kopf und sprach flüsternd ein rasches Gebet, damit der Gott Bacchus ihm half, nicht so betrunken zu wirken, wie er sich fühlte.

Nachdem er seine Rüstung abgelegt hatte und nur noch Tunika und Stiefel trug, machte er sich auf den

Weg zu seinem Freund. Cato saß auf einer Bank vor dem Arbeitszimmer und sah auf den Garten hinaus, in dem sich die Schatten zusammenzogen. Cassius schlief zusammengerollt unter der Bank, während Cato an einem silbernen Kelch nippte, den er in beiden Händen hielt. Er rang sich die Andeutung eines Lächelns ab, als Macro auf ihn zukam.

»Anscheinend hast du ohne mich angefangen.«

Cato kniff die Augen zusammen und rümpfte die Nase. »Eher andersrum, glaube ich.«

»Könnte sein, dass ich im Hauptquartier einen oder zwei Schluck hatte.«

»Zweifellos. Wie geht es den Jungs?«

»Sie sind froh, wieder in Rom zu sein. Aber die Neuigkeiten über dich kamen nicht besonders gut bei ihnen an. Ich habe mit den anderen Centurios gesprochen. Sie werden dich allesamt unterstützen, wenn man sie auffordern sollte, in einer Anhörung als Zeugen aufzutreten.«

»Vielleicht kommt es erst gar nicht dazu. Ich habe den Befehl erhalten, übermorgen nach den Spielen zu einer Audienz beim Kaiser zu erscheinen. Dann werde ich erfahren, was das Schicksal mit mir vorhat. Aber ich wäre ihnen dankbar, wenn sie zu meinen Gunsten aussagen würden, falls es doch zu einer Anhörung oder einem Prozess kommen sollte.«

»Das werden sie natürlich. Das haben sie selbst gesagt. Wohlgemerkt, ich habe auch nichts Geringeres erwartet. Es gibt niemanden in der Kohorte, der nicht wüsste, wie viel du für uns getan hast.«

Die Worte rührten Cato, doch es fiel ihm schwer, sie einfach so zu akzeptieren. »Jeder Offizier und jeder einfache Soldat hat seinen Teil dazu beigetragen, Macro. Ich hatte das Glück, gute Männer an meiner Seite zu haben, das ist alles.«

»Das ist alles?«, wiederholte Macro und lachte kurz auf. »Im Ernst, mein Junge, du musst lernen, ein aufrichtiges Lob anzunehmen. Ich versuche nicht, mich bei dir einzuschmeicheln. Warum sollte ich auch? In einem Monat bin ich nicht mehr in der Armee, also würden mir irgendwelche Schmeicheleien überhaupt nichts bringen. Und du kennst mich gut genug, um zu wissen, dass ich dich nie verarschen würde. Deshalb ist es wahr, was ich über dich sage, und es gilt für jeden einzelnen Mann in dieser verdammten Kohorte.«

»Du übertreibst.«

Macro starrte ihn an und runzelte dann die Stirn. Der warme Wein in seinen Adern und die leichte Euphorie in seinem Herzen machten ihm Mut. »Ich glaube, es ist an der Zeit, dass ich dir etwas sage. Ich werde es jetzt sagen, denn ich werde nicht so schnell wieder die Gelegenheit dazu bekommen, und ich will nicht warten, bis ich wieder etwas getrunken habe, bevor ich es tue.«

»Ich habe ehrlich gesagt keine Ahnung, wovon du sprichst.«

»Ah, scheiß auf deine Bescheidenheit. Gib der mal eine Pause. Und halt die Klappe, bis ich fertig bin.«

Macro holte tief Luft und ordnete seine Gedanken, während Cato versuchte, sich nicht anmerken zu lassen, wie sehr ihn die sentimentale Stimmung seines Freundes amüsierte.

»Cato, Herr, du bist zweifellos der beste Offizier, den ich jemals kennengelernt habe – und von denen, unter denen ich gedient habe, ohnehin. Einer der besten, die in allen Legionen zu finden sind, und ich muss das wissen, denn ich habe mein halbes Leben in der Armee verbracht. Ich habe sie alle kennengelernt. Ich habe unfähige Typen gesehen, die sich stets in den Vordergrund drängen, weil sie aus einer reichen Familie kommen, und einfache Soldaten wie Dreck behandeln, obwohl sie kaum das eine Ende eines Schwerts vom anderen unterscheiden können. Aber du, du bist anders. Du warst von Anfang an in Ordnung. Du hast alles auf die harte Tour gelernt, und du hast jede Beförderung verdient, die man dir gewährt hat. Du hast das Herz dazu, aber auch den Kopf. Du bist scharf wie eine Nadel und tapfer wie ein Löwe. Und du kümmerst dich um die Männer, und glaub bloß nicht, dass sie das nicht mitbekommen. Wenn es mit rechten Dingen zugehen würde, müsstest du schon längst General sein. Wenn du es wärst, so möchte ich sagen, wäre es um die Sicherheit des Imperiums wesentlich besser bestellt, und gute Menschen müssten sich keine Sorgen über Barbaren mit haarigen Ärschen machen, die bei Nacht über die Grenze kommen, ihnen den Schädel einschlagen und mit ihren Frauen verschwinden.«

Cassius stieß im Schlaf zuerst ein Wimmern und dann ein Knurren aus, und seine Pfoten zuckten.

»Bist du fertig?«, wollte Cato wissen. »Du machst meinen Hund unruhig.«

»Ruhe!« Macro deutete energisch mit dem Finger auf Cato. »Ich habe wirklich die Schnauze voll davon, miterleben zu müssen, wie man dir den vollen Lohn für deine Leistung verweigert. Ich habe es satt zu sehen, wie zweitrangige Gestalten den Ruhm für deine Erfolge einstreichen. Wenn ich Kaiser wäre, wurde ich dir den Befehl über alle Legionen geben, einfach so.« Er versuchte, mit den Fingern zu schnippen, doch sein Mittelfinger sank schlaff gegen seinen Daumenballen. Er starrte seine Hand an, versuchte es noch einmal und hatte genauso wenig Erfolg. »Sei's drum. Du verdienst nichts Geringeres.«

»Wenn du das wirklich glaubst«, sagte Cato und nickte höflich, »dann wäre es vielleicht gut, wenn wir möglichst früh zu Bett gingen. Ich habe alle Vorbereitungen getroffen, dass wir morgen zu den Wagenrennen gehen können. Wir sollten versuchen, so viel Schlaf wie möglich zu bekommen. Morgen müssen wir früh aufbrechen, um uns gute Plätze zu besorgen. Lucius ist schon ganz aufgeregt.«

»Vergiss die verdammten Wagenrennen!« Macro packte seinen Freund am Unterarm. »Ich habe dir gerade gesagt, warum du verdammt stolz auf das sein kannst, was du erreicht hast. Um aller Götter willen, akzeptiere es. Glaube mir, es ist wahr. Ich hätte dir das schon viel früher sagen sollen … Ich bin stolz auf dich, mein Junge. Ich weiß, du bist mein Kommandant, und …«

»Inzwischen nicht mehr.«

Macro legte einen Finger an die Lippen und knurrte: »Lass mich ausreden. Du bist mein Kommandant … mein Waffenbruder … mein Freund. Aber du warst auch wie ein Sohn für mich. So habe ich das immer empfunden. Und jetzt hast du dich so gut entwickelt, wie irgendein Vater sich das nur wünschen kann. Du wirst sehen, was ich meine, wenn du erlebst, wie Lucius heranwächst. Dieser kleine Bastard hat das große Glück, dass du es bist, zu dem er aufschauen und dem er mit Respekt begegnen kann. Ich hatte das nie. Mein Vater war ein Niemand.«

»Dann war er besser als meiner«, erwiderte Cato. »Meiner wurde als Sklave geboren.«

Macro schüttelte den Kopf. »Wir sind, was wir sind, mein Junge. Ob wir im Luxus oder in den Elendsvierteln der Vorstadt geboren wurden, unter Aristokraten oder Sklaven, wir folgen unserem eigenen Weg in der Welt und lernen mit dem umzugehen, was das Schicksal für uns bereithält. Es zählt, was *da drin* ist.« Er schlug sich gegen die Brust und starrte Cato mit weit aufgerissenen Augen und leicht schwankend an. »Verstehst du, was ich sagen will?«

Cato sah ihn mit festem Blick an und lächelte sanft. »Ich verstehe dich. Obwohl andere im Moment wahrscheinlich ihre Schwierigkeiten damit hätten. Vielen Dank für deine großzügigen Worte. Ich habe mich immer auf dich verlassen, Bruder. Wenn ich jemals ein neues Kommando bekomme, wird es schwer sein, meiner Aufgabe ganz auf mich allein gestellt gerecht zu werden. Und damit wäre alles gesagt. Wir sollten dich wirklich ins Bett schaffen, bevor Petronella dich noch ganz aufgibt.«

»Ah, meine Frau«, grinste Macro. »Sie ist sicher noch wach, um sich mit mir eine Rangelei zu liefern. Ich brauche nur noch einen Schluck, bevor ich es wagen kann, ihr unter die Augen zu kommen.«

Er griff nach dem Krug, doch Cato schnappte ihm das Gefäß weg. »Nein. Du hattest schon genug. Geh zu ihr, Macro, bevor sie rauskommt und dich sucht. Das wäre mein Rat.«

Macro warf noch einen sehnsüchtigen Blick auf den Krug, dann nickte er. »Na schön.«

Er erhob sich unsicher, wandte sich in Richtung der Zimmer, die für ihn und seine Frau hergerichtet worden waren, und ging mit einem fröhlichen Winken in die Dunkelheit. Cato sah ihm einen Augenblick lang amüsiert nach, doch dann spürte er, wie ihm das Herz schwer wurde, denn er begriff, dass ein bedeutender Abschnitt seines Lebens sich dem Ende zuneigte. Es gäbe, so hoffte er, neue Herausforderungen und neue Aussichten für ihn. Aber einen Macro, der sie mit ihm teilen würde, gäbe es nicht mehr.

»Auf Wiedersehen, mein Freund«, sagte er leise, und wandte seinen Blick wieder dem Garten zu.

KAPITEL 5

Die aufgehende Sonne war noch immer hinter der Masse des Viminalhügels verborgen, als Cato und seine Begleiter über das Forum auf den Circus Maximus zugingen. Vor ihnen ragte der mächtige Kaiserpalast auf dem Palatin in luftige Höhen, umhüllt von rosigen Sonnenstrahlen. Cato sah zu dem Gebäude hinauf; er musterte Säulengänge und Balkone, als könne er einen Blick auf den Kaiser, seine Familie oder seine Berater erhaschen, doch bei den einzigen Gestalten, die zu sehen waren, handelte es sich um Neros Leibwache, die weitgehend seinem Haushalt angehörte, große Germanen mit langem blondem Haar, deren Rüstungen und Speere funkelten. Sie wurden ausgewählt, weil sie Söldner waren, die kein Latein sprachen, weshalb es weniger wahrscheinlich war, dass sie in eine Verschwörung gegen den Kaiser verwickelt wurden. Darüber hinaus galten sie als wilde Krieger, die keine Gnade zeigten.

Cato erinnerte sich an sein erstes Scharmützel, an dem er an der Grenze am Rhein teilgenommen hatte. Die Kohorte, in der er Dienst tat, war in eine Falle gelockt worden, und als er die Stammeskrieger der Barbaren sah, die mit wie vom Wahnsinn verzerrten Gesichtern auf ihn zustürmten und ihre Schlachtrufe ausstießen, hatte er zum ersten Mal erfahren, was wahres Entsetzen ist. Die Germanen waren große, wild aussehende Männer, die selbst unter friedlichen Umständen angsteinflößend wirkten. Deshalb war es kaum überraschend, dass sie ausgewählt worden waren, um Augustus und jeden Kaiser nach ihm zu beschützen. Cato schauderte bei dem Gedanken, ihnen am folgenden Tag im Palast begegnen zu müssen.

Er zweifelte nicht daran, dass er seine Pflicht getan hatte mit allem, was in seiner Macht stand, aber er war realistisch genug, um zu wissen, dass das in der Welt der hohen Politik nicht zählte, wo man Männer seines Ranges benutzte und sich ihrer entledigte, ohne mehr Gedanken an sie zu verschwenden als an eine beliebige Spielfigur. Es ließ sich unmöglich sagen, welches Schicksal für ihn vorgesehen war. Gut möglich, dass ihm eine Anklage wegen nie begangener Verbrechen, Verbannung und sogar Tod drohte. Genauso gut konnte Nero ihn aus einer Laune heraus wieder auf seinen alten Posten versetzen. Diese Willkür war es, die ihm eigentlich Sorgen bereitete. Wenn er die Gefahr kannte, die ihn bedrohte, konnte er sich darauf vorbereiten. Aber so? Er konnte von allen Seiten aus dem Hinterhalt angegriffen werden.

Er hielt Lucius' Hand fest umschlossen, als sie sich durch eine kleine Gruppe von Kunden schoben, die in aller Frühe zum Markt auf dem Forum gekommen waren, um sich die frischesten Waren zu sichern, die an den Ständen angeboten wurden. Petronella ging auf der anderen Seite des Jungen, einen Proviantkorb in der freien Hand, während Macro vorauseilte und ihnen so gut es ging den Weg freimachte. Sie folgten der Durchgangsstraße, die sich an der Seite des Palasts entlangzog; dort stiegen faulige Gerüche vom Hauptabwasserkanal der Stadt auf und hingen oft tagelang in der Luft, sofern es keinen Regen oder heftige Windböen gab. Lucius verzog angewidert das Gesicht, während Petronella ihre Hand über Mund und Nase legte. Alle vier schritten rascher aus, bis sie den großen, offenen Platz erreicht hatten, der zwischen dem einen Ende des Circus Maximus und den Lagerhäusern des Boarium-Markts lag. In der Hoffnung, noch vor dem Beginn der Rennen einen Blick auf ihre Helden zu erhaschen, hatte sich eine große Menge vor den Eingängen versammelt, durch welche die Wagenlenker und ihre Gespanne in den Zirkus rollten. Lautstark erklangen aufgeregte Rufe, als eine Gestalt in einer blauen Tunika an einem der Bögen über den Eingangstoren erschien. Cato und die anderen hielten inne, um den Mann, der helle Haut und blondes Haar hatte, zu beobachten. Er breitete die Arme aus, um seine Anhänger zu grüßen, und nahm lächelnd ihre Huldigung entgegen.

Cato spürte, wie sein Sohn an seiner Hand zog, und sah nach unten.

»Warum schreien sie so?«

»Das wirst du gleich sehen.« Er hob den Jungen hoch, setzte ihn sich auf die Schultern und hielt ihn an den Fußknöcheln fest. »Siehst du den Mann dort oben, Lucius?«

»Ja.«

»Er ist einer der Wagenlenker.«

»Er muss berühmt sein. Alle jubeln ihm zu.«

»Alle Wagenlenker sind berühmt, genauso wie alle Gladiatoren, die schon viele Siege errungen haben.«

»Werden wir ihm auch zujubeln?«

»Nein, das werden wir verdammt noch mal nicht!«, sagte Macro. »Den Blauen niemals! Sie sind nichts als ein Haufen betrügerischer Bastarde, die versuchen, jedes

Rennen zu manipulieren, das gefahren wird. Wir sind für die rote Mannschaft, Junge, den Stolz der Vorstadt.«

»Die Roten?« Lucius sah zu Macro, der heftig nickte und die Hände rechts und links um den Mund legte.

»Es lebe Rot!«, rief er mit bellender Stimme.

»Es lebe Rot!«, wiederholte Lucius, und seine schrille Stimme drang durch die Reihen der Wartenden. Besucher am Ende der Menge drehten sich um und starrten die kleine Gruppe an.

»Ich finde, das genügt vorerst, Lucius«, sagte Cato. »Spar dir deinen Atem für später.«

Petronella knuffte Macro mit dem Ellbogen in die Seite. »Und du solltest dich wohl besser zurückhalten. Fang keinen Streit an, bevor wir überhaupt drinnen sind.«

»Nein, Liebste«, antwortete Macro zerknirscht, blinzelte aber sogleich Lucius zu, nachdem Petronella sich wieder umgedreht hatte.

Sie gingen an den Verkäufern vorbei, die Kissen, farbige Bänder und kleine Speisen anboten, und stiegen die Treppe zum Zuschauereingang hinauf. Die Plätze hoch oben auf der Tribüne, die für die einfachen Bürger reserviert waren, füllten sich bereits, und ein Gewirr aus tausenden Stimmen, in dem immer wieder Begrüßungsrufe und Chöre von Gelächter deutlich herauszuhören waren, dröhnte durch das Stadion. Es gab immer noch genügend Plätze auf der zweiten Sitzebene, welche für die Ritterklasse reserviert war, der auch Cato angehörte. Er zeigte dem Mann, der an der Schranke Dienst tat, seine linke Hand mit dem Goldring, und sie wurden durch die Absperrung gelassen.

Die besten Plätze befanden sich rechts und links der

Loge des Kaisers, denn sie waren der Rennbahn am nächsten und lagen in der Nähe des Tribünenabschnitts, in dessen Richtung Cato und seine Begleiter gingen. Jene Plätze waren für die Senatoren und ihre Familien reserviert, von denen jedoch noch keiner eingetroffen war. Stattdessen hatten sie ihre Sklaven vorausgeschickt, um die entsprechenden Positionen zu sichern und Kissen und andere Bequemlichkeiten für ihre Herren vorzubereiten. Eine weitere Gruppe von Sklaven war in der Loge des Kaisers beschäftigt und bereitete diese auf die Ankunft Neros vor, der zusammen mit seinem Anhang später an diesem Morgen eintreffen würde. Einige hängten Girlanden auf, während andere kleine Kohlebecken herrichteten, in denen die Krüge mit parfümiertem Wasser erwärmt wurden, um der Luft, die Nero und seine Gäste umgab, einen süßen Duft zu verleihen.

»Dort drüben.« Macro deutete auf eine Reihe freier Sitzplätze, die näher an der Begrenzung zum Sand hin lagen. »Von dort aus haben wir eine gute Aussicht auf die Aufstellung und den Zieleinlauf in jedem Rennen.«

»Und wir werden den Kaiser sehen können«, sagte Petronella aufgeregt. Wie viele Menschen aus ihrer Klasse war sie auf eine schier unausweichliche Weise von den Mitgliedern der kaiserlichen Familie und ihren Angelegenheiten fasziniert.

Die kleine Gruppe nahm ihre Plätze ein; Lucius stützte das Kinn und die Hände auf das Geländer und starrte auf die Torbögen am Ende des Stadions, unter denen die Mannschaften die Wagen vorbereiteten, Zügel und Zuggurte überprüften, bevor die Pferde angeschirrt wurden. Mehrere Helfer rechten den Sand, während andere auf

Tragen Körbe mit Verbänden zur Versorgung von Verletzten auf die Insel brachten, jenen freien Bereich in der Mitte des Stadions, um den herum die Rennstrecke führte. Die Sonne ging auf und erfüllte das Stadion mit Licht und Wärme. Von der kleinen Gruppe aus erstreckten sich die Sitzbänke etwa sechshundert Schritte weit bis zur Schmalseite am anderen Ende der Arena. Die Größe des Gebäudes und die schimmernde Masse der mehreren Zehntausend Zuschauer genügten bereits, um die Aufregung und Vorfreude zu erklären, die Cato in den Augen seines Sohnes wahrnahm, während der Junge sich fasziniert umblickte.

Macro zerzauste Lucius' Locken. »So etwas hast du noch nie gesehen, oder, mein Junge?«

Lucius schüttelte den Kopf. »Es ist, als ob jeder aus dem ganzen Imperium hier wäre.«

»Nicht ganz.« Macro lächelte. Die ersten Gruppen von Senatoren trafen ein. Die Männer trugen Togen, die den breiten roten Streifen ihrer Tuniken erkennen ließen. Sie bemühten sich, so würdevoll auszusehen, wie es ihrem Rang entsprach, während sie zu ihren Plätzen gingen, wobei sie immer wieder innehielten und den einfachen Bürgern zuwinkten, deren Interessen sie in offizieller Funktion wahrnahmen. Als die Letzten, begleitet von Frau und Kindern, Platz genommen hatten, erklangen plötzlich mehrere laute Trompetenstöße, und alle Blicke richteten sich auf die Kaiserloge; das Stimmengewirr verklang. Cato konnte die Garde der germanischen Leibwächter sehen, die bereits am Rand der Loge Position bezogen hatten. Der Klang der Trompeten erstarb, und andere Gestalten tauchten auf und nahmen ihre Plätze ein, und dann war es für einen Augenblick vollkommen still. Gleich darauf zerrissen neue Klänge das lautlose Innehalten, und plötzlich war ein bärtiger junger Mann zu sehen, der die Arme in Richtung der Zuschauer hochriss. Die Zuschauer jubelten und schrien ihm ihre Grüße zu, und dann begann ein Sprechgesang, der rasch überallhin getragen wurde, bis das ganze Stadion davon erfüllt war: »Ne-ro! Ne-ro! Ne-ro!«

»Ne-ro!« Lucius stieg auf die Sitzbank und riss seine kleine Faust hoch, als er den Namen des Kaisers schrie. Petronella fiel in seinen Ruf ein, und dann folgten auch Macro und Cato, auch wenn sie nicht ganz so begeistert klangen. Der Kaiser ermutigte diesen jubelnden Zuspruch, indem er Küsse in die Menge hauchte, obwohl das einen Bruch mit den kaiserlichen Gepflogenheiten darstellte. Macro warf Cato einen Blick zu, und Cato zuckte mit den Schultern. Wer war er schon, eine solche Kleinigkeit zu kritisieren, wenn der Mann, der über das größte Reich der Welt herrschte, es sich in den Kopf gesetzt hatte, wie ein gefeierter Schauspieler auf die Menge einzugehen?

»Was hat er jetzt vor?«, fragte Macro, als Nero die Spange seines Umhangs löste, sodass dieser hinter ihm zu Boden glitt. Während ein Sklave zu ihm eilte, um das Stück Stoff aufzuheben, trat Nero an die Treppe, die in die Arena führte, und stieg in den Sand hinab. Er hielt einen kurzen Augenblick inne und schlenderte dann, indem er der Menge weiter zuwinkte, gemächlichen Schrittes auf das nächstgelegene der zwölf Tore zu, die zum Abschluss der Vorbereitungen auf das Rennen geschlossen worden waren. Als er näher kam, klappte das mit

Metallfedern verbundene Tor plötzlich nach hinten auf, und zwei Helfer führten vier weiße Pferde in die Arena, die vor einen purpurfarbenen, mit funkelnden goldfarbenen Lorbeerkränzen bemalten Wagen gespannt waren.

Cato lachte ungläubig. »Ich glaube, unser Kaiser hält sich für einen Wagenlenker.«

»Das kann nicht sein Ernst sein«, sagte Macro empört. Er konnte den Blick nicht von der Szene abwenden. Es war eines, mit der Menge zu spielen, aber es war etwas ganz anderes, sich so sehr herabzulassen, dass man die Rolle eines gewöhnlichen Unterhalters der Massen annahm.

Einer der Helfer brachte das Gespann zum Stehen und beruhigte die Pferde, als Nero sich Zeit nahm, einem der Tiere die Wange zu tätscheln, bevor er nach hinten ging und in den nicht besonders stabilen Wagen stieg. Er nahm die Zügel in die eine Hand und hob die andere, um die Menge zu grüßen. Hinter ihm schritten die Helfer zu dem Öffnungsmechanismus der nächsten vier Tore, traten beiseite und warteten auf das Signal. Wieder erklangen die Trompeten; diesmal erhob sich ihr Schall von der Insel in der Mitte des Stadions, und als der Mann, der für das Startzeichen zuständig war, auf sein Podium stieg, verstummte die Menge und beugte sich voller Aufregung nach vorn.

Nero nahm die Zügel in beide Hände, verschaffte sich einen breiteren Stand und sah zu den sieben vergoldeten Delfinen über dem Podium auf. Der Mann dort ergriff einen Hebel, hielt einen Augenblick inne und drückte ihn dann nach unten. Über ihm neigte sich der erste Delfin nach vorn, als stürze er sich ins Meer. Die vier Tore sprangen auf, und die Wagenlenker der roten, blauen, grünen und weißen Mannschaft, welche die Farben ihres Teams trugen, packten die Zügel und trieben ihre Pferde an. Räder drehten sich rasend, Sand und Staub wirbelten auf, und die Wagen schossen auf Nero zu. Der Kaiser schnalzte mit den Zügeln, und sein Gespann trabte gemächlich nach vorn und fiel dann nach einem zweiten Befehl des Wagenlenkers in einen leichten Galopp. Langsam erhöhte Nero das Tempo zu einem stetigen Galopp, der im Bereich dessen lag, was die Pferde bequem durchhalten konnten. Die anderen Wagenlenker hinter ihm zügelten ihre Pferde, sodass sie hinter ihrem Herrn blieben, während die Menge Anfeuerungsrufe schrie.

Macro neigte sich zu Catos Ohr, denn nur so konnte er sicher sein, dass sein Freund ihn trotz des Lärms verstand. »Hast du eine Ahnung, wie die Quote steht, wenn man auf einen Sieg des Kaisers setzen will? Auch wenn ich mir nicht vorstellen kann, dass irgendein Buchmacher bei dieser Farce eine Wette annehmen würde.«

Trotzdem feuerte die Menge Nero nach wie vor an, als sein Wagen das Ende des Stadions erreichte und seine Pferde in Trab fielen, um die Schmalseite zu passieren, was die nachfolgenden Wagenlenker zwang, ebenfalls das Tempo zu drosseln. Für einen Augenblick waren die Wagen außer Sichtweite, während sie die gegenüberliegende Längsseite entlangrollten, und dann erschien Nero erneut. Noch immer führte er das Feld an, und vorsichtig umrundete er die näher gelegene Schmalseite des Stadions, während der zweite Delfin nach vorn sank, um die nächste Runde anzuzeigen.

»Der Kaiser führt noch immer!« Lucius klatschte.

»Ich weiß«, erwiderte Cato ohne eine Miene zu verziehen. »Erstaunlich.«

»Glaubst du, dass er gewinnen wird, Papa?«

»Ich wäre überrascht, wenn jemand mit seiner Erfahrung und von seiner Herkunft ein solches Rennen verlieren könnte.«

Während das Rennen weiterging, wurde die Menge des schwülstigen Spektakels nach und nach müde. Der Jubel, als Nero die Ziellinie überquerte, war bestenfalls flüchtig und eher auf die Erleichterung darüber zurückzuführen, dass das Schauspiel vorbei war, als auf eine echte Wertschätzung der Künste Neros beim Wagenrennen. Die anderen Wagen kamen nach und nach zum Stehen, und die Wagenlenker senkten zum Zeichen ihrer Niederlage vor dem kaiserlichen Sieger den Kopf. Sogleich eilte eine Gruppe offizieller Helfer von der Insel herbei, deren Anführer den Siegeskranz auf einem großen roten Kissen trug. Nero griff danach, hob den Kranz hoch, um ihn der Menge zu zeigen, und setzte ihn sich aufs Haupt. Dann schritt er, noch immer begleitet von erleichtertem Applaus, die Treppe hinauf, die zur kaiserlichen Loge führte. Unterdessen rollten die Wagen – ein Ersatzfahrer hatte Neros Gespann übernommen – durch den großen zentralen Torbogen zurück, während gleichzeitig die vier Starttore für das nächste Rennen vorbereitet wurden.

Cato sah zu seinem Sohn. »Ich wette, du hättest nie damit gerechnet, miterleben zu dürfen, wie der Kaiser so etwas tut.«

Lucius grinste und schüttelte heftig den Kopf. »Er kann einfach alles, nicht wahr?«

»Ich vermute, dass die meisten Leute ihm genau das sagen, ja.«

Plötzlich änderte sich die Art des Stimmengewirrs der Menge, die um die kaiserliche Loge saß, und Cato reckte den Hals, um über die Köpfe der Menschen hinwegzusehen, die im Bereich der Prätorianer saßen. Der Kaiser hatte auf einem großen, mit Kissen gepolsterten Stuhl Platz genommen, welcher sich vorn in der Loge befand. Ein weiterer, nur ein wenig kleinerer Stuhl war daneben aufgestellt worden, und eine junge Frau mit kurzem blondem Haar, die eine schimmernde purpurfarbene Stola trug, hatte sich darauf niedergelassen.

»Wer ist das?«, fragte Petronella. »Seine Frau?«

»Claudia Octavia?« Cato kniff die Augen zusammen und schüttelte den Kopf. Das war nicht die Frau, die er ein paar Jahre zuvor bei einigen Gelegenheiten an Neros Seite im Kaiserpalast gesehen hatte. »Ich glaube nicht.«

Jetzt erhob sich vielstimmiger Jubel, und Cato sah, dass einige Senatoren und ihre Begleiter sich der kaiserlichen Loge zugewandt hatten und sich leise unterhielten. Mehrere von ihnen deuteten auf die Frau und lächelten höhnisch.

»Wenn ich mich nicht irre, würde ich sagen, das ist Claudia Acte, seine Geliebte.«

»Ich dachte, man hätte ihm nahegelegt, dafür zu sorgen, dass sie sich eher im Hintergrund hält«, sagte Macro.

»Gewiss. Aber anscheinend will er sie der Öffentlichkeit vorführen, und einigen gefällt das nicht.«

Er hatte den Satz noch nicht beendet, als sich die ersten Senatoren bereits erhoben und empört auf die Geliebte des Kaisers deuteten. Gleich darauf schritten sie mit in die Höhe gerecktem Kinn davon, als gingen sie an einem offenen Abwasserkanal vorbei. Andere folgten ihrem Beispiel, während Buhrufe und anzügliche Bemerkungen in dem Teil der Menge, der in der Nähe der kaiserlichen Loge saß, immer lauter wurden. Nero saß regungslos auf seinem Stuhl. Mit einem Lächeln im Gesicht starrte er nach vorn und winkte gelegentlich seinem Volk zu. Claudia Acte hatte die Lippen zu einem dünnen Strich zusammengepresst und sah zu Boden. Unweit von ihr beeilte sich Burrus, eine Einschätzung der Situation zu gewinnen. Dann ging er zu einem seiner Tribune und flüsterte ihm etwas zu. Gleich darauf eilte der Offizier hinunter in die Arena, rannte zu dem Mann auf dem Podium, das sich auf der Insel befand, und rief ihm einige Anweisungen zu. Die Vorbereitungen auf das nächste Rennen wurden rasch und ohne den üblichen Vorspruch fortgesetzt. Der erste der wieder aufgerichteten Delfine senkte die Nase, die Tore klappten auf, und vier Wagen schossen hinaus auf den Sand. Sie waren viel schneller als die Wagen beim vorherigen Rennen und drängten sich dicht aneinander, während sie um die Führung auf der ersten Geraden kämpften. Abrupt wandte sich die Aufmerksamkeit der Menge den Geschehnissen auf der Rennbahn zu, Buhrufe verwandelten sich in Jubel, und die Besucher wedelten voller Begeisterung mit bunten Stoffstreifen hin und her.

Doch nicht jeder ließ sich so leicht ablenken. Ein ununterbrochener Strom aus Senatoren und ihren Begleitern zog sich zurück. Scheinbar unbeeindruckt, nahm Nero die Hand seiner Geliebten und küsste sie von Zeit zu Zeit.

Macro kratzte sich am Kinn. »Es sieht so aus, als seien einige der hohen Herren nicht gerade begeistert über die Dame, die sich Nero als seine Begleiterin ausgesucht hat.«

»Der Pöbel sieht das genauso.« Cato nickte in Richtung der Menge rechts und links der kaiserlichen Loge.

»Das überrascht mich nicht«, sagte Petronella. »Seine Ehefrau öffentlich so zu erniedrigen, ist ein Skandal.« Sie runzelte die Stirn und blickte düster drein. »Wenn ihr armer alter Vater das noch sehen könnte, hätte er Nero nie adoptiert und zu seinem Erben gemacht. Das ist mehr als ein Skandal; es ist eine Schande.«

Lucius sah mit fragender Miene von einem zum anderen. »Was ist ein Skandal, Papa?«, fragte er.

»Oh, das ist ein Spiel, das die Reichen anscheinend geradezu spielen *müssen*.«

»Ein Spiel? Wie spielt man es?«

»Lass mich kurz nachdenken … Man erfindet einige Regeln und sagt den Menschen, dass diese Regeln wirklich wichtig sind und jeder sich an sie zu halten hat. Und dann bricht man sie.«

Lucius dachte darüber nach und schüttelte dann den Kopf. »Das hört sich für mich nicht so an, als würde es besonders viel Spaß machen.«

»Es macht mehr Spaß, als du denkst, mein Junge«, murmelte Macro. »Glaub mir.«

»Hör bloß nicht auf ihn!«, unterbrach Petronella ihren Mann in scharfem Ton. Sie wandte sich Macro zu und zischte ihn an. »Hör auf, ihm irgendwelche Ideen in den Kopf zu setzen. Lucius ist ein guter Junge.«

»Natürlich ist er das. Aber wenn er ein Mann ist, ist das eine andere Geschichte.«

»Oh, du willst wohl, dass er wie du endet, scheint mir.«
Macro wirkte verletzt. »Was soll das heißen?«

»Ich weiß, wie ihr Soldaten seid.«

»Und doch hast du mich geheiratet.«

»Das lässt sich schnell wieder in Ordnung bringen.« Petronella verschränkte die Arme vor der Brust und wandte sich wieder Lucius zu. »Wenn du die Chance dazu bekommst, solltest du versuchen, nicht so zu werden wie dein Onkel Macro.«

»Aber ich will *genau so* werden wie Onkel Macro.«

Der Centurio strahlte, und seine Frau hob verzweifelt die Hände und wandte sich ab.

Das Stadion schnappte hörbar nach Luft, als der führende Wagenlenker, ein stämmiger Mann mit blondem Haarschopf in einer blauen Tunika, an der Schmalseite der Rennstrecke die Kontrolle über sein Gefährt verlor und sich dessen rechtes Rad aus dem Sand erhob. Er bemühte sich, das Gleichgewicht wiederzugewinnen, doch es war zu spät, um den Schwung abzufangen. Eingehüllt in eine Staubwolke, kippte der leichte Rahmen seines Gefährts auf die Seite und schleuderte den Wagenlenker zu Boden. Das rechte Pferd unmittelbar vor ihm wurde gegen das Tier auf der linken Seite gedrückt, und das ganze Gespann scherte aus und zog den Wagen und den Mann hinter sich her. Während die Zuschauer aufsprangen, zog der Wagenlenker seinen Dolch und versuchte, die Zügel zu durchtrennen, die an einem Ledergurt um seine Hüften befestigt waren. Die Bänder lösten sich, und er rollte gerade noch zur Seite, bevor die anderen drei Wagen die Schmalseite passierten und donnernd an ihm vorbeirollten.

Cato spürte, wie ihn eine Woge der Erleichterung angesichts der Rettung des Mannes durchströmte, doch er nahm auch die Enttäuschung in einigen Gesichtern in der Menge wahr; diese Besucher waren offensichtlich gekommen, um nicht nur den Wettkampf, sondern auch Blut zu sehen. Als er sich wieder der kaiserlichen Loge zuwandte, konnte er erkennen, dass Claudia Acte aufgestanden war und mahnend einen Finger vor Nero hin und her bewegte. Noch bevor der Kaiser reagieren konnte, drehte sie sich energisch um, eilte in den hinteren Teil der Loge und verschwand aus Catos Blickfeld. Nero sah sich hilflos um, doch die anderen Gäste in der kaiserlichen Loge starrten unbewegt auf die Rennstrecke und taten so, als hätten sie die Auseinandersetzung nicht bemerkt, zu der es gerade gekommen war. Mitleid erfüllte Catos Seele bei dem Gedanken daran, wie einsam der junge Mann in seiner Position war. Er war zu jung, als dass Erfahrung und die vielen Dinge, die er noch lernen konnte, ihm jetzt schon eine Hilfe hätten sein können. Und er war zu mächtig, als dass es ihm möglich gewesen wäre, Hilfe zu suchen, um diesen Mangel auszugleichen. Nach einer Weile stand Nero auf, ließ noch einmal seinen Blick durch das Stadion kreisen und eilte dann seiner Geliebten hinterher. Nur wenige in der Menge achteten darauf, und der Lärm der Anfeuerungsrufe erreichte einen neuen Höhepunkt, als die übrigen Wagen um die Führung kämpften.

Die Roten gewannen das erste Rennen, und ein geschmeidiger bärtiger Wagenlenker nahm den Siegeskranz entgegen, bevor er sein Gespann in Richtung Startertor zurückfuhr. Der Lärm der Menge ließ etwas nach, und Cato stand auf, um seinen Rücken durchzudrücken, wobei er unauffällig zu den Sitzreihen der Prätorianer sah. Er erkannte einige Gesichter aus der Zweiten Kohorte, und ein Mann winkte ihm, als sich ihre Blicke trafen. Ohne lange nachzudenken, winkte er zurück. Einige Männer, die in der Nähe des Prätorianers saßen, sahen auf, um herauszufinden, was die Aufmerksamkeit des Mannes geweckt hatte, und einer von ihnen legte die Hände um den Mund und rief: »Cato! Cato! Cato!«

Einer nach dem anderen fielen seine Freunde in den Ruf mit ein, und immer mehr Männer aus der Kohorte schlossen sich an, und schließlich riefen auch die Prätorianer aus den anderen Kohorten seinen Namen.

»Das hört sich so an, als hätte sich herumgesprochen, wie unfair man dich behandelt hat«, sagte Macro, als die Menge auf den nächstgelegenen Bänken den Sprechgesang aufnahm, sich den Prätorianern anschloss und es genoss, deren Begeisterung zu teilen.

»Cato! Cato! Cato!«

Der Gegenstand ihrer Huldigung sah, wie der Kommandant der Prätorianergarde seine Männer fixierte und die Stirn runzelte. Rasch setzte er sich, während sein Puls immer rascher schlug.

»Cato!«, rief Macro glücklich. »Cato!«

»Hör auf!«, knurrte Cato, setzte sich und kauerte sich zusammen.

Macro erstarrte mit offenem Mund. Dann schüttelte er den Kopf. »Was ist los? Warum solltest du deinen Augenblick im strahlenden Licht der Sonne nicht genießen? Es kann nicht schaden, der Liebling der Menge zu sein.«

»Wirklich nicht?« Cato starrte ihn an. »Was denkst du, wie wird Burrus morgen wohl reagieren, wenn ich ihm und den anderen gegenübertreten muss? Denkst du etwa, er wird glücklich darüber sein, wenn man ihm meinen Namen derart unter die Nase reibt? Scheiße!«

Macro begriff und starrte nach vorn. Sogar als Cato versuchte, sich so unsichtbar wie nur möglich zu machen, breitete sich der Sprechgesang immer weiter aus, bis das ganze Stadion seinen Namen rief. Die beiden Silben waren jedes Mal wie ein Schlag gegen seine Ohren, und er betete zu den Göttern, dass die Rufe bald verklingen würden. Schließlich kündigte der Klang der Trompeten das nächste Rennen an, und die Menge wandte sich den Toren zu, als der Mann, der für den Start verantwortlich war, nach dem Hebel griff.

Cato sah auf seine Stiefel, als die Menge in ein donnerndes Toben verfiel, und die lärmenden Anfeuerungsrufe, die die Anhänger der konkurrierenden Mannschaften ausstießen, vereinigten sich zu einer ohrenbetäubenden Kakofonie. Jede Hoffnung, dass er sich am folgenden Tag vor seinen Anhängern als bescheidener Offizier darstellen könnte, der nur seine Pflicht tat, war dahin. Burrus würde ihn für diese unerwünschte und nicht von ihm provozierte Beifallsbekundung bestrafen, daran gab es nicht den geringsten Zweifel. Genauso wenig wie am Ergebnis des ersten Rennens an diesem Tag.

Der anschwellende Chor der Stimmen, der eben noch seinen Namen gerufen hatte, schien ihn jetzt von allen Seiten her zu verspotten.

KAPITEL 6

Als Cato den Vorraum des kaiserlichen Audienzsaals erreicht hatte, warteten dort bereits Dutzende Bittsteller, zusammen mit anderen Personen, die man dorthin bestellt hatte und die sich dem Kaiser und dessen Ratgebern vorstellen wollten. Einige saßen unsicher auf den Bänken, die sich an den Wänden entlangzogen, fragten sich, warum sie überhaupt hier waren, und machten sich Sorgen über den Ausgang ihrer Angelegenheiten. Andere wirkten empört über eine Ungerechtigkeit, die ihnen angetan wurde, und waren nur zu gern bereit, jedem in der dicht gedrängten Menge, der bereit war, ihnen zuzuhören, ihren Fall vorzutragen.

»Es ist eine Schande«, grummelte ein magerer Mann mit dunkler Haut, der neben Cato stand. Cato tat, als hörte er ihn nicht, und der Mann trat direkt vor ihn und schüttelte den Kopf. »Mich hier warten zu lassen, während meine Schiffe nutzlos im Hafen festhängen.«

»Oh.« Cato lächelte verständnisvoll, was er sofort bereute, als sich der Mann näher zu ihm vorbeugte.

»Wirklich, sie hängen untätig fest, während ganze Schiffsladungen von Getreide und Öl in den Lagerhäusern von Carales Staub ansetzen.« Der Reeder runzelte die Stirn. »Das kostet mich ein Vermögen, das kann ich dir sagen.«

»Was ist denn passiert?«

Die Augen des Mannes wurden für einen kurzen Moment viel größer. »Wie kann es sein, dass du das nicht weißt?«

»Ich bin eben erst aus dem Osten nach Rom zurückgekehrt.«

»Ah, entschuldige.« Er musterte Cato von Kopf bis Fuß und taxierte die Orden an seiner Rüstung, bevor er zu dem Schluss kam, dass es nicht schaden könne, wenn er einen hochrangigen Armeeoffizier zu seinen Bekannten zählen durfte. Er streckte die Hand aus. »Rhianarius ist mein Name. Reeder.«

»Das dachte ich mir.«

»Ich transportiere Waren und Personen zu günstigen Preisen nach Sardinien und Korsika. Nichts Ausgefallenes, du verstehst schon, einfach nur ein zuverlässiger Dienst zu den besten Konditionen, die du finden kannst. Wenn du jemals eine Überfahrt von Ostia zu den Inseln brauchen solltest, melde dich bei mir.«

»Das werde ich ganz sicher tun«, sagte Cato und nickte, während er sich fragte, was Rhianarius tat, um die niedrigen Preise, deren er sich rühmte, wieder auszugleichen. »Also, warum bist du hier? Was ist dein Problem?«

»Es geht um diese Geschichten über eine Seuche im Süden Sardiniens. Man hört sogar das Gerücht, dass der Statthalter von Ostia Schiffe aus Carales in Quarantäne schicken und jedem verbieten will, dorthin zu fahren. Das ist natürlich Unsinn, aber … Verzeihung, ich habe deinen Namen nicht verstanden«, fügte er hinzu.

»Quintus Licinius Cato, Tribun der Prätorianergarde. Wenigstens war ich das.«

»Tribun? Nun, ich freue mich, deine Bekanntschaft zu machen, Herr. Olearius Rhianarius Probitas ist mein vollständiger Name.«

»Und wie war das mit der Seuche, die du erwähnt hast?«

»Zum ersten Mal habe ich vor über einem Monat davon gehört. Durch Berichte von Seeleuten und Reisenden, die nach Ostia kamen. Auf den großen Gütern im Süden der Insel ist unter den Sklaven der Insel offensichtlich eine Krankheit ausgebrochen. Sie hat sich zunächst auf den angrenzenden Landgütern verbreitet und dann die Städte erreicht. Carales wurde schwer getroffen, so heißt es, aber ich habe mit Kapitänen gesprochen, deren Schiffe aus anderen Häfen kamen, und sie behaupten, dass das alles Übertreibungen sind. In Wahrheit handelt es sich um nichts weiter als um das übliche Fieber, das in dieser Jahreszeit in den sumpfigen Teilen der Region die Runde macht. So sehe ich das jedenfalls. Und das ist auch der Grund, warum ich hier bin.« Er zog eine Schriftrolle hervor und wedelte damit Cato vor der Nase hin und her. »Eine Bittschrift der Reeder von Ostia, um gegen eine mögliche Quarantäne zu protestieren, bevor sie unserem Geschäft irgendwelchen Schaden zufügen kann.« Er steckte die Schriftrolle wieder weg. »Und was ist mit dir?«

Cato hatte nicht die Absicht, dem Mann zu erklären, warum er hier war – denn die Scham und der Schmerz, seines Kommandos enthoben worden zu sein, setzten seinem Stolz noch immer zu –, aber er wollte ihn auch nicht anlügen. »Ich bin hier, um darüber Bericht zu erstatten, wie es an der Ostgrenze aussieht.«

»Tribun Cato?« Rhianarius runzelte kurz die Stirn und schnippte dann mit den Fingern. »*Der* Cato? Der Mann, dem die Menge gestern bei den Wagenrennen zugejubelt hat? *Dieser* Cato?«

»Nun, ich …«

Der Reeder grinste breit, packte Catos Hand und schwang sie pumpend auf und ab. »Nach den Rennen habe ich in einer Kneipe von mehreren Prätorianern von deinen Großtaten gehört. Du bist anscheinend ein ziemlicher Held. Alle haben von dir gesprochen.«

»Davon weiß ich nichts.« Cato fühlte sich unbehaglich bei dem Gedanken, von der Menge als Held betrachtet zu werden. Diese Entwicklung würde ihm beim Kaiser und dessen Beratern keine Freunde machen, sollten sich diese seines unerwünschten Ruhms bewusst sein. Er trat einen Schritt von Rhianarius zurück. »Hör zu, es tut mir schrecklich leid, aber ich habe gerade einen meiner Kameraden entdeckt, mit dem ich noch vor meiner Audienz sprechen muss. Ich muss gehen.«

»Oh. Na schön. Aber vergiss meinen Namen nicht. Frag unbedingt nach mir, wenn du in Ostia ein Schiff brauchst.«

»Das werde ich tun.«

Als Cato sich durch die Menge auf die andere Seite des Raumes schob, hörte er Rhianarius' Stimme hinter sich. »Du errätst nie, wer das war …«

Er trat in die Ecke neben der Tür zum Audienzsaal und senkte den Kopf, um so unauffällig wie möglich zu wirken, während er darauf wartete, hereingebeten zu werden. Jedes Mal, wenn ein kaiserlicher Beamter auftauchte, wandten sich ihm zahlreiche hoffnungsvolle

Gesichter zu, und die Gespräche verstummten. Dann wurde ein Name aufgerufen, und während der Betreffende durch die Menge eilte, um sich dem Mitarbeiter des Palasts vorzustellen, nahmen die anderen ihre Unterhaltung wieder auf.

Die Vormittagsstunden schleppten sich dahin. Es war schon fast Mittag, als der Palastmitarbeiter ein weiteres Mal nach draußen kam und einen Blick auf die Namensliste auf seinem Wachstäfelchen warf.

»Tribun Quintus Licinius Cato!«

Cato reckte sich. »Hier.«

»Wenn du mir bitte folgen möchtest, Herr.« Der Mann deutete eine Verbeugung an, um Catos Rang als Ritter seinen Respekt zu erweisen. »Ein Wort der Warnung. Der Kaiser wünscht, bei der ersten Gelegenheit als ›Kaiserliche Majestät‹ angesprochen zu werden, und danach nur noch als ›Majestät‹, anstatt der üblichen Anrede ›Herr‹.« Er winkte Cato in den Saal und damit in die Gegenwart Neros und seiner Berater.

Cato war schon bei mehreren Gelegenheiten im Audienzsaal gewesen, weshalb ihm sofort die Veränderungen auffielen, die seit der Amtszeit von Claudius, dem vorherigen Kaiser, an der Einrichtung vorgenommen worden waren. Ursprünglich hatte man die Säulen auf der rechten und linken Seite des Saals in einfachem Ocker gehalten, doch inzwischen trugen sie einen leuchtend türkisfarbenen Anstrich und waren mit vergoldeten Ranken- und Blattornamenten verziert worden, die im Sonnenlicht funkelten, das durch die hoch gelegenen Deckenöffnungen strömte. Der Saal war etwa dreißig Schritte lang und fünfzehn Schritte breit, und am gegenüberliegenden Ende erhob sich ein niedriges Podium. Nero saß auf einem purpurfarbenen Kissen auf seinem vergoldeten Thron, den kaiserlichen Lorbeerkranz um die Stirn. Er trug eine kostbar bestickte Tunika, die länger war, als es für einen Mann geschmackvoll gewesen wäre, und kniehohe rote Stiefel. Der unmittelbare Eindruck ließ eher an einen Schmierenkomödianten denken, der vor seinen Anhängern auf und ab stolziert, als an den Herrscher eines großen Reichs. Burrus und Seneca standen zusammen mit zwei Schreibern rechts neben dem Podium. Mehrere Männer in Togen hielten sich auf der linken Seite auf. Cato sah, dass es sich bei einigen von ihnen um Senatoren handelte. Eine Abteilung germanischer Leibwächter hatte an den Seiten des Saals Stellung bezogen; zwei weitere standen hinter dem Thron.

»Tribun Quintus Licinius Cato, Kaiserliche Majestät«, verkündete der Palastmitarbeiter.

Nero forderte Cato mit einer Geste auf näherzutreten. »Worum geht es? Und mach schnell. Ich bin erschöpft von so viel Arbeit. Ich muss mich ausruhen. Das wird für heute die letzte Besprechung sein.«

Der Palastmitarbeiter warf einen Blick auf die lange Namensliste auf seinem Täfelchen. »Kaiserliche Majestät, es warten noch immer dreißig Bittsteller auf eine Unterredung.«

Nero zuckte zusammen und drückte mit Daumen und Zeigefinger die Haut über seiner Nase zusammen. »Soll ich denn bis in alle Ewigkeit der Sklave der Bedürfnisse anderer sein und meine eigenen ständig hintanstellen? Sieht so die Last meines Amtes aus? Soll das mein

Schicksal sein? Bin ich verdammt dazu, meine Dichtung, meine Musik und meine Kunst beiseitezuschieben, zugunsten der kleinlichen Streitereien des Pöbels? Oh, ich bin meiner Pflichten so müde.«

Bevor der Palastmitarbeiter reagieren konnte, meldete sich Burrus zu Wort. »Du hast Seine Kaiserliche Majestät gehört. Es wird heute keine weiteren Unterredungen mehr geben. Schick die Leute weg. Sag ihnen, sie sollen morgen wiederkommen.«

»Ja, Präfekt«, erwiderte der Mann, verbeugte sich und zog sich zur Tür zurück, die einer der germanischen Leibwächter für ihn öffnete und mit einem dumpfen Schlag energisch hinter ihm schloss.

Cato trat vor, blieb einen Schritt vor dem Podium stehen und salutierte. Er hatte sich dafür entschieden, militärische Kleidung zu tragen, um mehr Verständnis für seine Angelegenheiten zu finden, da sich fast alle Kaiser seit Augustus darüber im Klaren waren, wie notwendig es war, ihre Soldaten – und vor allem die Männer der Prätorianergarde – mit besonderer Gunst zu behandeln.

Nero warf ihm mit gelangweilter Miene einen kurzen Blick zu. »Ich erinnere mich an dich. Du warst der Offizier, der nach meiner Thronbesteigung Britannicus' Verschwörung gegen mich vereitelt hat.«

»Ja, Kaiserliche Majestät.« Cato begann, sich Hoffnungen zu machen. Vielleicht konnte ihm die Dankbarkeit des Kaisers in seiner gegenwärtigen schwierigen Lage helfen.

»Was willst du von mir, Soldat?«

»Wollen?« Cato war überrascht. »Man hat mich hierher beordert, Majestät.«

»Dich? Warum?«

Rasch griff Burrus ein. »Majestät, das ist der befehlshabende Offizier der Kohorte, die vor zwei Jahren von Euch zum Schutz von General Corbulo ausgesandt worden war.«

»Tatsächlich?«

»Ja, Majestät. Er ist vor ein paar Tagen mit weniger als einem Drittel seiner Männer nach Rom zurückgekehrt, nachdem er Euren Befehl missachtet hatte, seine Kohorte von jeglicher Schlacht fernzuhalten.«

Neros graue Augen richteten sich auf Cato. »Ist das wahr?«

»Ich habe unter Corbulos Befehl gehandelt, Majestät«, erwiderte Cato. »Ich habe mein Bestes getan, um die Verluste so gering wie nur möglich zu halten. Doch die Zweite Kohorte musste bei dieser Gelegenheit um ihr Überleben kämpfen. Ich hatte Glück, dass ich überhaupt mit so vielen Männern nach Rom zurückkehren konnte, Majestät.«

Neros Miene verriet plötzlich eifriges Interesse. »Du hast mit deinen Männern in vielen Schlachten gekämpft?«

»Ja, Majestät.«

»Gegen einen übermächtigen Feind?«

»Üblicherweise waren wir bei diesen Kämpfen im Nachteil, ja.«

»Sag mir, sind diese dämonischen Parther als Feinde wirklich so gefährlich, wie man immer behauptet?«

Cato spürte, dass Burrus sich nur mit Mühe zurückhalten konnte, aber er begriff, dass er Neros Faszination zu seinem Vorteil nutzen konnte. »Sie sind in der Tat der gefährlichste Feind, gegen den ich jemals gekämpft habe, Majestät. Aber die Hingabe, die wir Euch und Rom gegenüber empfinden, hat meine Männer und mich inspiriert, und wir wären lieber gestorben, als Euer Vertrauen in unsere Loyalität zu enttäuschen.«

»Wirklich?« Nero lächelte. »Hast du das gehört, Seneca? Ich bin eine Inspiration für meine Soldaten.«

»Warum auch nicht, Majestät? Jeder Römer ist von Euch inspiriert und dankt den Göttern dafür, dass sie Euch auf den Thron gesetzt haben, um über uns zu herrschen und uns mit Eurer gewaltigen Weisheit und Eurem unfehlbar guten Geschmack zu beglücken.«

Cato bemühte sich, angesichts dieser grotesken Schmeichelei ein Lächeln zu unterdrücken. Er sah Nero an und wartete darauf, dass das Gesicht des jungen Mannes verraten würde, wie sehr ihn Senecas kriecherisches Lob amüsierte. Doch stattdessen nickte Nero mit düsterer Miene, als hielte er die Bemerkung des Senators für wortwörtlich wahr.

»Das stimmt. Rom ist in der Tat gesegnet, mich als seinen Kaiser zu haben. Genauso wie meine Legionen gesegnet sind, dass ich ihr Oberbefehlshaber bin. Wenn ich bloß nicht mit meiner Sensibilität als Künstler beladen wäre, hätte ich gewiss an deiner Seite gegen die Parther gekämpft, Tribun Cato, und dich zweifellos zum Sieg geführt und dadurch vielen deiner Kameraden einen glorreichen Tod durch die Hände unserer entsetzlichsten Feinde erspart. Man kann dir nicht vorwerfen, dass ich nicht dort war, um den Befehl über dich und deine Kohorte zu führen. Sei versichert, dass ich dir in dieser Hinsicht keine Schuld gebe.«

Er lächelte wohlwollend, und Cato neigte dankbar den Kopf. »Ich danke Eurer Majestät für diese Nachsicht.«

»Da wäre dann aber noch immer die Tatsache, dass der Tribun gegen Eure Befehle verstoßen hat, Majestät«, warf Burrus ein. »Eine solche Insubordination sollte nicht ungestraft bleiben. Es war schließlich Euer höchstpersönlicher Befehl, den er missachtet hat, Majestät. Er hat sich Eurem Willen widersetzt. Und er ist schuldig, sich gestern im Circus Maximus der Beifallsbekundungen des Pöbels versichert zu haben.«

»Ich habe davon gehört.« Neros Lächeln verschwand. »Das ist eine ernste Angelegenheit. Meine Vorgänger hätten einen Mann bereits wegen geringerer Vergehen hinrichten lassen.«

Cato fühlte, wie ihm ein eisiger Schauder über den Rücken lief, doch seine Miene blieb ausdruckslos, während Nero ihn eindringlich taxierte.

»Aber ich bin nicht wie diese Despoten«, fuhr der Kaiser fort. »Als ich an die Macht kam, bestand eine meiner ersten Taten darin, politische Gefangene freizulassen, nicht wahr, mein lieber Seneca?«

»Gewiss, Majestät.« Der Senator nickte. »Und Ihr habt ebenso geschworen, aller politischen Verfolgung und dem Spitzeltum, das durch seine Schnüffeleien zu Vermögen zu kommen trachtet, ein Ende zu bereiten. Ihr habt den Anbruch eines Goldenen Zeitalters für Rom verkündet.«

»Ja, so scheint es.« Nero wirkte enttäuscht angesichts dieser Erinnerung. Falten erschienen auf seiner Stirn. »Du behauptest, ein loyaler Soldat zu sein, Tribun Cato. Aber Präfekt Burrus hat erklärt, dass du meine Befehle missachtet hast. Hätte ich nicht geschworen, ein gerechter und gnädiger Herrscher zu sein, wäre dein Leben jetzt verwirkt. Deshalb – und das ist das Allermindeste – soll dir das Kommando der Zweiten Kohorte entzogen werden. Ich denke, das genügt vorerst. Lass dir das eine Warnung sein, ehemaliger Tribun Cato. Wenn du mich jemals wieder enttäuschen solltest, werde ich das nächste Mal nicht so milde sein.« Er stieß einen theatralischen Seufzer aus. »Ich bin erschöpft. Nach unseren langen Diskussionen letzte Nacht und diesen belanglosen Besprechungen heute Morgen dröhnt mir der Kopf. Ich muss mich ausruhen. Die Sitzung ist vorbei, meine Herren. Burrus, komm mit mir. Wir müssen über die Ernennung eines neuen Kommandanten der Zweiten Kohorte reden.«

Der Präfekt verbeugte sich tief. »Gewiss, Majestät.«

Nero erhob sich, trat an den Rand des Podiums, sprang elegant herab und ging zur Tür, die am Ende des Saals in seine privaten Gemächer führte. Gefolgt von den germanischen Leibwachen, eilte Burrus ihm hinterher. Die Verbliebenen senkten die Köpfe, bis der Kaiser den Saal verlassen hatte. Während die Schreiber Styli und Wachstäfelchen zusammenpackten, begannen die Senatoren, sich leise zu unterhalten.

Cato hielt sich abseits; sein Herz war schwer angesichts der Ungerechtigkeit, mit der er behandelt worden war. Zweimal hatte er dem Kaiser das Leben gerettet, und er hatte ihm immer gute Dienste geleistet; trotzdem war er bestraft worden, und zwar einzig und allein, um all jenen als Warnung zu dienen, die das Missfallen des Kaisers erregen mochten. Doch sein Schicksal hätte schlimmer sein können, sagte er sich. Man hatte ihm zwar sein Kommando genommen, aber er war noch am Leben, und Lucius war das Elend erspart geblieben, als Waise aufwachsen zu müssen. Auch war nie die Rede davon gewesen, dass man seinen Besitz einziehen würde, sodass er ein Dach über dem Kopf haben und ohne Not und vergessen vor sich hinleben konnte. Vielleicht war es ganz gut, dass das alles gerade jetzt geschah, dachte er. Weil Macro seinen Abschied nahm, hatte eine weitere Militärkarriere viel von ihrer Attraktivität für Cato verloren. Er hatte bereits den höchsten Rang erreicht, der ihm wohl jemals zu erreichen möglich wäre. Die einzige offizielle Beförderung, die ihm noch offenstand, war die Stelle eines Präfekten von Ägypten, die für einen Mann im Rang eines Ritters infrage kam. Aber diese Möglichkeit schien inzwischen weit entfernt.

Seneca verabschiedete sich von den anderen Ratgebern, als diese den Audienzsaal verließen, und wandte sich dann mit entschuldigender Miene an Cato. »Ich fühle mit dir, Tribun.«

»Verzeih mir, wenn ich das sage, aber dein Mitgefühl ist nicht gerade von großem Nutzen für mich.«

»Nicht?« Seneca verzog angewidert die Lippen. »Du dürftest schon bald herausfinden, dass du für jedes Mitgefühl, das dir entgegengebracht wird, dankbar sein musst. In Rom keine mächtigen Freunde zu haben, könnte sich als gefährlicher erweisen, als du dir vorstellst. Wenn ich du wäre, junger Mann, würde ich versuchen, zu einer sorgfältiger abgewogenen Haltung zu finden. Ein Wort von mir in Neros Ohr, und sein ganzer Zorn wird auf dich niedergehen. Ein anderes Wort könnte viel dazu beitragen, dass du erneut dein Glück machen kannst.«

Cato lächelte bitter. »Indem ich dein Mandant werde, vermute ich.«

»Warum nicht? Ich kümmere mich um die Menschen, die mich als ihren Förderer akzeptieren. Frag wen du willst in Rom. Sie alle werden dir bestätigen, was ich sage.«

»Natürlich werden sie das. Aber ich habe genug davon, kaiserlichen Beratern als Laufbursche zu dienen. Du bist nicht der Erste, der versucht, Einfluss auf mich zu gewinnen. Vor dir gab es Pallas, und vor ihm Narcissus. Sie beide hatten ihren großen Auftritt, aber Narcissus ist tot, und Pallas hat seinen Platz an der Seite des Kaisers verloren. Und nach allem, was ich höre, wird es schon bald in einem Prozess um seinen Kopf gehen.«

Seneca machte eine wegwerfende Geste. »Sein Leben ist keineswegs bedroht. Nicht, wenn ich ihn verteidige.«

»Du scheinst großes Vertrauen in deine Fähigkeiten zu haben.«

»Mein Vertrauen hat gute Gründe. Zufällig bin ich ein wenig intelligenter als jeder Anwalt, dem der Senat Pallas' Anklage übertragen könnte. Ganz zu schweigen davon, dass ich den Ankläger und den vorsitzenden Richter darauf hinweisen werde, dass der Kaiser die Absicht hat, Milde zu zeigen.«

»Und ist Nero tatsächlich so gestimmt?«

»Er ist es, wenn ich beschließe, dass er es sein sollte. Du hast ihn selbst erlebt. Dieser unschuldige Junge nimmt das kleinste Lob genauso an, wie man es äußert, gleichgültig, wie offensichtlich die Übertreibung sein mag. Ich habe bemerkt, dass du das sehr schnell begriffen und ohne zu zögern zu deinem Vorteil genutzt hast. Andere hätten das nicht getan. Es amüsiert mich, dass so viele Menschen glauben, es sei unter ihrer Würde, dem Kaiser zu schmeicheln. Was gewinnen sie mit ihrem verbissenen Stolz? Ein selbstzufriedenes Eckchen an den äußeren Rändern der Macht. Aber wenn man Nero beeinflussen will, muss man ihn genauso behandeln wie die Kithara, die er so liebt. Die Saiten müssen in der richtigen Reihenfolge gezupft werden, wenn man eine Musik schaffen will, die sein Denken besänftigt und ihn in die gewünschte Richtung lenkt.«

»Und du kannst so einfach auf ihm spielen?«

Seneca schnalzte mit der Zunge. »Ich habe nie gesagt, dass es einfach ist. Wie bei jedem Instrument ist die Geschicklichkeit des Spielers das Ergebnis der Kombination aus angeborener Begabung und viel Übung. Was auch der Grund dafür ist, warum ich mehr Einfluss auf ihn habe als Burrus, der so geschickt Flöte spielt wie ein Boxer, dessen Hände für den Kampf bandagiert wurden. So ist es mir auch gelungen, eine Lösung für eine ziemlich delikate Angelegenheit zu finden – nämlich für die unglückliche Besessenheit des Kaisers von seiner bedeutungslosen Geliebten Claudia Acte.«

»Neros Geliebte? Ich habe gesehen, wie sie aus der kaiserlichen Loge gestürmt ist.«

»Was sie nur tun mag. Denn es gibt keinen einzigen Senator in Rom, der nicht darüber empört wäre, wie der Kaiser sie umworben hat. Noch letzte Nacht hat Nero versucht, den Senat davon zu überzeugen, dass sie von hoher Geburt ist und deshalb als Heiratskandidatin für ihn infrage kommt. In Wahrheit ist sie so gewöhnlich wie Straßenschmutz. Ich weiß das, denn ich selbst war es, der sie auf der Straße aufgelesen hat, sie blank schrubben und in kostbare Gewänder hüllen ließ. Ich wusste, dass sie genau die Art von junger Frau war, nach der Nero verrückt sein würde.«

»Eine weitere Saite der Kithara, die du zupfen konntest.«

»Durchaus. Es war geplant, dass er sie nur im Verborgenen genießen sollte, doch Nero bestand darauf, sie wie eine Fürstin zu behandeln, und wollte, dass sie sich in der Öffentlichkeit an seiner Seite zeigt. Das kann nie funktionieren.«

»Du hast gesagt, die Angelegenheit sei geklärt.«

»Das ist sie auch. Oder sie wird es jedenfalls sein, sobald jemand Claudia Acte aus Rom wegbringt. Nero wird sie bald vergessen, sobald man ihm ein anderes betörendes Stück Fleisch präsentiert.« Seneca hielt inne und musterte Cato einen Augenblick lang schweigend. »Und das ist der Punkt, an dem du ins Spiel kommst. Nero hat diese Frau mit Geschenken überhäuft. Eines davon waren mehrere große Güter auf Sardinien. Dorthin wird sie ins Exil geschickt. Das wird ihr nicht besonders gefallen, wie du dir vorstellen kannst. Aber es ist entscheidend, dass jemand sie dorthin begleitet, dass sie auf der Insel bleibt und keinen Versuch unternimmt, nach Rom zurückzukehren. Der Statthalter von Sardinien wurde bereits über die jüngste Bewohnerin der Insel informiert.«

Cato ahnte, was kommen würde, und war wenig begeistert davon. »Du willst, dass ich auf sie aufpasse wie auf ein Kleinkind.«

Seneca schien amüsiert. »Sie ist kein Kind, Cato. Sie ist eine der intelligenteren Frauen, die ich getroffen habe, und sie ist eine der ehrgeizigeren. Was der Grund dafür ist, warum es zu gefährlich wäre, ihr zu gestatten, an Neros Seite zu bleiben.«

»Dann müsste es doch sehr verlockend sein, dafür zu sorgen, dass ihre Entfernung aus der Stadt von unbegrenzter Dauer ist«, erwiderte Cato trocken. »Ich bin sicher, dass sich das arrangieren ließe.«

»Wie überaus euphemistisch von dir. Ich bin sicher, du könntest die kaiserliche Kithara meistern, böte man dir die Gelegenheit dazu.« Seneca betrachtete ihn argwöhnisch und schenkte ihm dann ein dünnes Lächeln. »Eines Tages könnte es durchaus geboten sein, dass man sie … entfernt, wie du das nennst.«

Cato fühlte, wie sich sein Magen vor Abscheu verkrampfte. »Ich bin Soldat. Du solltest mich nicht mit einem Meuchelmörder verwechseln.«

»Du besitzt auf jeden Fall den empfindlichen Stolz eines Soldaten. Ich bitte dich nicht darum, ein Meuchelmörder zu sein, sondern nur ein Leibwächter. Zusätzlich zu deinen anderen Pflichten.«

»Welche anderen Pflichten?«

Seneca biss sich auf die Unterlippe, während er seine Gedanken sammelte. »Was weißt du über die Lage auf Sardinien? Nicht viel, könnte ich mir vorstellen, da du erst kürzlich aus dem Osten zurückgekommen bist.«

»Ich weiß, dass es dort während der letzten zwei Jahre eine Hungersnot gegeben hat, wodurch die Getreidepreise in Rom gestiegen sind. Ich weiß, dass einige Stämme im Hinterland die Landgüter und Siedlungen überfallen haben. Und zu allem Überfluss ist, soweit ich weiß, im Süden der Insel eine Seuche ausgebrochen.«

Seneca legte den Kopf in den Nacken und lachte kurz auf. »Ich wusste, dass du der richtige Mann für diese Aufgabe bist, sobald ich gehört hatte, dass du wieder in Rom warst.«

»Welche Aufgabe?«

»Rom braucht einen findigen Soldaten, der das Kommando über die Garnison auf der Insel übernimmt und den Verwüstungen ein Ende bereitet, die immer wieder von Stämmen verursacht werden, die es wagen, die Autorität Roms herauszufordern, indem sie den Nachschub an Getreide und Öl unterbrechen. Der gegenwärtige Statthalter, Borus Pomponius Scurra, ist, offen gestanden, ein träger Prasser. Er ist der Aufgabe nicht gewachsen, mit den dortigen Räubern fertigzuwerden. Er ist nicht einmal in der Lage, die Provinz kompetent zu führen. Da deine Dienste in der Prätorianergarde nicht mehr gebraucht werden, stehst du für diesen Auftrag zur Verfügung.«

»Warum ich? Es gibt sicher genügend andere Offiziere, die diese Aufgabe übernehmen könnten.«

»Stimmt. Aber du bist nicht irgendein Offizier. Du hast einzigartige Talente, und es wäre besser, wenn man diese zum Erreichen eines guten Ziels einsetzen würde, als zu erlauben, dass du nur herumsitzt und in der Bequemlichkeit deines Hauses auf dem Viminal vor dich hinkochst. Abgesehen davon wäre es vielleicht gut für dich, wenn du eine Weile nicht in Rom bist und Nero nicht unter die Augen kommst.«

Cato dachte über die Aufgabe nach, die Seneca beschrieben hatte. Dessen Darstellung war so elegant, als hätte der kaiserliche Ratgeber das alles längst geplant, noch bevor Cato sich dem Urteil des Kaisers gestellt hatte. Cato würde nicht nur als Aufseher von Neros lästiger Geliebter dienen müssen, sondern es wurde ebenso von ihm erwartet, dass er die Mitglieder der Stämme in die Schranken wies und den ungehinderten Strom an Getreide und Öl sicherstellte. Eine solche Mission würde niemandem Ruhm einbringen. Es mochte durchaus sein, dass es noch viele andere Offiziere in Rom gab, die dieser Aufgabe gewachsen waren, doch nur wenige von ihnen waren wahrscheinlich bereit, ein so undankbares Kommando zu übernehmen, das nur wenig Aussichten auf einen zukünftigen Aufstieg bot. Und was für sie zutraf, traf auch für Cato zu.

Er schüttelte den Kopf. »Es tut mir leid, dich zu enttäuschen, aber ich muss dein Angebot ablehnen. Ich werde das Risiko eingehen, in Rom zu bleiben und darauf zu warten, dass sich mir eine bessere Gelegenheit bietet.«

»Angebot?« Seneca runzelte die Stirn. »Anscheinend hast du mich missverstanden. Ich habe dich für diese Aufgabe ausgewählt. Dich. Und keinen anderen. Du wirst sie übernehmen.«

»Und wenn ich beschließe, das nicht zu tun?«

»Du kannst dich weigern. Aber wenn du das tust und mein Angebot ausschlägst, als dein Fürsprecher aufzutreten, werde ich dich nicht mehr vor Neros Zorn schützen können.«

Die Drohung war eindeutig. »Du meinst, falls jemand dem Kaiser ein Wort ins Ohr flüstern sollte, um einen solchen Zorn zu provozieren.«

»Es ist geradezu unheimlich«, sagte Seneca. »Das klingt fast so, als könntest du meine Gedanken lesen. Aber du kannst genauso gut das Beste daraus machen, Cato. Immerhin ist es ein neues Kommando. Ich gebe zu, dass es einen gewissen Rückschritt gegenüber dem Rang eines Tribuns in der Prätorianergarde darstellt, aber du wirst wahrscheinlich keine bessere Gelegenheit bekommen, um weiter als Soldat zu dienen. Bei allem, was ich über dich weiß, würde ich sagen, dass die Armee dein Leben ist. Du bist jemand, der im Zivilleben keine Erfüllung finden könnte. Das mag nicht sofort deutlich werden. Schließlich hast du einen Sohn, den du erziehen musst, und ich bin sicher, dass diese Aufgabe viel von deiner Zeit und deiner Aufmerksamkeit in Anspruch nehmen würde. Doch nach ein paar Monaten, oder vielleicht auch erst nach einem Jahr, würdest du deinen rechten Arm dafür hergeben, wieder ins Feld ziehen zu dürfen.« Er musterte Catos Gesichtsausdruck. »Habe ich recht?«

»Ich bin sicher, dass ich mich ins Zivilleben einfinden könnte. Aber ich werde wohl kaum die Chance bekommen, das herauszufinden, oder?«

»Nein, ich fürchte, nicht. Du wirst deine Vorbereitungen treffen müssen. Wenn du dein Marschgepäck noch nicht ausgepackt hast, dann habe ich dir jetzt diese Mühe erspart.« Seneca lächelte über seine eigene Bemerkung. »Ich werde dich jetzt gehen lassen. Du hast ein paar Tage, bis Claudia Acte reisefertig ist. Ich werde dich so früh wie möglich über das Datum des Aufbruchs informieren.«

»Du bist zu freundlich«, erwiderte Cato verdrießlich.

Seneca stieß einen tiefen Seufzer aus. »Du bist kein Narr. Du verstehst das Leben am Kaiserhof. Wenn jemand einen gewissen Rang oder eine bestimmte Position im Leben erreicht, gerät er in das Blickfeld des Kaisers. Eine bloße Laune Neros genügt, damit jemand sein Glück macht oder vernichtet wird. Ein kluger Mann macht das Beste aus jeder Gelegenheit, die sich ihm bietet, während er gleichzeitig alles tut, um Fallgruben zu vermeiden. Gut möglich, dass das heute deine letzte Chance war. Immerhin bist du am Leben, und du darfst dein Heim und deine Besitztümer behalten. Darüber hinaus kannst du dir auf Sardinien möglicherweise noch immer einen Namen machen. Wenn du deine Aufgabe gut erledigst, wirst du eines Tages zurückschauen können, und dieser Moment wird dir nur noch wie ein kleinerer Rückschlag vorkommen.«

Cato dachte über die Dinge nach, die er über Sardinien gehört hatte, über die Konflikte innerhalb der Provinz und über die Seuche, die sich auf der Insel ausbreitete. Und dann war da noch die Aufgabe, die Geliebte des Kaisers auf ihr Gut zu eskortieren und dafür zu sorgen, dass sie auch dortblieb. Er räusperte sich. »Ich akzeptiere. Unter einer Bedingung.«

Seneca deutete ein Lächeln an. »Und wie würde die aussehen?«

»Ich darf meine Kohorte mitnehmen.«

»Es ist nicht mehr deine Kohorte.«

»Dann gib sie mir wieder.«

Seneca schüttelte den Kopf. »Kommt nicht infrage.«

»Dann gestatte mir wenigstens, dass ich mich nach Freiwilligen erkundige.«

»Nein. Ich weiß, wie ihr Soldaten mit eurem eher simplen Verständnis von Loyalität seid. Ich denke, wenn du nach Freiwilligen fragst, wird sich die ganze Kohorte melden. Du kannst dir sicher vorstellen, wie Burrus und Nero auf eine solche Geste reagieren würden. Das kannst du vergessen.«

»Gib mir zehn Mann«, erwiderte Cato. »Wenn du willst, dass meine Mission ein Erfolg wird, brauche ich wenigstens ein paar gute Männer, auf die ich mich verlassen kann.«

Seneca dachte nach. »Fünf. Nicht mehr als fünf Mann.«

Cato empfand eine gewisse Erleichterung über dieses Zugeständnis, doch es gab noch immer eine große unbeantwortete Frage, die ihn belastete. »Und was passiert, wenn ich scheitere?«

Seneca betrachtete ihn kalt. »Du wirst nicht scheitern.«

KAPITEL 7

Sardinien?« Apollonius nahm sich einen Apfel aus der Obstschale, die in der Mitte des Tisches stand, biss ab und kaute das saftige weiße Fruchtfleisch. »Da war ich noch nie. Es dürfte interessant werden. Wirklich schade, dass du das verpasst, Macro.«

Der Centurio antwortete nicht, sondern wandte sich seiner Frau zu, die mit Lucius am Teich in der Mitte von Catos Garten spielte. Auf den warmen Vormittag war eine erstickende Nachmittagshitze gefolgt, und es war still gewesen auf den Straßen, als Cato vom Palast nach Hause ging. Er hatte Croton angewiesen, eine Markise im Garten anzubringen, damit man dort im Schatten sitzen und dabei jede leichte Brise genießen konnte, die vielleicht über die Stadt wehen würde. Die drei Männer lagen auf Sofas, die um den Tisch herumstanden, auf dem sich ein Krug mit verdünntem Wein befand, der aus dem Keller geholt worden war. Während Macro die silbernen Kelche füllte, konzentrierte sich Cato auf die Mission, die Seneca ihm aufgezwungen hatte, weshalb es ihm nicht gelang, den Frieden und die Bequemlichkeiten zu genießen, die seine Umgebung ihm bot.

Macro räusperte sich und senkte die Stimme, damit Petronella ihn nicht hören konnte. »Wenn du willst, dass ich noch ein wenig länger Uniform trage, brauchst du nur ein Wort zu sagen, mein Junge.«

Cato sah seinen Freund an, und eine Woge tief empfundener Zuneigung durchströmte ihn, in die sich sogleich ein bitterer Gedanke mischte. Tatsächlich gab es nichts, das ihm lieber gewesen wäre, als wenn Macro den Dienst an seiner Seite fortgesetzt hätte. Er hätte es jedoch als unerhört selbstsüchtig empfunden, das Angebot seines Freundes anzunehmen. Petronella würde beiden nie verzeihen, wenn Macro nach Sardinien ging. Und wenn ihm dabei irgendetwas zustoßen würde – was die Götter verhüten mochten – würde sich Cato das nie verzeihen.

»Ich kann das nicht von dir verlangen, und ich werde es nicht von dir verlangen. Doch ich danke dir von ganzem Herzen für dein Angebot, Bruder. Du hast Rom lange genug gedient. Du hast für das Imperium dein Blut vergossen, und du warst deinen Kameraden und mir gegenüber immer loyal. Die Zeit ist gekommen, dein Schwert beiseitezulegen und dein Leben mit Petronella zu genießen.«

»Sie würde es verstehen«, protestierte Macro. »Sie weiß, was es mir bedeutet.«

Apollonius lachte und schüttelte den Kopf. »Ich fürchte, du hast keine Ahnung, wie eine Frau denkt.«

Macro sah ihn finster an. »Ich kenne die Frau, die ich geheiratet habe.«

»Vielleicht. Aber wenn du dich dafür entscheidest, nach Sardinien zu gehen, zeigst du ihr gegenüber keinen Respekt. Gewiss, Frauen wollen Liebe, aber Respekt wollen sie noch mehr. Wenn du sie im Stich lässt, um an einem Feldzug teilzunehmen, beschwörst du einen Zorn herauf, von dem die Furien nur träumen können.«

»Und du bist ein Experte, was Frauen angeht?«, schnaubte Macro.

»Ich bin ein Experte, was die menschliche Natur angeht.« Apollonius lächelte. »Wäre ich es nicht, hätte ich bei meiner Tätigkeit nicht so lange überlebt.«

»Ich höre mir den Rat eines Spions an, wenn ich es will. Nicht früher.«

Apollonius hob kurz die Augenbrauen. »Es ist deine Beerdigung, mein Freund.«

»Schluss jetzt, alle beide!«, warf Cato mit fester Stimme ein. »Macro, genieß deinen Ruhestand. Du hast ihn dir tausendfach verdient.«

»Aber …«

»Die Sache ist erledigt. Ich nehme dich nicht mit.«

Macro zuckte überrascht zusammen; er konnte nichts dagegen tun. Einen Augenblick lang saß er vollkommen erstarrt da. Dann lehnte er sich zurück, und sein Gesicht verriet, dass er sich betrogen fühlte. Er schluckte hart. »Wie du willst, Herr.«

Peinliche Stille machte sich breit, bis Apollonius die Beine vom Sofa schwang und die Arme ausstreckte. »Diese Hitze ist unerträglich. Ich werde kurz ins Becken im Badehaus springen. Möchte sich mir jemand anschließen? Nein? Na schön, dann gehe ich eben allein.«

Rasch zog er sich zurück, wobei er sich kurz über den Teich beugte, um Lucius und Petronella nass zu spritzen, als er an den beiden vorbeikam. Lucius lachte überrascht, während Petronella dem Spion mit düsterer Miene hinterhersah. Apollonius schritt schneller aus und verschwand zwischen den Hecken, die zu beiden Seiten den Pfad säumten, der an das andere Ende des Gartens führte.

»*Ihn* nimmst du mit«, sagte Macro.

»Es ist gut, wenn man ihn im Kampf an seiner Seite

hat. Er ist gleichermaßen geschickt darin, wenn es darum geht, einem Mann einen Dolch in den Rücken oder ein Schwert in die Brust zu rammen. Ich habe so das Gefühl, dass mir dieses besondere Talent auf Sardinien von Nutzen sein wird.«

»Solange es nicht *dein* Rücken ist.«

»Warum sollte es dazu kommen? Apollonius hat keinen Grund, mich zu verraten.«

»Genau das frage ich mich. Was glaubst du wohl, warum hat er sich dir angeschlossen? Zuvor war er Corbulos Marionette. Du solltest ihm nicht vertrauen. Nach allem, was du weißt, könnte er genauso gut bei jemand anderem im Lohn stehen. Bei jemandem, der dich vernichten will.«

»Und wer sollte das sein?«, fragte Cato mit matter Stimme. »Die meisten unserer Feinde sind tot, wie Narcissus, oder sie wurden aus einflussreichen Positionen entfernt, wie Pallas.«

»Und was ist mit Vitellus?«

Cato dachte an den intriganten Aristokraten, mit dem sie vor zwei Jahren die Schwerter gekreuzt hatten.

»Vitellus ist in der Tat noch da«, gestand Cato. »Aber vorerst hat er sich von jeder Aktivität zurückgezogen.«

»Und wartet zweifellos, bis seine Zeit kommen wird. Wir beide kennen Menschen wie ihn. Er wird weder vergessen noch jemals vergeben.«

»Sollte er tatsächlich vorhaben, Ärger zu machen, wird er erkennen müssen, wie gut ich, mit dem Schwert in der Hand, vorbereitet bin«, antwortete Cato nachdrücklich.

»Dein Schwert wird dir nicht viel nützen, wenn Apollonius' Messer zwischen deinen Schulterblättern steckt, mein Junge«, sagte Macro und zuckte resigniert mit den

Schultern. »Hör zu, ich habe begriffen, dass ich dich nicht daran hindern kann, ihn mitzunehmen. Aber sei vorsichtig. Behalte ihn immer im Auge. Und wenn dir irgendwelche Zweifel an ihm kommen sollten, verpasse ihm ohne zu zögern zwei Stöße mit deiner Klinge. Das würde ich jedenfalls tun.«

»Danke für deinen Rat.« Cato musste unwillkürlich lächeln angesichts der väterlichen Sorge seines Freundes. »Ich werde ihn genau beobachten. Das verspreche ich dir.«

Er griff nach dem Krug, um ihre Kelche zu füllen. Dann stellte er das Gefäß zurück und sah Lucius und Petronella zu, die ihre Sandalen abgestreift hatten und jetzt mit den Füßen im Teich herumplanschten und Wasserfontänen aufspritzen ließen, die in der Sonne funkelten, während Cassius von einer Seite auf die andere rannte und sie anbellte.

»Wie sehen deine Pläne für den Jungen aus?«, fragte Macro. »Wirst du ihn mitnehmen?«

»Nein. Auf Sardinien ist eine Seuche ausgebrochen, weshalb Lucius hier in Rom bleiben soll. Ich werde ihm einen Lehrer besorgen.«

»Ist er nicht noch ein wenig zu jung dafür?«

»Vielleicht. Aber das dürfte ihn beschäftigen, sodass er mich nicht vermissen wird. Und auch dich und Petronella nicht.«

»Aber wir werden *ihn* vermissen. Petronella besonders.«

»Es wird für keinen von uns leicht werden«, sagte Cato versonnen. »Wir sind so gut wie eine Familie – wir alle vier zusammen. Und der Hund.«

»Den Köter kannst du behalten.« Macro rümpfte die Nase. »Ich weiß sowieso nicht, was du in dem Vieh siehst. Er taugt nicht zur Jagd, es ist genauso wahrscheinlich, dass er einen Dieb ableckt wie dass er ihn beißt, und er bedeutet eine Verschwendung unserer Rationen.«

»Und deshalb lasse ich ihn hier in Rom. Ich könnte mir vorstellen, dass du *mich* ähnlich gesehen hast, als ich zusammen mit den anderen Rekruten bei der Zweiten Legion aufgetaucht bin. Aber Cassius hat bewiesen, dass er etwas taugt, genau wie ich.«

»Polier deine Orden nicht zu eifrig, mein Junge. Es stimmt, als Offizier hast du Großes geleistet, aber nur die Götter wissen, was passieren würde, wenn du auf meinem Exerzierplatz zur Inspektion deiner Ausrüstung antreten müsstest.«

»Ach Unsinn. Für euch altgediente Centurios wird nie etwas perfekt sein.«

»Allerdings.« Macro nahm einen Schluck Wein. »Die Dinge waren noch anders, als ich zur Armee kam. Aber heute? Ein endloser Strom ungeschickter Trottel und jammernder Muttersöhnchen, aus denen wir Männer machen sollen. Es bricht mir das Herz, verdammt noch mal, das kannst du mir glauben. Nur gut, dass ich meinen Abschied nehme, dann brauche ich mir dieses Elend nicht länger mitanzusehen.«

Cato hatte sich diese mürrischen Bemerkungen schon oft angehört, doch diesmal stand Macro kurz davor, die Armee tatsächlich zu verlassen, und alles, was von seinen langen Dienstjahren bleiben würde, wären Erinnerungen: die Feldzüge, an denen sie gemeinsam teilgenommen und die Männer, die sie mehr oder weniger gut gekannt hatten und von denen die meisten gestorben oder aus ihrem Leben verschwunden waren, nachdem man Cato und Macro in andere Einheiten versetzt hatte. Er hob seinen Kelch. »Auf unsere abwesenden Brüder.«

Macro zog kurz einen Schmollmund, während er sich an die Gesichter erinnerte, die in rascher Folge an ihm vorüberzogen. »Auf die abwesenden Brüder.«

Am nächsten Morgen betraten Macro und Cato das Hauptquartier der Prätorianer und gingen zur Kaserne der Zweiten Kohorte. Cato trug eine einfache Tunika, denn er wollte keine Aufmerksamkeit auf sich lenken und riskieren, dass irgendjemand Burrus über seine Anwesenheit informierte. Seneca hatte ihm zwar gestattet, fünf Männer aus der Kohorte mitzunehmen, doch gab es keine Garantie dafür, dass er dies dem Kommandanten der Prätorianergarde bereits mitgeteilt hatte. In Catos Augen war der Senator ein Mensch, der an einem Tag etwas versprach, aber keinen Wert darauf legte, das Versprechen am nächsten Tag auch zu halten.

Als sie das Quartier des Tribuns am Ende der Kaserne erreichten, trat Macro beiseite, um seinen Freund zuerst eintreten zu lassen. Cato lächelte und schüttelte den Kopf.

»Nach dir, Bruder. Das ist jetzt deine Kohorte.«

»Nur während der nächsten paar Tage.« Macro schnalzte mit der Zunge. »Tribun Macro, Kommandant der Zweiten Prätorianerkohorte. Das hört sich tatsächlich nicht schlecht an. Wenn nur mein Vater mich jetzt sehen könnte. Er hat immer gesagt, ich würde nie viel aus mir machen. Na ja, sei's drum.«

Er betrat das Gebäude, und die beiden gingen ins Arbeitszimmer. Macro schickte einen der Mitarbeiter los, um die Centurios und Optios zusammenzurufen.

»Dann wollen wir mal hoffen, dass sie in der Stimmung sind, sich freiwillig zu melden«, sagte er, zog eine freie Bank zu sich heran und schob sie an die Wand. Er drückte sich die Fäuste ins Kreuz, bog den Rücken durch und stöhnte.

»Geht es dir gut?«, fragte Cato.

Sein Freund ließ die Schultern locker nach vorn fallen. »Das übliche Zwicken und Kneifen, mit dem sich seit einiger Zeit mein Rücken und meine Knie bemerkbar machen. Daran sind die vielen verdammten Jahre schuld, in denen ich mit dem Marschgepäck auf dem Rücken durch die Lande gezogen bin. Aber obwohl ich älter und langsamer werde, führe ich mein Schwert noch immer geschickter als die meisten Männer, die halb so alt sind wie ich, und ich weiß meine Fäuste besser zu nutzen als fast jeder andere außerhalb einer Arena.«

Cato betrachtete kurz seinen Freund. Obwohl Macros Haar an den Schläfen grau wurde und sich silberne Streifen durch die einst dunklen, inzwischen dünneren Locken zogen, waren seine Arme und Beine noch immer muskulös, und noch immer tat man gut daran, ihn nicht zu unterschätzen. »Hoffen wir, dass du beides nicht besonders oft einsetzen musst, wenn du dich in Londinium niederlässt.«

»Ich bin sicher, ich werde vollauf damit beschäftigt sein, Betrunkene rauszuwerfen und dafür zu sorgen, dass keine der örtlichen Banden auf die Idee kommt, sich in unser Geschäft zu drängen.« Er sprach mit einem Funkeln in den Augen. »Das schaffe ich noch eine ganze Weile lang.«

Auf dem Flur erklangen Schritte, und einen Augenblick später traten die ersten Offiziere ein, die vor Cato salutierten und ihn mit einem offenen Lächeln begrüßten.

»Gut, dich zu sehen, Ignatius. Und dich, Porcino. Wie war die Rückreise von Tarsus?«

Ignatius, ein stämmiger, erfahrener Kämpfer, saugte an seinen Zähnen. »Ein Frachtschiff ist nicht die bequemste Transportmöglichkeit, Herr. Ich habe meistens über der Reling gehangen und alles von mir gegeben, was ich im Leib hatte.«

Cato nickte verständnisvoll. Er selbst litt heftig unter Seekrankheit, sobald das Meer auch nur ein wenig unruhig war. Er wandte sich dem anderen Mann zu. Porcino war Mitte zwanzig. Während der letzten beiden Feldzüge hatte er viel von seinem üppigen Gewicht verloren und war offenbar in guter Verfassung. Er setzte sich neben Ignatius auf die Bank.

»Worum geht es hier, Herr? Gibt man dir wieder das Kommando über die Zweite Kohorte?«

»Hast du ein Problem mit der gegenwärtigen Führung?«, fragte Macro und blinzelte ihm zu.

»Nein«, antwortete Cato unverblümt. »Mein Dienst bei der Prätorianergarde ist vorbei.«

»Die Jungs werden das gar nicht gern hören. Sie haben immer noch die Hoffnung, dass Burrus zu Verstand kommt und dich wieder auf deinem alten Posten einsetzt.«

»Es tut mir leid, sie zu enttäuschen, aber das liegt nicht mehr in unserer Hand.«

Zusammen mit ihren Optios erschienen die anderen Centurios, füllten das bescheidene Arbeitszimmer, begrüßten Cato und setzten sich dann. Macro schloss die Tür hinter ihnen und trat an Catos Seite, während sein Freund seine Gedanken ordnete.

»Die gute Nachricht ist, dass es keine formelle Untersuchung darüber geben wird, wie ich die Kohorte geführt habe. Der Kaiser hat entschieden, dass es genügt, mir das Kommando zu entziehen. Ich kann damit leben, wenn man bedenkt, dass die Alternative darin bestehen würde, dieses Leben zu verlieren. Trotzdem schmerzt es mich, dass ich gezwungen bin, euch alle zu verlassen. Gemeinsam haben wir schwere Märsche und harte Schlachten hinter uns gebracht. Jetzt ist das für die meisten Männer vorbei, und sie können ihr einfacheres Leben in Rom wiederaufnehmen. Billiger Wein, leichte Mädchen, die hübsche Uniformen mögen, immer ein paar Münzen des Kaisers in der Tasche und dazu Wagenrennen und Gladiatorenkämpfe, die für ihre Unterhaltung sorgen. Sie … ihr habt diesen Lohn verdient.«

»Und du auch, Herr«, sagte Metellus, der als letzter der Offiziere in den Rang eines Centurio befördert worden war. Sein Mut und seine rasche Auffassungsgabe hatten Cato auf Metellus aufmerksam gemacht, als dieser noch als Optio diente.

»Anscheinend besteht mein Lohn darin, dass ich nach Sardinien geschickt werde, um die dortige Garnison zu übernehmen und die Stämme im Landesinneren an die Kandare zu nehmen. Nach allem, was ich gehört habe, wird es wegen des Terrains der Insel eine schwierige Aufgabe werden. Die Hungersnot, die die Einheimischen getroffen hat, wird alles nur noch schwieriger machen. Und als ob das noch nicht genug wäre, müssen die Leute dort seit Kurzem mit einer Seuche zurechtkommen, die im Süden des Landes ausgebrochen ist. Er hielt inne und lächelte verlegen. »Wie ihr sehen könnt, ist das eine gewaltige Herausforderung – und eine undankbare Aufgabe. Wenn auf Sardinien die Ordnung zusammenbricht, wird kein Getreide und kein Öl mehr von der Insel nach Rom geliefert, und in der Hauptstadt wird es Hunger geben. Man hat mir gesagt, dass die Soldaten dort nur dünn über die Insel verstreut und von fragwürdiger Qualität sind. Ich werde die Hilfe einiger guter Männer brauchen, wenn ich überhaupt Aussicht auf Erfolg haben will. Man hat mir erlaubt, fünf Mann der Zweiten Kohorte mitzunehmen. Da der kaiserliche Ratgeber in diesem Fall den Rang dieser Männer nicht näher bestimmt hat, bin ich hierhergekommen, um euch die Angelegenheit zuerst vorzutragen. Ich brauche ein Netz aus fähigen Soldaten, um die Garnison auf Vordermann zu bringen, und es gibt keine besseren als die Centurios und Optios der Zweiten Prätorianerkohorte. Apollonius hat bereits zugestimmt, mich zu begleiten. Jetzt brauche ich zusätzlich noch fünf Mann. Centurio Macro ist ausgeschlossen, weil sein Abschied aus der Armee unmittelbar bevorsteht.«

Macro trat unruhig von einem Fuß auf den anderen, sagte aber nichts.

»Ich bitte um Freiwillige. Ich weiß, dass ihr euch alle auf die Vergnügungen in der Hauptstadt freut, und ich würde es verstehen, wenn manche – oder vielleicht sogar alle – sich dagegen entscheiden, mit mir zu gehen. Ich werde keinen Groll gegen jemanden hegen, der die Absicht hat, in Rom zu bleiben. Die Götter wissen, dass ihr niemandem mehr etwas beweisen müsst. Ihr habt euch an der Ostgrenze Lorbeer erworben, aber ich fürchte, dass Nero nicht in der Stimmung sein könnte, euch Belohnungen und zusätzliche Zahlungen zukommen zu lassen. So sieht es aus, Brüder.«

Cato hatte die Absicht gehabt, mehr zu sagen und darauf hinzuweisen, wie wichtig es sei, im Namen Roms ein Opfer zu bringen; er wollte das Band der Loyalität erwähnen, das zwischen ihnen existierte, und auf die Gelegenheit hinweisen, echtes Soldatenhandwerk zu tun, anstatt als bloße Requisiten in jenem Schauspiel zu dienen, mit dem Nero als Nächstes seine Untertanen würde beeindrucken wollen. Als er jetzt den Offizieren der Kohorte gegenüberstand, hatte er jedoch den Eindruck, es wäre erniedrigend, solche rhetorischen Mittel einzusetzen, um die Männer dazu zu bringen, an seiner Seite zu marschieren.

»Mehr gibt es nicht zu sagen«, schloss er. »Ich möchte nicht, dass ihr mir jetzt antwortet. Denkt sorgfältig darüber nach und teilt Centurio … Tribun Macro heute Abend eure Entscheidung mit. Ich erwarte eure Antwort bei mir zu Hause auf dem Viminal. Ich wünsche euch einen guten Tag, Männer.«

Bevor er zur Tür gehen konnte, rief Macro mit bellender Stimme einen Befehl.

»Kommandierender Offizier anwesend!«

Sofort erhoben sich die Centurios und Optios und nahmen, Cato zugewandt, Haltung an, die Schultern zurückgenommen, die Brust nach vorn gereckt und die Augen geradeaus gerichtet. Cato spürte, wie sich ihm die Brust zusammenzog, als er versuchte, sich von seinem Stolz auf die Verbundenheit mit seinen Männern und von seiner Dankbarkeit für den Respekt, den ihm seine ehemaligen Untergebenen zollten, nicht überwältigen zu lassen.

»Ihr ehrt mich, Brüder. Ich hoffe, euch alle irgendwann wiederzusehen. Denjenigen, die sich mir auf meinem Weg nach Sardinien anschließen, spreche ich meinen Dank aus. Denjenigen, die in Rom bleiben, wünsche ich das Beste für ihre weitere Karriere. Lebt wohl.«

Er salutierte und marschierte an ihnen vorbei zur Tür. Als er auf den Gang trat und die Tür hinter sich zuzog, hörte er, wie Macro seinen nächsten Befehl gab. »Rührt euch!«

Er wandte sich ab und verließ das Kasernengebäude. Während er auf das Haupttor zuging und schließlich das Gelände verließ, war er sich deutlich bewusst, dass er vielleicht nie wieder einen Fuß in das Hauptquartier der Prätorianer setzen würde.

Als Macro am Abend in die Villa zurückkehrte, erwarteten ihn Cato und Apollonius auf den Sofas im Garten. Macro löste die Schließe seines Umhangs, als er auf die beiden zutrat, und warf ihn auf ein freies Sofa. Er setzte sich erschöpft und wischte sich die verschwitzte Stirn ab. Cato erkannte einen gewissen amüsierten Zug in der Miene seines Freundes, sagte aber nichts, denn er weigerte sich, nach dem Köder zu schnappen. Macro stieß einen theatralischen Seufzer aus, schwang die Beine hoch, die noch immer in seinen Stiefeln steckten, und ließ sich auf die breite Nackenrolle am anderen Ende des Sofas sinken.

»Willst du mich denn gar nicht fragen?«

»Na schön, du hast gewonnen. Gab es irgendwelche Freiwillige?«

»Man könnte eher fragen, ob es irgendjemanden gab, der sich nicht gemeldet hat.« Macro lachte leise. »Nachdem du gegangen warst, sprachen alle darüber, wie unfair man dich behandelt hat. Es fielen einige bittere Worte über Burrus und den Kaiser.«

»Wie überaus indiskret«, sagte Apollonius. »Solche Bemerkungen fallen in der Regel auf den Sprecher zurück, wenn sie allgemein bekannt werden.«

Macro musterte ihn mit griesgrämiger Miene. »Es waren nur Soldaten im Raum, keine schmierigen Spitzel oder Spione.«

»Es mag die Zeit kommen, wenn einer der Ersteren zu einem der Letzteren wird. Ich spreche aus Erfahrung.«

»Stimmt. Auch wir haben so unsere Erfahrungen mit Verrätern gemacht. Aber meine Jungs bei den Prätorianern sind gute Männer«, protestierte Macro. »Wie auch immer. Sie alle haben sich freiwillig gemeldet. Centurios und Optios gleichermaßen.«

Cato schüttelte verwundert den Kopf. »Du machst Witze.«

»Bei so etwas nie. Sieh den Dingen ins Auge, mein Junge. Die Männer würden dir fast überallhin folgen. Deine Schlachten sind ihre Schlachten, hier in Rom genauso wie gegen irgendwelche Barbaren und Rebellen.«

So viel Loyalität gewonnen zu haben, machte Cato demütig, doch dann erklang eine Stimme in ihm, die ihn davor warnte, dieser Empfindung zu glauben. Nur ein Narr folgte seinem Vorgesetzten blind, gleichgültig, wie sehr sich dieser auch ausgezeichnet haben mochte. Die Offiziere reagierten irrational, und schon bald würden sie ihre Meinung ändern.

»Natürlich«, fuhr Macro fort, »habe ich sie daran erinnert, dass nur fünf von ihnen mitkommen könnten. Ignatius ist der Beste, wenn es darum geht, mich als obersten Centurio der Kohorte zu ersetzen. Die Männer werden jemanden brauchen, den sie kennen und respektieren, also habe ich ihm gesagt, dass er hierbleiben kann. Dasselbe gilt für Nicolis. Sein Arm, an dem er bei Thapsis verwundet wurde, ist noch nicht ganz wiederhergestellt. Es ist besser für ihn, wenn er sich bis zu seiner vollständigen Genesung ausschließlich um zeremonielle Aufgaben kümmert. Er war nicht glücklich darüber, aber er würde mit nur einem gesunden Arm einfach keine große Hilfe sein, wenn es darum geht, in den Bergen und Wäldern Jagd auf die Mitglieder der dortigen Stämme zu machen. Aus der Gruppe, die dann noch übrig war, habe ich jene ausgewählt, die meiner Meinung nach am besten für diese Mission geeignet sind.« Er griff in seine Tunika, zog ein Wachstäfelchen heraus, beugte sich vor und reichte es Cato. »Hier ist die Liste.«

Cato nahm das zusammengeklappte Täfelchen und öffnete es. *Wir, die Unterzeichnenden, teilen hiermit unsere Absicht mit, uns freiwillig für den Dienst unter Quintus Licinius Cato in der Provinz Sardinien zu melden. Wir tun dies aus freier Entscheidung und in Übereinstimmung mit der von Senator Lucius Annaeus Seneca erteilten Genehmigung. Centurionen: Placinus, Porcino, Metellus. Optios: Pelius, Cornelius.*

Er kannte sie alle. Gute Soldaten und die besten Kameraden, die er sich für seinen Einsatz in Sardinien wünschen konnte. Er fühlte, wie sich ihm die Kehle zusammenschnürte und ihn die Gefühle zu überwältigen drohten, als er das Wachstäfelchen zusammenklappte und es neben sich legte. »Ich weiß nicht, was ich sagen soll, Bruder.«

»Dann werde ich dir helfen. Sag einfach: ›Wie wäre es mit einem guten Krug Wein, Macro?‹«

Sie lachten, und sogar Apollonius schloss sich an, bevor er aufstand und in Richtung Küche davonging.

Cato dachte einen Augenblick nach. Dann schnalzte er mit der Zunge. »Burrus wird nicht glücklich darüber sein, dass man ihm einige der besten Offiziere seiner Kohorte genommen hat.«

»Das ist Senecas Problem. Er war einverstanden damit, dass du dir fünf Männer aussuchst. Dass er ihren Rang nicht erwähnt hat, ist sein Fehler.«

»Mag sein. Aber ich würde alle beide erst im allerletzten Augenblick informieren.«

»Du hast recht.« Plötzlich lachte Macro und schlug sich auf die Schenkel. »Bei allen Göttern, ich hoffe, ich bin dabei und kann ihre Gesichter sehen, wenn sie es erfahren!«

KAPITEL 8

Fünf Tage später wurde ein neuer Kommandant der Zweiten Kohorte ernannt. Es war der Sohn eines Geldverleihers, bei dem Präfekt Burrus – welch ein Zufall – Schulden hatte. Der junge Offizier hatte gerade erst sein Jahr als Juniortribun beendet und war auf der Suche nach einem Posten als Juniorfriedensrichter oder einer attraktiven Stelle bei der Prätorianergarde.

»Na ja«, seufzte Cato, als Macro ihm die Neuigkeit überbrachte. »Glück und Vermögen lachen denen, die schon immer Glück und Vermögen hatten. So ist es, und so wird es immer sein. Wann wird er das Kommando übernehmen?«

»Das hat er bereits«, sagte Macro. Er setzte sich an den Rand des Teichs, löste die Lederriemen seiner Stiefel, streckte die Beine aus und ließ seine Zehen im Wasser kreisen. »Burrus hat ihm heute morgen den Eid abgenommen. Ich habe meinen gegenwärtigen Rang verloren und auf der Stelle meinen Posten aufgegeben. Ich werde keine Befehle von irgendeinem milchgesichtigen Jugendlichen entgegennehmen, der seinen Arsch kaum von seinem Ellbogen unterscheiden kann. Ich habe auf der Stelle meinen Dienst quittiert und im Hauptquartier meine Entlassungsplakette und meinen ausstehenden Sold abgeholt. Dann bin ich gegangen, ohne einen Blick zurückzuwerfen.«

Bedauern lag in Macros Stimme, und Cato räusperte sich, als er sich auf der gegenüberliegenden Seite des Teichs hinsetzte. »Es tut mir leid, dass es so enden musste, Bruder.«

»Auf die eine oder andere Art musste es schließlich enden. Das macht mir nichts aus.«

»Wenn du es sagst.«

Macro schwieg und sah seinen Freund an. Schließlich sagte er: »Es ist mein Ernst. Ich hatte meine Zeit, und die ist vorbei, und jetzt fange ich ein neues Leben mit meiner Frau an. Ich freue mich darauf. Ich schaue nicht zurück.«

»Das hört sich nach einem guten Plan an. Ich vertraue darauf, dass du dich daran hältst.«

Macro sah sich um. »Wo ist Petronella?«

»Sie hat den Hund mitgenommen und ist aufs Forum gegangen, um ein paar neue Kleider für Britannien zu kaufen. Ich habe ihr gesagt, sie soll sich darauf vorbereiten, dass es feucht und kalt wird.«

»Und wie!«, bekräftigte Macro nachdrücklich. »Und Lucius?«

»Er ist bei seinem Lehrer. Heute ist der erste Tag seines Unterrichts.«

»Wie findet er es?«

»Er hasst jeden einzelnen Augenblick. Wenigstens hat er das behauptet, als er eine Pause gemacht hat, um zur Latrine zu gehen. Er meinte, sein Tutor sei sogar noch strenger als Petronella.«

»So ein Unsinn.« Macro lachte. »Ich habe erlebt, wie sie erfahrene Soldaten mit dreißig Dienstjahren auf dem Buckel niedergestarrt und in zitternde Häufchen Elend verwandelt hat. Diesen Lehrer verspeist sie zum Frühstück.«

»Daran zweifle ich nicht. Aber er scheint recht fähig zu sein. Seneca hat ihn mir empfohlen, als ich im Palast war, um meine Befehle entgegenzunehmen.«

»Seneca? Du vertraust seiner Empfehlung?«

»Wenn es um Bildung und Geschmack geht, ja. Davon abgesehen traue ich ihm nicht weiter, als ich einen Stein schmeißen kann.«

»Allerdings. Weiß der Senator inzwischen über deine Freiwilligen Bescheid?«

»Ich habe ihm gesagt, dass ich die Männer habe, die ich brauche, und damit schien er zufrieden zu sein. Mit etwas Glück wird er erst davon erfahren, wenn Ignatius Burrus die Männer empfiehlt, welche die abwesenden Offiziere ersetzen sollen, nachdem wir bereits in Richtung Ostia aufgebrochen sind. Danach wird es für Änderungen zu spät sein. Ich vermute, Burrus ist klug genug, die vorgeschlagenen Beförderungen zu akzeptieren und vor dem Kaiser kein großes Theater zu veranstalten, wodurch jeder erfahren würde, wie er und Seneca sich zum Narren gemacht haben.«

Macro neigte den Kopf ein wenig zur Seite. »Ich hoffe, deine Rechnung geht auf. Denn wenn du dich irrst, wird das alles sehr unangenehm für dich ausgehen. Und selbst wenn du recht hast, werden dich dieselben unangenehmen Dinge erwarten, sobald du aus Sardinien zurückkommst. Du wirst dir einige mächtige Feinde gemacht haben.«

»Möglich. Aber Pallas' und Agrippinas Einfluss auf Nero hielt nicht einmal drei Jahre lang an, und für Burrus und Seneca könnte es ähnlich aussehen. Ich habe den Eindruck, der Kaiser ist kein Mann mit unwandelbaren

Ambitionen und festen Zielen. Er wird seiner gegenwärtigen Ratgeber schon bald überdrüssig werden, und die Feinde, die ich mir heute mache, werden dann keine Macht mehr haben.«

»Beten wir, dass du recht hast.«

Sie saßen noch ein wenig länger am Teich, während die Sonne hinter einer Wolke verschwand, die über den strahlend blauen Himmel trieb und einen Schatten über den Garten warf.

»Wie sehen deine Vorbereitungen für die Fahrt nach Britannien aus?«

»Es ist fast alles geklärt«, sagte Macro. »Meine Kleider und meine Ausrüstung sind auf den Karren gepackt, dazu ein paar Geschenke, die Petronella meiner Mutter geben wird, um für gute Stimmung zu sorgen. Ich habe meine Ersparnisse von meinem Bankier auf dem Forum abgeholt, und die Armeeverwaltung hat mir die Unterlagen über meinen Pensionsbonus gegeben. Ich werde fünfzigtausend Sesterzen bekommen, sobald ich in London bin, und darüber hinaus ein Stück Land in der Veteranenkolonie bei Camulodunum. Hinzu kommen meine Ersparnisse aus der Beute, die mir die Feldzüge eingebracht haben, und der Sold, den ich nicht über die Jahre hinweg mithilfe von manchem Krug Wein wieder ausgepinkelt habe. Davon können wir gut leben.«

»Hast du dich schon für einen Weg entschieden?«

»Mit dem Schiff nach Massilia, dann über Land nach Gesoriacum, von dort nach Britannien bis nach Londinium. Bevor wegen der Herbststürme eine Überfahrt schwierig werden dürfte, sollten wir längst dort sein.« Macro schnitt eine Grimasse. »Und dann werde ich die

Liebe meines Lebens meiner Mutter vorstellen. Was sollte da schon schiefgehen?«

»Die Flammen ihrer gegenseitigen Zuneigung werden hell auflodern.«

Macro lächelte deprimiert. »Ich hoffe, dass ihr Verhältnis nicht ganz so feurig wird, mein Junge. Ich werde mit beiden von ihnen leben müssen, und ich bin gar nicht erpicht darauf, ständig den Friedensstifter zu spielen. Das war noch nie meine Aufgabe.«

»Du solltest versuchen, einfach nicht zwischen die Fronten zu geraten, wenn dir etwas an deiner Haut liegt.«

Beide schwiegen einen Augenblick. Dann räusperte sich Cato. »Wann brecht ihr auf?«

»Wir haben fast alles zusammen, was wir für die Reise brauchen. Ich habe mit Petronella gesprochen, und sie findet wie ich, dass es keinen Grund für einen Aufschub gibt. Also wird es morgen so weit sein.«

»Schon so früh?«

»Warum es hinauszögern? Dann wird es nur noch schwerer zu gehen.«

»Du hast recht«, gestand Cato und sah hinab auf Macros verzerrte Spiegelung auf der Oberfläche des Teichs. Es gab noch so viel, das er sagen wollte, und das er sich verpflichtet fühlte, Macro zu sagen, aber er wusste nicht, ob er es schaffen würde, seine Gefühle im Zaum zu halten. Das machte ihn wütend. Wie konnte er es zulassen, dass seine Empfindungen eine solche Macht über ihn bekamen? Es war beschämend, dass ein Mann von seiner Erfahrung und von seinem Rang es zulassen konnte, dass seine Gefühle ihn hinterrücks überfielen.

»Es ist alles in Ordnung, Cato. Ich verstehe … Es gibt nichts, das zwischen uns gesagt werden müsste.«

»Wie könnten Worte den Abenteuern gerecht werden, die wir gemeinsam bestanden haben?«

»Genau«, sagte Macro nachdenklich. »Wenn irgendein Schwachkopf das alles niederschreiben würde – wer würde ihm jemals glauben?«

Cato schauderte in der kühlen Morgenstunde vor Anbruch der Dämmerung, als er sich aus seinem Bett erhob und sich eng in seinen Umhang wickelte. Durch die Öffnung im Dach über dem Säulengang war ein dünner Streifen des Mondes zu erkennen. Einige Schritte vor sich sah er den Schimmer einer Lampe, der aus dem Zimmer drang, das Macro und Petronella teilten, und er konnte hören, wie sie sich leise unterhielten. Eine unmissverständliche Traurigkeit lag im Ton ihrer Stimmen, und Cato wandte sich ab und ging leise zu Lucius' Schlafkammer. Die Tür war einen Spalt weit offen, denn der Junge war überzeugt davon, dass irgendeine düstere Kreatur unter seinem Bett hauste, weshalb es nötig war, das Zimmer möglichst rasch verlassen zu können, sollte er nachts aufwachen und sich erleichtern müssen. Cato schob die Tür auf und trat in das dunkle Innere des Raums. Dabei trat er auf einen von Lucius' Holzbauklötzen, und der plötzliche schneidende Schmerz ließ ihn zuerst nach Luft schnappen und dann die Zähne zusammenbeißen, denn er wollte nicht aufschreien, um den Jungen nicht zu beunruhigen.

»Wie oft habe ich ihm schon gesagt, dass er diese verdammten Dinger wegräumen soll«, murmelte er, als er zum Bett humpelte, das an der gegenüberliegenden Wand stand. Als er sich vornüberbeugte, hörte er die kaum wahrnehmbar seufzenden Atemzüge und empfand eine Woge unendlicher Zuneigung gegenüber seinem Kind. Er betrachtete Lucius, der auf der Seite lag und die beiden mittleren Finger der rechten Hand im Schlaf gegen den Mund gedrückt hatte. Die Geräusche der Bewegungen und der Stimmen anderswo im Haus rissen Cato aus seiner Träumerei, und er schüttelte sanft die Schulter seines Sohnes.

»Lucius … Lucius … wach auf.«

Der Junge murmelte etwas Unzusammenhängendes, als er sich streckte und dann versuchte, sich auf die andere Seite zu drehen, doch sein Vater zog ihn hoch und hob seine Beine vom Bett. Lucius setzte sich zusammengekrümmt auf und rieb sich verschlafen das Gesicht.

»Warum hast du mich geweckt?«

»Onkel Macro und Petronella brechen auf. Wir müssen uns von ihnen verabschieden. Zieh dich an.«

Lucius tat wie geheißen, während Cato ihm die Sandalen brachte, die gereinigt und vor die Tür gestellt worden waren. Mit einem breiten Gähnen trat der Junge zu seinem Vater und nahm seine Hand. Das Licht in Macros Zimmer war erloschen, und nur der Glanz der Sterne und der dünne Mond leuchteten ihnen den Weg, als sie nach unten gingen. Sie traten hinaus in den Garten und wandten sich in Richtung des Hofs hinter dem Badehaus, wo sich zu beiden Seiten des Tores, das auf die Straße führte, ein kleiner Stall und einige Lagerräume befanden. Ein vierrädriger Karren stand vor dem Tor, und im Licht einer flackernden Fackel, die in einer eisernen

Wandhalterung steckte, schirrten Croton und der Stalljunge die vier Maultiere an. Taschen und Kisten standen dicht gepackt auf der Ladefläche des Fahrzeugs, und Macro zog gerade eine Lederplane darüber, als Cato und sein Sohn auf ihn zukamen.

»Ah, hier seid ihr ja!«, rief Petronella, eilte zu ihnen und drückte Lucius einen Kuss auf die Stirn. »Es kommt einem vor wie mitten in der Nacht, nicht wahr, mein Lämmchen?«

Cato hob kurz eine Augenbraue angesichts dieses Koseworts, das Petronella noch nie benutzt hatte. Lucius nickte mit schwerem Kopf und gähnte erneut, doch seine Augen waren weit offen, um alle Dinge um ihn herum in sich aufzunehmen.

»Ihr geht. Für immer?«

»Das kann ich nicht sagen«, antwortete Petronella. »Wir werden weit entfernt von hier wohnen, aber wer weiß? Vielleicht kommst du nach Britannien, wenn du groß bist. Oder wir kommen nach Rom.«

»Wann?«

»Das weiß ich noch nicht. Aber eines Tages, was?«

Macro band die Plane fest, warf einen Blick auf sein Werk und das Zaumzeug der Maulesel. Dann ging er zu ihnen. »Der Stalljunge kommt bis nach Ostia mit. Von dort aus wird er den Karren zurückfahren. Danke, dass du uns das Gefährt zur Verfügung stellst.«

»Aber gern doch.« Peinliches Schweigen machte sich breit. Schließlich legte Cato Lucius die Hand auf die Schulter. »Wir kommen bis zur Stadtmauer mit euch.«

»Das müsst ihr nicht.«

»Aber wir möchten gern.«

Macro zuckte mit den Schultern. »Wie ihr wollt.«

Er wandte sich an Croton und rief: »Öffnet das Tor.«

Der Sklave und der Stalljunge hoben den Sperrbalken und zogen ihn auf quietschenden Angeln nach innen. Dann nahm der Stalljunge seine Reitgerte, fasste das führende Maultier am Zaumzeug und wandte sich Macro zu, um auf seine Befehle zu warten.

»Dann wollen wir mal los.«

Die Hufe der Maultiere klapperten, und die Räder des Karrens rollten knarrend über das Kopfsteinpflaster, während die anderen in kurzer Entfernung folgten, sodass Macro das Heck des Fahrzeugs im Auge behalten konnte. Die Diebe in der Hauptstadt besaßen ein scharfes Auge und waren flinker darin, Beute zu machen, als ein Sperling, der etwas von einer Mahlzeit im Freien stibitzt. Doch alles war ruhig auf den dunklen Straßen, und es blieb sogar ruhig, als die ersten fahlen Lichter der Dämmerung den Nachthimmel zu erleuchten begannen. Niemand sprach, bis sie die Kreuzung am Ende der Straße erreicht hatten und in die Hauptdurchgangsstraße einbogen, die vom Viminal ins Zentrum von Rom hinabführte. Hier waren mehr Karren und Wagen unterwegs, und ihre Fahrer waren eifrig darauf bedacht, die Stadt zu durchqueren, bevor die Morgendämmerung endgültig anbrach und der Verkehr auf Rädern nicht mehr gestattet war.

Von ihrem erhöhten Aussichtspunkt aus konnten sie sehen, dass das Forum und die tieferen Teile der Stadt, die dem Tiber am nächsten waren, in einem dichten Nebel lagen, über dem der Kaiserpalast und der Jupitertempel dahinzuschweben schienen. Kleinere Gebäude ragten aus dem Nebel wie die Überreste von Schiffswracks, und die Stimmung war bedrückend düster.

»Es ist kalt«, sagte Lucius.

»Dir wird schon bald warm werden«, erwiderte Macro. »Dazu braucht man nur ein wenig zu marschieren. Nicht wahr, Cato? Los, Lucius, Kopf hoch, Schultern zurück und mit kräftigem Schritt voran, so wie ich es dir gezeigt habe.«

Der Appell an seine militärischen Ambitionen war alles, was der Junge brauchte. Er ließ die Hand seines Vaters los und ging den anderen mit hoch erhobenem Kopf und in Marschhaltung ein paar Schritte voraus, wobei er sich vorstellte, eine eigene Kolonne Soldaten anzuführen wie Macro und sein Vater.

»Er ist ein feiner Junge«, sagte Macro gerade laut genug, dass Lucius den Eindruck haben musste, er höre ungewollt eine Bemerkung mit, die nicht für ihn gedacht war. »Er wird dich eines Tages stolz machen.«

»Das wird er ganz sicher«, sagte Cato lächelnd. »Ich zweifle nicht im Geringsten daran.«

Als der Stalljunge die kleine Gruppe auf das Forum führte, hüllte sie feucht und kalt der Nebel ein und dämpfte die Geräusche der Maultiere und des Karrens. Gebäude verloren ihre Form und wurden zu unförmigen schattendunklen Massen, die rechts und links neben ihnen aufragten, und die paar Menschen, die bereits unterwegs waren, trieben an ihnen vorbei oder kreuzten ihren Weg wie Gespenster. Lucius ließ sich zurückfallen und blickte besorgt von einer Seite zur anderen. Sie gingen zwischen dem Palatin und dem Kapitol hindurch, und der vertraute Geruch des großen Abwasserkanals drang ihnen in die

Nasen, bis sie das geschwungene Ende der Rennbahn erreicht hatten und begannen, den Aventin hinaufzusteigen und den Nebel hinter sich zu lassen. Lucius entspannte sich und marschierte den anderen wieder voraus, als sie das Armenviertel der Stadt erreichten, in dem verfallende Mietshäuser dicht an dicht standen. Die Geräusche der sich regenden Menschen – weinende Babys, die Rufe frühmorgendlicher Leidenschaft, das Klappern von Töpfen – drangen von allen Seiten auf sie ein, während das Licht über ihnen immer heller wurde und die Umrisse der Dachziegel sich deutlich vor dem Himmel abzeichneten.

Vor ihnen lag das Ostiator, das von einem Teil der lokalen städtischen Kohorte bewacht wurde – und damit von Männern, bei denen es sich nur dem Namen nach um Soldaten handelte. Macro verzerrte angewidert das Gesicht, als er sah, wie sie sich zu beiden Seiten des Torbogens gegen das Mauerwerk lehnten und die Speere neben sich abgestellt hatten. Der diensthabende Optio trat vor und hob den Arm.

»Halt!«

Der Stalljunge zügelte die Maultiere, und der Karren kam knirschend zum Stehen. Cato und Macro gingen nach vorn; Lucius und Petronella blieben zurück, um weiterhin das Heck im Auge zu behalten.

»In welcher Sache seid ihr unterwegs?«, fragte der Optio.

»Wie kommst du dazu, mich nach meiner Sache zu fragen?«, knurrte Macro.

»Es gibt keinen Grund, eine so mürrische Haltung an den Tag zu legen, mein Freund.« Der Optio spuckte aus. »Was befindet sich auf dem Karren? Handelsware?«

»Persönliches Gepäck.«

»Das ist eine ganz schöne Menge.«

»Ich besitze auch eine Menge persönlicher Gegenstände. Na und?«

»Es ist eine Gebühr zu entrichten für Karren und Wagen, die die Stadttore passieren. Sie ist doppelt so hoch, wenn man Handelsware transportiert. Das macht dann zwei Sesterzen, mein Freund.« Der Optio hielt die Hand auf.

»Wann wurde diese Gebühr eingeführt?«, fragte Cato.

»Gestern wurde mir der Befehl mitgeteilt. Vielleicht hast du die Ankündigung ja verpasst. Ich würde deinem Freund jedenfalls raten, keine Schwierigkeiten zu machen und zu bezahlen.«

Cato betrachtete den Optio einen Augenblick lang. Er war ein dünner Mann Ende vierzig mit schütterem Haar, dem die Hälfte seiner Zähne fehlte. Seine Uniformtunika war abgewetzt und fleckig, und am Knauf seines Schwerts befand sich eine rostige Stelle. Seine Miene verriet eine opportunistische Großspurigkeit, die Catos Misstrauen gegenüber der Gebühr weckte. Es war durchaus üblich, dass Mitglieder der städtischen Kohorten ihren Sold mithilfe von Bestechung oder kleinen Erpressungen aufbesserten. Sofern ihre Forderungen nicht maßlos wurden, waren die meisten Einwohner der Stadt bereit, sie zu ertragen, anstatt sich zu wehren, was sie später vielleicht bereuen würden. Cato war sich bewusst, dass sein Sohn genau beobachtete, was vor sich ging, und dass dies eine Gelegenheit war, ihm etwas über Autorität und ihren Missbrauch beizubringen.

Er richtete sich mit klarer Stimme an den Mann. »Wie lautet dein Name?«

Der Kiefer des Mannes spannte sich. »Was geht das dich an?«

»Mein Name ist Quintus Licinius Cato. Ich bin vom Rang eines Ritters und ehemaliger Tribun der Prätorianergarde. Mein Freund hier ist ein ehemaliger Centurio der Garde. Keiner von uns hat je von der Gebühr gehört, von der du sprichst. Lass mich dir eines klarmachen. Wenn wir bezahlen und wir später herausfinden, dass keine Gebühr angeordnet wurde, werde ich das meinen Freunden im Prätorianerhauptquartier mitteilen, und sie werden dich aufspüren und *unsere* Gebühr eintreiben. Einen Sesterz für jeden Herzschlag, den du uns hier aufhältst.«

Der Optio trat beiseite, hob, auf das Tor deutend, den Arm und rief: »Lasst sie passieren!«

Cato nickte dem Stalljungen zu, und der Karren setzte sich wieder in Bewegung. Der laute Klang der Hufe und Räder auf den Pflastersteinen wurde von beiden Seiten und von oben zurückgeworfen, als sie durch den Torbogen rollten. Außerhalb der Stadtmauer lag das Meer der einfachen Hütten und Schuppen, in denen ein Teil der wimmelnden Massen Roms Unterschlupf gefunden hatte. Keine hundert Schritte entfernt befand sich eine leichte Erhebung, und Cato befahl dem Stalljungen anzuhalten, damit die Freunde endgültig voneinander Abschied nehmen konnten.

Lucius umarmte zunächst Macro und dann Petronella, die ihn hochhob und auf beide Wangen küsste. Tränen funkelten in ihren Augen.

»Du weinst«, sagte Lucius. »Ich bin traurig. Aber ich weine nicht. Siehst du?«

»Das kommt daher, dass du ein tapferer kleiner Soldat bist.« Sie zwang sich zu einem Lächeln, küsste ihn noch einmal und setzte ihn dann sanft auf dem Boden ab. »Sei gut zu deinem Vater.«

»Das werde ich.«

Sie wandte sich um zu Cato, sah ihn lange an und bemühte sich, Worte zu finden, um ihre Dankbarkeit gegenüber ihrem ehemaligen Herrn auszudrücken, der ihr die Freiheit gegeben hatte, sodass es ihr möglich geworden war, Macro zu heiraten. Schließlich umarmte sie ihn und vergrub ihren Kopf an seiner Schulter.

»Du warst so gut zu mir, Herr. Danke. Das werde ich niemals vergessen.«

Cato konnte nicht anders, er musste einfach leise lachen, als er ihren Rücken losließ. »Petronella, ich muss dir dafür danken, dass du meinen Sohn Lucius großgezogen hast. Du warst wie eine Mutter zu ihm.« Für einen Moment verdüsterte sich seine Stimmung, als er an seine tote Frau dachte. Julia Sempronia war die Tochter eines Senators gewesen. Sie war schön und intelligent und hatte ihre Gaben dazu genutzt, sich an einer Verschwörung gegen den vorherigen Kaiser zu beteiligen. Sie war an einer Krankheit gestorben, während Cato auf einem Feldzug in Britannien war. Neben ihrem Verrat an Kaiser Claudius gab es den persönlicheren Betrug an ihrem Mann, und das Wissen um ihre Affäre mit einem anderen Verschwörer schmerzte Cato noch immer. »Besser als eine Mutter«, korrigierte er sich. »Dafür werde ich dir immer dankbar sein.«

Petronella schüttelte verlegen den Kopf und trat einen Schritt zurück. Cato wandte sich Macro zu, und sein Herz brannte vor schmerzlichem Bedauern angesichts ihrer Trennung. Macro sah ihn ebenfalls an, ein Glitzern in den Augen.

»Als mein Blick zum ersten Mal auf dich fiel, mein Junge, hielt ich dich für die überflüssigste Erscheinung, die jemals in der Zweiten Legion aufgetaucht ist. Du hast bewiesen, dass ich unrecht hatte. Du warst der beste Soldat, der tapferste Kämpfer und der loyalste Freund. Die Trennung wird mir schwerfallen. Ich werde versuchen, mir keine Sorgen um dich zu machen – jetzt, da du keinen richtigen Soldaten mehr an deiner Seite hast, der dafür sorgt, dass du nicht in Schwierigkeiten gerätst.«

Cato lachte. »Dann werde ich wohl selbst dafür sorgen müssen.«

Macro betrachtete ihn mit strengem Blick und nickte. »Du schaffst das.« Dann legte er Cato die Hände auf die Schultern, zog ihn spontan zu sich und umarmte ihn.

»Pass auf dich auf, mein Junge«, sagte er in zärtlichem Ton.

»Und du auf dich, Bruder«, erwiderte Cato und klopfte seinem Freund auf den Rücken.

Sie lösten sich voneinander, und Macro nahm Petronellas Hand, während Cato Lucius auf seine Schultern hob und auf einen verwitterten Steinblock neben der Straße trat. Der Karren setzte sich rumpelnd wieder in Bewegung, gerade als die ersten Sonnenstrahlen über den Hügeln im Osten erschienen und die Landschaft mit ihrem warmen rosigen Licht erfüllten. Die Schatten des Stalljungen, der Maultiere, des Karrens sowie Macros und Petronellas erstreckten sich weit über den unebenen Grund zu ihrer Rechten, als die kleine Gruppe der Straße Richtung Ostia folgte. Nicht allzu weit entfernt senkte sich die Straße ab und zog sich zwischen zwei Baumgruppen hindurch, und der Karren samt allen, die ihn begleiteten, geriet nach und nach außer Sichtweite, bis nur noch eine Staubwolke verriet, dass sie hier vorbeigekommen waren, und dann waren sie verschwunden.

»Werden wir sie jemals wiedersehen?«, fragte Lucius.

»Das weiß ich nicht, mein Sohn.« Cato drehte sich um in Richtung der Stadttore. »Ich weiß es nicht. Wir können nur hoffen, dass es eines Tages dazu kommen wird.«

KAPITEL 9

S ie wartet drinnen auf dich.« Apollonius deutete auf das Quartier des Prätors, das gegenüber dem Eingang zum Hof lag, an dessen Seiten die Hafenbeamten ihre Geschäfte und Arbeitszimmer hatten. Hunderte Helfer, Kaufleute und Kapitäne hielten sich hier auf, während sie darauf warteten, dass Hafengebühren und Frachtzölle berechnet und bezahlt und Ausfuhrgenehmigungen überprüft würden. Apollonius war in die Stadt gekommen, um sich unverzüglich seinem Kommandanten anzuschließen, sobald Claudia Acte und ihr bescheidenes Gefolge in Ostia eingetroffen waren. Cato hatte sich vorerst damit beschäftigt, das Verladen seines Gepäcks auf ein Frachtschiff zu überwachen, das Senecas Mitarbeiter für die Fahrt nach Sardinien angemietet hatten. Die *Persephone* sollte zunächst nach Olbia segeln, um einige kaiserliche Botschaften zu überbringen, bevor sie sich nach Süden wenden und Carales, die Hauptstadt der Provinz, anlaufen würde.

Catos Stimmung war nicht die beste, denn bevor Apollonius erschienen war, hatte er die Proteste von Rhianarius abwehren müssen. Der Reeder hatte ihn am Kai bemerkt und wollte wissen, warum Cato keines seiner Schiffe buchen wollte. Die Antwort sei einfach, hatte Cato erwidert. Bei seiner Ankunft in Ostia hatte ihm der Prokurator des Hafens geraten, keines der Schiffe von

Rhianarius zu nehmen, denn es hatte einige Beschwerden gegeben. Der Reeder hatte rasch den Rückzug angetreten, bevor andere potenzielle Kunden Catos Tirade mitbekommen konnten.

Kurz zuvor waren die Prätorianer erschienen, die sich freiwillig gemeldet hatten, und sofort an Bord gegangen. Cato hatte Pelius und Cornelius in den Rang eines Centurios erhoben, denn er brauchte auf Sardinien Offiziere, auf die er sich verlassen konnte. Sie trugen Zivilkleidung – eine einfache Tunika und einen Umhang – und führten ihre Uniformen, ihre Rüstungen und ihre Ausrüstungen in großen Taschen mit sich, die von einer kleinen Gruppe gemieteter Maulesel transportiert wurden. Wahrscheinlich war inzwischen bemerkt worden, dass sie sich nicht mehr im Hauptquartier der Prätorianer aufhielten, doch wenn Burrus und Seneca Genaueres über die Freiwilligen in Erfahrung brachten, würde es zu spät sein. Sofern alles gut ging, würden sie Sardinien erreichen, ohne aufgehalten zu werden, und wenn die Ratgeber des Kaisers versuchen sollten, die Männer zurückzubeordern, würde Cato eine Reaktion darauf bis zum Abschluss der Mission vermeiden oder hinauszögern können.

Er musterte den säulengeschmückten Eingang und die fünf bedeckten Wagen, die einer neben dem anderen in der Nähe standen und von mehreren germanischen Leibwächtern des Kaisers gesichert wurden. »Wenn das das ist, was ich glaube, wird es auf dem Schiff nicht genügend Platz für ihr ganzes persönliches Gepäck und ihre anderen Besitztümer geben.«

»Ich würde gern miterleben, wie du ihr das sagst.«

Cato warf Apollonius einen Blick zu, als sie über den Hof gingen und sich durch die Menge schoben.

»Dann hast du sie also schon kennengelernt?«

»Kurz. Während ich vor dem Arbeitszimmer des Prätors gewartet habe. Ich habe ihr erklärt, dass ich hier sei, um sie zum Schiff zu begleiten. Sie hat mir das Wort abgeschnitten und mir gesagt, ich solle schweigen, während sie mit dem Prätor spreche.«

»Wo liegt das Problem?«

»Anscheinend hat sie den Eindruck, er habe sie nicht mit den ihr gebührenden Ehren empfangen, weil er die Straßen vor dem Eintreffen ihres Gefolges nicht hat räumen lassen. Er antwortete, er habe aus Rom keine Anweisungen erhalten, welches Protokoll bei ihrem Eintreffen zu befolgen sei.« Apollonius lachte. »Ihre Antwort darauf könnte man als entfesselte Hybris beschreiben. Sie ist einen Kopf kleiner als der Prätor, und trotzdem hat sie es irgendwie geschafft, auf ihn herabzublicken, während sie ihn beschimpfte, weil er sie nicht entsprechend ihrem Rang behandelte.«

»Ihr Rang? Cato hob eine Augenbraue. »Soweit ich weiß, wurde sie als Sklavin geboren und in Senecas Haushalt als eine Art menschliches Spielzeug aufgenommen, sobald sie ein Alter erreicht hatte, in dem die Menschen anfingen, ihr Aussehen zu bewundern. Auch wenn man ihr später die Freiheit gab und sie die Geliebte des Kaisers wurde, ändert das nichts an ihrem gesellschaftlichen Rang.«

»*Ich* weiß das. Aber bei ihr ist das eine Sache für sich. Und sie verhält sich, als seien diese germanischen Bestien nur da, um sie zu schützen und nicht, um zu verhindern, dass sie sich aus dem Staub macht. Unsere Claudia scheint zu glauben, dass sie – und nicht Agrippina – Kaiserin ist. Nach allem, was ich in Rom gehört habe, hat sie Nero das ganze letzte Jahr über immer wieder gedrängt, sie zu heiraten. Die vielen Geschenke, mit denen er sie überschüttet hat, waren ihr nicht genug. Sie wollte neben ihm auf ihrem eigenen Thron sitzen. Doch sie hat die Sache überzogen, als sie Nero beschwatzt hat, den Senat erklären zu lassen, dass sie von edler Geburt sei. Ich habe mit eigenen Augen gesehen, wie das ausging, als der Senat und der Pöbel sich kürzlich bei den Wagenrennen gegen sie wandten. Das hat ihr überhaupt nicht gefallen. Und Nero und seinen Ratgebern genauso wenig. Daher der Entschluss, sie nach Sardinien und aus den Augen der Öffentlichkeit zu schaffen.«

»Glaubst du, das Exil wird von Dauer sein?«, fragte Cato.

»Nero ist ein junger Mann. Ich würde viel darauf wetten, dass er schon innerhalb dieses Monats eine neue Geliebte finden wird.«

»Also bleibt sie an uns hängen.«

Sie betraten den Sitz des Prätors, und Apollonius führte Cato hinauf auf eine Balustrade, die den Hof überblickte. In der Mitte befanden sich ein breiter Balkon und – auf der anderen Seite des Ganges – zwei hohe Türen, durch die sie in das Arbeitszimmer des Prätors traten. In dem großen, luftigen und gut beleuchteten Raum versuchte ein angestrengt wirkender Mann in einer Leinentunika, sich auf die zahlreichen Wachstäfelchen zu konzentrieren, die auf seinem Schreibtisch ausgebreitet waren. Eine Frau saß an einer der Seitenwände auf einem

Sofa. Vor ihr befand sich ein niedriger Tisch, auf dem ein elegant geformter Glaskrug stand und dazu ein Teller mit kleinen Gebäckstücken, die unangerührt schienen.

Die Frau wandte ihren Blick Cato und seinem Begleiter zu. Ihre Augen waren dunkel wie Ebenholz, und ihre Haut war sehr hell, fast weiß. Ihr Haar war zart und blond und nicht besonders aufwendig in Form gebracht – ganz im Gegensatz dazu, wie es fast jede andere bedeutende Frau in Rom trug. Es war sogar noch kürzer geschnitten als vor einigen Tagen, als er es in der kaiserlichen Loge während der Wagenrennen gesehen hatte, sodass es jetzt geradezu knabenhaft wirkte. Ihr Gesicht war rundlich, mit einer Stupsnase und fein gezeichneten Lippen. Sie trug eine einfache blaue Stola aus einem schimmernden Material; höchstwahrscheinlich Seide, dachte Cato. Ihre Arme waren schlank und ihre Beine, soweit er sehen konnte, ebenfalls. Ihre Sandalen waren ebenfalls blau und mit einem Smaragd verziert. Die Stola war so dünn, dass man darunter ihre üppige Brust erkennen konnte, ohne dass über ihrer Hüfte der Taillenbogen zu sehen gewesen wäre. Alles in allem erschien sie Cato zweifellos hübsch, doch sie wirkte auf ihn nicht wie eine jener Schönheiten, die einen Kaiser dazu bringen konnten, gegen den Willen des Senats und des Volks von Rom eine Heirat durchzusetzen. Wobei Nero ohnehin nicht genügend Rückgrat besessen hätte, zu einer solchen Entscheidung zu stehen.

Claudia Acte warf Cato einen kurzen Blick zu und wandte sich dann an Apollonius. »Ist er derjenige, von dem du gesprochen hast?« Sie sprach ohne erkennbaren Akzent, aber es gelang ihr nicht, den näselnden Tonfall von jemandem, der in der Vorstadt aufgewachsen war, zu unterdrücken.

Apollonius gab sich alle Mühe, eine seriöse Miene aufzusetzen, als er ihr in respektvollem Ton antwortete. »Das, meine Dame, ist Präfekt Quintus Licinius Cato, der neu ernannte Kommandant der Garnison auf Sardinien.«

Cato runzelte die Stirn. »Ich kann für mich selbst sprechen, vielen Dank.«

Apollonius sah ihn von der Seite an, und seine Mundwinkel hoben sich zur Andeutung eines Lächelns.

Claudia deutete auf Cato. »Dann bist du der Mann, der für das Schiff verantwortlich ist, das mich nach Sardinien bringen wird. Ich bin dir zu Dank verpflichtet, wenn du dafür sorgst, dass man mein Gepäck sicher verlädt, und ich verspreche dir, dass ich dich persönlich dafür verantwortlich machen werde, wenn irgendeiner deiner trampeligen Helfer mein Eigentum beschädigt.«

Cato spürte, wie eine Flamme der Empörung in seiner Brust aufloderte. Er öffnete den Mund, um zu antworten, doch sie sprach bereits weiter, noch bevor er ein Wort herausbekommen hatte.

»Und noch etwas. Ich will, dass du uns einige anständige Wagen besorgst, um mich und meine persönlichen Besitztümer zu transportieren, wenn wir die Insel erreicht haben. Diejenigen, mit denen ich hierhergekommen bin, waren kaum besser als klapprige Bauernkarren. Ich habe jede Furche gespürt, über die wir gefahren sind. Also wirst du etwas Anständiges herbeischaffen und für Kissen sorgen, auf denen ich sitzen kann. Ist das klar?«

Cato schluckte seine Wut hinunter. »Meine Dame, ich bin Soldat, kein Mitarbeiter einer Reederei, und ich …«

»Es ist mir egal, was du bist. Mach, was ich sage, und zwar sofort.«

Er starrte sie an, und sie hob die Augenbrauen.

»Was ist? Worauf wartest du? Steh hier nicht so rum wie der Dorfidiot und fang an.«

Cato sah zu Apollonius, der seine Stiefel fixierte und ein Lächeln verbarg. Der Prätor wagte es, kurz den Kopf zu heben. Er fing Catos Blick auf und verdrehte die Augen.

Cato holte tief Luft und antwortete so ruhig wie möglich: »Ich werde mich persönlich um dein Gepäck kümmern. In der Zwischenzeit wird mein Freund Apollonius sich um jeden deiner Wünsche kümmern, bis ich ihm mitteilen werde, dass wir bereit zum Auslaufen sind. Ist das zu deiner Zufriedenheit?«

Apollonius hob abrupt den Kopf. »Was?«

»Wenn du mich jetzt entschuldigen würdest.« Cato senkte höflich den Kopf.

»Na schön. Du kannst gehen. Aber lass dir nicht zu viel Zeit. Ich weiß nicht, wie lange ich die Entbehrungen dieses Ortes noch ertragen kann.«

Cato verließ den Raum. Er hörte, wie auch Apollonius Claudia bat, ihn zu entschuldigen, und ihm nacheilte. Sie gingen den Balkon entlang, ohne ein Wort zu sagen, bis sie in sicherer Entfernung waren. Dann blieb Cato stehen und wandte sich seinem Begleiter zu. Für einen kurzen Augenblick blieben beide stumm. Dann brachen sie in ein spontanes Gelächter aus.

»Bei allen Göttern«, stammelte Cato, der Mühe hatte, sich zu fassen. »Ich hätte nie gedacht, dass mir Nero jemals leidtun könnte. Aber das?«

»Ich weiß. Ein misstrauischer Mensch könnte fast

glauben, dass er den Pöbel und die Senatoren insgeheim bezahlt hat, um für ihren Abgang zu sorgen.«

Die Möglichkeit war beunruhigend, dachte Cato. Denn es würde bedeuten, dass sie über ihren Geliebten eine Art von Macht besaß, welche dieser nicht offen infrage zu stellen wagte. Nach allem, wie er Nero erlebt hatte, gab es keinen Zweifel daran, dass der Kaiser ein launenhafter, willensschwacher Mensch war; doch so sehr unter dem Einfluss einer Frau zu stehen, dass er ihr vor aller Welt eine Sache versprach, während er hinter ihrem Rücken Vorbereitungen für das genaue Gegenteil traf … Das hörte sich nach Feigheit der übelsten Art an, sollte er tatsächlich so vorgehen. Und dass ein solcher Mensch das Imperium führte, war höchst irritierend.

»Sie muss irgendwelche Qualitäten haben, die einen wieder mit ihr versöhnen«, sagte Cato in fragendem Ton.

»Oh, da bin ich mir ganz sicher.« Apollonius nickte. »Was ihr in ästhetischer Hinsicht fehlt, macht sie wahrscheinlich durch technische Fertigkeiten wieder wett. Solche Frauen können auf einem Mann wie auf einer Flöte spielen, wenn du verstehst, was ich meine.«

Cato schüttelte das geschmacklose Bild ab, das sein Begleiter heraufbeschworen hatte. »Nun, wir haben sie und ihre bezaubernden germanischen Freunde so lange am Hals, bis wir sie auf ihr Landgut gebracht haben. Sorg dafür, dass sie beschäftigt ist, während ich mich um ihr Gepäck kümmere.«

»Beschäftigt?« Apollonius zuckte zusammen. »Ich bin sicher, der Prätor kann das genauso gut erledigen.«

In diesem Augenblick erschien der Prätor auf dem

Balkon. Er sah sich mit gequälter Miene um, und als er die beiden entdeckt hatte, eilte er zu ihnen. »Habt Mitleid!«, flüsterte er. »Schafft sie hier weg! Was immer dazu nötig ist, tut es einfach.«

»Wie viel wäre dir das wert?«, fragte Apollonius.

Der Prätor musterte sein Gesicht, um sicher zu sein, dass das Angebot ernst gemeint war. »Fünfzig Sesterzen.«

»Denare«, erwiderte Apollonius.

Rasch überschlug Cato die Summe: Sie war höher als der Sold eines Legionärs für zwei Monate.

»Abgemacht, zwanzig Denare.«

»Ihr da!«

Die drei Männer drehten sich um und sahen Claudia auf der Schwelle zum Balkon stehen.

»Fünfundzwanzig Denare«, flüsterte der Prätor.

»Einverstanden.« Apollonius blinzelte Cato zu. »Ich werde mit ihr von einem Ende Ostias zum anderen hetzen. Wenn wir zum Schiff kommen, wird sie so müde sein, dass sie uns keinen Ärger mehr machen dürfte.«

»Gut. Wir treffen uns später.«

Cato sah zu, wie der Prätor wie ein geprügelter Hund zurück in sein Arbeitszimmer schlich. Dann ging er nach unten und kümmerte sich um Claudia Actes Gepäck.

Apollonius hielt Wort, und die abgelegte Geliebte des Kaisers und ihr Gefolge gingen am späten Nachmittag an Bord des Schiffs. Als Cato zusah, wie sie über die schmale Planke schritt, wünschte er sich unweigerlich, dass sie ins Meer fallen würde. Kurz bevor sie das Deck erreichte, lehnte sie sich zu weit auf eine Seite, doch einer der germanischen Leibwächter fasste sie bei der Hand und setzte sie ohne weitere Probleme sicher und geschickt auf dem Schiff ab.

Ihre Ankunft hatte gleichermaßen das Interesse der Besatzung wie der übrigen Passagiere geweckt. Cato stand zusammen mit den Männern, die sich freiwillig gemeldet hatten, in der Nähe des Hecks.

»Das also ist die Freundin des Kaisers.« Centurio Porcino musterte sie von Kopf bis Fuß. »Hübsch. Genau mein Typ.«

»Das sagst du *jetzt*«, erwiderte Cato leise.

Er trat nach vorn, um sie mit einer raschen Verbeugung zu begrüßen. »Willkommen an Bord, meine Dame. Dein Gepäck wurde im Frachtraum untergebracht.«

»Gut. Ich bin müde.« Ihr Blick verriet eher Ablehnung als Interesse, als sie sich auf dem Schiff umsah, während der letzte germanische Leibwächter über die Planke kam und mit schwerem Schritt auf das Deck trat. »Wo ist meine Kabine?«

Cato zuckte zusammen. »Es gibt keine Kabinen auf diesem Schiff. Wir alle schlafen an Deck.«

Er sah, wie der Kapitän hinter ihr ihm einen vielsagenden Blick zuwarf. Cato nickte diskret, und der Kapitän gab Anweisung, die Planke auf den Kai zurückzuschieben und die Leinen zu lösen. Während längsseits die Taue aufgerollt wurden, begaben sich mehrere Matrosen an die langen Ruder, die dazu verwendet wurden, das Schiff in freies Gewässer zu bringen, bevor man Segel setzen würde.

Claudia verschränkte die Arme. »Ich werde *nicht* an Deck schlafen.«

Es war zu spät für sie, noch einen Versuch zu unternehmen, ans Ufer zurückzukehren, und jetzt, da sie für die Dauer der Reise das Schiff nicht mehr verlassen konnte, war Cato nicht länger bereit, so zu tun, als folgte er ehrerbietig jeder ihrer Launen.

»Mach, was du willst, meine Dame.«

Ihr Kiefer sackte schockiert herab, während er sich umdrehte und wieder zu seinen Offizieren trat.

»Du, warte!«, rief sie ihm nach. »Ich sagte ›warte!‹«

Cato blieb zähneknirschend stehen. Er war sich bewusst, dass Porcino und die anderen ihn mit amüsierten Mienen beobachteten, neugierig, wie er reagieren würde. Er drehte sich langsam um, nahm ihren Arm und führte sie von den anderen weg in Richtung Bug. Der Schiffsjunge saß neben dem Vordersteven und ließ die Beine über die Reling hängen. Cato deutete energisch mit dem Daumen nach hinten. »Beweg dich, Kleiner.«

Claudia versuchte, sich aus seinem Griff frei zu machen. »Für wen hältst du dich eigentlich? Für diese Unverschämtheit wirst du bezahlen.«

Cato umschloss ihren Arm fester und schüttelte sie heftig. »Es reicht!«

Schockiert riss sie die Augen auf, und es lag, wie er bemerkte, auch Furcht in ihrem Blick. Doch sie erholte sich schnell, hob ihren freien Arm und deutete auf sein Gesicht; ihr Fingernagel war kaum eine Handbreit von seiner Nase entfernt. »Warte, bis Nero davon erfährt. Dafür wird er dich geißeln lassen.«

»Daran habe ich ernsthafte Zweifel.« Cato rümpfte die Nase. »Wir sollten aufhören, so zu tun, als ob du eine feine Dame wärst, die stets elegant auftritt und sich das hochnäsige Getue einer Aristokratin erlauben kann. Du bist die abgelegte Geliebte des Kaisers und inzwischen nicht mehr als die Freigelassene, die du warst, bevor Senator Seneca dich in die gierigen kleinen Arme Neros geschleust hat.«

»Wie kannst du es wagen?« Fast spuckte sie die Worte aus. »Ich bin eine Frau von bedeutenden Mitteln und mit mächtigen Freunden. Du lebst gefährlich, wenn du versuchen solltest, dich mir zu widersetzen. Ich brauche nur mit den Fingern zu schnippen und meinen Leibwächtern zu befehlen, dich in Stücke zu reißen, und sogleich wird mein Wunsch Wirklichkeit.«

Cato stieß ein laut bellendes Gelächter aus. »Die Mittel, über die du angeblich verfügst, bestehen aus nichts anderem als dem Flitterkram, mit dem es Nero beliebte, dich zu überschütten. Das ist nun zu Ende. Du solltest dich glücklich schätzen, dass Nero dir nicht wieder alles genommen hat, was er dir einst schenkte. Und die Menschen, die du deine Freunde nennst, haben dich schon längst verlassen, wie sie es mit jedem machen, der aus dem gemeinen Volk aufgestiegen und dessen kurzer Moment im Glanz der Sonne vorüber ist. Deine Verbindung zu ihnen ist inzwischen nur noch eine Quelle der Peinlichkeit für sie. Und was deine Leibwächter angeht: Es ist nicht an dir, ihnen Befehle zu geben. Sie sind deine Gefangenenwärter und haben zweifellos die Anweisung, dafür zu sorgen, dass du nicht einfach verschwindest und nach Rom zurückkehrst, um Nero zu bitten, dich in Gnaden wiederaufzunehmen. Aber selbst wenn es nicht so wäre, wie wolltest du ihnen denn irgendetwas befehlen? Sie wurden für diese Aufgabe ausgesucht, weil keiner von ihnen, mit Ausnahme des verantwortlichen Decurio, Latein spricht. Sprichst du ihre Sprache? Nein? Das habe ich mir gedacht. Wie wahrscheinlich ist es dann wohl, dass sie irgendeiner Anweisung von dir folgen würden? Ich könnte mir vorstellen, dass eine solche Anweisung von dir das genaue Gegenteil dessen ist, was ihnen beim Verlassen Roms befohlen wurde. Was mich angeht, ich bin kein Soldat. Ich habe den Rang eines Präfekten, und meine Befehlsgewalt erstreckt sich über jeden Mann in der Garnison auf Sardinien. Solange du meiner Verantwortung unterstehst, wirst du tun, was ich sage, und mir keine Schwierigkeiten machen.« Er starrte sie an, und sie wandte den Blick ab. »Wenn nicht, werde ich dich fesseln und knebeln für den Rest unserer Fahrt über das Meer und während der Reise bis zu deinem Landgut.«

Er hielt inne, damit sie sich über die Bedeutung seiner Worte klar werden konnte, und fuhr dann fort: »Ich hoffe, dass dir das klar ist, Claudia Acte. Nun?«

Er spürte, wie sie zitterte, während er sie noch immer mit festem Griff umfasste. Sie nickte gehorsam, und er ließ sie los.

»Gut. Und jetzt mäßige deine Ausdrucksweise. Ich bin sicher, dass wir dann gut miteinander auskommen werden. Meiner Erfahrung nach ist die bequemste Stelle, wenn man gezwungen ist, auf Deck zu schlafen, in der Nähe des Masts. Ich werde dafür sorgen, dass einer meiner Männer etwas für dich herrichtet.«

Er ließ sie stehen und kehrte zu seinen Offizieren am anderen Ende des Schiffs zurück, während die Seeleute das Schiff mithilfe der langen Ruder in relativ freies Gewässer lenkten, das vom offenen Meer durch die Wellenbrecher geschützt war, die Kaiser Claudius hatte errichten lassen. Sobald sich der Kapitän davon überzeugt hatte, dass er den Hafen sicher verlassen konnte, gab er Anweisung, die Ruder einzuholen, die Segelleinen zu lösen und Segel zu setzen. Als der Wind die große, aus einzelnen Stücken zusammengenähte Lederfläche wie einen dicken Bauch straffte, neigte sich das Schiff ein wenig zur Seite. Wer mit dieser Bewegung nicht vertraut war, taumelte unruhig hin und her und hielt sich an der Reling fest, um wieder einen festen Stand zu bekommen. Mühsam rang Cato seine Übelkeit nieder und stellte sich breitbeinig hin, um das Gleichgewicht zu halten. Dann sah er nach vorn, wo Claudia mit ihren weißen Händen die Wanten umklammerte und sich mit besorgter Miene daran festhielt.

»Sie sieht ohne jeden Zweifel erschüttert aus«, kommentierte Apollonius. »Was hast du zu ihr gesagt?«

»Ich habe sie gebeten, nett zu sein, sodass es für uns alle leichter wird.«

»Ich bin nicht sicher, ob eine solche Herzlichkeit zu einem so nützlichen Ergebnis führen würde.«

»Was ich gesagt habe, genügt, hoffe ich.«

Das Schiff hielt auf die Lücke zwischen den Armen der Mole zu. Als es von der ersten Woge der offenen See getroffen wurde, hob sich der Bug zuerst anmutig und senkte sich dann wieder, eingehüllt in ein wenig Gischt. In der Ferne stand die Spätnachmittagssonne am Himmel, die die Wellen mit Hunderten Edelsteinen überzog, welche weiß und bernsteinfarben funkelten, und die Frau, die am Bug stand, schien wie von einem honigfarbenen Lichterkranz umgeben. Es war eines jener Bilder, die liebeskranke Dichter beschrieben, schien es Cato. Plötzlich verzerrte sich das Gesicht der Frau. Sie beugte den Kopf über die Reling, und ein heftiges Würgen durchfuhr ihren Körper. Die Seeleute, die ihr am nächsten waren, eilten auf die windabgewandte Seite. So viel zur Dichtkunst, dachte Cato.

Er wandte den Blick in Richtung Horizont, und schon bald wich der Genuss, den die Schönheit des offenen Meeres ihm bereitete, den Gedanken an die Herausforderungen, die ihn erwarteten, sobald sie die Insel am Ende ihrer kurzen Reise erreicht hätten. In Wahrheit war er besorgter, als er zugeben wollte. Ohne Macros ermutigende Gegenwart fühlte er sich bloßgestellt und fürchtete, dass er seiner Aufgabe nicht würde gerecht werden können. Bisher hatte er während seiner Zeit in der Armee große Erfolge erzielt. Es waren gewiss mehr, als er sich zu Anfang hatte vorstellen können. Doch seine Glückssträhne würde nicht ewig andauern.

Schon bald vertrieb die frische Meeresbrise den unangenehm süßlichen Geruch von Ostia, und Reisende und Besatzung füllten ihre Lungen mit der salzig schmeckenden Seeluft.

Apollonius hob das Kinn und schloss die Augen; sein Gesichtsausdruck verriet tiefes Glück. »Wenn das Wetter anhält, werden wir eine schöne Überfahrt haben. Genau das Richtige, um die Spinnweben aus dem Kopf zu bekommen.«

»Dann genieße es«, sagte Cato in schroffem Ton. »Es könnte sein, dass dies für eine ganze Weile unsere letzte Gelegenheit dazu ist.«

KAPITEL 10

Als sich zwei Tage später die Abenddämmerung über die Insel senkte, näherte sich das Schiff unter vollem Segel Olbia. Eine Rauchsäule erhob sich vom Signalturm auf der Landspitze und wurde von weiterem Rauch von einer Stelle tiefer im Landesinneren beantwortet. Während sie vorsichtig durch den schmalen Kanal segelten, der den Eingang zum Hafen bildete, rief der Mann im Ausguck, der, den Mast zwischen den Beinen, auf einem Rundholz saß, hinab zum Deck unter ihm: »Boot nähert sich!«

Einige Männer, die nahe am Bug standen, traten an die Reling und sahen nach vorn, während Cato im Heck auf die kleine Steuerplattform trat, die Augen mit seiner Hand beschattete und in das Sonnenlicht spähte. Er konnte die Kaianlagen, die Lagerhäuser und die Stadt dahinter erkennen, und auf halber Strecke zwischen der Küste und ihrem Schiff entdeckte er ein kleines Boot mit einem dreieckigen Segel, das auf sie zukreuzte.

»Etwas spät für einen Lotsen, der uns in den Hafen führen will«, sagte Apollonius nachdenklich. »Und zu spät am Tag, als dass jetzt noch ein Fischerboot ausfahren würde. Aber sie halten definitiv auf uns zu. Ich frage mich, was da los ist.«

Cato gab ein Grunzen von sich, das nicht verriet, was er dachte, und beobachtete weiter das Boot. Als es nur noch etwa hundert Schritte entfernt war, kreuzte es direkt vor dem Bug des Schiffs und wendete dann, sodass es an der Steuerbordseite parallel mit dem Schiff segelte. Aus der Nähe konnte Cato erkennen, dass drei Mann an Bord waren. Ein Matrose stand am Ruder, und ein anderer betätigte die Segelleinen; der dritte Mann, der einen mattroten Militärumhang trug, legte seine Hände an den Mund und rief über die leichte Dünung hinweg: »Was für ein Schiff ist das?«

Der Kapitän trat an die Reling und rief seine Antwort. »Die *Persephone*. Aus Ostia.«

»Aus Ostia?«, wiederholte der Mann.

»Aye.«

»Seid ihr irgendwo auf Sardinien gelandet, seit ihr Ostia verlassen habt?«

»Nein. Wer, beim Hades, bist du?«, erkundigte sich der Kapitän.

»Decurio Locullus. Ich komme an Bord. Rührt euch nicht von der Stelle.«

Während sich das kleine Boot vorsichtig an das schwere Frachtschiff heranschob, ließen die Matrosen der *Persephone* eine Strickleiter an der Reling herab. Der Decurio umfasste eine Sprosse mit fester Hand und sprang über die schmale Lücke. Dann kletterte er seitlich am Schiff hinauf und landete mit laut hallendem Schritt auf Deck. Er gab seinem Boot ein Zeichen abzudrehen, und Cato und Apollonius kamen nach vorn, um gemeinsam mit dem Kapitän ihren Besucher zu begrüßen.

»Was hat das alles zu bedeuten?«, fragte der Kapitän. »Ich bin nicht gerade begeistert über Menschen, die einfach so unangemeldet auf mein Schiff kommen.«

Locullus musterte die Männer an Deck, wobei er anscheinend nach jemandem Ausschau hielt. Schließlich wandte er seinen Blick wieder dem Kapitän zu. »Zeigt irgendjemand von deiner Besatzung oder deinen Passagieren Anzeichen einer Krankheit?«

»Krankheit?« Der Kapitän runzelte die Stirn. »Welche Art von Krankheit?«

»Fieber, Husten, Gliederschmerzen oder Krämpfe.«

»Nein. Nichts dergleichen.«

»Und sonst? Irgendwelche Krankheiten, gleich welcher Art?«

Der Kapitän deutete auf Claudia Acte und die germanischen Leibwächter, von denen sich einer über die Reling erbrach; sein mächtiger Körper zitterte heftig, und er gab ein klägliches Stöhnen von sich. »Nur ein paar Landeier, die mit dem Meer nicht zurechtkommen. Das ist alles.«

Als Cato neben den Kapitän trat, sah er, wie ein Ausdruck der Erleichterung über das Gesicht des Decurios huschte.

»Was geht hier vor?«, fragte Cato.

»Wer bist du?«

»Präfekt Quintus Licinius Cato. Ich bin hier, um das Kommando über die Garnison auf Sardinien zu übernehmen. Hat der Statthalter dich ausgeschickt, um uns zu empfangen?«

Locullus salutierte eilig. »Ich entschuldige mich, Herr, aber von einer solchen Ernennung wusste ich nichts. Ich habe Befehl, Claudia Acte nach Tibula zu bringen. Ihr Schiff sollte dort einlaufen, bevor es nach Carales weiterfahren würde. Aber das hat sich jetzt geändert.«

»Ich vermute, dass das etwas mit der Seuche im Süden der Insel zu tun hat.«

»Ja, Herr. Die Seuche breitet sich schnell aus. Statthalter Scurra hat seinen Palast in Carales verlassen und den Regierungssitz nach Tibula verlegt.«

Cato rief sich die Karte der Insel ins Gedächtnis, die er vor seinem Aufbruch aus Rom studiert hatte. Er hatte einen Schreiber dafür bezahlt, ihm eine Kopie anzufertigen, die sich sorgfältig zusammengefaltet in seinem Gepäck befand. »Das ist die Nordspitze der Insel, nicht wahr?«

»So weit im Norden, wie es überhaupt geht, Herr.«

Cato wechselte einen Blick mit Apollonius, dann senkte er seine Stimme und fragte: »Ist die Lage wirklich so schlimm?«

»Das ist schwer zu sagen, Herr«, erwiderte der Decurio vorsichtig. »Wir erlebten gerade die allerersten Fälle der Krankheit, als der Statthalter vor einem Monat beschloss, sich nach Tibula zu begeben. Seither hatten wir Berichte über mehr als hundert Tote allein in Carales. Und es gab weitere Todesfälle in Städten und Dörfern bis nach Sacrapos hinauf. Der Statthalter hat den Befehl gegeben, alle Schiffe zu inspizieren, die einen der Häfen der Insel anlaufen. Sollten sich irgendwelche Kranke darauf befinden, darf das Schiff nicht anlegen.«

»Klingt vernünftig«, kommentierte Apollonius. »Hast du bisher irgendwelche Schiffe in Olbia unter Quarantäne gestellt?«

»Bisher noch keines, Herr. Aber es ist wahrscheinlich nur eine Frage der Zeit.«

Der Kapitän seufzte verärgert. »Aber ich muss in Carales meine Fracht an Land bringen, und ebenso diese Herren und andere Passagiere.«

»Wir werden nicht nach Carales fahren«, erwiderte Cato. »Du kannst die kaiserlichen Botschaften und die Fracht in Olbia übergeben und uns dann nach Tibula bringen.«

»Einen Augenblick. Ich habe keinen Vertrag, nach Tibula zu segeln. Die *Persephone* ist für Carales bestimmt.«

»Jetzt nicht mehr. Es sei denn, du willst, dass diese Seuche an Bord deines Schiffes kommt und dich und deine Besatzung ansteckt.«

Der Kapitän dachte einen Augenblick lang nach. »Wenn wir uns von den Kranken fernhalten, kann ich die Fracht entladen und aufnehmen, was wir für die Rückfahrt brauchen.«

Cato schüttelte den Kopf. »Ich befehle dir, uns nach Tibula zu bringen. Es steht dir frei, von dort aus nach Carales zu segeln, wenn du das riskieren willst.«

Der Seemann verschränkte seine muskulösen Arme. »Ich bin der Kapitän. Mein Schiff, meine Anordnungen.«

»Und ich bin der Kommandant der Garnison. Darüber hinaus habe ich mehr Männer auf diesem Schiff als du. Ich würde vorschlagen, du tust, was ich dir gesagt habe«, schloss Cato mit fester Stimme.

Der Kapitän sah sich auf dem Deck um. Zuerst warf er einen Blick auf seine Matrosen, die die Unterhaltung beobachtet hatten, und dann auf Catos Prätorianer und die germanischen Leibwächter. Er wog die Situation ab und nickte dann widerwillig. »Auf deine Veranlassung, Präfekt. Wir segeln mit dem ersten Morgenlicht nach Tibula.«

Beide bestätigten die Worte mit einem Nicken, und dann ging der Kapitän zum Heck, wo er neben den Steuermann trat, um die Anfahrt auf Olbia zu überwachen.

»Er ist nicht glücklich damit«, bemerkte Apollonius mit amüsierter Miene.

»Er wird noch sehr viel unglücklicher sein, wenn er nach Carales weiterfährt und sich der Krankheit aussetzt. Aber das ist seine Sache.« Cato sah hinüber zu Claudia, die auf einem zusammengerollten Tau saß. Sie hatte das Kinn auf beide Hände gestützt und starrte über die Steuerbordseite in Richtung der flachen Landschaft, die langsam näher kam. Er sammelte sich kurz. »Ich denke, ich informiere die Dame wohl besser darüber, dass wir Carales nicht anlaufen werden.«

»Du könntest sie für die letzte Etappe auch einfach an Bord lassen«, schlug Apollonius genüsslich vor.

»Sicher. Und wenn ihr irgendetwas zustößt, überlasse ich es dir, Nero zu erklären, wie es dazu kommen konnte«, erwiderte Cato.

Claudia sah auf, als er näher kam; die germanischen Leibwächter traten beiseite, um ihn passieren zu lassen. »Wer ist dieser Mann, der an Bord gekommen ist?«

»Einer der Offiziere des Statthalters.« Cato setzte sich auf die Reling und hielt sich an einem Halteseil fest, bevor er weitersprach. »Ich fürchte, ich habe schlechte Nachrichten für dich. Wir werden Carales nicht anlaufen.«

»Oh?« Ihre dunklen Augen wurden schmal. »Warum nicht?«

»Es ist dort nicht sicher. Im Süden der Insel wütet eine Seuche. Der Statthalter hat den Regierungssitz nach

Tibula verlegt, weshalb wir jetzt dorthin fahren werden. Der Statthalter wird sich gewiss sehr gern um dich kümmern, bis man dich gefahrlos auf eines deiner Güter bringen kann.«

»So kann man ein Gefängnis auch beschreiben.«

Cato bemerkte ihre gesenkten Schultern und den niedergeschlagenen Eindruck, den sie machte. Seit er zwei Tage zuvor ihren aus Herablassung bestehenden Schutzpanzer durchdrungen hatte, hatte sie kaum mehr gesprochen. »Es gibt schlimmere Gefängnisse.«

»Und das willst gerade du wissen?«

»Ja.«

»Du hast leicht reden.« Sie rümpfte die Nase. »Ein erhabener Präfekt, der mit einem silbernen Löffel im Mund geboren wurde und mit allem Luxus aufgewachsen ist, den ein aristokratischer Haushalt zu bieten hat. Typen wie dich kenne ich zur Genüge. Was wisst ihr schon von Gefängnissen und Not?«

Cato musterte sie einen Augenblick und fühlte plötzlich Mitleid. »Claudia, mein Vater war ein kaiserlicher Freigelassener. Ich wurde als Sklave geboren, genau wie du.«

Sie setzte sich auf und betrachtete ihn genauer, als sähe sie ihn zum ersten Mal. »Du warst einst ein Sklave? Das glaube ich nicht.«

»Warum sollte ich dich in einer solchen Sache anlügen? Ich bin stolz auf alles, was ich erreicht habe, aber ich habe nie vergessen, wo ich herkomme. Genauso wenig wie du, trotz deiner Nähe zum Kaiser.«

Sie lachte bitter. »Nahe genug, dass er mit mir schläft, aber nicht näher, wie sich inzwischen herausgestellt hat.

Und jetzt werde ich, wie es aussieht, den Rest meines Lebens im Exil verbringen.«

»Dagegen kann ich nichts tun. Ich sage nur, du solltest dich nicht in Selbstmitleid ergehen. Es gibt zahllose Menschen in Rom, frei Geborene genauso wie Sklaven und ehemalige Sklaven, die fast alles dafür geben würden, wenn sie jetzt an deiner Stelle sein könnten.«

Claudia verschränkte die Hände und zog einen Schmollmund. »Vielleicht hast du recht.«

»Ich habe meistens recht.« Cato lächelte sie an. »Einige Leute haben mir schon gesagt, dass das ein ziemlich ärgerlicher Zug von mir ist.«

»Das bezweifle ich nicht.« Sie lächelte ebenfalls.

Er drückte sich von der Reling weg. »Ich muss den Kommandanten deiner Eskorte darüber informieren, dass sich unsere Pläne geändert haben … Es wird alles gut werden für dich.«

Er wandte sich dem Optio zu, der die Germanen befehligte. Der Mann lag dösend mit einem Weinschlauch im Schoß an Deck.

»Präfekt?«

Er drehte sich um und sah, dass sie ihm zunickte.

»Danke, dass du mir gegenüber ehrlich warst, was deine Vergangenheit betrifft.«

KAPITEL 11

Einen Tag später lief das Schiff in Tibula ein. Nachdem er seinen Männern befohlen hatte, an Bord der *Persephone* zu bleiben, um jeden Versuch des Kapitäns zu vereiteln, in See zu stechen, ging Cato zusammen mit Locullus an Land, wo sie sich auf den Weg zu einem von Säulengängen geschmückten Gebäude machten, das über dem Hafen thronte. Es war von einer Mauer umgeben, die hoch genug war, um die Leute fernzuhalten, aber nicht, um einem Angriff zu widerstehen. Hinter der Mauer ragten die Zweige von Pappeln, Zedern und Pinien auf, die in den terrassenförmig angelegten Gärten jenseits des Palasts gepflanzt worden waren. Wenn das der Ort war, an dem sich der Statthalter nur notgedrungen aufhielt, hatte Cato Mühe, sich vorzustellen, mit welchem Prunk der eigentliche Regierungssitz in Carales ausgestattet sein mochte.

Während sie sich den Wachen am Tor näherten, die Mitglieder der Hilfstruppen waren, fiel Cato auf, wie entspannt sich die Menschen in den Straßen bewegten. Zweifellos hatten Nachrichten über die Krankheit die Stadt erreicht, aber bis jetzt gab es kaum Hinweise darauf, dass irgendjemand besorgt gewesen wäre. Es war ein milder Abend, und ganze Familien saßen auf den Stufen ihrer Häuser und unterhielten sich mit ihren Nachbarn. Eine düstere Vorahnung ließ Cato schaudern.

Locullus salutierte vor dem diensthabenden Optio am Palasttor, und die beiden traten ein. Ein gepflasterter Weg, der von Zedern beschattet wurde, führte zum Gebäude, und zwischen den Bäumen huschten Mauersegler umher, die im Flug Jagd auf Insekten machten. Locullus geleitete Cato zu der breiten Terrasse, die sich an der Rückseite des Palasts entlangzog. An einem Ende hatte man ein großes Sonnensegel aufgespannt, unter dem mehrere Schreiber saßen, die sich an ihren kleinen Tischen zu beiden Seiten eines großen Schreibtischs über ihre Arbeit beugten. Der Stuhl hinter dem Schreibtisch war leer, aber unweit davon saß ein korpulenter Mann mit dichtem blondem Haar auf einem Sofa; Cato hielt ihn für den Statthalter. Der Mann hatte sich dem Hafen zugewandt, während er mit einem mageren und fast kahlen Ratgeber sprach, dessen Blick so intensiv war, dass es schien, als sei er nicht ganz bei Verstand. Der Ratgeber starrte Locullus kalt an, als der Optio mit Cato an seiner Seite näher kam.

»Ja?«

»Bitte melden zu dürfen, dass das Schiff, das in den Hafen eingelaufen ist, aus Ostia kommt.« Cato entging nicht, dass diese Worte eher dem Ratgeber galten als dem Statthalter.

»Wer ist das?«

Cato räusperte sich und richtete seine Antwort direkt an den Statthalter. »Ich bin Präfekt Quintus Licinius Cato, der neu ernannte Kommandant der Truppen auf dieser Insel.«

Der Ratgeber runzelte die Stirn. »Ich nehme an, du verfügst über einen Nachweis deiner Ernennung.«

Mit verquollenen, wässrigen Augen wandte sich Scurra an Cato. »Nun?«

Cato zog eine Lederröhre aus seiner Seitentasche. Er löste den Verschluss und nahm eine Schriftrolle heraus, die den Umfang seiner Befehlsgewalt genau beschrieb und das Siegel des kaiserlichen Rings trug. Er reichte das Dokument dem Statthalter, der es aufrollte und las, während sich sein Ratgeber über seine Schulter beugte, um sich selbst von dem Inhalt zu überzeugen. Scurra reichte Cato die Schriftrolle zurück. »Es scheint in Ordnung zu sein.«

»Trotzdem sollten wir das überprüfen«, sagte der Ratgeber. »Es ist äußerst ungewöhnlich, dass die Autorität eines Statthalters in einer solchen Weise zurückgesetzt wird. Soll ich einen Brief aufsetzen lassen, der um eine Bestätigung bittet, Herr?« Sein Ton widersprach der Tatsache, dass er seine Worte als Frage formuliert hatte, und Cato fragte sich unwillkürlich, wer hier in Wahrheit das Sagen hatte.

Scurra zuckte mit den Schultern. »Na schön. Wenn du es ah, ah für das Beste hältst. Aber jetzt ist es mir ein Vergnügen, dich kennenzulernen, Präfekt.« Er erhob sich mit einiger Mühe und wandte sich direkt an Cato. »Es wird nicht nötig sein, mich vorzustellen. Jeder in Rom kennt mich.« Er grinste. »Ich bin das Herz und die Seele jeder Feier. Aber das weißt du wahrscheinlich, oder?«

»Es tut mir leid, Herr, aber ich war längere Zeit nicht in der Hauptstadt. Ich kann mich nicht daran erinnern, dass ich bereits das Vergnügen hatte, deine Bekanntschaft zu machen.«

»Oh.« Scurra runzelte enttäuscht die Stirn. »Aber ah, ah, ich bin sicher, dass du wenigstens schon von meinem Ruf gehört hast.«

Cato schüttelte den Kopf.

»Nein?« Der Statthalter sah schmerzlich berührt aus und sank auf sein Sofa zurück. »Ich könnte mir vorstellen, dass man dich hierhergeschickt hat, um mit den Unruhestiftern fertigzuwerden, die sich im Inneren der Insel verstecken.« Er ballte seine pummeligen Fäuste und tat so, als versetze er einem unsichtbaren Gegner einige Schläge. »Diesen Gaunern etwas Verstand in den Leib zu prügeln. Sie in die Wüste zu schicken.«

»Nun, ja, gewiss. Ich würde es sehr zu schätzen wissen, wenn du mich so bald als möglich über die Lage informieren könntest.«

»Natürlich. Gute Idee. Decianus Catus hier kann sich darum kümmern. Er ist mein wichtigster Ratgeber und Majordomus in einem, nicht wahr?«

Decianus rang sich ein Lächeln ab, das nicht weiter reichte als bis zu seinen Lippen, und neigte den Kopf. »Zu Befehl, Exzellenz. Ich werde es erledigen, sobald die Angelegenheit geklärt ist, über die wir gesprochen haben, bevor wir unterbrochen wurden.«

Scurra schüttelte den Kopf. »Nein. Ich habe für heute genug gearbeitet. Ich langweile mich. Wir reden morgen weiter. Bring den Präfekten fort und erledige das in deinem Arbeitszimmer oder wo auch immer. Sei ein guter Kerl.« Er winkte sie mit einer Hand von sich weg, während er gleichzeitig den Blick eines Sklaven auffing und diesen mit der anderen Hand zu sich heranwinkte. »Bring mir noch etwas Wein.«

Sein Ratgeber schloss sein Wachstäfelchen mit einem Knall und trat auf den nächstgelegenen Torbogen zu, der in die Villa führte. »Hier entlang. Decurio, deine Dienste sind hier nicht mehr vonnöten.«

Locullus erstarrte angesichts dieser knappen Verabschiedung; dann wandte er sich ab und ging die Terrasse entlang. Seine steife Haltung verriet unmissverständlich, wie verärgert er war.

Obwohl Cato weniger als eine Stunde zuvor erstmals seinen Fuß auf die Insel gesetzt hatte, hegte er bereits große Zweifel an den Menschen, deren Aufgabe es war, die Provinz zu regieren und die Ordnung aufrechtzuerhalten. Es gab viele Senatoren, die gute Statthalter waren und sich hingebungsvoll der Aufgabe widmeten, mit der man sie betraut hatte. Scurra war keiner von ihnen. Er gehörte zu jener verabscheuungswürdigen Sorte von Aristokraten, die das Ansehen und das Vermögen der Familie dazu benutzten, sich die Berufung in eine lukrative Machtposition zu sichern. Menschen, die mit Steuerbeamten einen Handel eingingen, um so viel Gewinn wie möglich aus einer Provinz herauszuholen, bevor die Zeit in ihrem Amt zu Ende ging. Sie kümmerten sich nicht um die Menschen, die sie regierten, sondern nur um sich selbst.

Decianus ging nicht einfach nur, er stolzierte, als er Cato durch den Torbogen in einen großen Raum führte, wo sich auf zwei langen Tischen Wachstäfelchen und Schriftrollen stapelten. An jedem Tischende war ein wenig freier Platz, und dort standen auch ein paar Stühle. Er warf das Täfelchen, das er dabeihatte, auf den Tisch und zog sich einen Stuhl heran. Dann nickte er Cato zu. »Setz dich, Präfekt.«

Seine herrische Art machte Cato wütend. Es war keineswegs so, dass er großen Wert auf ihren unterschiedlichen gesellschaftlichen Rang gelegt hätte, da er Menschen nach ihren Taten beurteilte und nicht nach ihrer Herkunft. Was ihn wurmte, war die Arroganz des Ratgebers und die Tatsache, dass er nicht einmal versuchte, sie zu verbergen. Cato hielt einen Augenblick inne, um sich zu beruhigen, und fragte sich, ob er darauf verzichten sollte, sich hinzusetzen. Dann jedoch hätte er wie jemand ausgesehen, der vor einem auf seinem Platz sitzenden Vorgesetzten stand. Der erste Punkt geht an Decianus, dachte er bitter, zog einen Stuhl heran und ließ sich darauf nieder.

»Was genau besagen deine Befehle?«, fragte Decianus.

»Sie sind unmissverständlich. Der Kaiser und seine Ratgeber sind besorgt über einige Berichte, die Rom erreicht haben. Diesen Berichten zufolge ist es nicht gelungen, einige Stämme aus dem Inneren der Insel in die Schranken zu weisen. Offensichtlich begehen Mitglieder dieser Stämme immer wieder Überfälle auf landwirtschaftliche Güter und sogar auf einige Orte an der Küste. Nero will, dass dem ein Ende bereitet wird, und er hat mir den Befehl gegeben, die Insel zu befrieden. Aus diesem Grund hat man mir die vollständige Kontrolle über die Garnison übertragen.«

»Verstehe. Und wie kommst du darauf, dass wir die Lage nicht schon längst im Griff haben?«

»Habt ihr das denn?«

Decianus' Lippen zuckten, er wirkte gereizt. »Wir kümmern uns darum, und wir hätten die Briganten längst unter Kontrolle, hätte die Seuche den Statthalter nicht dazu veranlasst, die Provinzhauptstadt zu verlassen und uns alle an das entgegengesetzte Ende der Insel zu schleppen.«

»Da bin ich mir sicher«, erwiderte Cato tonlos. »Doch jetzt, da ich hier bin, kannst du dich ganz auf die Krankheit konzentrieren und den Feind mir überlassen.«

Der Freigelassene erwog die Lage. »Durchaus. Sobald wir die Bestätigung aus Rom haben, dass du der bist, der du zu sein behauptest, und tatsächlich über die Befehlsgewalt verfügst, die dir, wie du behauptest, verliehen wurde.«

»Du hast das Dokument selbst gesehen. Du hast das kaiserliche Siegel gesehen. Verschwenden wir keine Zeit damit, die Angelegenheit erst durch Rom klären zu lassen. Und solltest du unterdessen versuchen, mir meine Autorität abzusprechen oder sie zu untergraben, werde ich mich zuerst um dich und dann um die Banditen kümmern.« Cato hob den Lederbehälter hoch. »Ich würde sagen, die Kommandanten der Kohorten der Garnison werden das hier bereitwillig akzeptieren, also sollten wir hier keine Spielchen spielen. Schließlich stehen wir alle auf derselben Seite, oder etwa nicht?« Er bedachte sein Gegenüber mit einem süßlichen Lächeln. »Zuallererst: Wie kann es sein, dass die Banditen plötzlich so aktiv sind?«

»Es hat schon immer Unruhen gegeben, seit die Insel römische Provinz wurde. Die meiste Zeit war das kein großes Problem; es ging um ein paar Viehdiebstähle und dergleichen. Die Garnison schickt Patrouillen aus, um die Täter dingfest zu machen, aber diese kennen das Landesinnere besser als jeder andere; sie verschwinden in den Wäldern und Hügeln und verstecken sich dort, bis die Soldaten die Verfolgung aufgeben.«

»Gibt es niemanden vor Ort, der einen zu diesen Verstecken führen könnte?«

»Keiner der Stämme an der Küste kennt das Territorium der Briganten gut genug, um uns eine Hilfe zu sein.«

»Und wie sieht es aus, wenn man jemandem aus einem der Stämme, die die Briganten unterstützen, eine Belohnung anbieten würde?«

Decianus schnaubte verächtlich. »Glaubst du etwa, dass wir das nicht schon längst versucht haben? Fast jedes andere Barbarenvolk, mit dem Rom jemals zu tun hatte, wäre bereit, die eigenen Leute zu verraten, wenn die Belohnung nur hoch genug ist. Aber diese Leute nicht. Sie sind anders.«

Cato beugte sich vor. »Anders?«

»Zunächst einmal, sie sind überaus loyal gegenüber ihren Stammesführern und allen Fremden feindlich gesinnt. Und Römer betrachten sie noch immer als genau das: als Fremde. Von anderen Stämmen ganz zu schweigen. Das gilt auch heute noch, zweihundert Jahre, nachdem wir die Insel erobert haben. Sie würden eher ihre Erstgeborenen töten, als einen der ihren an uns zu verraten. Sogar wenn die Stämme sich gegeneinander wenden oder irgendeine sich ewig hinziehende Fehde ausfechten. Die anderen Inselbewohner nennen sie ›die Menschen der Vorzeit‹.«

»Wie das?«

»Sie waren schon hier, lange bevor Rom den Karthagern die Insel abgenommen hat. Sie sind älter als alle geschichtlichen Aufzeichnungen. Ich glaube, sie wissen nicht einmal selbst, wie lange ihr Volk schon hier ist. Obwohl sie auf der ganzen Insel viele Spuren hinterlassen haben. Vermutlich waren sie einst reich und mächtig, auch wenn man das kaum glauben mag, wenn man sieht, wie wenige von ihnen es heute noch gibt. Du wirst ihre Felszeichnungen sehen; gelegentlich findet man auch seltsame Figuren, die sie in Silber oder auch in Gold gießen. Es sind primitive Gegenstände, die in deinen Augen vielleicht kindlich erscheinen mögen. Aber unter den Reichen in Rom gelten sie als interessante Stücke für ihre Sammlungen. Die deutlichsten Zeichen der Macht, die sie einst besaßen, sind die Türme und Festungen, die sie hinterlassen haben. Auf der ganzen Insel findet man Hunderte davon. Sie sehen aus, als hätten sie einst militärischen Zwecken gedient, aber genauso gut könnten sie eine Art von Tempel gewesen sein. Die meisten wurden vor langer Zeit aufgegeben, und heute sind kaum mehr als Ruinen erhalten. Doch unsere Patrouillen berichten, dass einige von ihnen noch immer als Festungsanlagen dienen.«

»Was sind diese Stammesmitglieder, diese ›Menschen der Vorzeit‹?«

»Davon kannst du dir selbst ein Bild machen, wenn du ihnen begegnest. Sie gleichen eher Tieren als Menschen. Sie kleiden sich in die Felle von Schafen und anderen Tieren und tragen einen merkwürdigen Kopfschmuck und Masken, deren verzerrte Züge aussehen wie ... wie Dämonen.«

»Dämonen«, wiederholte Cato und lachte leise in sich hinein. »Und bist du selbst schon einmal einem dieser Dämonen begegnet?«

»Keinem lebenden. Einmal wurde einer in der Nähe von Carales an einem Flussufer angespült. Seine Leiche wurde in den Palast des Statthalters gebracht. Er trug nicht nur diese seltsame Kleidung: Er war über und über mit Tätowierungen bedeckt.« Decianus' Miene verriet seine Verachtung. »Verdammte barbarische Tiere … Man hätte sie schon vor Jahrhunderten ausrotten sollen, als wir die Insel von Karthago übernommen haben.«

»Und warum hat man es nicht getan?«

»Wie ich schon sagte, sie haben uns nie wirklich große Schwierigkeiten gemacht. Solange Sardinien genügend Waren und Steuern aufbrachte und damit Rom bei Laune hielt, sahen der Senat und später die Kaiser keinen Grund dafür, die notwendige Menge an Soldaten auf die Insel zu schicken, um dem Problem ein Ende zu bereiten.«

Cato dachte kurz darüber nach. Genauso war es in vielen Provinzen. Kleine Räuberbanden schufen sich mit Mühe und Not überall dort eine prekäre Existenz, wo es zu wenige Soldaten Roms gab. Wenn der Feind nur ein Ärgernis war, die Herrschaft Roms aber nicht ernsthaft gefährdete, hatte niemand besonderes Interesse daran, Ressourcen auf eine vollständige Vernichtung des Gegners zu verschwenden. Gelegentlich begingen solche Briganten den Fehler, zu ehrgeizig zu werden, sodass man sie nicht länger ignorieren konnte.

»Weißt du, wer sie anführt?«, fragte Cato.

»Nicht genau. Es gibt nur Gerüchte, was man auch erwarten würde, wenn man bedenkt, wie zurückgezogen sie leben. Die Leute reden über einen Mann, der sich selbst ›König der Berge‹ nennt. Es heißt, er hätte die meisten Briganten und die meisten Stämme, die sie unterstützen, vereint. Dadurch wurde es fast unmöglich für uns, Patrouillen in den Gebieten im Inneren der Insel durchzuführen, die er kontrolliert. Und dabei wird es auch bleiben, bis dieser Mann die Dinge so sehr auf die Spitze treibt, dass Rom beschließt, sich um ihn zu kümmern.«

»Nun, jetzt ist es so weit. Deshalb bin ich hier.«

Decianus stieß ein verächtliches Lachen aus. »Glaubst du etwa, dass du der Erste bist, dem man eine solche Aufgabe übertragen hat? Es hat bisher schon mehrere Versuche gegeben, aber sie sind alle gescheitert aus Mangel an Soldaten, die diesen Auftrag erledigen könnten. Ich möchte dir eine Frage stellen. Wie viele Männer hat man dir zusätzlich zu den Kohorten, die hier bereits stationiert sind, zur Verfügung gestellt?«

Cato lehnte sich zurück. »Ich habe mehrere gute Männer mitgebracht, um die Ausbildung und die Moral der Einheiten in der Garnison zu verbessern. Das wird die Dinge ändern.«

»Wirklich? Wie viele Männer genau?«

»Sechs, alles in allem.«

»Sechs … Viel Glück damit.«

Cato spürte, wie er wieder wütend wurde, und kämpfte gegen den Drang an, dem Freigelassenen zu zeigen, wo sein Platz war. »Was ist die Stärke der Garnison auf der Insel?«

Decianus dachte kurz nach. »Drei Kohorten Hilfstruppen. Die Vierte Illyrische unter Präfekt Tadius in Tibula, Vestinus' Sechste Gallische in Tharros und Bastillus' Achte Hispanische in Carales. Die Kohorte in Tharros verfügt über eine Reitereinheit. Und in Olbia gibt es eine Marineschwadron. Dazu zwei Einheiten Biremer und eine Handvoll Liburner, welche die Handelsrouten um Sardinien und Korsika überwachen sollen. Einschließlich der Marinesoldaten und der Matrosen sind es alles in allem nicht mehr als zweitausend Mann, würde ich sagen. Zweitausendundsieben, seit du hier bist.«

Cato überhörte die Stichelei. »In welcher Verfassung sind die Truppen?«

»Alle Kohorten sind unterbesetzt und hier schon so lange stationiert, dass kaum einer der Männer Erfahrung mit einem richtigen Feldzug hat. Viele von ihnen sind über die Außenposten verteilt, die das Innere der Insel umgeben. Sie haben ordentliche Arbeit geleistet, wenn es darum geht, auf den Straßen zu patrouillieren und die Banditen zurückzudrängen. Bis vor Kurzem jedenfalls.«

»Was hat die Lage geändert?«

»Zwei Jahre Ernteausfälle und der Hunger, den so etwas mit sich bringt. Die Banditen und die Stämme, aus denen sie kommen, haben wie jeder andere auch unter den Folgen gelitten. Also haben sie sich entschlossen zu handeln und angefangen, Güter auf dem Land zu überfallen. Sie nehmen, was sie wollen aus den Kornspeichern und Vorratslagern und plündern die Villen. Als es einem von ihnen nicht gelang, schnell genug zu verschwinden, beschloss Scurra, an diesem Mann ein Exempel zu statuieren und ihn auf einem Felsen über Bosa kreuzigen zu lassen. Danach begannen die Banditen, Leute umzubringen. Vor allem Römer. Steuerbeamte waren ihr bevorzugtes Ziel.«

»Wann sind sie das wohl nicht?«

»Stimmt. Aber dann griffen sie die Gutsverwalter an und die Besitzer der Villen, sofern diese tatsächlich dort lebten. Ihre Freunde in Rom und Leute mit Gütern auf Sardinien verlangten, dass gegen sie vorgegangen wird. Besonders als die Banditen die Häuser niederbrannten und die Sklaven befreiten. Einige dieser Sklaven haben sich den Räuberbanden angeschlossen.«

»Dürfte ich vielleicht fragen, ob die Steuern seit Beginn der Hungersnot gestiegen sind?«

Decianus betrachtete ihn mit zynischem Blick. »Natürlich. Denn wie hätten wir sonst die ausgefallenen Einnahmen ersetzen sollen?«

»Ist es dem Statthalter nie in den Sinn gekommen, die Differenz aus eigenen Mitteln zu begleichen, um den Stammesmitgliedern nicht noch einen Grund zu geben, sich den Briganten anzuschließen?«

»Du weißt selbst, wie diese Dinge laufen, Präfekt. Scurras Amtszeit geht in acht Monaten zu Ende. Er ist fein raus angesichts der Lizenzen, die er den Steuerbeamten verkauft hat. Er kehrt auf sein Gut bei Capua zurück, um dort im Luxus zu leben, während es Sache des nächsten Statthalters sein wird, sich um die Probleme hier zu kümmern.«

»Was ist mit dir?«

»Ich werde einen neuen Herrn finden, dem ich dienen kann. Dem nächsten Statthalter oder irgendeinem anderen römischen Aristokraten, dessen Habgier so groß ist, dass er meine Dienste zu schätzen weiß.«

Cato musterte ihn. »Dann bist du wohl nicht allzu begeistert von Scurra, oder?«

»Er bezahlt mich gut, und er ist klug genug, um zu

wissen, dass ich unverzichtbar für ihn bin. Deshalb bin ich ihm meinerseits ein loyaler Diener. Das Arrangement nützt uns beiden.«

»Verstehe … Scurra hat also nichts unternommen, um das Leid, das die Hungersnot mit sich gebracht hat, zu lindern. Stattdessen hat er die Lage noch verschärft, indem er den Steuerbeamten erlaubt hat, noch mehr von den Menschen der Provinz zu fordern. Ich habe kaum genug Männer, um die Ordnung aufrechtzuerhalten, ganz zu schweigen davon, die Briganten zu vernichten, und jetzt ist auch noch diese Seuche ausgebrochen, die alles nur noch komplizierter macht. Wie ist sie entstanden?«

»Wer weiß? Vielleicht wurde sie von der schlechten Luft in den Sümpfen bei Carales verursacht. Vielleicht wurde sie aber auch durch eines der Schiffe, die hier regelmäßig landen, eingeschleppt. Es wäre auch möglich, dass sie eine Art Gericht ist, das die Götter über uns halten. Scurra hat für einen Stier bezahlt, der Phoebus Apollo geopfert wurde, um uns vor weiterem Schaden durch die Seuche zu bewahren.«

»Wir sehen ja, wie gut das funktioniert hat.«

»Vorsicht, Präfekt. Oft bestrafen die Götter einen solchen Mangel an Frömmigkeit.«

Cato zuckte mit den Schultern. »Dieses Risiko gehe ich ein. Was hat Scurra sonst noch gegen die Seuche unternommen?«

»Von diesem Opfer abgesehen? Nicht viel«, gestand Decianus. »Was kann ein Mensch schon tun, außer sich um sich selbst zu kümmern? Scurras Leibarzt hat uns geraten, regelmäßig einen Trank aus Essig, Senf und dem Urin eines Knaben zu uns zu nehmen.«

Cato lachte trocken. »Das ist wirklich eine ganz neue Methode! Wie hat sie funktioniert?«

»Ich bin immer noch hier, nicht wahr? Vielleicht solltest du es auch einmal versuchen.«

Cato sah ein, dass sich über diese Frage nicht diskutieren ließ, obwohl er überaus skeptisch war, was die Wirksamkeit des Tranks anging, den Decianus beschrieben hatte.

»Vielen Dank, aber ich werde vorerst darauf verzichten. Gibt es sonst noch etwas, das ich wissen sollte?«

Decianus strich sich über das Kinn, und seine dünnen Lippen hoben sich leicht amüsiert. »Ich glaube, das ist schon genug, mit dem du fertig werden musst, Präfekt. Wie willst du bei den Briganten vorgehen?«

Cato erwog die Informationen, die er gerade erhalten hatte, und dachte über die Frage nach. »Ich werde mein Hauptquartier in Tharros einrichten und den Feldzug von dort aus organisieren, denn ich will nicht ständig deinen oder Scurras Atem in meinem Nacken spüren. Ich werde die Kommandanten der Garnison zusammenrufen und dann meine Pläne für den Umgang mit den Briganten entwickeln.«

»Warum glaubst du, dass du Erfolg haben wirst, wo andere gescheitert sind? Hast du schon daran gedacht, deinen Auftrag abzugeben, nach Rom zurückzukehren und die Mission mir und Scurra zu überlassen?«

»Ich hätte gern den Luxus einer solchen Wahl, das kannst du mir glauben.«

Der Freigelassene fixierte ihn mit festem Blick. »Man hat dir diesen Auftrag aufgezwungen?«

Sogleich erkannte Cato die mögliche Gefahr, und er

fluchte leise, weil er gegenüber Decianus eine Information preisgegeben hatte, die dieser möglicherweise gegen ihn verwenden konnte. Ein Bericht nach Rom, der alle Rückschläge Cato zuschrieb, würde bei Burrus und anderen auf offene Ohren stoßen. Er räusperte sich und gab dem Gespräch rasch eine neue Richtung. »Die grollenden Gutsbesitzer, die du erwähnt hast. Zufällig gehört jemand auf dem Schiff, das mich aus Ostia hierhergebracht hat, zu ihnen.«

»Tatsächlich? Und wer sollte das denn sein?«

»Claudia Acte.«

»Die Geliebte des Kaisers? Ich weiß, dass Nero ihr Land auf der Insel geschenkt hat, aber warum sollte sie Rom verlassen, um ihre Güter zu besuchen?«

»Deine Informationen sind veraltet, Decianus. Sie ist nicht mehr Neros Geliebte. Genau genommen wurde sie ins Exil geschickt, um auf dem schönsten ihrer Güter ihre Tage zu verbringen. In der Nähe von Biora, glaube ich.«

»Ich kenne die Villa. Ich habe mich um die Dokumente gekümmert, mit denen sie aus dem kaiserlichen Besitz auf ihren Namen übertragen wurde. Es ist wirklich bedauerlich ...«

»Was?«

»Die Briganten haben ihr Gut angegriffen, kurz bevor wir Carales verlassen haben. Es wurde niedergebrannt. Dort steht jetzt nur noch eine Ruine.«

»Sie haben mein Gut niedergebrannt?« Claudia starrte ihn mit ihren haselnussbraunen Augen eindringlich an, während sie im Schatten des Sonnensegels saß, das über dem Heck des Schiffes aufgespannt worden war. Tibula verschwand achtern, als die *Persephone* – das Segel von mächtigen Winden gestrafft – den Kurs nach Westen einschlug.

»Ich fürchte, so ist es«, bestätigte Cato.

»Und es ist nichts mehr davon übrig?«

»Der Ratgeber des Statthalters meint, nein.«

»Wohin soll ich dann? Was soll aus mir werden?«

»Hast du noch andere Besitztümer auf der Insel?«

Sie dachte einen Augenblick nach und schüttelte dann den Kopf. »Nichts, das geeignet wäre. Eine bescheidene Villa in der Nähe von Tharros. Das ist schon alles.«

»Dann kannst du dort wohnen, bis die Briganten in die Schranken gewiesen sind. Sobald wir uns um sie gekümmert haben, kann dein Gut wieder aufgebaut werden, und du kannst dein Leben in luxuriösem Exil verbringen.«

Sie musterte ihn verächtlich. »Willst du damit sagen, ich soll an einem Ort unterkommen, der kaum besser ist als ein gewöhnlicher Stall, bis man diesen sardischen Hunden Vernunft eingebläut hat? Ich?«

Cato spürte den ihm inzwischen vertrauten Ärger über die Arroganz dieser Frau. Angesichts der zahlreichen Frustrationen, die seine Mission bisher mit sich gebracht hatte, schwand seine Geduld mehr und mehr dahin.

»Ich glaube nicht, dass du am Ende in einem Stall hausen musst.« Er war nicht in Stimmung, sich ihr gegenüber übertrieben einfühlsam zu zeigen. »Sei froh, dass du überhaupt einen Ort hast, den du dein Zuhause nennen kannst.«

Er drehte sich um und ging über das Deck davon; mehr als je zuvor wünschte er sich, dass ihre Reise bald ein Ende finden würde und er in der Lage wäre, sich diese grässliche Frau vom Hals zu schaffen. Er empfand sogar ein klein wenig Mitleid mit Nero. Kein Wunder, dass man den Kaiser davon hatte überzeugen können, aus seiner Geliebten eine Exilantin zu machen.

KAPITEL 12

Ursprünglich war die Festung der Sechsten Gallischen Kohorte auf einer leichten Erhebung errichtet worden, die eine Viertelmeile vom Hafen von Tharros entfernt lag, aber wie bei so vielen anderen vor langer Zeit errichteten Ansiedlungen hatten sich die Gebäude von Tharros über die Stadtmauern hinaus verbreitet, und die Bebauung reichte nun fast bis zur Festung selbst. Es gab zwar noch einen dünnen Streifen freien Geländes vor dem Graben und dem Schutzwall, aber die nächstgelegenen zivilen Häuser befanden sich nur einen Pfeilschuss entfernt von den Palisaden und Wachtürmen. Nur zwei Wachposten waren zu sehen, als Cato und seine Begleiter zu Fuß ankamen. Die Tore standen weit offen und waren unbemannt.

»Scheiße noch mal, was soll das denn?«, fragte Centurio Placinus. »Jeder Feind könnte bequem an diesen dösenden Bastarden vorbeimarschieren, und sie würden nicht einmal blinzeln.«

»Sie brauchen einen Tritt in den Arsch«, knurrte Metellus.

Apollonius nickte. »Dann ist es ja nur gut, dass ihr hier seid, um ihnen den zu verabreichen. Das sollte für ein wenig Unterhaltung sorgen – ein Gut, das in dieser Provinz ziemlich selten sein dürfte, nach allem, was ich bisher mitbekommen habe.«

Das stimmt, dachte Cato. Sogar Tharros, die größte Stadt, verfügte nur über eine höchst bescheidene Arena, von einem Theater ganz zu schweigen. Es gab einen Markt und um ihn herum eine gewisse Anzahl kleiner Tavernen, doch der Ort hatte nichts von der Geschäftigkeit und der Hektik der Straßen Roms. Sogar die wenigen Tempel und Badehäuser wirkten vernachlässigt und kaum genutzt. Die großen Häuser der Stadt und die Villen, die man unweit davon auf dem Land sehen konnte, ließen erkennen, dass einige Menschen den Reichtum der Insel genossen, doch wahrscheinlich gehörten viele der schönen Gebäude abwesenden Besitzern in Rom, deren einziges Interesse an der Insel sich auf die Frage beschränkte, wie viel Profit man aus dem Land herausholen konnte.

Anders als in der ruhigen Stadt ging es im Hafen geschäftig zu. Die meisten Schiffe wurden für den Handel zwischen der Insel und der Küste von Hispania eingesetzt; hinzu kamen noch einige andere, welche die Routen nach Afrika und Gallien bedienten. Große Lagerhäuser zogen sich am Kai entlang. Bis vor Kurzem waren viele von ihnen voller sardischen Getreides und Öls gewesen, beides zur Ausfuhr bestimmt, doch aufgrund der Hungersnot und der Überfälle der Briganten gab es nur noch wenige Vorräte, und das, was noch vorhanden war, wurde bewacht, damit es nicht von den Leuten vor Ort gestohlen wurde.

Die *Persephone* hatte um die Mittagszeit angelegt, und Cato und seine Begleiter waren unverzüglich an Land gegangen, um die Führung der Garnison zu übernehmen. Jetzt waren sie über den Dammweg gegangen und schritten unter dem Bogen des Torhauses hindurch, ohne dass irgendjemand sie aufgehalten hätte. Grasbüschel wuchsen unten an den Stämmen, aus denen die Tore errichtet worden waren – ein Beweis dafür, dass man sie seit vielen Monaten nicht mehr geschlossen hatte. Im Inneren der Festung schienen die Mannschaftsunterkünfte und die Ställe in gutem Zustand zu sein, doch es gab nur wenige Hinweise auf irgendwelche Aktivitäten. Cato und seine Männer hörten Bruchstücke von Unterhaltungen, die in den Gebäuden geführt wurden, und während sie weitergingen, sahen sie durch die offenen Türen immer wieder einzelne Soldaten, doch niemand erschien, um sie zur Rede zu stellen. Der nähere der Wachposten auf der Mauer hielt inne und musterte sie einen Augenblick lang, doch gleich darauf ging er weiter auf und ab wie zuvor.

Placinus sah von einer Seite zur anderen. »Ich könnte diese Festung im Alleingang einnehmen«, murmelte er.

Cato war zu wütend, um zu antworten. Er presste die Lippen zusammen, als er und seine kleine Gruppe auf das Hauptquartier der Kohorte im Herzen der Festung zugingen. Vor ihnen tauchten zwei Männer in ungegürteten Tuniken in der Lücke zwischen den langen Mannschaftsunterkünften auf, blieben stehen und starrten die näherkommenden Offiziere an.

»Ihr da!«, rief Placinus mit bellender Stimme und deutete mit seinem Offiziersstöckchen auf die beiden. »Stillgestanden!«

Die beiden Soldaten der Hilfstruppen setzten einen Stiefel neben den anderen, streckten sich, nahmen die Schultern zurück und drückten die Brust nach vorn. Noch immer starrten sie Cato und die anderen an.

»Augen geradeaus, verdammt!«, schrie Placinus. Er kam in einem leichten Trab auf sie zu und schob sein Kinn nach vorn, sodass sein Gesicht nur noch eine Handbreit von den Gesichtern der beiden entfernt war. »Nennt ihr das eine Uniform tragen, verflucht noch mal? Wo sind eure Gürtel? Eure Schwerter?«

Als der Größere der beiden eine Entschuldigung zu stammeln begann, spürte der Centurio seinen Atem und schrie: »Was ist das für ein Geruch? Wein? Wein! Du stinkst nach Wein! Bist du betrunken, Soldat?«

»Nein, Herr. Es stimmt, wir haben einen Schluck …«

»Halt den Mund! Ich habe keine Lust, die Luft des Bordells zu atmen, aus dem du gekrochen bist! Hast du das verstanden? Nickt, ihr Bastarde. Ich schwöre, wenn einer von euch noch einmal sein Maul aufmacht, ramme ich ihm meinen Stock so tief in den Hals, dass er einen Monat lang Holzsplitter scheißt!«

Die beiden nickten hektisch.

»Gut. Und jetzt verschwindet in die Unterkunft eurer Einheit und sorgt für eine anständige Ausrüstung. Das nächste Mal will ich euch an den Toren sehen – und die sollten dann sicher verschlossen sein. Wenn eure Tuniken irgendwelche Flecken haben, eure Helme nicht funkeln oder an euren Schwertern Rost zu finden ist, dann, bei allen Göttern, werde ich eure Eier an den ersten Hund verfüttern, der am Tor vorbeikommt. Verstanden?«

Die beiden nickten wieder.

»Gut. Und jetzt verpisst euch.«

Als die beiden Männer den Weg zurückrannten, auf dem sie gekommen waren, drehte Placinus sich um und trat wieder zu Cato und den anderen, ein listiges Lächeln im Gesicht. »War das ein Anfang, auf dem wir aufbauen können, Herr?«

»Allerdings. Wie die Dinge aussehen, haben wir noch einen weiten Weg vor uns, bis die Kohorte bereit ist für das, was noch kommen wird.«

Sie gingen weiter und kamen an einem großen Wagen vorbei, der vor einer leeren Werkstatt stand, hinter der das Hauptquartier lag. Ein einzelner Soldat stand am Eingang. Er stützte sich auf den Schaft seines Speeres und war im strahlenden Sonnenschein fast eingenickt. Als er das Knirschen der Stiefel auf dem Kies hörte, drehte er sich um, blinzelte und nahm Haltung an.

Cato bedachte ihn mit einem kurzen Nicken, als er durch den Torbogen in den Innenhof trat, wo zwischen den Pflastersteinen Gras und Unkraut wucherten. Apollonius bemerkte seine verärgerte Miene und lächelte. »Wenn es darum geht, Pflanzen zu ziehen, sind sie wirklich großartig, nicht wahr?«

»Noch bevor der Tag zu Ende ist, werde ich dafür sorgen, dass sie auf Händen und Knien jeden Grashalm und jedes Büschel Unkraut ausreißen«, erwiderte Cato verdrießlich. »Es ist lange her, seit ich ein so heilloses Durcheinander erlebt habe.«

»Es sieht so aus, als gäbe es nun doch ein wenig Unterhaltung für uns.«

»Für dich vielleicht. Nicht für mich und meine Offiziere. Und ganz gewiss nicht für diesen Haufen fauler Säcke, die so tun, als seien sie Soldaten.«

Eine Handvoll Männer schlief im Schatten des Säulenganges, der den Innenhof umgab. Cato wandte sich zu Placinus um, nickte ihm zu und betrat das Hauptquartier. Nach dem hellen Sonnenlicht draußen wirkte das Innere dunkel, und kaum, dass er die Schwelle überquert hatte, blieb er stehen, während sich seine Augen daran gewöhnten. Hinter ihm begann Placinus, die Männer anzuschreien, was auch die Schreiber im Inneren des Gebäudes aufschreckte, sodass sie sich den Offizieren zuwandten, die im Eingang standen. Cato sah, wie zwei Schreiber sich von ihren Hockern erhoben. Ein dritter schlief weiter; er hatte den Kopf auf die verschränkten Arme gelegt und schnarchte. Nach einem raschen Stoß von seinen Kameraden erwachte er grummelnd. Dann erkannte er die Helmbüsche und erhob sich eilends.

»Wo ist der Kommandant der Kohorte?«, erkundigte sich Cato.

Die Männer sahen einander an, bevor einer von ihnen sich räusperte und antwortete: »Centurio Massimilianus ist in seinem Quartier, Herr.«

»Ich will nicht mit Massimilianus sprechen, sondern mit Präfekt Vestinus.«

»Der Präfekt ist nicht hier, Herr.«

»Nun, dann geh und suche ihn und bring ihn zu mir.«

»Er ist in Carales, Herr.«

Cato seufzte ungeduldig. »Was tut er dort?«

»Dort verbringt er den größten Teil seiner Zeit, Herr. Er kommt nur jeden zweiten Monat nach Tharros.«

»Verstehe. Dann hol Massimilianus. Sag ihm, sein neuer Kommandant möchte mit ihm sprechen. Sofort.«

»Ja, Herr.« Der Schreiber salutierte und eilte an den Offizieren vorbei hinaus in die Sonne.

Cato schickte die übrigen Schreiber weg und wandte sich dann an Apollonius und die anderen. »Meine

Herren, anscheinend ist die Aufgabe, die vor uns liegt, eine größere Herausforderung, als ich gedacht habe. Wir müssen dafür sorgen, dass diese Kohorte so rasch wie möglich in der Lage ist, einen Feldzug ins Landesinnere zu führen. Während ich mich Massimilianus vorstelle, möchte ich, dass ihr Centurionen in die einzelnen Mannschaftsunterkünfte geht. Stellt alles auf den Kopf. Macht so viel Lärm wie möglich und lasst die Männer auf dem Exerzierplatz vor der Festung antreten. Dann können wir uns das Material ansehen, mit dem wir in Zukunft arbeiten müssen.« Er lächelte sie an. »Ab mit euch. Viel Spaß, und sorgt dafür, dass jedem von ihnen klar ist, dass er sich ab heute seinen Sold verdienen muss. Das gilt für Offiziere und Mannschaften gleichermaßen. Geht.«

Während Placinus und die anderen sich umdrehten und das Gebäude verließen, wandte sich Apollonius an Cato. »Und was ist mit mir? Welche Rolle hast du in deinem Plan für mich vorgesehen?«

»In Rom hast du mir gesagt, ich hätte eine vielversprechende Karriere vor mir. Da bin ich mir nicht so sicher. Aber wenn du recht hast, wirst du dir deinen Platz an meiner Seite verdienen müssen, genau wie die Männer dieser Kohorte. In Zukunft gibt es für niemanden mehr etwas umsonst, dich eingeschlossen.«

»Ich hatte mir auch gar nicht vorgestellt, dass ich bevorzugt behandelt würde, Präfekt Cato«, erwiderte Apollonius in frostigem Ton.

Für einen kurzen Moment war Cato überaus zufrieden darüber, dass er eine Schwachstelle in der Rüstung seines Gegenübers gefunden hatte. Die glatte und durch nichts zu erschütternde Persönlichkeit, die Apollonius der Welt präsentierte, verbarg in Wahrheit einen ausgeprägten Stolz und einen besonderen Sinn für Integrität, so schien es. Es sei denn, auch das war einfach nur eine Rolle.

»Es wird genügend Gelegenheiten geben, bei denen ich auf deine besonderen Talente zurückgreifen werde, wenn wir den Kampf gegen die Briganten aufnehmen. Ich werde jemanden brauchen, der sich unbemerkt auf feindlichem Territorium bewegen und mir über den Aufenthaltsort und die Anzahl unserer Feinde Bericht erstatten kann. Ein Mann, der töten kann, ohne Alarm auszulösen. Darüber hinaus brauche ich dich, um Männer zu finden, denen du dieselben Fertigkeiten beibringen kannst. Kannst du das?«

Apollonius starrte ihn schweigend an und nickte dann. »Ich habe zwar noch nie irgendwelche Männer ausgebildet, aber ich kann das.«

»Gut.«

»Aber ich werde freie Hand brauchen. Du musst mir die Auswahl der Männer überlassen und mir gestatten, sie genau so anzuleiten, wie ich das für sinnvoll halte.«

»In Ordnung.«

»Und wenn irgendeiner dieser Männer zu Schaden kommt, darf man mir nicht die Schuld dafür geben. Ich habe mir meine Fähigkeiten unter großen Mühen erworben. Der Weg war weder leicht noch schmerzlos. Dasselbe wird für die Männer gelten, die ich auswählen werde. Einige werden stürzen auf diesem Weg. Heftig stürzen. Verstehst du?«

»Das verstehe ich. Es wird Zeit, dass wir dich in unsere Reihen aufnehmen und dir einen Rang in der Armee geben. Einschließlich des Solds, der damit verbunden ist.«

»Das Geld werde ich annehmen, aber nicht den Rang. Den Rang niemals. Ich habe kein Interesse daran, der Armee anzugehören. Mir fehlen der notwendige Geschmack an formaler Disziplin und die Bereitschaft, Befehle von anderen anzunehmen.«

»Du hast früher schon Befehle von mir angenommen. Das wird auch in Zukunft nötig sein.«

»Ich habe mich dafür entschieden, deinen Befehlen Folge zu leisten, weil sie praktikabel waren. Hättest du irgendein tollkühnes Unternehmen angeordnet, hätte ich mich geweigert. Niemand ist mein Herr und Meister, selbst wenn manche den Fehler machen, sich dafür zu halten.«

»Verstehe.« Cato hielt Apollonius' Blick stand, ohne mit der Wimper zu zucken. »Irgendwann wird wohl unweigerlich der Zeitpunkt kommen, an dem ich dir einen Befehl geben werde, der dein Leben in Gefahr bringt. Und du wirst diesen Befehl ausführen.«

»Ich fürchte mich nicht vor Gefahren. Wenn es anders wäre, hätte ich nicht das Leben gewählt, das ich führe. Zögere nicht, mich auf eine gefährliche Mission zu schicken; ich werde ihr folgen, wie auch immer sie ausgehen mag. Aber ich werde keinem närrischen Befehl Folge leisten. Ich kenne dich inzwischen so gut, dass ich weiß, du bist keiner dieser Offiziere, die mit dem Leben anderer spielen. Ich vertraue deinem Urteil, und ich respektiere dich. Und das sage ich nicht nur einfach so dahin, Präfekt Cato.«

Cato dachte sorgfältig über Apollonius' Worte nach. Es war möglich, dass sein Gegenüber die Wahrheit sprach. Es war jedoch gleichermaßen möglich, dass der Spion Cato gut genug kannte, um an seinen Stolz zu appellieren. Auf diese Art wäre es für ihn leichter, Cato dazu zu bringen, seine Worte für bare Münze zu nehmen, denn er wusste, dass dieser ihn inzwischen respektierte. Der Versuch, den Überlegungen des Spions zu folgen, verwirrte Catos Gedanken, und er bekam Kopfschmerzen. Vielleicht war es besser, eher den Handlungen dieses Mannes zu vertrauen als seinen Motiven. Schließlich waren es Taten und nicht Gedanken, die wirklich zählten. Stets das Ziel im Auge zu behalten, würde es darüber hinaus einfacher machen, mit einem Menschen zurechtzukommen, der formal sein Untergebener war. Bei allen Göttern, war es wirklich so weit gekommen? Hatte ihn seine Verbindung mit Apollonius dazu gebracht, derart verschlungene Überlegungen anzustellen? Er riss sich zusammen und räusperte sich.

»In Ordnung. Dann sind wir uns einig.«

Aus den Augenwinkeln beobachtete er eine Bewegung, und er wandte sich dem Ausgang zu. Er sah, wie der Schreiber von vorhin über den Hof eilte, begleitet von einem Centurio, der die Schnalle seines Schwertgürtels über seiner Kettenrüstung schloss. Der Centurio war ein kleiner, drahtiger Mann, bemerkte Cato, dessen graues Haar sich schon deutlich auf dem Rückzug befand, sodass man sein dünnes, kantiges Gesicht und die dunklen, ausdrucksvollen Augen klar erkennen konnte. Die beiden betraten das Gebäude, nahmen sogleich Haltung an und salutierten.

»Centurio Massimilianus meldet sich zur Stelle, Herr.«

Cato wedelte mit dem Zeigefinger. »Rührt euch. Ich bin Präfekt Quintus Licinius Cato. Der Kaiser hat mir den Auftrag gegeben, die Briganten in dieser Provinz zur Strecke zu bringen. Meine Befehlsgewalt steht, was militärische Dinge betrifft, noch über der des Statthalters. Das bedeutet, dass jeder Soldat an Land und zur See sowie jeder Matrose meinem Kommando untersteht, bis diese Aufgabe erfüllt ist. Hast du das verstanden?«

Massimilianus bedachte das Gehörte und nickte dann. »Ja, Herr.«

Cato deutete auf Apollonius. »Das ist mein oberster … Kundschafter. Er hat keinen offiziellen Rang inne, ist jedoch wie ein Leitender zu behandeln.«

Falls Centurio Massimilianus irgendwelche Vorbehalte gegenüber Apollonius' Rolle hatte, war er klug genug, seine Gedanken für sich zu behalten, und sein Ton war vollkommen neutral, als er antwortete. »Ja, Herr.«

Apollonius neigte den Kopf zur Seite. »Oberster Kundschafter? Mit dem Titel kann ich leben.«

»Dann wollen wir hoffen, dass du lange genug überlebst, um ihn auch wirklich zu genießen.« Cato wandte seine Aufmerksamkeit wieder dem Centurio zu. »Wie ich höre, bist du oberster Centurio der Sechsten Gallischen Kohorte.«

»Ja, Herr.«

»Und ich nehme an, dass Präfekt Vestinus kein ständiger Bestandteil der Festung ist.«

»Herr?«

»Nach allem, was ich bereits erfahren habe, verbringt der Präfekt den größten Teil seiner Zeit in Carales.«

Der Centurio warf dem Schreiber neben sich einen raschen Blick zu, doch dieser sah unverwandt geradeaus.

»Nun?« Cato hob eine Augenbraue.

»Seine Angelegenheiten führen Vestinus oft nach Carales, Herr. Während seiner Abwesenheit habe ich das Kommando.«

»Angelegenheiten?« Apollonius lachte leise. »Persönliche oder finanzielle?«

»Es steht mir nicht zu, mich dazu zu äußern …, Herr.«

»Aber du weißt es«, tastete sich Apollonius vor. »Oder?«

Schweigen machte sich breit, während der Centurio sich bemühte, eine Antwort zu finden, die seinen Vorgesetzten nicht in Schwierigkeiten bringen würde. Wenigstens das war eine Eigenschaft, die Cato bewundern konnte. Trotzdem musste er wissen, was Vestinus trieb, wenn er erfahren wollte, ob der Präfekt von Nutzen oder ein Hindernis für ihn sein würde.

»Ich werde es so oder so herausfinden, Massimilianus. Du kannst die Sache jetzt verzögern, was ich nicht entschuldigen würde, oder du kannst es mir offen sagen und verhindern, dass ich meine Zeit damit verschwenden muss, es selbst herauszufinden. Wie entscheidest du dich?«

Der Centurio traf seine Wahl in lobenswertem Tempo. »Der Präfekt hat vor einem Jahr ein Landgut in der Nähe von Carales gekauft, Herr. Er sagt, er habe Salzpfannen auf seinem Land und exportiere nach Rom. Auch lebt seine Familie dort.«

»Ah.« Wieder lachte Apollonius leise. »Finanziell *und* persönlich. Ich lag fast richtig.«

Catos Miene blieb nach wie vor streng, während er Massimilianus anstarrte. »Dann bist also du für den Zustand dieser Festung verantwortlich, oder etwa nicht?«

»Das wäre ich, Herr, wenn der Präfekt nicht darauf bestanden hätte, dass ich ihm persönlich jede Entscheidung vorzulegen habe, wie die Kohorte zu führen ist.« Die Bitterkeit im Ton des Centurios war unüberhörbar.

»Jede Entscheidung?«

»Ich kann kaum scheißen, ohne einen schriftlichen Antrag einzureichen, Herr.«

Apollonius verschränkte die Finger, drückte die Hände nach unten und ließ die Gelenke knacken. »Offensichtlich ist der Präfekt ein Mann, der sogar den Weg des Abwassers aus der Ferne bestimmen will. Das scheint mir nicht gerade die beste Art, der eigenen Verantwortung nachzukommen.«

»Allerdings«, bestätigte Cato knapp. »Ganz und gar nicht. Überhaupt nicht. Schreiber!«

Der Mann trat vor. »Herr.«

»Schick Vestinus eine Nachricht. Sag ihm, dass er sofort in die Festung zurückkommen soll. Was ist der schnellste Weg, ihm eine Botschaft zu überbringen?«

»Über das Meer, Herr. Küstenschiffe kommen und gehen jeden Tag.«

»Dann entwirf die Nachricht, sodass ich mein Siegel daruntersetzen kann, und schaffe sie auf das erste Schiff, das nach Carales abgeht. Los!«

Der Schreiber eilte an seinen Tisch, zog ein Täfelchen hervor und machte sich an die Arbeit. Cato trat aus dem Gebäude in den Hof. »Apollonius, Massimilianus, zu mir.«

Während sie den im grellen Sonnenlicht liegenden Innenhof durchquerten, fielen die beiden in Gleichschritt mit dem Präfekten. Von jenseits der Mauern des Gebäudes hörte man Rufe und das harte Auftreten von Stiefeln.

»Ich habe meinen Offizieren befohlen, die Kohorte auf dem Exerzierplatz antreten zu lassen«, erklärte Cato dem Centurio.

»Deinen Offizieren, Herr?«

»Genau. Ich habe ein paar gute Männer aus der Prätorianergarde mitgebracht. Sie sind hier, um die Soldaten der Garnison in Form zu bringen, damit wir dem Treiben der Briganten auf dieser Insel ein Ende machen können.«

»Gut«, knurrte Massimilianus. »Es wird auch langsam Zeit.«

Cato warf ihm einen raschen Blick zu und sah das Funkeln in den Augen des Centurios. »Wie lange bist du schon bei der Sechsten Gallischen?«

»Zwei Jahre, Herr.«

»Und davor?«

»Zwanzigste Legion, Herr. Ich war Optio. Ich wurde auf einem Feldzug in Britannien verwundet und zum Centurio der Hilfstruppen befördert. Ich kann nicht gerade behaupten, dass das die glücklichste Fügung in meinem Leben gewesen wäre.«

»Britannien, hm?« Cato lächelte ihn zum ersten Mal an. »Da habe ich mir die ersten Sporen verdient. Zweite Legion.«

»Dann musst du einer von Vespasians Männern gewesen sein. Eine gute Einheit. Hat uns vor Camulodunum den Arsch gerettet, als Caratacus uns eine Falle gestellt hat.« Massimilianus runzelte die Stirn, als er an die

Schlacht dachte, in der es Rom große Mühe bereitet hatte, den Sieg zu erringen. »Es ist eine Ehre, einem Offizier der Zweiten Legion zu dienen, Herr.«

»Damals war ich noch kein Offizier. Ich war gerade erst Optio geworden.«

Massimilianus musterte ihn mit fragender Miene, dachte kurz nach und fuhr dann fort: »Da hast du aber konsequent deinen Weg gemacht, Herr. Vom Optio zum Präfekten in wenig mehr als zehn Jahren. Keine schlechte Leistung.«

Sie marschierten den Hauptweg der Festung entlang und folgten den letzten Soldaten, die auf das Osttor und den Exerzierplatz dahinter zueilten. Als sie sich dem Tor näherten, hörte Cato das Getrappel von Pferdehufen auf der von der Hitze zusammengebackenen Erde. Er drehte sich um und sah etwa fünfzig Reiter am Ende des Stallgebäudes auftauchen und in leichtem Galopp auf das Tor zuhalten. Er winkte seine Begleiter zur Seite und beobachtete, wie das berittene Kontingent der Kohorte an ihm vorbeizog. Die Tiere waren schlecht ernährt, und ihre unsicheren Schritte verrieten, dass ihre Ausbildung vernachlässigt worden war. Aus Mangel an Pflege war ihr Fell stumpf geworden, und Sättel und Zaumzeug sahen abgenutzt aus.

In der Staubfahne, die sie hinter sich herzogen, bedeckte Apollonius seinen Mund mit dem Handrücken und gab einen gedämpften Kommentar von sich. »Es ist fast zu grausam, diese geschundenen Mähren auch noch mit Reitern zu belasten. Ich bezweifle, dass sie weiter als eine Meile kommen, ohne zusammenzubrechen, sodass man sie dann zu gar nichts mehr gebrauchen kann.«

Cato nickte grimmig und wandte sich an Massimilianus. »Welche Erklärung hast du dafür?«

»Ich bin jetzt, wie ich schon sagte, seit zwei Jahren bei dieser Einheit, Herr. In dieser ganzen Zeit wurde die Reiterei um kein einziges Tier verstärkt. Die meisten Pferde sind zu fast nichts mehr zu gebrauchen. Der Präfekt war, na ja, zu beschäftigt, um beim Statthalter die nötigen Mittel zu beantragen, damit wir neue besorgen können. Es ist ja nicht so, dass die Insel knapp an Reittieren wäre, im Gegenteil: Hier werden einige der besten Pferde im ganzen Reich gezüchtet. Ich habe vor einigen Monaten selbst eine Anfrage auf den Weg gebracht, doch ich habe noch nichts vom Statthalter gehört. Und als der Präfekt das nächste Mal aus Carales zurückkam, hat er mich vorübergehend degradiert, weil ich meine Befugnisse überschritten hätte.« Er zuckte mit den Schultern. »So läuft das hier. Sardinien war für Rom viel zu lange nicht mehr als irgendeine rückständige Provinz, denke ich.«

»Das wird sich ändern«, sagte Cato. »Kommt mit.«

Sie folgten der kleinen Reiterkolonne aus der Festung und hinaus auf das flache Gelände jenseits der Mauern. Die Soldaten der Kohorte hatten entsprechend ihrer Centurien Aufstellung genommen, wobei die berittene Einheit zur rechten Flanke aufgerückt war. Placinus und die anderen Prätorianer warteten auf der Beobachtungsplattform auf der einen Seite des Exerzierplatzes. Cato trat nicht sogleich zu ihnen, sondern schritt zunächst langsam die vorderste Reihe der Formation ab, wobei er gelegentlich innehielt, um sich einzelne Soldaten und ihre Ausrüstung genauer anzusehen. Was für die Pferde galt, schien ebenso auf viele der Männer zuzutreffen.

Einige wirkten uralt, mit verschrumpelten Armen und Beinen, eingesunkenen Augen und den faltigen Mündern von Menschen, die alle ihre Zähne verloren hatten. Wie bei den meisten Hilfstruppen bestanden ihre Rüstungen aus einer Mischung aus Metallplättchen und Eisenringen. Einige wenige trugen eine Rüstung mit funktionierenden Scharnieren. Ermutigend war jedoch, dass die Männer einige Mühe darauf verwendet hatten, ihre Helme zu polieren und Waffen und Rüstungen von Rost freizuhalten. Ihre ovalen Schilde waren individuell gestaltet – eine Eigenschaft, die Cato jetzt viel weniger tolerierte, seit er das einheitliche Erscheinungsbild der Prätorianergarde gewohnt war.

Wie bei gemischten Kohorten üblich, sollten der Sechsten Gallischen eintausend Mann angehören. Doch natürlich gab es immer wieder Soldaten, die krank waren, Aufträge fern der Truppe erledigen mussten oder Urlaub hatten. Zusätzlich zu den sechs Schwadronen des berittenen Kontingents, in dem die meisten Soldaten über keine Tiere mehr verfügten und einfach hinter denen standen, die noch Pferde hatten, gab es zehn Centurien Infanterie, doch keine dieser Einheiten kam auch nur in die Nähe der Sollstärke von achtzig Mann. Cato überschlug die Zahlen und kam zu dem Schluss, dass nur etwa die Hälfte der üblichen Stärke der Kohorte vor ihm stand.

»Massimilianus, ich will, dass sofort nach dem Wegtreten der Kohorte im Hauptquartier ein Antrag auf Verstärkung der Truppe bis zur vollen Mannschaftsstärke eingebracht wird. Der Urlaub ist gestrichen, und alle Mann werden in die Festung zurückbeordert.«

»Ja, Herr.«

Er warf einen letzten Blick auf die Männer, die vor ihm angetreten waren. Dann wandte er sich zur Beobachtungsplattform um und stieg die wenigen Stufen zu Placinus und den anderen Prätorianern hinauf. Die Standartenträger der Kohorte hielten sich im hinteren Bereich der Plattform, und Cato sah erfreut, welche zusätzlichen Bänder an der Standarte angebracht worden waren, was ihm verriet, dass sich die Kohorte früher gut geschlagen hatte.

Placinus salutierte und erstattete Bericht. »Alle verfügbaren Männer sind angetreten, Herr. Auch wenn sie nicht gerade einen beeindruckenden Anblick bieten. Ich weiß nicht, wie sie auf die Briganten wirken, aber ich selbst habe in Rom Banden von Straßenkindern gesehen, die angsteinflößender waren.«

»Das mag durchaus sein«, seufzte Cato. »Ich kann nur hoffen, dass die anderen beiden Kohorten in einer besseren Verfassung sind als dieser Haufen.«

Centurio Massimilianus runzelte die Stirn und öffnete den Mund, schloss ihn aber sogleich wieder.

»Du hast etwas zu sagen, Centurio?«, fragte Cato.

»Nur dass die Sechste Gallische die beste Kohorte der ganzen Provinz ist, Herr.«

»Die beste, sagst du?« Er fühlte, wie das Gewicht, das bereits auf seinem Herzen lastete, noch schwerer wurde. »Mögen die Götter ihre schützenden Hände über uns halten.«

»Hoffen wir, dass es nicht so weit kommt«, sagte Apollonius leichthin. »Meiner Erfahrung nach zeigen sich die Götter eher unbekümmert um das Schicksal ihrer Lieblinge und von geringem Verlangen, diese vor Schaden zu bewahren.«

Cato wandte sich den versammelten Soldaten zu und trat an den Rand der Plattform. Er holte tief Luft, bevor er seine Rede begann.

»Soldaten der Sechsten Gallischen Kohorte! Euch ist inzwischen gewiss klar geworden, dass die Garnison auf Sardinien unter einer neuen Führung steht.«

Er hörte das leise Gelächter von Placinus und den anderen und bemerkte zu seiner Zufriedenheit, dass einige der Männer vor ihm amüsiert dreinblickten. Besser das als mürrische Gesichter oder feindseliges Knurren.

»Ich bin Präfekt Cato, Kommandant der Garnison. Unser Kaiser hat mich damit beauftragt, euch in einem Feldzug zur Vernichtung der Briganten anzuführen, die es gewagt haben, sich Rom zu widersetzen. Ich werde von Anfang an ehrlich zu euch sein. Seit ich in diese Provinz gekommen bin, habe ich von vielen Seiten gehört, dass diese Briganten mehr als nur ein würdiger Gegner für die Soldaten Roms sind; dass sie schlauer als Füchse sind und nicht zur Strecke gebracht werden können. Viele sagen, dass das schon immer so war und auch immer so sein wird. Mit dieser Art von Gerede ist jetzt Schluss. Rom wird sich die Widersetzlichkeiten dieser Kriminellen nicht mehr bieten lassen. Sie werden gejagt und vernichtet werden. Das ist unsere Mission, und wir werden sie erfüllen!«

Er hielt einen kurzen Augenblick inne. »Zweifellos werden einige von euch meine Worte als bloßes Draufgängertum abtun und davon überzeugt sein, dass ich am Ende eine Demütigung erfahre wie all jene, die vor mir versucht haben, die Briganten zu unterwerfen. Zu diesen Männern sage ich: Betet lieber zu den Göttern darum, dass ihr den Tag erleben dürft, an dem wir einen raschen Sieg erringen, denn ich werde nicht eher ruhen, bis es so weit ist. Und das gilt ebenso für jeden Mann unter meinem Kommando. Bis es so weit ist, werde ich von jedem hier das Äußerste an Einsatz und Mut verlangen. Und mögen die Götter jenen gnädig sein, die ihre Pflichten vernachlässigen, denn ich werde ihnen gegenüber genauso wenig Gnade zeigen wie unser Feind. Centurio Massimilianus, lass deine Männer wegtreten.«

Er trat zu den Prätorianeroffizieren, während der Centurio mit bellender Stimme die Befehle schrie, mit denen Männer und Pferde zurück in ihre Unterkünfte und Ställe geschickt wurden.

»Unser neuer Freund von den Hilfstruppen besitzt eine kräftige Lunge«, bemerkte Apollonius. »Er ist fast so ohrenbetäubend wie Macro. Ich denke, mehr kann man fast nicht sagen, wenn man einen positiven Vergleich sucht.«

»Da hast du nicht unrecht«, murmelte Cato. »Aber ich werde ihm dieselbe Chance wie jedem anderen geben, sich zu beweisen.«

Er wandte sich an Placinus und die anderen Offiziere. »Was meint ihr?«

»Die Rede war ein wenig kurz, Herr.«

»Ich habe vorerst alles gesagt, was ich zu sagen hatte. Ich wollte sie zunächst nur in Formation sehen und ihnen klarmachen, was sie zu erwarten haben.«

Apollonius hob eine seiner schmalen Augenbrauen. »Und was hältst du von der Sechsten Gallischen Kohorte, nachdem sie in Formation angetreten ist?«

»Ich habe schon bessere gesehen.«

»Hast du auch schon schlechtere gesehen?«

Massimilianus war zu ihnen getreten, weshalb Cato die Frage ignorierte und stattdessen seine Befehle gab. »Meine Herren, ich möchte, dass ihr euch die Festung genau anschaut und eine Liste der Arbeiten zusammenstellt, die zu erledigen sind. Lasst keine Einzelheit aus. Ich möchte, dass sogar dem eifrigsten Centurio, der je gelebt hat, Tränen des Stolzes in die Augen steigen, wenn er diesen Ort sieht. Und ich will, dass das in zwei Tagen erledigt ist. Centurio Placinus, Centurio Massimilianus, ihr beide kommt mit mir ins Hauptquartier. Es gibt einiges zu planen.«

KAPITEL 13

Das Arbeitszimmer von Präfekt Vestinus war gut ausgestattet, was zweifellos auf die Einkünfte aus seinen blühenden Geschäften zurückzuführen war, denen er neben seiner Aufgabe als Kommandant der Kohorte nachging. Ein Schreibtisch aus Ebenholz, in den ein Blütenmuster aus Perlen und Silber eingelassen war, stand vor einem großen, mit Läden ausgestatteten Fenster, das auf den Hof, die Mauern der Festung und den Hafen dahinter ging. Eine Meile entfernt funkelte das Meer in der Sonne, und mehrere Frachtschiffe und Fischerboote befuhren anmutig die sanften Wellen. Eine Mauer war mit einer bukolischen Szene bemalt, die einen von Bäumen und Bergen umgebenen See zeigte, an dessen Ufer ein Tempel stand. Ein Schäfer beugte sich über seinen Stab, während er die grandiose Aussicht bewunderte. Es war ein wunderbares Stück Arbeit, wie Cato zugeben musste. Würdig der elegantesten Häuser in Rom. Die anderen Einrichtungsgegenstände des Arbeitszimmers – Bänke mit Sitzkissen und Regale für die Schriftrollen und Wachstäfelchen – waren das Werk begabter Handwerker.

»Unser Gastgeber ist ein Mann mit Geschmack, ganz zu schweigen von seinen beträchtlichen Mitteln«, sagte Apollonius, als er sich umsah. »Wenn man bedenkt, dass er den größten Teil seiner Zeit freiwillig irgendwo anders verbringt, muss man sich unweigerlich fragen, wie dieser andere Ort aussieht.«

Cato sah die Dokumente in den Regalen durch, bis er gefunden hatte, was er suchte: eine zusammengerollte Karte der Insel. Er breitete sie auf dem Schreibtisch aus, beschwerte die Ecken mit Wachstäfelchen und winkte seine beiden Begleiter zu sich heran.

»Du kennst die Insel, Massimilianus. Sag mir, wo die Briganten sich aufhalten und wo Angriffe von ihnen gemeldet wurden.«

Der Centurio beugte sich vor und deutete auf das Innere der Insel östlich von Tharros. »In dieser Gegend befindet sich ein dichter Wald, der fast die gesamte Ebene zwischen den umgebenden Hügeln bedeckt. Die Balaren kontrollieren dieses Gebiet. Im Winter verwandelt sich der Boden in einen Sumpf, aber das wirst du aus deiner Zeit in Britannien kennen, Herr.« Er warf Cato ein kurzes Lächeln zu, bevor er fortfuhr. »Im Sommer trocknet die Gegend fast vollständig aus, aber sogar dann gibt es noch Stellen, an denen sich die sumpfigen Bedingungen halten und die Luft voller Stechmücken ist. Wenn wir eine Patrouille oder Kolonne dorthin schicken, ist es so, als würden wir die Fallsucht herausfordern. Ich weiß das aus Erfahrung, da ich vor zwei Sommern einen Trupp Briganten bis in den Wald verfolgt habe. Die Hälfte der Männer aus meiner Einheit waren für den größten Teil des Monats wegen der Krankheit außer Gefecht gesetzt, und acht von ihnen sind gestorben.« Er ließ seine Finger über das Pergament gleiten und tippte auf ein Gebiet südlich der bewaldeten Ebene. »Der andere Stamm, der uns Probleme bereitet, sind die Ilenser, hier. Die Landschaft dort ist ganz anders. Hügelig. Gelegentlich sogar gebirgig.«

»Hier sind Städte eingezeichnet«, meldete sich Apollonius zu Wort. »Gibt es einige, die vom Feind gehalten werden?«

»Nein. Die Städte werden noch immer von uns kontrolliert. Vorerst. Doch die Briganten haben angefangen, die Verbindungsstraßen anzugreifen. Das wiederum hat die Kaufleute dazu gezwungen, mit ihren Karren und Wagen Geleitzüge zu bilden, die von angeheuerten Leuten geschützt werden, unter denen sich sogar einige Gladiatoren befinden, die von den Besitzern der örtlichen Gladiatorenschulen ausgeliehen werden. Entlang der Hauptverbindungsstraßen gibt es militärische Außenposten, die mit Soldaten aus den drei Kohorten bemannt sind, was einer der Gründe dafür ist, dass unsere Reihen auf dem Exerzierplatz im Augenblick so ausgedünnt wirken. Ich würde sagen, ein Viertel aller Kräfte der Provinz ist gebunden, weil die Soldaten die Straßen bewachen müssen, die an den Territorien, die von den Balaren und den Ilensern kontrolliert werden, entlang- oder durch sie hindurchführen. Es hat recht gut funktioniert, bis die Stämme ehrgeiziger wurden und angefangen haben, auf der ganzen Insel Raubzüge zu begehen. Sie veranstalten in irgendeinem Gebiet gerade lange genug Chaos, bis wir eine Kolonne hinschicken, um wieder für Ordnung zu sorgen, und dann verschwinden sie in den Wäldern und Hügeln. Und während wir an einem Ort beschäftigt sind, schlagen sie an einem anderen zu, und wir müssen eine weitere Kolonne losschicken, um sie zu vertreiben.«

Massimilianus saugte frustriert an seinen Zähnen. »Es ist,

als jagten wir ihnen das ganze Jahr über wie ein Hund seinem Schwanz nach, während sie zuschlagen, wo es ihnen passt, und sich jedes Mal den Arsch ablachen, wenn wir versuchen, sie zur Strecke zu bringen.«

Cato nickte eine Weile lang nachdenklich. »Wir werden es nicht schaffen, die Aufgabe mit den Soldaten zu erledigen, die wir haben. Wir werden mehr Männer brauchen.«

»Viel Glück dabei, Herr. Der Statthalter hat bisher kein Interesse daran gezeigt, dafür aufzukommen, und ich würde fast sagen, dass du dieselbe Antwort bekommst, wenn du nach Rom schreibst.«

»Dann müssen wir die Männer und das Geld, um sie zu bezahlen, aus anderen Quellen bekommen. Wenn die Kaufleute für den Schutz ihrer Geleitzüge bezahlen können, dann können sie auch dazu beitragen, die Außenposten entlang der Straßen zu besetzen. So werden deine Soldaten frei sein für andere Aufgaben.«

Placinus kratzte sich am Kinn. »Andere Aufgaben, Herr?«

»Genau. Ich habe über dieses Problem nachgedacht, seit man mir diese Mission übertragen hat. Wir werden dasselbe tun, was wir in Britannien taten, als wir es mit den Völkern in den Hügeln aufgenommen haben. Wir marschieren mit den Hilfstruppen in das Gebiet ein, bauen eine Festung, um es zu kontrollieren, und dann ziehen wir weiter und wiederholen das Ganze. Wir werden die Briganten Schritt für Schritt in die Enge treiben und dabei sämtliche Siedlungen zerstören, die wir vorfinden. Außerdem werden wir so auch die erwischen, die ihnen Nahrung und Unterschlupf bieten. Wenn sie Hunger haben, werden sie sich nicht lange behaupten können. Ihre Banden werden sich auflösen, und wir werden die Anführer aufspüren und allem ein Ende machen.«

»Wenn du das sagst, hört sich das ganz einfach an«, sagte Apollonius.

»Es ist einfach«, bekräftigte Cato. »Es hat in größerem Maßstab schon in Britannien gewirkt.« Er deutete auf die Karte. »Unsere Hauptstoßrichtung wird aus Westen kommen, von der Sechsten Gallischen. Die anderen beiden Kohorten werden aus Norden und Süden vorstoßen, während ich die Marineschwadron anweisen werde, die Matrosen zu bewaffnen, sodass diese zusammen mit den Marinesoldaten von der Ostküste her angreifen können. Wir werden den Feind von allen Seiten einkreisen und ihn in einem immer kleineren Gebiet zusammentreiben, damit wir ihn schließlich erledigen können. Noch Fragen?«

Massimilianus nickte. »Da wäre noch eine Sache. Ich habe mit diesen Bastarden nun schon sehr lange zu tun; deshalb weiß ich, dass sie sehr viel schneller als unsere Männer sind, und zwar sowohl zu Fuß als auch zu Pferd. Was dich kaum überraschen dürfte, nachdem du gesehen hast, in welchem Zustand unsere Tiere sind.«

»Dann brauchen wir bessere Pferde«, sagte Cato. »Die besten, die man in der Provinz finden kann.«

»Wir können uns keine Pferde leisten, Herr. Wie ich schon sagte, wird der Statthalter die Schatullen mit dem Vermögen der Insel nicht öffnen. Er will, dass so viel wie möglich für ihn selbst bleibt, wenn er nach Ablauf seiner Dienstzeit wieder nach Rom zurückkehrt.«

»Dann ist die Lösung einfach«, sagte Apollonius. »Wir werden nicht für die Pferde bezahlen.«

»Du hast recht.« Cato verschränkte die Arme. »Wenn wir nicht auf den Statthalter oder auf die Beamten in Rom zählen können, werden wir auf die Ressourcen der Insel zurückgreifen, um das zu bekommen, was wir brauchen. Das bedeutet, dass wir Tiere von den Pferdezüchtern requirieren müssen. Und wir müssen dafür sorgen, dass die Kaufleute genügend Geld aufbringen, um Leute anzuheuern und ihre Ausrüstung zu bezahlen. In den größeren Städten und Häfen dürfte es Bürgerwehren geben; auch sie werden wir einbinden. Sie können die Festung bemannen, sodass Soldaten für die Kolonnen frei werden, die die Briganten verfolgen. Mit guten Pferden werden wir so schnell sein wie der Feind.«

Die anderen nickten zustimmend. Schließlich sagte Placinus: »Der Plan ist klug durchdacht, Herr, aber er ist nur so gut wie die Männer, die ihn ausführen sollen. Viele der Soldaten, die wir haben antreten lassen, sind nicht in der Lage, die Briganten durch die Wälder und über die Hügel zu verfolgen.«

Cato nickte. »Weshalb es unsere erste Aufgabe sein wird, all jene auszusortieren, die zu alt oder zu gebrechlich sind, um mit einer Kolonne mitzumarschieren. Massimilianus, ich will, dass die Kohorten ihre alte Stärke wiederfinden, und dann will ich, dass du jede Centurie Mann für Mann durchgehst und die besten auswählst. Dasselbe gilt für die Pferde. Ich will nur die gesündesten. Verkauf die anderen auf dem Markt und nimm, was man dir für sie gibt. Wir werden den Bestand mit den Tieren der Pferdezüchter im Umland von Tharros auffüllen. Aber kein Wort zu niemandem über die Art, wie wir die Dinge angehen wollen. Ist das klar?«

»Absolut, Herr.« Massimilianus grinste. »Ich kann es gar nicht erwarten, ihre Gesichter zu sehen, wenn wir kommen und unsere Tiere abholen.«

»Mir kommt da gerade ein Gedanke«, warf Apollonius ein. »Ich glaube nicht, dass die örtlichen Grundbesitzer davon begeistert sein werden, wenn wir ihnen ihre Tiere wegnehmen. Sie werden sich in Rom beschweren, und ich kann mir nicht vorstellen, dass der Kaiser glücklich darüber sein wird, wenn er sich statt der Schwierigkeiten mit den Briganten mit einem neuen Problem konfrontiert sieht. Ich würde empfehlen, den Schlag abzumildern, indem man ihnen einen Beleg für jedes Pferd gibt und verspricht, das Tier entweder unbeschadet zurückzugeben oder im Falle des Verlusts einen angemessenen Ausgleich zu zahlen. Sie werden zwar murren, es aber vorerst dabei belassen. Und wenn alles vorbei ist und du nach Rom zurückkehrst, muss sich ein anderer mit dem Problem herumschlagen.«

Die beiden Centurionen starrten ihn voller Verachtung an. Nach einer Weile sagte Massimilianus: »Darf ich fragen, wo du diesen Mann gefunden hast, Herr? Für meinen Geschmack hat er ein wenig zu viel von einem Politiker an sich.«

Cato lachte. »Sei einfach dankbar, dass er auf unserer Seite ist. Ich bin sicher, du wirst seine besonderen Talente bald ebenso schätzen wie ich, angesichts dessen, was auf uns zukommt.«

»Wenn du das sagst, Herr«, erwiderte Massimilianus in zweifelndem Ton.

Cato nahm die Wachstäfelchen vom Tisch, rollte die Karte zusammen und legte sie zurück ins Regal. »Ihr wisst jetzt, was ich gegen die Briganten unternehmen will. Zunächst jedoch müssen wir diese Kohorte in Form bringen und dafür sorgen, dass sie in der Lage ist, gegen den Feind zu marschieren. Diese Aufgabe überlasse ich Placinus und den anderen Prätorianern. Das ist kein Misstrauen dir gegenüber, Massimilianus, aber ich will, dass die Männer hart rangenommen werden. Und so etwas lassen sie sich eher von Vorgesetzten von außerhalb gefallen als von Offizieren, die bereit waren, die Dinge schleifen zu lassen. Abgesehen davon brauche ich dich hier im Hauptquartier, denn du musst mich hinsichtlich der Lage des Landes beraten.«

Es war schwierig, die Ausbildung Placinus und den anderen Freiwilligen zu übertragen, ohne die Fähigkeiten des obersten Centurios und der anderen Offiziere in Zweifel zu ziehen, doch diesen musste ebenso wie den einfachen Soldaten gezeigt werden, dass jetzt ein neuer Wind wehte. Cato beschloss, zu einem anderen Thema überzugehen, bevor es irgendwelchen Widerspruch geben konnte, den er würde zurückweisen müssen, wodurch er noch mehr Anstoß bei den Offizieren der Garnison erregt hätte.

»Wie schätzt du die anderen Kohorten auf der Insel ein?«

»Um ehrlich zu sein, hatte ich bisher noch nicht besonders viel mit ihnen zu tun, Herr. In den letzten beiden Jahren gab es für mich nur selten einen Grund, ihre Festungen zu besuchen. Die Soldaten sind in einer ähnlichen Verfassung wie die Männer hier. Ich würde sagen, von den beiden sind die Jungs der Achten Hispanischen in besserer Verfassung. Ihr Präfekt kommt aus der Legion, weshalb er sein Bestes tut, um sie auf Zack zu halten. Auch von seinen Männern wurden einige auf die Außenposten abgezogen, weshalb seine Kohorte ebenfalls unterbesetzt ist. Was die Vierte Illyrische in Olbia angeht … Sie sind schon am längsten hier, und ich glaube, dass kaum noch einer von ihnen illyrisches Blut in den Adern hat. Du weißt, wie es ist, wenn Soldaten lange in Garnison liegen. Sie lassen sich mit den Frauen vor Ort ein, und ihre Kinder werden ebenfalls Soldaten, und so geht es immer weiter über Generationen hinweg, bis der ursprüngliche Name der Einheit nichts mehr bedeutet. Wahrscheinlich sind einige eng verwandt mit den Männern, die sie bekämpfen sollen. In dieser Hinsicht ist auch ihr Kommandant keine große Hilfe. Präfekt Tadius ist der Sohn eines Senators, der das Vertrauen des letzten Kaisers besaß und dem mehrere große Landgüter auf der Insel gehören. Tadius schätzt ein bequemes Leben mehr als hartes Soldatenhandwerk. Er ist eine Art Genussmensch, und er und Präfekt Vestinus sind nicht gerade Freunde.«

»Inwiefern?«

»Unter anderem verbringt Vestinus deshalb so viel Zeit in Carales, weil er dort seine Frau im Auge behalten kann. Es gibt das Gerücht, dass sie und Tadius eines Abends zu viel Wein intus hatten und über die Stränge geschlagen haben.«

»Wenn das stimmt, warum bringt er sie dann nicht einfach hierher nach Tharros?«

»Weil Carales so ziemlich die einzige Stadt auf Sardinien ist, wo der Adel genügend Unterhaltung finden kann. Vestinus genießt sein leibliches Wohl so sehr, dass er sogar dann die meiste Zeit dort verbringen würde, wenn sich jemand bei seiner Angetrauten bedient.«

Cato blies verärgert die Wangen auf. »Dann haben wir also drei drittrangige Kohorten, von denen zwei von fünftrangigen Kommandanten geführt werden, die Soldat spielen … Es könnte sein, dass ich ihre Köpfe gegeneinanderschlagen muss, wenn ich sie hierherbefehle und sie über den Feldzug informiere. Am besten kümmere ich mich so schnell wie möglich darum. Sofort wenn wir hier fertig sind, werde ich ebenfalls Briefe an die beiden anderen Kommandanten schicken lassen. Hat jemand noch irgendetwas zu sagen?«

Er sah sich um, und Apollonius nickte.

»Nur eine Sache, Herr. Da wäre noch das unbedeutende Problem mit der Seuche, die im Süden der Insel ausgebrochen ist. Wenn sie sich ausbreitet, werden wir alle Arten von zusätzlichen Problemen bekommen.«

»Das stimmt«, gestand Cato. »Aber wenn sie Auswirkungen auf unsere Männer hat, wird der Feind wahrscheinlich ebenso darunter zu leiden haben. Sei's drum. Es ist auf jeden Fall die Aufgabe des Statthalters, sich um dieses Problem zu kümmern. Wenn Scurra auch nur einigermaßen bei Verstand ist, wird er jede Stadt und jedes Dorf unter Quarantäne stellen, in denen die Seuche außer Kontrolle geraten könnte. Sofern er schnell und entschieden genug handelt, haben wir gute Aussichten, dass sie eingedämmt werden kann.«

Apollonius schnaubte verächtlich. »Er ist Politiker. Und zwar die Art von Politiker, die sich nur um sich selbst kümmert und versucht, nicht mehr Probleme aufzuwerfen, als sie sich leisten kann. Hast du jemals erlebt, dass ein solcher Mensch rasch und entschieden handelt? Merk dir meine Worte, Herr. Ich fürchte, die Seuche wird eine genauso große Gefahr sein wie der Feind.«

Cato dachte über das Gesagte nach und seufzte. »Dann wollen wir hoffen, dass du unrecht hast.«

KAPITEL 14

Der folgende Tag war wolkenlos, und der Himmel war von einem unendlichen Blau erfüllt, aus dem schmerzhaft grell eine Sonne strahlte, die das Land zu beiden Seiten der Straße ausdörrte, welche von Tharros ins Innere der Insel führte. Cato, Apollonius und Massimilianus ritten an der Spitze einer kleinen Truppe, die aus zehn Mann bestand; sie alle saßen auf den besten Pferden der Kohorte. Die Männer selbst waren von ihren obersten Centurionen handverlesen worden. Sie waren fit und kräftig – Soldaten, die am geeignetsten waren für die anspruchsvolle Aufgabe, die Cato ihnen übertragen hatte. Ihre Rüstungen und ihre Schwertgürtel waren gereinigt und poliert worden, und ihre Pferde hatte man so gründlich gestriegelt, dass sie Catos kritischem Blick standhielten.

Hinter ihnen auf dem freien Platz außerhalb der Festung drillten Placinus und die anderen Prätorianer den Rest der Kohorte, indem sie Befehle und Beleidigungen schrien, während sie die Männer im Laufschritt antreten und im staubigen Gelände exerzieren ließen. Die Soldaten trugen Übungsschilde aus Weidengeflecht und Schwerter, die schwerer waren als ihre tatsächlichen Waffen, um ihre Muskeln aufzubauen und ihre Ausdauer zu steigern.

Niemand war von diesen morgendlichen Ausbildungsstunden ausgeschlossen, für den Fall, dass es einige ältere Soldaten gab, die zäh genug waren, um mit ihren jüngeren Kameraden mitzuhalten. Gleichermaßen mussten die Fähigkeiten schwächlicher, übergewichtiger oder gebrechlicher Rekruten auf die Probe gestellt werden, damit ihre Vorgesetzten wussten, wie diese Männer im bevorstehenden Feldzug von Nutzen sein konnten. Es mochte zwar sein, dass ein solches Vorgehen die Anzahl der verfügbaren Männer in den Kolonnen reduzierte, aber so konnte Cato sicherstellen, dass die Kohorte nicht durch Soldaten aufgehalten würde, die das erforderliche Tempo nicht anschlagen konnten. Diejenigen, die nicht in der Lage waren, anstrengende Märsche durchzustehen und sich unmittelbar darauf in die Schlacht zu stürzen, ließ man besser zurück und besetzte mit ihnen die Außenposten und Festungen, welche das feindliche Territorium wie ein Ring umschließen sollten.

Nachdem die Nachrichten an die Kommandanten der anderen Kohorten und den Kapitän, der die kleine Schwadron Biremer und ihrer Marineeinheiten auf der Insel führte, verschickt worden waren, genoss Cato das Bewusstsein, die Vorbereitungen auf den Feldzug auf den Weg gebracht zu haben. Wenn die Götter ihm wohlgesinnt waren, würde er schon bald über genügend Männer, Pferde und Festungsanlagen verfügen, um die Briganten in die Enge zu treiben und sie von ihrem dringend benötigten Nachschub abzuschneiden. Sobald sie hungrig in der Falle saßen, wären sie gezwungen, sich dem Kampf zu stellen oder sich zu ergeben. Dann wäre die Provinz zum ersten Mal seit zweihundert Jahren frei von Briganten, und keine entlegene Siedlung, kein Bauernhof und keine Villa auf dem Land wären mehr in

Gefahr, geplündert zu werden. Die Menschen würden die Nacht nicht mehr voller Furcht erwarten, und sie würden sich, wenn sie die Straßen der Insel bereisten, auch nicht mehr ständig besorgt umsehen, weil sie mit einem Hinterhalt rechnen mussten. Falls – oder besser: wenn, korrigierte sich Cato – er Erfolg hatte, würde er sich um den Posten des ständigen Kommandanten einer Kohorte in einer ruhigen Provinz bewerben und seinen Sohn mit sich dorthin nehmen. Lucius konnte zum Mann heranreifen, während Cato sich in ein bequemes und zufriedenes Leben zurückziehen würde. Genau wie Macro es tun würde, sobald er und Petronella Britannien erreicht hatten.

Es war ein trauriger Augenblick, als er daran dachte, dass Macro nicht mehr an seiner Seite diente. Es hätte dem alten Kämpfer riesigen Spaß gemacht, die Sechste Gallische Kohorte energisch in Form zu bringen und sie in die Schlacht zu führen. Einige Männer, so schien es, waren dazu geboren, Soldaten zu werden, wie Wölfe dazu geboren waren, zu jagen, und jedes andere Leben wäre unnatürlich für sie. Nach Catos Einschätzung war Macro ein solcher Mann, und er musste sich einfach fragen, ob es diesem Menschen, der so lange sein Kamerad und enger Freund gewesen war, gelingen konnte, sich an das Zivilleben anzupassen. Er hoffte es, hauptsächlich wegen Petronella, aber auch wegen Macros Alter. Der unerschütterliche Centurio, den er erstmals in Germanien getroffen hatte, war gealtert wie alle, und die Verwundungen, die er sich über die Jahre hinweg in der Armee zugezogen hatte, würden mehr und mehr ihren Tribut fordern, was seine Gelenke und seine Fähigkeit betraf, mit jüngeren Männern mitzuhalten.

»Es ist ein schöner Morgen«, bemerkte Apollonius und riss ihn damit aus seinen Gedanken. »Die ideale Zeit, um ein paar Pferde zu stehlen.«

»Das Wort, nach dem du suchst, lautet ›requirieren‹.«

»Das mag das Wort sein, das du vorziehst, aber ich glaube, unsere Opfer werden eine angemessenere Bezeichnung für das verwenden, was wir vorhaben.«

»Nur zu. Wenn sie nicht begreifen, dass sie für das allgemeine Wohl Opfer bringen müssen, wodurch langfristig auch ihr Leben besser werden wird, habe ich kein Mitleid mit ihnen.«

»Solche Opfer sind etwas für die einfachen Menschen. So ist das mit dem Krieg. Die Armen hungern. In der Regel sind es ihre Bauernhöfe, die man plündert und niederbrennt, und es sind ihre Frauen und Töchter, die vergewaltigt werden; und wenn ihre Seite verliert, sind höchstwahrscheinlich sie es, die man in die Sklaverei verkauft. Für die Reichen und Mächtigen sieht die Sache ganz anders aus. Sie sprechen zwar gern von einem guten Krieg, bezahlen aber kaum je den Preis dafür, und es gelingt ihnen sogar, durch den Sieg zahllose neue Möglichkeiten zu finden, sich noch mehr zu bereichern, während die Armen mühsam die Trümmer ihres Lebens zusammensuchen.«

Cato sah, dass das Gesicht seines Begleiters einen düsteren Ausdruck angenommen hatte. Apollonius schüttelte sich unsicher und lachte. »Verzeih mir, dass ich die Stimmung auf unserem Landausflug verdorben habe.«

»Was du gesagt hast, hat sich so angehört, als käme es aus tiefstem Herzen«, erwiderte Cato. »Der seltene Moment eines Einblicks in deine Herkunft vielleicht?«

»Ich habe nur laut gedacht, das ist alles. Ich würde nicht zu viel in meine Worte hineinlesen.«

»Nicht?« Cato betrachtete ihn amüsiert.

»Nein«, schloss Apollonius knapp und wandte sich an Massimilianus. »Sag mir, Centurio, wer ist der glückliche Landbesitzer, der uns als Erster empfangen darf?«

Massimilianus hob das Offiziersstöckchen, das auf seinen Oberschenkeln lag, und deutete auf ein fernes Gebäude auf einem Hügel. Die weiß getünchten Wände der weitläufigen Villa ragten über den terrassierten Hängen auf, wo in fein säuberlichen Reihen Olivenbäume wuchsen. Hinter der Villa zogen sich mehrere Weiden dahin, die von Bruchsteinmauern umgeben waren, und die winzigen Gestalten von Ziegen und Pferden sprenkelten das Grün. »Dort werden wir anfangen. Das Landgut gehört irgendeinem Aristokraten in Rom und wird von einem Verwalter geführt. Es gibt dort einen ausgezeichneten Stall mit vielen guten Pferden. Sie werden für Wagenrennen gezüchtet. Wir sollten am besten dort beginnen, bevor sich die Sache herumspricht und die Leute die Gelegenheit bekommen, die Pferde wegzubringen und zu verstecken.«

Die Straße führte in sanft ansteigenden Serpentinen den Hügel zum Haus hinauf, und eine Stunde später hatten die Reiter die hüfthohe Mauer erreicht, die das Gut umgab. Sie bogen in eine lange Allee ein, die von uralten Pappeln gesäumt war, die wie die Säulen eines Tempels über ihnen aufragten. Zu beiden Seiten standen Olivenbäume, so weit Catos Auge reichte; sie zogen sich bis ganz nach vorn, wo sie den Hügel umgaben, auf dem die

Villa und die Stallungen errichtet worden waren. Eine halbe Stunde später erreichte die kleine Gruppe ein Tor, das in eine hohe Mauer eingelassen war, welche die Villa und die Außengebäude umgab. Eine Gestalt kauerte im Schatten, den Rundschild und einen schweren Speer neben sich. Als der Mann die Reiter bemerkte, kam Leben in ihn, und er stand lässig auf, griff nach dem Speer und trat nach vorn, um den Zugang zu versperren.

»Bei Jupiters Eiern, der Kerl ist ein Riese«, sagte Massimilianus.

Sie waren so nahe, dass Cato in dem Mann einen der germanischen Leibwächter von Claudia Acte erkannte. Er war groß und breitschultrig und hatte blondes Haar und einen Bart, der über seine Kettenrüstung fiel. Seine Arme waren muskelbepackt, und er hatte die herablassende Ausstrahlung eines Menschen, der von klein auf zum Krieger erzogen worden war.

»Ich hatte keine Ahnung, dass ich so bald schon wieder mit diesen Tieren zusammen sein würde«, sagte Apollonius. »Ich hoffe, sie machen uns keine Schwierigkeiten, wenn ihre Herrin den Grund für unseren Besuch erfährt. Ich weiß es zwar zu schätzen, dass die Männer hinter uns die besten der Kohorte sind. Aber die Männer vor uns sind die Besten im ganzen Reich.«

Der Germane hob die Hand und rief ihnen etwas in seiner Muttersprache zu. Die Wörter mochten fremd sein, doch die Absicht war unmissverständlich. Cato gab den anderen das Zeichen, Halt zu machen, und ließ sein Pferd die letzte kurze Strecke im Schritt zum Tor gehen. Er lächelte den Mann grüßend an, deutete auf die Villa und dann auf sich selbst und seine Männer. »Wir kom-

men, um die Dame Claudia zu sehen. Öffne das Tor.«
Pantomimisch führte er die Handlung vor.

Der Germane zögerte kurz, nickte dann, trat ans Tor
und schlug heftig dagegen. Von der anderen Seite rief
eine Stimme etwas, und es gab einen kurzen Wortwechsel, bevor der Sperrbalken zurückgeschoben wurde und
die beiden Torflügel sich öffneten. Der germanische
Wachposten winkte die Reiter durch.

Jenseits des Tores befand sich vor der Villa ein großer
offener Platz. Zur Linken lagen die Stallungen, und seitlich davon waren Stroh und Futter angehäuft. Zur Rechten befand sich die Unterkunft der Sklaven, ein lang ge-
zogenes, niedriges Gebäude mit Türen in gleichmäßigem
Abstand und kleinen, mit Läden versehenen Fenstern;
es ähnelte den Mannschaftsunterkünften der Legionärs-
festungen, mit denen Cato vertraut war. Zusätzliche
Gebäude umgaben den Kern des Guts: eine Scheune,
ein Getreidespeicher, eine Schmiede und Lagerschup-
pen. Die Bauart der Villa war einfach, doch ihre Größe war beeindruckend. Die Vorderseite erstreckte sich
über einhundertfünfzig Fuß des Grundstücks, und das
erste Obergeschoss besaß einen umlaufenden Balkon,
von dem aus die Bewohner einen ungehinderten Blick
über die umgebende Landschaft hatten und jede küh-
lende Brise genießen konnten, ganz gleich aus welcher
Richtung sie kommen mochte. Einige Diener der Villa
sowie mehrere Sklaven arbeiteten in den Ställen, und ein
Hämmern erklang aus der Richtung der Schmiede, über
der eine dünne Rauchsäule in den Himmel aufstieg, wo
sie sich nach und nach auflöste. Zwei Germanen standen
zu beiden Seiten des Tores, und zwei weitere bewachten

den Eingang der Villa. Die Übrigen waren nirgendwo zu sehen.

Cato ritt zu einem Geländer vor den Ställen, an dem man die Tiere festmachen konnte, und gab den Befehl abzusitzen. Als er die Zügel um das Holzgeländer schlang, sagte er leise zu Apollonius und Placinus: »Während ich mit der Dame des Hauses spreche, solltet ihr euch die Ställe ansehen und die Pferde aussuchen, die wir brauchen. Und Sättel und Zaumzeug. Wenn wir schon dabei sind, sollten wir uns genauso gut so viel geeignete Ausrüstung besorgen, wie wir finden können.«

Langsam ging er auf das Haus zu und rieb sich dabei sein Hinterteil, um die Verspannungen loszuwerden, nachdem er so lange im Sattel gesessen hatte. Vor ihm trat der Decurio, der die Germanen befehligte, hinaus ins Sonnenlicht.

»Ah, Präfekt Cato. Gut, dich wiederzusehen, Herr. Was kann ich für dich tun?«

»Ich bin gekommen, um mit der Dame Claudia zu sprechen.«

»Sie ist im Haus, Herr.« Der Decurio wich nicht von der Stelle. »Kann ich ihr den Grund für deinen Besuch mitteilen?«

»Den werde ich ihr selbst sagen, danke. Es geht um etwas Offizielles, also solltest du mich vielleicht einfach zu ihr führen.«

»Ganz wie du befiehlst, Herr. Folge mir. Aber ich muss dich warnen. Die Dame ist noch nicht ganz bereit, offizielle Besucher zu empfangen. Und die Villa genauso wenig.«

Aus der Nähe konnte Cato erkennen, dass die grüne Farbe auf den Fensterläden verblasst war und an einzelnen Stellen abblätterte. Der Besitzer, dem das Gut gehört hatte, bevor Nero es seiner Geliebten zum Geschenk machte, war offensichtlich nicht besonders an der Instandhaltung des Gebäudes interessiert gewesen. Auch im Inneren war die Vernachlässigung sichtbar; überall auf dem gefliesten Boden und den Möbeln in der Eingangshalle befanden sich Staubstreifen. Claudias Gepäck war an den Seitenwänden der Halle aufgereiht, und Cato sah Sklaven, die die Böden schrubbten und Spinnweben aus dem Flur wischten, der sich durch das ganze Gebäude zog. Der Decurio führte ihn durch eine Tür in den Innengarten im rückwärtigen Teil der Villa. Die Blumenbeete waren von Unkraut und wildem Gestrüpp überwachsen, und der Teich in der Mitte war längst ausgetrocknet und voller Schmutz und toter Blätter. Man konnte hören, wie mehrere Sklaven fleißig damit beschäftigt waren, das Unkraut in einer Ecke des Gartens zu jäten. Unter ihnen befand sich eine Frau in einer einfachen braunen Tunika und einer Haube, die über einigen frei liegenden Wurzeln kauerte, welche sie mit beiden Händen gepackt hatte und aus der Erde zu ziehen versuchte.

»Ist sie das?«, fragte Cato.

»Ja, Herr.«

»Ich möchte allein mit ihr sprechen.«

Der Decurio wirkte unentschlossen. Dann nickte er. »Sei rücksichtsvoll ihr gegenüber, Herr. Sie hat keine leichte Zeit hinter sich.«

»Tatsächlich?« Cato deutete auf die Villa. »Sie scheint ganz gut zurechtzukommen. Es gibt nicht viele ehemalige Sklaven, die ein so schönes Zuhause vorweisen können.«

»Das mag sein, Herr. Aber sie wurde in Rom geboren. Das ist alles, was sie kennt. Sie hat nicht darum gebeten, mit Nero verkuppelt zu werden, und es hat sie einige Mühe gekostet, ihn bei Laune zu halten. Ich habe gesehen, was er ihr angetan hat … Wie gesagt, ich wäre dir dankbar, wenn du die Dinge für sie nicht noch schlimmer machen würdest.«

So viel Sensibilität hatte Cato bei jemandem, der der kaiserlichen Leibwache angehörte, nicht erwartet. Konnte es sein, dass die Haltung des Decurios gegenüber seiner Schutzbefohlenen zärtlichen Gefühlen entsprang? Empfand er etwas für die Frau, die ins Exil getrieben worden war? Dann hatte er einen düstereren Gedanken. Vielleicht hatte man dem Decurio Befehle in Bezug auf Claudia gegeben, die sein Gewissen belasteten.

»Ich habe nicht vor, ihr zu schaden, Decurio.«

»Danke, Herr. Ich werde in unserem Speisesaal sein, wenn du mich brauchst.«

Während sich der Decurio in die Villa zurückzog, ging Cato auf die kleine Gruppe der Gärtner zu. Claudia war ganz auf die Wurzeln konzentriert. Sie biss die Zähne zusammen und bemühte sich, sie aus der Erde zu ziehen, als ihr Besucher sie von der Seite ansprach.

»Hättest du gern etwas Hilfe dabei?«

Rasch sah sie auf und runzelte die Stirn. Doch ihre Falten glätteten sich sogleich ein wenig, als sie ihn blinzelnd erkannte. »Oh, du bist es.«

»Anscheinend hast du dich mit irgendwelchem Gestrüpp eingelassen, das dir gegenüber im Vorteil ist«, sagte er leichthin. »Wenn du willst, kümmere ich mich darum.«

Ohne ihre Antwort abzuwarten, beugte er sich vor, ergriff das grobe, verschlungene Wurzelbündel und zog zunächst vorsichtig und dann heftiger, als es seinem ersten Versuch widerstand. Claudia trat einen Schritt zurück und blieb dann stehen, während sie ihn, die Hände in die Hüften gestemmt, mit einem amüsierten Blick beobachtete, der seinem Stolz schwer zu schaffen machte. Während er sich Mühe gab, sich seine wachsende Frustration nicht anmerken zu lassen, zog er mit aller Kraft, und die Muskeln in seinen Unterarmen zitterten vor Anstrengung. Ohne Vorwarnung lösten sich die Wurzeln mit einem leisen Knacken, und er fiel, das Bündel noch in den Händen, stolpernd auf den Rücken. Der dumpfe Aufprall raubte ihm für einen Moment den Atem, und er hörte, wie sie in ein lautes Gelächter ausbrach, dem sich die anderen, die an ihrer Seite gearbeitet hatten, anschlossen.

Er warf die Wurzeln weg und erhob sich mit so viel Würde, wie er aufbringen konnte. Dann wischte er sich die Finger ab und betrachtete sie mit grimmiger Miene.

»Manchmal versuchst du etwas zu sehr, mein lieber Präfekt Cato!« Sie schenkte ihm ein breites Lächeln, das ihre guten Zähne erkennen ließ, und ein vergnügtes Zwinkern lag in ihren Augen. Sie sprach ohne Bösartigkeit, während sie den Humor des kleinen unerwarteten Ereignisses genoss. Eine ähnliche Empfindung rührte sich in seinem Herzen, und er konnte nicht anders, er musste ihr Lächeln einfach erwidern.

»Wenn diese verdammten Wurzeln auf dieser Insel schon zu viel für mich sind, dann wissen nur die Götter, wie ich mit den Briganten fertigwerden soll.«

Wieder lachte sie, doch gleich darauf hob sie entschuldigend die Hand. »Verzeih mir. Es ist schon eine ganze Weile her, dass ich etwas so amüsant gefunden habe.«

»Dann will ich gern der Grund für diese Vergnügtheit sein.«

Sie wechselten ein weiteres Lächeln, bis sie plötzlich den Blick auf ihre Tunika senkte und eine Hand an ihre schmutzige Haube führte. »Oh! Wie ich wohl aussehen muss! Du rümpfst sicher die Nase über mich, genau wie diese herablassenden Senatoren in Rom.«

»Hochnäsig? Ich?«

»Es tut mir leid. Ich wollte dich nicht beleidigen. Aber du verstehst, was ich meine. Ich bin sicher, du hattest genau dieselben Probleme, als du in den Ritterstand aufgenommen wurdest.«

Glücklicherweise hatte eine Karriere in der Armee es Cato größtenteils erspart, mit solchem Snobismus konfrontiert zu werden. Unter Soldaten sprachen Taten meistens eine deutlichere Sprache als die Herkunft aus einer bestimmten Familie. Aber es fiel ihm nicht schwer, sich die abfälligen Bemerkungen vorzustellen, die andere hinter ihrem Rücken machten – und ihr manchmal auch ins Gesicht sagten.

»Kümmere dich nicht weiter darum.« Sie berührte sanft seinen Arm. »Dieses Leben wurde mir inzwischen genommen. Und es ist ein Glück, dass ich es los bin … Es ist heiß. Ich könnte eine Erfrischung vertragen. Komm mit.«

Sie führte ihn auf die andere Seite des Gartens, wo ein Spalier an der Wand befestigt war. Eine Ranke hatte das Gitterwerk erobert, doch sie war so weit gestutzt worden, dass eine kleine Stelle frei geblieben war, an der man ein Sofa vor einem niedrigen Tisch aufgestellt hatte. Claudia rief einen der Sklaven und befahl ihm, etwas Wasser zu bringen, und setzte sich auf das eine Ende des Sofas. Cato zögerte, also beugte sie sich zur Seite und klopfte auf das andere Ende. »Ich beiße nicht, Präfekt.«

»Danke, werte Dame.«

»Du kannst mich Claudia nennen. Es wäre mir sogar lieber, wenn du es tun würdest. Ich war bei Weitem länger Claudia als eine ›werte Dame‹, und jetzt bin ich wieder einfach Claudia. Und ich werde dich Cato nennen, darf ich?«

Er nickte, als er sich setzte, und dachte, dass nur wenige Menschen jemals auf die Idee kämen, sie für einfach zu halten, trotz der Tatsache, dass sie eher wie jemand gekleidet war, der in der Villa diente, und weniger wie jemand, dem sie gehörte.

Sie sah, wie er ihre Tunika musterte, und lachte wieder. »Nicht ganz das, was die ehemalige Geliebte des Kaisers deiner Erwartung nach tragen würde. Das war's doch, was du gedacht hast, nicht wahr?«

»Ungefähr, ja.«

»So habe ich mich gekleidet, bevor ich Seneca aufgefallen bin und er mich seiner Sammlung junger Frauen hinzugefügt hat. Und dann hat er mich an Nero weitergereicht, als sei ich ein Spielzeug, das man herrichtet, damit ein Kind seine Freude daran hat. Und in der Tat, er war nicht mehr als ein Kind, sogar nachdem er Kaiser geworden war. Es war damit zufrieden, seinen eigenen Interessen zu folgen, während die wahre Macht in den Händen seiner Ratgeber und seiner Mutter lag, dieser giftigen Schlampe. Ich habe mich darum bemüht, dass er sich ihr widersetzt, doch er hat es gehasst, zwischen uns beiden zu stehen. Am Ende erwiesen sich Blut und Snobismus als stärker. Sie hat gewonnen – die Senatoren haben gewonnen – und Nero hat mich ins Exil geschickt. Er hat geweint, als er es mir gesagt hat. Geweint wie ein Baby, während ich ihn in den Armen gehalten habe. Du kannst dir wahrscheinlich vorstellen, welchen Abscheu das ausgelöst hätte, wenn der Senat und das Volk von Rom gesehen hätten, wie er wie ein Säugling brabbelt. Die ganze Zeit über hat er mir gesagt, dass er mich liebt, und er hat geschworen, ich würde bis ans Ende meiner Tage wie eine Fürstin leben und mir würde kein Leid widerfahren. Und jetzt bin ich hier und frage mich, wie lange sein Versprechen gelten wird. Da kann ich mich genauso gut beschäftigen und dieses Haus in den goldenen Käfig verwandeln, der es in Wahrheit auch ist.«

Der Sklave näherte sich ihnen mit einem Krug und zwei silbernen Bechern auf einem Tablett. Er setzte es vorsichtig ab, verbeugte sich und zog sich in die Villa zurück. Claudia schenkte den ersten Becher ein, reichte ihn Cato und schenkte sich dann selbst ein.

»Entschuldige, dass du dir meine Klagen anhören musstest. Ich habe dich nicht einmal gefragt, warum du gekommen bist. Ich nehme an, es handelt sich nicht um einen Privatbesuch.«

»Unglücklicherweise nicht.« Cato hätte gern noch ein

wenig geplaudert. Es freute ihn zu sehen, dass in Claudia Acte mehr steckte als nur die verwöhnte Geliebte eines Kaisers, die er zuerst kennengelernt hatte. Aber dies hier war nur das erste der Landgüter und Villen, die er an diesem Tag aufsuchen wollte, und so durfte er nicht allzu viel Zeit verschwenden. »Wie du weißt, hat man mich hierhergeschickt, um dem Treiben der Briganten ein Ende zu machen, die die Insel bedrohen. Ich habe nicht genug Männer für diese Aufgabe, und diejenigen, die ich habe, sind in armseliger Verfassung. Dasselbe gilt für die Pferde unserer Reiterei. Wenn ich den Feind wirklich erledigen soll, dann brauche ich gute Pferde. Das Problem ist, dass der Statthalter uns wohl kaum das nötige Geld aus den Mitteln der Insel zur Verfügung stellen wird, ganz abgesehen davon, dass ich ohnehin nicht die Zeit habe, mich mit ihm darüber zu streiten, denn ich brauche diese Pferde sofort. Das ist auch der Grund, warum ich hier bin. Zu dieser Villa gehört ein feines Gestüt. Claudia, ich brauche deine Pferde.«

»Du möchtest sie von mir kaufen?«

Er schüttelte den Kopf. »Ich kann im Augenblick nichts für sie bezahlen. Ich kann dir nur einen Beleg für die Pferde geben, die ich mitnehmen möchte, und das Versprechen, dass ich sie zurückgeben oder später bezahlen werde.«

Sie lächelte sarkastisch. »Ich bezweifle, dass sie in demselben guten Zustand zurückkehren werden, in dem sie uns hier verlassen. Und überhaupt, wie viel ist dein Versprechen wert, wenn du nicht mehr hier sein wirst, um es zu halten? Ich will damit nicht sagen, dass man dich besiegen oder töten wird, obwohl diese Möglichkeit angesichts dessen, was du tust, natürlich immer besteht. Ich meine vielmehr das, was geschehen wird, wenn du siegreich bist, dich auf einen neuen Feldzug begeben und diese Insel verlassen wirst. Wer wird dann die Versprechen halten, die du jetzt machst?«

Cato lachte unsicher. »Du hast mich ertappt mit deinem scharfen Verstand, Claudia. Ich kann nur sagen, dass mein Versprechen *tatsächlich* gehalten werden wird, selbst wenn ich persönlich für die Pferde aufkommen muss. In Rom habe ich die Mittel dazu.«

»Du würdest das wirklich tun?«

»Wenn nicht, könnte ich nicht mehr mit mir leben.«

Sie starrte ihn an und nahm einen Schluck Wasser, den sie langsam im Mund kreisen ließ, während sie nachdachte. »Ich glaube dir«, sagte sie schließlich. »Du bist nicht wie die anderen Männer deines Ranges, die ich in Rom gekannt habe.«

»Ich weiß nicht genau, wie ich das verstehen soll.«

»Das war als Kompliment gedacht, Cato. Nimm es als solches. Such dir die Pferde aus, die du brauchst. Ich habe keine besondere Bindung an die Tiere. Sie sind für mich nicht mehr als ein Teil des Besitzes, den Nero mir geschenkt hat. Benutze sie nach deinem Gutdünken, und bring mir die zurück, die überleben, sobald du sie nicht mehr benötigst. Ich kann es mir leisten, auf das Geld zu warten, das du mir schulden wirst.«

»Danke.« Cato leerte seinen Becher und stand auf. »Ich muss los. Es gibt noch eine ganze Reihe von Villen, die ich aufsuchen muss, bevor der heutige Tag vorüber ist. Ich glaube nicht, dass man mich anderswo ebenso freundlich empfangen wird.«

»Das kann ich mir vorstellen.« Claudia erhob sich von ihrem Ende des Sofas. »Ich werde meinen Verwalter wissen lassen, dass du meine Erlaubnis hast, die Pferde zu nehmen. Ich hoffe, wir sehen noch mehr voneinander, bevor du mit deinen Männern in den Kampf ziehst.«

»Das hoffe ich auch.« Zum Abschied verbeugte Cato sich höflich, und dann ging er zurück zur Tür an der rückwärtigen Seite der Villa. Er fühlte eine Wärme in seinem Herzen, die er schon seit Jahren nicht mehr empfunden hatte. Er hatte mit einem Menschen gesprochen, dessen kluger Geist mit dem seinen verwandt war. Als er jedoch an seine Frau Julia zurückdachte, verdüsterte sich seine Stimmung sofort. Wenn die Tochter eines Senators ein so sehr falsches Spiel mit ihm treiben konnte, warum sollte er dann den Gefühlen trauen, die die abgelegte Geliebte des Kaisers in ihm geweckt hatte? Er wäre ein Narr, wenn er sich auf romantische Art von Claudia ablenken ließe. Er war entschlossen, ihr aus dem Weg zu gehen. Sie sich aus dem Kopf zu schlagen und sich auf die Vorbereitung des Feldzugs zu konzentrieren. Sie war schlimmer als eine Ablenkung. Sie war möglicherweise gefährlich. Besonders wenn sie mit ihrer Art, in der sie Nero als ein Kind beschrieb, recht hatte. Wie er aus eigener Erfahrung mit Lucius wusste, wachten Kinder eifersüchtig über ihre Spielzeuge, sogar wenn sie nicht mehr mit ihnen spielten. Sein Verhältnis zum Kaiser war ohnehin schon prekär. Es wäre tollkühn, überdies Gefühle der Eifersucht in der kaiserlichen Brust zu wecken. Ja, kam er zu dem Schluss, dass er sich von dieser Frau fernhalten musste.

Nachdem Cato den anderen die kargen Einzelheiten seiner Vereinbarung mit Claudia mitgeteilt hatte, befahl Massimilianus seinen Männern, die ausgewählten Pferde samt dem Besten an Sätteln, Geschirr und Zaumzeug zusammenzustellen, und Apollonius stellte den Empfangsbeleg aus. Sobald alles erledigt war, reichte der Spion Cato den Beleg, damit er ihn unterzeichnen und mit einem Abdruck seines ritterlichen Ringes besiegeln konnte.

»Bring das Claudias Verwalter«, wies Cato ihn an.

Apollonius hob eine Augenbraue. »Ach, Claudia?«

Cato fuhr ihn an: »Ich habe keine Zeit für deine Andeutungen. Mach einfach, was ich dir sage, verdammt noch mal.«

Apollonius lächelte wissend. »Wie du befiehlst, Herr.«

Er schlenderte davon, und Cato blieb wütend auf sich selbst zurück, weil er dem Spion unfreiwillig einen Einblick in die Art seiner Verbindung zu Claudia gestattet hatte. Was immer der daraus schließen mochte ... Energisch schob er den Gedanken beiseite und trat zu dem Centurio, als die Pferde aus dem Stall geführt und mit einer lockeren Leine aneinandergebunden wurden.

»Zwölf Stück.« Massimilianus rieb sich begeistert die Hände. »Feinstes Pferdefleisch, jedes einzelne von ihnen. Wenn wir weitere siebzig Stück bekommen, die genauso sind, werden wir die beste Reiterei der gesamten Armee haben.«

Cato betrachtete die Tiere und nickte. »Gut. Dann sollten wir wohl besser aufbrechen. Wir werden einen oder zwei lange Tage benötigen, bis wir deinen Ehrgeiz befriedigen können, Centurio.«

Massimilianus rief seinen Männern den Befehl zum Aufsitzen zu, und sobald Apollonius in den Sattel gestiegen war und nach den Zügeln gegriffen hatte, machte Cato mit dem Arm eine winkende Bewegung in Richtung Tor, und die kleine Reiterkolonne trabte, vermehrt um ihre Neuerwerbungen, vom Vorplatz der Villa. Als sie durch das Tor ritten, warf er einen Blick zurück durch die Staubwolke und sah Claudia im Eingang ihrer Villa stehen, die beobachtete, wie Cato und die Männer davonritten. Sie hob zum Abschied die Hand, doch bevor er überhaupt daran denken konnte, wie er reagieren sollte, war es bereits zu spät: Sie hatten das Tor passiert, und die nachfolgenden Reiter waren zu ihm aufgeschlossen und versperrten ihm die Sicht. Mit einem Gefühl des Bedauerns wandte er sich ab. Obwohl sie ihn in Schwierigkeiten bringen konnte und vielleicht sogar eine Bedrohung war, ertappte er sich dabei, wie er über eine Möglichkeit nachdachte, sie wiederzusehen. Es war, als befinde er sich am Anfang eines Weges, der ebenso viele Gefahren wie Glück bringen konnte, und er wusste bereits, dass er die ersten Schritte gehen würde, sobald die Situation es erlaubte.

KAPITEL 15

Während der nächsten beiden Tage sicherten sie sich so viele Pferde, dass sie die etwa achtzig Mann der Reiterei ausrüsten und den Männern zusätzlich zwanzig Ersatzpferde zur Verfügung stellen konnten. Einige Pferdezüchter hatten der Requirierung ihrer Tiere zähneknirschend zugestimmt, doch die meisten waren den Soldaten feindlich gesinnt, und Cato blieb nichts anderes übrig, als ihnen zu drohen, ihnen die Pferde mit Gewalt wegzunehmen. Die Züchter hatten der wachsenden Kolonne aus Menschen und Tieren Beleidigungen und Drohungen hinterhergerufen. Er machte sich keine großen Sorgen über die Dinge, die sie möglicherweise unternehmen könnten. Sollten ihre Freunde in Rom sich jemals gegenüber dem Senat beklagen, hätte Cato den Feind bis dahin schon längst besiegt, und nur wenige würden die Mittel infrage stellen, die er benutzt hatte, um dieses Ziel zu erreichen. Wenn er scheiterte, wären die gegen ihn vorgebrachten Klagen sein geringstes Problem.

Während die Pferde eingesammelt wurden, drillten Centurio Placinus und die anderen Prätorianeroffiziere die Männer der Kohorte gnadenlos. Etwa zwanzig Mann der Hilfstruppen, die älter und weniger fit waren, hatte man in die bescheidene Krankenstation der Festung eingewiesen, und in einem benachbarten Lagerraum waren einige zusätzliche Pritschen aufgestellt worden, um die Verletzten zu versorgen. Der Tagesablauf war derselbe, dem alle Rekruten in den Legionen folgten: Aufstehen in der Morgendämmerung, danach ein Lauf um die Festung und anschließend die Morgeninspektion der Mannschaftsunterkunft. Danach gab es eine hastig gekochte, auf Gerste basierende Schleimsuppe, die für Männer im Training als am besten geeignete Hauptnahrung galt. Nach dem morgendlichen Antreten auf dem Exerzierplatz folgte das Waffen- und Formationstraining. Um die Mittagszeit traten die Männer in voller Ausrüstung und mit der für einen Feldzug notwendigen Kleidung im Gepäck zu ihren Centurien zusammen, und dann brach die Kohorte zu einem Marsch entlang der Küstenstraße auf; auf ihrem Rückweg nahmen sie die anstrengende Route durch die Hügel, woraufhin sie erschöpft in der Festung ankamen. Doch es gab nur wenig Gelegenheit zur Erholung, denn das Abendessen musste gekocht werden, und danach waren Waffen und Ausrüstung zu reinigen, damit die Soldaten bereit waren, das Ganze zu wiederholen, kaum dass der folgende Tag anbrach.

So sehr die Männer ihre Ausbilder im Stillen verfluchten, so stolz waren sie auch, das anspruchsvolle Trainingsprogramm durchzustehen, und sie wollten sich nicht der Schande aussetzen, der Marschkolonne nur noch hinterherzuhumpeln oder verletzt zurückzubleiben und sich von dem Karren auflesen zu lassen, welcher der Kolonne folgte. Die Belastung durch die Hitze wurde noch verschlimmert durch den Staub, den ihre genagelten Stiefel aufwirbelten und der auf die Männer und ihre Ausrüstung herabsank, sodass sie jeden Tag mit einer grauen Patina bedeckt beendeten, die sie vorzeitig gealtert erscheinen ließ, während sie mit steifen Muskeln in ihre Unterkünfte marschierten.

Bei anderer Gelegenheit hätte Cato mit ihnen trainiert und exerziert, denn er war überzeugt davon, dass alle Offiziere so fit und so geschickt mit dem Schwert sein sollten wie die Männer, über die sie das Kommando hatten. Doch es gab zu viele andere Aufgaben, denen er sich widmen musste. Vorräte mussten eingezogen und in die Festungen und an die Außenposten, die das von Feinden kontrollierte Gebiet umgaben, geliefert werden. Jeder Geleitzug musste von genügend Soldaten begleitet werden, um die Briganten von einem Angriff abzuschrecken. Und da gab es auch noch die Berichte, die er von jedem Außenposten angefordert hatte, sowie diejenigen, die von Kaufleuten und jenen Stämmen kamen, die immer noch loyal zum Reich standen. Der Kommandant der Kohorte in Tibula hatte um mehr Zeit zur Vorbereitung seiner Männer gebeten, bevor er seinen neuen Vorgesetzten treffen könne, und Cato hatte ihm die knappe Nachricht schicken müssen, dass er sofort nach Tharros zu kommen hatte. Darüber hinaus machten ihm die spärlichen Berichte über die Seuche Sorgen, die unterdessen bei ihm eingingen; es schien, als habe diese den südlichen Teil der Insel inzwischen fest im Griff. Er hatte diese Information an den Statthalter weitergeleitet und ihm empfohlen, alle betroffenen Städte und Dörfer unter Quarantäne zu stellen, um zu verhindern, dass sich die Seuche weiter ausbreitete. Scurra hatte nicht geantwortet, und sein Schweigen verstärkte Catos Besorgnis.

In jenen seltenen Augenblicken, in denen er sich nicht mit den Einzelheiten seiner neuen Mission und den Plänen für den Feldzug beschäftigte, ertappte er sich dabei, wie er an Claudia dachte. Angesichts der Kürze ihrer Bekanntschaft und der missglückten Art ihrer ersten Begegnung war es seltsam, wie sehr diese Frau seine Aufmerksamkeit fesselte. Er war versucht, ihr eine Nachricht zu schicken und sie zu fragen, ob sie gern einen Ausritt in das Hügelland unternehmen würde, das ihre Villa umgab, doch er verwarf den Gedanken sogleich, als es in der Festung ein neues Problem zu lösen galt. Und so kam es, wie es immer kommt, wenn eine kluge Frau im Spiel ist: Einige Tage, nachdem Cato einige Pferde ihres Gutes requiriert hatte, begegneten sie sich scheinbar zufällig an einem schönen Vormittag am Hafen.

Er hatte gerade ein Geschäft mit einem Getreidehändler über die Lieferung von Gerste und Olivenöl abgeschlossen und schlenderte den Kai entlang, während sein Blick über die vertäuten Schiffe, die geschäftigen Matrosen, Schauerleute und Müßiggänger streifte. Über ihm schwebten vor einem dunkelblauen Himmel kreischende Möwen dahin, die sich manchmal in die Tiefe stürzten, um nach einem weggeworfenen oder übersehenen Stück Futter zu schnappen. Den Refrain eines Marschliedes pfeifend, das er vor vielen Jahren während seiner Zeit bei der Zweiten Legion gelernt hatte, sah er plötzlich Claudia, die, gekleidet in eine einfache gelbe Stola und mit einem Strohhut auf dem Kopf, in die andere Richtung ging. Zwei der germanischen Leibwächter folgten ihr, mehrere Körbe voller Einkäufe in den Händen. Sie sah Cato im gleichen Augenblick wie er sie.

Die Melodie erstarb auf Catos Lippen. Claudias Anblick verstörte ihn, seine gute Stimmung verschwand, und ein plötzliches Unbehagen machte sich in ihm breit. Dann lächelte sie ihn an und nickte grüßend, und sofort verschwand das unangenehme Empfinden wieder. Bevor er es verhindern konnte, hatte er auch schon zurückgelächelt, und sie begrüßten einander wie alte Freunde.

»Du scheinst heute zur Abwechslung mal gut gelaunt zu sein«, bemerkte Claudia.

Cato lachte. »Ich bin nicht immer ein mürrischer Armeeoffizier, weißt du?«

»Ich hatte mich schon gewundert. Aber die gute Laune steht dir. Du siehst wie ein ganz anderer Mensch aus.«

»Was führt dich hierher?«

»Einkäufe. Ich wollte etwas Obst und Fisch besorgen, und der Markt hier bietet eine schöne Auswahl an beidem. Mein Verwalter hat mir angeboten, jemanden loszuschicken, um die Dinge zu besorgen, die ich brauche, aber wo bliebe dann der ganze Spaß? Es war eine gute Gelegenheit, aus der Villa rauszukommen und ein wenig von der nächstgelegenen Stadt zu sehen. So bin ich jetzt hier. Was ist mit dir?«

Cato erklärte ihr, warum er in den Hafen gekommen war, und dann entstand eine kurze Pause, in der beide nichts sagten, sondern nur lächelten.

»Komm«, sagte Claudia. »Man hat mir gesagt, dass es am Ende der Mole ein gutes Gasthaus mit einer Terrasse gibt, von der aus man einen schönen Blick über den Hafen hat. Der Wein soll nicht allzu verwässert sein und das Essen genießbar. Hast du Zeit?«

Cato zögerte. Er dachte an die Besprechung mit Placinus, die er für den Nachmittag angesetzt hatte und bei der er sich über die Trainingsfortschritte informieren wollte, doch es blieb noch genügend Zeit, da er mit dem Getreidehändler schneller als erwartet einig geworden war.

»Warum nicht? Es wäre mir eine Freude. Rom wird eine Stunde oder so auf mich verzichten können.«

»Ich glaube nicht, dass das Reich in deiner Abwesenheit zusammenbricht«, neckte sie ihn.

Sie nahm seinen Arm, während Cato sich einen Weg durch die Menge auf das Ende der Mole zu bahnte. Der Wirt führte die beiden in das Gasthaus, wobei er die Germanen aufmerksam musterte, bevor er die Liste mit den Speisen herunterrasselte, die er heute anzubieten hatte.

»Wir nehmen die in Knoblauchbutter gebratenen Garnelen, dazu Brot, Olivenöl, Garum und einen Krug von deinem Wein hier aus der Gegend«, sagte Cato. Dann hielt er inne und sah Claudia an. »Wenn dir das recht ist.«

»Das ist genau das, was ich auch gewählt hätte, samt Knoblauch und allem.«

»Schön. Wir werden auf der Terrasse essen.«

Der Wirt verbeugte sich und deutete auf eine Treppe an der Seite des Gebäudes. Claudia gab den Germanen mit einer Geste zu verstehen, dass sie sich auf eine der Bänke im Schatten der Markise setzen sollten, und folgte Cato nach oben. Auf der Terrasse standen sechs Tische samt den dazugehörigen Hockern, und Weinranken zogen sich über eine Reihe von gewölbten Holzbalken, wodurch man darunter in einem von einzelnen Sonnenstreifen durchbrochenen Schatten sitzen konnte. Nachdem Claudia Platz genommen hatte, stützte sie ihre Ellbogen auf den Tischrand und faltete die Hände.

»Also, wie kommen deine Pläne für den Feldzug voran?«

»So gut, wie zu erwarten war.«

»So schlecht?«

Cato schenkte ihr ein schiefes Lächeln. »Ich vermute, meine Sorgen sind genau dieselben wie die jedes anderen Kommandanten auf der Welt: Habe ich genügend Männer? Ist die Ausrüstung angemessen? Gibt es für alle den nötigen Nachschub? Ist die Moral gut? Wie kann ich herausfinden, wo der Feind ist und was er vorhat? Im Augenblick ist keine der Antworten auf diese Fragen besonders ermutigend. Aber das wird sich ändern. Mit jedem Tag.«

»Sind Soldaten immer so brummig?«

»Kommandanten sprechen aus, was gesagt werden muss. Richtig brummige Soldaten sind eher in den niedrigen Rängen zu finden, das kann ich dir versichern.«

Der Wirt erschien. Er trug ein großes Tablett mit Speisen in den Händen, das er auf dem Tisch abstellte. Cato griff nach seiner Börse und bezahlte den Mann, wobei er ihm ein ordentliches Trinkgeld gab, denn er hielt es für angemessen, dass jemand, der dem Ritterstand angehörte, ein wenig Großzügigkeit zeigte. Der Wirt grinste und nickte ihm dankend zu, bevor er die Treppe hinab verschwand. Ein kurzer Augenblick der Verlegenheit entstand, in dem keiner wusste, wer den ersten Schritt tun sollte, doch schließlich schöpfte Cato von den Speisen auf Claudias Teller und bediente sich dann selbst.

Die Mahlzeit war köstlich, und die beiden genossen sie stumm, bis Cato bemerkte, dass Claudia mit gerunzelter Stirn an ihm vorbei hinaus auf das Meer blickte.

»Was ist?«

»Schau, dieses Schiff.«

Cato drehte sich um und sah ein Handelsschiff, das sich dem Hafen näherte. Es war nur noch eine halbe Meile vom Kai entfernt, und während die beiden es beobachteten, blähte sich das Segel und begann gleich darauf zu flattern, als sich der Bug in den Wind legte. Eine Handvoll Gestalten auf Deck machte sich an den Segelleinen zu schaffen, während der Steuermann sich abmühte, das Schiff wieder auf Kurs zu bringen.

»Sie wirken nicht sehr fähig, wenn man sie mit den Seeleuten vergleicht, die uns von Ostia hierhergebracht haben«, bemerkte Claudia.

Cato grunzte zustimmend, beschattete die Augen mit seiner Hand und spähte zu dem Handelsschiff hinüber, das ein weiteres Mal vom Kurs abkam. Wieder flatterte das Segel, bevor es dem Schiff gelang, weiter auf den Hafen zuzuhalten.

»Irgendetwas stimmt nicht«, murmelte er.

Jetzt konnte er sehen, dass eine der Gestalten im Bug einen roten Militärumhang trug, der zur Seite geweht wurde, als der Wind sich darin verfing. Ein Soldat ... Ihm fiel ein, dass dies das Schiff aus Carales mit Vestinus und Präfekt Bastillus von der Achten Hispanischen Kohorte an Bord sein könnte. Er schob den Teller beiseite, stand auf und trat an das Geländer, das die Terrasse umgab. Während das Schiff das Ende der Mole passierte, versuchte er, die Gestalten an Deck deutlicher zu erkennen. Als sich das Schiff in den Wind drehte, senkten die wenigen Matrosen unter großen Mühen das Querholz, anstatt das Segel fachgerecht einzuholen. Das große Leinenstück lag unordentlich auf dem Deck; einen Augenblick später klatschte der Anker ins himmelblaue Wasser, und das Schiff schwang in der Brise leicht hin und her. Es gab keine Anzeichen dafür, dass jemand mit dem Skiff, das am Heck befestigt war, ans Ufer fahren würde. Stattdessen winkte der Soldat am Bug mit seiner Hand hin und her, um irgendjemanden im Hafen auf sich aufmerksam zu machen.

»Ich muss los«, sagte Cato, indem er sich an Claudia wandte. »Es tut mir leid, aber ich muss sehen, was da vor sich geht.«

Sie nickte. »Ich warte hier auf dich.«

Er eilte die Treppe hinab, verließ das Gasthaus und lief, sich nach allen Seiten umsehend, den Rand des Kais entlang. Nicht weit von ihm entfernt brachten zwei Fischer gerade ihren morgendlichen Fang an Land; die Schuppen der Fische in ihren Körben funkelten wie frisch geprägte Münzen.

»Ihr da!« Cato deutete auf sie. »Bringt mich zu diesem Schiff. Sofort.«

Einer der Männer senkte den Korb, den er in Händen hielt, und wollte protestieren, doch Cato kletterte bereits die primitive Trittleiter hinab und landete mit schwerem Schritt an Deck des kleinen Bootes. Es schwankte ein wenig hin und her, und er hielt sich am Mast fest, um sich einen sicheren Stand zu verschaffen.

»Los jetzt! Hier ist für jeden von euch einen Sesterz, wenn ihr tut, was ich sage.«

Der Mann, der den Korb hielt, forderte seinen Begleiter auf, sofort das Tau zu lösen, und dann setzten sich
die beiden auf die Ruderbänke und schoben die Ruder in
die Halterungen. Der erste Mann gab den Rhythmus vor,
und sie legten vom Kai ab. Sobald sie ihr Boot auf das
vor Anker liegende Schiff ausgerichtet hatten, legten sie
sich mächtig in die Ruder; ihr Boot setzte sich ruckartig
in Bewegung und glitt zügig über die flachen Wellen des
Hafens dahin. Cato warf einen Blick über seine Schulter
und sah, dass die Leute am Kai ihre Tätigkeiten unterbrochen hatten und das vor Anker liegende Frachtschiff
anstarrten. Claudia beobachtete alles von der Terrasse
aus.

Als sie sich dem Schiff näherten, senkte der Soldat die
Arme, und über das Knarren der Ruderholme und das
Zischen der Ruderblätter hinweg hörte Cato einen Ruf.
Dann hielt der Mann plötzlich inne und war nicht mehr
zu sehen.

»Bringt das Boot längsseits«, befahl Cato.

Die Fischer folgten seiner Anweisung und manövrier-
ten ihr Boot so geschickt, dass es mit seiner Längsseite leicht gegen den Schiffsrumpf stieß. Cato griff nach
der hölzernen Zugangsleiter an der Seite des Schiffs, zog
sich hoch, kletterte über die Reling und sprang an Deck.
Er sah die Körper sofort; einige hockten zusammengekrümmt da, andere lagen flach auf dem Boden. Einige
bewegten sich noch, und ein paar Besatzungsmitglie-
der waren noch auf den Beinen; sie schwankten hin und
her und hielten sich an den Wanten fest. Um die meisten
Körper herum waren Streifen von Erbrochenem, Urin-
pfützen und braune Flecken zu erkennen. Catos erster

Gedanke war, dass Piraten das Schiff angegriffen hatten, doch nirgendwo war Blut zu erkennen.

»Geh!«, rief eine klagende Stimme. »Verschwinde vom Schiff.«

Er wandte sich dem Bug zu und sah den Soldaten mit dem Rücken zur Reling sitzen, den Körper von unkontrollierten Zuckungen geschüttelt.

»Rette dich«, krächzte der Mann.

Cato ging vorsichtig nach vorn, wobei er einen Bogen um die Leiche eines weiteren Soldaten machte, der mit offen stehendem Mund auf dem Rücken lag und mit leeren Augen in den Himmel starrte. Ein Windstoß blies ihm einen entsetzlich sauren Gestank direkt ins Gesicht; er legte sich die Hand über den Mund und kämpfte dagegen an, sich zu übergeben. Cato war nur noch zwei Schritte von dem Soldaten entfernt, als er begriff, was geschehen war. Er fühlte, wie ihm das Blut in den Adern gefror.

»Die Seuche hat diese Männer umgebracht?«, fragte er.

»Ja, Herr.«

»Wer bist du?«

»Galerus, Herr. Oberster Centurio der Achten Hispanischen Kohorte.«

»Dann kommt ihr also aus Carales. Ist Präfekt Bastillus an Bord? Und Vestinus?«

»Vestinus war bereits krank, als er an Bord kam, und er starb am zweiten Tag auf See. Er war einer der Ersten, die von uns gegangen sind, Herr. Der Kapitän wollte den nächsten Hafen anlaufen, aber der Wind schlug um und trieb uns während der nächsten drei Tage aufs Meer hinaus. Noch mehr Männer wurden krank und starben, während wir darauf warteten, dass der Wind erneut umschlagen würde. Als es dann so weit war, hielt sich nur noch die Hälfte der Besatzung auf den Beinen. Und der Kapitän.« Er hielt inne und stöhnte. Dann verkrampfte sich sein ganzer Körper, und er erbrach eine gallengrüne Flüssigkeit, die auf seine Tunika und zwischen seine Beine spritzte. Nachdem er sich etwas erholt und sich den Mund mit dem Handrücken abgewischt hatte, sprach Cato weiter.

»Wie steht es um Carales?«

»Schlecht, Herr. Als wir aufbrachen, gab es bereits Hunderte Tote, und noch mehr brachen täglich in den Straßen zusammen. Ebenso in der Festung. Und hier auf dem Schiff … Du solltest besser gehen.«

Die Vorstellung, die Überlebenden an Bord des Schiffes zurückzulassen, war Cato zuwider, doch er konnte unmöglich voraussehen, wie viele Menschen ihr Leben verlieren würden, wenn er zuließe, dass die Kranken in Tharros an Land gingen. Und jeder Augenblick, den er selbst an Bord blieb, war ein Risiko für ihn. Galerus hatte recht. Er musste gehen, und zwar rasch. Aber zuerst musste er der Besatzung ihre Befehle geben. Er drehte sich um und sah die Männer an, die ihn voller Sorge vom Heck aus beobachteten. Dann rief er sie an.

»Wer von euch ist der Kapitän?«

Ein kleiner, magerer Mann mit O-Beinen hob die Hand. »Das bin ich, Herr. Kapitän Alekandros.«

Indem er den Kranken und Toten an Deck auswich, näherte sich Cato dem Kapitän, sodass niemand sonst seine Worte belauschen konnte. »Alekandros, du kannst nicht in diesem Hafen bleiben. Du musst nach Carales zurückkehren und dortbleiben, bis die Seuche verschwunden ist.«

Der Unterkiefer des Kapitäns sackte herab, und er deutete auf die Männer an Deck, die noch lebten. »Wie, beim Hades, soll ich es denn schaffen, mit viel zu wenig Leuten ein Schiff zu steuern und mich gleichzeitig um die zu kümmern, die noch am Leben sind? Wer bist du überhaupt, dass du glaubst, du könntest mir sagen, was ich tun soll?«

Cato konnte die Angst in der Miene des Mannes sehen und schlug den sanftesten Ton an, den er zuwege bringen konnte. »Ich bin Präfekt Cato, Kommandant der Garnison der Insel. Und ich gebe dir einen Befehl. Ich kann nicht zulassen, dass du hier anlegst, und riskieren, dass du die Seuche weiterverbreitest. Zweifellos verstehst du das.«

Alekandros stöhnte bitter, kratzte sich den Kopf, und seine Schultern sackten herab. »Ich verstehe, Herr.«

»Hast du oder ein anderer der Überlebenden irgendwelche Merkmale der Krankheit?«

Der Kapitän schüttelte den Kopf. »Stephanos hatte Fieber, bevor wir Carales verlassen haben. Das ist alles.«

»Dann wäre es möglich, dass die Krankheit euch verschont. Gibt es irgendetwas, das ihr braucht, bevor ihr wieder aufbrecht? Wasser? Nahrung?«

»Wir haben mehr als genug.«

»Gut. Es gibt noch eine Sache, um die ich dich bitten muss. Melde dich bei dem führenden Offizier der Achten Kohorte, wenn du wieder in Carales bist. Sag ihm, er soll mit allen Männern, die ihm noch geblieben sind, die Stadttore abriegeln. Niemand betritt oder verlässt den

Ort, bis die Seuche verschwunden ist oder neue Anweisungen von mir eingehen. Ist das klar?«

Der Kapitän nickte.

»Mögen die Götter mit dir sein, Alekandros.«

Cato drehte sich um und ging zum Bug, wobei er kurz innehielt, als er Galerus erreicht hatte.

»Viel Glück, Bruder. Ich wünschte, ich könnte mehr für dich tun.«

»Geh, Herr … Das wird schon wieder bei mir.« Der Centurio lächelte matt, doch gleich darauf verzerrte ein quälender Schmerz sein Gesicht. Er übergab sich und hustete heftig. Cato spürte, wie ein wenig Speichel seine Hand und seinen Unterarm traf, und er trat einen Schritt zurück. Galerus biss die Zähne zusammen und gab Cato durch eine Geste zu verstehen, er solle gehen, als er sich erneut übergeben musste.

Es gab nichts, was Cato noch hätte tun können, weshalb er an die Reling eilte, hinüberkletterte und sich ungeschickt in das Fischerboot fallen ließ. Er achtete darauf, sich fern von den Männern zu halten, und setzte sich auf eine winzige, verwitterte Bank im Bug.

»Legt ab und bringt uns zurück zum Kai.«

Die Fischer folgten seiner Anweisung. Der Mann, der ihm am nächsten saß, warf beim Rudern einen Blick über die Schulter. »Was ist auf dem Schiff passiert, Herr?«

Cato antwortete nicht. Er sah auf die Tröpfchen auf seinem Unterarm. Dann beugte er sich rasch zur Seite und wusch seine Hand und seinen Unterarm im Meer ab, bevor er sich wieder aufrecht hinsetzte.

»Hört auf zu rudern!«

Die Fischer warteten auf eine Erklärung, während

Cato gründlich nachdachte. Es stand zu viel auf dem Spiel für ihn, als dass er es hätte riskieren können, an die Anlegestelle zurückzukehren, an der er in das Fischerboot gestiegen war. Er deutete auf eine Treppe am Ende der Mole, wo sich ein kleiner Turm befand, auf dessen Spitze nachts ein Signalfeuer angezündet wurde, um die Schiffe, die noch auf See waren, in den Hafen zu leiten.

»Bringt mich dorthin.«

»Herr?«

»Diskutiert nicht mit mir. Tut es einfach.«

Der Fischer, der ihm am nächsten saß, zuckte mit seinen muskulösen Schultern. »Es ist dein Geld, Herr. Los, mein Junge«, rief er seinem Partner zu. »Tun wir, was er sagt.«

Während das Boot auf das Ende der Mole zuhielt, spürte Cato, wie sich Furcht in seiner Magengrube breitmachte. Wenn die Seuche in Tharros zuschlug, würden viele Tausend Menschen sterben. Es war seine Pflicht, alles zu tun, um das zu verhindern. Selbst wenn es ihn das Leben kosten würde.

KAPITEL 16

Cato warf den Fischern ihre Münzen zu und wartete einen Augenblick, um die Bewegung des Decks abzuschätzen, bevor er über die schmale Lücke zwischen dem Boot und der kleinen Steinplattform am Fuß der Treppe hinwegsprang. Er stieg die Treppe hinauf und ging auf den Turm zu. Der Turmwächter stand im Freien und beschäftigte sich mit einem Rost, der über einem glühenden Holzkohlebecken angebracht war. Der Geruch von Sardinen trieb Cato in die Nase, als er wenige Schritte hinter dem Mann stehen blieb.

»Du da!«

Der Turmwächter drehte sich um, eine Eisenzange in der erhobenen Hand.

»Ich brauche den Turm. Und du musst einen Botengang für mich erledigen.«

»Was?« Der Mann neigte den Kopf zur Seite und runzelte die Stirn.

»Du musst etwas für mich tun«, wiederholte Cato mit lauterer Stimme.

»Ich bin beschäftigt. Ich koche.« Der Turmwächter wedelte mit der Zange hin und her. »Lass mich in Ruhe.«

»Ich habe keine Zeit für so etwas.« Cato zog sein Schwert und kam einen Schritt näher. »Du tust, was ich dir sage, oder ich stutze dich auf die passende Größe zusammen.«

Stumm fixierten die beiden Männer einander einen Augenblick lang. Dann senkte der Turmwächter die Zange und legte sie neben seinen Rost.

»Das ist schon besser.« Cato entspannte sich und deutete auf die Terrasse, von der aus Claudia noch immer die Ereignisse beobachtete. »Siehst du diese Frau? Ich will, dass du zu ihr gehst und ihr sagst, dass ich dringend mit ihr sprechen muss. Los!«

Der Turmwächter warf einen besorgten Blick auf seine Mahlzeit. »Kümmere dich um meine Fische.«

Dann eilte er die Mole hinab davon. Cato sah ihm nach und schob sein Schwert zurück in die Scheide. Dann wandte er den Blick vom Hafen zum Handelsschiff. Er konnte erkennen, wie drei Matrosen am Ankertau zogen. Ein kleiner Wasserfall funkelte in der Sonne, als die gewölbten Ankerbögen aus dem Meer auftauchten und zum Bug hinaufschwebten, bis der Eisenring gegen das Loch schlug und das Tau gesichert wurde. Das Schiff trieb mit dem Wind auf die Mole zu, und einen Augenblick lang war Cato besorgt, dass es auf Grund laufen könnte, bevor es der Besatzung gelang, erneut in See zu stechen. Dann aber hob sich der Querbalken vom Deck, und das daran befestigte Segel flatterte im Wind, während es am Mast aufstieg. Es blähte sich, und der Kapitän eilte zum Heck, um das Ruder zu übernehmen und das Schiff in Richtung des offenen Meeres zu wenden. Cato konnte die Gestalt von Galerus erkennen, der an der Reling lehnte, und er hob den Arm und winkte ihm. Der Offizier der Hilfstruppen winkte zurück und glitt dann wieder auf das Deck.

Plötzlich reizte ein scharfer Geruch Catos Nase, und

er sah, dass eine der Sardinen brannte. Er griff nach der Zange, schob den verkohlten Fisch an den Rand des Rosts und wendete die anderen. Obwohl es noch nicht lange her war, dass er selbst etwas gegessen hatte, war das Aroma verlockend. Er legte drei Fische auf einen Holzteller und setzte sich neben die Tür des Turms. Dann schälte er das Fleisch von den feinen Gräten und aß mit bescheidenem Genuss, während er zusah, wie der Turmwächter das Gasthaus erreichte und Claudia ansprach. Die beiden wechselten ein paar Worte, und schließlich erschien sie unten auf der Straße und folgte ihm die Mole entlang. Die beiden germanischen Leibwächter eilten ihr hinterher, wobei sie wie zuvor die Strohkörbe mit Claudias Einkäufen in den Händen hielten.

Cato beendete seine Fischmahlzeit und wischte sich den Mund mit dem Handrücken ab. Dann hob er die Arme.

»Stopp! Keinen Schritt näher!«

»Verdammt, was ist mit meinen Sardinen passiert?«, fragte der Turmwächter und schritt weiter aus.

»Bleib stehen!«, befahl Cato. »Es sei denn, du willst sterben.«

Der Ton, in dem diese Warnung ausgesprochen wurde, ließ den Mann innehalten, und Cato wandte sich erneut mit so lauter Stimme an die kleine Gruppe, dass alle ihn hören konnten. »Dieses Schiff kam aus Carales. Die Seuche hat die Stadt fest im Griff. Die meisten Menschen auf dem Schiff waren tot oder lagen im Sterben. Deshalb habe ich sie weggeschickt. Ihr dürft nicht näherkommen. Ich war an Bord des Schiffes und in der Nähe der Kranken. Vielleicht habe ich mich bereits angesteckt. Ich kann nicht riskieren, dass das, was in Carales geschehen ist, auch hier geschieht.«

»Was hast du vor?«, fragte Claudia. »Soll ich den Arzt der Kohorte holen?«

»Nein. Ich werde während der nächsten zehn Tage allein bleiben. Wenn ich die Krankheit bereits habe, werden wir das bis dahin wissen. Wenn nichts geschieht, dürfen wir davon ausgehen, dass ich keine Gefahr für andere darstelle. Dann kann ich wieder in die Festung zurückkehren. Vorerst aber will ich hier im Turm unterkommen. Ich möchte, dass du einen deiner germanischen Freunde am anderen Ende der Mole postierst. Er soll niemanden durchlassen, es sei denn, es handelt sich um einen meiner Männer. Dann möchte ich, dass du, sobald es dir möglich ist, in die Festung gehst. Geh zu Placinus und Apollonius und sag ihnen, was geschehen ist. Ich muss so bald wie möglich mit ihnen sprechen. Placinus hat das Kommando, während ich in Quarantäne bin … Hast du so weit alles verstanden?«

Sie nickte. »Ist alles in Ordnung mit dir?«

»Das weiß ich noch nicht. Ich werde dafür sorgen, dass jemand dich benachrichtigt, falls irgendetwas passiert. Und jetzt geh bitte … Nein, warte. Kannst du für diesen Mann eine Unterkunft finden, solange ich seinen Turm nutze?«

»Er kann in der Villa bleiben.«

Der Turmwächter sah von Claudia zu Cato. »Was soll das heißen? Ich soll mein Zuhause verlassen? Nein! Ich gehe nirgendwohin. Ich will, dass du verschwindest. Lass mich in Ruhe essen, was von meinen verdammten Sardinen noch übrig ist!«

Claudia nahm ihn am Arm und zog ihn weg, während er immer weiter protestierte. Einer der germanischen Leibwächter packte ein Stück seiner Tunika in seinem Nacken und steuerte ihn mit festem Griff entlang der Mole in den Hafen, wo sich eine kleine Menschenmenge versammelt hatte, um Zeuge der ungewöhnlichen Ereignisse zu werden. Cato war überzeugt davon, dass bereits Gerüchte die Runde machten, die schneller waren als jede Seuche und auf lange Sicht fast genauso gefährlich. Es wäre seinem geplanten Feldzug nicht gerade dienlich, wenn sich Panik in den Straßen von Tharros breitmachte. Aber natürlich wäre es noch schlimmer, wenn sich die Krankheit wirklich im Hafen festsetzen würde. Läden und Handelskontore würden schließen, die Menschen würden sich in ihre Häuser zurückziehen, und schon bald würden die Lebensmittel knapp, wobei es während der ganzen Zeit immer mehr Tote gäbe und der Verwesungsgestank noch zusätzlich zum Leid der Stadtbewohner beitragen würde. Es war besser, wenn alle Bescheid wüssten über das Frachtschiff aus Carales und darüber, dass er den Entschluss gefasst hatte, sich zu isolieren, anstatt das Leben der anderen aufs Spiel zu setzen. Die Menschen mussten davon überzeugt werden, dass jene, die sie führten, das Risiko mit ihnen teilten und sich selbst derselben Gefahr aussetzten, welche alle bedrohte.

Während er auf Placinus und Apollonius wartete, aß er die restlichen Sardinen und inspizierte die Unterkunft des Turmwächters. Im Erdgeschoss lagerte das Brennmaterial für das Signalfeuer. Holzscheite und Anmachholz waren, zusammen mit einigen kleinen Fässern Pech, fein säuberlich entlang der Wände aufgestapelt. Eine Leiter führte hinauf in das Wohnquartier im Stockwerk darüber. Der Turmwächter war ein ordentlicher Mann; seine zusätzliche Kleidung hing an mehreren Haken neben der Leiter, die auf die Spitze des Turms führte. Es gab eine bequeme zusammengerollte Bettdecke und einen Hocker neben einem niedrigen Tisch, auf dem Seite an Seite geordnet einige scharfe Messer, Meißel und ein kleiner Hammer lagen und dazu das Werk, an dem der Mann gerade arbeitete, der schön geschnitzte Kopf und Hals eines Pferdes, die aus einem Holzblock ragten. Cato kletterte die letzte Leiter hinauf und trat hinaus auf das Dach des Turms. Über der hüfthohen Brüstung erhob sich ein Schindeldach mit einem Rauchabzug in der Mitte. Darunter stand das Kohlebecken in Form eines Korbes aus Eisengitter von vier Fuß Durchmesser. In einer Ecke befanden sich Holzscheite und das übrige Brennmaterial; das nächtliche Feuer war bereits vorbereitet. Mit einem flauen Gefühl im Magen begriff Cato, dass es seine Aufgabe sein würde, während seiner Quarantäne das Signalfeuer jede Nacht am Brennen zu halten.

Er beugte sich über die Brüstung, blickte hinaus aufs Meer und sah, wie Alekandros' Schiff über die Wellen glitt. Es war inzwischen mindestens zwei Meilen entfernt und hatte noch immer keinen südlichen Kurs eingeschlagen. Vielleicht wollte der Kapitän einen breiten Meeresstreifen zwischen sich und das Land bringen, weil er nur noch so wenige Matrosen hatte. Cato sprach ein rasches Gebet an Neptun, damit das Schiff sein Ziel sicher erreichen und der Kommandant der Kohorte von Carales seine Befehle bekommen würde – wer immer das inzwischen auch sein mochte. Nur die Götter wussten, welches Chaos die Seuche im Süden der Insel anrichtete, und es war von entscheidender Bedeutung, dass die Region so wirkungsvoll wie möglich unter Quarantäne gestellt wurde, damit der Rest der Provinz verschont würde und sich die Seuche nicht nach Italien und darüber hinaus verbreiten konnte.

Es war bereits spät am Nachmittag, als er erkannte, wie Claudia mit Placinus und Apollonius zurückkam. Er hatte nicht erwartet, dass sie die beiden begleiten würde, doch es freute ihn, sie zu sehen. Er stieg die Leitern hinab, trat am Fuß des Turms ins Freie und wartete, bis die drei so nahe waren, dass sie ihn trotz der sich brechenden Wellen auf der anderen Seite der Mole hören konnten.

»Bleibt zurück«, wies er sie an, als sie noch zwanzig Fuß entfernt waren. »Kommt nicht näher.«

Sie blieben stehen, und Placinus runzelte die Stirn. »Ist das nötig, Herr?«

»Wir wollen lieber vorsichtig sein.«

»Wie nahe bist du den infizierten Männern auf dem Schiff gekommen?«, fragte Apollonius.

»Nahe genug. Ich werde vorerst hierbleiben, bis ich sicher bin, dass für andere kein Risiko besteht. Es wird nötig sein, dass man mir jeden Tag etwas zu essen und zu trinken bringt. Und einige Kleider zum Wechseln.«

»Das kann ich übernehmen«, sagte Claudia.

»Das ist nicht nötig, meine Dame.« Placinus schüttelte den Kopf. »Ich werde einen der Männer …«

»Ich sagte, ich übernehme das«, entgegnete sie in scharfem Ton. »Ich bin mir sicher, dass ihr Besseres mit eurer Zeit anfangen könnt, du und deine Männer.«

»Aber …«

»Vorsicht, Centurio.« Cato grinste. »Ihr Biss ist schlimmer als ihr Bellen.«

Er ignorierte ihre wütende Miene, indem er sich die Liste der Pflichten für die beiden Männer ins Gedächtnis rief, die er im Kopf vorbereitet hatte. Zunächst informierte er sie über die Befehle, die er Alekandros für die Kohorte in Carales mitgegeben hatte. »Wir können uns jedoch nicht darauf verlassen, dass das Schiff es in den Hafen zurückschafft. Ich möchte, dass eine Nachricht an die Kohorte geschickt und ihr darin befohlen wird, die Stadt unter Quarantäne zu stellen. Schärft dem Boten ein, dass er zu jedermann Abstand halten muss. Wenn er von irgendjemandem berührt wird, der aussieht, als könnte er krank sein, muss er in Carales bleiben, bis die Seuche vorüber ist. Ich will, dass berittene Patrouillen die Straßen überwachen, die aus der Stadt nach Norden führen. Niemand darf den Ort verlassen. Jeder, der es versucht, wird zurückgeschickt. Sollte der Betreffende Widerstand leisten, müssen Pfeile und Speere gegen ihn eingesetzt werden. Es ist nicht sinnvoll, solchen Personen so nahe zu kommen, dass man das Schwert gegen sie verwenden kann. Ihr müsst den Männern der Patrouillen unbedingt klarmachen, wie leicht die Krankheit übertragen werden kann und dass sie, wenn es zu einer Übertragung kommt, auf sich allein gestellt sind.«

Placinus saugte zischend Luft ein. »Sie werden ihre Kameraden nicht so einfach im Stich lassen wollen, Herr.«

»Das ist mir scheißegal. Es ist eure Aufgabe, ihnen zu verdeutlichen, wie gefährlich es ist, wenn wir zulassen, dass sich die Krankheit über die Insel ausbreitet. Ihre eigenen Familien und jeder, den sie kennen, werden den Preis dafür bezahlen, wenn sie die Aufgabe vermasseln.«

»Ja, Herr.«

»Welchen Einfluss hat das auf die Planung des Feldzugs?«, fragte Apollonius.

Cato dachte kurz darüber nach. »Es sollte keine besonders großen Auswirkungen haben. Ich möchte, dass du mir täglich Bericht erstattest. Wir werden alles besprechen, was unserer Aufmerksamkeit bedarf, und du kannst Placinus in der Festung informieren. Centurio, du hast während meiner Abwesenheit das Kommando. Ich will, dass du weiter unsere Infanterie ausbildest. Nimm sie hart ran, sodass wir unverzüglich gegen den Feind marschieren können, sobald meine Quarantäne zu Ende ist. Sorg dafür, dass unsere Außenposten früh genug die nötigen Vorräte bekommen. Und lass den Präfekten der Vierten Illyrischen Kohorte zu mir führen, wenn er eintrifft. Ist alles so weit klar?«

»Ja, Herr.«

Alle schwiegen einen kurzen Augenblick, bevor Cato schließlich fortfuhr. »Das wäre vorerst alles. Ihr macht euch wohl besser gleich an die Arbeit.«

»Und was ist mit dir?«, fragte Apollonius.

»Ich werde es mir hier bequem machen. Ich vermute, wenn die zehn Tage vorbei sind, werde ich ganz geschickt im Schnitzen sein.«

Der Spion hob eine Augenbraue.

»Nicht so wichtig.« Cato zwang sich zu einem Lächeln. »Es wird mir gut gehen. Man soll mir am Morgen und am Abend etwas zu essen bringen. Dann kannst du mich auch informieren. In Ordnung?«

Apollonius nickte und ging, gefolgt von Placinus, davon. Claudia blieb noch einen Augenblick. Sie starrte ihn besorgt an. »Achte gut auf dich, Cato. Sag es mir, falls du dich nicht wohl fühlst, wenn ich mit dem Essen komme. Ich lasse dann sofort den Arzt der Kohorte herschicken.«

Er schüttelte den Kopf. »Wenn das passiert, werde ich selbst damit fertigwerden müssen. Niemand sonst. Verstanden? Du nicht. Niemand.«

Sie biss sich auf die Unterlippe und seufzte dann. »Wie du willst.«

Er nickte ihr kurz zum Abschied zu, ging in den Turm zurück und schloss die Tür hinter sich.

Vier Tage lang lief alles glatt mit seiner Quarantäne. Claudia kam tagsüber zu ihm und brachte ihm einen Korb voller Speisen. Am ersten Tag hatte sie zusätzlich eine weitere Tunika dabei und am zweiten einen Band Gedichte aus der Bibliothek in ihrer Villa. Jedes Mal blieb sie eine Weile, um sich mit ihm zu unterhalten; dabei saß sie mit untergeschlagenen Beinen in sicherer Entfernung von ihm.

Cato schlug das Buch auf und sah sie mit schiefem Lächeln an. »Catull?«

»Warum nicht? Kannst du dir eine Lektüre vorstellen, die besser geeignet wäre, einem Mann das Herz zu wärmen, während er in Quarantäne ist?«

»Gibt es irgendwelche besonderen Verse, die du empfehlen würdest?«

»Nimm einfach die, bei denen die Seiten abgenutzter sind als bei den übrigen.«

Beide lachten. Dann sah Cato sie mit ernsterer Miene

an. »Wenn das hier vorbei ist – der Feldzug, meine ich –, würde ich dich gern besser kennenlernen. Du bist ein interessanter Mensch, Claudia Acte.«

»Interessant? Das ist ein sehr sorgfältig gewähltes Wort.« Sie tippte mit einem Finger gegen ihr Kinn. »Wie soll ich es verstehen? Bist du interessiert an meinem Geist, meiner Persönlichkeit, meinem nicht unbeträchtlichen Vermögen, meinem Aussehen?«

»Ich könnte mich auf jede dieser Qualitäten einigen und würde die übrigen als ein Füllhorn unerwarteter Zugaben zu schätzen wissen.«

Sie schnaubte vor Vergnügen, und ein Lächeln ließ ihr Gesicht erstrahlen, sodass Cato verstehen konnte, wie es ihr gelungen war, einen Kaiser für sich zu gewinnen.

»Mein lieber Präfekt Cato, du hast eine vergoldete Zunge wie der öligste Politiker. Ich bin sicher, du wirst es mit deiner Karriere noch viel weiter bringen, wenn du die Gelegenheit dazu bekommst.« Sie stand auf. »Doch jetzt muss ich deinen Schmeicheleien widerstehen und in die Villa zurückkehren. Im Garten ist noch sehr viel zu tun.«

»Möchtest du nicht noch ein wenig bleiben?«

»Nein. Ich finde, dass Männer am fügsamsten sind, wenn man die Dinge, die ihnen Vergnügen bereiten, rationiert.«

»Du spielst mit mir.«

»Natürlich tue ich das.« Sie lächelte und ging davon – so langsam, dass sie sicher sein konnte, sein Blick würde ihr bis ans Ende der Mole folgen.

Als Apollonius später an jenem Nachmittag eintraf, streiften die Strahlen der untergehenden Sonne die Westküste der Insel und ließen die Dachziegel auf den Gebäuden der Stadt funkeln wie das Herz eines Rubins. Cato erwartete ihn bereits. Sie tauschten nur einige wenige einleitende Bemerkungen aus, und dann berichtete der Spion über die Lage in der Festung.

»Die Patrouillen wurden ausgeschickt, um Carales und die unmittelbare Umgebung der Stadt vom Rest der Insel abzuschneiden.«

»Ich hoffe, sie kommen noch rechtzeitig und können verhindern, dass sich die Seuche weiter ausbreitet.«

»Das werden wir schon bald erfahren. Ein Bote aus Tibula ist eingetroffen. Der Präfekt der Vierten Illyrischen ist unterwegs. Er entschuldigt sich für die Verzögerung und behauptet, der Statthalter habe ihn aufgehalten. Er sollte morgen eintreffen. Ich werde ihn direkt zu dir bringen.«

»Gut.«

»Gibt es sonst noch etwas, das du hier brauchst? Irgendetwas, um dir die Zeit zu vertreiben?«

Cato dachte einen Augenblick darüber nach und schüttelte dann müde den Kopf. »Ich glaube, ich habe alles, was ich brauche.«

»Schön. Dann sehen wir uns morgen.«

Als Apollonius davonging, hob Cato die Hand und rieb sich die Stirn. Sein Kopf schmerzte, was er darauf zurückführte, dass er zu lange in der Sonne gesessen hatte. Jetzt, da die Sonne unterging, fühlte er die erste Abendkühle, und er zitterte einen Augenblick lang, bevor er den Turm betrat und die Leitern hinaufstieg, um das Signalfeuer zu entzünden.

KAPITEL 17

Cato erwachte mitten in der Nacht. Schauer liefen durch seinen Körper, und ihm war übel. Draußen pfiff der Wind um den Turm, und die Wellen schlugen in einem stetigen Rhythmus gegen die Felsen der Mole. Er setzte sich stöhnend auf und zog sich die Decke des Turmwächters um die Schultern. Dann schwang er die Füße aus dem Bett und versuchte aufzustehen. Seine Beine fühlten sich wie Gelee an und er zitterte, während er darum kämpfte, sich zu erheben. Nach einer, wie es ihm vorkam, geradezu gewaltigen Anstrengung stand er schwankend da und musste sich an, der Steinwand abstützen, um Halt zu finden.

»Das Signalfeuer«, murmelte er leise. Die Flammen brauchten neue Nahrung, und er wusste, er musste auf das Dach des Turms klettern, um die Aufgabe zu erledigen, für die er die Verantwortung übernommen hatte. Entschlossen biss er die Zähne zusammen, schlurfte zur Leiter und erklomm mühsam eine Sprosse nach der anderen, bis er die Plattform erreicht hatte, die in die rote Glut der Flammen getaucht war, welche in ihrem Korb aus Eisengitter flackerten. Angesichts der kalten Schauer, die seinen Körper peinigten, bot ihm die Wärme ein wenig Erleichterung. Er ging zu den Holzscheiten und begann, einige davon ins Feuer zu werfen. Jedes neue Holzstück löste eine Funkenexplosion aus.

Als sich eine mächtige Flamme gebildet hatte, ging er in jene Ecke des Turms, die dem offenen Meer am nächsten war, und ließ die Hitze seinen Rücken durchdringen. Weit entfernt im Südwesten hing die Mondsichel tief am Himmel und überzog die Wellen, die in der Dunkelheit heranströmten, mit ihrem glitzernden Strahl. Die schwarze Masse der Küste zu beiden Seiten ließ bis auf das schwache Glimmen der Lampen in den Fenstern ferner Häuser keine Einzelheiten erkennen. Er wandte sich in die Richtung, in der Claudias Villa lag, und bemühte sich, dort irgendein Lebenszeichen zu finden, konnte aber nichts entdecken, weshalb er sich wieder dem Meer zuwandte. Die salzige Luft, das Geräusch der sich brechenden Wellen und das wie Stahl schimmernde Waser halfen ihm ein wenig. Trotz seines Fiebers war dies ein Augenblick heiterer Gelassenheit, und er war froh, dass er ihn ganz für sich allein hatte.

Dann fühlte er, wie seine Därme sich plötzlich verkrampften. Er beugte sich über die Brüstung und begann zu würgen und immer weiter zu würgen, und schließlich erbrach er sich mehrmals, bis er das Gefühl hatte, völlig ausgewrungen zu sein. Er verharrte vornübergebeugt mit weit offenem Mund und versuchte, den letzten Speisekrümel loszuwerden, der noch in seinem Magen sein mochte. Sein Kopf hämmerte, und heftiges Unwohlsein und Selbstmitleid vertrieben die entspannte Ruhe, die ihn noch einen Augenblick zuvor erfüllt hatte. Und er machte sich Sorgen. Wenn das die Krankheit war, die er auf dem Schiff gesehen hatte, war er eine Gefahr für die Menschen von Tharros, die in dieser Nacht noch friedlich schlummerten. Er musste dafür sorgen, dass er wach sein würde, wenn Claudia am Morgen mit seiner Verpflegung kam. Er wollte auf keinen Fall, dass sie nach ihm rief und, wenn er nicht antwortete, in den Turm kam, um ihn zu suchen.

»Scheiße.« Er stöhnte, und wieder durchliefen trotz des Feuers Kälteschauer seinen Körper. Er häufte so viele Holzscheite auf, dass die Flamme bis zur Morgendämmerung Nahrung finden würde, und dann wappnete er sich, die Leiter zur Unterkunft des Turmwächters hinabzusteigen. Als er den Fuß der Leiter erreicht hatte, hielt er inne, denn von einer neuen Woge der Übelkeit erfüllt, wurde ihm schwindelig. Sein Innehalten schien seinen Zustand jedoch nur zu verschlimmern. Also löste er seine Hände von den Holmen und stolperte zur Öffnung, die in den Lagerraum führte. Unter großen Mühen kletterte er auch diese Leiter nach unten und öffnete dann die Tür auf die Mole, wobei er ein Holzscheit als Keil benutzte, damit sie offen blieb. Er sah sich um und erkannte mehrere Strohmatten und alte Weidenkörbe. Er ließ sich darauf fallen, rollte sich zu einer Kugel zusammen und zog seinen Militärumhang über sich.

In seinem ganzen Leben hatte er sich nie so krank gefühlt, und er fragte sich, ob das das Ende war. Der Gedanke, allein im Haus eines Fremden zu sterben, trug ebenso zu seinem Elend bei wie die Vorstellung, Lucius nie wiederzusehen. Nicht dabei zu sein, wenn sein Sohn zum Mann heranwuchs, und die vielen Erfahrungen, die er im Laufe seines Lebens gesammelt hatte, nicht mit dem Jungen teilen zu können. Die Aussicht, keine Gelegenheit mehr zu bekommen, seinem Sohn zu sagen, wie sehr er ihn liebte und schätzte, lastete auf ihm wie ein Berg. Sein Elend erreichte neue Tiefen, während er, die

Knie angezogen, auf der Seite lag, bei jedem quälenden Pochen in seinem Kopf zusammenzuckte und sich bemühte, bis zum ersten Tageslicht wach zu bleiben, wenn Claudia kommen und ihm die Verpflegung für den Tag vorbeibringen würde.

Etwa eine Stunde später wurde aus den eisigen Schauern ein hitziges Fieber, und der Schweiß rann ihm über das Gesicht. Zitternd warf er die Decke von sich und lag ausgestreckt auf dem Rücken. Nach dem vielen Erbrechen war seine Kehle rau und fühlte sich wie zugeschnürt an, und nachdem er sich etwas Wasser eingeschenkt hatte, fiel es ihm schwer, es zu schlucken. Das Kältegefühl und das Zittern kamen wieder, und er stöhnte voller Verzweiflung, als er erneut die Decke über seinen schwitzenden Körper zog und die Augen schloss. Er betete zu den Göttern, dass sie sein Leben verschonten und die quälenden Schmerzen endeten.

»Cato.«

Die leise Stimme durchdrang einen Albtraum, in dem er fern allen Lichts langsam in einer dunklen Grube ertrank.

»Cato!«

Jetzt war die Stimme näher, eindringlicher und unüberhörbar weiblich. Cato bewegte sich und stieß ein wirres Murmeln aus. Sein Mund war trocken, und seine Zunge fühlte sich geschwollen und rau an. Er versuchte, etwas Speichel zu sammeln, um Zunge und Lippen zu befeuchten, damit er deutlicher sprechen konnte.

»Wer … wer ist da?«

»Ich bin es, Claudia. Du siehst schrecklich aus.«

»Claudia ...« Einen Augenblick konnte er nicht begreifen, was der Name bedeutete. Es fiel ihm schwer, klar zu denken, als sei es eine außerordentlich mühsame Aufgabe, einen Eindruck mit einem anderen zu verbinden. Er erinnerte sich an sie. Er erinnerte sich daran, dass es für ihn von entscheidender Bedeutung gewesen war, wach zu bleiben. Doch dann war er schwach geworden und hatte zugelassen, dass er einschlief. Was war der Grund, warum er unbedingt hatte wach bleiben wollen? Und dann wurde ihm alles so schlagartig klar, als träfe ihn ein Blitz aus heiterem Himmel. Er öffnete die Augen und versuchte, sich aufzusetzen. Er sah, wie sie sich neben ihn kauerte, hinter ihr die offene Tür und dahinter der Decurio der germanischen Leibwache mit zweien seiner Männer, die ein Bettgestell trugen, an dem eine dicke Matratze befestigt war. Der Himmel war bedeckt, und in der Ferne durchdrang ein einzelner Sonnenstrahl die Wolken und tauchte einen Teil eines bewaldeten Hügels in leuchtendes Grün.

»Psst. Bleib liegen und ruh dich aus.« Sie drückte sanft gegen seine Schulter, sodass er wieder gegen die Strohmatten sank. Jetzt konnte er den sauren Gestank seines Erbrochenen riechen und, schlimmer noch, den Kotgestank, der daher kam, dass sein Darm sich entleert hatte. Beschämt wandte er das Gesicht ab.

»Lass mich. Geh, bevor es zu spät ist.«

»Sei kein Narr. Du brauchst Hilfe. Wenn du in diesem Zustand hier allein bleibst, wirst du sicher sterben.«

»Und wenn du jetzt nicht gehst, wirst du mein Schicksal teilen. Verschwinde.«

»Ich bin jetzt hier, also werde ich auch bleiben.«

»Nein«, sagte Cato schwach. Im Stillen verfluchte er sich, weil es ihm nicht gelungen war, wach zu bleiben und sie zu warnen.

Sie stand auf, ging zur Tür und rief dem Centurio zu: »Der Präfekt ist krank.«

Der Decurio zuckte zusammen. »Meine Dame, geh weg von ihm!«

»Es ist zu spät. Inzwischen bin ich selbst gefährdet und muss ebenfalls in Quarantäne bleiben. Informiere die Männer in der Festung. Und bevor du gehst, stell das Bett vor die Tür. Von da aus kann ich es selbst hier hereinschaffen. Und sorg dafür, dass mir einer der Männer neue Kleider aus der Villa bringt, dazu Tuniken zum Wechseln für den Präfekten. Darüber hinaus brauche ich Decken, einen Eimer, Schwämme und Wasser. Hast du das alles verstanden?«

»Ja, meine Dame, aber ...«

»Ich habe dir gesagt, was zu tun ist. Also, fang an. Das Bett zuerst.«

Sie trat von der Tür weg, als der Decurio mit bellender Stimme einen Befehl gab, und dann eilten die beiden Germanen mit dem Bett nach vorn und stellten es direkt vor die Tür. Danach befahl ihnen der Decurio, sich über die Mole zurückzuziehen. Claudia verließ den Vorratsraum, und einen Augenblick später erklang ein schabendes Geräusch. Cato drehte sich zur Seite und sah, dass sie das Bett durch die Tür zog. Sie manövrierte es an das Ende des Raumes und schob es gegen die Wand.

»So, besser bekomme ich es nicht hin. Wir werden mit diesem Raum auskommen müssen, da wir weder dich noch das Bett die Leiter hinaufschaffen können.«

Wieder befeuchtete Cato seine Lippen. »Was tust du, du Närrin?«

Sie trat vor ihn, die Hände in die Hüften gestützt, den Kopf auf die Seite gelegt. »So spricht man nicht mit dem Menschen, der dich während der nächsten Tage versorgen wird. Ich würde vorschlagen, du arbeitest an deinen Manieren, Präfekt.«

Cato begriff, dass es inzwischen zu spät war, sie wegzuschicken, obwohl ihre Anwesenheit ihn frustrierte. Sie würde mehrere Tage ausharren müssen, bis feststand, dass sie nicht selbst krank wurde. Die düsterste Aussicht war, dass sie sich ebenso anstecken würde wie er. Dann wäre er in seinem gegenwärtigen Zustand nicht in der Lage, etwas für sie zu tun.

»Claudia, du musst gewusst haben, dass irgendetwas nicht in Ordnung war, als ich nicht aus dem Turm gekommen bin, um dir entgegenzugehen.«

»Natürlich wusste ich es. Das ist auch der Grund, warum ich dich gesucht habe. Und das war wirklich angebracht. Denn du brauchst jemanden, der sich um dich kümmert.«

Angesichts dieser Vorstellung stürzte erneut eine Woge der Scham auf Cato ein. Dann musste er sich plötzlich wieder erbrechen. Sofort sah Claudia sich um, sah einen Eimer und eilte davon, um ihn zu holen. Cato war zu schwach, um sich aufzusetzen und sich darüber zu beugen, weshalb sie ihn mit einem Arm stützte und ihm in den Phasen zwischen den Brechanfällen, die seinen gequälten Körper schüttelten, über die feuchten Locken strich.

»Ich bin jetzt hier, Cato. Ich kümmere mich um dich. Jemand muss das einfach tun.«

Als er fertig war, half sie ihm, zum Bett zu gehen und sich darauf auszustrecken. Das Atmen fiel ihm schwer, und sie sah voller Mitgefühl auf ihn hinab. »Als Erstes werde ich dich säubern müssen. Du siehst aus wie etwas, das ein Straßenköter aus der Großen Kloake in Rom gefischt hat.«

»Ich danke dir vielmals«, murmelte Cato.

Sie seufzte. »Dann mache ich wohl besser ein wenig Wasser warm. Du kannst so lange schlafen.«

Sie nahm etwas Anmachholz und einige Holzscheite und ging nach draußen, um unter dem Gitter im Kohlebecken, wo der Turmwächter seine Sardinen gebraten hatte, Feuer zu machen. Cato sah ihr einen Augenblick lang zu, bevor die Erschöpfung ihn überwältigte und er in einen tiefen, traumlosen Schlaf fiel.

Tage und Nächte vergingen in einem verwirrenden Nebel aus Schmerzanfällen, Delirien und einzelnen Augenblicken geistiger Klarheit. Manchmal war Cato bei Bewusstsein, doch es kam ihm so vor, als triebe er fern der Welt, die er gekannt hatte, im Leeren dahin. Erinnerungen wurden übergangslos zu Albträumen und wieder zu Erinnerungen. Einmal kam seine tote Frau Julia zu ihm, das Gesicht höhnisch verzerrt, während sie in spöttischem Ton über ihre Liebhaber sprach und dann versuchte, ihn mit einer Nackenrolle zu ersticken. Er erwachte plötzlich, setzte sich auf und spähte mit weit aufgerissenen Augen umher, während er nach Luft schnappte und ihm der Schweiß über die Stirn lief. Etwas regte sich in der Dunkelheit; jemandes Hände drückten ihn sanft nach unten, bevor ein kühles, feuchtes Stück Stoff beruhigend über seine Stirn strich und er wiederum das Bewusstsein verlor, ohne dass er hätte sagen können, ob das Letzte, was er empfand, ein Kuss auf die Stirn war oder ob er diesen Kuss nur träumte.

Eines Tages wachte er um die Mittagszeit auf. Sein Kopf war klar, seine Gedanken zusammenhängend. Er öffnete die Augen und sah zu den Balken hinauf, die sich über die Decke des Lagerraums zogen. Von draußen erklang der raue Schrei der Möwen, und er drehte den Kopf zur Tür, wobei er angesichts der Steifheit in seinem Nacken zusammenzuckte. Der Himmel war wolkenlos und schien von einem unwirklichen Blau erfüllt. Er hörte, wie draußen jemand sprach.

Er sammelte alle seine Kräfte, drehte sich auf die Seite und drückte sich auf einem Ellbogen hoch. Er sah, dass er eine hellblaue Wolltunika trug und in einem Bett lag. Es dauerte einen Augenblick, bevor er sich daran erinnerte, wie die Germanen das Bett zum Turm gebracht hatten. Er biss die Zähne zusammen, setzte sich auf und senkte die Füße auf den Boden. So weit, so gut. Er war am Leben, und er hielt einen Augenblick inne, um sich stumm bei Asklepius zu bedanken. Dann fiel ihm Claudia ein, und widersprüchliche Gefühle erfüllten ihn: Er empfand Schuld angesichts des Risikos, das sie mit seiner Pflege eingegangen war, und Dankbarkeit, weil sie ihm das Leben gerettet hatte. Ohne sie wäre er höchstwahrscheinlich an Hunger und Durst zugrunde gegangen, als das Fieber ihn bewegungsunfähig gemacht hatte.

Er drückte seine Hände rechts und links neben seinen Oberschenkeln auf die Bettkante, schob sich hoch und stand unsicher auf. Er war schockiert darüber, dass seine

Beine noch immer unkontrolliert zitterten, als er durch den Vorratsraum stolperte und sich gegen den Türrahmen lehnte. Draußen sah er Claudia und Apollonius in einiger Entfernung voneinander an der Kante der Mole sitzen. Sie hatten ihm den Rücken zugedreht und unterhielten sich.

Er räusperte sich. »Besteht die Chance, dass ich irgendwoher einen Becher Wein bekomme?«

Die beiden drehten sich um, und Apollonius stand breit grinsend auf. Catos Blick wandte sich Claudia zu, und erschrocken sah er, wie abgehärmt ihre Züge waren.

»Du solltest noch nicht auf sein«, sagte sie. »Du siehst so schwach aus wie ein kleines Kätzchen.«

»Wenn ich mich hinsetze, ist alles wieder in Ordnung.« Er trat aus dem Turm und ließ sich auf einem der Hocker nieder, die der Turmwächter dort an die Wand gestellt hatte. »Das ist besser.«

»Wie fühlst du dich?«, fragte Apollonius.

»Schrecklich. Die nächste dumme Frage bitte.«

Der Spion lachte. »Offensichtlich gut genug, damit sich wenigstens das bemerkbar macht, was du unter Humor verstehst.«

»Wenn du nichts anderes fertigbringst, als mich zu beleidigen, kannst du genauso gut verschwinden.«

Mit einem Ausdruck gespielten Entsetzens im Gesicht drehte sich Apollonius zu Claudia um. »Ich muss mich für meinen Vorgesetzten entschuldigen. Seinen Mangel an scharfsinnigem Witz und guten Manieren macht er wett durch … durch irgendeine andere Qualität, die mir gerade nicht einfällt.«

Claudia ging zu Cato und legte ihm die Hand auf die Stirn. Ihre Handfläche fühlte sich kühl und beruhigend an. »Das Fieber scheint endlich gesunken zu sein.«

Als sie sah, dass er zitterte, ging sie in den Turm und kam mit einem Umhang wieder, den sie um seine Schultern legte.

»Den brauche ich nicht. Es ist ein warmer Tag.«

»Tu's einfach. Für meinen Seelenfrieden. Ich werde mich jetzt um den Wein kümmern. Ich habe oben welchen gesehen. Ich könnte selbst einen Becher gebrauchen.« Sie verschwand wieder im Turm, und Cato hörte, wie die Leiter knarrte, als sie ins erste Obergeschoss stieg.

»Wie viele Tage sind vergangen, seit ich krank geworden bin?«

»Fünf.«

Er fühlte, wie sein Puls wegen seiner Sorgen schneller schlug. »Was ist während meiner Abwesenheit passiert?«

»Schauen wir mal … Placinus hält die Kohorte für marschfähig. Der Nachschub hat die Außenposten sicher erreicht. Es gab einen Versuch, den letzten Geleitzug zu überfallen, aber die Hilfstruppen haben die Angreifer mühelos zurückgeschlagen. Ich habe die Männer ausgesucht, die ich zu Kundschaftern ausbilden will. Zehn, alles in allem. Gute Reiter und zähe Burschen. Einige hielten sich sogar für so gut in Form, dass sie dachten, sie könnten mich unterkriegen.« Apollonius' Mund verzog sich zu seinem typischen schiefen Lächeln. »Sie mussten lernen, dass das Gegenteil zutrifft.«

»Ich hoffe, die Lektion war nicht zu schmerzhaft.«

»Verletzter Stolz und einige Beulen an manchen Köpfen, das war alles. Ich bringe ihnen ein paar meiner Tricks bei, die sie am Feind ausprobieren können, sobald sich die Gelegenheit dazu ergibt. Es freut mich, dass sie so schnell bereit sind, auf schmutzige Weise zu kämpfen. Ich habe Angst um die Einheimischen, wenn sie sich jemals auf eine Schlägerei mit meinen Jungs einlassen sollten.«

»Wie ist die Lage in Carales?«

Apollonius' Lächeln verschwand. »Es sieht schlecht aus, fürchte ich. Einer der Boten hat uns gestern Bericht erstattet. Es gab bereits Hunderte Tote. Die Leute kommen mit dem Verbrennen der Leichen kaum noch nach. Eine gute Nachricht gibt es jedoch: Das Schiff hat es zurückgeschafft in den Hafen und hat deine Befehle weitergeleitet. Die Stadttore wurden versiegelt, und die Reitereinheit hat auf allen Straßen, die von Carales wegführen, Sperren errichtet. Trotzdem sind in den nächstgelegenen Dörfern und auf einigen Landgütern Menschen krank geworden. Sie wurden isoliert, und die Menschen in ihrer Umgebung wurden angewiesen, noch zehn Tage lang, nachdem die Kranken gestorben sind oder sich erholt haben, ihre Orte nicht zu verlassen.«

Cato nickte zufrieden. »Was ist mit dem Hafen? Hat man den auch gesperrt?«

»Ja. Ich habe dafür gesorgt, indem ich in deinem Namen dem Kommandanten der Marineschwadron in Olbia befohlen habe, zwei seiner Biremer loszuschicken und den Hafeneingang zu blockieren. Sie schicken alle eintreffenden Schiffe in ihren Ursprungshafen zurück und hindern alle anderen am Auslaufen. Ich hoffe, du hast nichts dagegen, dass ich mir deine Autorität angemaßt habe.«

»In diesem Fall nicht, aber ich wäre dir dankbar, wenn

du es nicht zur Gewohnheit werden lässt. Gibt es sonst noch etwas?«

»Der Präfekt der Vierten Illyrischen ist eingetroffen und wartet ungeduldig. Ich habe ihm gesagt, dass du mit ihm sprechen würdest, sobald es dir wieder besser geht, aber er hat damit gedroht, wieder nach Tibula zurückzukehren, bis du dich erholt hast. Er schien mehr als nur ein wenig besorgt darüber, als er hörte, dass du krank bist.«

»Sag ihm, ich werde mich heute Nachmittag mit ihm unterhalten.«

Apollonius hob eine Augenbraue. »So früh? Bist du sicher?«

»Es wird noch ein paar Tage dauern, bis ich wieder kräftig genug bin, um zu marschieren und zu kämpfen, aber mein Kopf ist klar genug, um dem Präfekten seine Befehle zu geben.«

»Na schön. Das Letzte, was noch wichtig ist: Da die Kohorte in Carales nicht mehr verfügbar ist, hat Scurra eine Bitte um Verstärkung zum Kampf gegen den Feind nach Rom geschickt.«

»Ich bezweifle, dass er damit sehr viel Glück haben wird, solange die Seuche in der Provinz tobt. Nero und seine Ratgeber werden nicht gerade glücklich darüber sein, dass sie noch mehr Männer einer solchen Gefahr aussetzen sollen. Wir werden wohl mit den Soldaten auskommen müssen, die wir noch haben. Also etwa zweitausend Mann. Die Hälfte von ihnen sichert die Außenposten und die Festungen, die das Territorium des Feindes umgeben. Es wird eine schwierige Aufgabe werden«, sagte Cato nachdenklich.

»Es ist ermutigend zu sehen, wie Rom den klügsten und besten Strategen die Befehlsgewalt überträgt«, sagte Apollonius in neckischem Ton. Dann wurde er wieder ernst. »Ich freue mich, dass du dich erholt hast. Um ehrlich zu sein, ich hatte schon Angst, dass die Dinge kein gutes Ende nehmen, wenn Placinus das Sagen hat. Versteh mich nicht falsch, er ist ein feiner Centurio, aber er ist kein Präfekt Cato. Und eigentlich auch kein Centurio Macro.«

»Auch so wäre es immer noch möglich, dass die Dinge kein gutes Ende nehmen«, sagte Cato vorsichtig. Dann fiel ihm etwas anderes ein. »Hatte Claudia irgendwelche Hilfe, als sie sich um mich gekümmert hat? Zum Beispiel vom Arzt der Kohorte?«

»Claudia war allein. Am ersten Tag habe ich den Arzt mitgebracht, aber sein Rat war so bescheiden, dass er keinerlei Nutzen bot. Sie hat alles selbst auf sich genommen. Vielleicht möchtest du ihr den Posten eines Arztes anbieten. Nach allem, was ich mitbekommen habe, könnte sie diese Aufgabe viel besser erfüllen. Aber vielleicht gab es persönlichere Gründe, die sie motiviert haben.«

Cato warf ihm einen herausfordernden Blick zu. »Was meinst du damit?«

»Was könnte ich denn deiner Ansicht nach meinen? Man müsste schon außerordentlich unaufmerksam sein, um nicht zu sehen, dass sie dich mag. Sogar sehr. Und nach unseren täglichen Gesprächen zu urteilen, würde ich hinzufügen, dass man schon außerordentlich dumm sein müsste, wenn man sich durch ihre Aufmerksamkeiten und ihre Zuneigung nicht geschmeichelt fühlen würde. Sie ist eine feine Frau, Cato. Du könntest es schlechter treffen. Entschuldige, ich habe vergessen, dass das bereits der Fall war.«

Er war zu weit gegangen, und Cato knurrte ihn an. »Bevor ich meine Beherrschung verliere und etwas tue, was ich später bereuen werde, solltest du besser verschwinden. Sag Präfekt Tadius, dass er sich bei mir melden soll, sobald ich wieder in der Festung bin.«

»Dein Zustand erlaubt es dir nicht, solche Drohungen zu machen, Präfekt.« Apollonius klopfte zum Abschied mit einem Finger gegen seine Stirn, drehte sich um und schritt die Mole hinab zum Kai.

Cato war Apollonius gegenüber zu offen gewesen, und der Spion selbst hatte offensichtlich auf eigene Faust noch viel mehr über Catos früheres Leben herausgefunden. Genug, um Cato aufzureizen. Aber zu welchem Zweck? Julias Verrat würde, so schien es, für immer eine offene Wunde bleiben. Wie sehr Cato sich auch bemühen mochte, ihn zu vergessen – und vielleicht sogar zu vergeben –, er würde immer da sein und die Erinnerung an jene Augenblicke verzerren, in denen sie einst gemeinsam glücklich waren.

Dann dachte er an Claudia. Sie war gegangen, um ihm etwas Wein zu holen, und seither nicht wieder zurückgekehrt. Genau genommen hatte er sogar überhaupt nichts mehr von ihr gehört, seit sie die Leiter in das Gemach des Turmwächters hinaufgestiegen war. Er spürte, wie ihm der eisige Hauch der Furcht über das Rückgrat strich, während er sich mühsam erhob und so schnell wie möglich in das Gebäude ging.

»Claudia?«, rief er.

Keine Antwort kam, weshalb er noch einmal nach ihr rief und dann die Leiter hinaufzuklettern begann; der Aufstieg bereitete seinen geschwächten Armen und Beinen so große Mühe, dass er die Zähne zusammenbiss. Als er seinen Kopf durch die Bodenöffnung schob, sah er, dass sie auf dem Tisch zusammengesunken war, der neben den Schnitzereien stand, an denen der Turmwächter an jenem Tag gearbeitet hatte, als er sein Heim verlassen musste. Ein kleiner Krug stand vor ihr auf dem Tisch, und daneben lag ein umgestürzter Becher. Noch immer tropfte Wein in die Pfütze auf dem Boden, leuchtend rot wie Blut im Sonnenlicht, das durch das offene Fenster strömte.

»Ist alles in Ordnung mit dir?«, fragte er, während er die letzten Sprossen erklomm und auf sie zuging. Er betete darum, dass sie sich nicht angesteckt hatte.

Als er ihr die Hand auf die Schulter legte, reagierte sie mit einem mürrischen Wechseln ihrer Position, und dann schwoll ihr Oberkörper an, als sie tief Luft holte und zu schnarchen begann.

»Meine arme Claudia«, sagte Cato leise. Er sah sich um und entdeckte einen Umhang, der auf einer kleinen Truhe lag. Vorsichtig hob er ihren Kopf vom Tisch und schob den zusammengefalteten Stoff unter ihre Wange. »Ruh dich aus. Schlafe, solange du willst. Du hast es verdient. Und ebenso meine ewige Dankbarkeit.«

Er zögerte. Dann beugte er sich hinab und küsste ihren Hinterkopf, wobei er den Duft ihres Haares einatmete. Sie rührte sich ein wenig, murmelte etwas Unzusammenhängendes und lag dann wieder ruhig da. Cato betrachtete sie voller Zuneigung, bevor er nach unten in den

Lagerraum ging; im Kopf war er bereits mit der Aussicht auf den kommenden Feldzug gegen die Feinde der Provinz beschäftigt. Die Seuche hatte in Carales zugeschlagen und ihn um ein Drittel seiner Männer gebracht, die er gebraucht hätte, um mit den Stämmen der Briganten fertigzuwerden. Fast war es, als kämpfe er gegen zwei Feinde, dachte er. Bei keinem von beiden handelte es sich um einen gewöhnlichen Gegner, dem er – wie es seiner Ausbildung entsprochen hätte – in einer offenen Feldschlacht gegenübertreten würde; vielmehr musste man die Macht beider eindämmen und sie dann eliminieren. Die Frage war: Wer von ihnen würde sich als die größere Bedrohung erweisen? Angesichts der jüngsten Entwicklungen fürchtete er, dass er die Seuche vielleicht nie würde besiegen können – selbst wenn es ihm gelang, die Briganten zu vernichten.

KAPITEL 18

Mehrere Stunden vergingen, bevor Cato sich in der Lage fühlte, den Turm mit dem Signalfeuer zu verlassen. Nachdem er den Decurio der germanischen Leibwache hatte kommen lassen, damit dieser sich um die erschöpfte Claudia kümmerte, mietete er einen Karren, der ihn zurück in die Festung bringen sollte. Die kurze Fahrt erwies sich als eine neue Art von Quälerei, denn die Räder krachten in die Schlaglöcher und sprangen aus den Radspuren, die sich auf den Straßen der Stadt in die Pflastersteine gegraben hatten. Jede ruckartige Bewegung hätte beinahe dazu geführt, dass er sich erbrach oder seine Därme sich entleerten. Es wurde sogar noch schlimmer, als der Karren die Stadt verließ und den glücklicherweise kurzen Weg zur Festung einschlug. Er bat den Fahrer, ihn vor dem Hauptquartiersgebäude abzusetzen, und trat langsam durch den Eingang, wobei er auf das Salutieren des Wachpostens mit einem Nicken antwortete. Sein Quartier lag im ersten Stock, und er musste auf halber Treppe stehen bleiben, da er seinen Beinen nicht zutraute, ihn ohne einzuknicken bis ganz nach oben zu bringen.

»Hier, lass mich dir helfen«, sagte Apollonius, der ihm nach unten entgegeneilte. »Ich habe dich durch das Fenster deines Arbeitszimmers kommen sehen.«

»Das schaffe ich schon.«

»Das glaube ich nicht. Wenn überhaupt, dann siehst du eher noch schlechter aus als heute Morgen.«

Er legte sich Catos Arm um die Schulter, umfasste sein Handgelenk mit festem Griff und stützte den Körper des Präfekten mit der anderen Hand, während er ihm half, die restlichen Stufen hinaufzugehen. Cato war zu erschöpft, um die Hilfe abzulehnen, und ließ zu, dass Apollonius ihn über den Treppenabsatz in sein Schlafquartier lenkte, das seinem Arbeitszimmer gegenüberlag.

»Der Präfekt der Vierten Kohorte wartet auf dich. Ich kann nicht behaupten, dass er glücklich darüber ist, dass man ihn den größten Teil des Tages hier festgehalten hat.«

»Das kann ich mir denken«, erwiderte Cato und deutete auf den Stuhl, der neben dem schmalen Fenster stand, das auf die Dächer der Mannschaftsunterkünfte ging. Als er saß, wurde ihm bewusst, wie seine Arme und Beine zitterten, und er schlang die Finger ineinander, um das Zittern zu unterdrücken. »Ich werde ihn sofort empfangen. Ich muss nur wieder zu Kräften kommen.«

Apollonius musterte ihn kritisch. »Du siehst erledigt aus. Warum nicht warten bis heute Abend oder morgen früh? Er geht nirgendwo hin.«

Cato schüttelte den Kopf. »Wir haben keine Zeit zu verlieren. Ich habe in den letzten Tagen schon genug davon verschwendet.«

»Die Krankheit hat dich aus dem Verkehr gezogen.« Apollonius runzelte die Stirn. »Es war ja wohl kaum deine eigene Entscheidung, Zeit zu verschwenden. Du solltest ausnahmsweise einmal aufhören, so hart zu dir zu sein. Du bist nicht Herakles oder Achilles. Du bist sterblich wie wir alle und solltest dich deshalb nach diesem Maßstab beurteilen, anstatt unter dem Gewicht der Lasten zusammenzubrechen, die du dir selbst auflädst. Was versuchst du zu beweisen? Ich kenne dich noch nicht lange, Cato, aber ich weiß, was du wert bist – und so etwas sage ich nicht leichtfertig.«

Cato seufzte und sah dem Spion in die Augen. »Bist du fertig?«

»Warum? Gibt es etwas, das ich ausgelassen habe?«

»Du vergisst dich, Apollonius. Ich habe hier das Kommando. Ich dulde keine Insubordination von meinen Offizieren. Nicht einmal von Macro.«

»Macro ist nicht mehr hier, und du brauchst unbedingt jemanden, bei dem du darauf vertrauen kannst, dass er dir die Wahrheit sagt.«

»Die Wahrheit? Seit wir uns zum ersten Mal begegnet sind, kann ich mich an zu viele Gelegenheiten erinnern, bei denen du bestenfalls ausweichend geantwortet hast, wenn nicht gar unaufrichtig.«

»Was umso mehr ein Grund für dich sein sollte, die Worte zu schätzen, die ich dir jetzt anbiete. Und wenn du nicht damit zurechtkommst, dass ich dir gegenüber ehrlich bin, dann wäre es vielleicht am besten, wenn ich dich verlasse und du deinen Feldzug ohne meine Unterstützung weiterplanen kannst.«

Schweigen machte sich breit, während die beiden Männer einander mit grimmigen Gesichtern anstarrten. Cato räusperte sich, damit seine Stimme fest klang. »Willst du das wirklich?«

»Nein, verdammt noch mal«, erwiderte Apollonius leise. »Ich will einem Menschen dienen, den ich wirklich respektiere. Ich habe schon zu vielen gedient, die meiner Talente nicht wert waren.«

»Eine so lobenswerte Bescheidenheit sollte nicht unbelohnt bleiben. Ich werde dir erlauben, weiter in meinem Dienst zu bleiben.«

Für einen winzigen Moment wurden Apollonius' Augen schmaler, und Catos Mundwinkel zuckten unwillkürlich, wodurch offensichtlich wurde, dass seine Bemerkung humorvoll gemeint war. Dann lachten beide Männer spontan und voller Erleichterung.

»Du hast mich reingelegt, Herr.«

»Ja, tatsächlich. Ausnahmsweise. Und es fühlt sich sehr befriedigend an.« Catos Miene wurde wieder ernst. »Danke für deine Aufrichtigkeit. Ich verspreche dir, dass ich mir deinen Rat immer anhören werde, aber ich kann dir nicht mein Wort darauf geben, dass ich mich immer danach richte, und es ist klar, dass es niemals zu einer Missachtung meiner Befehle kommen darf. Das muss klar sein zwischen uns. Ich hätte das schon früher klären sollen. Das war mein Fehler. Sind wir uns einig?«

Er streckte die Hand aus, und nach einem winzigen Zögern streckte Apollonius auch die seine aus, und sie umfassten einander bei den Unterarmen. »Du hast mein Wort darauf, Herr.«

»Gut. Dann solltest du Tadius wohl besser sagen, dass ich in Kürze zu ihm kommen werde.«

»Ja, Herr.« Apollonius neigte als Zeichen des Respekts knapp den Kopf, was für ihn einem förmlichen Salutieren am nächsten kam. Dann verließ er das Zimmer und schloss die Tür hinter sich.

Cato sammelte seine Kräfte, während er darüber nachdachte, was der Spion gesagt hatte. Es war erhebend, von jemandem gelobt zu werden, dessen Geschick und Intelligenz seinen eigenen Fähigkeiten gleichkamen. Da er jedoch ein vorsichtiger Mensch war, blieb er instinktiv wachsam. Seiner Ansicht nach waren Leute, die ihn lobten, entweder zu leicht zufriedenzustellen, oder sie waren nicht aufmerksam genug, um zu erkennen, was er wirklich war: ein Mensch, dem Selbstzweifel zu schaffen machten und dessen Mut der Angst entsprang, als Feigling angesehen zu werden. Wenn sie wüssten, wie sein Magen jedes Mal zu Eis wurde, wenn er in eine Schlacht zog, und wie sehr er fürchtete, zu versagen, würde sich ihr Lob schnell in Verachtung verwandeln.

Er erhob sich und prüfte, wie sicher er stand, bevor er zu seiner Reisetruhe ging und einen breiten Waffengürtel herausholte. Er legte ihn sich um die Hüften und schnitt eine Grimasse, als er sah, dass er ihn zwei Löcher enger schnallen musste, so sehr hatte er an Gewicht verloren. Er holte tief Luft, verließ das Zimmer, überquerte den Flur und betrat das Arbeitszimmer des Kommandanten der Kohorte.

Während er mit ruhigem Schritt durch den Raum zu seinem Schreibtisch ging, erhob sich Präfekt Tadius von der Bank neben der Tür und betrachtete ihn mit kalter Miene. Er war ein magerer, kantiger Mann, an dessen Körper kaum mehr dran zu sein schien als das, was nötig war, um eine Tunika und eine Rüstung darumzuhängen. Er hatte dunkle Augen und stumpfes braunes Haar, das ihm in die Stirn hing; es war glatt und schimmerte nur deshalb, weil er es mit irgendeinem Öl eingerieben hatte.

»Man hat mich hier den ganzen Tag warten lassen«,

empörte er sich. Seine Aussprache klang leicht näselnd und gebildet.

»Das hat man mir mitgeteilt. Andererseits habe ich mehr als nur ein paar Tage darauf gewartet, dass du nach Tharros kommst, also hast du kaum einen Grund, dich zu beschweren.« Cato starrte den Offizier an, als wolle er ihn herausfordern, sich weiter zu beschweren. Tadius' Blick glitt über Catos Schultern zum nächsten Fenster.

»Es gab Dinge, um die ich mich in Tibula kümmern musste.«

»Dinge, die so wichtig waren, dass du es nicht geschafft hast, meine Befehle zu befolgen? Was genau waren das für Dinge?«

»Statthalter Scurra wollte, dass ich die Vorbereitungen zur Verteidigung der Stadt zu Ende führte, bevor ich herkommen würde.«

»Die Verteidigung der Stadt? Gegen wen? Der nächste Feind ist fast einhundert Meilen von Tibula entfernt. Das ist keine akzeptable Entschuldigung, Präfekt. Ganz davon abgesehen, dass die militärische Befehlskette genau hier endet.« Cato schlug mit der Faust auf den Schreibtisch. »Du nimmst deine Befehle von mir entgegen, nicht von Scurra. Und wenn du dich noch einmal einer meiner Anweisungen widersetzt, lasse ich dich deines Kommandos entheben und nach Rom zurückschicken.«

Tadius' Kiefer sackte überrascht nach unten. »Das würdest du nicht wagen. Ich habe Freunde in Rom, die …«

»Schweig! Wie kannst du auch nur einen Augenblick lang glauben, dass du der Erste bist, der mir in dieser Weise droht? Ich scheiße auf die Freunde, die du und dieser fette Tölpel Scurra in Rom habt. Wahrscheinlich sind sie aus demselben Holz geschnitzt wie du: träge Nichtstuer aus Inzuchtfamilien mit einem arroganten Anspruch auf öffentliche Ämter und militärische Ränge, die Männern von größerem Talent vorbehalten sein sollten, weil sie sich das Recht verdient haben, eine solche Position einzunehmen.« Cato hielt inne. Er war wütend auf sich selbst, weil sein Ärger ihn dazu verführt hatte, seine Gedanken offen auszusprechen. Er setzte sich auf seinen Stuhl und fuhr dann in ruhigerem Ton fort: »Jetzt kennst du deinen Platz, Tadius. Du solltest nicht noch einmal versuchen, meine Geduld oder meine Autorität auf die Probe zu stellen. Ist das klar?«

»Ja … Herr.«

»Gut. Dann wollen wir nicht noch mehr Zeit verlieren.« Cato ging den Plan für den bevorstehenden Feldzug durch, bevor er sich den speziellen Befehlen für die Vierte Illyrische zuwandte. »Deine Kohorte marschiert los, sobald du wieder in Tibula bist. Nimm die örtliche Bürgerwehr mit sowie Bürgerwehren aus jeder Stadt, durch die du kommst.«

»Den einzelnen Stadtverwaltungen dürfte das nicht gefallen.«

»Das spielt keine Rolle. Sag ihnen, dass der Befehl von mir kommt und ich derjenige bin, an den sie sich wenden müssen, wenn sie sich beschweren wollen. Aber wie auch immer, die Bürgerwehren müssen sich dir anschließen. Mach ihnen klar, dass die militärische Disziplin auch für sie gilt. Jeder, der sich weigert, mit dir zu marschieren, oder zu fliehen versucht, wird als Deserteur behandelt und entsprechend bestraft. Keine Ausnahmen, verstanden?«

Tadius nickte.

»Du wirst nach Caput Tyrsi marschieren und dort ein Feldlager aufbauen. Darüber hinaus wirst du weitere Außenposten errichten, um alle Straßen und Wege zu überwachen, die von dort aus bis zum Meer führen. Dort werden die Bürgerwehren stationiert, bis der Feldzug vorbei ist. Deine Kohorte wird die Außenposten sichern, wenn sie angegriffen werden, aber du wirst den Feind nicht verfolgen. Du und deine Befestigungsanlagen werdet der Amboss für meine Männer sein, die den Hammer bilden. Während die Marinesoldaten die Siedlungen an der Küste sichern, werden meine Kolonnen den Feind in deine Richtung zurückdrängen, wobei wir während des Vorrückens ihre Siedlungen und Lager zerstören. Sobald die Falle zuschnappt, werden wir den Feind zwischen uns zerquetschen.«

Tadius dachte einen Augenblick nach. Dann sagte er: »Das sieht recht einfach aus.«

»Ich bin froh, dass du das denkst, denn ich werde keine Entschuldigungen für irgendwelche Fehler zulassen, die irgendjemand bei der Ausführung meiner Befehle begeht. Wenn sich jeder an seine Rolle hält, sollte das alles bis zum Beginn des Herbstes vorüber sein.«

»Und was ist mit der Beute?«

»Was soll damit sein?«

»Es sieht so aus, als würden deine Kolonnen dem Feind am meisten abnehmen; dazu kommt noch das, was beim Plündern der Siedlungen abfällt. Was bekommt der Rest von uns davon? Ich und meine Männer, genauso wie die Soldaten der Marineeinheit?«

»Der Gewinn aus den Gefangenen-Auktionen wird

gerecht geteilt werden. Ebenso alle größeren Werte, die uns in die Hände fallen. Zufrieden?«

»Sehr.« Tadius lächelte zum ersten Mal. »Und was ist mit den Bürgerwehren?«

»Sie werden ihren Anteil bekommen, genau wie alle anderen«, sagte Cato. »Die Aussicht auf einen solchen Lohn dürfte ihren Unwillen besänftigen, ihr Zuhause für ein paar Monate verlassen zu müssen.«

Tadius' Lächeln verschwand. »Das bedeutet weniger für den Rest von uns.«

»Stimmt. Aber wenn ich du wäre, würde ich ruhiger schlafen, wenn ich weiß, dass die Bürgerwehren etwas dabei zu gewinnen haben, wenn sie mir den Rücken frei-halten. Möchtest du sonst noch etwas sagen?«

»Mir scheint, dass es noch einen weiteren Faktor gibt, den du in deinen Plan einbeziehen solltest.«

»Du meinst die Seuche.«

»Ja, Herr. Nach allem, was ich bisher gehört habe, hat sie inzwischen Tharros erreicht. Sie hat Carales schwer getroffen, und es besteht die Gefahr, dass sie sich über die ganze Insel ausbreitet.« Er räusperte sich. »Man hat mir gesagt, dass auch du dich angesteckt hast.«

»Ja, das stimmt. Aber ich habe mich wieder erholt.«

Tadius betrachtete ihn zweifelnd. »Wenn du das sagst, Herr. Aber wenn sich die Seuche weiter ausbreitet, könn-te das unseren Feldzug beeinflussen.«

»Dann wollen wir hoffen, dass wir zuvor den Feind ausschalten können«, sagte Cato. »Sonst noch etwas?«

Der Präfekt dachte kurz nach und schüttelte dann den Kopf.

»Ich werde die schriftliche Form deiner Befehle vorbereiten lassen, damit du unverzüglich nach Tibula aufbrechen kannst, sobald man sie dir ausgehändigt hat. In Caput Tyrsi befinden sich Vorräte für deine Soldaten. Sie sollten für die nächsten zwei Monate ausreichen.« Cato deutete auf die Tür. »Du bist entlassen, Präfekt Tadius. Innerhalb der nächsten zehn Tage erwarte ich deine Nachricht, dass deine Männer in Caput Tyrsi bereitstehen. Enttäusche mich nicht.«

»Ich werde mein Bestes tun«, erwiderte Tadius und verließ den Raum.

Cato ließ erschöpft die Schultern sinken, während er sich über seinen Schreibtisch beugte. Er war frustriert darüber, dass eine so kurze Besprechung ihn bereits ermüdet hatte. Wie viele Tage mussten noch vergehen, bis er in der Lage wäre, ins Feld zu ziehen?

Jemand klopfte an die Tür, und dann trat Apollonius ein, ohne eine Antwort abzuwarten. »Ich vermute, dass gegenüber Präfekt Tadius einige scharfe Worte gefallen sind, sofern seine Miene irgendetwas zu bedeuten hatte, als er den Flur hinabgestürmt ist.«

»Ich habe gesagt, was gesagt werden musste. Und ich habe ihm seine Befehle gegeben. Sorg dafür, dass er sie in schriftlicher Form bekommt, bevor er aufbricht. Ich will, dass die Vierte Illyrische so schnell wie möglich marschbereit ist. Gib das an Placinus weiter. Wir werden mit dem ersten Licht des Morgens nach Augustis aufbrechen. Eine halbe Centurie sollte genügen, um die Festung zu sichern und die Leute vor Ort zu beruhigen. Die Männer, die hierbleiben werden, sollen unter denen ausgesucht werden, die zu alt oder zu schwach sind, um den Feldzug mitzumachen.«

»Da wir gerade von Schwäche sprechen – bist du sicher, dass du dich bis morgen genügend erholt haben wirst?«

»Ja – auf die eine oder andere Art. Wir müssen den Feind angreifen, bevor die Seuche unsere Männer befällt. Und wir brauchen die Reiterkolonne dazu, weshalb Centurio Ignatius eine Centurie Infanterie einsetzen muss, um die Reiterei in der Umgebung von Carales zu ersetzen.«

»Soll ich ihn herkommen lassen?«

»Nein. Ich muss mich ausruhen. Übermittle ihm meinen Befehl. Er soll das Kommando der Sechsten Centurie übernehmen und morgen nach Carales marschieren. Sag ihm, er soll alle Bürgerwehren, auf die er unterwegs trifft, mitnehmen.«

Apollonius saugte seine Wangen ein. »Ich finde, das ist ein wenig knapp kalkuliert, wenn ich so sagen darf. Wenn wir den Städten ihre Bürgerwehren nehmen, um unsere Reihen aufzufüllen, haben sie überhaupt keine Verteidigung mehr.«

»Dieses Risiko muss ich eingehen. Wir werden jeden Mann brauchen, den wir bekommen können, um den Kampf in das Territorium des Feindes zu tragen. Wenn wir nur versuchen, jede Stadt und jeden Außenposten zu verteidigen, wird das nur dazu führen, dass wir überhaupt nichts mehr verteidigen, sobald der Feind beschließt, sie alle einzeln und nacheinander anzugreifen.«

»Das stimmt.«

»Ich bin froh, dass du einverstanden bist«, erwiderte Cato trocken, erhob sich und ging zur Tür. »Und jetzt lass mir meine Ruhe und gib die Befehle weiter.«

»Ja, Herr.«

Nachdem Cato sein Schlafquartier erreicht hatte, löste er den Gürtel, ließ ihn zu Boden gleiten und sackte auf dem Bett zusammen. Er trug immer noch seine Stiefel und beschloss, einen Augenblick zu ruhen, bevor er sie ausziehen würde. Er drehte sich auf den Rücken und schloss die Augen. Er konnte hören, wie ein Offizier mit bellender Stimme den Männern, die er in der Nähe des Hauptquartiers ausbildete, Befehle entgegenschrie. Da es schon so spät am Nachmittag war, handelte es sich dabei wahrscheinlich um Soldaten, die sich während des Tages irgendeine Kleinigkeit hatten zuschulden kommen lassen und jetzt dafür bestraft wurden. Ohne das Geräusch der gegen die Felsen schlagenden Wellen, das sein Fieber während der letzten Tage begleitet hatte, war es in der Festung merkwürdig still. Cato dachte an das, was Apollonius über seine körperliche Verfassung und seine Fähigkeit, wieder das Kommando zu übernehmen, gesagt hatte. Er fürchtete, dass ein langer Schlaf ihm nicht genügend Erholung bieten würde, um ihn auf die Härten und Gefahren vorzubereiten, die vor ihm lagen. Ein paar Herzschläge lang setzten ihm Zweifel und Ängste heftig zu, doch dann glitt er in einen tiefen Schlaf. Die Stiefel trug er immer noch.

Lange bevor die Sonne die Gipfel der Hügel im Osten von Tharros erreicht hatte, war die Sechste Gallische Kohorte durch das Tor der Festung marschiert und hatte den Weg zur Straße eingeschlagen, welche von der Stadt ins Herz der Insel führte. Kurz darauf zweigte eine weitere Straße nach Süden ab, und Ignatius und seine kleine Kolonne Infanterie lösten sich aus dem hinteren Teil der

Kohorte und marschierten in jene Richtung, um Centurio Massimilianus und seine Reiterschwadron abzulösen, welche die Quarantäne in Carales aufrechterhielt.

Cato ritt an der Spitze der Kohorte, vor den Farbenträgern mit den Standarten und dem vergoldeten Bildnis des Kaisers Nero. Die Ähnlichkeit mit dem Dargestellten, dachte Cato, war nicht sehr groß, aber andererseits würde so gut wie keiner der Männer, die unter diesem Zeichen dienten, den Kaiser jemals leibhaftig zu Gesicht bekommen, weshalb das auch niemandem auffallen würde. Er lächelte über die große Bedeutung, die solche Symbole für die Soldaten hatten, die bereit waren, ihren letzten Blutstropfen zu vergießen, um derlei Dinge zu verteidigen. Es lag keine erkennbare Logik darin, und gleichzeitig wusste Cato, dass er, von einem Herzschlag auf den anderen, bereit wäre, dasselbe zu tun. Es war wie bei den Wagenrennen zu Hause in Rom. Es gab Menschen, die eine bestimmte Mannschaft unterstützten, als hinge ihr Leben davon ab. Diejenigen, die andere Farben trugen, waren der Feind. Die Leute stritten sich, kämpften und starben sogar wegen der Farbe eines Streifen Stoffs, und doch würde man verständnislose Verachtung – wenn nicht Schlimmeres – hervorrufen, wenn man auch nur vorsichtig nachfragen würde, ob eine so blinde Loyalität eigentlich vernünftig war.

Als die Sonne stieg und ihre Strahlen die Landschaft um Tharros erfüllten, spähte Cato über die sanft rollenden Hügel und die grünen Wälder hinweg, bis sein Blick auf jener fernen Villa ruhte, die Claudia gehörte. Im direkt einfallenden Licht der Sonne schimmerten die weiß verputzten Wände wie Elfenbein, und unwillkürlich wandten sich seine Gedanken dieser betörenden Frau zu, der es gelungen war, seinen zunächst so ungünstigen Eindruck von ihr in wachsende Zuneigung und das Verlangen, mehr Zeit mit ihr zu verbringen, zu verwandeln. Viel mehr Zeit. Aber das musste warten, ermahnte er sich. Zunächst musste er den Feind vernichten.

Er wandte seinen Blick ab und richtete ihn auf die Hügelkette, die sich vor ihm rechts und links dahinzog. Jenseits dieser Hügel lagen die dichten Wälder und Bergverstecke der Stämme, die bis auf die ersten Bewohner der Insel zurückgingen. Völker wie diese hielten unbeirrt an ihren Traditionen fest, und sie liebten ihr Land mit derselben Hingabe, mit der die Soldaten Roms die Standarten verehrten, unter denen sie marschierten, kämpften und starben. Was ihn erwartete, war ebenso sehr eine Schlacht der Überzeugungen wie eine militärische Auseinandersetzung. Catos Erfahrung nach konnte ein solcher Fanatismus der entscheidende Faktor in einem Konflikt sein. Wer also würde mit der größeren Leidenschaft in den bevorstehenden Kampf ziehen? Diejenigen, die für ein Land kämpften, das seit unzähligen Generationen ihnen gehörte, oder diejenigen, die dafür bezahlt wurden, im Namen Kaiser Neros zu kämpfen? Die Antwort auf diese Frage war nicht gerade ermutigend.

KAPITEL 19

Die Festung in Augustis lag auf einer kleinen Hochebene, deren Seiten steil abfielen, und die eine weitläufige Waldlandschaft überblickte, welche von fernen Hügeln begrenzt wurde. Das Blätterdach der Bäume wurde in regelmäßigen Abständen von hohen, spitz zulaufenden Steintürmen unterbrochen. Einige dieser Gebäude waren größer und bestanden aus zwei oder sogar drei einzelnen Türmen, wodurch der Eindruck einer gewaltigen Stadt entstand, welche die Natur verschlungen hatte, sodass man nur noch ihre höchsten Monumente sehen konnte. Am Fuße des Steilhangs unter der Ostmauer der Festung befand sich ein Fluss. Felsblöcke und kleinere Felsen, die sich aus dem Hang gelöst hatten, lagen überall im Flussbett verstreut, wodurch das flache Gewässer das Gestein ununterbrochen heftig aufspritzend umströmte und ein beständiges leises Dröhnen bis zu den Soldaten nach oben drang, die in der Festung Wache hielten. Fast hundert Jahre zuvor, als die Festung errichtet worden war, hatten die Erbauer bereits dafür gesorgt, dass ihr stets genügend Wasser zur Verfügung stand, indem sie vier gewaltige Zisternen aus dem Stein schlugen, die von den Regenfällen im Herbst und im Winter aufgefüllt wurden. Sie lagen unter den Mannschaftsgebäuden auf dem höchsten Punkt der Festung; Zugang bot eine Inspektionspassage am Fuß einer kurzen Treppe.

Im Westen der Hochebene lag die Kleinstadt Augustis an einer Straße, die von Carales nach Tibula führte und sich dort mit einer kleineren Straße kreuzte, welche die Insel durchquerte und von Tharros in den nur wenig angelaufenen Hafen von Sulcis führte. Dank ihrer Lage am Schnittpunkt zweier solcher Routen war die Stadt trotz ihrer bescheidenen Größe wohlhabend. So wies der Ort drei Badehäuser, ein Amphitheater, in dem gelegentlich Gladiatorenkämpfe stattfanden, und eine Stadtmauer auf, die so hoch war, dass sie die Briganten abschreckte, auch wenn sie schwerem Belagerungsgerät keinen Widerstand geboten hätte.

Als Cato und seine Kolonne sich dem Ort näherten, kam ihnen eine Abordnung des Stadtrats entgegen, um sie zu begrüßen. Er befahl Placinus, die Kolonne zur Festung zu führen, während er selbst zusammen mit Apollonius zur Seite ritt, um mit der kleinen Gruppe zu sprechen. Nachdem man sich gegenseitig vorgestellt hatte, sah er eine Mischung aus Erleichterung und Ärger in den Gesichtern der Stadträte und bereitete sich innerlich darauf vor, sich mit ihren Beschwerden auseinanderzusetzen. Der Marsch von Tharros hatte drei Tage gedauert, und er war hundemüde.

Der Sprecher des Stadtrats war ein kleiner, korpulenter Mann namens Pinotus. Stolz trug er seine Amtskette, als handle es sich um eine militärische Auszeichnung für hervorragende Tapferkeit, und er hob sie leicht mit Zeigefinger und Daumen an, als er sich an Cato wandte.

»Es wird Zeit, dass Scurra uns einige Männer schickt, um uns vor diesen verdammten Briganten zu schützen. In den letzten Monaten konnten sie sich ungehindert in unseren landwirtschaftlichen Gütern und Minen bewegen. Jetzt, da du hier bist, stehen uns die Soldaten zur Verfügung, um unser Eigentum zu schützen. Es ist wirklich an der Zeit. Wir bezahlen unsere Steuern und verdienen etwas Besseres als das, was Scurra bisher zuwege gebracht hat.«

Seine Kollegen äußerten murmelnd ihre Unterstützung für diese mit deutlichen Worten vorgebrachte Klage.

»Der Statthalter hat bei dieser Operation keine Befehlsgewalt«, erklärte Cato.

»Ah!«, rief Pinotus erfreut. »Dann wurde er also ersetzt?«

»Scurra ist noch immer im Amt. Ich wurde von Rom hierhergeschickt, um die Garnison zu übernehmen und mich um die Briganten zu kümmern. Ich habe die Absicht, mich mit meinen Männern dem Feind entgegenzustellen, aber nicht, Soldaten über die ganze Gegend zu verteilen, damit sie als Nachtwächter für euren Besitz fungieren können.«

»Autsch«, murmelte Apollonius.

»Du wirst es nie schaffen, dich ihnen entgegenzustellen«, protestierte Pinotus. »Sie kennen die Wälder und Hügel dieser Region besser als ihre Handlinien. Sie werden euch durch die Finger schlüpfen, wie das bisher noch bei jedem Römer der Fall war, der versucht hat, sie zu vernichten.«

»Das werden wir ja sehen.« Cato nickte in Richtung der Stadt. »Sag, habt ihr eine Bürgerwehr in Augustis?«

»Ja. Es sind genügend Männer, um die Stadt zu verteidigen, aber nicht genügend, um die Bauernhöfe und Villen der Umgebung zu schützen oder auf den Straßen zu patrouillieren. Deshalb sind wir so froh, dich und deine Soldaten zu sehen.«

»Wie viele Männer habt ihr in der Bürgerwehr?«

»Ungefähr fünfzig. Kaum genug, um die Tore zu bemannen, ganz zu schweigen von einer Verteidigung der Stadtmauer.«

»Ich will, dass sie unverzüglich in die Festung verlegt werden. Sie sollen ihr Marschgepäck mitnehmen. Kümmere dich darum.«

Pinotus' Kinn sackte nach unten. Dann lachte er nervös. »Du machst natürlich Witze.«

»Sehe ich so aus?«

»Aber … aber wir brauchen die Bürgerwehr, um die Stadt zu verteidigen! Was sollen wir nur ohne sie anfangen?«

»Ich würde dir raten, kauf dir ein Schwert und lerne, damit umzugehen. Vielleicht wird es dir guttun, dein Eigentum selbst zu verteidigen, anstatt andere dafür zu bezahlen, dass sie diese Aufgabe für dich erledigen. Aber wie dem auch sei, ich brauche deine Männer. Alle fünfzig. Wenn sie bei Einbruch der Nacht nicht in der Festung sind, werde ich Apollonius und seine Männer losschicken, um den Ausfall zu ersetzen. Den Anfang werden sie mit dir und deinen Freunden hier machen.«

»Das ist empörend!«, tobte Pinotus. Seine dicken Wangen zitterten vor Wut. »Ich werde mich beim Statthalter beschweren!«

»Stell dich hinten an«, bemerkte Apollonius amüsiert.

»Dein Protest wurde zur Kenntnis genommen«, schloss Cato. »Beschwere dich, bei wem du willst. Aber ich werde diese Männer bis zum Einbruch der Nacht bekommen.«

Er schnalzte mit der Zunge, zog die Zügel an und wendete sein Pferd, um der vorbeiziehenden Kolonne staubbedeckter Soldaten zu folgen, die unter den Marschgestellen, an denen ihre Ausrüstung befestigt war, heftig schwitzten. Apollonius blieb noch einen Augenblick lang zurück, um das Unbehagen der Männer aus der Stadt zu genießen.

»Auf bald, meine Herren. Sorgt einfach nur dafür, dass es nicht später als heute Abend wird. Ich wäre nicht gerade begeistert darüber, wenn ich in die Stadt kommen müsste, um euch zum Auffüllen unserer Reihen zusammenzutreiben.« Zum Abschied deutete er ein Nicken an; dann wendete er sein Pferd und ritt los, um Cato einzuholen.

Von dem Weg aus, der zur Festung führte, wirkte das Gebäude beeindruckend, doch als sie das Tor erreichten, sah Cato, dass Müll auf dem Grund des Grabens lag und das Fundament der Mauern stellenweise zerfiel, sodass Risse entstanden waren, die sich bis zur Brüstung zogen. Überall in der Nähe des Grabens, entlang der Böschungen und am Fuß der Erhebung wuchsen verkrüppelte Büsche. Diese beunruhigten ihn weniger, da sie Hindernisse für einen Angreifer darstellten. Doch durch sie sah die Festung vernachlässigt aus, und Cato beschloss, die Operationsbasis der Kohorte in Ordnung zu bringen und ein wenig herzurichten, was der Disziplin der Männer ebenso dienlich wäre wie der Verbesserung der Verteidigungsmöglichkeiten.

Sobald die Männer der halben Centurie, die ausgeschickt worden waren, um die Mannschaftsunterkünfte vorzubereiten und die Vorräte aufzustocken, sahen, wie die Kolonne anrückte, waren die Tore geöffnet worden. Fabius, der befehlshabende Optio, hatte seine Männer in zwei Reihen zu beiden Seiten des Tores antreten lassen und befahl ihnen, zu salutieren, als Cato unter dem Bogen des Torhauses hindurch in die Festung ritt. Cato zügelte sein Pferd und musterte seine unmittelbare Umgebung. Die Mannschaftsunterkünfte schienen in gutem Zustand, und die Festung war groß genug, um eine Kohorte der Hilfstruppen der üblichen Größe von etwa fünfhundert Mann aufzunehmen. Die Kolonne, die er von Tharros hierhergeführt hatte, war inzwischen wieder halb so groß, was an den zweihundert größtenteils widerwillig mitmarschierenden Angehörigen der Bürgerwehren lag, die er unterwegs eingesammelt hatte. Aber selbst unter diesen Umständen wäre die Festung so lange recht gut besetzt, bis die Mitglieder der Bürgerwehren die neuen Außenposten bemannen würden, die um das feindliche Territorium errichtet werden sollten.

Cato wandte sich an den Optio. »Die Außenseite der Festung scheint in einem armseligen Zustand zu sein, Fabius.«

Angesichts dieses versteckten Vorwurfs fiel die Miene des Mannes in sich zusammen. Er schluckte und antwortete: »Wir haben uns zunächst um das Innere gekümmert, Herr. Ich hatte bisher noch keine Zeit, mich um die Mauern und die Gräben zu kümmern.«

»Hmm«, knurrte Cato. Er mochte es nicht, wenn sich Offiziere als Erstes entschuldigten, auch wenn sie dafür gute Gründe hatten. Als Prätorianer hätte Fabius die Kritik mit Fassung tragen sollen. Jetzt war sein Name schon mit einem Makel behaftet.

»Placinus!«

»Herr?«

»Teile den Männern ihre Unterkünfte zu. Und verteile die Mitglieder der Bürgerwehren auf das Quartier deiner Männer.«

Placinus schien sich unbehaglich zu fühlen. »Ist das klug, Herr? Es dürfte unweigerlich zu Reibereien kommen, wenn die Leute so dicht aufeinanderhocken.«

Placinus hatte recht, aber Cato musste seinen Einwand gegenüber anderen Bedenken abwägen. Unter den Mitgliedern der Bürgerwehren gärte es bereits, weil sie zu diesem Feldzug zwangsverpflichtet worden waren, und es wäre unklug, ihnen eine Gelegenheit zu geben, untereinander massenhaft ihre Klagen laut werden zu lassen. Es wäre besser, sie auf die Hilfstruppen zu verteilen, wo Reibereien innerhalb der Einheit dafür sorgen würden, dass sie beschäftigt blieben und sie vielleicht sogar ermutigt würden, die eine oder andere soldatische Gewohnheit anzunehmen. So wie es aussah, waren die meisten schlecht ausgebildet und hatten keine gute Kondition, wenn die Art, wie sie der Marschkolonne hinterhergetrottet waren, irgendwelche Schlüsse zuließ. Es hatte zu viele Nachzügler gegeben, und nur weil Cato die Centurios Cornelius und Pelius nach hinten geschickt hatte, wo sie ausgiebig von ihren Offiziersstöckchen Gebrauch machten, war es überhaupt möglich gewesen, jeden Tag die Formation einigermaßen aufrechtzuerhalten. Die Bürgerwehren eigneten sich nur dazu, den Hilfstruppen einige Garnisonsaufgaben abzunehmen, sodass diese die Kolonnen verstärken konnten, mit denen Cato im Herzen des feindlichen Territoriums zuzuschlagen gedachte.

Placinus räusperte sich, und Cato begriff, dass er sich von seinen Überlegungen hatte ablenken lassen. Er fing den Blick des Centurios auf. »Lass sie das Quartier mit deinen Männern teilen, wie ich gesagt habe.«

»Ja, Herr.«

»Wenn die Männer sich eingerichtet haben, informiere die Offiziere darüber, dass im Hauptquartier eine Besprechung stattfinden wird, sobald man die erste Nachtstunde schlägt.«

»Sehr wohl, Herr.«

Cato stieg vom Pferd und reichte die Zügel einem von Fabius' Männern. Er gab Apollonius ein Zeichen, ebenfalls abzusitzen und ihm zu folgen. Dann machte er sich auf zu seinem ersten Gang durch die Festung, indem er den Weg zur gegenüberliegenden Mauer einschlug, die sich auf der Klippe über dem Fluss erhob. Da die Sonne in ihrem Rücken stand, warf der Fels, auf dem die Festung errichtet worden war, einen langen Schatten über den darunterliegenden Wald. Schweigend betrachteten sie einen Augenblick lang die Aussicht, bevor Apollonius das Wort ergriff.

»Ich fürchte, unsere Brigantenfreunde zwischen diesen Bäumen zu entdecken, dürfte genauso schwierig werden, wie eine Glasperle in einem Getreidegeschäft zu finden.«

»Allerdings. Aber wenn irgendjemand das schaffen kann, dann du. Du hast viel Erfahrung im Spurenlesen und Auskundschaften.«

Apollonius lächelte. »Entschuldige, dass ich auf etwas so Offensichtliches hinweise, aber es besteht ein gewisser Unterschied zwischen den Wüstenlandschaften an der Ostgrenze des Reichs und dem dichten Waldland da unten.«

»Zugegeben. Aber ein Mann mit deinen Talenten wird stets in der Lage sein, sich an veränderte Umstände anzupassen. Sind deine Männer bereit?«

Apollonius nickte. »Sobald du den Befehl dazu gibst.«

»Gut. Dann nimm dir aus dem Lager so viele Vorräte, wie du brauchst, und mach dich bei Tagesanbruch auf den Weg. Ich will, dass du eine Karte der Waldwege, der Siedlungen der feindlichen Stämme sowie ihrer Lager anlegst. Vergiss nicht, es geht nur darum, besser Bescheid zu wissen. Keine Heldentaten. Besorg mir so viele Informationen, wie du kannst, und erstatte mir in zehn Tagen Bericht.«

»Erspare mir deine Ermahnungen wegen möglicher Heldentaten. Ich bin nicht Macro.«

»Nein, das bist du nicht. Und wir werden ihn sehr vermissen, wenn es tatsächlich so weit ist, dass wir dem Feind gegenüberstehen.«

Apollonius sah ihn forschend an. »Ich vermute, mancher von uns vermisst ihn sogar noch häufiger.«

»Mag sein. Aber daran lässt sich nichts ändern. Unsere Wege haben sich inzwischen getrennt, und ich muss selbst zurechtkommen.«

»Und wie sieht es damit bei dir aus?«

Cato ließ den Kopf kreisen, bis ein steifer Muskel in seinem Hals sich knackend löste. »Du stellst zu viele Fragen.«

»Genau das erwartet man von Spionen, Präfekt. Aber natürlich kommen die Fragen seltener, wenn wir versuchen, unaufdringlich zu sein.«

»Und wie steht es damit, wenn du versuchst, *aufdringlich* zu sein?«

»Oh, wenn das das Ziel ist, dann so viele wie möglich, bevor unsere Gegenwart unerträglich wird.«

»Ich glaube, dass wir genau diesen Punkt erreicht haben.« Cato sah ihm direkt ins Gesicht. »Du hast deine Befehle. Setze das Leben deiner Männer nicht aufs Spiel, und dein eigenes auch nicht. Wenn du es schaffst, ein paar Gefangene zu machen, die wir verhören können – umso besser. Wegtreten!«

»Wegtreten? Einfach so?«

»So handhaben wir die Dinge in der Armee. Wenn du lange genug dabei bist, gewöhnst du dich daran.«

»Ich bin mir nicht sicher, ob ich das will, aber vorläufig werde ich mitspielen.« Apollonius tippte sich mit einem Finger gegen die Stirn, was ein informelles Salutieren darstellen sollte, und begann, die Mauer hinabzusteigen. Cato beugte sich über die Brüstung und starrte im schwindenden Tageslicht in den Wald hinab. Es dauerte einen Augenblick, bis er sich über seine Empfindungen klar wurde, doch dann begriff er, dass er sich an seine viele Jahre zurückliegende Zeit an der Nordgrenze des Reichs erinnerte. Er erinnerte sich daran, wie kalt die Luft gewesen war, wenn sich die Nacht über die Wälder Germaniens senkte. Es war, als hätten die hohen Bäume damals die Grenze gebildet zwischen der Zivilisation und dem Geheimnis und der Verworfenheit des Landes, das von barbarischen Stämmen bewohnt wurde, deren

Lust auf Krieg ihrer wilden Grausamkeit entsprach, mit der sie ihn führten. Varus und seine drei Legionen waren ein halbes Jahrhundert zuvor in diese Wälder marschiert und, von ihren Führern im Stich gelassen, durch die Schatten unter den Ästen uralter Bäume weitergeirrt, bis sie dem Feind in die Falle gingen und ausgelöscht wurden. Die wenigen Überlebenden litten für den Rest ihres Lebens unter dieser Erfahrung. Jetzt sah Cato hinaus in einen anderen Wald, und er fragte sich, ob die Schicksalsgöttin die Absicht hatte, ihm ein ebensolches Los zu bereiten.

Er schauderte und schob die Aussicht in Gedanken beiseite. Varus war ein unvorsichtiger Narr gewesen. Angesichts der vergleichsweise wenigen Männer unter Catos eigenem Kommando und der eingeschränkten Fähigkeiten der meisten von ihnen blieb ihm nichts anderes übrig, als vorsichtig vorzugehen. Wenn er auch nur einen ernsthaften Rückschlag erlitt, so fürchtete er, würde der Feldzug schon am ersten Hindernis scheitern.

Apollonius und seine Männer verließen am folgenden Morgen die Festung, sobald es hell genug war, um irgendetwas zu erkennen. Cato hatte kaum Schlaf gefunden und war zu jener Zeit bereits vollständig angekleidet, sodass er zusehen konnte, wie sie den Hügel hinabritten und im Wald verschwanden. Er machte sich kaum Illusionen über die Gefahren, denen die kleine Truppe begegnen würde. Wenn der Feind die Männer gefangen nahm, würden sie als Geiseln festgehalten werden – sofern sie Glück hatten. Wenn nicht, würden sie wahrscheinlich umgebracht werden, um ein Exempel zu statuieren gegenüber jedem römischen Soldaten, der es wagte, in ein Territorium einzudringen, das die Briganten für sich beanspruchten. Und doch musste das Risiko eingegangen werden. Es war von entscheidender Bedeutung, Informationen über die Aufenthaltsorte des Feindes zu gewinnen, wenn man die Briganten stellen und zu einem offenen Kampf zwingen wollte.

Kurz nach dem Aufbruch der Kundschafter erklang im Hauptquartier eine Trompete, als der erste Schimmer der aufgehenden Sonne am Horizont erschien, und die tägliche Routine nahm ihren Lauf. Die Offiziere weckten ihre Männer, damit diese sich vom Quartiermeister die Rationen für ihre Abteilung abholten, um jene Gerstenschleimsuppe zu kochen, die bis zum Abendessen ihre Mägen füllen würde. Ein Geruch nach Holzrauch erfüllte eine Weile lang die Luft. Dann wurden die Feuer gelöscht, und die Männer traten vor ihren Unterkünften zur Inspektion an. Acht Karren waren bereits mit Vorräten und Ausrüstungsgegenständen für die beiden Centurien beladen worden. Centurio Placinus hatte die Führung übernommen, um den ersten Außenposten an einer erhöhten Stelle der bewaldeten Hügel zu errichten.

Mit seinen Männern marschierten zusätzlich einhundert Männer der Bürgerwehr, die beim Aufbau mithelfen sollten, wobei auf jedem Außenposten zehn von ihnen zurückbleiben würden, um diesen zu sichern. Man würde sie mit genügend Vorräten für einen Monat ausstatten. Die Außenposten würden aus einem Turm bestehen, der von einer Palisade und einem Graben umgeben war. Auf dem Turm würde man die Möglichkeit für ein Signalfeuer einrichten und dazu genügend Holz und anderes Brennmaterial vorrätig halten, um Rauch zu erzeugen. Die Signale wären recht einfach: eine durchgehende Rauchsäule, wenn ein Außenposten angegriffen wurde; einzelne Rauchwolken, wenn man den Feind entdeckt hatte, plus vier weitere Signale, um die Richtung zu übermitteln, in der sich die Briganten bewegen würden. Die Männer der Bürgerwehren besaßen eine bunte Auswahl an Waffen und Rüstungen, und ihre Tragegestelle waren mit jeweils verschiedenen Werkzeugen und anderen Gegenständen beladen, die jedoch, so vermutete Cato, schon bald weggeworfen würden, sobald die Männer Probleme bekamen, mit den Hilfstruppen mitzuhalten.

Nachdem das Antreten und die Inspektion beendet waren, holten die erste und die zweite Centurie der Kohorte die Maultiere aus den Ställen der Festung und schirrten die Tiere an die Karren. Dann holten sie ihre Tragegestelle und nahmen vor der lockeren Formation der Bürgerwehren ihren Platz in der Kolonne ein.

Cato musterte sie mit erfahrenem Blick und musste sich eingestehen, dass die Soldaten, obwohl sie nur Angehörige der Hilfstruppen waren, fähig und kampfbereit wirkten. Placinus und die anderen Prätorianer hatten in der geringen Zeit, die ihnen zur Verfügung stand, die Männer auf lobenswerte Weise ausgebildet. Er schritt die Kolonne ab, inspizierte die Männer und nickte Placinus grüßend zu, als dieser mit Centurio Cornelius, den Offizieren der beiden Centurien der Hilfstruppen und den Befehlshabern der Bürgerwehren zusammentrat.

»Guten Morgen, meine Herren!«

Cato und die Offiziere salutierten, und dann wandte sich Cato erneut Placinus zu.

»Du weißt, was zu tun ist. Halte dich an deine Befehle. Sorg dafür, dass die Posten gebaut werden, wähle die Männer aus, die vor Ort bleiben sollen, und komm dann zurück, um Vorräte und Ausrüstung aufzustocken, damit du die nächste Gruppe von Posten errichten kannst. Wenn der Feind angreift, ist es nicht an dir, ihn zu verfolgen, wie verlockend das auch immer sein mag. Ich werde nicht zulassen, dass meine Männer in den Wäldern herumstümpern, um nach Schatten zu suchen, während sie eigentlich einen Posten aufbauen sollten. Du wirst schon früh genug deine Chance bekommen, dich in den Kampf gegen die Briganten zu stürzen, das verspreche ich dir.«

»Ja, Herr.«

Cato wandte sich den Offizieren der Bürgerwehren zu. Abgesehen von ihrer besseren Ausrüstung wirkten sie so wenig soldatisch wie die Männer, über die sie das Kommando führten. Es war wirklich beruhigend, dass er sie nur dazu brauchte, das Land um die Außenposten im Auge zu behalten. Er würde ihnen niemals zutrauen, ihren Platz in einer Schlachtreihe einzunehmen und ihn zu behaupten, wenn der tatsächliche Kampf begann. Trotzdem war es nötig, sie zu ermutigen, fleißig zu sein, und er wandte sich in freundlichem Ton an sie.

»Ihr habt die wichtigste Aufgabe von allen. Ihr seid die Augen und Ohren eurer Kolonne, weshalb ihr stets wachsam sein und Meldung machen müsst, wenn euch irgendetwas Wichtiges auffällt. Falls irgendwelche Kaufleute oder Schäfer an eurem Posten vorbeikommen, redet mit ihnen, um zu erfahren, ob sie nützliche Informationen besitzen. Bei allen Ereignissen, für die es keines der Signale gibt, die wir gestern Abend durchgegangen sind, müsst ihr einen eurer Männer zurück in die Festung schicken. Und was ich zu Placinus gesagt habe, gilt auch für euch: Haltet euch an eure Befehle und unternehmt nichts darüber hinaus. Habt ihr das verstanden?«

Sie nickten oder murmelten zustimmend, und Cato seufzte innerlich voller Frustration, weil er, der das Können und die Zuverlässigkeit gut ausgebildeter Kämpfer der Legion und der Prätorianergarde gewohnt war, sich auf solche Männer verlassen musste.

»Viel Glück, meine Herren. Placinus, ich erwarte dich in ein paar Tagen zurück. Und was euch betrifft, Männer der Bürgerwehren, ich werde meine Runde durch die Außenposten machen, sobald Massimilianus' Reiterei die Festung erreicht hat. Achtet sorgfältig darauf, wen ihr vor euch habt, wenn ihr jemanden aufhalten wollt, der sich eurem Posten nähert. Ich habe die Seuche nicht überlebt, nur um von jemandem aufgespießt zu werden, der glaubt, er müsse unbedingt seinen Speer nach mir schleudern.«

Die Offiziere lachten oder lächelten über die Warnung, bis Cato sich räusperte. »Mögen die Götter mit euch marschieren. Lebt wohl!«

Er überließ es Placinus, den Soldaten mit bellender Stimme zu befehlen, in Reih und Glied zu treten und sich abmarschbereit zu machen, und ging zurück ins Hauptquartier. Er fühlte sich immer noch schwach. Die drei Tage im Sattel und der Schlafmangel forderten ihren Tribut, und er wusste, er durfte sich selbst nicht zu sehr fordern, wenn er kräftig genug bleiben wollte, seine Männer in die Schlacht zu führen, sobald sich eine Gelegenheit dazu ergeben mochte. Abgesehen davon gab es noch viele organisatorische Aufgaben, um die er sich kümmern musste, doch er war entschlossen, zu ruhen und während der kommenden Tage wieder zu Kräften zu kommen, solange die Vorbereitungen anliefen, den Feind einzukreisen.

Als er langsam zwischen den Mannschaftsunterkünften hindurch auf das Hauptquartier zuging, machte er sich unwillkürlich Sorgen darüber, dass der Feind sich so auffallend ruhig verhalten hatte, während die Kolonne über die Insel zur Festung marschiert war. Es hatte keine Neuigkeiten über weitere Angriffe gegeben, auch waren keine Versuche gemeldet worden, einen Hinterhalt zu legen oder die Soldaten auch nur in kleinere Scharmützel zu verwickeln. Das war höchst überraschend, wenn man bedachte, dass Cato kaum Reitereinheiten zur Verfügung standen, um solche Angriffe zurückzuschlagen und berittene Briganten zu verfolgen. Das bedeutete nichts Gutes. Er spürte, dass der Feind etwas vorhatte. Welche Absichten das genau sein mochten, wusste er nicht. Aber er musste bereit sein, sobald sie offenbar wurden.

KAPITEL 20

Es war ein langer, heißer Tag gewesen, und Claudias Haut kribbelte vor Sonnenbrand, als sie ihr verschwitztes Stirnband löste und das Ergebnis ihrer Arbeit betrachtete. Die Laube zog sich über die gesamte Länge einer verfallenden Vorratshütte, die sie zu ihrem Arbeitszimmer machen wollte. Die Hütte lag auf einem terrassierten Hang inmitten der Olivenbäume ihres kleinen Gutes. Einst hatte sie als Lager für landwirtschaftliche Werkzeuge gedient, doch nachdem der frühere Besitzer dazu übergegangen war, sich auf die Pferdezucht zu konzentrieren, war sie vernachlässigt worden. Sie war nach Westen ausgerichtet, blickte über das einige Meilen entfernte Meer hinweg und bot einen spektakulären Blick auf den Sonnenuntergang. Claudia hatte die verrosteten Werkzeuge und den Schutt aus dem Inneren des Gebäudes entfernen und sich von einem Zimmermann das Holz für die Spaliere zuschneiden lassen, die einen Rahmen für die Weinranken bieten sollten, sodass sie im Schatten darunter würde auf einem Sofa liegen und lesen können.

Die Aufgabe, die Stützen und Winkelstreben anzubringen, welche die Balken fixierten, die der Laube Halt gaben, hatte sie nicht selbst übernehmen können, weshalb der Decurio mit zwei Germanen zu ihr gestoßen war, um die nötigen handwerklichen Arbeiten zu erledigen. Claudia hatte die Bemühungen der Männer überwacht, während sie selbst das Innere der Hütte säuberte, sodass die Wände innen und außen weiß getüncht werden konnten. Jetzt, da die Arbeit erledigt war, betrachtete sie die Räumlichkeiten von allen Seiten. Sie dachte bereits über die Möbel nach, die sie benötigen würde, um die Einrichtung zu vervollständigen: einen Tisch und ein zusätzliches Sofa für Gäste. Sie hatte kaum begonnen, sich mit dieser Aussicht zu beschäftigen, als sich ihre Gedanken Cato zuwandten. Die Sorge darüber, dass er gemeinsam mit seinen Männern abmarschiert war, ohne dass er sich gründlich auskuriert hatte, traf sie wie ein Stich. Das war verrückt von ihm. Er hätte sich Zeit lassen sollen, um wieder zu Kräften zu kommen. Sie lächelte still in sich hinein. In Wahrheit hatte sie gehofft, dass er den Aufbruch aus Tharros aufschieben würde, damit sie mehr Zeit mit ihm verbringen konnte.

Obwohl es Cato nicht möglich war, sich daran zu erinnern, würde er zweifellos vermuten, dass sie jede Einzelheit seines Körpers gesehen hatte, als sie ihn in den Tagen seiner Krankheit im Turm am Hafen pflegte. Nachdem sie ihn vorsichtig ausgezogen und gewaschen hatte, hatte sie seine Haut gestreichelt, während er schlief oder unruhig döste. Manchmal strichen ihre Finger über seine Narben, und sie fragte sich, wie er sie bekommen hatte und was er alles gesehen haben musste in den Jahren seiner Feldzüge in so vielen Provinzen des Reichs. Sie selbst war nur wenig gereist, da sie in Rom aufgewachsen war und zuerst bei Seneca und später bei Nero in der Stadt gelebt hatte. Abgesehen von zwei Ausflügen zum Kaiserpalast in Baiae war die Überfahrt nach Sardinien die weiteste Reise gewesen, die sie jemals unternommen hatte. Und die strengen Bedingungen ihres Exils würden wahrscheinlich auch dafür sorgen, dass sie den Rest ihres Lebens auf der Insel verbrachte. Sie hatte zuvor nur wenige Männerkörper so genau kennengelernt, wie sie Catos Körper nun kannte, was ihn nur noch anziehender für sie machte. Sofern die Götter ihr wohlgesinnt waren, würde er nach der Beendigung des Feldzugs vielleicht etwas Zeit in Tharros verbringen, sodass sie ihn sogar noch besser kennenlernen konnte. Sie spürte, dass ihre Gefühle erwidert wurden, und eine angenehm warme Vorfreude durchströmte sie bei dem Gedanken, ihm ihre neue Unterkunft zu zeigen und ihn zu unterhalten, während sie sich den Sonnenuntergang ansahen, eingehüllt in den Duft der Blumen, die sie auf dem terrassierten Hang zu pflanzen gedachte.

»Iss gutt?«, grunzte einer der germanischen Leibwächter.

Claudia drehte sich zu ihnen um. Der Decurio und seine beiden Männer hatten sich bis zur Hüfte ausgezogen, um an der Errichtung der Laube zu arbeiten, und ihre muskulösen Oberkörper glänzten vor Schweiß im honigfarbenen Licht der spätnachmittäglichen Sonne. Die Germanen, die größer waren als ihr Decurio, hatten ihr langes blondes Haar mit einem Stück Stoff zurückgebunden und betrachteten sie mit breitem Grinsen, während sie auf ihr Urteil warteten.

»Ja, es ist gut.«

»Wir fertig jetzt. Gehen …« Der Germane hielt inne, runzelte frustriert die Stirn und machte dann wortlos eine Geste, als stecke er sich etwas in den Mund. »Gehen und essen. Ha!«

Claudia lachte glücklich. »Ja, wir alle haben uns ein gutes Abendessen verdient. Ich werde mich darum kümmern, dass uns der Koch heute Abend etwas Besonderes zubereitet.«

Die Germanen sahen sie verständnislos an, weshalb sie dem Decurio zunickte, und er übersetzte. Die Ankündigung der Mahlzeit ließ die Augen der Männer aufleuchten.

»Lass die Männer ihre Tuniken wieder anziehen und ihre Waffen und Werkzeuge einsammeln, und dann gehen wir zurück zur Villa.«

»Ja, meine Dame.«

Claudia ging in die Hütte und holte den Farbeimer und die Pinsel, die sie mitgebracht hatte. Eine plötzliche Kühle ließ sie schaudern, weshalb sie sich einen Schal um die Schultern legte. Sie beschloss, dafür zu sorgen, dass sie reichlich Schlaf bekommen würde, um sich von ihren Anstrengungen zu erholen. Der einzige Nachteil ihrer Hütte war der Mangel an Wasser. Es gab keinen Brunnen in der Nähe, weshalb sämtliches Wasser aus der Villa hierher transportiert und in einen Trog hinter der Hütte gefüllt werden musste. Diese Aufgabe, so entschied sie, würde einer der Haussklaven übernehmen. Das erinnerte sie daran, dass sie sich nach dem Sklaven erkundigen wollte, der am Tag zuvor aus der Villa verschwunden war. Er war einer der Küchenjungen. Am Morgen hatte man ihn losgeschickt, um einige Wildkräuter zu sammeln, und seither war er nicht wieder aufgetaucht. Vielleicht war er davongelaufen, doch das erschien wenig wahrscheinlich, wenn man an die heftigen Prügel dachte, die er dafür bekommen würde, wenn man ihn erwischte und zurückbrachte. Claudia fürchtete eher, dass er gestürzt war und sich verletzt hatte, weshalb sie drei Männer aus den Ställen losgeschickt hatte, um ihn zu suchen. Sie nahm sich vor, sogleich nach Neuigkeiten zu fragen, wenn sie wieder in der Villa war.

Als sie mit dem Eimer und den Pinseln aus der Hütte trat, sah sie, dass die Männer ihre Tuniken wieder angezogen und sich die Schwertgürtel über die Schulter geworfen hatten. Einer der Germanen trug die Kiste mit den Hämmern und Nägeln, während der andere eine Leiter auf seinen breiten Schultern balancierte. Der Decurio trat auf sie zu und streckte die Hand aus.

»Ich werde dir das abnehmen, meine Dame.«

»Danke«, erwiderte Claudia. Sie reichte ihm Pinsel und Eimer und drehte sich noch einmal um, denn sie wollte noch einen letzten Blick auf das Werk der Männer werfen. Dann machten sich alle auf den Weg zwischen den Olivenbäumen hindurch zur Villa, die nicht mehr als eine halbe Meile entfernt lag.

Die Sonne stand inzwischen tief am Himmel, und ihre schräg einfallenden Strahlen tauchten die Stämme und Zweige der Bäume in ein goldenes Licht. Claudia war von jenem angenehmen Gefühl des Wohlbefindens erfüllt, das sich einstellt, wenn man Gelegenheit hatte, einen ganzen Tag lang einer befriedigenden Arbeit nachzugehen; sie hatte es schon lange nicht mehr empfunden. Einige Schritte vor ihr wuchs neben dem Weg eine Gruppe Gänseblümchen; die zahllosen winzigen weißen Blumen funkelten heftig im fast waagerechten Licht. Sie blieb stehen, um einige davon für ihre Schlafkammer in der Villa zu pflücken. Als sie sich wieder aufrichtete, bemerkte sie ein Gesicht, das sie über die Mauer, die das Gut umgab, hinweg beobachtete. Ihr Blick wanderte ein wenig weiter, und als er wieder an dieselbe Stelle zurückkehrte, war das Gesicht nicht mehr zu sehen.

Der Decurio und die Germanen rückten zu ihr auf und blieben unweit hinter ihr stehen.

»Was ist, meine Dame?«

»Ich ...« Sie zögerte. Jetzt war nichts mehr zu sehen, und es mochte albern wirken, die anderen zu beunruhigen, nur weil sie ein Gesicht gesehen hatte. Wahrscheinlich war es ein vorbeikommender Schäfer oder ein anderer Mann vom Land gewesen. Es handelte sich ganz entschieden nicht um den Jungen, der am Tag zuvor verschwunden war. Als sie versuchte, sich den kurzen Eindruck genauer ins Gedächtnis zu rufen, begriff sie, dass irgendetwas damit nicht stimmte. Etwas war nicht ganz ... menschlich. In ihrem Nacken spürte sie das erste Kribbeln einer gewissen Beklommenheit.

Der Decurio musterte die Olivenbäume, die in der Richtung standen, in die sie gerade eben geblickt hatte.

»Was hast du gesehen, meine Dame?«

»Ich dachte, ich hätte ein Gesicht gesehen, aber es war wahrscheinlich nur irgendein Tier. Das Abendlicht kann manchmal recht trügerisch sein.«

»Wo hast du es gesehen?«

»Dort drüben, hinter der Mauer, jenseits der Bäume.«

Der Decurio bemühte sich, etwas Ungewöhnliches zu erkennen. »Ich sehe nichts.«

»Wie ich schon sagte, es war wahrscheinlich nur ein wildes Tier. Gehen wir weiter. Ich möchte in der Villa sein, bevor die Dämmerung hereinbricht.« Claudia war beunruhigt, und sie wollte die Sicherheit fester Mauern um sich spüren, bevor es dunkel wurde. Nachdem sie fast ihr ganzes Leben in der Stadt verbracht hatte, empfand sie das offene Land ihrer neuen Heimat manchmal als bedrohlich fremd, auch wenn es noch so schön und nicht vom erstickenden Gestank der Straßen Roms erfüllt war.

Die vier gingen weiter, doch jetzt war keiner von ihnen mehr träge und entspannt, sondern alle beobachteten wachsam die Landschaft um sich herum, während sie durch die Olivenplantage gingen und am Fuß des Hügels, auf dem die Villa stand, zwischen den Bäumen hervortraten. Nur spärlich wuchs das Gras auf dem Hang, der von einzelnen Sträuchern bestanden war; hundert Schritte abseits des schmalen Weges, der zur Villa führte, befand sich ein kleiner bewaldeter Abschnitt, in dem Edelkastanien wuchsen. Claudia schritt nicht langsamer aus, als sie den Aufstieg begann. Die Mühe ließ ihr Herz heftiger schlagen, und als sie sich der Hügelkuppe näherte, traten ihr frische Schweißtropfen auf die Stirn. Hinter ihr, auf dem Meer, war die Sonne unter den Horizont gesunken, und das Licht begann zu schwinden.

Plötzlich hörte sie einige raue Laute. Claudia blieb stehen und drehte sich nach ihren drei Begleitern um. Einer der Germanen deutete auf die Bäume, und als er hektisch zu sprechen begann, war die Besorgnis in seinem Ton deutlich hörbar. Sie sah, wie die Hand des Decurios zum Knauf seines Schwerts glitt; locker umfassten seine Finger die Waffe. Das war der Augenblick, in dem Claudias Unbehagen sich in Furcht verwandelte.

»Was hast du gesehen?«

Der Decurio antwortete nicht, und die drei Männer standen regungslos da, während sie auf die Bäume starrten. Einen Augenblick später erklang ein schrilles Trällern wie aus der Kehle eines Vogels, und Claudias Blick löste sich von ihren Begleitern und glitt den Hang hinauf in Richtung Wald, wo sich mehrere dunkle Gestalten aus dem Gras vor den Kastanienbäumen erhoben. Sie trugen dicke Umhänge, die ihre Köpfe bedeckten, aus denen kleine Hörner zu ragen schienen.

»Lauft!«, rief der Decurio und warf den Eimer ins Gras.

Es war nicht nötig, den Befehl in der Sprache seiner Kameraden zu wiederholen, denn diese ließen bereits die Leiter und den Werkzeugkasten fallen und stürmten den Pfad hinauf. Claudia zögerte. Sie war wie erstarrt, als die Männer ihre Deckung verließen und schräg den Hügel hinaufrannten, um die kleine Gruppe von der Villa abzuschneiden. In einiger Entfernung erhoben sich noch mehr Männer auf der anderen Seite des Weges; es war unmöglich, in diese Richtung zu fliehen.

Der Decurio eilte los und packte sie bei der Hand, als er sie überholte. »Schneller, meine Dame, lauf um dein Leben!«

Claudia tat, was er sagte, angetrieben von einem Schrecken, der ihr Herz umklammerte, als sie sich umblickte und sah, wie die seltsam gekleideten Männer von beiden Seiten näher kamen. Außer dem Knirschen loser Kieselsteine und dem keuchenden Atem hörte sie keinen Laut von ihren Angreifern, die stumm durch das Gras rannten. Die Hügelkuppe war nur noch hundert Schritte entfernt, und Claudia rannte so schnell sie konnte, während der Decurio sie mit sich zog und die Germanen ihr auf den Fersen folgten. Sie hörte das dumpfe Donnern von Hufen und sah, dass eine Gruppe Reiter hinter den Kastanienbäumen auftauchte und auf die Hügelkuppe zuritt. Vor sich konnte sie die Krone der Mauer erkennen, die die Villa und die Nebengebäude umgab, doch ein Blick nach rechts und links verriet ihr, dass ihre Verfolger sie einholen würden, bevor sie das Seitentor am Ende des Weges erreicht hatten.

Der Decurio rief einen Befehl, und sofort blieben die beiden Germanen stehen, zogen ihre Schwerter und verließen rechts und links den Weg, um die Männer abzufangen, die auf sie zustürmten. Jetzt, da die Angreifer nähergekommen waren, konnte Claudia erkennen, dass sie Tierfelle trugen, die so zugeschnitten waren, dass sie den Oberkörper bedeckten und über den Hals hinausreichten, um zusätzlich als Kapuzen zu dienen. Unter den Kapuzen befand sich eindeutig irgendeine Art Helm, an dem die Hörner befestigt waren, welche wie ein kleines Geweih aufragten. Jedes Stückchen Haut, das man erkennen konnte, war mit Tätowierungen bedeckt, die Tiere mit übertrieben großen Klauen, Zähnen, Augen und Hörnern darstellten. Die Angreifer wirkten eher wie Ungeheuer aus Albträumen und weniger wie Menschen, und Claudias Blut erstarrte in ihren Adern, als sie, von Entsetzen erfüllt, ihre Angreifer sah.

Noch immer gaben sie keinen Laut von sich, nicht einmal als Reaktion auf die beiden Germanen, die ihrerseits Schlachtrufe ausstießen und den Feind verhöhnten.

»Weiter, weiter!« Der Decurio hielt keinen Augenblick lang inne, während er sie noch immer hinter sich herzog. Die Steigung milderte sich etwas ab, als sie die Hügelkuppe erreichten und das Tor in der Mauer direkt vor ihnen lag. Claudia warf einen Blick zurück und sah, wie einer der Germanen nach vorn stürmte und den ersten Feind mit einem wilden Hieb gegen die Schulter zu Boden schleuderte. Der Germane blieb stehen, um sein Schwert wieder frei zu bekommen, und wurde von drei Männern angegriffen, die auf ihn einhackten, als er den Arm hob, um seinen Kopf zu schützen. Unzählige Hiebe prasselten auf ihn nieder und zwangen ihn auf die Knie. Schließlich stürzte er im Gras zu Boden, sodass Claudia ihn nicht mehr sehen konnte. Der andere Germane hielt zwei Männer auf, indem er ihre Angriffe abwehrte, bis es einem Speerträger gelang, sich hinter ihn zu schleichen und ihm seine Waffe zwischen die Schulterblätter zu rammen. Alles war schon nach wenigen Herzschlägen vorbei, doch inzwischen hatten sie und der Decurio das Seitentor erreicht. Das Tor schlug mit einem lauten Knall gegen die Innenmauer, als ihr Beschützer hindurchstürmte und Claudia in Richtung Villa schob.

»Geh ins Haus und verbarrikadiere Fenster und Türen. Ich werde mich um den Haupteingang kümmern. Los!«

Sie rannte über den Hof, während der Decurio das Seitentor schloss und den Sperrbalken in seine Halterungen schob. Dann drehte er sich um und schrie: »Zu den Waffen, zu den Waffen! Wir werden angegriffen!«

Sofort begriffen die Germanen, die auf dem Gut zurückgeblieben waren, die Gefahr. Sie rannten zu ihren Schilden und zogen ihre Schwerter, während die Sklaven und Handwerker der Villa zu Heugabeln und Holzstöcken griffen, um sich selbst zu verteidigen. Das Haupttor stand weit offen, und der Decurio stürmte darauf zu, um zwei Sklaven zu unterstützen, die sich inzwischen wieder so weit gefasst hatten, dass sie dem Germanen zu Hilfe eilten, der dort Wache hielt. Doch bevor es ihnen gelang, das schwere Tor zu schließen, war der erste feindliche Reiter durch die Öffnung galoppiert, hatte sein Pferd gezügelt, gewendet und den am nächsten stehenden Sklaven getötet. Noch ein Herzschlag blieb ihm, um seinen Sieg zu genießen, doch dann packte der Wache haltende Germane seinen Speer mit beiden Händen und stieß ihn nach oben, sodass sich die Waffe unter dem Brustkorb des Angreifers hindurch tief in dessen Oberkörper bohrte. Gleich darauf riss er die Speerspitze frei, und sein Feind stürzte aus dem Sattel.

Als immer mehr Reiter auf den Hof galoppierten, begriff der Decurio, dass die erste Verteidigungslinie nicht zu halten war. Er drehte sich um und rannte auf den Haupteingang der Villa zu, während er den übrigen Germanen und allen anderen Angehörigen des Haushalts zurief: »Zu mir! Zu mir! Zurück in die Villa!«

Das Seitentor erzitterte unter den Schlägen von außen. Einer der Reiter galoppierte dorthin, glitt elegant aus dem Sattel, hob den Sperrbalken aus seinen Halterungen und warf ihn zur Seite. Das Tor schwang auf, und seine Kameraden stürmten an ihm vorbei.

Sobald der Decurio den Eingang der Villa erreicht hatte, blieb er stehen und drehte sich schwer atmend um. Seine Männer bildeten mit erhobenen Schilden einen Kreis um ihn, Schwerter und Speere auf den Feind gerichtet. Die Sklaven, die außerhalb der Villa gearbeitet hatten, eilten an ihnen vorbei in die Sicherheit des großen Gebäudes. Einige waren zu langsam und wurden noch im Hof des Gutes niedergemacht. Der Decurio hörte, wie Claudia im Inneren mit lauter Stimme ihren Leuten Anweisungen gab, und dann schabten Möbel über den Boden und Fensterläden wurden mit einem Knall geschlossen und verriegelt. Während sich die letzten Fliehenden durch die Reihen der Germanen drängten, sah er, wie sich ein Trupp Feinde zwanzig Schritte entfernt zum Angriff formierte.

KAPITEL 21

Nach drinnen!«, rief der Decurio seinen Männern in ihrer Sprache zu, und die kleine Gruppe zog sich zurück, schloss und verriegelte so schnell es ging die Türen und platzierte schwere Kisten und dann weitere Möbelstücke dahinter.

»Hierbleiben!«, befahl er und eilte auf der Suche nach Claudia davon. Sie hatte bereits die Tür zum Garten schließen und verriegeln lassen und überwachte das Verbarrikadieren der Läden der unteren Fenster an der Vorderseite der Villa. Ihm war sofort klar, dass der Feind mit derlei Hindernissen kurzen Prozess machen würde.

»Wir können sie nicht aufhalten, meine Dame. Wir müssen uns in einen Raum zurückziehen, den wir verteidigen können.«

»Die Küche«, schlug sie vor. »Es gibt nur eine Tür, die auf den Flur führt, und nur eine weitere führt nach draußen. Außerdem befinden sich die Fenster hoch oben in der Wand.«

Der Decurio rief sich die Lage des Raumes in Erinnerung und nickte. »Das muss genügen. Schaff alle hinein und verbarrikadiere die Tür, die nach draußen führt. Ich halte vorerst den Haupteingang. Wir ziehen uns zurück, sobald die Tür nachgibt oder wir hören, dass der Feind an anderer Stelle eindringt.«

Sie nickte. »Viel Glück.«

»Das werden wir brauchen, meine Dame.«

Sie wandte sich ab, um den Haussklaven ihre Anweisungen zuzurufen, die mit entsetzten Mienen den Flur hinab in die Küche rannten. Claudia inspizierte die Zimmer im Erdgeschoss, um sicher zu sein, dass sich dort niemand mehr aufhielt, und eilte ihnen dann hinterher. Dabei kam sie durch das Atrium, von wo aus sie die breiten Rücken der Germanen sah, die nur wenige Schritte vom Haupteingang entfernt standen. Schon war die Luft vom Lärm der Äxte erfüllt, die auf Holz einhieben, und die ersten Splitter flogen ins Innere der Villa, während Claudia dem Flur folgte.

»Haltet euch bereit, Jungs!«, rief der Decurio mit ruhiger Stimme und umfasste sein Schwert fester. Sein Schild und seine Rüstung befanden sich noch immer in seinem Zimmer, doch er hatte keine Zeit gehabt, sie zu holen. Er sah sich um und erkannte, dass er und seine Männer allein waren. Noch mehr Holzsplitter schossen an seinem Kopf vorbei, und dann gab es einen ohrenbetäubenden Knall, und die Tür brach nach innen auf, wobei mehrere Angreifer sichtbar wurden, die den Pferdetrog hielten, den sie als Rammbock benutzt hatten.

»Schnappt sie euch!«, schrie der Decurio und stürmte auf die Feinde zu, die den Trog fallen ließen und nach ihren Waffen griffen. Er stieß dem ersten Angreifer sein Schwert ins Gesicht; die Klinge zerschmetterte die Zähne, bohrte sich durch den oberen Teil des Halses und durch das Rückgrat dahinter. Der Mann stieß einen kehligen Schrei aus und stolperte nach hinten, als der Decurio die Waffe aus seinem Leib zog und auf den Arm des nächsten Angreifers einhieb. Die Germanen schoben sich auf die Angreifer außerhalb der Tür zu, wobei sie ihre mächtigen Körper einsetzten, um ihre Gegner mit ihren Schilden abzudrängen. Gleichzeitig hieben sie mit ihren Schwertern und Äxten auf sie ein. So fällten sie schon während der ersten Augenblicke mehrere Angreifer. Der Decurio fühlte einen brennenden Schmerz in seinem Arm, als ein Speer seinen Bizeps durchbohrte und gegen seine Brust nagelte. Er schwang sein Schwert gegen seinen Angreifer und durchtrennte das Handgelenk des Mannes, woraufhin der Druck des Speers gegen seine Rippen nachließ.

»Haltet die Stellung!«, schrie er seinen Männern zu. »Verteidigt den Eingang!«

Er zog sich durch die zerstörte Tür zurück, schob sein Schwert in die Scheide und umklammerte den Schaft des Speers. Mit zusammengebissenen Zähnen zog er die Speerspitze aus seiner Brust und aus seinem Arm und schleuderte die Waffe von sich, woraufhin das Blut pulsierend aus seiner Wunde strömte. Er nahm den Streifen Stoff, den er als Stirnband benutzt hatte, band ihn sich über der Wunde um den Arm, straffte das Stoffband mithilfe seiner Zähne und zog erneut sein Schwert. Er sah, dass die Germanen zurückgedrängt worden waren. Nur fünf von ihnen standen noch, und die Leiche eines ihrer Kameraden lag quer über zweien seiner Feinde, ein Schwerthieb hatte den Schädel des Germanen gespalten. Dahinter, im Hof des Landguts, befanden sich mindestens fünfzig weitere Angreifer, von denen die meisten nach vorn eilten, um sich in den Kampf am Eingang der Villa zu stürzen. Die Chancen der Germanen standen überaus schlecht, und der Decurio begriff, dass sie sich in die Küche zurückziehen mussten, wo die Chancen besser standen, dem Feind Widerstand zu leisten.

»Rückzug! Rückzug in die Küche!«

Er zog sich in den Flur zurück, während seine Männer eine letzte Serie von Hieben auf die Angreifer niedergehen ließen, begleitet von einem lautstarken Gebrüll, das den Feind für einen kurzen Augenblick zurückschrecken lassen sollte. Dann drehten sich die Germanen um und rannten los, folgten dem Decurio durch den Flur in Richtung Küche. Der Decurio sah, wie Claudia ihn in der Küchentür stehend hektisch heranwinkte. Hinter den Germanen strömten die Angreifer durch den Eingang und nahmen die Verfolgung auf. Man hörte ihren keuchenden Atem sowie nackte Füße, die klatschend auf dem Boden aufschlugen, und genagelte Stiefel, die über die Fliesen schabten. Claudia trat zur Seite und duckte sich, während der Decurio als Erster durch die Tür kam und seinerseits ebenfalls sofort beiseitetrat, als die Germanen hereinstürmten und sich umdrehten, um den Zugang zu verteidigen. Die Angreifer lagen zehn Schritte zurück und kamen rasend schnell näher. Einer der Germanen packte die Tür, schlug sie mit einem Knall zu und warf sich mit seinem ganzen Gewicht gegen die schweren Holzbretter, während Claudia den Schlüssel ins Schloss schob und ihn umdrehte. Die Tür erzitterte unter dem ersten Aufprall der Feinde, die mit ihren Waffen gegen die Außenseite hämmerten.

»Schiebt diesen Tisch gegen die Wand!«, sagte der Decurio in scharfem Ton, indem er mit seinem Schwert darauf deutete. Kurz darauf hatten die Germanen den wuchtigen Küchentisch auf seine Kante gestellt und mit der zerkratzten Tischplatte gegen die Tür geschoben. Eine Bank folgte, die als Keil dienen würde, um den Tisch an Ort und Stelle zu halten; erst dann war der Decurio davon überzeugt, dass den Männern, die von der anderen Seite gegen die Tür hämmerten, der Zugang verwehrt war.

Er sah sich um. Die Küche war etwa sechzig Fuß lang und zwanzig breit. Die Decke war hoch und besaß in der Mitte eine spitz zulaufende Form, sodass der Rauch der Öfen und gusseisernen Platten abziehen konnte. Drei Fenster, hoch oben in der Wand und mit Eisengittern versehen, gingen hinaus auf den Garten und boten tagsüber Licht. Kleine an den Wänden befestigte Kohlebecken beleuchteten den Raum während der Nacht. Am gegenüberliegenden Ende der Küche befand sich die Tür, die in den Garten führte. Sie war geschlossen und mit einem weiteren Tisch verbarrikadiert worden, den man mit schweren Getreidefässern gesichert hatte. Außer Claudia und den Germanen, die überlebt hatten, gab es etwa vierzig weitere Personen: Hausklaven und Handwerker. Einige waren verwundet, und alle sahen ihn in der Hoffnung auf ermutigende Nachrichten an.

Er räusperte sich und spuckte aus. »Vorerst sind wir hier sicher«, sagte er laut genug, sodass alle ihn über den Lärm, der von der Tür her auf sie eindrang, hören konnten.

Es war eine Lüge. Den Angreifern dürfte schon bald klar werden, dass der Trog, den sie als Rammbock benutzt hatten, um den Eingang der Villa aufzubrechen, sich ebenso leicht gegen die Küchentür einsetzen ließ. Der Decurio sah, dass Säcke mit Getreide und Mehl an der Wand unter den Fenstern aufgereiht waren. Er schob sein Schwert in die Scheide und deutete auf sie.

»Schafft sie rüber und lehnt sie so eng gegen den Tisch, wie ihr könnt. Schnell!«

Die Schärfe seines Tons riss die Sklaven aus ihrer Benommenheit, und sie begannen, die Säcke an der Unterseite des Tisches und auf der Bank zu stapeln, wodurch das Hämmern gegen die Tür gedämpft wurde. Einen Augenblick später erzitterte die andere Tür, als der Feind seinen Angriff dagegen zu führen begann, doch auch dort bestand vorerst keine Gefahr, dass es den Angreifern gelingen würde einzudringen, und einen Augenblick lang gestattete sich der Decurio die Hoffnung, dass sie lebend aus dieser prekären Lage herauskommen würden.

Abrupt verstummten die Schläge gegen die Tür, die auf den Korridor führte, und kurz darauf verklangen sie ebenso an der Tür zum Garten. Die Menschen in der Küche sahen einander verwirrt an.

»Warum haben sie aufgehört?«, fragte Claudia.

Der Decurio schüttelte den Kopf. »Ich weiß es nicht.«

»Vielleicht haben sie aufgegeben. Möglicherweise wollen sie einfach nur so viel aus der Villa erbeuten, wie sie wegschaffen können.«

Beide bemühten sich, noch aufmerksamer zu lauschen, und dann hörten sie, wie jemand im Garten Befehle schrie.

»Helft mir mit dem Tisch da drüben«, befahl der Decurio seinen Männern, und dann schleppten sie gemeinsam den letzten unbenutzten Tisch an die freie Stelle, die dort entstanden war, wo ursprünglich die Getreidesäcke gestanden hatten. Sie befand sich unter dem mittleren Fenster. Der Decurio stieg auf den Tisch, musste jedoch feststellen, dass die Unterkante des Fensters noch immer einen Fuß höher lag. Er sah sich um und deutete auf einen Hocker. »Bringt mir den da!«

Er stellte den Hocker an die Wand, stieg vorsichtig darauf, schob seinen gesunden Arm nach oben, um sich am Fenstergitter festzuhalten, und sah nach draußen. Das Tageslicht schwand bereits, aber er konnte erkennen, wie Gruppen der Angreifer im Garten die Rankenspaliere abrissen und zwischen dem Holzlager und der Villa hin und her rannten. Ganz in der Nähe, am Fuß der Außenmauer der Küche, hörte er Stimmen, weshalb er die Absicht des Feindes erraten konnte.

Plötzlich erklang ein Schrei, und er sah, dass einer der Angreifer, der einen Stapel Holzscheite trug, in zwanzig Fuß Entfernung abrupt stehen blieb, die Scheite zu Boden fallen ließ und auf ihn deutete. Einen Augenblick später zischte etwas durch das Halbdunkel und schlug gegen die Kante des Fensters, sodass dem Decurio eine Wolke Kitt ins Gesicht spritzte. Er schloss instinktiv die Augen und duckte sich, als ein weiterer Pfeil durch das Gitter drang, in die Küche flog, von der Decke abprallte und zu Boden fiel. Er ließ das Gitter los, trat vom Hocker herunter und sprang dann vom Tisch.

»Was hast du gesehen?«, wollte Claudia wissen. »Was haben sie vor?«

Er führte sie in eine Ecke außerhalb der Hörweite der anderen und senkte die Stimme. »Ich fürchte, sie haben vor, die Villa in Brand zu stecken, meine Dame.«

Voller Angst riss sie die Augen auf. »Welchen Sinn hätte das? Warum plündern sie nicht einfach so viel sie können, und lassen uns in Ruhe?«

»Das weiß ich nicht.« Auch der Decurio war ratlos. Es ergab keinen Sinn, solche Mühen darauf zu verwenden, sie umzubringen, wenn die Angreifer nur auf die Reichtümer der Villa und die Pferde aus waren, die Präfekt Cato zurückgelassen hatte. Warum sollte jemand das Risiko eingehen, die Villa in Brand zu stecken und damit jedem auf viele Meilen im Umkreis zu zeigen, wo er sich befand?

Die Menschen in der Küche konnten hören, wie draußen das Holz aufgestapelt wurde.

Dann rief, direkt unter dem Fenster, eine Stimme aus dem Garten.

»Ihr da drin! Macht die Tür auf und kommt raus.« Die Worte waren lateinisch, aber mit schwerem Akzent. »Wenn ihr rauskommt und euch ergebt, werde ich euch leben lassen. Sogar diese großen, haarigen Bastarde, die einige meiner Männer umgebracht haben.«

Claudia und der Decurio sahen einander an. »Was sollen wir tun? Können wir uns darauf verlassen, dass sie ihr Wort halten?«

»Sie schienen nicht besonders milde gestimmt, als sie den Eingang der Villa angegriffen haben. Sie wollten Blut sehen. Ich würde ihnen nicht trauen. Was hätten sie davon, uns am Leben zu lassen? Wenn sie bereit sind, die Villa niederzubrennen und uns gleich mit, dann gibt es für sie nur einen Grund, warum wir aufgeben sollten: damit sie uns leichter und schneller töten können.«

»Wie lautet eure Entscheidung?«, wollte der Angreifer wissen. »Ich werde euch kein zweites Mal fragen.

Kommt jetzt raus, oder wir werden euch bei lebendigem Leib verbrennen.«

Von Grauen erfüllt rang eine Sklavin nach Luft und umfasste ihren Kopf mit den Händen. Bei der Tür zum Garten machte sich bereits einer der Sklaven an der Barrikade zu schaffen, die diesen Zugang zur Küche sicherte.

»Du da! Schluss damit!«, rief der Decurio und befahl zweien seiner Männer, an den beiden verbarrikadierten Türen Wache zu stehen. Dann wandte er sich an die Sklaven, die sich gegen die fensterlose Wand drückten. »Ich habe meinen Männern befohlen, jeden zu töten, der versucht, die Barrikaden abzubauen. Bleibt wo ihr seid, und bewahrt Ruhe. Ich werde mich um die Angelegenheit kümmern.«

»Wie?«, erkundigte sich einer der Sklaven und machte einen Schritt auf ihn zu. »Du hast ihn gehört. Sie werden uns verbrennen, wenn wir nicht unverzüglich aufgeben. Ich möchte leben. Wir alle möchten das!« Er wandte sich an die anderen Sklaven. »Oder etwa nicht?«

Einige nickten. Die kühnsten unter ihnen feuerten ihn mit einigen Zurufen an. Der Decurio trat zu ihnen und hob sein Schwert.

»Ruhe! Noch ein Wort von irgendeinem von euch, und ich schwöre, ich werde den Betreffenden auf der Stelle niedermachen!« Er starrte sie herausfordernd an, als warte er nur darauf, dass sich ihm jemand widersetzte.

»Öffnet sofort die Türen!«, rief derselbe Angreifer wie zuvor. »Das ist eure letzte Chance.«

Der Decurio hielt sein Schwert auf Augenhöhe, während er vor den Sklaven langsam auf und ab ging, und zischte: »Bleibt, wo ihr seid.«

Die Angreifer verloren keine Zeit und begannen sogleich, das erste Brennmaterial in Flammen aufgehen zu lassen. Dünne Rauchfäden schwebten um die Barrikaden. Der obere Rand und die Seiten der Fensteröffnungen schimmerten rot, und Zunder und Holzscheite begannen zu knacken, als die Flammen immer mehr um sich griffen.

»Feuer!«, schrie einer der Sklaven. »Die Villa brennt!«

»So hab doch Mitleid.« Eine junge Frau sank vor dem Decurio auf die Knie. »Zwinge uns nicht, hierzubleiben, Herr! Lass uns nicht sterben. Ich flehe dich an.«

Er trat einen Schritt zurück und schwang seine Klinge hin und her. »Ruhe! Seid endlich still! Lasst mich nachdenken.«

Von ihrer Ecke aus hatte Claudia die Konfrontation beobachtet. Jetzt trat sie auf den Decurio zu und wandte sich mit sanfter Stimme an ihn.

»Wenn wir hierbleiben, werden wir alle sterben. Wir werden am Rauch ersticken oder in den Flammen zugrunde gehen. Mag sein, sie verschonen uns, wenn wir aufgeben. Oder jedenfalls die meisten. Möglicherweise.«

Er sah sie an und schüttelte den Kopf. Sein Blick wanderte zum Aufflackern des Feuers im mittleren Fenster. Das Dröhnen der Flammen war jetzt unüberhörbar. »Es ist zu spät.«

»Nein, es ist nicht zu spät«, sagte sie mit fester Stimme. »Wir können den Wein aus den Fässern auf die Flammen vor der Tür schütten. Es ist genügend da, um das Feuer zu löschen und uns einen Weg nach draußen zu verschaffen.«

»Nein.«

»Du hast den Auftrag, dich um mich zu kümmern. Dann schütze mich. Ich gebe dir einen Befehl, Decurio.«

Er lächelte matt. »Du verstehst das nicht, meine Dame. Meine Männer und ich wurden nicht hierhergeschickt, um dich zu schützen, sondern um dafür zu sorgen, dass du keinen Fluchtversuch unternimmst. Man hat mich auch darüber informiert, dass Rom mir unter Umständen befehlen würde, dich zu töten.«

Sie starrte ihn einen Augenblick lang an und erwiderte dann ruhig: »Ich verstehe. Dann würdest du mich also eher umbringen, als dass du mich versuchen lässt, uns das Leben zu retten?«

»Ich hatte gehofft, dass dieser Tag nie kommen würde.«

»Wenn ich schon sterben muss, dann soll das durch die Hand der Männer da draußen geschehen. Besser das als das Feuer.«

»Du weißt nicht, was sie dir antun werden.«

»Das ist meine Entscheidung, Decurio. Ich wähle die Möglichkeit zu leben anstatt den sicheren Tod. Das, so könnte ich mir vorstellen, will jeder hier.« Sie deutete auf die Sklaven, die die beiden mit entsetzten Mienen ansahen.

Der Decurio biss die Zähne zusammen und dachte kurz nach. Dann nickte er. »Gut. Wie du meinst.«

Sofort wandte sich Claudia an die Sklaven. »Holt die Weinfässer neben der Tür zum Garten! Baut die Barrikade ab, Männer. Decurio, sag deinen Leuten, dass sie mithelfen sollen.«

Während Rauch die Barrikade einzuhüllen begann, die den Flur absperrte, und erste Rauchschwaden durch die Fenster in die Küche zogen, wurde es immer wärmer, und den Sklaven, die den Tisch und das übrige Barrikadenmaterial von der Tür zum Garten wegräumten, rann der Schweiß über den ganzen Körper. Der Rauch, der unter der Barrikade hindurchdrang, ließ den Decurio und seine Männer mühsam nach Atem ringen, und als sie das letzte Hindernis beseitigt hatten, schossen einzelne Flammen in die Küche und trieben die Verteidiger von der glühend heißen Tür weg.

»Der Wein!«, drängte Claudia. Ihre Stimme drohte zu versagen, als sie Rauch einatmete. »Auf die Flammen …«

Der Decurio griff nach dem ersten Fass und zog den Stopfen heraus. Ein vertrautes Aroma stieg ihm in die Nase, und er murmelte: »Welch eine verdammte Verschwendung für einen ordentlichen Falerner.«

Er trat so nahe an die Flammen heran, wie er konnte, ohne dass die Gluthitze ihm die Haut verbrannte, und begann, den Wein gegen die Tür zu schütten. Die Flüssigkeit spritzte auf die heiße Oberfläche und verwandelte sich sofort in Dampf, doch einige der Flammen erloschen.

Der Decurio warf das leere Fass beiseite. »Gebt mir das nächste!«

Fass für Fass schüttete er über die Flammen, und schließlich blieben von der Tür nur noch verkohlte Überreste zurück. Er griff nach dem oberen Riegel, riss die Hand aber sofort wieder zurück, denn das heiße Metall hatte ihm die Finger verbrannt. »Scheiße.«

Er zog sein Schwert und löste mit dessen Spitze den Riegel. Dann beugte er sich nach vorn, um den unteren Riegel ebenso zurückzuschieben, als neuer Rauch und neue Flammen sich einen Weg entlang des Türrahmens und durch die Risse im Holz bahnten. Nach und nach erfüllte der Rauch, der durch die Fenster drang, die ganze Küche, und obwohl die Menschen ihre Münder bedeckten, drang ihnen der Rauch in die Kehle. Über ihnen glühten unheimliche rote Streifen zwischen den Balken auf, die die Decke trugen, als das Feuer auf das Dach übergriff, und die ersten brennenden Teile – Latten und Stroh, die sich als Dämmmaterial unter den Ziegeln befanden – stürzten auf die Menschen darunter. Ein kleiner Junge schrie auf, als sein Haar zu brennen begann, und einer der Germanen hob einen Lappen vom Boden, um damit die Flammen zu ersticken, bevor er den Jungen mit seinem mächtigen Körper schützte.

Der zweite Riegel löste sich, und der Decurio sprang von der Hitze weg. »Geschafft!«

»Dann mach die Tür auf«, befahl Claudia, »bevor das Dach einstürzt.«

Der Decurio nahm einen der Schilde seiner Männer, ging dahinter in Deckung und näherte sich der Tür. Die Flammen von draußen leuchteten hell auf in den Löchern, die das Feuer in das Holz der Tür gebrannt hatte, als der Decurio den Schild hob und damit gegen die Tür hämmerte. Er hörte ein lautes Knacken, und ein Teil des verkohlten Holzes gab nach. Wieder und wieder schlug er mit dem Schild zu, bis die Tür zerschmettert war und die brennenden Holzscheite sichtbar wurden, die der Feind dahinter aufgetürmt hatte.

»Mehr Wein!«, schrie er. »Schnell!«

Seine Männer eilten nach vorn und schütteten den Inhalt der Fässer in die Flammen, die dadurch so sehr in sich zusammensanken, dass der Decurio in den Garten dahinter sehen konnte, wohin sich der Feind in etwa fünfzig Fuß Entfernung abwartend zurückgezogen hatte.

»Meine Dame.« Der Decurio ergriff Claudias Arm. »Schaff deine Leute nach draußen. Ich werde mit meinen Männern folgen. Los!«

Sie trat neben die zerstörte Tür und winkte die Sklaven heran. »Raus! Sofort!«

Der Mann, der ihr am nächsten stand, zögerte, und sie schob ihn auf die Lücke zu. Er schützte seinen Kopf mit den Armen, duckte sich und rannte, rechts und links von noch immer auflodernden Flammen umgeben, durch die Tür in Richtung der Angreifer, die weiterhin stumm verharrten.

»Der Nächste!« Claudia deutete auf eine Frau, die zwei kleine Kinder an sich drückte. »Halte sie bei den Händen und lauf los!« Die Frau holte tief Luft und eilte los, während sich die weinenden Kinder stolpernd bemühten, sich auf den Beinen zu halten.

Claudia fuhr fort, einen nach dem anderen nach draußen zu schicken, weil sie verhindern wollte, dass es zu einem panischen Sturm auf die Tür kam. Schließlich waren außer dem Decurio und den Germanen nur noch eine Handvoll Sklaven in der Küche. Plötzlich erklang über ihnen ein ohrenbetäubendes Dröhnen, und ein Teil des Daches stürzte in einem Wirbel von brennendem Dämmmaterial, Staub und Rauch in die Tiefe und begrub dabei einen Germanen fast vollständig unter sich.

»Raus hier!«, schrie der Decurio. »Allesamt, sofort! Lauft!«

Claudia griff nach einem leeren Sack, um ihren Kopf

zu schützen, und blieb an der Lücke stehen, als sich die letzten ihrer Sklaven an ihr vorbeischoben und aus dem brennenden Gebäude flohen. Sie drehte sich um und sah, dass der Decurio und einer seiner Männer versuchten, ihren unter Schutt halb begrabenen Kameraden freizubekommen, während die übrigen Germanen ihre Schilde hochhielten, um den unablässigen Regen aus brennendem Dämmmaterial und herabstürzenden Dachziegeln abzuwehren. Claudia wappnete sich und sprang durch die Lücke, wobei sie die glühende Hitze des Feuers spürte, das an der Außenseite der Küche tobte. Der Saum ihrer Stola begann zu brennen, als sie auf die Sklaven zurannte, die, umringt von den Angreifern der Villa, in sicherer Entfernung standen. Sie nahm den Sack vom Kopf und schlug damit die Funken aus, die an ihrer Stola aufgeflammt waren.

Ein plötzliches Donnern von zusammenbrechendem Mauerwerk und herabstürzenden Balken ließ sie innehalten. Sie drehte sich um. Das Küchendach war eingestürzt und hatte dabei einen Teil der Mauer mitgerissen. Eine Explosion aus Funken und Flammen stieg in den Abendhimmel auf, und eine neue Hitzewoge trieb jeden ein paar Schritte zurück.

»Bei allen Göttern«, murmelte sie, als sie daran dachte, wie sie den Decurio und seine Männer zuletzt gesehen hatte. »Oh, nein. Nein.«

Ein schroffer Ruf riss sie aus ihrer Trauer, und sie sah eine Gruppe von Männern näher kommen. Wenige Schritte von ihr entfernt blieben sie stehen; ihre Körper weitgehend im Schatten, nur auf der einen Seite angeleuchtet vom schaurigen Licht der Flammen, welche die Villa verschlangen. Ihr Anführer trat mit einem Seil in der Hand nach vorn. Er gab dem Seil einen heftigen Ruck, und eine kleine Gestalt löste sich aus der Menge und stolperte zu ihm. Claudia fühlte, wie ihr Herz vor Sorge schneller schlug, als sie das Gesicht des Jungen erkannte, der einige Tage zuvor verschwunden war. Seine Augen schienen ihm fast aus den Höhlen zu treten, und er zitterte, als er neben dem Anführer der Truppe stand, die die Villa angegriffen hatte.

Der Mann deutete auf die rußverschmierten Gesichter der Menschen, die aus der Küche hatten fliehen können.

»Ist sie dabei?«, fragte er.

Der Blick des Jungen huschte über die Gruppe und blieb an Claudia hängen. Er nickte.

»Welche, Junge? Deute auf sie.« Der Mann ließ das Seil durch seine Finger gleiten, während der Junge langsam auf Claudia zuging. Sie versuchte, mit ihrem Blick auf ihn einzuwirken, und deutete verstohlen ein Kopfschütteln an. Doch er ging weiter, blieb vor ihr stehen und legte ihr seine kleine Hand auf den Arm. Dann senkte er beschämt den Kopf und ließ die Hand sinken. Claudia holte tief Luft und drückte sanft seine Schulter.

»Schon gut … Es tut mir leid, dass sie dich in eine solche Lage gebracht haben.« Sie legte ihre Hände an seinen Hals, löste das Seil, schob es ihm über den Kopf und warf es beiseite. »Geh zu den anderen.« Dann schritt sie an ihm vorbei, reckte sich und starrte den Mann zugleich herausfordernd und voller Verachtung an.

»Du bist Claudia Acte«, bemerkte der Mann.

»Das bin ich. Und?«

»Du bist die Hure des Kaisers.«

»Nicht mehr. Er hat mich in diese Provinz ins Exil geschickt. Man hat dich falsch informiert.«

»Vielleicht. Vielleicht auch nicht. Aber Nero wird nicht wollen, dass du durch unsere Hand stirbst.«

Es gelang ihr nicht, ein bitteres Lächeln zu unterdrücken. »Er möglicherweise nicht. Aber die Männer, die ihn beraten, würden die Nachricht von meinem Tod bejubeln. Ich brächte dir keinen Nutzen als Geisel. Man hat dich umsonst auf eine solche Mission geschickt. Meine Männer sind gestorben, genauso wie deine, und du hast mein Zuhause zerstört – und das alles war vollkommen sinnlos. Ich habe keinen Wert für dich.«

Jetzt war er es, der lächelte, als er ihr mit leiser, rauer Stimme antwortete. »Du solltest darum beten, dass du unrecht hast, Claudia Acte.«

Er hob das Seil auf, das sie vom Hals des Jungen gelöst hatte, und trat auf sie zu. Dann schob er ihr die Schlinge über den Kopf, und bevor sie protestieren oder auf sonst eine Weise reagieren konnte, zog er kräftig am Seil, sodass sich die Schlinge enger um ihren Hals schloss. Schockiert schnappte sie nach Luft, doch kein weiterer Laut kam über ihre Lippen. Er packte sie bei den Schultern, drehte sie um, zog ihr die Hände auf den Rücken, legte ihre Handgelenke übereinander und band sie zusammen. Als Claudia sicher gefesselt war, lockerte er die Schlinge ein wenig und trat einen Schritt zurück. »Du kommst mit uns.«

»Wohin?«

»Zu unserem König.«

»Welchem König? Es gibt keinen König auf dieser von allen Göttern verlassenen Insel«, schnaubte sie.

Er versetzte ihr einen heftigen Schlag auf die Wange. »Schweig. Du hast kein Recht zu sprechen, sofern du nicht angesprochen wirst. Du wirst nicht fliehen. Wenn du versuchst, dich mir zu widersetzen, werde ich dich nackt ausziehen und auspeitschen lassen.«

Er wandte sich den Sklaven zu, bevor sie etwas darauf antworten konnte. Nachdem er sie kurz gemustert hatte, richtete er einige Worte an sie.

»Ihr seid frei, und ihr habt die Wahl: Entweder ihr kommt mit uns und schließt euch unseren Leuten an oder ihr geht eurer eigenen Wege. Wenn ihr euch dafür entscheidet, mit meinen Männern mitzukommen, müsst ihr mit uns Schritt halten. Wir werden nicht auf Nachzügler warten. Und wenn wir unser Land erreicht haben, werdet ihr den Treueeid auf unseren König ablegen. Solltet ihr diesen Eid brechen, wird man euch töten. Trefft eure Wahl jetzt. Wir brechen auf.«

Er schrie einen Befehl, der von einer Gruppe Briganten, die die brennende Villa eingekreist hatten, zur nächsten weitergetragen wurde. Die Reiter nahmen Aufstellung, wobei sie die Pferde des Landguts mit Seilen am Knauf ihrer Sättel festgebunden hatten. Eine Handvoll Karren war samt den dazugehörigen Maultiergespannen aus den Ställen geholt und mit Dingen beladen worden, die die Männer aus der Villa gestohlen hatten, bevor das Gebäude in Brand gesetzt worden war. Die Dunkelheit brach bereits herein, als der Anführer der Briganten mit bellender Stimme einen Befehl ausstieß und die bunt gescheckte Gruppe sich auf den Weg machte.

Claudia war in die Obhut eines Reiters in der Mitte der Kolonne gegeben worden. Er befestigte ein zusätzliches Seil an dem Strick, mit dem sie gefesselt war, und schlang das lose Ende um einen seiner Sattelknäufe. Während die Briganten abmarschierten, blieben die Sklaven noch einen Augenblick lang regungslos stehen, bevor sich ihnen der erste der Männer anschloss. Weitere folgten, und der Rest sah ihnen schweigend nach. In den Schein der Flammen getaucht, marschierte die Kolonne quer über das Grundstück des Landguts, das sie durch den Haupteingang verließ. Dann wandte sie sich nach links und verschwand in der Nacht.

KAPITEL 22

Die Reitereinheit von Centurio Massimilianus erreichte die Festung um die Mittagszeit, zwei Tage nachdem die Hauptkolonne eingetroffen war. Sobald ein Wachposten sie entdeckt hatte, war Cato informiert worden, der der Truppe entgegenritt. Er zügelte sein Pferd, als seine Männer noch immer zwanzig Schritte von ihm entfernt waren, und befahl ihnen anzuhalten, indem er die Hand hob.

»Ich bin froh, dich zu sehen, Centurio.«

»Die Freude ist ganz meinerseits, Herr.«

»Bevor du der Festung näher kommst, muss ich dich fragen, ob irgendeiner deiner Männer krank war oder ob es bei einem von ihnen Hinweise auf die Krankheit gegeben hat.«

»Ja, Herr. Ich musste fünf Mann in Carales zurücklassen.«

»Was ist mit ihnen passiert? Ich hatte deinen Männern befohlen, stets auf einen gewissen Abstand zu achten und Leute in die Stadt zurückzuschicken.«

»Ja, Herr. Einer der Männer kannte ein gutes Bordell in der Stadt und hat einige seiner Freunde überredet, sich nachts mit ihm in den Ort zu schleichen. Als ich davon erfuhr, hatten sie das Lager bereits verlassen, doch als sie sich zurückschlichen, erwartete ich sie bereits. Ich sagte ihnen, ich würde sie aufspießen lassen, sollten sie versuchen, sich wieder ihren Kameraden anzuschließen, und befahl ihnen, sich in der Festung in Carales zu melden. Ich sagte ihnen, man würde sie zur Verantwortung ziehen, wenn all das vorüber ist – sollten sie dann noch am Leben sein.«

»Gut. Sonst noch etwas?«

»Meinen übrigen Jungs geht es gut, Herr. Ich habe ihnen befohlen, jeden Hinweis auf eine Krankheit zu melden. Doch da war nichts mehr. Nicht einmal ein verstauchter Knöchel.«

»Gut gemacht.« Cato nickte und ritt mit seinem Pferd ein Stück weiter nach vorn. »Wie war die Lage in Carales, als du aufgebrochen bist?«

»Nicht gut. Sie bringen jeden Morgen die Leichen raus und beerdigen sie in einem Massengrab. Mehr als hundert am Tag, würde ich schätzen. Nachdem sich herumgesprochen hatte, dass wir, notfalls mit vorgehaltenem Speer, niemanden aus der Stadt ließen, kam nach und nach keiner mehr. Wir haben ein paar erwischt, die versucht haben, im Schutz der Dunkelheit zu verschwinden, und haben sie zurückgeschickt. Aber es dürfte ein paar geben, die es trotzdem geschafft haben. Vielleicht waren das dieselben, die die Seuche in einigen Dörfern der Umgebung verbreitet haben. Ich habe den dortigen Stammesoberhäuptern eingeschärft, dass erst dann wieder jemand ihre Orte verlassen darf, wenn zehn Tage lang niemand gestorben oder krank geworden ist. Ich hatte nicht genügend Männer, um die Dörfer genauso sorgfältig wie Carales zu überwachen, weshalb ich ihnen nur die schrecklichsten Konsequenzen androhen konnte, falls einer von ihnen zulassen würde, dass jemand die Seuche in ein weiteres Dorf trägt.«

»Das war das Beste, was du unter den gegebenen Umständen tun konntest. Komm, reiten wir in die Festung.«

Cato wendete sein Pferd und wartete, bis der Centurio zu ihm aufschloss. Dann schnalzte er mit der Zunge und ließ sein Pferd im Schritt den Weg zurückgehen.

»Wir werden es nicht schaffen, die Seuche aufzuhalten, oder, Herr?«, sagte Massimilianus leise.

Es hat keinen Sinn, sich zu verstellen oder auf unangebrachte Weise optimistisch zu sein, dachte Cato. Dadurch würde man nur wie ein Narr aussehen, wenn die Krise vorbei war, die Leute zurückblickten und denjenigen Fragen stellten, die in einer solchen Zeit die Verantwortung getragen hatten. »Ich bezweifle es. Wir hätten vielleicht ganz am Anfang eine Chance gehabt, wenn Scurra die Leute unter Quarantäne gestellt hätte, sobald er von ihrer Krankheit gehört hatte. Jetzt ist es zu spät. Wir müssen Carales und die Dörfer, in denen sich die Krankheit bereits ausgebreitet hat, ihrem Schicksal überlassen. Und da wir zu wenige Männer haben, um die Bewegungen der Menschen zu überwachen *und* uns um den Feind zu kümmern, wird sich die Seuche am Ende über die ganze Insel verbreiten. Und dann wird es nur noch darum gehen, die Leichen zu verbrennen.«

Massimilianus dachte kurz nach und nickte dann. »Es kommt alles wirklich unglücklich zusammen. Die Seuche und die Sache mit den Briganten – alles passiert gleichzeitig.«

»Stimmt, aber genauso wird das Imperium geführt. Jede Einheit, die an einer der Grenzen steht oder in einer der ruhigeren Provinzen in Garnison liegt, ist mit viel zu wenig Männern ausgestattet. Trotzdem kommen wir mit *einer* Krise immer noch gut zurecht. Aber wenn es mehr sind …« Cato zuckte mit den Schultern und deutete vage auf die Landschaft, die sie umgab. »So laufen die Dinge nun mal. Weshalb es nur umso wichtiger ist, dass wir uns um den Feind kümmern, bevor die Seuche Augustis erreicht. Denn das wird sie schließlich, da bin ich mir sicher.« Er warf Massimilianus einen warnenden Blick zu. »Das solltest du übrigens für dich behalten. Ich will nicht, dass meine Männer aus Angst vor der Seuche oder aus Sorge darüber, dass ihre Familien bedroht sein könnten, desertieren. Sie würden nicht verstehen, dass es vorerst das Beste für sie ist, genau dort zu bleiben, wo sie jetzt sind. Deshalb kein Wort zu wem auch immer. Klar?«

»Ja, Herr.«

»Zwanzig deiner Männer sollen sich bereithalten, morgen bei Tagesanbruch auszureiten. Wir werden die vorgeschobenen Außenposten inspizieren, die Placinus errichtet hat. Sorg dafür, dass deine Männer und die Pferde genügend zu essen bekommen und heute Nacht ungestört ruhen können.«

Als sich der Abend über das bewaldete Land senkte, kam Apollonius mit seinen Kundschaftern von seiner ersten Patrouille zurück und begab sich sofort ins Hauptquartier, um Cato Bericht zu erstatten. Er trug eine einfache stumpf-braune Tunika und einen speziell für ihn angefertigten Schwertgürtel, der kleine Scheiden für seinen Dolch und seine Wurfmesser besaß. Ein Tuch aus Leinen, das dieselbe Farbe hatte, schützte seinen Kopf und seinen Hals vor der Sonne und half ihm, mit dem trockenen Gras und den Sträuchern der Gegend zu verschmelzen.

Sein einziges Zugeständnis an eine militärische Uniform bestand in der dicken Wollhose und den stabilen Armeestiefeln, die er trug. Sein Gesicht und andere frei liegende Stellen seines Körpers waren mit Schmutzstreifen beschmiert, und er stank nach seinem eigenen Schweiß und dem Schweiß des Pferdes, auf dem er geritten war.

Als der professionelle Soldat, der er war, konnte Cato nicht anders und betrachtete ihn ein wenig verächtlich. »Du könntest ein wenig militärischer auftreten, jetzt, da du in der Armee dienst, weißt du?«

»Ich könnte. Aber ich werde es nicht.«

»Möglicherweise würde es den Männern unter deinem Kommando etwas bedeuten.«

»Glaubst du etwa, meine Kundschafter sehen anders aus? Als Erstes habe ich ihnen befohlen, überflüssige Teile ihrer Ausrüstung in der Festung zu lassen und sich Kleider zu besorgen, die in diesem Gelände nicht auffallen. Du wirst sehen, dass ihre Erscheinung nicht militärischer ist als meine.«

Cato versuchte, bei dieser Aussicht nicht zusammenzuzucken.

»Wir sind nicht einfach nur Kundschafter, die die Vorhut einer Armee bilden. Wir müssen so unauffällig wie möglich sein, um herauszufinden, wo sich unsere Feinde verbergen. Es ist meine Aufgabe, dich mit Informationen zu versorgen, welche ich auf genau diejenige Art bekomme, die mir dafür am geeignetsten erscheint. Deine Aufgabe ist es, sie zu nutzen.«

»Danke, dass du mir erklärst, was ich zu tun habe«, erwiderte Cato eisig. »Also, welche Nachrichten hast du? Setz dich.«

Apollonius lächelte knapp über die in scharfem Ton gestellte Frage, in der ein gewisser Respekt mitschwang, ohne dass sein Gegenüber amüsiert gewesen wäre. »Hast du etwas dagegen, wenn ich stehen bleibe? Mein Arsch schmerzt noch immer von der langen Zeit im Sattel.«

»Wie du willst. Nun?«

Apollonius griff in die Tasche, die er an seiner Seite trug, und nahm eine Pergamentrolle heraus, welche er auf Catos Schreibtisch ausbreitete. Im Gegensatz zu den üblichen Wegeverzeichnissen, welche die Armee benutzte und auf denen wenig mehr als die Entfernungen zwischen den einzelnen Stationen eingetragen war, hatte Apollonius das Terrain in vielen Einzelheiten dargestellt, indem er größere Hügel, Flüsse samt ihren Furten, Wege, Siedlungen und andere auffällige Züge der Landschaft eingezeichnet hatte. Die größte Fläche des Pergaments war jedoch vorerst noch leer geblieben. Trotzdem musste Cato zugeben, dass der Spion innerhalb weniger Tage beeindruckend viele Informationen gesammelt hatte.

Apollonius tippte auf das einfache Symbol, das für die Festung in Augustis stand, und fuhr mit dem Finger zu einem besonders hervorgehobenen Hügelrücken, der sich in einiger Entfernung östlich davon befand. »Das ist die Stelle, die ich für unser Lager ausgesucht habe. Dort steht noch einer der alten Türme. Sein Zustand verrät, dass er schon vor langer Zeit aufgegeben wurde, doch es war möglich, die Treppe im Inneren bis ganz nach oben zu steigen. Ich ließ die Männer von dort aus Wache halten. Es ist ein sehr guter Beobachtungsposten: Man kann dort in jede Richtung mehrere Meilen weit sehen. Ich habe sogar diese Festung von dort aus entdeckt.

Ich würde empfehlen, dass Placinus und seine Männer sich den Turm ansehen und eine Palisade errichten. Man kann dort ebenso gut Signale aussenden, wie man alles beobachten kann. Ich habe zwei meiner Männer vor Ort zurückgelassen, um das Gelände zu überwachen. Die Übrigen werde ich morgen früh dorthin führen, und dann werden wir tiefer in das Territorium des Feindes vordringen.«

»Sehr gut. Wenn ich Placinus morgen treffe, werde ich ihm mitteilen, dass er den Turm sichern soll.«

Apollonius hob eine Augenbraue. »Morgen?«

»Ich nehme die Reiterei, um die Außenposten mit Nachschub zu versorgen.«

»Ich verstehe. Ist es nötig, dass du dich auf solche Botengänge begibst?«

»Ich werde tun, was mir passt, verdammt noch mal. Ganz abgesehen davon, dass ich die Arbeiten inspizieren und mir die Landschaft genauer ansehen möchte. Hast du irgendetwas von unseren Feinden bemerkt?«

»Tagsüber nur sehr wenig. Einige Reitertrupps, jeweils nicht mehr als zehn Mann. In schwierigerem Gelände einige Gruppen zu Fuß. Nirgendwo Rauch, der ihre Lager verraten hätte. Nachts haben wir ein paar Feuer entdeckt, aber vor Tagesanbruch waren sie längst wieder gelöscht, sodass wir den Ort nicht genauer bestimmen konnten. Sie sind klug. Sie verbergen ihre wahre Stärke, und wenn sie nachts haltmachen, geben sie ihre Position nicht zu erkennen.«

Cato kratzte sich am Kinn und dachte über die Dinge nach, die der Spion ihm berichtet hatte. »Wir müssen unbedingt einen von ihnen gefangen nehmen. Wenn du mit deinen Männern jemanden schnappen kannst, könnte der Verhörspezialist der Kohorte ihn vielleicht dazu bringen, uns die Position ihrer Lager zu verraten.«

»Ich denke, wir müssten in der Lage sein, jemanden in unsere Gewalt zu bringen, wenn wir ein paar Tage bekommen, um eine dieser Gruppen aufzuspüren.«

»Zeit ist ein knappes Gut«, erwiderte Cato und informierte Apollonius über das, was Massimilianus ihm über die Lage in und um Carales berichtet hatte. »Bring mir so schnell wie möglich einen Gefangenen.«

»Ich werde mein Bestes tun. Und wenn ich es schaffe, solltest du die Befragung besser mir überlassen. Ich habe mit den Jahren hier und da ein paar Tricks aufgeschnappt. Meine Chancen, einem Gefangenen die Informationen zu entlocken, die wir brauchen, sind größer als die von irgendeinem Amateur in einer Kohorte der Hilfstruppen.«

»Ich weiß nicht, ob ich diese Ansicht an einem Ort wie diesem allzu laut äußern würde.«

»Ich werde daran denken, den besten meiner Jungs zu bitten, mir bei der Befragung zur Hand zu gehen. Er wird sich freuen, einige neue Fertigkeiten zu erwerben.«

Nicht zum ersten Mal fragte sich Cato, wie Apollonius' früheres Leben wohl ausgesehen haben mochte, denn dieser gab nur wenige Einzelheiten preis und war dabei nicht unbedingt vertrauenswürdig. Er fühlte, wie ihm ein eisiger Schauer über den Rücken rann, als er an die grauenvollen Dinge dachte, die der Spion für den hilflosen Gefangenen auf Lager hatte, wenn die Zeit gekommen war. Es war eine verstörende Aussicht. Er sah, dass der Spion ihn genau beobachtete, fast so, als lese er seine Gedanken. Er räusperte sich und klopfte auf das Pergament mit der Karte.

»Du hast das gut gemacht bisher. Bring mir einen Gefangenen und sorg dafür, dass er die Position des Feindes verrät, damit wir diesen Feldzug zu Ende bringen können, bevor die Seuche uns einholt. Oh, da fällt mir noch etwas ein: Wenn der Feind Wind davon bekommt, dass uns einer seiner Männer lebend in die Hände gefallen ist, wird er möglicherweise seine Verstecke aufgeben, bevor wir die Informationen nutzen können, die wir von dem Gefangenen bekommen.«

»Das stimmt«, musste Apollonius ihm recht geben. »Wenn das geschieht, werden wir uns einen weiteren Gefangenen besorgen und die ganze Prozedur wiederholen müssen. Aber selbst wenn wir nicht herausfinden, wo sich unsere Gegner aufhalten, werden wir ihre Zahl Schritt für Schritt verringern. Alles hat seine guten Seiten, Präfekt«, schloss er mit einem trockenen Lachen.

»Falls wir lange genug leben, um noch in ihren Genuss zu kommen, jedenfalls. Du hast jetzt die Gelegenheit, das Badehaus zu benutzen und dir ein paar saubere Kleider zu besorgen, bevor du wieder losziehst.«

»Kommt nicht infrage. Vielleicht stoße ich auf irgendjemanden, der hier in der Gegend lebt, während ich das Terrain auskundschafte. Ich will nicht wie ein frisch geschrubbter römischer Soldat wirken, der versucht, wie jemand von der Insel auszusehen. Je schmutziger ich bin und je mehr ich stinke, desto weniger mache ich irgendjemanden misstrauisch. Man kann sich auf verschiedene Arten verkleiden, und einige sind weniger ersprießlich als andere. Ich melde mich wieder, sobald ich irgendwelche Neuigkeiten habe, oder besser noch, einen Gefangenen.«

Er rollte seine Karte zusammen und schob sie in seine Tasche. Dann nickte er Cato zum Abschied zu und ließ ihn allein in seinem Arbeitszimmer zurück. Das Licht begann bereits zu schwinden, und Cato ließ sich von einem der Schreiber eine Lampe bringen. Als er in ihrem matten Schein an seinem Tisch saß, dachte er über die Bedeutung von Apollonius' kurzem Bericht nach. Wenn der Feind so schwer zu fassen war, wie der Spion sagte, würde es schwierig werden, ihn in eine Lage zu zwingen, in der er sich einem offenen Kampf würde stellen müssen. Gut, schloss er, wenn die gegnerischen Trupps so schwer festzunageln waren, würde er sich auf ihre schwache Seite konzentrieren: die Siedlungen ihrer Leute. Wenn es gelang, diese zu zerstören und die Bewohner aus dem Gebiet des Feldzugs zu entfernen, würden die Briganten schon bald von Hunger geplagt werden. Das wiederum würde sie dazu zwingen, die Wälder zu verlassen und in offenes Gelände zu ziehen, wo sie leichter zu entdecken und zu vernichten waren. Was aber würde Cato mit den Stammesangehörigen tun, die er aus ihren Dörfern vertreiben wollte? Man musste sie bewachen und versorgen. Die Festung bei Tharros konnte vorübergehend als Gefängnis dienen. Er würde Männer abstellen müssen, um die Leute zu bewachen und sie mit Nahrung und Wasser zu versorgen. Außerdem gab es da noch die Germanen, die Claudia beschützten. Nicht alle von ihnen wären nötig, um dafür zu sorgen, dass die junge Frau nicht einfach verschwand. Sie wären jedoch ganz besonders dazu geeignet, die Gefangenen so sehr einzuschüchtern, dass Gedanken an Revolte oder Flucht gar nicht erst aufkommen würden.

Die Erinnerung an die Germanen ließ ihn einen Augenblick lang davon träumen, seine Bekanntschaft mit Claudia zu erneuern, sobald der Feldzug beendet war. Diese Aussicht brachte allerdings ein neues Problem mit sich. Claudia würde möglicherweise für den Rest ihres Lebens im Exil bleiben müssen, es sei denn, Nero ließe sich umstimmen. Aber selbst wenn sie beschloss, nach Rom zurückzukehren, erwartete sie dort eine Gegnerin in Gestalt von Neros Mutter, und zweifellos würde jede zukünftige Geliebte oder Ehefrau Neros sie als potenzielle Rivalin betrachten. Die Stadt war für Claudia gefährlich gewesen, als sie ihr den Rücken kehrte; jetzt wäre Rom für sie sogar noch gefährlicher. In diesem Fall wäre es am sichersten für sie, sich unauffällig zu verhalten und weiterhin im Exil auf der Insel zu bleiben. Wenn, wie Cato hoffte, überhaupt eine Möglichkeit bestand, dass sich ihre Freundschaft zu etwas anderem weiterentwickelte, würde er sich der Entscheidung stellen müssen, sein Leben mit Claudia im Exil zu verbringen oder sie zu verlassen und seine Armeekarriere anderswo im Imperium weiterzuverfolgen. Als er seine Optionen abwog, wurde ihm klar, dass er sich nach einer intelligenten, aufrichtigen Ehefrau sehnte, mit der er sein Leben teilen konnte – genauso, wie Macro sich für Petronella entschieden hatte. Ja, dachte er, Claudia war so eine Frau. Er freute sich darauf, in ihre schöne Villa auf dem Hügel über Tharros zurückzukehren und mit ihr im Garten zu sitzen, in den sie viel Arbeit steckte, um dessen frühere Pracht wieder zu erschaffen. Er stellte sie sich vor. Um diese Tageszeit stünde sie wahrscheinlich auf dem Balkon und würde den Sonnenuntergang über dem Meer betrachten. Er lächelte. Es fühlte sich gut an, sich auszumalen, wie sie ihre friedliche Umgebung genoss, fern allen Herausforderungen und Gefahren, denen er sich stellen musste.

Die Morgendämmerung war angenehm kühl, als Cato sich im Tor der Festung Massimilianus und seiner Reitereinheit anschloss. Die vier Karren mit dem Nachschub befanden sich auf der anderen Seite des Hauptverbindungswegs, der sich quer durch die Festung zog. Die Maultiere in ihrem Geschirr standen regungslos davor; ihre langen Ohren zuckten, während sie mit der fatalistischen Ausstrahlung ihrer Art träge vor sich hinstarrten. Etwa eine Stunde zuvor hatte es einen kurzen Regenschauer gegeben, und dünner Nebel hing in den Tälern und Senken der bewaldeten Hügel. Die Luft war ruhig, und die Stille wurde nur von Vogelgezwitscher, dem leisen Klirren des Zaumzeugs der Pferde und der gedämpften Unterhaltung der Soldaten unterbrochen, die neben ihren Tieren standen.

»Guten Morgen, Herr«, begrüßte ihn Massimilianus. »Die Männer und die Karren sind bereit. Du brauchst nur noch den Befehl zu erteilen.«

Cato schlang seine zusammengerollte Schlafdecke, seine Feldflasche und seine Seitentasche um die Knäufe seines Sattels und wollte sich auf das Pferd schwingen. Doch seine Armmuskeln versagten bei diesem ersten Versuch. Er biss die Zähne zusammen, spannte die Sehnen an und drückte sich so hoch, dass es ihm gelang, ein Bein über den Rumpf des Pferdes zu schieben. Es war für jedermann offensichtlich, dass er sich immer noch nicht vollständig von seiner Krankheit erholt hatte. Einige Atemzüge lang blieb er ruhig sitzen, um sich zu erholen. Dann wandte er sich an den Centurio. »Lass die Männer aufsitzen.«

»Ja, Herr.« Massimilianus zog seine Schultern leicht nach hinten, während er tief Luft holte. »Schwadron … aufsitzen!«

Der Centurio und seine Männer stiegen in ihre Sättel und beruhigten ihre Pferde. Massimilianus wartete, bis der letzte seiner Männer sein Tier unter Kontrolle hatte, bevor er den beiden Wachposten unter dem Torturm zurief: »Öffnet das Tor!«

Die Männer schoben den Sperrbalken aus seiner Halterung; dann öffnete jeder von ihnen einen der beiden Torflügel und trat beiseite, während Cato sein Pferd im Schritt aus der Festung und über die Rampe führte, die sich über dem Verteidigungsgraben befand, und schließlich den Weg in Richtung der Straße einschlug, die von Augustis zur Küste führte. Massimilianus folgte ihm an der Spitze der Schwadron, welcher am Schluss die Karren folgten. Als der letzte rumpelnd aus der Festung gerollt war, schlossen sich die beiden Torflügel wieder, und ein dumpfer Aufschlag verriet, dass der Sperrbalken wieder vorgelegt wurde.

Cato blickte zum Himmel auf und sah, dass die letzten nächtlichen Wolken nach Süden zogen. Ein schöner Tag lag vor ihnen. Das wäre eine angenehme Aussicht gewesen, hätte nicht ein langer Marsch durch den Wald vor ihm gelegen. Die heiße Luft würde sich um die Männer der kleinen Kolonne schließen, und sie würden in ihren dicken Tuniken und ihren schweren Rüstungen vor sich hin schmoren, während die Sonne auf sie niederbrannte. Er wusste aus Erfahrung, dass es weitaus angenehmer war, unter einem bedeckten Himmel bei einer leichten Brise zu marschieren.

Sie wandten sich Richtung Osten und betraten die Straße, die kaum mehr als ein breit ausgetretener Pfad war, der eine Reihe lang gezogener Biegungen beschrieb, bis er den Fuß des ersten Hügels erreichte. Von dort aus drangen sie in den Wald ein, der sich über das hügelige Gelände erstreckte, das von Augustis bis zum Meer reichte. Auf beiden Seiten standen die Bäume – vor allem Eichen und Kiefern – bis fast an den Rand des Weges; an einzelnen Stellen zog sich das Blätterdach vollständig von einer Seite bis zur anderen, sodass Reiter und Karren sich durch eine von sonnigen Flecken durchbrochene Schattenlandschaft bewegten. In anderen Provinzen des Imperiums, in die Cato auf seinen Missionen geschickt worden war, hätten Pioniere der Armee zu beiden Seiten der Straße einen breiten Streifen Wald gerodet, um Angriffe aus dem Hinterhalt zu erschweren. Hier jedoch gab es keinen Hinweis darauf, dass so etwas jemals geschehen war. Stattdessen schienen uralte Bäume mit knorrigen und verdrehten Ästen auf sie einzudringen, und die Stille und die Schatten zerrten an den Nerven von Catos Männern, während sie in die Tiefen des sie umgebenden Waldes starrten.

Massimilianus lenkte sein Pferd an Catos Seite und murmelte: »Ich mag dieses Terrain nicht, Herr. Man könnte in diesen Wäldern zehn Legionen verstecken, und niemand würde je davon erfahren. Wie, beim Hades, sollen wir in dieser Wildnis den Feind finden?«

»Nimmst du diese Route heute zum ersten Mal?«

»Ja, Herr. Soweit ich zurückdenken kann, hat man die Region den Stämmen der Insel überlassen. Ich weiß, dass Kaufleute diese Straße bis vor Kurzem benutzt haben, aber sie mussten den Briganten eine beträchtliche Gebühr für dieses Privileg bezahlen. Diese Wälder gehören dem Feind.«

»Das wird sich jetzt ändern. Sardinien ist eine römische Provinz, und zwar jede einzelne Handbreit der Insel. Wir werden nicht abziehen, bevor der Feind vernichtet ist. Gewöhne dich also schon mal an den Anblick von Bäumen, Centurio.«

Eine Zeit lang ritten sie schweigend weiter, bis Catos Hybris seiner Vorsicht zu weichen begann und er einen Befehl gab. »Zehn deiner Männer sollen sich zurückfallen lassen, um die hinteren Karren im Auge zu behalten.«

»Ja, Herr.«

»Und zwei weitere sollen uns fünfzig Schritte vorausreiten.«

Massimilianus nickte und zügelte kurz sein Pferd, um Catos Anweisungen weiterzugeben.

Um die Mittagszeit kamen sie auf eine Lichtung am Rand einer flachen Schlucht, und Cato ließ die Kolonne Rast machen. Während sich Soldaten der Hilfstruppen und Mauleseltreiber leise unterhielten, ging er ein kleines Stück weiter und kletterte auf einen Haufen Felsen, die neben die Straße gerollt waren. Von deren Spitze aus konnte er in etwa fünf Meilen Entfernung einen niedrigen Hügelrücken erkennen, und seine Zuversicht stieg, als es ihm gelang, die dunklen Umrisse eines Wachturms zu erspähen, der über die Bäume auf dem Hügelrücken hinausragte. Es musste sich um den ersten von Placinus errichteten Außenposten handeln; er befand sich etwa einen Tagesmarsch von der Festung bei Augustis entfernt. Wenn es zu keinen Verzögerungen kam, würde die Kolonne den Außenposten noch vor Einbruch der Nacht erreichen, wie er zufrieden ausrechnete. Er zog den Stöpsel aus seiner Feldflasche und nahm rasch einen Schluck von dem lauwarmen Wasser. Während er den Stöpsel zurückschob und die Feldflasche senkte, musterte er noch einmal die Umgebung. Abgesehen von dem fernen Wachturm wies nichts darauf hin, dass die Gegend besiedelt gewesen wäre.

Er kletterte die Felsen hinab und war gerade im Begriff, zu den von ihren Pferden gestiegenen Männern und den Karren zu gehen, als er eine Bewegung zu seiner Rechten bemerkte. Rasch wandte er sich um und fixierte die Stelle mit wachsamem Blick. Nichts rührte sich. Und doch überzog ein eisiges Prickeln seine Kopfhaut, als er sich dazu zwang, die Straße mit ruhigem Schritt zurückzugehen. Die Bewegung war winzig gewesen, aber er war sicher, dass ein Mann aus der Tiefe des Waldes heraus nach ihnen gespäht hatte.

KAPITEL 23

Wir werden beobachtet«, sagte Cato leise, als er auf Massimilianus zuging. »Lass dir nichts anmerken. Hör einfach nur zu. Ich habe jemanden zur Linken der Straße gesehen, etwa vierzig Fuß vor uns zwischen den Bäumen.«

Ohne dass der Centurio das Gesicht von Cato abgewandt hätte, bewegte sich sein Blick in die angegebene Richtung. »Wie viele sind es, Herr?«

»Ich habe nur einen gesehen. Aber es könnten mehr sein.«

»Was sollen wir tun?«

Cato dachte rasch nach. Sie waren dem Außenposten näher als der Festung. Wenn der Mann, den er gesehen hatte, zum Feind gehörte, mochten noch mehrere seiner Kameraden zwischen den Bäumen verborgen sein, die vielleicht einen Angriff aus dem Hinterhalt planten. Genauso gut konnte es sich um einen Kundschafter handeln, der die Kolonne beschattete und ihre Anwesenheit seinem Anführer melden würde. Wenn es sich so verhielt, wäre es vielleicht möglich, ihn gefangen zu nehmen. Die Vorstellung, mehrere seiner Soldaten in den Wald zu schicken, um einen Briganten aufzuspüren, der das Terrain weitaus besser kannte als die römischen Eindringlinge, war beklemmend, weshalb Cato die Idee verwarf.

»Wer ist dein bester Mann?«

»Herr?«

»Ich brauche jemanden, der kräftig ist und sich lautlos bewegen kann.«

Der Centurio ließ seinen Blick über die Soldaten der Hilfstruppen schweifen, die neben ihren Pferden standen, und deutete auf einen dünnen Mann, der sich etwas abseits hielt. »Lupis. Er war Jäger, bevor er zur Armee kam.«

»Gut. Ich will, dass du ihn gleich nachher zu mir schickst. Wir werden zum Außenposten weitermarschieren und dabei besonders wachsam sein müssen. Sag den Männern, dass sie die Futtersäcke für ihre Tiere und die übrige Ausrüstung auf die Karren laden sollen. Nichts darf sie behindern, und sie müssen sich zum Kampf bereithalten, wenn das nötig werden sollte. Und teile jeweils zwei Männer zur Bewachung eines Karrens ein. Schärfe ihnen ein, dass sie für dessen Sicherheit verantwortlich sind. Damit bleiben uns noch sechs Mann, um die Kolonne vorn zu schützen, und vier Mann für hinten. Du sicherst hinten ab. Was auch immer geschieht, wir müssen versuchen, die Karren zu schützen und zum Außenposten zu bringen.«

»Ja, Herr.« Massimilianus nickte knapp, ging zu seinen Männern, gab ihnen leise die entsprechenden Befehle. Die Soldaten luden die Futtersäcke und die Satteltaschen auf die Karren. Der Centurio sprach kurz mit Lupis, und Lupis eilte zu Cato und salutierte.

»Der Centurio hat mir gesagt, dass du mich sprechen willst, Herr.«

»Wie ich höre, warst du früher Jäger.«

»Ja, Herr.«

»Warst du gut?«

»Recht gut«, erwiderte der Soldat vorsichtig.

»Warum bist du dann zur Armee gegangen?«

»Ich wollte mehr vom Leben als wilden Ebern nachzujagen.«

»Dann hättest du in die Legion eintreten sollen anstatt in eine kaiserliche Garnison in einer so abgelegenen Provinz wie Sardinien.«

»Es ist wirklich wunderbar, dass man im Nachhinein immer klüger ist, Herr.«

Cato lächelte matt, doch dann wurde seine Miene ernst. »Ich brauche einen guten Jäger. Jemand beobachtet uns. Es könnte ein einzelner Mann sein, es könnten mehrere sein. Das sollst du herausfinden. Die Kolonne wird in wenigen Augenblicken weiterziehen. Wenn es so weit ist, möchte ich, dass du dich im hinteren Bereich aufhältst, bis wir die Lichtung verlassen haben, und dann zwischen den Bäumen links der Straße verschwindest. Finde heraus, wer uns beobachtet. Falls es nur ein einzelner Mann ist, nimm ihn gefangen, wenn du kannst, und bring ihn zu mir. Ansonsten erstatte mir Bericht, sobald du sicher bist, wie viele es sind.« Er hielt kurz inne, damit Lupis sich über die Bedeutung des Befehls klar werden konnte. Dann fuhr er fort. »Schaffst du das, ohne selbst gesehen zu werden?«

»Ich wäre kein besonders guter Jäger, wenn ich es nicht schaffen würde, Herr.«

»Schön. Dann sprechen wir uns später wieder. Wenn der Feind uns vorher angreift, gehst du zurück zur Festung in Augustis und berichtest dort, was geschehen ist.«

»Ja, Herr.«

»Mögen die Götter über dich wachen, Lupis.«

Der Soldat grinste aufmunternd und ging zurück zu seinen Kameraden. Cato sah sich ein letztes Mal auf der Lichtung um, bevor er sich mit ruhiger Stimme an seine Männer wandte. »Es wird Zeit, dass sich die Kolonne wieder in Bewegung setzt, Männer!«

Massimilianus gab den Befehl zum Aufsitzen. Die Männer stiegen in die Sättel und nahmen mit ihren Pferden die besprochenen Positionen ein, wobei jeweils zwei Reiter ihre Plätze zwischen den Karren bezogen.

Als alle bereit waren, schwang Cato lässig seinen Arm nach vorn und ließ sein Pferd im Schritt auf der Straße weitergehen. Die Reiter hinter ihm rückten langsam auf, wobei jeweils zwei nebeneinanderritten. Hinter ihnen rumpelten die schweren Holzräder der Karren über die von der Sonne festgebackene Erde. Der Lärm der Hufe und der Räder wirkte fast ohrenbetäubend und erstickte jeden anderen Laut, der vielleicht zwischen den Bäumen hervordrang, während die Kolonne die Lichtung hinter sich ließ. Cato warf einen Blick zurück, um zu sehen, ob Lupis noch immer bei ihnen war, doch in der Staubwolke, die von den Pferden und den Karren aufgewirbelt wurde, konnte er nichts erkennen.

Etwa eine weitere Stunde lang folgte die Kolonne wie zuvor ihrer festgelegten Route. Die Langeweile, die sich in der ersten Hälfte des Tages breitgemacht hatte, war einer angespannten Wachsamkeit gewichen, die sich mit jedem Herzschlag und jedem Atemzug zu vertiefen schien. Die angespannte Atmosphäre war umso schwerer zu ertragen, als um die Kolonne herum vollkommene Stille herrschte. Die meiste Zeit über ritten die Männer in der prallen Sonne, während Insekten um die Köpfe der Pferde und Maultiere schwirrten und ihr Bestes gaben, den heftig schwitzenden Männern in ihren Sätteln zuzusetzen. Catos Blick schweifte unablässig über die Straße vor ihm und zwischen die Bäume rechts und links davon, während er sich bemühte, so tief wie möglich in die schattigen Stellen hineinzusehen. Gleichzeitig versuchten seine Ohren, irgendwelche verdächtigen Laute wahrzunehmen, die trotz des Lärms der Pferde, Maultiere und Karren vielleicht zu hören waren.

Die Anstrengung zerrte an seinen Nerven, und er wusste, wie gefährlich es wäre, wenn sein müder Kopf ihm Streiche spielen würde. Gelegentlich entdeckte er eine Bewegung, und einmal huschte etwas nur zwanzig Fuß vor ihm unter lautem Getöse auf die Straße. Er hatte sein Schwert schon gezückt, als er erkannte, dass es sich um einen wilden Eber handelte. Mit aufgestelltem Fell drehte das Tier ihm kurz den Kopf zu, bevor es zwischen den Bäumen auf der anderen Seite der Straße davonstürmte. Mit heftig pochendem Herzen und einem leicht dümmlichen Gesichtsausdruck schob Cato sein Schwert in die Scheide zurück. Der Soldat, der direkt hinter ihm ritt, schnalzte mit der Zunge.

»Das hätte ein schönes Abendessen gegeben. Wie schade.«

Cato holte tief Luft und ließ sein Pferd weitergehen, indem er ihm leicht seine Fersen in die Weichen drückte. Seine Gedanken waren weit entfernt von der Vorstellung eines abendlichen Wildschweinbratens. Etwas hatte den Eber aufgeschreckt und ihn dazu gebracht, quer über ihren Weg zu fliehen. Er sah in den Wald, konnte jedoch nirgendwo eine Bewegung entdecken. In geringer Entfernung vor ihnen machte die Straße einen Bogen um eine kahle, mit Felsblöcken übersäte Anhöhe. Als Cato sich der Kurve näherte, humpelte ein Mann zwischen den Bäumen hervor und blieb schließlich stolpernd stehen. Ihm folgte Lupis mit dem Schwert in der Hand, die Spitze der Waffe auf das Rückgrat des Gefangenen gerichtet.

Cato gab der Kolonne das Zeichen haltzumachen. Dann stieg er vom Pferd und ging auf Lupis und den Gefangenen zu. Der Gefangene trug einen Pelz aus dunkler Wolle, der mit einem Gürtel über seiner braunen Tunika befestigt war. Seine Stirn und seine Wangen waren tätowiert; die Muster waren merkwürdig kantig und hatten nichts gemein mit den eleganten Wirbeln, die Cato mehrere Jahre zuvor auf der Haut der Kelten in Britannien gesehen hatte. Ein schmaler Haarkranz zog sich über sein Kinn, und aus seiner linken Schläfe rann frisches Blut; das Haar an jener Stelle war von bereits getrocknetem Blut verklebt. Aus der Nähe sah Cato, dass es sich um einen Jugendlichen handelte, der nicht älter als fünfzehn oder sechzehn Jahre sein konnte.

»Er hat uns beobachtet, genau wie du gesagt hast, Herr«, erklärte Lupis und trat dem Jungen von hinten gegen die Beine, sodass er vor Cato auf die Knie fiel. »Ich habe seine Spur aufgenommen und eine Weile lang zugesehen, wie er in Bocksprüngen der Kolonne gefolgt ist. Als ich sicher sein konnte, dass er allein war, habe ich mich um ihn gekümmert. Er brauchte eine Ohrfeige mit der flachen Seite meines Schwerts, bis er aufgab. Er scheint noch alle Sinne bei sich zu haben, weshalb kein Schaden entstanden ist ... noch nicht.«

Cato sah den Jungen an. Seine Miene war niedergeschlagen, und seine Hände zitterten.

»Wie heißt du, mein Sohn?«

Der Junge antwortete nicht, und Lupis versetzte ihm mit seiner freien Hand einen Klaps gegen den Hinterkopf. »Gib dem Präfekten Antwort, du räudiger Hund.«

Cato fixierte den Soldaten mit scharfem Blick und schüttelte rasch den Kopf, bevor er sich wieder dem Gefangenen zuwandte und ihn mit sanfter Stimme ansprach.

»Sieh mich an.«

Der Junge hob zögernd den Kopf.

»Sag mir deinen Namen.«

Der Gefangene fuhr sich mit der Zunge über die Lippen und murmelte etwas, das Cato nicht verstand.

»Sprich lauter.«

»Calgarno.«

»Calgarno«, wiederholte Cato. »Man hat dich dabei erwischt, wie du uns hinterherspioniert hast. Verstecken sich noch mehr von deinen Leuten im Wald? Verstehst du mich? Sprichst du Latein?«

Der Junge antwortete nicht, doch Cato konnte die Angst in seinem Gesicht sehen und beschloss, sie sich zunutze zu machen. »Ich werde nicht noch mehr Zeit damit verschwenden, dich höflich um Informationen zu bitten. Wenn du nicht sofort antwortest, werde ich dafür sorgen, dass mein Mann dort sie aus dir rausprügelt. Das wird schrecklich wehtun, und früher oder später wirst du mir sagen, was ich wissen muss. Dir bleibt nur die Wahl, wie sehr du leiden willst, bevor du den Mund aufmachst. Ich werde dich jetzt noch einmal fragen. Verstecken sich noch mehr von deinen Leuten im Wald?«

Der Junge biss die Zähne zusammen und starrte ihn so provozierend an, wie er es vermochte. Cato seufzte und wandte sich an Lupis. »Soldat, nimm deinen Dolch und schneide diesem Kerl die Ohren ab.«

Lupis grinste, schob sein Schwert in die Scheide und zog seinen Dolch. Er packte den Jungen bei den Haaren, indem er seine linke Hand um einige seiner Locken schloss, riss seinen Kopf heftig zur Seite und hob den Dolch.

»Nein!«, schrie Calgarno und versuchte, sich loszureißen. »Nein!«

Cato hob die Hand, um Lupis aufzuhalten. »Dann beantworte meine Fragen. Und sag die Wahrheit. Ich spüre es, wenn man mich anlügt. Ich kann Täuschungen riechen.« Er zwang sich zu einem wütenden Schnauben. »Du wirst mir alles sagen. Wenn nicht, wirst du deine Ohren verlieren … dann deine Augen … und dann deine Eier.«

Der Junge stieß ein schmerzerfülltes Wimmern aus, und seine Schultern sackten zusammen.

»Bist du allein?«

Calgarno nickte.

»Sprich. Allein? Ja oder nein?«

»Ja.«

»Bist du zufällig auf uns gestoßen, oder hat man dich losgeschickt, um uns zu beobachten?«

»Ich war auf der Jagd mit meinem Vater.« Er sprach mit rauem Akzent, doch Cato hatte keine Mühe, ihn zu verstehen.

»Er hat gesagt, dass ich euch folgen soll, während er die anderen holt.«

»Die anderen? Welche anderen?«

»Die Übrigen aus unserer Kriegertruppe.«

Cato spürte, wie sein Puls schneller schlug. »Aus wie vielen Leuten besteht eure Kriegertruppe?«

Calgarno sah ihn verständnislos an, und Cato vermutete, dass er nicht zählen konnte. Er versuchte es anders. »So viele Männer wie ich habe? Oder mehr?«

»Mehr. Viel mehr.«

»Wo sind sie? Wie weit entfernt?«, wollte Cato wissen, bevor ihm klar wurde, dass der Gefangene die Frage vielleicht nicht verstehen würde. »Einen Tagesmarsch? Einen halben Tag?«

»Weniger.«

»Wann ist dein Vater aufgebrochen?«

»Sofort als wir eure Kolonne gesehen haben.«

»Und wann war das?«

»Nachdem ihr den Wald betreten habt.«

Lupis fluchte leise. »Das ist schon viele Stunden her. Sie könnten uns jeden Augenblick angreifen. Oder uns irgendwo auf dem Weg auflauern.«

»Ruhe!« Cato dachte nach. Der Soldat hatte recht. Cato versetzte sich in die Lage ihrer Feinde und wog die Möglichkeiten ab. Es wäre besser, dem Geleitzug vorauszureiten und einen Hinterhalt vorzubereiten, als bei der ersten Gelegenheit auf die Karren und ihre Eskorte einzustürmen. Selbst wenn der Feind unverzüglich auf die Nachricht von ihrer Anwesenheit reagiert hatte, war es immer noch möglich, dass es ihm noch nicht gelungen war, die Straße zu erreichen. Wenn der Geleitzug das Tempo erhöhte, wäre es vielleicht möglich, sich vor die gegnerischen Truppen zu setzen.

»Lupis, fessle den Jungen an Armen und Beinen und lade ihn auf einen der Karren.«

»Ja, Herr.« Lupis ließ Calgarnos Haar los und tippte mit der Spitze seines Dolchs gegen den Rücken des Gefangenen. »Hoch mit dir! Beweg dich!« Er führte den Jungen an das Ende der Kolonne.

Cato rief Massimilianus nach vorn. Der Centurio trabte heran und stieg vom Pferd. Cato informierte ihn kurz und deutete auf die Anhöhe, die er entdeckt hatte. »Ich reite voraus und mache mir ein Bild davon, wie es dort aussieht. So lange hast du hier das Sagen. Lass die Kolonne aufbrechen. Sorg dafür, dass die Maultiertreiber das Tempo erhöhen. So schaffen wir es vielleicht, uns vor den Feind zu setzen.«

»Und wenn wir es nicht schaffen?«

»Dann werden wir uns zum Außenposten durchkämpfen müssen. Sorg dafür, dass die Männer darauf vorbereitet sind.«

»Ja, Herr.«

Cato ging zu seinem Pferd zurück und schwang sich, von seiner wiedergewonnenen Energie überrascht, in den Sattel. Er zog die Zügel an, sodass das Pferd in einen leichten Galopp verfiel, und ritt dann weiter die Straße hinab. Als er den Fuß der Anhöhe erreicht hatte, sah er, dass deren Hänge von mächtigen Felsblöcken und kleineren Felsen übersät waren; Streifen trockenen Grases und verkrüppeltes Buschwerk bedeckten den kargen Boden. Er zügelte sein Pferd und lenkte es den Hang hinauf bis zur flachen Kuppe, wo er innehielt und seinen Blick über das umliegende Terrain schweifen ließ. Von der Spitze der Anhöhe aus konnte er die Straße noch mindestens zwei Meilen weit sehen, schätzte er. Hier und da verschwand sie unter dem Blätterdach des Waldes oder in einer kleinen Senke, doch bald erhob sie sich wieder zwischen den Bäumen und führte auf den Hügelrücken zu, auf dem, eine weitere Meile entfernt, der Außenposten errichtet worden war. Von seinem Aussichtsposten aus konnte Cato mehrere Streifen Land erkennen, auf denen junge Bäume inmitten fahler Asche und verkohlter Baumstümpfe wuchsen, die nach Waldbränden zurückgeblieben waren. Nirgendwo gab es einen Hinweis auf Menschen, und für einen Augenblick gestattete er sich die Hoffnung, dass die Kolonne ihr Ziel sicher erreichen würde, bevor Calgarnos Vater und seine Kriegertruppe sie eingeholt hatten. Am Fuß der Anhöhe zogen Reiter und Karren vorüber, wobei die Maultiertreiber neben ihren Gespannen hereilten; sie ließen ihre dünnen Peitschen knallen, um die Tiere anzutreiben.

Cato umfasste die Zügel fester und wollte sein Pferd gerade den Hang hinablenken, als er eine unauffällige Bewegung bemerkte. »Ganz ruhig.« Rasch zügelte er das Pferd und drehte sich halb in seinem Sattel um, wobei er die Hand an die Stirn legte, um seine Augen zu beschatten. Etwa eine Meile entfernt tauchte eine Reihe von Männern zwischen den Bäumen auf und überquerte einen jener Streifen freien Landes, welche das Feuer geschaffen hatte. Sofort stieg er ab und führte sein Pferd hinter den nächstgelegenen Felsblock, damit er nicht unfreiwillig seine Position verriet, während er den Feind beobachtete.

»Vierzig ... fünfzig ...«, murmelte er, indem er die Anzahl der Feinde abschätzte. »Sechzig ...«

Es kamen noch mehr, bis der Feind seine volle Stärke erreicht hatte. Schließlich lag das Verhältnis bei drei zu eins. Cato schnitt eine Grimasse. Er versuchte, das Vorankommen seiner Männer sowie die Richtung und das Tempo der rasch heranrückenden Gegner abzuschätzen und kam zu dem Schluss, dass – sollten diese weiter in der Richtung vorrücken, die sie bisher eingeschlagen hatten – ihre Gegner fast gleichzeitig mit der Kolonne einen ganz bestimmten Punkt der Straße erreichen würden.

»Scheiße.«

KAPITEL 24

Nachdem Cato die Kolonne endlich erreicht hatte, gab er unverzüglich den Befehl, das Tempo zu erhöhen, und berichtete Massimilianus von seinen Beobachtungen, während sie hinter dem letzten Karren her ritten.

»Besteht die Möglichkeit, ihnen irgendwie aus dem Weg zu gehen, Herr?«

»Die besteht tatsächlich«, erwiderte Cato. »Aber nur, wenn wir so rasch vorankommen, dass sie, wenn sie die Straße erreichen, nicht sicher sein können, ob wir diesen bestimmten Punkt schon passiert haben oder nicht. Wenn ich den Befehl über ihren Trupp hätte, würde ich Männer in beide Richtungen losschicken, um die Straße zu überwachen. Selbst wenn sie uns zuerst nicht entdecken, dürfte es ziemlich bald offensichtlich werden, dass wir uns vor sie gesetzt haben. Dann wird es schlicht und einfach ein Wettrennen bis zum Außenposten. Die Maultiere werden das Tempo allerdings nicht lange halten können. Sobald sie langsamer werden, wird der Feind rasch an Boden gutmachen. Es ist wahrscheinlich, dass wir in einen direkten Kampf verwickelt werden – auf die eine oder andere Weise.«

»Gut.« Massimilianus nickte zufrieden. »Es wird langsam Zeit, dass wir diese Bastarde in einem offenen Kampf stellen können.«

»Ich möchte dich an der Spitze der Kolonne«, entschied Cato. »Ich kümmere mich hier um alles.«

Stirnrunzelnd wandte sich der Centurio an seinen Vorgesetzten. »Warum, Herr?«

Cato erwog kurz, ihm zu sagen, er solle einfach nur seinen Befehl befolgen, doch es war von entscheidender Bedeutung, dass der Mann seine Überlegungen verstand.

»Ich brauche dich, um das Tempo zu bestimmen und dafür zu sorgen, dass Männer und Maultiere in Bewegung bleiben. Wenn es zu Feindkontakt kommt, werde ich das Kommando über den rückwärtigen Teil der Kolonne übernehmen und unsere Gegner so lange wie möglich aufhalten. Mit etwas Glück könnte dir das so viel Zeit verschaffen, dass du die Karren zum Außenposten und in Sicherheit bringen kannst. Sobald der Kampf beginnt, wirst du nicht mehr anhalten. Sorg dafür, dass die Karren in Bewegung bleiben, und kümmere dich nur um die Angreifer, die dich aufhalten oder dafür sorgen wollen, dass du langsamer wirst. Ist das klar?«

»Ja, Herr«, erwiderte Massimilianus zähneknirschend.

»Dann los.«

Als der Centurio in leichtem Galopp davonritt, prüfte Cato sein Schwert, um sich davon zu überzeugen, dass es ohne Widerstand aus seiner Scheide glitt, setzte seinen Helm auf und rückte vorsichtig vor und zurück gegen seine Sattelknäufe, um sicher zu sein, dass er fest im Sattel saß. Dann rief er die Männer, die er zum Schutz der Karren eingeteilt hatte, an das Ende der Kolonne, sodass dort eine schlagkräftige Menge Soldaten beisammen war, wenn der Kampf begann. Ein einzelner Reiter war leicht zu überwinden, aber bereits eine kleine Gruppe konnte eine viel größere Menge an Kämpfern zu Fuß in Angst und Schrecken versetzen und erfolgreich angreifen, besonders wenn der Gegner nicht dafür ausgebildet war, sich gegen eine Reiterei zur Wehr zu setzen.

Die Kolonne folgte der Straße im Passgang, wobei die Maultiere protestierend schrien, während ihre Herren sie weitertrieben und ihre Peitschen gegen den Rumpf jedes Tieres schnellen ließen, das versuchte, langsamer zu gehen. Der Lärm der Maultiere, das Rumpeln der Räder, das Hufgetrappel und das Schnauben der Pferde schienen bereits lange bevor der Feind sie würde sehen können, ihre Anwesenheit zu verraten. Glücklicherweise wuchsen die Bäume um sie herum so dicht, dass sie den Staub verbargen, den die Kolonne auf der Straße aufwirbelte.

Als sie sich dem Punkt näherten, an dem, wie Cato vermutet hatte, die beiden Gruppen aufeinanderstoßen würden, konzentrierte er sich auf die Baumreihe zu ihrer Linken. Nichts bewegte sich dort, soweit er sehen konnte. Ein paar Hundert Schritte weit lief die Straße geradeaus weiter, bevor der Boden in mehr als einer Meile Entfernung anstieg und der Wald verstreuten Felsblöcken und krüppeligem Buschwerk wich; dort befand sich auch die Ruine eines jener uralten Türme aus der Vorzeit der Insel. Wenn sie es bis dahin schaffen konnten, hätten sie den Vorteil eines freieren Geländes beim Kampf gegen den Feind, und darüber hinaus wären sie der Sicherheit des Außenpostens auf dem dahinter liegenden Hügelrücken viel näher. Unwillkürlich wandte er sich einen Augenblick lang der Gestalt Calgarnos zu, dessen Körper am Ende des Karrens, in den man ihn geworfen hatte, auf einem Haufen Werkzeuge auf und ab hüpfte. Der Junge schnitt eine Grimasse angesichts seiner unangenehmen Lage, doch Cato konnte sich nicht weiter mit den Schmerzen seines Gefangenen beschäftigen, da jeder Schritt zwischen der Kolonne und ihren Verfolgern den Unterschied zwischen Leben und Tod ausmachen konnte.

Die Kolonne rumpelte um eine Straßenbiegung, und Cato winkte die Reiter am Ende der Gruppe weiter, während er sein Pferd an den Straßenrand lenkte und sich dem Weg, den sie gekommen waren, zuwandte. Die Staubfahne, die sie hinter sich herzogen, legte sich, und wenige Herzschläge später gab es keinen Hinweis mehr darauf, dass sie kurz zuvor hier entlanggekommen waren. Der Feind war noch nirgendwo zu sehen, und eine Woge der Hoffnung erfüllte ihn, als er sein Pferd wendete und in leichtem Galopp weiterritt, um die anderen einzuholen.

Ein Warnruf erklang, als er sich den Männern am Ende der Kolonne näherte, und die Hoffnung, die er gerade noch empfunden hatte, verwandelte sich in Angst und Sorge. Laut rufend befahl er, den Weg frei zu machen, und seine Männer lenkten ihre Pferde an den Straßenrand, um ihm Platz zu machen. Er sah, wie sich die Gestalt des Jungen am Ende des Karrens erhob. An seinen Hand- und Fußgelenken hingen die losen Ende seiner Fesseln, die er hatte durchtrennen können. Calgarno griff nach einer Spitzhacke und schleuderte sie gegen den Reiter, der ihm am nächsten war. Er traf die Stirn des Pferdes, das ein panisches Wiehern ausstieß, sich aufbäumte und Cato dadurch zwang, die Zügel seines eigenen Tieres abrupt zurückzureißen, um einen Zusammenstoß zu vermeiden.

Geschmeidig sprang Calgarno vom Heck des Karrens, der die ganze Zeit über weitergerollt war, ohne dass der Maultiertreiber etwas von dem Drama mitbekommen hatte, das sich hinter ihm abspielte.

»Haltet ihn auf!«, schrie Cato. »Der Junge versucht zu fliehen!«

Der Soldat, der ihm am nächsten war, zog sein Langschwert und gab seinem Pferd die Sporen, während der Junge auf die Bäume zurannte. Calgarno duckte sich und rollte sich auf die Seite, als der Reiter über ihm aufragte und die Klinge in einem wilden Hieb nach unten zischte. Die Spitze traf den Jungen an der Schulter, durchbohrte seine Tunika und zog einen flachen Schnitt durch das Fleisch über dem Schulterblatt. Er stieß einen scharfen Schmerzensschrei aus, als er auf allen vieren in den Schatten der untersten Zweige einer Eiche kroch. Der Reiter, der ihn verwundet hatte, fluchte frustriert, schwang sein Bein über den Sattel und glitt vom Pferd, um die Sache zu beenden. Calgarno war bereits wieder auf den Beinen und rannte zwischen den Bäumen hindurch, während der Soldat ihm hinterherstürmte, wobei er Ästen auswich oder sich unter ihnen hindurchduckte. Cato sah, dass es bereits zu spät war. Der Junge kannte die Gegend besser als sein Verfolger und würde ihm schon bald uneinholbar weit voraus sein. Alles konnte nur damit enden, dass der Soldat hilflos durch den Wald irren würde, bis der Feind ihn entdeckte und umbrachte.

»Lass ihn!«, rief Cato, während er zu dem Karren zurückritt. »Setz dich wieder auf dein Pferd.«

Der Soldat blieb stehen, beugte sich hinab, um einen Stein aufzuheben, und schleuderte ihn, ohne zu treffen, der flüchtenden Gestalt hinterher. Schließlich kam er zu seinen Kameraden zurück. Cato warf einen Blick auf den Karren und sah, dass das Stück einer Säge aus den anderen Werkzeugen ragte, die dort lagen, und verfluchte Lupis im Stillen, weil der Soldat beim Transport des Jungen nicht sorgfältiger vorgegangen war. Er wandte sich dem Mann zu, dessen Pferd von einer Spitzhacke getroffen worden war.

»Reite nach vorn und informiere Massimilianus darüber, dass der Junge entkommen ist und wir damit rechnen müssen, dass uns der Feind früher angreift, als ich gehofft hatte. Wir werden weiterziehen und von nun an wegen nichts mehr anhalten.«

Der Mann nickte und trieb sein Pferd nach vorn, wobei er einen Bogen ritt, um die Karren zu überholen. Als der Soldat, der den Jungen verfolgt hatte, nach den Sattelknäufen griff und sich wieder auf sein Pferd setzte, ging Cato in Gedanken so schnell er konnte die Möglichkeiten durch, die ihnen jetzt noch blieben. Der einfachste Weg wäre, auf der Straße Aufstellung zu nehmen und den Feind so lange wie möglich aufzuhalten. Aber es wäre einfach für Kämpfer zu Fuß, sie von den Seiten her aus den Bäumen heraus anzugreifen, sobald sie die berittenen römischen Soldaten entdeckt hätten, während diese den Feind erwarteten. Er brauchte einen Plan, etwas, womit er den Gegner schockieren und dessen Kampfmoral lange genug brechen könnte, um etwas Zeit zu gewinnen. Ihre gegenwärtige Lage war für ein entsprechendes Manöver aber nicht geeignet, weshalb er den Männern befahl, wieder ihre Positionen einzunehmen und den Karren zu folgen.

Als sie den Fuß des leichten Anstiegs erreicht hatten, der in offeneres Gelände führte und den Cato zuvor erspäht hatte, war es offensichtlich, dass die Maultiergespanne müde wurden und das Tempo nicht länger halten konnten. Mit jedem mühsamen Atemzug blähten sich ihre Flanken, und als sie sich den Anstieg hinaufquälten, wurden ihre Schritte immer langsamer. Frustriert über die Aussicht, dass der Feind ihnen ständig näher kam, knirschte Cato mit den Zähnen. Er blickte von einer Seite zur anderen, während die Bäume spärlicher wurden und man immer größere Streifen des nackten Felsbodens erkennen konnte, der die Anhöhe bedeckte. Er gab seinen Männern den Befehl, den Karren vorerst weiter zu folgen, lenkte sein Pferd von der Straße, ritt die Anhöhe ein kleines Stück hinauf und sah sich dann zwischen Sträuchern und Felsen im Gelände um. Ein paar Hundert Schritte weiter fand er, was er gesucht hatte. Nahe der Straße befand sich eine Gruppe großer Felsen, zwischen denen der Boden relativ eben und offen war. Er wandte sich um und blickte die Straße hinab, konnte jedoch keinen Hinweis auf den Feind erkennen.

»Zu mir!«, rief er den Reitern am Ende der Kolonne zu. »Hierher. Rasch!«

Die Männer ritten im Trab zu ihm. Cato deutete auf die Felsen und die Lücke dazwischen. »Wir werden absitzen und uns hier verstecken, Jungs. Wir werden nicht viel Zeit haben. Wenn ich euch also das Zeichen zum Angriff gebe, will ich, dass ihr euch sofort in den Sattel schwingt und euch die Kehle aus dem Leib schreit, während wir nach unten reiten und den Feind von der Flanke her angreifen. Sie mögen zwar mehr sein als wir, aber bevor sie sich darüber klar werden können, werden der Schock und das Tempo unseres Angriffs ihnen eine Scheißangst einjagen. Geht voll rein, wenn wir auf sie stoßen, reitet sie nieder, mäht sie um, aber haltet sofort inne und formiert euch mit mir zusammen neu, wenn ich den Befehl gebe, den Angriff abzubrechen. Jeder, der diesen Befehl missachtet und dabei getötet wird, wird mir Rede und Antwort stehen müssen, wenn ich ihn irgendwann im Jenseits wiedersehe.« Er zwang sich zu einem ermutigenden Lächeln und deutete dann auf die Felsen. »Und jetzt dort rüber mit euch! Versteckt euch und seid leise.«

Die Männer lenkten ihre Pferde zwischen die Felsblöcke, saßen ab und beruhigten die Tiere, wobei sie die Zügel in der Hand behielten. Cato sah zu den Karren, die sich hinter Massimilianus und seiner kleinen Reitergruppe die Anhöhe hinaufschoben. Die Maultiere gingen langsam im Schritt, und alle Mühen der Treiber, sie in einer schnelleren Gangart vorrücken zu lassen, blieben vergeblich. Cato wandte sich in die andere Richtung, konnte aber noch immer kein Anzeichen des Feindes erkennen. Er nahm seinen Platz in der Mitte seiner Reiter ein, die das Ende der Kolonne gebildet hatten und jetzt halbwegs in Formation standen. Dabei lenkte er sein Pferd an den Rand eines Felsens, wo ein mächtiger Dornbusch wuchs, der so groß war, dass er sich dahinter verstecken konnte, und der ihm gleichzeitig die Möglichkeit bot, hindurchzusehen und die nur dreißig

Schritte entfernte Straße im Auge zu behalten. Ein Blick nach rechts und links zeigte ihm, dass seine Männer gut versteckt waren und sich für den Befehl zum Angriff bereithielten.

Das Knarren der Wagenräder, das Knallen der Peitschen, die Rufe der Maultiertreiber und das gelegentliche Schreien der Tiere verklangen langsam in der Ferne, während sich die Kolonne auf die Kuppe der Anhöhe zuschob. Als die Geräusche immer leiser wurden und das Blut in Catos Ohren ruhiger pulsierte, wurde er sich des unablässigen Brummens der Fliegen und des Summens der Bienen zwischen den spärlich wachsenden Wildblumen auf der Anhöhe bewusst. Die Sonne brannte gnadenlos auf sie nieder, die Luft war heiß und bewegte sich nicht, bis auf das ferne Hitzeflimmern über dem Boden jenseits der Straße. Schweiß trat ihm auf die Stirn, rann über seine Augenbrauen und tropfte auf seine Wangen; dabei kitzelte die Feuchtigkeit seine Haut so sehr, dass er sich ärgerlich über das Gesicht wischte. Er lauschte angestrengt, um irgendein Geräusch des vorrückenden Feindes aufzufangen, und sah die angespannten Mienen seiner Männer, die schweigend dastanden und nur gelegentlich ein Insekt wegschlugen. Unterdessen hatten die Karren die Spitze der Anhöhe erreicht und verschwanden nach und nach auf der anderen Seite. Nur eine dünne, in der Luft hängende Staubwolke verriet noch, dass sie die Straße entlanggefahren waren.

Ihre Feinde bewegten sich lautlos und hatten die ihnen auflauernden Soldaten fast schon erreicht, als Cato sich ihrer Gegenwart bewusst wurde. Zwei Reihen Männer tauchten zwischen den Bäumen zu beiden Seiten der Straße auf, wo der Grund noch nicht von Fahrrinnen durchzogen war und ihre Schritte dämpfte. Trotz der Hitze trugen die feindlichen Krieger Tierfelle, die mit einem Gürtel über ihren dunklen Tuniken befestigt waren. Viele besaßen großflächige Tätowierungen auf ihrer Haut, und ihre Bärte waren grob gestutzt. Ihr langes Haar war zu Zöpfen geflochten, die Schnüren glichen, und viele trugen lederne Schädelkappen, die mit eisernen Rändern und Querstreben verstärkt waren. Aus einigen dieser Kappen ragten Hörner von Widdern, Kühen und Hirschen, was zu ihrer barbarischen Erscheinung beitrug. Sie waren mit Speeren, Äxten und Schwertern bewaffnet, und einige trugen Schilde auf dem Rücken, an denen breite Lederbänder befestigt waren. Cato hatte keine Mühe, sich den Schrecken vorzustellen, den ihre Erscheinung einflößen würde, wenn sie nachts die Geleitzüge der Kaufleute und die eher isoliert liegenden Villen der Provinz angriffen. Als er ihre Reihen musterte, entdeckte er Calgarno, der inzwischen mit einem Speer bewaffnet war.

Er fasste die Zügel seines Pferdes fester und strich über den Hals des Tieres, während er ihm beruhigende Worte zuflüsterte. »Ruhig jetzt … Keinen Laut und keine plötzlichen Bewegungen.«

Einer der Männer an der Spitze der lockeren Formation stieß einen lauten Ruf aus und riss den Arm nach vorn in Richtung der letzten dünnen Staubwolken, die über der Spitze der Anhöhe noch in der Luft hingen. Sofort rannte ein Mann, dessen Kappe mit einem Geweih geschmückt war, an seine Seite, legte die Hand an die Stirn, um seine Augen zu beschatten, und starrte die Steigung hinauf.

Cato konnte ahnen, wie aufgeregt der Anführer sein musste, da seine Beute nun fast in Sichtweite war. Jeden Augenblick konnte er seinen Männern den Befehl zum Angriff geben. Jetzt musste Cato zuschlagen, bevor der Trupp feindlicher Krieger bereit war, die Straße hinaufzustürmen und über die Maultierkarren herzufallen. Er sammelte sich und glitt in den Sattel, wobei er sich weit vorbeugte, um nicht entdeckt zu werden. Dann zog er sein Schwert aus der Scheide und holte tief Luft.

»Aufsitzen!« Rechts und links neben sich hörte er das Scharren der Hufe und das Schnauben der Männer, die auf ihre Pferde stiegen und die Waffen bereithielten. Cato blickte sich rasch um und sah, dass sich die Männer innerhalb weniger Herzschläge zum Angriff bereit gemacht hatten. Er richtete sich in seinem Sattel auf und hob sein Schwert. Über den Busch hinweg sah er die Gesichter der Feinde, die seinen Befehl gehört hatten und jetzt besorgt zu den Felsen zu ihrer Linken blickten.

»Angriff!«, schrie er so laut, dass das Wort seine Kehle zu zerreißen schien, während er sein Schwert in einem Bogen nach unten in Richtung der feindlichen Krieger führte, die entlang der Straße standen. Er drückte seine Fersen in den Leib seines Pferdes, lenkte das Tier um den Busch herum ins Freie und galoppierte über den schmalen Streifen offenen Geländes. Rechts und links von ihm tauchten seine Männer hinter den Felsen auf, stießen ihre Schlachtrufe aus und hoben die funkelnden Klingen der für die Reiterei typischen Schwerter.

Einen Augenblick lang waren die Briganten erstarrt vor Schreck, während sie entsetzt die Männer anstarrten, die auf sie einstürmten. Einer von ihnen erholte sich jedoch rasch wieder und schleuderte seinen Speer Cato entgegen, dem es nur durch ein schnelles, geschicktes Manöver gelang, der Waffe mit dem langen Schaft auszuweichen, die an ihm vorbeizischte und sich unweit hinter ihm in den Boden bohrte. Als die Reiter vorrückten, drehten sich einige Briganten um und rannten davon; andere gingen hinter den großen Felsblöcken zu beiden Seiten der Straße in Deckung, und wieder andere flohen die Straße hinab in Richtung der Bäume. Gleich darauf durchbrachen die Reiter die erste Reihe der Feinde, wobei sie auf deren Köpfe und Schultern einhieben. Cato ritt auf einen der Briganten zu, der ein Hirschgeweih trug; es war ein großer Mann mit breiten Schultern, der sein Schwert gezogen und den Schild vom Rücken gestreift hatte. Knurrend entblößte er die Zähne, während er seine Waffe hob, um Catos Hieb abzublocken, und ein lautes Klirren und das Schaben von Metall auf Metall erklangen, als die Schneide von Catos Kurzschwert die flache Seite der Klinge des Briganten traf und wirkungslos über deren Spitze hinwegrutschte, während Catos Pferd ihn weitertrug. Er hob seine Waffe und richtete sie neu aus, sodass sich der Griff auf einer Höhe mit seiner Schulter befand, und sah sich nach einem neuen Gegner um. Die zweite Reihe der Briganten hatte ihre Formation aufgelöst. Klingen funkelten im Sonnenlicht, und die Pferde schnaubten und wieherten, während die Männer mit lauten Rufen auf die Feinde einhieben, die sie inmitten von aufwirbelndem Staub und umherfliegendem Sand von allen Seiten zu umgeben schienen.

Cato entdeckte Calgarno zehn Fuß entfernt. Der Junge hatte seinen Speer gesenkt, rannte nach vorn und rammte die Spitze seiner Waffe in die Brust des Pferdes rechts neben Cato. Das Tier riss den Kopf hoch, schüttelte ihn hin und her, stieß einen schrillen Schrei aus und sprang zur Seite, wodurch es dem Jungen den Speerschaft aus der Hand riss. Bevor es Cato gelang, sein Pferd zur Seite zu lenken, um den Jungen anzugreifen, stürmte ein Mann mit erhobener Axt von seiner ungeschützten Seite her auf ihn zu. Heftig riss er die Zügel herum, und sein Pferd prallte gegen den Briganten, sodass dieser zur Seite stolperte. Bevor der Mann sein Gleichgewicht wiederfinden konnte, drehte Cato sich seitlich im Sattel, schwang sein Schwert nach unten und hieb es tief in den Schädel seines Gegners. Der Aufprall war so heftig, dass Cato fast der Griff aus der Hand glitt, während der Brigant, dessen Blut aus der Wunde strömte, hin und her schwankte und die Axt schließlich fallen ließ, als ihm die Beine wegsackten.

Cato hob sein Schwert, sah sich rasch um und erkannte, dass im Augenblick keiner der Briganten so nahe war, dass er ihn mit seiner Waffe erreicht hätte. Einige Gegner behaupteten ihre Position und versuchten, die Reiter abzuwehren, doch die meisten hatten ihre eigenen Reihen längst verlassen und waren auf der Flucht. Seine Männer stießen raue Schreie aus, während sie auf jeden Feind einhieben, der in die Reichweite ihrer Schwerter kam. Cato sah sich nach dem Mann um, den er für den Anführer der Briganten gehalten hatte, und entdeckte ihn zwischen den Felsen, von wo aus er versuchte, seine Männer zusammenzurufen. Mehrere hatten bereits Aufstellung um ihn genommen, und ihr Beispiel feuerte die anderen an und trieb sie dazu, sich ihnen anzuschließen und sich gemeinsam den römischen Soldaten entgegenzustellen. Das Überraschungsmoment, das einen so großen Vorteil für den Angriff geboten hatte, verlor sich nach und nach, und schon bald würde der Feind die Stärke und die Kühnheit besitzen, Cato und seine Männer einzukreisen, aus den Sätteln zu zerren und sie auf dem Boden abzuschlachten. Es wurde Zeit, den Angriff abzubrechen.

»Zu mir!«, rief er über den Lärm hinweg, den seine Männer veranstalteten. »Zu mir! Sofort!«

Die Reiter, die ihm am nächsten waren, hörten seinen Ruf, lösten sich aus dem Kampf und lenkten ihre Pferde wachsam in Richtung ihres Kommandanten. Andere waren noch immer vom rasenden Hochgefühl des Angriffs erfüllt und trieben ihre Tiere auf der anderen Seite der Felsen quer über den Hügel. Ein Pferd rührte sich nicht, während seine Flanken sich hoben und senkten und sein Blut über den geborstenen Speerschaft rann, der aus seiner Brust ragte. Rosafarbener Schaum strömte aus seinen weit aufgerissenen Nüstern, und das Tier weigerte sich, den Befehlen seines Reiters zu gehorchen. Plötzlich rannte einer der Feinde von hinten heran und schwang seine Axt gegen den ungeschützten Rücken des Soldaten über dem Sattelknauf. Die schwere gebogene Klinge der Waffe zerschmetterte dem Reiter das Rückgrat, und zuckend ließ er sein Schwert fallen. Der Angreifer packte den Arm des Soldaten und zerrte ihn so heftig aus seinem Sattel, dass er zu Boden stürzte und explosionsartig nach Luft schnappte. Dann hob der Brigant die Axt und schwang sie nach unten, um seinem Opfer den Schädel zu zerschmettern. Der erste Schlag hinterließ nur eine Delle im Helm, doch der zweite traf das Gesicht des

Mannes und pulverisierte seine Nase und seinen Kiefer. Eine rasche Folge weiterer Hiebe verwandelte den Kopf des Mannes in eine blutige Masse.

Cato sah das alles in jener kurzen Zeitspanne, die er brauchte, um ein paarmal Atem zu holen und seinen anderen Männern zu befehlen, den Kampf abzubrechen und sich ihm anzuschließen. Einer nach dem anderen folgten sie seinem Befehl. Er sah, dass er noch zwei Männer verloren hatte, und ein weiterer hing nach vorn gebeugt in seinem Sattel, während seine Schwerthand eine Wunde in seiner Seite umschloss, wobei er immer noch die Kraft hatte, die Zügel zu halten und sein Pferd zu Cato zu lenken. Als der letzte Soldat die Verfolgung der Briganten aufgab, die die Straße hinabgeflohen waren, schob Cato sein Schwert in die Scheide und deutete auf die Spitze der Erhöhung vor ihnen.

»Mir nach!«

Er gab seinem Pferd die Sporen, das in einen leichten Galopp verfiel, und die anderen folgten ihm. Er behielt das Tempo bei, bis er den höchsten Punkt der Steigung erreicht hatte und die Gespanne sah. Sie befanden sich eine Viertelmeile entfernt am Fuß des auf dieser Seite sanft abfallenden Hügels. Zwei Meilen vor ihnen lag der Außenposten in seliger Unkenntnis des heftigen Scharmützels, das gerade stattgefunden hatte. Massimilianus ritt neben den Karren her und feuerte die Führer der Maultiergespanne an, ihre müden Tiere zu einer letzten Anstrengung zu treiben, sodass alle die Sicherheit der Palisaden erreichen würden, die den Außenposten umgaben. Wenn die feindlichen Krieger sich rasch erholten und im Laufschritt die Verfolgung aufnahmen, so begriff

Cato, bestand immer noch die Gefahr, dass sie die Karren mit dem Nachschub einholen würden.

Er hob den Arm und ließ die überlebenden Reiter der Nachhut innehalten. »Wendet die Pferde und bildet eine Linie quer über die Straße.«

Die Männer lenkten ihre Tiere in Position auf der von tiefen Fahrrinnen durchzogenen Straße und spähten die Anhöhe hinab in Richtung der feindlichen Krieger. Cato sah, dass ihr Anführer bereits mehr als zwanzig seiner Leute um sich geschart hatte und weitere Kämpfer sich über das unebene Gelände auf den Weg zu ihm machten. Die Toten und Verletzten verrieten die Stelle, an der Cato und seine Männer den Angriff geführt hatten. Sobald sich die meisten der feindlichen Krieger um den Anführer gesammelt hatten, deutete dieser auf die höchste Stelle der Anhöhe und gab ihnen das Zeichen zum Vorrücken. Cato bemerkte, das einige zögerten, sich der schmalen Reiterlinie zu nähern. Sie standen ganz offensichtlich noch immer unter Schock, und das konnten die Reiter zu ihrem Vorteil nutzen.

Erneut zog er sein Schwert und rief: »Im Schritt vorrücken!«

Die Linie der Reiter schob sich langsam nach vorn den Hang hinab und auf die Briganten zu. Der Anblick brachte viele der feindlichen Krieger dazu innezuhalten, und in Erwartung eines weiteren Reiterangriffs begann die Gruppe, sich aufzulösen. Doch Cato hatte gar nicht die Absicht, den Befehl zu einem weiteren Angriff zu geben. Denn diesmal war der Feind vorbereitet und hatte genügend Kämpfer beisammen, sodass er die römischen Soldaten zweifellos überwinden würde. Er ließ sein Pferd noch langsamer gehen und gab mit ruhiger Stimme einen weiteren Befehl.

»Linie ausrichten auf einer Höhe mit mir!«

Die Männer passten das Tempo ihrer Pferde an, und so näherten sich die Reiter dem Feind schließlich in guter Formation. Cato sah, wie noch mehr Briganten zurückblieben. Ihr Anführer blieb stehen und reckte unter lauten Rufen seinen Speer in die Höhe, womit er versuchte, seinen Männern Mut zu machen.

»Im Trab!«, rief Cato und drückte seine Fersen in den Leib seines Pferdes, um sein Tier schneller gehen zu lassen. Sogleich taten es ihm seine Soldaten nach, wobei sie, begleitet vom Klirren ihrer Ausrüstung, in den Sätteln leicht auf und ab wippten. Jetzt waren sie nur noch zweihundert Schritt von der gegnerischen Kriegertruppe entfernt, und der Anblick der berittenen Soldaten, die immer schneller näher kamen, tat seine Wirkung. Die ersten Briganten drehten sich um und zogen sich den Hang hinab zurück; nach den ersten ruhigen Schritten rannten sie wild davon. Diejenigen, die mehr Mut hatten, blieben bei ihrem Anführer und schlossen die Reihen; die Krieger, die Speere mit sich führten, richteten die Spitzen ihrer Waffen auf die heranrückende Reiterei. Als sie nur noch einhundert Schritte vom Feind entfernt waren, hob Cato den Arm. »Halt!«

Die Reiter zügelten ihre Pferde, und einen Augenblick lang standen beide Seiten einander stumm gegenüber. Dann schrie der Anführer der Briganten einen Befehl. Mehrere seiner Männer senkten ihre Waffen, und Cato sah, dass sie etwas von ihrer Hüfte lösten, in die Taschen griffen, die sie an ihrer Seite trugen, und vor ihre Kameraden traten. Sofort begriff Cato die Gefahr und schob sein Schwert in die Scheide zurück. Er holte rasch Luft und gab seinen Männern schnell einen neuen Befehl. »Rückzug! Zurück zur Spitze des Hangs! Sofort!«

Die Reiter zogen heftig an ihren Zügeln, wendeten ihre Pferde und trieben sie im Galopp zurück, während der erste Stein aus einer Schleuder ganz in der Nähe an ihnen vorbeizischte. Ein weiterer Stein schlug nicht weit vor Cato auf dem Boden auf, prallte zurück und traf sein Pferd in die Flanke. Das Tier stieß ein heftiges Wiehern aus und sprang zur Seite, sodass Cato mit aller Kraft die Schenkel zusammenpressen und sich am Sattelknauf festhalten musste, um nicht abgeworfen zu werden.

Beim Anblick der sich zurückziehenden Reiter brachen die feindlichen Krieger in einen rauen vielstimmigen Jubel aus.

»Ruhig … ganz ruhig!« Cato sprach beruhigend auf sein Pferd ein, während er es die Anhöhe hinauflenkte und in einen leichten Galopp fallen ließ. Er sah, dass einer seiner Männer getroffen worden war. Der Schuss hatte sein Knie zerschmettert, und das Blut rann ihm über die Wade und den Stiefel, während er mit seinem anderen Bein sein Pferd lenkte, sodass es den anderen folgte. Ein zweiter Schuss krachte gegen die Rückseite seines Helms und riss ihm den Kopf nach vorn. Sein Schild, seine Zügel und sein Schwert glitten ihm aus der Hand, und Cato sah, dass er aus dem Sattel zu fallen drohte. Er lenkte sein eigenes Pferd in Richtung des Mannes, griff nach den Zügeln und führte dessen Tier so rasch er konnte den Hang hinauf; gleichzeitig achtete er darauf, dass der Mann sich im Sattel halten konnte.

Noch mehr Steine aus den Schleudern zischten an den Reitern vorbei. Instinktiv beugte Cato die Schultern nach vorn und versuchte, ein schwerer zu treffendes Ziel abzugeben. Während er weiterritt, rechnete er ständig damit, vom heftigen Aufprall eines Schusses getroffen zu werden. Doch die Entfernung zwischen ihm und den Feinden mit den Schleudern wurde rasch größer, und schon bald war er außerhalb der Reichweite der Geschosse, sodass der Feind aufgab. Er ließ sein Pferd langsamer gehen, wandte sich zur Seite und sah, dass der Kopf des Soldaten hin und her baumelte.

Als er die übrigen Soldaten erreichte, die auf der Spitze der Anhöhe warteten, übergab er dem Reiter, der ihm am nächsten war, die Zügel. »Übernimm du dieses Pferd. Wir werden uns um die Wunden unseres Mannes kümmern, wenn der Feind etwas weiter hinter uns liegt.«

Der angesprochene Soldat lenkte sein Pferd an die Seite seines verwundeten Kameraden, streifte sich seinen Schild über die Schulter und nahm die Zügel.

Cato sah, dass die Maultiergespanne bereits den ersten Abschnitt der Zickzack-Route erreicht hatten, die zum Außenposten hinaufführte. Jetzt dürften sie in Sicherheit sein, schloss er. Zusätzliche Angriffe, um den Feind aufzuhalten, waren nicht mehr nötig.

»Herr, er ist tot.«

Cato wandte sich um und sah, dass der Reiter in Richtung des Mannes nickte, der im Sattel neben ihm saß. Er beugte sich vor, hob den Kopf des Mannes an und sah die erstarrten Augen, die nicht mehr blinzelten, und das Blut, das ihm aus Nase und Ohren floss. Es gab keinen Hinweis darauf, dass der Mann sich noch bewegte oder atmete, und Cato seufzte bitter. »Wir können es uns nicht leisten, sein Pferd zu verlieren. Kümmere dich darum.«

»Und was ist mit Amelius, Herr?«

»Amelius?« Cato begriff, dass er den Namen des Toten nie zuvor gehört hatte. Doch jetzt war nicht der Moment, sich deswegen schlecht zu fühlen, und sie hatten nicht die Zeit, den Toten auf seinem Pferd festzubinden. »Lass seine Leiche hier.«

»Herr?« Der Soldat wirkte überrascht. »Ihn dem Feind überlassen? Das hat er nicht verdient. Wir müssen für ein ordentliches Begräbnis sorgen.«

Cato packte den Toten bei seiner Rüstung, riss ihn aus dem Sattel und ließ die Leiche zu Boden fallen. »Nimm das Pferd und reite weiter zu den Karren.«

Die Augen des Soldaten funkelten vor Wut, und er schwang sein Bein über den Sattelknauf, um abzusteigen.

»Bleib im Sattel sitzen«, knurrte Cato ihn an. »Und verschwinde von hier, oder ich schwöre bei allen Göttern, dass ich dich auspeitschen lasse.«

Beide starrten einander einen kurzen Augenblick lang an. Dann spuckte der Mann angewidert aus und befolgte den Befehl.

»Ihr alle, auf zu den Karren!«, rief Cato.

Die Reiter verließen die Spitze der Anhöhe und ließen ihre Pferde die Straße hinabtraben. Cato wartete und warf einen Blick zurück, um zu erkennen, ob der Anführer der Feinde gemeinsam mit seinen Männern – einschließlich all jener, die kurz zuvor noch die Nerven verloren hatten – den Hang hinaufstürmte. Als die Reiter außer Sichtweite waren, brachen die Briganten in lautes Triumphgeschrei aus.

»Genießt diesen kleinen Sieg«, murmelte Cato mit höhnischer Miene, bevor er seinen Blick zur Leiche wendete, die im trockenen Gras lag. »Du wirst gerächt werden, Bruder. Das schwöre ich.«

Er wendete sein Pferd und galoppierte die Straße hinab, um seine Männer einzuholen.

KAPITEL 25

Als das letzte Maultiergespann in den Schutz der Palisade rumpelte, gab der diensthabende Optio, der für die Männer der Bürgerwehr auf diesem Außenposten verantwortlich war, den Befehl, das Tor zu schließen. Die roh behauenen Baumstämme wurden in die entsprechende Position geschoben und mit einem Sperrbalken gesichert. Cato konnte spüren, wie Erleichterung sein Herz erfüllte. Er und Micus, der Optio, salutierten voreinander, und dann verschaffte Cato sich einen Überblick über die bescheidene Befestigungsanlage.

Ein hölzerner, etwa dreißig Fuß hoher Turm stand in der Mitte. An seiner Spitze befand sich eine zehn Quadratfuß große Plattform. Die Seiten dieser Plattform wurden durch Bretterzäune geschützt, ebenso wie die Leiter, die an einer Ecke des Gebäudes hinaufführte. Unter einem dicken Pfosten verlief ein Seil durch einen Eisenring, das bis zu einer Stelle am Boden reichte, wo ein Vorrat an Holz und Blattwerk für das Signalfeuer bereitlag. Zwei Gebäude aus Holzstämmen mit Schindeldächern dienten als Unterkunft und Vorratslager für die kleine Garnison. Alles war von quadratisch angelegten, zwölf Fuß hohen Palisaden umgeben. Im Inneren bildeten erdbedeckte Steine einen groben Laufgang für die Wachen, während ein Graben, der nur von einem schmalen Dammweg vor dem Tor unterbrochen wurde, die gesamte Anlage umgab. Die Pferde, Maultiere und Karren füllten fast den gesamten inneren Bereich aus, und ein Blick auf die Wassertonne verriet Cato, dass nicht genügend Vorrat für dreißig durstige Männer und ihre erschöpften Tiere sowie für Micus und seine Bürgerwehr vorhanden war. In jeder anderen Hinsicht jedoch hatten Placinus und seine Soldaten bei der Auswahl der Lage und der Errichtung des Außenpostens kompetente Arbeit geleistet.

Catos kurze Inspektion wurde von den Jubelrufen der Briganten unterbrochen, welche die Soldaten bis zum Außenposten verfolgt hatten, ohne dass es ihnen gelungen wäre, sie einzuholen und den kleinen Geleitzug mit dem Nachschub zu vernichten. Gefolgt von Micus und Massimilianus, überquerte er den Wall zur Rechten des Tores, stieg auf den Laufgang und spähte über das offene Terrain hinweg, das sich vor dem Tor sanft nach unten senkte. Auf eine Entfernung von fünfzig Schritten hin hatte man die Vegetation abgetragen, sodass nun nichts weiter mehr aus der Erde ragte als die Stümpfe der Bäume, die man zum Aufbau des Außenpostens gefällt hatte. In größerer Entfernung wuchsen auf dem Hang vor ihm verkrüppelte Sträucher und einzelne Bäume bis an den Rand des großen Waldes hin, der dahinter das Land bedeckte. Die feindlichen Krieger hatten einen Speerwurf entfernt in einem losen Bogen Aufstellung genommen, reckten ihre Waffen und schüttelten ihre Fäuste, während sie den Männern im Außenposten Beleidigungen entgegenschleuderten.

»Ich zähle ungefähr fünfzig, Herr«, bemerkte Micus. »Nicht genug, um den Posten einzunehmen.«

»Noch nicht«, erwiderte Cato. »Aber ich schätze, dass sie Leute losgeschickt haben, um Verstärkung zu holen. Wir werden schon bald erfahren, ob sie genügend Männer zusammenbringen, um einen Angriff zu wagen. Bis dahin gibt es wichtigere Dinge, um die wir uns kümmern müssen.« Er deutete auf die Tonne. »Ist das alles Wasser, das ihr habt?«

»Nein, Herr. Es gibt zwei weitere Fässer im Vorratslager.«

»Das ist immer noch nicht genug für unsere Bedürfnisse. Wo ist die nächstgelegene Stelle, an der man sich mit Wasser versorgen kann?«

»Es gibt eine Quelle am Fuß des Außenpostens, Herr.«

»Wie weit ist sie entfernt?«

Der Optio dachte kurz nach. »Eine Viertelmeile. Vielleicht auch ein wenig mehr.«

»Wenn wir rasch handeln, könnten wir ein paar Männer hinschicken, um die Trinkschläuche zu füllen, bevor die Verstärkung eintrifft«, schlug Massimilianus vor.

Cato dachte darüber nach, schüttelte dann aber den Kopf. »Bis sie zurück sind, könnte der Feind den Außenposten eingekreist haben. Das Risiko ist zu hoch. Wir werden mit dem Wasser auskommen müssen, das wir bereits hier haben. In der Zwischenzeit müssen wir Placinus und die Festung verständigen. Micus, lass das Rauchsignal geben. Es dauert noch ein paar Stunden, bis es Nacht wird, also bleibt genügend Zeit, dass man uns sieht.«

Der Optio rief zwei Männern der Bürgerwehr den Befehl zu, Zündmaterial und Blätter in den Weidenkorb am Fuß des Turmes zu laden. Als Micus die Leiter zur

Aussichtsplattform erstiegen hatte, war auch schon die erste Ladung Zündmaterial nach oben gehievt und dem Vorrat hinzugefügt worden, der sich dort bereits an Ort und Stelle befand. Ein weiterer seiner Männer schichtete Anmachholz auf die Aschenglut, die sich im Eisenkorb in der Mitte der Plattform befand. Während die Flammen eifrig die Bündel aus trockenem Gras und Zweigen verschlangen, fügte er Holzscheite hinzu, bis die Flammen über die Seiten des Eisenkorbs hinausragten. Kleine frisch geschnittene belaubte Äste wurden auf die Flammen gehäuft, und schon bald quoll Rauch vom Turm auf und stieg in einer sich windenden Säule in den Himmel.

»Das wär's, Herr.« Massimilianus lächelte. »Noch klarer könnte das Signal gar nicht sein.«

Cato nickte. Dann wandte er seine Aufmerksamkeit dem Feind unter dem Außenposten zu. Die Briganten hatten sich um ihren Anführer versammelt, der ihnen heftig gestikulierend Befehle gab. Nachdem er geendet hatte, drehte er sich dem Außenposten zu, während seine Anhänger in einzelnen Gruppen ausschwärmten und, genau wie Cato es vorhergesehen hatte, den Posten einzukreisen begannen. Noch während er dem Feind zusah, erklang vom Turm her ein Ruf. Er blickte auf und sah, dass Micus nach Westen auf die Straße deutete, die den Wald durchschnitt.

»Noch mehr feindliche Krieger entdeckt!«

Cato und Massimilianus starrten in die angegebene Richtung, konnten aber außer den Bäumen nichts erkennen.

»Verdammt«, knurrte Cato, stieg den Laufgang hinter der Palisade hinab und eilte zur Leiter. So schnell er konnte, kletterte er nach oben. Sein Herz schlug heftig, als er die Plattform erreichte, und er musste einen Augenblick innehalten, um wieder zu Atem zu kommen. Dann ging er um die Flammen des Signalfeuers herum zu Micus.

»Wo sind sie?«

»Dort, Herr. Siehst du diesen Streifen nackten Felsens auf dem Hügel? Zwei Meilen entfernt, schätze ich.«

Cato legte die Hand an die Stirn, um seine Augen zu beschatten, und blinzelte. Einen Augenblick lang konnte er nichts sehen, doch dann lenkte eine winzige Bewegung seine Aufmerksamkeit auf eine Reihe von Punkten, die sich in Richtung Straße bewegten.

»Bei allen Göttern, deine Augen sind fast schon ein Wunder, Optio.«

Micus strahlte vor Stolz.

»Wie viele kannst du erkennen?«, fragte Cato.

Einen Augenblick lang spähte Micus stumm in die Ferne, bevor er antwortete. »Weitere hundert Mann, vielleicht auch hundertundfünfzig, Herr.«

Cato saugte zischend Luft durch seine Zähne. Das waren schlechte Neuigkeiten. Jetzt lag das Zahlenverhältnis bei sechs zu eins zugunsten ihrer Gegner. Die Verstärkung des Feindes würde den Außenposten noch vor Einbruch der Nacht erreichen, und das war lange bevor die Verteidiger mit irgendwelcher Hilfe rechnen konnten.

»Da sind noch mehr, Herr.« Micus deutete auf die Felsen, die zu einem Hügelrücken im Süden gehörten, wo Cato vor dem Hintergrund eines klaren Himmels die fernen Gestalten von weiteren Männern ausmachen konnte. Es waren mindestens noch einmal fünfzig von ihnen, die sich zum Ende der Felsenreihe bewegten und einen gefährlich aussehenden Pfad in den Schutz der Bäume darunter einschlugen.

»Es sieht so aus, als hätten sie vor, an diesem Außenposten ein Exempel zu statuieren. Und an uns gleich mit«, sagte Cato nachdenklich. Er blickte hinab in den beengten Raum innerhalb der Palisaden. Die Soldaten hatten ihre Pferde an einem Geländer neben dem Vorratslager festgebunden. Diejenigen, die bereits die Sättel von ihren Tieren gestreift hatten, entluden die Karren in der Nähe der Palisade, um mehr Platz zu schaffen. Die Maultiertreiber hatten ihre Gespanne ausgeschirrt und die Halfter der Tiere an ein Seil gebunden, das gegenüber den Karren befestigt worden war. Anschließend hatten sie etwas Futter an die Tiere verteilt. Massimilianus befahl gerade einigen Soldaten, dasselbe für die Pferde zu tun und mit ein paar Eimern Wasser aus der Tonne zu holen und einen kleinen Trog für die Tiere zu füllen. Die Pferde drängten sich um den Trog und tranken gierig, bis er fast leer war, und der Centurio musste den Befehl geben, noch mehr Wasser zu holen.

»Massimilianus!«, rief Cato nach unten. »Das ist genügend Wasser für die Pferde. Deine Männer sollen den Trog zu den Maultieren schaffen. Sie können haben, was noch in der Tonne ist, aber vorerst nicht mehr. Wir werden den Rest noch brauchen.«

»Ja, Herr.«

Cato trat von der Holzbrüstung weg und rieb sich das Kreuz, das vom Ritt des Tages noch ganz steif war. Als er zu den Hügeln und Wäldern am westlichen Horizont sah, fiel sein Blick auf das, was er gesucht hatte. Viele Meilen entfernt stieg ein dünner schwarzer Fleck in der Richtung von Augustis in den Himmel auf.

»Herr!« Micus deutete darauf.

»Ich habe es schon gesehen. Die Festung hat unser Signal bemerkt. Es wird noch einen Tag dauern, dann können wir mit ihrer Hilfe rechnen. Placinus und seine Männer sind vielleicht noch näher, falls sie noch immer am nächsten Außenposten im Norden arbeiten. Wir müssten jeden Augenblick ihr Signal sehen.«

Im Westen sank langsam die Sonne und war gerade im Begriff, am Horizont zu verschwinden, als die Antwort von Placinus kam. Mehrere Meilen im Norden konnte man eine Rauchsäule erkennen, die dort über einer Hügelkuppe aufstieg. Cato war besorgt darüber, dass es so lange gedauert hatte, bis eine Reaktion kam. Das Signal ihres eigenen Außenpostens hätte man von Placinus' Position aus leicht entdecken müssen. Vielleicht hielt man dort nur nachlässig Ausschau, oder ein anderer, gleichermaßen inakzeptabler Grund war dafür verantwortlich. Oder aber – Cato schnitt eine Grimasse – es gab noch eine düsterere Möglichkeit. Es wäre das Beste, wenn er solche Gedanken für sich behielt. Wahrscheinlich würden die Männer auf ihrem Außenposten schon bald einen Angriff der Briganten abwehren müssen, weshalb es wichtig war, für eine gute Kampfmoral zu sorgen. Er holte tief Luft, sodass jeder innerhalb der Palisaden ihn würde hören können.

»Placinus hat auf unser Signal geantwortet! Weitere Hilfe ist unterwegs. Jetzt liegt es an uns, diese Bastarde bis dahin von unserem Posten fernzuhalten. Wenn sie verrückt genug sind, einen Angriff auf den Außenposten zu versuchen, werden wir ihnen zeigen, was mit jemandem passiert, der es wagt, die Sechste Gallische Kohorte herauszufordern!«

Nur eine Handvoll matter Jubelrufe antwortete ihm, und Cato wandte sich an Micus. »Ich übernehme das Kommando über den Außenposten, bis die Verstärkung da ist.«

»Ja, Herr.«

War da eine Spur Erleichterung in der Stimme des Optio?, fragte sich Cato. Wenn ja, dann war es vielleicht falsch gewesen, ihm ein selbstständiges Kommando zu übertragen. Erfahrung hatte ihn gelehrt, dass einige Männer in einer untergeordneten Rolle hervorragende Offiziere sein konnten, ihnen jedoch das Selbstvertrauen und die Fähigkeiten fehlten, unabhängig zu handeln, selbst wenn es nur um eine so beschränkte Befehlsgewalt wie die über einen kleinen Außenposten ging.

Rasch machte er eine Bestandsaufnahme ihrer Lage. Er hatte Massimilianus und neunzehn eigene Männer, die allesamt gut ausgebildet waren und gute Waffen besaßen. Hinzu kam Optio Micus, auf den er sich, so schien es, verlassen konnte. Dann gab es noch acht Männer der Bürgerwehr, die dem Außenposten als ständige Besatzung zugeteilt worden waren. Ihnen gegenüber hatte Cato Bedenken: Es waren schlecht bezahlte Männer, die die Aufgabe gehabt hatten, die Stadttore zu bewachen, Gebühren einzuziehen und bei öffentlichen Ereignissen zum Glanz bedeutender Bürger beizutragen. Obwohl sie Waffen und Rüstungen besaßen, achteten sie kaum auf deren Zustand und nahmen nur an wenigen militärischen Übungen teil. Zwar hatten sie wahrscheinlich schon betrunkene Randalierer festgesetzt und sich dem einfachen Volk entgegengestellt, wenn es gegen steigende Getreidepreise protestierte – aber das war auch die einzige Art von Kampferfahrung, die sie bisher vorweisen konnten. In den meisten Fällen handelte es sich bei ihnen um nicht mehr als bewaffnete Zivilisten. Zweifellos erfüllte sie der Befehl, unter Cato zu dienen, mit tiefem Widerwillen. Und jetzt bekämen sie es zum ersten Mal mit einem gefährlichen Feind zu tun. Sie sind gewiss verängstigt, dachte er. Genauso wie die fünf Maultiertreiber, die man beauftragt hatte, den Nachschub aus Augustis hierher zu transportieren. Man hatte sie gut bezahlt und ihnen versichert, die Armee würde sie schützen. Doch dieses Versprechen würde in ihren Ohren jetzt hohl klingen. Außer ihren Peitschen führten sie nur ein paar Dolche mit sich; wenn der Außenposten verteidigt werden sollte, mussten bessere Waffen für sie gefunden werden. Genau wie die Männer der Bürgerwehr waren sie keine ausgebildeten Soldaten, doch in einem Kampf auf Leben und Tod mochten sie möglicherweise einen wichtigen Beitrag leisten.

Der Außenposten besaß keine Geschütze. Bereits eine einzelne Bolzenschleuder wäre von Nutzen gewesen, um den Briganten zuzusetzen, die lässig über den Hügel verteilt standen. Bögen gab es genauso wenig, und keine Speere. Vielleicht würde man einige Schleudern aus den Seilen anfertigen können, die Teil des Nachschubs waren, den die Maultiergespanne gebracht hatten. Aber es gab kein Blei, um sie zu füllen. Die einzigen Geschosse, die den Soldaten zur Verfügung stehen würden, waren die Steine, die man vom Boden aufklauben konnte. Trotzdem konnten ein paar behelfsmäßige Schleudern dabei helfen, die Chancen ein wenig zu ihren Gunsten zu verschieben. Schließlich wäre es möglich, dass ein glücklicher Schuss einen der Anführer der Briganten von den Beinen holte.

Cato brach den Gedanken ab und versuchte stattdessen, sich die Lage aus Sicht des Feindes zu vergegenwärtigen. Den Außenposten, dessen Garnison, die Reitereinheit und die Gespanne mit dem Nachschub zu vernichten, würde dem römischen Ansehen einen schweren Schlag versetzen und all jene ermutigen, die sich noch immer der Autorität des Statthalters widersetzten. Zweifellos würde eine solche Aktion noch mehr Menschen den Briganten in die Arme treiben, und da die Seuche bereits dazu beitrug, dass Scurra die Herrschaft über die Provinz entglitt, mochte die Zeit für einen viel umfassenderen Aufstand gegen die römische Herrschaft gekommen sein. Ein Angriff war unausweichlich. Dieser würde, schloss Cato, höchstwahrscheinlich im Schutz der Dunkelheit geführt werden. Und darauf mussten die Verteidiger vorbereitet sein.

Als sich die Abenddämmerung über das Land senkte, konnte Cato zahlreiche Gestalten erkennen, die sich um den Außenposten sammelten. Kurz zuvor waren die Äxte verstummt, und das einzige Geräusch waren die Stimmen am Fuß des Abhangs, die Befehle gaben oder in lärmenden Unterhaltungen erklangen, welche die Männer, trunken von der Aussicht auf den Sieg, miteinander führten. Im Außenposten hatte Cato befohlen, zwei Karren direkt an die Innenseite des Tores zu rollen und die Räder mit kleinen Felsen zu verkeilen. Der Anführer der Maultiertreiber, ein dürrer Mann mit eingefallenen Wangen und eingefallenen Augen, war gleichzeitig der Besitzer der Karren, und er sprach Cato an, sobald er begriffen hatte, warum diese in ihre neue Position gerollt worden waren.

»Einen Augenblick, Legat. Du wirst mein Eigentum nicht auf eine solche Weise in Gefahr bringen. Es sei denn, du bist vorher bereit, dafür zu bezahlen.«

»Ich bin kein Legat«, erwiderte Cato, der sich zu Geduld zwang, und betrachtete den Mann. »Du bis Barcano, nicht wahr?«

»Ja, Herr.«

»Was glaubst du, wozu wird dir dein Eigentum noch nutzen, wenn der Feind die Palisade überwindet? Sie werden dich genauso umbringen wie uns und deine Karren einfach mitnehmen. Es ist besser, wenn wir sie dazu nutzen, unsere Verteidigungsanlagen zu verstärken. Für dich genauso wie für meine Soldaten.«

»Das mag schon sein. Aber ich muss an meinen Lebensunterhalt denken, wenn wir das hier heil überstehen. Wenn der Kampf vorüber ist, bin ich es, der alles bezahlen muss, wenn es irgendeinen Schaden an meinen Karren gibt, oder etwa nicht?«

»Dann wollen wir mal hoffen, dass der Feind uns nicht nahe genug kommt, um sie zu beschädigen, nicht wahr? Wo ist deine Waffe?« Cato sah hinüber zu den anderen Maultiertreibern, die vor den übrigen Karren saßen. »Warum sind deine Männer nicht bewaffnet? Ich habe den Befehl gegeben, dass jeder Mann seinen Platz in der Schlachtordnung einnimmt.«

»Ah, das ist noch so ein Punkt.« Barcano tippte sich mit dem Daumen gegen die knochige Brust. »Wir wurden dafür bezahlt, den Nachschub zu transportieren, aber nicht dafür, zu kämpfen. Wenn du mich und meine Leute bittest, zu den Waffen zu greifen, so kostet das extra.«

»Ich bitte dich nicht darum. Ich befehle es dir.«

Barcano schüttelte den Kopf. »Du hast nicht das Recht dazu. Wir sind nicht deine Soldaten.«

Cato war müde und verlor nach und nach die Geduld. Es schien unglaublich, dass er so etwas diskutieren musste, während sie von einem Feind eingekreist wurden, der entschlossen war, sie auszulöschen. »Du wirst tun, was ich sage. Melde dich bei Optio Micus und lass dir ein paar Waffen für deine Leute geben.«

Er wollte sich gerade abwenden, als Barcano ihm in den Weg trat. »Kommt nicht infrage. Erst wenn wir uns über die Bedingungen geeinigt haben.«

»Scheiß drauf«, knurrte Cato. Er packte den Mann bei den Falten seiner Tunika, drängte ihn mehrere Schritte zurück und drückte ihn schließlich gegen einen der Pfosten des Wachturms. »Ich werde dir meine Bedingungen mitteilen. Du tust haargenau das, was ich dir sage. Wenn nicht, oder wenn du mir noch einmal Schwierigkeiten machst, werde ich dich und deine Männer aus dem Posten werfen, und du kannst die Angelegenheit mit dem Feind diskutieren. Hast du mich verstanden?«

Furcht ließ Barcanos Augen immer größer werden, und er nickte heftig. »Ja, Herr. Kein Grund, mir zu drohen. Ich bin nichts weiter als ein Geschäftsmann, der versucht, seinen Lebensunterhalt zu verdienen.«

»Dann verdiene ihn dir, verdammt noch mal, und besorg dir eine Waffe, oder leben ist das Letzte, was du tun wirst.«

Cato ließ den Mann los und drückte sich mit einem verächtlichen Schnauben von ihm weg. Er drehte sich um und ging zum Wall neben dem Tor, wo Massimilianus sich auf ein Geländer zwischen zwei Holzbrüstungen lehnte.

»Irgendetwas zu berichten, Centurio?«

»Nein, Herr. Es ist still geworden da unten. Was nicht lange so bleiben dürfte, vermute ich.«

Cato sah zu einem Himmel auf, der wie dunkler Samt wirkte. Die hellsten Sterne waren bereits sichtbar, aber es würde noch einige Nächte dauern, bis der Mond wieder zu sehen wäre. Das half dem Feind, der dadurch in der Lage war, dem Posten sehr nahe zu kommen, bevor man ihn entdecken würde. Der Zeitpunkt des Angriffs war weitaus unsicherer. Ein geduldiger Anführer würde seine Männer während der Nacht etwas essen und sich ausruhen lassen, während er gleichzeitig als Finte einige kleinere Scharmützel provozierte, welche die Verteidiger wachhalten würden, sodass sie angespannt und erschöpft wären, wenn der richtige Angriff losbrach. Der Führer der Briganten würde jedoch bedenken, dass das Rauchsignal des Außenpostens eine Antwort erhalten hatte und mehrere Kolonnen Verstärkung möglicherweise schon auf dem Weg wären, um den Verteidigern zur Hilfe zu eilen, wodurch die Chance eines Angriffs in der Morgendämmerung vereitelt würde.

»Ich vermute, sie werden uns ein paar Stunden lang auf Trab halten, bevor sie irgendetwas Ernsthaftes versuchen. Sorg dafür, das die Männer und die Tiere genug zu essen bekommen.«

»Ja, Herr.« Massimilianus wandte sich um und deutete auf die Maultiere, die in einer Ecke des Außenpostens, wo man sie angebunden hatte, laut schrien. »Der Trog ist trocken, und die armen Kerle haben schrecklichen Durst. Sie werden nicht damit aufhören, und es wird immer schlimmer werden, je durstiger sie sind.«

Cato hatte über das Wohlergehen der Zugtiere noch nicht nachgedacht. »Und?«

»Je mehr Lärm sie machen, desto schlechter können wir hören, wenn sich der Feind dem Posten nähert.«

»Ah … Das ist nicht gut.«

»Nein. Wir können ihnen also etwas mehr Wasser geben, den Lärm ertragen oder versuchen, sie zu beruhigen.«

»Wir werden wahrscheinlich alles Wasser, das wir noch haben, selbst benötigen«, erwiderte Cato. »Sie werden ohne auskommen müssen. Wenn wir es durch die Nacht schaffen, werden wir sie noch brauchen. Vorerst lassen wir alles so, wie es ist. Sag den Wachen, sie sollen die Ohren aufhalten. Und lass etwas Anmachholz mit Lappen zusammenbinden und bereithalten für den Fall, dass wir vor den Palisaden Licht brauchen.«

»Ja, Herr.«

Einen Augenblick lang sah Cato über die Brüstung hinweg in Richtung des Feindes, bevor er fortfuhr. »Postiere zwei Männer an jedem Wall und zwei auf dem Turm. Die Übrigen sollen sich am Fuß des Walls ausruhen. Wir lassen die Leute gegen Mitternacht ablösen. Du übernimmst die erste Wache.«

»Sehr wohl, Herr.«

Sie nickten einander zu, und Cato stieg hinab in den Innenbereich des Postens und ging zum Vorratslager, wo Micus und seine Bürgerwehr sich um einen kleinen Eisenofen versammelt hatten und etwas aßen. Die Männer erhoben sich, als er näher kam.

»Steht bequem. Ist noch eine Portion übrig?«

Micus reichte ihm sein eigenes Feldgeschirr, und Cato nickte ihm dankend zu. Er hob die Schale, roch daran und nahm einen Löffel von dem dicken Eintopf. Er kaute an einem Stück Fleisch und schluckte es. »Ist das Schwein?«

»Wildschwein, Herr. Im Wald bei der Quelle gibt es welche. Ich habe gestern ein Mutterschwein erledigt, und gleichzeitig haben wir auch einige Ferkel erwischt und geschlachtet. Sie hängen auf der Rückseite des Lagerschuppens.«

»Und ihr habt vergessen, Massimilianus und seinen Männern davon zu erzählen?«

Micus lächelte. »Er hat nicht gefragt, Herr.«

»Dann würde ich vorschlagen, dass du dich wie ein guter Kamerad verhältst und das Fleisch mit seinen Männern teilst. Es ist wichtig, vor dem Kampf zu einer guten Mahlzeit zu kommen.«

»Ja, Herr. Ich werde mich darum kümmern.«

Cato aß schnell und stellte überrascht fest, dass die Gewürze dem Eintopf einen feinen Geschmack gaben. Er kratzte Boden und Seite des Feldgeschirrs für einen letzten Löffel Eintopf aus und gab es dann Micus zurück. »Danke. Ich werde mich zum Verdauen ein wenig hinlegen. Und vergiss nicht, was ich über das Fleisch gesagt habe.«

»Gewiss, Herr.«

Er suchte sich eine Stelle am Fuß des Walls, wo man ihn im Licht der Flammen unter dem Ofen leicht erkennen konnte, lehnte sich zurück und schloss die Augen. Er rührte sich nicht mehr und atmete leicht. Obwohl er müde war, rasten seine Gedanken. Doch er wusste, er würde seinen Männern ein schlechtes Vorbild sein, wenn er sich unruhig hin und her warf und ständig nach einem Angriff Ausschau hielt. Deshalb wäre es besser, wenn sie sahen, wie er ein Nickerchen machte.

Vom Schreien der Maultiere und dem leisen Knistern des Ofen- und des Signalfeuers abgesehen, konnte er die gedämpfte Unterhaltung der Männer im beengten Bereich des Außenpostens hören. Einige Stimmen hörten sich besorgt an, doch die meisten klangen ruhig. Es gab sogar ein wenig Gelächter, und schließlich stimmte jemand ein obszönes Lied an, das von einem betrogenen Müller und seiner lüsternen jungen Frau handelte. Die Kameraden des Sängers schlossen sich ihm an, bis sie die humorvolle Pointe erreicht hatten und alle in dröhnendes Gelächter ausbrachen. Cato öffnete die Augen einen Spaltbreit und sah, dass einer von Micus' Männern zwei geschlachtete Ferkel zu den Soldaten trug, die sogleich ihr eigenes Kochfeuer entzündeten. Das frische Fleisch wurde dankbar angenommen, und die Soldaten teilten den Inhalt ihrer Weinschläuche mit den Männern der Bürgerwehr. Catos Lippen hoben sich zu einem zufriedenen Lächeln, als er beobachtete, wie die beiden Gruppen engeren Kontakt aufnahmen.

Er schloss die Augen wieder und atmete tief ein und aus, während sich die Nacht über den Außenposten senkte. Voll heiterer Gelassenheit funkelten unzählige Sterne über ihm, während irgendwo in der Ferne ein einsamer Vogel sein Lied anstimmte. In einer anderen Nacht wäre das der Höhepunkt einer ruhigen Zeit gewesen, dachte er. Erinnerungen stiegen in ihm auf, schon bald kehrten seine Gedanken zu Claudia zurück, und dann schlief er plötzlich tief und fest, wobei er so laut schnarchte, dass die Männer der Bürgerwehr ein Lächeln nicht unterdrücken konnten.

Es dauerte eine gewisse Zeit, bis Cato vollständig wach war, weshalb der Traum, den er gehabt hatte, noch einige Augenblicke lang der Realität, die ihn umgab, Widerstand leisten konnte. Vom Kochfeuer war nur noch ein wenig glühende Asche übrig, und die Nacht war so kühl, dass er schauderte. Steifbeinig erhob er sich und sah sich um. Alles war ruhig. Sogar die Maultiere waren verstummt. Die Wachposten an den Brüstungen waren gerade noch sichtbar, ebenso wie die Männer, die innerhalb der Palisaden auf dem Boden saßen oder lagen. Im Eisenkorb mit dem Signalfeuer auf dem Wachturm schimmerte die Glut, die man nie ganz erlöschen ließ. Über der rückwärtigen Palisade konnte er Massimilianus' Helmbusch aufragen sehen. Cato stieg den Wall hinauf und trat zu dem Centurio, der konzentriert in die Dunkelheit starrte.

»Gibt es irgendetwas zu berichten?«

»Nicht viel. Vor etwa einer Stunde gab es einiges an Bewegung, drunten am Waldrand. Seither nichts mehr, außer einigen plötzlichen Rufen. Es hört sich an, als hätten sie irgendetwas zu feiern. Wahrscheinlich füllen sie sich den Wanst mit Wein, um sich ein wenig tungrischen Mut anzutrinken.«

Eine ebenso vage wie düstere Vorahnung erfüllte Cato. Er versuchte, sie abzuschütteln. Es wäre keine Hilfe für ihn oder seine Männer, wenn er in einer solchen Nacht irgendwelchen Phantomen nachjagte.

»Wie lange habe ich geschlafen?«

»Vier, vielleicht fünf Stunden, Herr.«

»Dann ist es Zeit, dass du abgelöst wirst. Schick die nächste Einheit los, um die Wachposten auszutauschen.«

»Ja, Herr.«

Der Centurio stieg nach unten und weckte einige Männer, die im Außenposten auf der Erde schliefen. Die abgelösten Wachsoldaten traten einer nach dem anderen von der Brüstung der Palisade weg und suchten sich eine Stelle, an der sie sich ausruhen konnten. Cato lehnte sich an das Geländer und starrte in die Dunkelheit. Angestrengt lauschte er auf irgendwelche Geräusche, die ein Grund dafür gewesen wären, die Soldaten zu alarmieren. Wie zuvor hörte er ein mehrstimmiges Rufen und dröhnendes Gelächter, und dann stimmten mehrere Männer ein Lied an.

Cato reckte sich und ging langsam den Wall entlang. Er überzeugte sich davon, dass alle Männer von Soldaten ersetzt worden waren, die man zur zweiten Wache eingeteilt hatte, und dass diese vollkommen wach waren. Während er jenem Abschnitt der Palisade folgte, der zum Tor führte, sah er nach draußen und wollte gerade seinen nächsten Schritt machen, als er plötzlich ein schwaches Geräusch hörte – ein leises, fast tierisches Grunzen. Er blieb abrupt stehen und wandte den Kopf dem Laut zu. Doch da kam nichts mehr, und er fragte sich, ob er sich das alles nur eingebildet hatte. Trotzdem war die düstere Vorahnung, die er zuvor empfunden hatte, wieder da und nagte an seinen Gedanken. Wieder war er in Versuchung, sie wegzuschieben, doch irgendetwas fühlte sich anders an. Er wandte sich dem Geländer der Palisade zu, versteckte sich hinter einigen der Bretter, die zum Schutz angebracht worden waren, und lauschte erneut. Der Lärm des Gesangs, der am Fuß des Abhangs erklang, schwoll an.

»Das gefällt mir nicht«, flüsterte er vor sich hin. Er wandte sich dem Wachposten zu, der ihm am nächsten stand. »Bring mir eine von den Kerzen, die bei der Asche des Kochfeuers liegen, und ein Bündel Anmachholz.«

»Ja, Herr.«

»Und beeil dich.«

Während er wartete, beobachtete er weiter das Terrain vor dem Außenposten, doch er konnte nirgendwo eine Bewegung entdecken. Als der Soldat zurückkehrte, zog Cato sein Schwert und stach damit in das straff zusammengebundene Anmachholz, hielt es hoch und befahl dem Soldaten, die dünnen Zweige anzuzünden. Es dauerte einen Augenblick, bis die einzelnen Funken das ganze Reisigbündel in Brand gesetzt hatten, doch gleich darauf nagten die kleinen Flammen gierig an den ausgetrockneten Zweigen, und Rauch stieg auf. Als alles lichterloh brannte, holte Cato mit seinem Schwertarm aus und schleuderte das Bündel nach vorn. Es glitt von der Klinge und flog hell aufleuchtend in einem flachen

Bogen ein kleinen Stück nach vorn, bis es mit einem Funkenschauer auf dem Boden aufschlug und den Hang hinabrollte.

Die leuchtend gelben Flammen erhellten eine Gruppe herankriechender Männer, die noch etwa fünfzig Schritte entfernt waren und das grelle Reisigbündel anstarrten, als es an ihnen vorbeirollte und eine weitere Gruppe Briganten anstrahlte, die ihnen in kurzem Abstand folgten.

Cato legte eine Hand an den Mund, drehte sich um und schrie seinen Männern zu: »An die Waffen! An die Waffen!«

KAPITEL 26

Sie kommen!«, rief Cato mit bellender Stimme. »Bringt die übrigen Reisigbündel! Zündet sie an und schleudert sie über die Wälle!«

Die Männer, die sich noch einen Augenblick zuvor ausgeruht hatten, rappelten sich auf, griffen nach ihren Waffen und eilten den Laufgang hinauf, um ihre Positionen an der Palisade einzunehmen. Cato sah, wie Barcano zögerte, doch gleich darauf stieß ihn einer seiner Männer nach vorn. Als noch mehr Reisigbündel brannten, stieg eine Kakophonie aus Jubelschreien und Schlachtrufen aus der Dunkelheit um den Außenposten auf. Cato umklammerte die Kante des hölzernen Geländers, als er sah, wie der Feind auf den Graben zustürmte, der die Palisaden umgab. Die erste Welle bestand aus einer lockeren Formation von Männern, die mit Pfeilen und Schleudern bewaffnet waren. Hinter ihnen kam eine Gruppe mit Schilden, die den Leiterträgern Deckung bieten sollte, welche ihnen eilends folgten. Hell flammte Holz auf, und das Feuer knisterte, als ein weiteres Reisigbündel in hohem Bogen über die Palisade flog. Es schlug auf dem Boden auf und rollte den Hang hinab, wodurch zwei Angreifer zum Ausweichen gezwungen wurden. Im hellen Glanz der Flammen sah man eine weitere Gruppe von Briganten, die eine Leiter trugen. Funken sprühten in alle Richtungen, und Flammen schossen in die Höhe, als das Reisigbündel gegen einen Baumstumpf schlug. In seinem Licht konnte Cato eine noch größere Gruppe von Männern erkennen, die sich dicht an dicht weiter unten auf dem Hang befanden. Dann erlosch das Leuchten, und man sah keinen von ihnen mehr.

»Vorsicht! Schleudern!«, rief Massimilianus. »In Deckung!«

Die meisten Männer an der Palisade kauerten sich zusammen oder duckten sich hinter den Bretterschutz, doch einige reagierten zu langsam. Geschosse zischten durch die Dunkelheit, ließen das Holz der Palisade splittern, schossen über die Männer hinweg in den gegenüberliegenden Wall oder stiegen so hoch, dass sie über den gesamten Außenposten hinwegflogen. Es gab auch Pfeile, deren dunkle Schäfte vibrierten, als sie sich in das Holz bohrten. Cato sah, wie einer der Maultiertreiber zur Seite gerissen wurde, als ein Pfeil ihn in die Schulter traf. Der Mann stolperte einen Schritt zurück, glitt aus und rollte den Wall hinab, wobei er vor Schmerz aufheulte, als der Schaft die Pfeilspitze tiefer in das Fleisch drückte, bevor er schließlich abbrach. Ein unablässiger, schriller Chor heftiger Klopfgeräusche erklang über den ganzen Außenposten hinweg, als überall Geschosse einschlugen. Cato kauerte sich hinter der Brüstung zusammen in grimmiger Frustration darüber, dass er gezwungen war, den Kopf unten zu halten und den Feind nicht weiter beobachten zu können. Über den Lärm der Geschosse hinweg konnte er die Schlachtrufe der Angreifer hören, die auf den Graben zuströmten.

Auf der gegenüberliegenden Seite des Außenpostens schrie jemand vor Schmerz auf. Cato drehte sich um und bemerkte, dass ein Mitglied der Bürgerwehr von einem Pfeil in die Rückseite eines Oberschenkels getroffen worden war. Noch während er hinsah, spritzte eine Wolke von Steinsplittern auf, nachdem ein Geschoss aus einer Schleuder ganz in der Nähe den Wall getroffen hatte. Sofort erkannte er die Gefahr, der er gerade entgangen war. Er legte die Hände an den Mund und rief mit bellender Stimme: »Hebt die Schilde und dreht sie in Richtung unseres Postens.«

Seine Männer beeilten sich, seinem Befehl zu folgen, während sich die Maultiertreiber an die Soldaten drängten, um Schutz vor dem Hagel aus Pfeilen und Schleudergeschossen zu suchen. Es war das erste Mal, dass Cato sich auf so engem Raum einer so übermächtigen Flut von Geschossen gegenübersah, und voller Überzeugung, dass er jeden Augenblick getroffen würde, setzte er sich angespannt auf. Aber nicht nur die Männer waren bedroht. Ein Pfeil durchbohrte den Hals eines der Pferde; es bäumte sich auf und trat mit den Vorderläufen um sich, während sein Kopf wild hin und her schwang und es versuchte, sich vom Geländer neben dem Vorratslager loszureißen, an dem es mit den Zügeln festgebunden worden war. Sein schrilles Wiehern und die hektischen Bewegungen verschreckten die Tiere, die rechts und links von ihm standen. Einen Augenblick später wurde eines der Maultiere in den Rumpf getroffen, und seine Schmerzensschreie ließen den Lärm in dem kleinen Außenposten noch weiter anschwellen. Es gab nur eines, was einen gewissen Trost darstellte inmitten der Gefahr und des Schreckens, den der Hagel der Geschosse mit sich brachte, die gegen die Palisaden und über den Posten hinwegflogen: Die zu weit angesetzten Schüsse waren für den Feind ebenso gefährlich. Cato fragte sich, ob ihre Gegner im wilden Verlangen, den Außenposten zu zerstören, dieses Problem überhaupt nicht bedacht hatten oder ob sie der Ansicht waren, sie sollten das Risiko eingehen.

Ganz in der Nähe hörte er jenseits des Grabens einen Ruf, und dann begann der Aufprall von Pfeilen und Schleudergeschossen, die gegen die Palisade prasselten, nachzulassen. Er stand auf und sah, wie der Feind auf der anderen Seite des Grabens im Licht der brennenden Reisigbündel nach vorn strömte. Als die erste Gruppe den Graben erreichte, erkannte er, dass die Leiter, welche die Angreifer trugen, länger war, als er gedacht hatte, und die Sorge drückte ihm den Magen zusammen, als er seinen Soldaten den nächsten Befehl zurief.

»Steht auf! Sie haben Leitern!«

Die Verteidiger erhoben sich, ihre Schilde dem Feind zugewandt, als die ersten Briganten die Leiter aufstellten und nach vorn über den Graben hinweg in Richtung des oberen Teils der Palisade neigten. Cato zog sein Schwert und trat näher heran, als die Balken der Leiter gegen das hölzerne Geländer schlugen. Sofort begann der erste Angreifer den flachen Winkel hinaufzuklettern, wobei sich die Sprossen leicht unter seinem Gewicht bogen. Der Speer in seiner rechten Hand behinderte ihn, und Cato konnte sein Keuchen hören, als er näher kam. Der Mann wurde langsamer, als er sah, dass der römische Offizier ihn mit erhobenem Schwert erwartete. Er packte eine der nächsten Sprossen fest mit seiner linken Hand, achtete darauf, dass er einen sicheren Stand hatte, und stieß den Speer einhändig nach vorn.

Cato hatte keine Mühe, die Speerspitze zu parieren; er beugte sich vor und zielte mit seiner Waffe auf die linke Hand seines Gegners. Die Schwertspitze durchbohrte das Fleisch des Briganten oberhalb seines Handgelenks, und sein Griff lockerte sich. Sein Körper sackte gegen die Leiter, und dann kippte er seitlich weg und fiel in den Graben, den Speer noch immer in seiner unverletzten Hand.

Cato hob das obere Ende der Leiter an und versuchte, sie zurückzustoßen, doch ihr Fuß ruhte fest auf der Erde, und ließ sich nicht ins Wanken bringen. Schon hatte ein zweiter Mann, bewaffnet mit einer Axt, die Leiter bestiegen und kletterte geschmeidiger als sein Vorgänger auf die Palisade zu. Cato hieb auf die oberste Sprosse ein und ließ das Holz splittern. Beim fünften Schlag brach die Sprosse durch, und er beugte sich vor, um sich die zweitoberste vorzunehmen.

Sein neuer Gegner sah die Gefahr und eilte mit erhobener Axt weiter, um Catos ausgestrecktem Arm einen Hieb zu versetzen. In diesem Augenblick begann die Leiter zu schwanken, und der Brigant war gezwungen, den Axtgriff loszulassen und nach einer der Sprossen zu greifen, sodass die Waffe an einer Lederschlaufe an seinem Handgelenk baumelte. Cato hackte weiter auf das Holz ein, bis die zweite Sprosse splitterte. Dann schob er rasch sein Schwert in die Scheide, packte das Ende der Leiter und riss sie hin und her, sodass sie ins Schaukeln geriet. Der Brigant konnte nichts weiter tun, als sich verzweifelt festzuhalten und seinen Kameraden über die Schulter etwas zuzurufen. Einer der Angreifer trat mit einem Speer nach vorn, hob die Waffe hoch über seine

Schulter und zielte auf Cato. Cato spannte seine Muskeln an, biss in einem letzten, energischen Versuch die Zähne zusammen und wurde für seine Anstrengungen belohnt, als einer der Längsbalken sich eine Armeslänge weit von der Palisade weghob. Die Leiter drehte sich auf die Seite, und der Mann mit der Axt hing einen Herzschlag lang mit einer Hand an einer Sprosse, bevor er sich in den Graben fallen und dort über den Boden abrollen ließ.

Cato hatte keine Zeit, seinen kleinen Sieg zu genießen, denn er sah, wie der Speerwerfer den Arm zurückzog. Er ging hinter einigen Planken in Deckung, und die Speerspitze bohrte sich durch das roh behauene Brett und ließ Holzsplitter auf sein Gesicht regnen. Er blinzelte, als ein Splitter sich in sein Augenlid über seinem Wangenknochen bohrte. Er hob die linke Hand, griff nach dem fingerlangen Stück Holz und zog es heraus. Er sah nur noch verschwommen auf diesem Auge, und der Schmerz war schier unerträglich.

»Herr!« Micus kauerte sich neben ihn. »Du bist verwundet.«

Cato schüttelte den Kopf. »Das kann warten.« Er warf einen Blick in das Innere des Postens und sah, wie mehrere Männer versuchten, Leitern wegzudrücken oder den Feind daran zu hindern, die Palisaden zu überwinden. Vorerst konnten sich die Verteidiger behaupten. Obwohl sie so wenige waren, besaßen sie genügend Männer, um an jeder Stelle der Palisaden in Position zu gehen. Massimilianus hatte das Kommando über den rückwärtigen Teil des Außenpostens übernommen, und Cato griff nach Micus' Arm. »Geh zur anderen Seite des

Tores und übernimm dort das Kommando. Wir können es uns nicht erlauben, dass irgendeiner dieser Bastarde die Brüstung überwindet.«

Der Optio eilte den Wall hinab, rannte an den Karren vorbei, die das Tor verstärkten, um auf der anderen Seite in Stellung zu gehen. Cato blinzelte mehrmals hintereinander, wodurch er versuchte, den Holzstaub aus dem linken Auge zu bekommen, und fluchte frustriert, als er mit dem Auge noch immer nicht scharf sehen konnte. Wieder zog er sein Schwert und spähte um die Bretter herum, die als Deckung dienten. Er sah, dass die Leiter, auf die er eingehackt hatte, von den Angreifern aufgegeben worden war, und dass die Männer, die sie den Hügel hinaufgetragen hatten, den Rand des Grabens entlangrannten, um sich der nächsten Gruppe anzuschließen. Er drehte sich in eine andere Richtung und sah im Licht eines der brennenden Reisigbündel, wie eine große Menge feindlicher Krieger, die er bereits zuvor bemerkt hatte, entschlossen auf das Tor zuströmten. Jetzt konnte er auch erkennen, dass sie einen Rammbock trugen, der aus einem Baumstamm gefertigt worden war, und das Blut gefror ihm in den Adern. Die Angreifer waren nur noch fünfzig Fuß vom Dammweg entfernt, der über den Graben führte.

Er senkte den Kopf und eilte zu den Verteidigern, die ihm am nächsten standen und gerade nicht in einen direkten Kampf verwickelt waren. Er wählte drei von ihnen aus – zwei Soldaten und einen der Maultiertreiber, einen kräftigen Mann mit einem pockennarbigen Gesicht, das im Licht der Flammen besonders hässlich aussah.

»Kommt mit!«

Zwei der verwundeten Pferde hatten sich losgerissen und irrten im Außenposten umher, sodass Cato und seine kleine Truppe ihnen ausweichen mussten, um nicht niedergetrampelt zu werden. Als sie das Tor erreicht hatten, kletterte Cato auf den rechten der beiden Karren, die dort verkeilt worden waren, und winkte den Maultiertreiber heran. »Zu mir.« Dann nickte er in Richtung des anderen Karrens. »Ihr beide dort rauf.«

Er zog sich auf den Fahrersitz hoch und kletterte dann über Getreidesäcke und Werkzeugkisten bis zum Heck des Karrens, das gegen das Tor drückte. In diesem Augenblick erzitterten die Baumstämme, und es gab einen lauten Knall, als der Rammbock gegen das Tor prallte. Die Wucht des Aufpralls verschob den Wagen unter Catos Stiefeln, während er auf mehreren aufgerollten Seilen balancierte. Eine Hand packte ihn an der Schulter und gab ihm wieder sicheren Halt, und dann schob sich der Maultiertreiber um ihn herum und trat neben ihn.

Cato nickte ihm dankend zu und deutete dann auf die Seile. »Schaff die weg. Wir brauchen einen sicheren Stand.«

»Ja, Herr.«

Der Maultiertreiber reichte Cato den Speer, mit dem er sich bewaffnet hatte, und machte sich daran, die Seile auf die Kutschbank zu werfen, um genügend Platz freizuräumen, damit er und Cato nebeneinanderstehen konnten.

»Wie heißt du?«, fragte Cato.

»Vespillo, Herr«, erwiderte der Maultiertreiber ohne aufzusehen, während er fortfuhr, die Seile wegzuräumen.

»Wurdest du früher schon einmal in einen Kampf verwickelt?«

»In zahlreiche Kämpfe. Ich war Boxer.«

»Ein erfolgreicher, hoffe ich.«

Vespillo räumte das letzte zusammengerollte Seil beiseite und antwortete ironisch: »Was glaubst du, Herr, warum ich wohl Maultiertreiber geworden bin?«

Cato gab Vespillo den Speer zurück, und sie standen abwartend auf dem Karren, während der Rammbock mehrmals gegen das Holz krachte. Zwischen den Aufschlägen hörte Cato ein kratzendes Geräusch, und er sah, wie sich vor ihm Finger über den oberen Rand des Tores schoben. Die Finger schlossen sich um das Holz, und dann erschien ein Kopf. Cato hieb mit dem Schwert auf die Hände des Angreifers, der ihm am nächsten war, bevor dieser seinen Griff lösen konnte. Die Klinge durchtrennte den Knöchel und schnitt den kleinen Finger einer Hand ab, der in den Karren fiel, während der Mann in die Tiefe stürzte und nicht mehr zu sehen war. Vespillo lachte rau und beugte sich nach unten. Er hob den Finger auf und betrachtete ihn amüsiert.

»Später wird noch genügend Zeit sein, um Trophäen zu sammeln«, sagte Cato. Vespillo warf den blutigen Finger über das Tor.

Einige Aufschläge später zerschmetterte der Rammbock einen der Baumstämme direkt vor Cato, welcher sogleich den Kopf senkte, um den Splittern auszuweichen. Als er wieder aufsah, erkannte er, dass an der Stelle, an der die Spitze des Rammbocks das Tor durchbohrt hatte, eine kleine Öffnung entstanden war. Der nächste Aufprall brach den Sperrbalken hinter dem Tor in zwei

Teile, und am Heck des Karrens fiel das eine Ende des Balkens zu Boden.

»Sie werden jeden Augenblick durchbrechen«, sagte er. »Halte dich bereit, dir den Ersten vorzunehmen, der durch die Lücke kommt.«

Noch mehrere Male wurde von außen gegen das Tor gedonnert. Dann schrie jemand einen Befehl, und die Männer am Rammbock stellten den Angriff ein. Äxte schlugen Teile der Baumstämme weg, die sich gelockert hatten, und was an jener Stelle vom Tor noch übrig war, wurde nach außen gehebelt, bis die Bresche so groß war, dass ein einzelner Mann sich hindurchschieben konnte. Der erste Brigant, der den Außenposten betrat, war ein gewaltiger Krieger, der das Fell eines großen Bären trug; der Kopfteil des Fells bedeckte den Helm des Mannes. Er trug einen Rundschild und eine lange Keule, die mit Eisennägeln gespickt war.

»Schnapp ihn dir, Vespillo!«, rief Cato.

Der Maultiertreiber hob seinen Speer und stieß ihn mit voller Kraft nach unten, indem er auf den Hals des Kriegers zielte, doch der Mann riss seinen Schild hoch und lenkte den Stoß ab. Bevor Vespillo reagieren konnte, ließ sein Gegner seine Keule auf den Speerschaft krachen, sodass ihm die Waffe aus den Händen gerissen wurde und zur Seite flog. Dabei traf sie Catos linken Arm mit lähmender Wucht. Der Krieger stieß ein dröhnendes Triumphgeheul aus und zog die Keule zurück, um erneut zuzuschlagen. Vespillo zuckte zurück, und seine Ferse verfing sich in einem Stück Seil, wodurch er das Gleichgewicht verlor und nach hinten fiel. Cato hieb auf den Krieger ein, doch dieser blockte den Angriff mit seinem

Rundschild ab, während er gleichzeitig die Keule hob, um Vespillo einen tödlichen Schlag zu versetzen. Der Maultiertreiber wurde von einem der Soldaten gerettet, die auf dem nächsten Wagen standen; der Mann bohrte sein Schwert in den Bizeps des feindlichen Kriegers und riss ihm eine klaffende Wunde, bevor er die Klinge zurückzog. Der Krieger stieß einen bellenden Schrei aus, in dem sich Wut und Schmerz mischten, und zog sich durch die Lücke zurück; seine Keule hing nutzlos an seinem verletzten Arm.

Cato half Vespillo beim Aufstehen, und der Maultiertreiber nahm seinen Speer wieder an sich, während der Feind begann, die zerschmetterten Überreste des Tores einzureißen, sodass mehr Krieger durch die Bresche dringen und die Verteidiger auf den Karren angreifen konnten. In der schwankenden Glut des Kochfeuers konnte Cato die wogende Masse der Briganten erkennen, die am Fuß des Hügels ungeduldig darauf warteten, in den Außenposten zu strömen und alle, die sich darin aufhielten, abzuschlachten. Der Länge nach spalteten Äxte die Baumstämme des Tores und wuchteten sie zur Seite, bis eine Bresche von fast sechs Fuß Breite entstanden war und der nächste Krieger nach vorn stürmte. Cato und die anderen Verteidiger auf den Karren hatten den Vorteil einer erhöhten Position, als sie sich in dem beengten Raum zur Wehr setzten. Während die Römer Schwerthiebe auf die Schilde der feindlichen Krieger unter ihnen regnen ließen, stieß Vespillo seinen Speer gegen jeden unbedeckten Arm und jedes unbedeckte Bein und durchbohrte einem der ersten Gegner innerhalb des Tores die Schulter. Ein zweiter ging zu Boden, als einer der

Soldaten ihm von der Seite gegen den Kopf hieb und ihm dabei das Ohr abtrennte, bevor die Klinge sein Schlüsselbein spaltete.

Immer mehr Männer drängten nach vorn über die Leichen ihrer Kameraden hinweg, und diejenigen, die mit Speeren bewaffnet waren, versuchten, auf die Männer auf den Karren einzustechen. Cato hieb gegen den Kopf eines Mannes, der sich zu Boden hatte fallen lassen, um dem Angriff auszuweichen, und nicht wieder aufstand. Bei einem raschen Blick nach unten durch die schmale Lücke zwischen den Karren hindurch erkannte Cato eine Bewegung. Er trat einen Schritt zurück und rief eine Warnung.

»Massimilianus! Sie sind unter den Karren! Haltet sie auf!«

Als er sich wieder umdrehte, um Vespillo dabei zu helfen, den Feind zurückzudrängen, hörte er, wie der Centurio einen Befehl rief, und sah, wie Massimilianus und einer seiner Männer sich vornüberbeugten und auf die Briganten einhieben, die versuchten, in den Außenposten zu kriechen.

Plötzlich schnappte Vespillo nach Luft und taumelte zurück; Blut strömte aus einer Wunde in seinem Oberschenkel. Cato schob sein Schwert in die Scheide und nahm dem Maultiertreiber den Speer ab. Er packte den Schaft mit beiden Händen, stieß mit der Waffe mehrmals rasch hintereinander nach unten, rammte die Speerspitze in die Schilde, um die Angreifer zurückzutreiben, und zielte auf jeden Körperteil, der aus der Deckung hervorsah. Er erwischte einen Mann im Gesicht, versenkte die Speerspitze in seinem Auge und bohrte sie tief in seinen Schädel, bevor er sie wieder herausriss. Rasend vor Schmerzen drehte der Brigant sich um und floh, wobei er seine Kameraden beiseitefegte, und zwei von ihnen vom Dammweg schleuderte, bevor er außer Sichtweite verschwand. Dieser kurze Augenblick der Verwirrung gab Cato genügend Zeit, um zu begreifen, dass sie, die jetzt noch zu dritt auf den Karren übrig waren, die feindlichen Horden nicht mehr lange aufhalten konnten. Es war nur noch eine Frage der Zeit, bevor auch sie verwundet würden, und es gab nicht genügend Männer im Außenposten, um sie zu ersetzen und gleichzeitig die übrigen Wälle zu verteidigen.

»Massimilianus!«

»Herr!« Der Centurio erhob sich vor einem der Karren.

»Zünde die Karren an.«

»Was soll ich tun, Herr?«

»Zünde die verdammten Karren an, Mann. Sofort!«

Es blieb keine Zeit für weitere Worte. Wieder drängten die Feinde nach vorn, und ein Speerkämpfer griff Cato an, während einer seiner Kameraden auf die Ladefläche des Karrens kletterte.

»Nein, das wirst du nicht tun!«, knurrte Cato, schlug dem ersten Mann den Speer aus den Händen und trat nach ihm. Die genagelte Sohle seines Stiefels bohrte sich in das Gesicht des Angreifers und schleuderte ihn gegen seine Kameraden. Hinter sich hörte Cato, wie Massimilianus einem der Verwundeten den Befehl zurief, Reisigbündel in Brand zu setzen und unter die Karren zu schieben. Im selben Augenblick hoben zwei Briganten ihre Schilde, um ihre Köpfe und Oberkörper zu schützen, und stachen mit ihren Speeren gegen Catos Füße und Beine, was ihn zwang, sich auf die Seile zurückzuziehen. Er atmete eine Rauchwolke ein und musste husten, während er um einen sicheren Stand kämpfte und seinen Speer in Richtung des Mannes stieß, der auf das Heck des Karrens kletterte. Der Brigant wehrte jeden Stoß mit seinem Schild ab und machte sich bereit, Cato anzuspringen, während sein Kamerad zu ihm nach oben kletterte.

Die Lücke zwischen den Karren begann zu glühen, als Bündel von Feuerholz auflodern und Rauchschwaden nach oben quollen und die Männer einhüllten, die darum kämpften, die Kontrolle über das Tor des Außenpostens zu behalten. Cato konnte die Hitze spüren, die von unten kam, und er sah den hellen Schimmer des Feuers zwischen den Brettern der Ladefläche und den Seiten des Karrens. Der Mann am Heck stieß einen Warnruf aus, doch sein Kamerad schnaubte nur verächtlich und drückte sich hoch, um Cato entgegenzutreten. Für einen kurzen Augenblick herrschte Stille, während die beiden Männer einander abschätzten, und der Brigant lächelte dünn, als er begriff, dass der Vorteil auf seiner Seite lag, da er nicht nur mit einem Speer, sondern auch mit einem Schild bewaffnet war. Begleitet von einer Art wildem Knurren, das Macro oft gute Dienste geleistet hatte, stieß Cato seinen Speer nach vorn. Der Brigant zog sich einen Schritt zurück, während er den Stoß mit seinem Schild abfing und ins Leere lenkte. Dann stürzte er sich sofort nach vorn, um Cato den Schild in den Leib zu rammen, bevor der Römer seine Waffe für einen weiteren Angriff vorbereiten konnte. Die Schildwölbung prallte gegen

Catos metallene Rüstung über seinem Brustbein, und die Schildkante schlug gegen seinen Helm. Der Aufprall schleuderte ihn nach hinten, und er taumelte auf die zusammengerollten Seile, während der Brigant neben ihn stürzte. Nach Luft schnappend ließ Cato seinen Speer los, zog seinen Dolch und warf sich auf seinen Gegner. Auch der Brigant ließ seinen Speer los, doch sein anderer Arm steckte in der Schlaufe seines Schildes fest, sodass er sich nur mit einer Hand verteidigen konnte. Seine Finger tasteten nach dem Gesicht des Römers, während Cato immer wieder auf seine Brust und seinen Bauch einstach. Mit einem letzten Ausbruch an Kraft krallte sich der Brigant an Catos Gesicht fest und bohrte ihm einen Finger in das verletzte Auge. Sofort spürte Cato den quälenden Druck und riss seinen Kopf zurück. Dann zog er den blutigen Dolch aus dem Körper seines Gegners, schob den Arm nach oben und rammte die Klinge in das weiche Fleisch unter dem Kiefer des Angreifers, drückte sie nach oben in dessen Schädel und drehte die Waffe am Griff heftig hin und her, während der Mann hektisch gurgelnd Blut in Catos Gesicht hustete.

Als sein tödlich getroffener Gegner zu zucken anfing, rollte sich Cato weg von ihm und setzte sich auf. Sein linkes Auge fühlte sich an, als hätte es in seiner Augenhöhle Feuer gefangen, und er konnte nichts mehr damit sehen. Ein Stück Seil unter dem sterbenden Briganten begann zu schwelen, und Flammen stiegen durch die immer breiteren Spalten in der Ladefläche des Karrens auf. Das Feuer am Heck breitete sich immer weiter aus und zwang die Angreifer, sich von dem zerstörten Tor zurückzuziehen. Mühsam drückte Cato sich hoch und stand schwankend da, während er versuchte, die Schmerzen beiseitezuschieben, die durch seinen Kopf rasten.

»Herr!«, rief Massimilianus ihm zu. »Verschwinde von dort!«

Die Hitze der Flammen unter ihm, die inzwischen auch rechts und links um ihn aufstieg, versengte ihm die Beine, und er stolperte über den schwelenden Haufen aus Seilen und Werkzeugkisten hinweg, während er die Augen zusammenkniff und eine neue Woge der Agonie und Übelkeit zu unterdrücken versuchte. Hände packten seine Rüstung, hievten ihn über den vorderen Teil des Karrens und setzten ihn auf dem Boden ab. Als man ihn ein paar Schritte von der Hitze der Flammen wegzog, hörte er, wie der Centurio seinen Männern zurief, so viel wie möglich aus den brennenden Karren zu retten. Er war sich vage bewusst, dass die Kampfgeräusche langsam verklangen, und bald waren nur noch Rufe zu hören, die aus dem Inneren des Postens kamen, während die Verteidiger zu verhindern versuchten, dass das Feuer auf die Palisaden zu beiden Seiten des Tores übergriff.

Er setzte sich auf und stützte sich auf die rechte Hand, während er die linke hob und vorsichtig tastend sein verletztes Auge untersuchte. Der kleinste Druck steigerte sofort seine rasenden Schmerzen. Mit dem anderen Auge konnte er um sich herum mehrere andere Verwundete sehen, die in der Nähe des Kochfeuers auf dem Boden saßen. Ein Mann der Bürgerwehr löste den Verband um die Kopfwunde eines der Maultiertreiber. Dann nahm er sich einen Korb, ging hinüber zu Cato und drehte dessen Kopf vorsichtig ins Licht.

»Halte still, Herr. Ich muss dir den Helm abnehmen.«

Er löste die Bänder unter Catos Kinn, hob den Helm an und legte ihn auf den Boden. Nachdem er Cato die Schädelkappe aus Filz abgestreift hatte, betrachtete er kurz die Wunde. Er nahm ein kleines zusammengefaltetes Stück Leinen aus dem Korb und platzierte es behutsam über der linken Augenhöhle. Cato biss die Zähne zusammen, als ihn der Schmerz plötzlich von Neuem durchfuhr, während der Mann einen langen Stoffstreifen um seinen Kopf wickelte, um das Leinenpolster an Ort und Stelle zu halten. Er sicherte den Verband mit einem einfachen Knoten und schob die losen Enden in die Falten des Verbands an Catos Hinterkopf.

»Mehr kann ich im Augenblick nicht für dich tun, Herr.«

»Es wird schon gehen, danke«, erwiderte Cato, der erleichtert darüber war, dass die Bemühungen des Mannes ein Ende gefunden hatten. »Kümmere dich um die anderen.«

Als der Mann der Bürgerwehr davonging, um nach Vespillos Oberschenkelwunde zu sehen, zwang sich Cato aufzustehen. Er sah sich im Außenposten um. Die Flammen am Tor tauchten den inneren Bereich in ein helles Licht. Auf den Wällen erkannte er einige Leichen, und mehrere Männer behaupteten sich noch immer auf ihren Posten, wo sie hinter dem Bretterschutz in Deckung gegangen waren, während sie nach einem neuen Angriff Ausschau hielten. Andere kümmerten sich um die Pferde und die Maultiere, die aus Angst vor dem Feuer unruhig aufstampften. Eine Handvoll Tiere war durch Pfeile und Schleudergeschosse verletzt worden, und zwei von ihnen lagen tot am Boden. Er sah Massimilianus in sicherer Entfernung von den Flammen auf dem Wall. Einen Augenblick lang starrte der Centurio den Hang vor dem Tor hinab, bevor er sich abwandte und den Wall hinabglitt.

»Was haben sie vor, Massimilianus?«

»Sie haben sich etwa fünfzig Schritte zurückfallen lassen. Wahrscheinlich warten sie, bis das Feuer niedergebrannt ist, bevor sie einen weiteren Versuch unternehmen werden.«

»Wie sieht es mit unseren Verlusten aus?«, fragte Cato.

»Drei meiner Männer sind tot, vier verwundet. Micus ist tot sowie ein Mann der Bürgerwehr. Ein weiterer ist verwundet. Der Maultiertreiber dort ist der Einzige aus Barcanos Gruppe. Und da wärst dann noch du. Wie geht es dir, Herr?«

»Ich werde überleben.« Cato bemühte sich, einen klaren Kopf zu bekommen. »Wir müssen uns auf den nächsten Angriff vorbereiten. Lass weitere Reisigbündel vorbereiten, die wir den Hang hinabrollen werden. Wir können es uns nicht leisten, sie in der Dunkelheit bis an den Graben vorrücken zu lassen. Inzwischen werden wir dafür sorgen, dass das Feuer vor dem Dammweg nicht ausgeht. Wir werden gerade so viel Holz nachlegen, um ihnen die Lust auf einen Angriff zu nehmen. Ich will schließlich nicht die ganzen verdammten Palisaden niederbrennen.«

»Nein, das wäre nicht gerade hilfreich, Herr.« Massimilianus grinste kurz. Dann nahm sein Gesicht erneut einen grimmigen Ausdruck an. Er senkte die Stimme. »Wir haben es diesmal gerade eben so geschafft, sie zurückzuschlagen, Herr. Ich glaube nicht, dass unsere

Chancen besonders gut stehen, wenn sie einen weiteren Versuch unternehmen.«

»Nicht besonders gut?« Cato seufzte. »Dann besteht überhaupt keine Chance.«

KAPITEL 27

Die Karren brannten mehr als eine Stunde lang, bevor die Flammen nach und nach kleiner wurden. Massimilianus hatte auf jeder Seite zwei Männer abgestellt, welche die Glut mit Streifen nassen Sackleinens erstickten, sobald sie auf die Palisaden überzugreifen drohte; das Wasser dazu stammte aus dem begrenzten Vorrat, der jetzt noch vorhanden war. Es war eine ermüdende Arbeit, und die Soldaten hielten es nicht lange in der Hitze aus, bevor sie weichen mussten und die Ablösung an ihre Stelle trat. Schon bald waren von den Karren nur noch die verkohlten Rahmen übrig, die von den mächtigen Achsen und den soliden eisenbeschlagenen Rädern aufrecht gehalten wurden.

Die meisten Männer, die noch einsatzfähig waren, hielten an den Palisaden Wache; dort blieben sie hinter den Schutzbrettern in Deckung, um keine neue Salve von Pfeilen und Schleudergeschossen auf sich zu ziehen. Einer der Maultiertreiber wurde auf den Wachturm geschickt, um dafür zu sorgen, dass das Signalfeuer nicht ausging, und die Verwundeten hatte man in die kleine Hütte gebracht, die als Mannschaftsunterkunft diente. Als Cato seinen Blick über die Männer auf den ihnen zugewiesenen Posten schweifen ließ, empfand er ein wenig Befriedigung. Vorerst hatten sie verhindert, dass der Feind hier eindrang. Dem Gegner waren größere Verluste zugefügt worden, als man selbst erlitten hatte. Die Leichen im Graben und auf den Hängen um den Außenposten herum zeugten von der Entschlossenheit der Verteidiger. Die Leichen von Micus und den anderen hatte man neben den Turm gelegt.

Es würde immer noch mehrere Stunden dauern, bis die Morgendämmerung anbrach. Cato versuchte, sich trotz seiner Müdigkeit zu konzentrieren und über die Beteiligten an dieser Auseinandersetzung nachzudenken. Es blieben ihm kaum zwanzig Mann, die noch in der Lage waren, zu kämpfen, und wenn die Briganten von allen Seiten gleichzeitig angriffen, wäre es nur schwer möglich, die Palisaden an jeder Stelle zu halten. Das bedeutete, sie mussten sich auf eine kleinere Verteidigungslinie zurückziehen. Cato sah zu den beiden Schuppen, die mit ihrem rückwärtigen Teil an einer Seite des Außenpostens lagen. Dann rief er Massimilianus zu sich, der die Männer beaufsichtigte, welche die brennenden Karren überwachten.

Während er näher kam, löste der Centurio die Kinnbänder seines Helms, streifte ihn ab, wischte sich über die Stirn und kratzte sich am Kopf.

»Das Feuer wird noch vor der Morgendämmerung erlöschen, Herr. Der Feind wird leicht durch die Asche vordringen können, wenn die Zeit gekommen ist.«

»Wir werden tun, was wir können, damit es weiterbrennt. Nimm von dem Material, das für das Signalfeuer vorgesehen war. Aber nur so viel, um unsere Freunde da draußen auf Distanz zu halten. Es wird eine kurze Pause geben zwischen dem Erlöschen des Feuers und dem Wiederaufflammen. Nutze sie, um die übrigen Karren zu holen, und schaffe sie an die Vorderseite der Schuppen. Zwei werden genügen, um dort für Deckung zu sorgen. Nimm den dritten, um die frei liegende Rückseite zu schützen. Die Vorräte können zwischen die Räder geschoben werden, um zu verhindern, dass die Briganten darunter hindurchkriechen. Und wir können an der dortigen Ecke der Palisade den Dammweg blockieren, und dazu das Ende des Schuppens dort. Wenn die Palisade fällt, können wir den Wagen zurückziehen. Fünf Mann in jedem Wagen, und die Übrigen, die die dortige Palisade verteidigen, werden uns eine viel kürzere Verteidigungslinie verschaffen.«

»Stimmt …« Massimilianus wandte sich ihm zu und hob eine Augenbraue. »Unser letztes Gefecht?«

»Hoffen wir, dass es nicht so weit kommt.«

»Was würdest du mir als Einsatz anbieten, wenn ich dagegen wetten würde?«

»Wohin sollte ich das Geld schicken, wenn du die Wette gewinnst, Centurio?«

Beide lachten kurz über diesen alten Witz, doch dann seufzte Cato erschöpft. »Ich hätte nie gedacht, dass alles beim Kampf um einen mickrigen Außenposten irgendwo in der tiefsten Provinz des Imperiums zu Ende gehen würde.«

»Anstatt es einer Barbarenarmee in der Schlacht zu zeigen, was?« Massimilianus lächelte wissend. »Meiner Erfahrung nach haben Soldaten nur selten den Tod, den sie sich wünschen, Herr. Du hättest in Tharros an der Seuche sterben können.«

»Stimmt. Das wäre eine elende Art gewesen, sich zu verabschieden.« Er schlug dem Centurio auf die Schulter. »Wenn es hier geschieht, werden wir im Kampf fallen. Horatius wäre stolz auf uns!«

Ein schwaches Rumpeln erklang, und die beiden Männer drehten sich zum Tor, wo das, was von dem rechten Karren noch übrig war, von Funkengestöber und aufwirbelnden Flammen umhüllt in sich zusammenbrach.

»Du solltest dich wohl besser an unsere letzte Verteidigungslinie machen.«

Massimilianus neigte salutierend den Kopf und ging zu seinen Männern, um ihnen die entsprechenden Befehle zu geben. Cato wandte seine Aufmerksamkeit den Maultieren und den Pferden zu und erwog, ob er sie schlachten lassen sollte, damit sie den Briganten nicht in die Hände fielen. Doch sein Gewissen empörte sich bei dieser Vorstellung. Abgesehen davon mochte es noch immer etwas geben, wozu sie nützlich sein konnten. Vielleicht würde sich die Möglichkeit bieten, dass einige seiner Männer versuchen konnten, die Reihen des Feindes zu durchbrechen und zu fliehen. Wer zurückblieb, den erwartete der sichere Tod. Cato war nicht bereit, die Soldaten einem solchen Los zu überlassen. Wenn dies der Ort war, an dem er nach dem Ratschluss des Schicksals sterben würde, dann sollte es eben so sein. Ein erneutes Pochen in seinem verletzten Auge vertrieb seine melancholischen Gedanken. Er biss die Zähne zusammen und ging im Licht des Feuers auf und ab, während er versuchte, den Schmerz zu unterdrücken.

Die Nachtstunden vergingen in quälender Langsamkeit. Von Zeit zu Zeit näherten sich kleine Gruppen des Feindes dem Außenposten, feuerten einen Pfeilhagel ab und zogen sich wieder zurück. Ein Warnruf genügte, damit die Verteidiger in Deckung gingen, während die Geschosse hinter den Palisaden niedergingen. Zwei weitere Pferde und noch ein Maultier wurden getroffen. Vor Schmerz warfen sie sich hin und her und drohten die anderen Tiere in Panik zu versetzen, die, zusammen mit ihnen, eng aneinandergebunden waren. Cato musste sie losschneiden und an den gegenüberliegenden Wall führen lassen, wo ihnen der Gnadentod gewährt wurde, indem ihnen ein Soldat mit einem Hammer einen Eisennagel zwischen Augen und Ohren in die Stirn schlug. Die Beine sackten ihnen weg, und sie gingen zu Boden; ihre langen Hälse reckten sich, und ihre Zungen schoben sich schlaff aus ihren stoppeligen Mäulern.

Die Männer, die zuvor dafür gesorgt hatten, dass die Flammen nicht auf die Palisaden übergriffen, mussten nun verhindern, dass das Feuer erlosch, wozu sie Holzscheite, die unter dem Wachturm vorrätig gehalten wurden, in die Glut warfen. Solange noch Flammen in die Höhe ragten, würden die feindlichen Krieger auf Distanz bleiben, hoffte Cato; die Briganten würden warten, bis das, was sie für die Karren hielten, vollkommen niedergebrannt war und der Weg für einen letzten Angriff frei wäre. Doch selbst wenn das Feuer nicht erlosch, würden sie sich nicht lange täuschen lassen. Eine Handvoll Leitern, bedeckt mit feuchtem Blattwerk, würde genügen, um eine Brücke zu bilden, und es dem Feind ermöglichen, über das Feuer hinwegzustürmen.

Er warf einen letzten Blick auf die Vorbereitungen. Dann stieg er den Wall in der Nähe des Dammwegs hinauf und setzte sich hinter einen Bretterschutz unweit des Tores. Es war eine kühle Nacht, und die Wärme des Feuers, die von der Stelle aufstieg, an der zuvor die Karren gestanden hatten, verschaffte ihm eine gewisse Erleichterung. Der Schmerz in seinem linken Auge hatte nachgelassen und war zu einem stetigen Pochen geworden, und jetzt, da er etwas Zeit hatte, fragte er sich, wie schwer die Verletzung wohl war. Es war möglich, dass er mit diesem Auge nichts mehr sehen würde. Die Aussicht, ein halb erblindeter Soldat zu sein, machte ihm große Sorgen. Wenn er das andere Auge ebenfalls verlöre, welchen Wert hätte sein Leben dann noch? Er würde nie sehen, wie Lucius zum Mann heranwuchs, und auch keines der Kinder, die sein Sohn vielleicht einmal haben würde. Er würde nicht mehr lesen und das glanzvolle Schauspiel der Jahreszeiten genießen können … Er musste über sich selbst lächeln, weil er so weit in die Zukunft vorausdachte, wo er doch tot sein konnte, bevor die Sonne wieder aufging.

Eine Bewegung auf dem Hang vor dem Tor riss ihn aus seinen Überlegungen. Drei Männer, von denen einer einen Helm trug, der mit einem Geweih geschmückt war, wie ihn üblicherweise die Anführer der Briganten trugen, näherten sich wachsam dem Außenposten. Zwanzig Schritte vom Graben entfernt blieben sie stehen und musterten das Feuer und die Palisaden rechts und links davon. Dann sprachen sie so leise miteinander, dass Cato sie über dem ständigen Prasseln der Flammen kaum hören konnte. Sie warfen einen letzten Blick auf das Tor und zogen sich schließlich zurück, indem sie in der Dunkelheit verschwanden, die jenseits des orangefarbenen Schimmers der Flammen lag. Cato hätte nicht sagen können, was sie mit ihren Beobachtungen anfangen würden. Es mochte sein, dass sie ihren nächsten Angriff planten, doch es war genauso gut möglich, dass sie zu dem Schluss kamen, ein weiterer Kampf würde zu mehr Toten führen, als die Eroberung des Außenpostens wert war. Trotzdem war es natürlich besser, auf das Schlimmste vorbereitet zu sein. Vorsichtig schob er seine Schädelkappe aus Filz über den Verband, streifte den Helm über, verknotete die Kinnbänder und rückte den Helm zurecht, um sicher zu sein, dass er fest und bequem saß. Um seine Müdigkeit abzuschütteln, drehte er eine langsame Runde entlang der Palisaden, wobei er darauf achtete, dass die Männer in Bereitschaft waren. Er richtete einige ermutigende Worte an sie und erzählte leise den einen oder anderen Witz, um die Stimmung ein wenig aufzuhellen.

In der letzten Stunde der Nacht kamen die Briganten wieder; von allen vier Seiten strömten sie den Hügel hinauf. Der Maultiertreiber auf dem Wachturm war der Erste, der sie sah, und er stieß einen besorgten Alarmruf aus.

»Zu den Waffen!«, rief Cato, zog sein Schwert und hob seinen Schild, den er einem verwundeten Soldaten abgenommen hatte. Die überlebenden Verteidiger erhoben sich und standen in einer Reihe hinter der Brüstung der Palisaden. Cato blickte sich um, denn er wollte sehen, ob jeder Mann auf seinem Posten war und keiner sich drückte. Er stieß ein anerkennendes Grunzen aus, als er bemerkte, dass selbst Barcano und seine Maultiertreiber bereit waren, den Kampf aufzunehmen.

»Zündet die Reisigbündel an!«, befahl er.

Mit einer Kerze in der Hand eilten Massimilianus und einer seiner Männer die Palisade entlang und setzten die Bündel in Flammen, die sogleich über die Brüstung geschleudert wurden, um die Hänge zu erhellen. Während die feindlichen Krieger im Licht der Flammen vorwärts stürmten, stießen sie ihre Schlachtrufe aus, und von allen Seiten dröhnte der Lärm den Verteidigern in den Ohren. Cato konnte erkennen, dass ein Trupp von wenigstens einhundert Mann auf das Tor zuhielt und mehrere Leitern mit sich führte.

»Sturmleitern!«, schrie er. »Lasst sie nicht über die Palisade kommen!«

Ein Ruf von der rückwärtigen Seite des Außenpostens her zog seine Aufmerksamkeit auf sich, und er sah, wie sich die Längsbalken einer Leiter auf die Palisade senkten. Barcano und seine Männer rannten hin, um die Leiter zurückzuschieben, bevor einer der Feinde hinaufklettern konnte. Als der erste Brigant auftauchte, gelang es den Maultiertreibern, die Leiter seitlich wegzudrehen und in den Graben zu schleudern.

»Gute Arbeit!«, murmelte Cato und wandte sich dann dem Feind vor ihm zu. Die Angreifer hatten sich in drei Ströme aufgeteilt. Zwei stürmten auf den Graben zu beiden Seiten des Tores zu, während die Hauptgruppe in Richtung des Dammwegs und des Feuers dahinter vorrückte. Aus größerer Nähe konnte Cato erkennen, dass die Angreifer triefend nasse Felle über ihre Leitern gestreift hatten. Genau das hatte er befürchtet, und es gab wenig, was er tun konnte, um den unausweichlichen Fall des Tores zu verzögern.

»Massimilianus!«

»Ja, Herr.«

»Ich brauche vier Mann auf der Innenseite des Tores. Und beeil dich!«

Während der Centurio die Namen rief, wandte sich Cato an den Soldaten, der direkt neben ihm am Wall stand. »Du kümmerst dich um diese Leiter dort. Lass niemanden über die Brüstung kommen.«

»Ja, Herr.« Der Soldat nickte. Im Schein des Feuers konnte Cato die Angst in seinem Gesicht sehen, und er milderte seinen Ton gegenüber dem Mann, als er weitersprach.

»Halte die Stellung und vertraue darauf, dass deine Kameraden dasselbe tun, dann kommen wir hier lebend wieder raus. Verstehst du?«

»Ja, Herr.«

In der Hoffnung, den Mann ermutigt zu haben, wie immer die Wahrheit auch aussehen mochte, eilte Cato den Wall hinab zu Massimilianus und den vier Soldaten, die er zur Verteidigung des Tores eingeteilt hatte. Er konnte bereits die Briganten auf der anderen Seite der Flammen sehen, die die erste fellbedeckte Leiter nach vorn zu schieben begannen. Jetzt war es offensichtlich, dass sie den Außenposten einnehmen würden. Eine andere Möglichkeit gab es nicht. Er wandte sich an Massimilianus. »Schneide den Pferden und den Maultieren die Beinsehnen durch. Ich werde nicht zulassen, dass sie dem Feind in die Hände fallen. Beeil dich.«

Der Centurio zögerte. Dann begriff er die Überlegung seines Vorgesetzten, nickte ernüchtert und ging davon, um dessen Anweisung auszuführen.

»Zwei von euch auf jede Seite«, befahl Cato. »Schilde zusammenrücken!«

Die Soldaten befolgten seinen Befehl, wobei sie zwischen ihren Schilden eine schmale Lücke ließen, sodass sie mit ihren Schwertern hindurchstechen konnten. Cato führte sie so nahe wie möglich an die Flammen heran, bevor die Hitze sie zwang innezuhalten. Die erste Leiter fiel auf die brennenden Holzscheite, und die triefend nassen Felle erstickten die Flammen mit einem scharfen Zischen. Rasch folgte die zweite Leiter, ging neben der ersten nieder und lag so dicht an ihr an, dass beide zusammen einen fast vier Fuß breiten Weg durch die Flammen bildeten.

»Sie kommen!«, warnte Cato die beiden Männer neben sich, während hinter ihm das erste entsetzte Wiehern der zusammengebundenen Pferde erklang.

Nachdem eine dritte Leiter über die Flammen geschoben worden war, stürmte der erste Angreifer nach vorn. Er trug einen Faustschild, hatte die Axt hoch über seinen Kopf erhoben und die Zähne gefletscht. Cato schob seine Füße etwas auseinander und bog sein führendes Bein ein wenig, um den Aufprall beim Angriff seines Gegners abzufedern. Einen Augenblick später zerschmetterte die Axt seines Gegners den oberen Rand seines Schildes und bohrte sich in die Schichten des Holzes. Cato brachte die Wucht des Stoßes unter Kontrolle und begann sofort, mit aller Kraft dagegenzudrücken, indem er seinen ovalen Schild in den seines Gegners rammte. Der Brigant stolperte nach hinten in die Flammen neben den Leitern und heulte auf vor Schmerz. Dann taumelte er nach vorn auf die Schwertspitze des Soldaten links von

Cato zu. Die Klinge bohrte sich tief in den Bauch des Mannes, wurde umgedreht und dann zurückgerissen. Taumelnd trat der Brigant dem zweiten Angreifer in den Weg, der über die Leitern heranstürmte, wurde zur Seite geschleudert und stürzte in die Glut, wo er aufschrie und sich hin und her wand, während die Flammen ihn verschlangen. Auch der zweite Mann trug, wie die Briganten hinter ihm, einen Schild und eine Axt, und Cato begriff, dass diese Männer handverlesen worden waren, um den Angriff im Nahkampf anzuführen. Sofort bewegte sich der Mann auf Catos linke Seite, um dem Soldaten dort einen Hieb zu versetzen und Raum zu schaffen für seinen nächsten Kameraden, der sich rechts hielt. Der dritte Mann stürmte auf Cato zu.

Der obere Rand von Catos Schild wurde noch mehr beschädigt, als die Axt das Holz unmittelbar neben dem ersten Einschlag splittern ließ. Wieder hielt Cato dagegen, doch diesmal war sein Gegner beweglicher und konnte den Stoß auffangen, und dann lehnten sich beide keuchend in ihre Schilde, während ihre Beine fest auf dem Boden verharrten. Cato gelang es, seine Position zu behaupten, doch als immer mehr Briganten hinter der ersten Reihe der Angreifer auftauchten und auf die Verteidiger einhieben, wurde er nach und nach zurückgedrängt, und die Soldaten zogen sich mit ihm zurück. Der Kampf um das Tor war verloren.

»Nein!«, knurrte Cato, an niemanden außer sich selbst gerichtet. Er riss den Schild ruckartig zurück, rammte ihn dann sofort wieder nach vorn und stach gleichzeitig mit seinem Schwert zu. Er spürte, wie die Klingenspitze in Fleisch eindrang und sich in einen Knochen bohrte, und drehte die Waffe heftig hin und her, während er sie zurückriss. Dann drehte er sich so aus der Hüfte, dass er sein ganzes Gewicht gegen den Schild werfen konnte, und schleuderte seinen verwundeten Gegner nach hinten. Ein schneller nach rechts geführter Stich erwischte den nächsten Mann am Oberschenkel; es war zwar nur eine Fleischwunde, aber sie zwang seinen Gegner, sich aus dem Kampf zurückzuziehen. Dabei versperrte der Mann den nächsten Angreifern den Weg, als diese über die Leitern heranstürmten und sich bemühten, den glühend heißen Flammen rechts und links davon auszuweichen.

»Rückzug!«, rief Massimilianus hinter ihm. »Sie kommen über die Palisade! Rückzug!«

Cato stieß einen wilden Schrei aus und rammte seinen Schild nach vorn, wobei er rasch einen Blick über die Schulter warf. Er sah einige Soldaten und zwei Maultiertreiber, die am Fuß des Turms vorbei auf die behelfsmäßige Barrikade vor den beiden Schuppen zueilten. Noch mehr Männer rannten von der Palisade weg, unter ihnen Massimilianus, der seine Kameraden in Richtung der letzten Verteidigungslinie winkte. Cato drehte sich wieder nach vorn und sah, dass eine vierte Leiter den Weg über das Feuer inzwischen noch mehr verbreitert hatte, und jetzt begann eine große Gruppe Angreifer vorzurücken.

»Greift an, wenn ich den Befehl dazu gebe. Dann lauft zu den Karren, sobald ihr euren Gegner erwischt habt. Bereitmachen …« Er gab den Soldaten auf der anderen Seite einen Herzschlag Zeit, sich zu sammeln, und schrie dann aus voller Kehle: »Angriff!«

Die fünf Männer stürmten nach vorn, die Schulter in die Schilde gedrückt. Sie krachten in die erste Reihe der Briganten und schleuderten diese zurück, auf die Seite und auf die Knie, wodurch sie die übrigen Angreifer zwangen, abrupt stehen zu bleiben.

»Abbruch!«, rief Cato. Die Soldaten drehten sich um und rannten nach hinten. Cato aber behauptete seine Position. Er stand leicht zusammengekauert und ein wenig nach vorn geneigt da, den Schild in seiner Linken und das Schwert auf Hüfthöhe nach vorn gereckt, und war bereit, erneut zuzustoßen. Die Briganten vor ihm zögerten. Niemand war bereit, es mit dem bandagierten Offizier aufzunehmen, dessen eines Auge funkelte, als sich die Flammen in ihrem Rücken darin spiegelten. Sein Gesicht war zu einer wilden Grimasse verzerrt, und Blut tropfte von der Spitze seines Schwerts, als er die Waffe leicht hin und her bewegte.

»Wer will der Erste sein?«, knurrte er. »Kommt schon, ihr hässlichen Bastarde, wer will der Erste sein?«

Als keiner von ihnen sich rührte, machte er einen Schritt nach vorn und führte einen Hieb nach rechts, mit dem er dem Schildbuckel seines dortigen Gegners einen donnernden Schlag versetzte. Dann stürmte er hinter seinem Schild nach links und rammte diesen dem dortigen Gegner in die Seite. Der Brigant wurde gegen die verkohlten Überreste auf der Seite des Tores geschleudert. Bevor der Mann sich erholen konnte, stürmte ein weiterer Brigant nach vorn. Cato ließ sich auf ein Knie fallen und führte sein Schwert in einem tief angesetzten Bogen, sodass sich die Klinge schräg in das Schienbein seines Gegners bohrte und den Knochen zerschmetterte. Der

Mann stürzte nach vorn, und sein volles Gewicht krachte gegen Catos Schulter und die Seite seines Helms. Der Aufprall riss ihn von den Beinen, er fiel schwer zu Boden, und mit einem explosionsartigen Zischen entwich die Luft aus seinen Lungen. Der Brigant landete auf ihm, rollte sich jedoch sofort auf die Seite, ließ seine Axt los und griff mit einem schmerzvollen Stöhnen nach seinem verletzten Schienbein.

Bei seinem Sturz war Cato das Schwert aus der Hand gerissen worden, und jetzt lag es zwei Schritte entfernt außer Reichweite. Er hatte noch immer seinen Schild, und diesen hielt er nach wie vor fest, als er sich wieder aufrappelte. Da niemand sie mehr aufhielt, strömten die Briganten jetzt über die Leitern in den Außenposten, wobei mehrere von ihnen ausschwärmten, um Cato mit erhobenen Schilden und Waffen einzukreisen. Rasch wandte er sich in die eine und dann in die andere Richtung. Er ballte die rechte Hand zur Faust und war entschlossen, notfalls mit bloßen Händen weiterzukämpfen – und wenn es sein musste, sogar mit den Zähnen. Kurz fiel sein Blick auf Massimilianus, der auf dem mittleren Karren stand und ihn hektisch heranwinkte, während die Verteidiger rechts und links zusahen. Überall vor ihnen im Außenposten wimmelte es von Männern in Tierfellen, die bereit waren, die letzte Verteidigungslinie anzugreifen und die Soldaten dahinter zu überrennen.

»Hierher, Herr! Lauf los!«

Cato schüttelte den Kopf und holte tief Luft. Dann rief er ein letztes Mal mit bellender Stimme: »Für Rom, Jungs! Kämpft bis zum Letzten für Rom!« Dann wappnete er sich und stürmte direkt auf den Gegner zu, der ihm am nächsten war. Er riss den Mann um, schleuderte seinen Schild gegen einen weiteren Angreifer und schloss seine Hände um den Hals des ersten Mannes, um ihn zu erwürgen. Sein Gegner versuchte, sich loszureißen, indem er Catos Hände packte, ihn ins Gesicht schlug und ihm schließlich die Finger in Wange und Kiefer bohrte. Cato stieß ein Knurren aus, drückte den Mann von sich weg, biss ihm in die Hand und spürte, wie Fleisch und Knochen unter seinen Zähnen nachgaben. Der Mann heulte auf vor Schmerz, doch Cato ließ ihn nicht los. Er schüttelte dessen Kopf, wie er es bei Cassius gesehen hatte, wenn er seine Beute stellte. Er spürte eine Gestalt an seiner Schulter, und dann blaffte eine tiefe Stimme: »Genug!«

Der Schlag gegen seinen Helm ließ in seinem Kopf zahllose Lichtblitze explodieren, und dann war da nur noch Dunkelheit. Die letzten Worte, die Cato sich selbst sagen hörte, bevor er das Bewusstsein verlor, waren: »Lucius … mein Sohn …«

KAPITEL 28

Er erwachte mit einem Ruck, als ihm jemand einen Eimer Wasser ins Gesicht schüttete. Er zuckte zusammen und riss seinen Kopf auf die Seite. Ein lähmender, Übelkeit erregender Schmerz erfüllte seinen Kopf, und er begann zu würgen. Ein Stiefel trat ihn in die Seite.

»Steh auf, Römer!«

Er blinzelte, und sein unverbundenes Auge öffnete sich einen Spaltbreit. Lichter erschienen über ihm, aber nur die hellsten Sterne funkelten am Himmel, denn die Morgendämmerung war noch nicht angebrochen. Zunächst rührte er sich nicht und spürte den Prellungen, die seinen ganzen Körper überzogen, und der Kruste getrockneten Blutes auf seinen Lippen und in seinem Gesicht nach. Seinen Helm hatte man ihm weggenommen, zusammen mit seinem Schwertgürtel, seinem Dolch und der Schwertscheide. Er schmeckte das Blut in seinem Mund und erinnerte sich an den Mann, den er gebissen hatte. Dann drehte er den Kopf zur Seite und spuckte angewidert aus.

Wieder traf ihn ein Tritt, heftiger diesmal, und er stöhnte auf.

»Steh auf, habe ich gesagt!«

Er zwang sich, auf Hände und Knie zu rollen, und drückte sich hoch, bis er schwankend am Fuß des Wachturms stand. Noch immer spürte er ein Hämmern in seinem Kopf. Er beugte sich vor und erbrach sich, während die Briganten um ihn herum in Jubelrufe ausbrachen. Als sein Magen leer war, machte er einen Schritt zur Seite, um dem Gestank auszuweichen, der aus der Pfütze unter ihm aufstieg. Er richtete sich auf und starrte den Mann an, der mit ihm gesprochen hatte. Der Anführer der Briganten war ein drahtiger Kerl mittleren Alters, in dessen dunklem Bart sich graue Strähnen zeigten. Er trug eine Lederrüstung und ein Wolfsfell, dessen Vorderpfoten mit einer Goldbrosche verbunden um seinen Hals lagen. Sein Helm war aus Bronze und besaß einen schmalen Nasenschutz sowie seitlich angebrachte Klappen zum Schutz der Wangen. Zwei gewaltige Widderhörner und ein Busch aus dunklem Pferdehaar waren als Verzierung oben am Helm angebracht. Was er empfand, als er Cato musterte, war nicht zu erkennen. Er sprach Latein mit starkem Akzent.

»Du bist der römische Kommandant.«

Cato wusste nicht, ob das eine Frage oder eine Feststellung war und schwieg.

»Ich weiß, wer du bist. Ich habe es von einem deiner Soldaten erfahren, bevor wir ihn umgebracht haben.«

Zum ersten Mal, seit er das Bewusstsein wiedererlangt hatte, blickte Cato sich im Außenposten um und sah die Zerstörung, zu der es gekommen war, nachdem man ihn niedergeschlagen hatte. Überall auf dem Boden und auf den drei Karren vor den Schuppen lagen Leichen. Vom Feuer im Tor war unter den mit Tierfellen bedeckten Leitern nur noch ein wenig Aschenglut übrig; hier und da waren die Felle durchgebrannt. Einige der Pferde und Maultiere waren abgeschlachtet worden und lagen auf einem traurigen Haufen an der Stelle, an der man sie zuvor angebunden hatte. Diejenigen, die Massimilianus' Klinge entgangen waren, hatte man an eine Leine genommen; sie wurden gerade von einigen jüngeren Briganten aus dem Posten geführt. Einer von ihnen drehte sich um und warf Cato einen triumphierenden Blick zu. Cato erkannte Calgarno, den Jungen, der sein Gefangener gewesen war. Andere Briganten, die den Außenposten verließen, trugen Vorräte und Ausrüstungsgegenstände davon, die sie von den Karren und den Leichen der Verteidiger erbeutet hatten. Inzwischen befanden sich nur noch höchstens zehn Briganten im zerstörten Außenposten. Die Leichen zweier Männer, bei denen nicht mehr erkennbar war, um wen es sich handelte, waren Rücken an Rücken um einen der Balken des Turms gebunden worden. Sie trugen nur noch ihre Lendenschurze. Man hatte sie mit Klingen gefoltert, und ihre Oberkörper und ihre Gesichter waren von dem Blut überströmt, das aus den flachen Schnitten stammte, die man ihnen dort beigebracht hatte. Centurio Massimilianus war an einen anderen Balken des Turms gefesselt. Er trug einen Verband um seinen rechten Arm, und sein Gesicht zeigte mehrere Schnitte und blaue Flecke. Wie Cato hatte man ihm den Helm und die Waffen weggenommen.

Cato schluckte und räusperte sich. »Ich bin Präfekt Quintus Licinius Cato, Kommandant der Streitkräfte auf dieser Insel.«

»Nein, das bist du nicht mehr.« Kurz durchfuhr ein amüsiertes Zucken den Mund des Briganten. »Du bist jetzt ein Gefangener des Königs der Berge.«

»König der Berge?« Jetzt war es an Cato, sich ein Lächeln abzuringen. »Das ist ein großartiger Titel für den Anführer einer Räuberbande.«

»Wir haben den Außenposten eingenommen und seine Garnison vernichtet, und wir haben Furcht in jede Ecke dieser Provinz gebracht.« Der Führer der Briganten legte seinen Kopf leicht auf die Seite. »Nicht schlecht für eine Räuberbande.«

»Wie heißt du?«, fragte Cato.

Sein Gegenüber zögerte und zuckte dann mit den Schultern. »Benicus. Von den Illensern.«

»Warum hast du mein Leben und das meines Centurios verschont?«

»Was glaubst du wohl? Der Kommandant der römischen Armee auf dieser Insel und einer seiner wichtigsten Offiziere sind ein beträchtliches Lösegeld wert. Sobald wir unser Lager erreicht haben, werden wir dem Statthalter eine Nachricht schicken. Wir werden ihm zehn Tage geben, unseren Forderungen zu entsprechen, und wenn er sich weigert, werden wir ihm den Kopf des Centurios schicken. Wenn nach weiteren zehn Tagen keine Antwort kommt, senden wir ihm eine deiner Hände.«

Cato bezweifelte, dass Scurra – oder, wichtiger noch, sein oberster Ratgeber und Verwalter – sich auf irgendeine Lösegeldforderung einlassen würde, die aus jenen Mitteln bezahlt werden müsste, die zum persönlichen Vorteil des Statthalters so eifrig angehäuft worden waren. Diese Aussicht sollte er dem Anführer der Briganten wohl besser nicht mitteilen. Cato deutete auf die Karren, wo die Verteidiger den Angreifern ein letztes Gefecht geliefert hatten. »Sind noch mehr von meinen Männern am Leben?«

»Keiner. Wir haben die meisten beim Angriff umgebracht. Eine Handvoll hat sich ergeben. Wir haben allen bis auf zweien, die wir verhören wollten, die Kehle durchgeschnitten. Und jetzt, nachdem wir uns alles geholt haben, was wir tragen können, und du wach bist, brechen wir auf.« Benicus gab einen knappen Befehl, und zwei seiner Männer kamen mit einem Seil auf Cato zu. Während der eine ihm die Arme auf den Rücken drehte, band der andere seine Handgelenke fest zusammen, führte das Seil seinen Rücken hinauf und um seinen Hals, band eine Schlaufe und ließ noch genügend für eine Leine von etwa sechs Fuß Länge übrig. Dasselbe taten sie mit Massimilianus, den sie daraufhin zu Cato führten.

Die beiden Männer wechselten ein trauriges Nicken.

»Schön, dass du es geschafft hast, Herr«, murmelte der Centurio.

»Was ist mit dir passiert?«

Ein kurzes Schweigen entstand, als der Centurio beschämt den Kopf senkte. Üblicherweise führte ein Centurio seine Männer in den Kampf, und er war der Letzte, der das Schlachtfeld verließ, auf dem er, sollte es nötig sein, bis zum Tod kämpfte. Für einen Mann im Rang eines Centurio war es die größte Schande, in Gefangenschaft zu geraten.

»Wir haben den mittleren Karren so lange wie möglich gehalten. Ich wurde heruntergerissen, zu Boden geschleudert, und jemand stach mit einem Speer auf mich ein. Ich wäre an Ort und Stelle gestorben, wenn dieser Kerl dort seine Hunde nicht zurückgepfiffen hätte. Hast du irgendeine Ahnung, warum man uns verschont hat, Herr?«

»Lösegeld, behauptet er.« Cato ging nicht genauer auf das Schicksal ein, das seinen Kameraden womöglich erwartete.

»Genug geredet!«, unterbrach Benicus die beiden. Er sah sich im Außenposten um, rief den Männern, die sich noch immer dort befanden, etwas zu und deutete auf die geschwärzten Überreste des Tores. In diesem Augenblick kam Calgarno über den Dammweg zurückgerannt, stieß einen Warnruf aus und deutete den Hang hinab. Eine rasche Unterhaltung folgte, bevor Benicus die Leiter des Wachturms hinaufstürmte. In der Dunkelheit konnte Cato mehrere Schreie hören.

»Was geht hier vor sich?«, fragte Massimilianus.

»Das weiß ich nicht. Aber es hört sich nicht gut an für unsere Freunde.«

Noch mehr Briganten rannten in den Außenposten zurück, unter ihnen die jungen Männer; die Maultiere hatten sie aufgegeben. Die Angst stand ihnen deutlich ins Gesicht geschrieben. Ein Horn erklang, und alle wandten sich in Richtung des Geräuschs.

»Es ist die Kolonne, die zu unserer Verstärkung kommt.« Ein Grinsen breitete sich über Massimilianus' zerschundenem Gesicht aus. »Bei allen Göttern, die Männer müssen wirklich schnell marschiert sein. Wir sind gerettet, Herr!«

»Im Augenblick würde ich mich darauf nicht verlassen.«

Benicus beugte sich über das Geländer des Wachturms und schrie seinen Männern Befehle zu. Sofort eilten mehrere von ihnen zu den noch existierenden drei Karren und begannen, die Leichen wegzuziehen. Andere eilten den Wall hinauf, um entlang der Palisaden Aufstellung zu nehmen. Kaum dass die Leichen beiseitegeräumt waren, steuerte die erste Gruppe einen der Karren zum Tor und rollte ihn über das verkohlte Holz in der noch immer rauchenden Asche. Ein weiterer Karren wurde daneben gehievt, und die Männer kletterten auf beide Gefährte und brachten ihre Waffen in Anschlag.

»Wie man in den Wald hineinruft …«, bemerkte Massimilianus, den der plötzliche Umschwung ihres Schicksals vergnügt in sich hineinlachen ließ. »Es sieht so aus, als seien die Barbaren genau in die Falle getappt, die sie uns gestellt haben.«

»So sieht es aus«, gab Cato zu. Er wollte dem Centurio oder sich selbst keine falschen Hoffnungen machen, denn noch immer waren sie gefesselt und Gefangene von Benicus und seinen Männern. Er machte sich keine Illusionen darüber, was sie erwartete, sollte die Lage der Briganten hoffnungslos werden. Sie wären tot, bevor der erste Soldat der Verstärkung seinen Fuß in den Außenposten setzen würde. Er sprach leise. »Wir sollten keinen Lärm schlagen und uns vorerst ruhig verhalten.«

Massimilianus starrte ihn fragend an, und als er Catos warnenden Gesichtsausdruck sah, nickte er und senkte den Kopf ein wenig, um den Blicken der Feinde auszuweichen.

Benicus schwang sich auf die Leiter und stieg nach unten. Er blieb kurz stehen, klopfte mit der Faust gegen sein Kinn und trat dann zu Cato.

»Dein gestriges Warnsignal hat eine Antwort gefunden, Präfekt. Deine Männer sind im Begriff, den Außenposten einzukreisen. Glücklicherweise sind die meisten meiner Krieger mit der Beute in den Wald entkommen.«

»Aber du und die anderen hier nicht.«

»Nein.«

»Du kannst nicht standhalten. Du hast weniger Männer als ich hatte, und du hast kein Tor, das dir Schutz bietet. Du solltest besser aufgeben. Wenn du dich entscheidest zu kämpfen, wirst du zweifellos sterben. Du und alle deine Männer.«

»Und du auch.« Benicus tippte gegen den Elfenbeingriff des Dolchs in seinem Gürtel, und Cato erkannte, dass es sich um seine eigene Waffe handelte, die der Brigant ihm abgenommen hatte, als er bewusstlos gewesen war. »Lange bevor deine Soldaten mich erwischen, werde ich dir die Kehle durchschneiden. Aber wir wollen hoffen, dass es nicht so weit kommt, nicht wahr? Ich habe nicht vor, hier zu sterben, und auch nicht, mich deinen Römern zu ergeben.«

»Wie hast du vor zu entkommen?«

»Meine Männer und ich gehen mit euch als Geiseln hier raus. Deine Männer werden kaum euer Leben riskieren, indem sie uns aufhalten.«

Weil er wusste, wie unwahrscheinlich es war, dass der Statthalter irgendein Lösegeld für sie bezahlen würde, begriff Cato, dass sie mit ebenso großer Wahrscheinlichkeit im Lager des Feindes sterben würden wie hier im Außenposten. Es war nur eine Frage der Zeit.

Vor der Palisade erklang Hufgetrappel, und eine Stimme rief: »Ihr da im Außenposten! Wer hat bei euch das Sagen?«

Cato erkannte Apollonius' Stimme. So waren es wohl die Männer aus der Festung bei Augustis, die zuerst auf das Signal reagiert hatten. Sie kamen zu spät, um den Außenposten zu retten, aber früh genug, um die kleine Garnison zu rächen, die bis zum Schluss gekämpft hatte.

Benicus eilte an den Wall und stieg zur Spitze der Palisade hinauf. »Ich habe hier den Befehl.«

»Wie heißt du?«, fragte Apollonius. »Wie soll ich dich anreden?«

»Benicus von den Illensern, Leutnant des Königs der Berge.«

»Hör zu, Benicus. Ich schenke dir und deinen Männern das Leben, wenn ihr die Waffen niederlegt und euch ergebt. Ihr werdet Sklaven sein, aber am Leben. Wenn ihr euch nicht ergebt, werden wir den Außenposten einnehmen und euch alle töten.«

»Wir haben Geiseln«, erwiderte Benicus.

»Überlebende der Garnison? Wie viele?«

Benicus drehte sich um und rief einen Befehl. Zwei seiner Männer packten die Seile, mit denen Cato und Massimilianus gefesselt worden waren, und brachten die beiden Römer zum Anführer der Briganten. Benicus ließ die Gefangenen an die Brüstung der Palisade treten. Cato sah Apollonius und mehrere berittene Soldaten, die fünfzig Fuß vom äußeren Graben entfernt warteten. Hundert Schritte entfernt den Hang hinab befand sich die übrige Reiterei. Mehrere Infanterieeinheiten hatte in ungefähr derselben Entfernung um den Posten Aufstellung bezogen.

»Guten Morgen, Herr«, rief Apollonius. »Centurio

Massimilianus. Es ist schön, euch beide am Leben zu sehen.«

»Und sie werden am Leben bleiben, wenn du tust, was ich sage«, warf Benicus ein. »Zieh dich mit deinen Soldaten zum Waldrand zurück und bleib dort, während ich meine Männer aus dem Posten führe. Wenn du versuchen solltest, mich aufzuhalten, werde ich deine Offiziere umbringen. Hast du das verstanden?«

Apollonius zuckte lässig mit den Schultern. »Ich nehme nur Befehle von meinem Präfekten entgegen. Du musst uns unsere Offiziere lebend übergeben und dann aufgeben.«

»Narr!« Benicus spuckte das Wort geradezu aus. »Du bist nicht in der Position, irgendwelche Forderungen zu stellen, wenn du willst, dass die beiden am Leben bleiben.«

»Ich werde für meine Männer sprechen«, unterbrach ihn Cato. »Du wirst ausschließlich mit mir verhandeln, Benicus.«

»Schweig!«

Cato holte tief Luft. »Apollonius! Töte alle, wenn sie nicht aufgeben. Nimm auf mich keine Rücksicht.«

»Maul halten!« Benicus versetzte Cato einen heftigen Schlag mit dem Handrücken. »Noch ein Wort ohne meine Erlaubnis, und ich schneide dir die Zunge heraus.«

Er zerrte an ihren Seilen, zog sie von der Palisade weg und schob sie den Wall hinab. Die beiden Männer stolperten nach unten und stürzten ins Innere des Außenpostens. Als Cato nach Luft schnappend am Boden lag, hörte er Apollonius' Erwiderung.

»Sprich mit meinem Präfekten. Ich warte auf das Ergebnis. Wenn ich bis um die Mittagszeit nichts von dir höre, werden wir angreifen. Gehab dich wohl, Benicus.«

Cato hörte, wie der Hufschlag in der Ferne verklang, während er sich mühsam neben Massimilianus aufsetzte. Benicus sah die Soldaten davonreiten. Dann drehte er sich um und starrte seine Gefangenen eine Weile lang an, bevor er Cato schließlich erneut ansprach.

»Du hast die ganze Angelegenheit schwieriger gemacht für mich, Präfekt. Jetzt kann ich dich nicht mehr dazu benutzen, diesen Ort zu verlassen. Dafür hast du gesorgt. So wie es aussieht, werde ich dich hier töten müssen.«

»Das ist nicht nötig. Warum gibst du nicht auf und bleibst am Leben?«

»Als Sklave, meinst du?« Benicus schüttelte den Kopf. »Das ist kein Leben.«

»Für einige ist es ein gutes Leben. Nicht jeder endet an seine Kameraden gekettet in einer Mine. Viele leben recht bequem. Einigen schenkt man sogar die Freiheit oder sie schaffen es, sie sich zu kaufen.«

»Einige … Aber die meisten eher nicht, könnte ich mir vorstellen. Ich werde kein Sklave sein, Präfekt. Genauso wenig wie irgendeiner meiner Männer.«

»Ich frage mich, was sie wohl antworten würden, wenn man sie selbst wählen ließe.«

»Du verstehst uns nicht. Wir sind ein stolzes Volk. Das waren wir immer, schon lange, bevor die Römer kamen. Wir haben uns eurem Imperium nie gebeugt, und das werden wir auch nie tun. So sind wir einfach.«

»Dann seid ihr verloren. Wenn du mich umbringst, wird der Kaiser rasen vor Wut. Er wird mehr Männer unter einem anderen Kommandanten schicken. Sie werden dein Volk vollständig vernichten. Es ist nur eine Frage der Zeit. Aber ihr könnt euch immer noch selbst retten. Gebt auf, lasst mich und den Centurio frei. Ich werde euch zu eurem König zurückkehren lassen, sodass ihr ihm Folgendes ausrichten könnt: Wenn er Kaiser Nero die Treue schwört und dafür sorgt, dass die Angehörigen seines Volks auf ihrem Land bleiben und die Überfälle auf andere Teile der Provinz einstellen, dann werde ich meine Männer von eurem Territorium zurückziehen. Ich gebe dir mein Wort, dass keine Patrouillen mehr das Land des Königs betreten werden. Und keine römischen Beamten gleich welcher Art.«

Es war ein verzweifelter Bluff, und Cato betete im Stillen zu Mendacius, dass der Brigant nicht durchschauen würde, wie er ihn über das wahre Ausmaß seiner Macht zu täuschen versuchte.

»Und was ist, wenn dein Kaiser beschließen sollte, dein Wort nicht zu halten?«

»Der Kaiser verlangt nichts anderes als eine Demonstration des Gehorsams. Gebt ihm die, und er wird eurem König erlauben, ungehindert weiterzuregieren. Genauso wie Rom es bei vielen anderen getan hat.«

Benicus wirkte gequält, als er über Catos Worte nachdachte. Stolz kämpfte gegen das Verlangen zu leben und die Aussicht auf Frieden an.

»Wenn du dich weigerst, bleibt dir und deinem Volk nur der Tod. Mag sein, dass du stolz in den Tod gehst, aber sterben wirst du trotzdem. Von euch wird nichts bleiben als eure Gräber und die Überreste eurer Dörfer und eurer geheimen Lager. Mit der Zeit wird euer

Volk vergessen werden, und da wird nichts mehr sein als ein paar überwucherte Ruinen, an deren Namen sich niemand mehr erinnert. Oder ihr könnt euch dazu entschließen, zu überleben und in eurem Teil der Insel ein gedeihliches Leben zu führen.«

Der Anführer der Briganten verzog das Gesicht und stieß ein langes, tiefes, resigniertes Seufzen aus. »Du gibst mir also dein Wort, dass du mich und meine Männer ungehindert abziehen lässt, wenn ich dich und den Centurio freilasse?«

»Ich gebe dir mein Wort im Angesicht aller meiner Götter, und dieser Mann ist mein Zeuge«, erwiderte Cato ernst.

Benicus musterte ihn mit seinen dunklen eindringlichen Augen. Dann nickte er. »Na gut.« Er zog Catos Dolch, trat hinter die beiden Römer und durchtrennte ihre Fesseln.

»Danke. Ich werde dir Nachricht geben, wenn du den Außenposten ungefährdet verlassen kannst. Bleib so lange hier. Komm mit, Massimilianus.« Er ging zu den Karren, die das Tor blockierten, kletterte auf einen von ihnen hinauf, indem er sich durch die Briganten schob, die auf der Ladefläche standen, und sprang dann auf der anderen Seite hinab. Dann gingen er und Massimilianus mit ruhigen Schritten den Hang hinunter auf Apollonius und die Reiter zu, die hinter ihm warteten.

»Scheiße noch mal, es hat tatsächlich geklappt«, sagte der Centurio leise. »Ich dachte, wir sind tot. Ich hatte schon Angst, du würdest es nie schaffen, ihn zu überzeugen.«

»Um die Wahrheit zu sagen, ich auch.«

Massimilianus lachte. »Du hast Eier aus solidem Eisen, Herr. Aus solidem Eisen.«

Als sie näher kamen, stieg Apollonius vom Pferd. Er stemmte die Hände in die Hüften, neigte den Kopf zur Seite und musterte Cato. »Du hast schon besser ausgesehen. Was ist mit deinem Kopf passiert?«

»Am Auge verletzt.«

»Das muss jemand ansehen. Ich lasse den Arzt rufen.«

»Darum kümmere ich mich später.« Cato blies die Wangen auf. »Du bist schnell gekommen.«

»Nicht schnell genug, um den Außenposten zu retten.«

Cato dachte an die Soldaten, an Micus und seine Männer und die Maultiertreiber, die allesamt tot waren. »Stimmt. Aber du hast Massimilianus und mich gerettet. Dafür danke ich dir.« Er musterte die Soldaten der Infanterie, die um den Außenposten Aufstellung genommen hatten. »Kommen die auch aus der Festung?«

Apollonius schüttelte den Kopf. »Nein. Das sind Placinus' Männer. Sie sind fast im selben Augenblick eingetroffen. Placinus selbst ist auf der anderen Seite des Hügels. Sag, warum haben sie dich freigelassen?«

Cato erklärte es ihm mit knappen Worten, und dann befahl er Massimilianus, einen seiner Männer loszuschicken, um Placinus anzuweisen, Benicus und seine Briganten ungehindert abziehen zu lassen.

»Dann hast du also die Absicht, dein Wort zu halten?«, fragte Apollonius nachdenklich.

»Natürlich. Es ist immer noch möglich, dass wir einen Weg finden, die Probleme zu lösen, ohne dass noch mehr Menschen sterben müssen.«

»Optimist wie eh und je.«

Cato schüttelte erschöpft den Kopf. »Ich habe nur genug von diesem ständigen Blutvergießen.«

»Dann bist du ein seltsamer Soldat.«

»Sogar Soldaten sehen irgendwann genug davon. Wenigstens einige von uns. Ich hatte meinen Teil.«

Er wandte sich wieder an Massimilianus. »Geh hoch und teile Benicus mit, dass er jetzt abziehen kann. Nimm deine Männer und fang an, unsere Toten zu begraben, sobald die Briganten abgezogen sind.«

»Ja, Herr.«

Als der Centurio auf die Pferde zuging, fühlte Cato von Neuem einen stechenden Schmerz in seinem linken Auge und legte seine Hand über den Verband.

»Du lässt jetzt wohl besser den Arzt kommen.«

Apollonius stieß einen leisen Pfiff aus. »Du hättest mein Angebot annehmen sollen, als ich es gemacht habe.«

»Lass den Mann einfach kommen, verdammt, bevor du ihn selbst brauchst.«

Cato saß auf einem Baumstumpf, und der Arzt der Kohorte löste sorgfältig seinen Verband. Das Blut um die Wunde war getrocknet und hatte das Leinen getränkt, wodurch die einzelnen Lagen zusammenklebten. Cato fluchte, als ein brennender Schmerz durch sein linkes Auge schoss.

»Es tut mir leid, Herr, ich tue mein Bestes.«

»Ja, gut, aber sei vorsichtig«, knurrte Cato mit zusammengebissenen Zähnen. »Ich will nicht, dass du es aus der Augenhöhle zerrst.«

»Wir wollen doch hoffen, dass es nicht so weit kommt.« Apollonius lächelte. »Denn das dürfte nicht gut ankommen bei den Damen. Was würde Claudia wohl dazu sagen?«

Cato schlug die Hände des Arztes weg, drehte sich um und deutete mit dem Zeigefinger auf den Spion, als wolle er ihn damit erstechen. »Noch so eine dumme Bemerkung, und du zahlst dafür.«

»Entschuldige, Präfekt. Manchmal rede ich, ohne vorher nachzudenken.«

»Irgendwann komme ich damit zurecht. Aber bis dahin rate ich dir: Treib's nicht zu weit.«

»Verstanden. Ah, hier kommen sie.«

Cato wandte sich um und sah den Hügel hinauf. Der Arzt stieß ein Zischen aus und zwang sich zu einem ehrerbietigen Ton. »Wenn es dir nichts ausmachen würde, Herr, könntest du vielleicht stillhalten? Dann wäre alles einfacher und weniger schmerzhaft, das kann ich dir versichern.«

Cato hielt den Kopf völlig regungslos, als er zusah, wie Benicus und seine Männer vor dem Außenposten auftauchten und an den berittenen Soldaten vorbeizogen, die in geringer Entfernung von ihnen verharrten. Die Briganten bewegten sich voller Misstrauen, bis sie die Reiter passiert hatten; danach gingen sie den Hang schneller hinab, auf den Wald zu, der etwa eine halbe Meile entfernt war. Massimilianus wartete, bis sie vorüber waren. Dann befahl er seinen Männern abzusitzen und führte sie in Richtung Tor.

»Das letzte Stückchen«, murmelte der Arzt, während er das zusammengefaltete Stück Leinen anhob.

»Da ist nichts. Ich kann mit diesem Auge nichts sehen«, sagte Cato.

»Natürlich nicht, Herr. Es ist mit getrocknetem Blut bedeckt. Die Lider sind verklebt, und da ist auch eine Schwellung.« Der Arzt nahm seine Feldflasche und goss etwas Wasser auf eine saubere Leinenrolle aus seinem Verbandskasten und begann, das Blut um die Augenhöhle herum abzutupfen. »Das ist gut. Es löst sich.« Er machte noch eine Weile weiter und lehnte sich dann zurück. »Versuch, das Auge zu öffnen, Herr.«

Cato mühte sich ab, doch es gelang ihm nicht, das Augenlid zu heben. Mit dem anderen Auge sah er, wie der Arzt zusammenzuckte.

»Was? Was ist los?«

»Der Schaden ist recht groß, Herr. Ich muss ihn in unserer Krankenstation genauer untersuchen, und du wirst sehr viel Ruhe brauchen.«

»Unsinn! Wird sich das Auge wieder erholen? Werde ich je wieder damit sehen können?«

»Das weiß ich nicht, Herr. Das kann nur die Zeit erweisen.«

»Dann nützt du mir überhaupt nichts. Mach einen frischen Verband darauf, und wir kümmern uns darum, wenn wir nach Augustis zurückkommen.«

»Ja, Herr.«

Vorsichtig drapierte der Arzt ein leichtes Tuch um die Augenhöhle, platzierte einen Streifen zusammengefaltetes Leinen auf dem Auge und legte einen neuen Verband um Catos Kopf an. Als er den abschließenden Knoten band, erklang plötzlich wildes Geschrei vom Außenposten her. Gleich darauf strömten mehrere Soldaten ins Freie und rannten zu ihren Pferden. Rasch wechselten sie einige Worte mit ihren Kameraden, und dann trieben die meisten Männer, die vor dem Außenposten gewartet hatten, ihre Pferde im Galopp den Hang hinab und den Briganten hinterher, die noch immer etwa zweihundert Schritte vom Waldrand entfernt waren.

»Was, beim Hades …« Cato erhob sich. »Was hat Massimilianus vor?«

Apollonius spähte blinzelnd nach den Reitern. »Ich sehe ihn nicht. Er muss immer noch im Posten sein. Nein! Da ist er.«

Cato erkannte den Centurio an seinem Helmbusch, als er aus dem Tor stürmte und auf sein Pferd stieg. Er umklammerte die Zügel und jagte den Männern hinterher, die einen beträchtlichen Vorsprung zu ihm hatten.

»Oh nein …« Cato dachte daran zurück, wie es im Posten ausgesehen hatte: an die abgeschlachteten Pferde, an die Leichen der toten Soldaten, an die beiden Männer, die man zu Tode gefoltert hatte.

Er rannte quer über den Hang, während er gleichzeitig rief: »Halt! Ihr Narren! Halt! Ich befehle euch, stehen zu bleiben!«

Aber seine Worte gingen unter im Donnern der Hufe, den wilden Schlachtrufen der Soldaten, die ihre Langschwerter zogen, und den Warnrufen der Briganten, die sich umdrehten und sahen, dass die Reiter auf sie zugaloppierten. Benicus gestikulierte heftig in Richtung seiner Kameraden, und dann rannten alle los, doch Cato konnte sehen, dass sie den Schutz der Bäume nicht mehr rechtzeitig erreichen würden. Er fühlte, wie seine Lungen brannten, nachdem er in voller Rüstung losgesprintet war, und sein Herz schlug heftig gegen seine Rippen.

Der erste Soldat erreichte den letzten Briganten. Sein Schwert hob sich, zischte nach unten auf seinen Gegner zu und bohrte sich so tief in dessen Hals, dass es ihm fast den Kopf abtrennte. Der Brigant stürzte zu Boden, und der Reiter galoppierte auf den nächsten Mann zu.

Während Cato weiterrannte, konnte er nur von Entsetzen erfüllt zusehen, wie sie mitten zwischen die Briganten ritten und auf sie einhieben. Nur Benicus und einige wenige andere erreichten den Wald, wo sie im Schatten der Bäume verschwanden. Als Cato den Schauplatz erreichte, waren die übrigen Briganten tot. Einige waren mit einem einzigen Schwerthieb getötet worden, andere hatten die Soldaten regelrecht abgeschlachtet, als sie verwundet auf dem Hang lagen. Massimilianus zügelte sein Pferd am Rand des Massakers, das Gesicht weiß vor Wut.

»Was habt ihr getan?«, schrie Cato, als er die Soldaten erreicht hatte. Er ballte die Fäuste, breitete die Arme aus und holte mehrmals tief Luft. »Ihr verdammten Idioten! Ich habe ihnen mein Wort gegeben, dass ihr Leben geschont würde. Ihr habt mir Unehre gemacht, ihr habt Rom Unehre gemacht!« Hilflos schüttelte er den Kopf.

Die blutigen Schwerter noch in den Händen, starrten ihn die Soldaten provozierend an. Einer von ihnen hob seine Waffe. »Das haben sie sich selbst zuzuschreiben, Herr. Du hast doch gesehen, was sie da oben angerichtet haben!«

»Halt den Mund!«, schrie Cato. »Du Narr. Wir hätten mit ihnen in Frieden leben können. Wir hätten Leben retten können. Aber jetzt?« Er drückte die Fäuste gegen seine Stirn. »Jetzt werden sie bis zum bitteren Ende kämpfen. Es kann keinen Frieden mehr geben. Nur Blut-vergießen … Blut, das die ganze Insel beflecken wird, bis alles vorüber ist.« Er starrte seine Männer an. »Verflucht sollt ihr sein, ihr Narren! Verflucht sei jeder Einzelne von euch für das, was ihr alle über uns gebracht habt!«

»Warte!« Massimilianus deutete auf einen der Briganten, den Cato für tot gehalten hatte. Er schob sich durch die Grasbüschel vom Schauplatz des Massakers weg, als der Centurio zu ihm trat. »Der hier lebt noch!«

Er beugte sich vor und rollte den Briganten auf den Rücken. »Es ist Calgarno.«

KAPITEL 29

Am folgenden Morgen löste der Arzt vorsichtig den Verband und neigte Catos Kopf ins Licht, das durch das Fenster der bescheidenen Krankenstation der Festung fiel. Er musterte das Auge eine Weile und gab dann seine Einschätzung ab. »Die Wunde selbst hat zu heilen begonnen. Du wirst eine neue Narbe zurückbehalten, mit der du die Damen beeindrucken kannst. Aber du kannst immer noch nichts sehen, sagst du?«

»Links nichts als Dunkelheit, und der Rest ist matt und verschwommen«, erwiderte Cato.

»Möglicherweise wird deine Sehkraft auf diesem Auge nie wieder zurückkehren, fürchte ich.« Der Arzt beugte sich näher heran, wobei er darauf achtete, seinen Kopf nicht ins Licht zu halten. »Die ursprüngliche Verletzung hat einen Riss in deinem Augenlid verursacht, und dann ist der Splitter am Rand der Pupille ins Auge eingedrungen. Ich habe früher schon ähnliche Verletzungen gesehen. Du kannst nur noch darauf hoffen, dass sich dein Sehvermögen teilweise wieder einstellt, aber ich würde mich nicht darauf verlassen.«

Er löste die Hände, die er rechts und links an Catos Kopf gelegt hatte, und richtete sich auf. »Es gibt nichts, was ich noch für dich tun könnte. Frische Luft wird dazu beitragen, die Wunde zu heilen. Halte sie sauber und berühre sie nicht, damit sie nicht wieder aufreißt. Ich würde dir raten, sie zu verbinden, bis die Heilung abgeschlossen ist. Danach kannst du den Verband drauflassen, wenn du den Eindruck hast, dass das Auge oder der unmittelbare Bereich darum herum zu empfindlich reagiert. Könnte sein, dass du dann ziemlich verwegen aussiehst.«

»Ein Verband?« Cato seufzte. Er hatte in Rom Veteranen gesehen, die Verbände trugen, und er dachte an das Mitleid, das er damals ihnen gegenüber empfunden hatte. Jetzt würde er selbst Gegenstand des Mitleids werden, und vor Scham, die er deswegen empfand, drehte sich ihm der Magen um. Er versuchte sich einzureden, dass die Leute am Ende nur eine weitere Narbe sehen würden, die ebenso ein Zeichen für seine guten Dienste wäre wie die Orden an seiner Rüstung. Wie würde Claudia reagieren, wenn sie einander das nächste Mal begegneten, fragte er sich.

»Was ist mit dem Gefangenen?« Er nickte in Richtung Nebenzimmer. »Calgarno. Wie geht es ihm?«

»Er hat einen Schwerthieb in die Schulter abbekommen. Es ist eine Fleischwunde. Der Hieb gegen seinen Kopf, der ihn zu Boden schleuderte, hat ihn nur gestreift, aber dabei wurde ihm der größte Teil seines Ohres abgeschnitten. Er wird sich wieder erholen. Aber ich muss dich warnen, er bietet keinen besonders schönen Anblick.«

Das war Cato gleichgültig. Wichtig war nur, dass sie einen der Feinde gefangen genommen hatten. Calgarno musste dazu gebracht werden, zu verraten, wo sich das Lager der Briganten befand. Besser noch, die Lage der Festung, von der aus der selbst ernannte König der Berge den Widerstand gegen Rom organisierte.

»Mach mir einen Verband«, befahl er und stand auf.

Er verließ den Raum und trat nach draußen auf den überdachten Laufgang, der sich die Krankenstation entlangzog. Es war noch immer früh am Tag, und es würde mindestens noch eine Stunde dauern, bevor die Hitze unangenehm wurde. Die Tür zu dem Zimmer, in dem der Gefangene lag, stand offen. Cato trat unter den Türsturz und nickte dem salutierenden Soldaten zu, der dort Wache stand.

Man hatte Calgarno ans Bett gefesselt. Er hob den Kopf, um zu sehen, wer ins Zimmer kam, wobei er leicht blinzelnd in die von Licht erfüllte Türöffnung spähte. Cato ging zu ihm und betrachtete den blutbefleckten Verband, der die Schulter des Jungen bedeckte, sowie den oberen Teil und die Seite seines Kopfes. »Der Arzt meint, dass deine Verletzungen gut verheilen werden.«

»Das ist mehr, als man von deinem Auge behaupten kann, Präfekt.«

Unwillkürlich hob Cato die Hand, zwang sich aber sogleich wieder, sie zu senken. Calgarno hatte die Geste bemerkt und lächelte. »Du wirst die Narbe für den Rest deines Lebens tragen. So wirst du dich immer an meinen Stamm erinnern.«

»Gut möglich, dass das *alles* ist, was noch an deinen Stamm erinnern wird, wenn deine Leute nicht zur Vernunft kommen und ihren sinnlosen Kampf aufgeben.«

»Sinnlos?« Calgarno kicherte. »Wir haben uns zweihundert Jahre lang Rom widersetzt. Warum glaubst du, dass ihr diesmal Erfolg haben werdet? Wir haben euren Außenposten eingenommen und eure Männer umgebracht.«

»Wie viele von eurer Gruppe sind zugrunde gegangen, um das zu erreichen? Und wie viele habt ihr zusätzlich verloren, als ihr bei eurer Flucht niedergemacht wurdet? Glaubt ihr, dass ihr bei jedem Angriff auf einen unserer Außenposten so viele Männer opfern könnt?«

»Jeder Außenposten, den wir vernichten, sorgt dafür, dass sich uns weitere hundert Krieger anschließen.«

»Weitere hundert Mann, die ihr Leben für eine aussichtslose Sache opfern.« Cato seufzte. »Was hofft ihr zu erreichen, mein Junge? Glaubst du wirklich, dass es dir und deinen Freunden gelingen wird, Rom zu besiegen? Glaubst du, irgendjemand jenseits dieser Berge und Wälder betrachtet euren Anführer als wahren König? Hast du auch nur die geringste Vorstellung davon, wie groß das Imperium ist? Und wie viele Soldaten es aufbringen kann, um eure läppische Räuberbande zu vernichten? Nun?«

»Wenn Rom so mächtig ist, wie du sagst, warum ist mein Volk dann immer noch hier? Warum sind wir immer noch die Herren unserer Länder?«

»Ich werde dir ganz genau sagen, warum«, erwiderte Cato matt. »Es liegt einzig und allein daran, dass ihr bisher nicht wichtig genug wart, um unsere Aufmerksamkeit zu verdienen. Bis vor Kurzem habt ihr euch auf gelegentliche Viehdiebstähle beschränkt. Von Zeit zu Zeit habt ihr auch den einen oder anderen Kaufmann angehalten und von ihm eine Gebühr für die ungehinderte Passage durch euer Land verlangt. Solche Dinge geschehen überall im Imperium. Für jeden kleinen Briganten, den wir gefangen nehmen und kreuzigen, wird ein anderer geboren. Und so geht es immer weiter. Solange

Leute wie du und dein Volk vernünftig genug sind, ihre Aktivitäten einzuschränken, sodass sie die Schwelle unserer Interessen nicht überschreiten, überlebt ihr. Doch sobald ihr diese Linie überschreitet und zu gierig oder zu ehrgeizig werdet, zwingt ihr Rom zu handeln, und das Imperium wird nicht ruhen, bis diejenigen, die sich ihm widersetzt haben, tot sind oder auf Knien darum flehen, verschont zu werden. Mach dir nichts vor, Calgarno, so wird es hier auf dieser Insel enden. Du und deine Leute, ihr werdet abgeschlachtet oder versklavt werden, und schon nach einer Generation wird sich niemand mehr daran erinnern, dass dein Volk jemals existiert hat. Der Mann, der sich euer König nennt, wird nur eines erreicht haben: die Vernichtung aller Dinge, die euch lieb und teuer sind. Du, deine Familie, deine Freunde, die Angehörigen deines Volks – ihr alle werdet verschwunden sein. Und wozu? Um den arroganten Anspruch eines Briganten mit Haaren am Arsch zu bestärken, der wahnsinnig genug war, auch nur in Erwägung zu ziehen, er könne es mit dem mächtigsten Reich der Welt aufnehmen. Ihr seid nicht die Herren dieser Länder. Ihr wart es nie, seit Rom Sardinien als seine Provinz zu betrachten begann. Ihr wart Schatten, die durch den Wald huschten. Ihr wart nicht mehr als ein Juckreiz. Der Biss eines mickrigen Insekts, der einen nicht einmal so sehr juckt, dass man sich kratzt. Wegen eures Anführers hat sich das jetzt geändert, und Rom wird nicht ruhen, bis ihr ausgelöscht seid.« Er hielt inne, damit seine Worte wirken konnten, und stellte zufrieden fest, das jedes Anzeichen spöttischer Hybris aus der Miene des Jungen verschwunden war. Cato setzte sich auf den Bettrand und sah auf den gefliesten Boden. »Ich habe so viel Blutvergießen erlebt, dass es für mehr als ein Leben reicht. Es ist eine Sache, in der Wildnis von Britannien gegen eine Barbarenarmee in die Schlacht zu ziehen oder sich den Partherhorden in den öden Steppen des Ostens entgegenzustellen; aber es ist etwas ganz anderes, eine Räuberbande und die kleinen Stämme zu massakrieren, die so verrückt sind, sie zu unterstützen. Keine der beiden Seiten kann dabei Ruhm erringen. Man bringt nur den Tod und erleidet ihn selbst. Ich habe es so satt.«

»Dann geh, Römer. Schick deine Männer wieder in ihre Festungen und geh zurück nach Rom. Lasst uns diese Länder.«

»Das kann ich nicht. Euer Anführer hat das unmöglich gemacht. Ich kann nur versuchen, den Schaden für uns alle in Grenzen zu halten. Wenn ich mit eurem Anführer sprechen könnte, gelänge es mir vielleicht, ihn davon zu überzeugen, seine unsinnigen Ansprüche aufzugeben. Er würde sich uns ergeben müssen, und er und seine Männer müssten die Waffen niederlegen, Kaiser Nero die Treue schwören und unsere Gesetze akzeptieren.«

»Du verlangst nicht viel«, entgegnete Calgarno sarkastisch.

»Ich verlange, was ich verlangen muss. Wenn er sich auf diese Bedingungen einlässt, gebe ich ihm mein Wort, dass das für ihn kein Nachspiel haben wird. Keine Kreuzigungen, niemand wird in die Sklaverei gezwungen.«

»Ich habe erlebt, was dein Wort wert ist. Benicus wurde sicheres Geleit versprochen. Deine Männer haben versucht, alle umzubringen. Gepriesen seien die Götter, dass er und einige andere entkommen sind, um überall die Nachricht von eurem Verrat zu verbreiten. Jetzt wird unser Volk wissen, dass das Wort Roms nichts gilt.«

»Der Angriff auf deine Leute war bedauerlich«, gestand Cato. »Meine Soldaten haben die Leichen der Männer gesehen, die ihr gefoltert habt. Sie wollten ihre Kameraden rächen und haben gehandelt, bevor irgendjemand sie aufhalten konnte. Dafür wird man sie bestrafen.«

»Gibst du mir dein Wort darauf?«

Jetzt war der spöttische Ton wieder da, und Cato spürte, dass es sinnlos war, gegenüber dem Jungen weiterhin vernünftig argumentieren zu wollen. Die Zeit war gekommen, um ihm klarzumachen, in welcher Lage er sich befand. Cato stand auf und starrte einige Herzschläge lang stumm auf ihn hinab, bevor er sprach.

»Ich muss wissen, wo sich das Lager eures Anführers befindet. Ich muss wissen, wie viele Männer er hat. Wenn du mir das jetzt sagst, werde ich dafür sorgen, dass du nicht in die Sklaverei verkauft wirst und darüber hinaus eine Belohnung erhältst. Es bleibt nicht mehr viel Zeit. Wenn deine Leute nicht schon in eine andere Festung gezogen sind, dann werden sie das sehr bald tun, würde ich sagen. Wenn du mir nicht sagen willst, was ich wissen muss, und dich weigerst, mich unverzüglich zu ihnen zu führen, werde ich dafür sorgen, dass einer meiner Männer dich foltert, bis du es sagst. Ich muss dich warnen, Calgarno, Rom bildet seine Folterspezialisten sehr gut aus. Es gibt keinen Schmerz, den sie dir nicht zufügen können. Der Mann, den ich holen werde, um dich zu brechen, ist einer der besten. Vielleicht hältst du dich für tapfer. Vielleicht glaubst du, so lange widerstehen zu können, bis deine Leute beschlossen haben, ihren gegenwärtigen Standort aufzugeben. Ich kann dir versichern, dass du dich in beidem irrst. Du wirst aufgeben, und du wirst es schneller tun, als du glaubst. Du wirst mich anflehen, deinem Leiden ein Ende zu machen. Du wirst bereit sein, mir alles zu sagen, damit ich es beende. Du wirst nichts weiter erreicht haben als eine winzige Verzögerung, für die du mit Schmerzen bezahlen wirst, deren Erinnerung dich bis an dein Lebensende verfolgen wird, und du wirst die Narben tragen, damit jeder es sehen kann. Willst du das, Calgarno?«

Der Junge schluckte und wandte sein Gesicht ab, als er antwortete. »Ich werde dir nichts sagen.«

»Es tut mir leid, das zu hören, wirklich.« Cato richtete seine nächsten Worte an den Wachsoldaten, und seine Stimme hatte all ihre Sanftheit verloren. »Bring den Gefangenen ins Hauptquartier. Kette ihn an den Disziplinierungspfahl und lass Apollonius holen.«

Der Innenhof des Hauptquartiersgebäudes hatte vierzig Fuß Durchmesser und war mit glatten Steinplatten ausgelegt. Kein Luftzug rührte sich, und die Sonne brannte aus einem klaren Himmel herab. Der Bestrafungspfahl, ein hoher, dicker Balken, der von mehreren diagonalen Balken gestützt wurde, stand in der Mitte des Hofes, und Calgarno war daran gefesselt. Man hatte ihm die Hände gefesselt und an den Eisenring an der Spitze des Pfahls gebunden. Er war nackt und hing an seinen Armen, seine Zehen baumelten ein paar Zoll über dem Boden. Seine Schulterwunde machte die unbequeme Lage noch peinigender, und gelegentlich gab er ein Stöhnen von sich, wenn seine Schmerzen zu groß wurden.

Von jenseits der Mauern des Innenhofes war zu hören, wie eine weitere Nachschublieferung vorbereitet wurde, um die Kolonne zu versorgen, die Cato gegen die Briganten führen wollte. Die gesamte Garnison der Festung sowie die Kompanien der Bürgerwehren, die aus den umliegenden Städten zusammengezogen worden waren, würden losmarschieren, sobald er den Befehl dazu gab. Ein Bote war zur Vierten Kohorte geschickt worden, um zwei Centurien in Marsch zu setzen, damit diese in Abwesenheit der Kolonne die Festung bemannen und den Menschen von Augustis Sicherheit geben würden.

Zwei Wachen waren zurückgeblieben, um den Gefangenen im Auge zu behalten; sie sollten eher darauf achten, dass Calgarno kein Mittel finden würde, sich umzubringen, als ihn an einem Fluchtversuch zu hindern. Bis auf diese drei befand sich niemand im Hof. Apollonius hatte befohlen, das Tor zum Hauptdurchgangsweg zu schließen, und die Schreiber angewiesen, das Tor an der rückwärtigen Seite des Hauptgebäudes zu benutzen.

»Wenn sich eine Zeit lang gar nichts tut, kann das eine große Hilfe sein, den Empfänger zu zermürben«, erklärte er Cato, während die beiden aus einem Fenster im zweiten Stock hinab auf den Hof sahen.

»Empfänger? Welch seltsame Wortwahl.«

»Ich fühle mich wohler damit, als wenn ich ihn ein Opfer nennen würde.«

Cato betrachtete den Spion überrascht. »Sag mir bloß nicht, dass du zimperlich bist.«

»Wohl kaum, wenn du daran denkst, was du alles über mich weißt. Sagen wir einfach, ich habe gewisse Standards. Ich bin kein bloßer Folterknecht.«

»Das wirst du aber gleich sein«, erklärte Cato.

»Ich betrachte das Ganze nicht so sehr als Folter, sondern vielmehr als erweitertes Verhör.«

Cato schüttelte den Kopf. »Bei allen Göttern, es ist pure Talentverschwendung, dich so etwas machen zu lassen. Hast du schon einmal daran gedacht, Anwalt zu werden?«

Apollonius musterte ihn kalt. »Wie ich schon sagte, ich habe gewisse Standards ... Ich glaube, wir haben unserem jungen Freund genug Zeit gegeben, seine Angst auf seine Fantasie wirken zu lassen. Dann werde ich mal den Anfang bei ihm machen.«

Cato wollte gerade darauf antworten, als ein Schreiber auf ihn zueilte, gefolgt von einem schmutzbeschmierten Soldaten.

»Herr, gestatte zu melden, dass eine dringende Nachricht aus Tharros eingetroffen ist.«

»Na schön, lass sehen.« Cato streckte die Hand aus, und der Soldat holte eine verschlossene Lederröhre aus seiner Seitentasche.

»Vom obersten Friedensrichter im Stadtrat, Herr.«

Cato nickte, erbrach das Siegel über dem Verschluss und löste den Verschluss, wodurch das Ende einer Schriftrolle sichtbar wurde.

»Wartet hier«, befahl er dem Schreiber und dem Boten. Dann trat er ans Fenster, um die Nachricht im besseren Licht zu lesen. Die Mitteilung war kurz. Nach einer knappen Begrüßung teilte ihm der Friedensrichter mit, dass die Briganten eine Reihe von Überfällen auf die landwirtschaftlichen Güter der Umgebung der Stadt unternommen hätten. Im Besonderen ... Catos Hände ballten sich ein wenig, als er den Rest der Nachricht las. Dann las er den abschließenden Teil noch einmal, langsam und von großer Sorge erfüllt.

»Schlechte Neuigkeiten?«, erkundigte sich Apollonius.

Cato nickte langsam, als er die Schriftrolle zusammenrollte, sie zurück in die Röhre steckte und die beiden Männer mit einer knappen Geste entließ.

»Der Feind hat das Land um Tharros überfallen, nachdem die Kohorte nach Augustis aufgebrochen war.« Er schluckte und zwang sich, ruhig zu sprechen. »Sie haben Claudia Actes Landgut angegriffen. Haben es niedergebrannt. Ihre Leibwächter getötet, aber es gab ein paar Überlebende. Nach allem, was sie sagen, wurde ihre Herrin als Geisel mitgenommen.«

Apollonius streckte die Hand nach Catos Schulter aus, zog sie dann aber zurück und ließ sie sinken, während er seine Erwiderung formulierte. »Das tut mir leid. Ich weiß, dass sie dir etwas bedeutet. Immerhin ist sie am Leben.«

»Vorerst«, entgegnete Cato hölzern. Er dachte zurück an die Bedingungen, die Benicus gestellt hatte, als es darum ging, Cato und Massimilianus als Geiseln zu verwenden, und er spürte, wie eine Woge eisigen Schreckens durch seine Adern strömte angesichts der Todesgefahr, in der Claudia sich befand. Er nagte an seiner Unterlippe und murmelte: »Ich schwöre bei allen Göttern, wenn sie ihr etwas antun, werde ich dafür sorgen, dass diese Hügel von den Todesschreien der Briganten und ihrer Völker widerhallen.«

Er blickte Apollonius an, und während sein linkes Auge leblos wirkte, funkelte sein rechtes eindringlich.

»Wir müssen ihr Lager finden, bevor sie ihr etwas antun können. Tu, was auch immer du tun musst. Erspare dem Jungen nichts und bringe ihn so schnell wie möglich zum Reden. Verstanden?«

»Ja, Herr. Du kannst dich auf mich verlassen.«

Cato starrte ihn noch einen Augenblick lang an, bevor er sich abwandte. »Ich weiß. Also los!«

Der Spion nickte und ging auf die Treppe an der Seite des Gebäudes zu. Als Cato ihm folgen wollte, hob Apollonius die Hand, um ihn aufzuhalten. »Es ist besser, wenn du damit nichts zu tun hast.«

»Ich will es aus seinem eigenen Mund hören«, sagte Cato mit fester Stimme.

Apollonius sah den gefährlichen Ausdruck im Gesicht seines Vorgesetzten und nickte argwöhnisch. »Wie du meinst. Aber wenn du willst, dass ich herausfinde, wo der Feind Claudia Acte möglicherweise hingebracht hat, dann bleib einen Schritt zurück, sag nichts und lass mich meine Arbeit machen.«

Cato sah zu, wie Apollonius von dem kleinen Tisch zurücktrat, den er vor dem Pfahl hatte aufstellen lassen. Eine Reihe von Messern, Haken und Geräten, die mit einem Scharnier versehen waren, lag so darauf verteilt, dass Calgarno alles deutlich sehen konnte. Die Augen vor Entsetzen weit aufgerissen, starrte der Junge die Geräte an, doch es gelang ihm, den Mund geschlossen zu halten; seine Lippen waren zu einem dünnen Strich zusammengepresst.

»Das sind die Werkzeuge, die ich bei meiner Tätigkeit verwende«, sagte Apollonius zärtlich, während seine Finger über die Folterwerkzeuge glitten. »Mit ihnen kann ich deinem Fleisch die feinsten Schnitte oder klaffende Wunden beibringen. Diese Haken können dazu benutzt werden, die Haut von deinen Muskeln und die Muskeln von deinem Fleisch zu schälen, und mit diesen Werkzeugen kann ich deine Finger, Zehen und Hoden zu Brei quetschen. Ich weiß, wie ich jedes von ihnen benutzen muss, um alles zwischen einer leichten Unannehmlichkeit und der unerträglichsten Qual herbeizuführen, die du dir überhaupt nur vorstellen kannst. Und am Ende werde ich alle Informationen bekommen haben, die ich brauche. Mag sein, dass du mir nicht glaubst, aber ich kann dir versichern, dass du, lange bevor ich mit dir fertig bin, um deinen Tod flehen wirst.« Er hielt inne, trat aus Calgarnos Blickfeld und blinzelte Cato zu. Dann beugte er sich zu dem Ohr des Jungen und flüsterte: »Also, was soll es werden, mein Junge? Willst du dich selbst retten und meine Fragen unverzüglich beantworten?«

Calgarno holte tief Luft und räusperte sich, bevor er etwas entgegnete. »Ich werde dir nichts sagen. Ich werde mein Volk nicht verraten. Lang lebe der König der Berge!«

»Ich würde nicht unbedingt darauf vertrauen, dass sein Leben besonders lange währen wird.« Apollonius lächelte schwach.

Er ging zum Tisch, fuhr wieder mit den Fingern über die Werkzeuge und ließ seine Hand schließlich auf zwei Eisenstangen ruhen, die über ein Scharnier miteinander verbunden waren. Er hob sie vor Calgarnos Gesicht.

»Da wären wir. Einer meiner Lieblinge. Nun, ich werde dir eine Frage stellen, die du beantworten kannst, ohne mir etwas zu verraten. Was ist wichtiger für dich? Gehen oder eine Waffe halten zu können?«

Trotz der früheren Ermahnungen des Spions spürte Cato, wie er ungeduldig wurde. Er wollte, dass Apollonius seine Arbeit erledigte und Antworten bekam. Jede noch so kleine Verzögerung der Suche nach Claudia und ihrer möglichen Rettung war eine Qual für ihn. Trotzdem vertraute er Apollonius' Fähigkeiten und seinen dunkleren Gaben so sehr, dass er schwieg.

»Nun«, fragte der Spion, »Füße oder Hände?«

Der Junge zitterte, während er auf das Werkzeug starrte, das Apollonius in der Hand hielt. Er schüttelte den Kopf, kniff die Augen zusammen und bewegte die Lippen in einem stummen Gebet.

»In Ordnung. Dann werde ich die Entscheidung für dich treffen.« Apollonius wandte sich an den Soldaten, der ihm am nächsten stand. »Halte seine Beine ruhig.«

Der Soldat legte Schild und Speer ab, griff nach Calgarnos Beinen, zog sie kräftig nach unten und drückte die Fersen gegen den unteren Rand des Pfahls. Der Junge wehrte sich, doch er hatte nicht die Kraft, viel Widerstand zu leisten. Apollonius kniete nieder und klappte die Eisenstangen so weit auseinander, dass der große Zeh seines Opfers nahe des Scharniers dazwischen passte. Dann umfasste er die Griffe am Ende der Stange, umschloss mit den Stangen den Zeh und packte die Stangen fester. Er sah auf. »Wo ist die Festung eures Königs?«

Calgarno lehnte den Kopf zurück und betete weiter.

»Es ist deine Entscheidung, mein junger Freund«, sagte Apollonius und begann, die Stangen zusammenzupressen. Calgarno schnappte nach Luft und biss die

Zähne zusammen. Cato konnte sehen, dass jeder Muskel in seinem schlanken Körper angespannt war und zitterte.

»Aaahhhhhhhh!« Sein Schrei durchschnitt die heiße, unbewegliche Luft, die sich im Hof staute, und er begann zu urinieren, wobei die Flüssigkeit auf Schultern und Helm des Soldaten spritzte, der seine Beine an Ort und Stelle hielt.

»Scheiße, was soll denn das?« Der Soldat wollte eine Bewegung machen, doch Apollonius befahl ihm in scharfem Ton, sich nicht zu rühren, während er die Stangen hin und her drehte, um die Qual des Jungen zu erhöhen. Cato verharrte regungslos, und sein Gesicht ließ keinerlei Ausdruck erkennen, während er zusah und Calgarno in Gedanken drängte, ihm die Information zu geben, die er brauchte.

Apollonius beendete den Druck, löste das Instrument von dem zerquetschten Zeh, passte es dem anderen Fuß an und wiederholte den ganzen Prozess. Calgarno heulte vor Schmerz auf, als die Qual Zeh für Zeh weiterging, bis seine Fußspitzen nur noch aus blutigen Fleischfetzen und zersplitterten Knochen bestanden.

»Um der Götter Mitleid willen«, flüsterte Cato an niemanden außer sich selbst gewandt. »Sprich, Junge, sprich.«

Doch Calgarno hatte das Bewusstsein verloren. Apollonius gab dem Soldaten mit einer Geste zu verstehen, dass er ihn loslassen und beiseitetreten sollte. Er betrachtete den Jungen einen Augenblick und sah dann zu Cato.

»Er ist ein zäher Bursche.«

»Es ist eine Schande, dass er nicht auf unserer Seite ist.«

Apollonius wandte sich an den Soldaten. »Hol mir einen Eimer Wasser.«

Als der Soldat davoneilte, legte der Spion die Eisenstangen weg, packte den Jungen bei den Schultern und schüttelte ihn heftig. »Wach auf, Junge. Wach auf, habe ich gesagt!«

Calgarno rührte sich und stöhnte, während sein Kopf auf die Brust herabhing. Wieder schüttelte ihn der Spion und schlug ihm hart auf die Wange. »Mach die Augen auf!«

Als Calgarnos Lider sich zuckend öffneten und sich die Augen in ihren Höhlen verdrehten, kam der Soldat mit dem Wasser zurück. Apollonius nahm ihm den Eimer ab und schüttete dessen Inhalt dem Jungen ins Gesicht.

»W-was?«, stammelte Calgarno und schüttelte den Kopf, als er wieder zu Bewusstsein kam. Sofort verzerrte der Schmerz sein Gesicht.

»So ist es besser«, sagte Apollonius. »Mit deinen Füßen bin ich fertig. Jetzt wird es Zeit für deine Hände. Es sei denn, du hast uns etwas zu sagen.«

Calgarno hob den Kopf und flüsterte leise.

»Was war das, Junge?« Apollonius reckte ihm sein Ohr entgegen, und die Lippen des Jungen bewegten sich erneut.

Cato trat einen Schritt auf den Pfahl zu. »Was sagt er?«

Calgarno holte tief Luft und sprach so ruhig er konnte. »Ich sagte, scheiß auf euch. Scheiß auf euren Kaiser. Scheiß auf Rom.« Er wandte den Blick dem Mann zu, der ihn folterte. »Aber vor allem, scheiß auf dich.«

Apollonius lachte. »Oh, den mag ich!« Er zerzauste

Calgarnos verschwitztes dunkles Haar. »Du bist ein zä-her Bursche. Aber das wird dir nicht helfen. Zeit für dei-ne Finger.«

Als er das Seil löste, das durch den Eisenring und um Calgarnos Handgelenke lief, sackte der Junge auf die Knie. Ohne zu zögern schob Apollonius den linken Daumen des Jungen zwischen die Eisenstangen und be-gann, ihn zu zermalmen. Aufheulen und schrille Schreie erfüllten den Hof und wurden dumpf von der Wand des Hauptquartiergebäudes zurückgeworfen.

Cato räusperte sich. »Ich bin in meinem Arbeitszim-mer. Gib mir Nachricht, sobald er dir gesagt hat, was wir wissen müssen.«

»Ich werde euch überhaupt nichts sagen!«, knurrte Calgarno zwischen seinen zusammengebissenen Zähnen hervor.

»Doch, das wirst du«, erwiderte Cato. »Das kann ich dir versichern. Es ist nur die Frage, wann. Mach weiter, Apollonius.«

Er ging auf die Tür des Hauptquartiers zu und ver-schwand im willkommenen Schatten darin. Die Schreie aus dem Hof verfolgten ihn sogar bis in das Arbeitszim-mer des Kommandanten am Ende des Flurs im zwei-ten Stock. Er trat an einen Seitentisch, wo ein Krug und mehrere Becher standen, und schenkte sich etwas Wasser ein, während er sich bemühte, seine Gedanken zu sam-meln und die gequälten Schreie beiseitezuschieben. Er versuchte, sich auf die Gefahr zu konzentrieren, in der Claudia schwebte, und sagte sich, dass die Szene, die sich im Hof abspielte, durch ihre Entführung und das Elend gerechtfertigt war, das die Briganten über die Provinz gebracht hatten. Er war überrascht, welch heftige Sorgen er sich um diese Frau machte und wie groß sein Verlangen war, sie frei zu sehen.

Als seine Fantasie die nüchternen Überlegungen überwältigte und Bilder ihres Leids in den Händen der Briganten heraufbeschwor, erfüllte kalte Wut sein Herz, und einen Augenblick lang malte er sich aus, auf welche Weise er sich an den Briganten rächen würde, sollten ihre Entführer sie verletzt haben. »Bastarde«, murmelte er, leerte seinen Becher und setzte ihn mit einem harten Aufschlag ab.

Er setzte sich an seinen Schreibtisch und wandte sich den Verwaltungsaufgaben zu, die sich in seiner kurzen Abwesenheit angesammelt hatten. Während der Vormittag verstrich, wurde er immer schläfriger aufgrund der Erschöpfung durch den so kurz zurückliegenden Kampf um den Außenposten und seines Mangels an Schlaf. Er schob ein Wachstäfelchen weg, auf dem das neueste Ausmaß der Seuche beschrieben war, die sich über die Insel ausbreitete, schloss die Augen, legte den Kopf in die Hände und bedeckte seine Ohren. Er empfand einen Augenblick der Ruhe, als ließe sich eine warme Wolke auf seinem Geist nieder, welche ihn in die angenehme Aussicht auf Schlaf geleiten würde.

»Herr … Herr!«

Er setzte sich auf, wobei sein Kopf ruckartig nach hinten kippte, und sah, dass einer der Schreiber vor seinem Tisch stand.

»Was ist los?«, erkundigte er sich.

»Der befehlshabende Optio der Morgenwache bittet darum, eine Nachricht übergeben zu dürfen, die von einem Mann gebracht wurde, den der oberste Friedensrichter von Augustis losgeschickt hat.

»Und? Wo ist er?«

»Vor dem Haupttor der Festung, Herr.«

»Was, beim Hades, will er dort? Wenn er eine Nachricht für mich hat, kann er sie mir persönlich überbringen.«

»Nein, Herr. Die Nachricht lautet, dass die Seuche Augustis erreicht hat. Die ersten Fälle wurden heute Morgen berichtet.«

Es dauerte nur einen Herzschlag, dann fiel Catos Erschöpfung von ihm ab, und die Folgen, die diese neue Entwicklung hatte, ließen seine Gedanken dahinrasen. Die Zukunft des Feldzugs war bedroht, und damit auch Claudias Leben und das der Männer unter seinem Kommando. »Ist der Bote noch immer vor dem Tor?«

»Ja, Herr.«

Cato schob seinem Untergebenen ein frisches Wachstäfelchen hin. »Schreib das auf. Erstens, ich will, dass der Mann sofort nach Augustis zurückkehrt und dem Stadtrat mitteilt, dass er die Tore schließen und die Stadt abriegeln soll, bis weitere Befehle eintreffen. Keiner darf den Ort ohne meine Erlaubnis betreten oder verlassen. Zweitens, ich will, dass alle Männer, die während der letzten beiden Tage in der Stadt waren, sich in der Krankenstation melden. Sag dem Arzt, dass sie sich bis auf Weiteres in Quarantäne begeben sollen. Drittens, jeder, bei dem sich ein Hinweis auf die Krankheit zeigt, hat sich in eine der leeren Mannschaftsunterkünfte zu begeben. Sag dem Arzt, dass er das Gebäude als Anbau zu seiner Krankenstation betrachten kann … Das wäre alles im Augenblick. Lies mir vor, was du geschrieben hast.«

Sobald Cato sich davon überzeugt hatte, dass der Schreiber seine Befehle genau notiert hatte, schickte er den Mann weg, damit dieser die Anweisungen weitergeben konnte. Als er wieder allein war, dachte er ausführlicher über die Lage nach. Wenn die Seuche auf die Männer der Festung übergriff, würde das die bereits unterbesetzten Einheiten unter seinem Kommando noch weiter verringern. Das Beste wäre, die Männer von Augustis wegzuschaffen und mit der Kolonne so schnell wie möglich gegen den Feind zu marschieren in der Hoffnung, einen entscheidenden Sieg herbeizuführen, bevor die Seuche zuschlug.

Er dachte noch immer über seine Pläne nach, als Apollonius in den Raum kam. Die Vorderseite seiner Tunika war blutbespritzt, und er wischte sich die Hände an einem fleckigen Stoffstreifen ab.

»Unser Junge ist schließlich zusammengebrochen«, erklärte er. »Er hat mir gesagt, wo sich die gegnerische Festung befindet. Zwei Tagesmärsche östlich von hier. Wir haben sie, Herr.«

KAPITEL 30

Centurio Cornelius betrat das Arbeitszimmer und nahm Haltung an. »Du hast mich rufen lassen, Herr.«

»Ja.« Cato blickte auf von dem Bericht, den er gerade an den Statthalter der Provinz schrieb; darin ging er auf die jüngsten Ereignisse ein und stellte den Plan dar, den er zum Angriff auf die Festung des Feindes entwickelt hatte. Er legte den Stylus beiseite, verschränkte die Hände und knackte mit den Gelenken. »Du wirst hier das Kommando übernehmen, sobald die Kolonne abmarschiert ist. Ich überlasse dir zwanzig Mann aus dem Kontingent der Bürgerwehr als Garnison. Es sind nicht die besten Soldaten – wenn man sie überhaupt Soldaten nennen kann –, aber wenn du sie ein wenig mit dem ausrüstest, was wir im Lager haben, schaffst du es vielleicht, dass sie wenigstens so aussehen. Das sollte genügen, um Spione in die Irre zu führen, die die Festung möglicherweise beobachten. Wie du vielleicht gehört hast, hat die Seuche Augustis erreicht. Ich habe bereits den Befehl an den Stadtrat geschickt, die Tore der Stadt zu verriegeln. Du wirst nicht zulassen, dass irgendein Zivilist die Festung betritt, genauso wenig wie einer deiner Männer sie verlassen darf. Im Augenblick sind sechs Mann in der Krankenstation in Quarantäne, weil sie Symptome der Seuche zeigen. Sie werden etwas zu essen brauchen, aber sorg dafür, dass ihnen ihre Rationen vor die Tür gestellt werden. Keiner deiner Männer darf Zutritt zu ihnen bekommen. Wenn irgendwer aus der Garnison Hinweise auf die Krankheit zeigt, muss er sich sofort in Quarantäne begeben. Das gilt auch für dich. Hast du das verstanden?«

»Ja, Herr.«

»Irgendwelche Fragen?«

»Ja, Herr. Könnte nicht einer der Offiziere der Hilfstruppen diese Aufgabe übernehmen? Wenn es zum Kampf kommt, wirst du die besten Männer an deiner Seite brauchen.«

»In der Tat. Aber diese Festung ist zu wichtig, als dass ich sie irgendjemand anderem anvertrauen könnte. Ich brauche jemanden, bei dem ich mich darauf verlassen kann, dass sie in unseren Händen bleibt. Bist du in der Lage, diese Aufgabe zu übernehmen, Cornelius?«

»Ja, Herr.«

»Falls irgendetwas schiefgeht und die Kolonne besiegt wird, liegt es an dir, hier auszuharren, bis Verstärkung eintrifft. Du wirst keinen Ausbruchsversuch unternehmen. Klar?«

Cornelius nickte und erwiderte dann verdrießlich: »Ganz wie du befiehlst.«

Cato erriet den Grund für die Stimmung des Centurios. Der Garnison und ihrem Kommandanten würde die Beute entgehen, die denjenigen Kameraden zufiel, welche die feindliche Festung einnahmen. Wenn man die Überfälle betrachtete, die von den Briganten monatelang überall auf der Insel verübt worden waren, befanden sich dort wahrscheinlich beträchtliche Reichtümer, die zum

Plündern freigegeben würden, sobald die Festung gefallen war. Aber Cornelius' Enttäuschung spielte keine Rolle im Rahmen der größeren Aufgabe, den selbst ernannt König der Berge und seine Anhänger zu vernichten. Soldaten sahen in der Regel nur das, was unmittelbar vor ihnen lag, dachte Cato. Im Gegensatz zu ihren Kommandanten, die von bedeutenderen Überlegungen geleitet wurden ... es sei denn, man konnte viel Beute machen. Cato lächelte stumm in sich hinein. Pompeius der Große war nicht deshalb einer der reichsten Männer in der Geschichte Roms geworden, weil er stets nur fromm im Sinn gehabt hatte, was Rom von Nutzen war.

Er seufzte. »Ich werde dafür sorgen, dass du und deine Männer, die hier zurückgelassen werden, einen gerechten Anteil an der Beute und dem Gewinn aus dem Verkauf der Gefangenen bekommen. Hört sich das gerecht an?«

»Ja, Herr.« Cornelius grinste. »Überaus gerecht.«

»Ich frage mich, ob diejenigen, die tatsächlich kämpfen werden, das genauso sehen.«

»Ich habe in den letzten Jahren an mehr als genügend Schlachten teilgenommen, Herr. Du weißt das besser als jeder andere. Trotzdem kann ich nicht viel vorweisen, während die Hilfstruppen sich hier auf Sardinien die Ärsche platt gehockt haben.«

»Argument gehört und akzeptiert. Wegtreten.«

Nachdem der Centurio gegangen war, beendete Cato rasch seinen Bericht, drückte sein Siegel ins Wachs, schloss das Täfelchen und rief nach einem Schreiber, um es in den Norden zu Scurra schicken zu lassen, der sich in seinen Palast bei Tibula zurückgezogen hatte. Es war schwer abzuschätzen, wie lange der Statthalter und sein

Gefolge der Seuche noch würden entgehen können, bedachte man, wie schnell diese sich ausbreitete. Er schob den Verband zurecht, der sein linkes Auge bedeckte, und verschnürte die Bänder fest an seinem Hinterkopf. Dann nahm er seine Satteltaschen, seinen Schwertgürtel und seinen Helm und verließ das Hauptquartier. Er trat zu der Kolonne aus Reitern, Infanterie und Versorgungsgespannen, die auf dem Hauptverbindungsweg wartete, der durch die Festung führte.

Seine Offiziere und Apollonius warteten innerhalb des Tores auf ihn. Ein Esel war an den Sattelknauf von Apollonius' Pferd geknüpft, und Calgarno war auf den Sattel auf dem Rücken des Esels gebunden. Seine Füße und Hände waren bandagiert, und sein Gesicht glänzte vor Schweiß, während er versuchte, die Schmerzen zu unterdrücken, die durch seine zerstörten Hände und Zehen rasten.

Cato streifte seinem Pferd, das von einem Mann der Bürgerwehr für ihn gehalten wurde, die Satteltaschen über. Er zog seinen Helm an, befestigte die Kinnbänder und schwang sich in den Sattel. Dann nahm er die Zügel und nickte Placinus zu. Der Centurio warf sich in die Brust. »Öffnet das Tor!«, rief er mit bellender Stimme. »Kolonne, vorbereiten zum Abmarsch ... Abmarsch!«

Als sie an Augustis vorbeikamen, stellte Cato zufrieden fest, dass die Stadttore geschlossen waren und ein Mitglied der Bürgerwehr auf dem Torhaus Wache stand. Auf der Stadtmauer waren mehrere Menschen zu sehen, und ein altes Weib schrie mit kreischender Stimme einige unverständliche Worte, während die Kolonne in Richtung der Straße marschierte, die in die von Wäldern bedeckten Hügel im Osten führte. Cato ließ mit hohem Tempo marschieren, denn er wollte die Seuche unbedingt hinter sich lassen und den Feind so schnell wie möglich zum Kampf stellen. Der Ort, den Calgarno beschrieben hatte, hörte sich ideal an: ein Tal, das von Steilhängen geschützt und nur durch eine enge Schlucht zu betreten war, deren Lage nur einer Handvoll Menschen bekannt war.

Zu jedem anderen Zeitpunkt wäre Cato bereit gewesen, den Feind auszuhungern, doch da Claudia im Tal gefangen gehalten wurde und sich die Seuche fast überall ausbreitete, war die Zeit zu kostbar, als dass man die Festung der Briganten hätte belagern können. Möglicherweise waren die Befestigungsanlagen des Feindes in der Schlucht so unbedeutend, dass man einen Frontalangriff wagen konnte. Sollte das der Fall sein, würden die Briganten Claudia und die anderen Gefangenen vielleicht als menschliche Schutzschilde benutzen. Käme es dazu, so zweifelte Cato daran, dass seine Seele unerschütterlich genug wäre, um einen Angriff zu befehlen. Aber wenn er sich tatsächlich zu Ausflüchten hinreißen ließe, würde es immer wahrscheinlicher werden, dass die Seuche einen Weg in sein Heerlager finden und jeglichen Vorteil zunichte machen würde, den er durch die zahlenmäßige Überlegenheit seiner Truppe gegenüber dem Feind besaß. Solange er keinen anderen Weg fand, die Festung des Gegners zu vernichten, wäre es den Briganten vielleicht möglich zu überleben, die Provinz weiter in Angst und Schrecken zu versetzen und die Autorität Roms herauszufordern. Ein solcher Ausgang würde Catos Karriere so sicher beenden wie ein Schwerthieb.

»Einen Sesterz für deine Gedanken.«

Cato blickte sich um und sah, dass Apollonius an seine Seite geritten war. Es war verführerisch, sich dem Spion anzuvertrauen und seine Last mit ihm zu teilen, doch Cato hatte es sich schon lange zuvor zur Regel gemacht, gegenüber seinen Untergebenen keine Schwächen erkennen zu lassen. Noch immer erfüllte ihn brennende Scham, wenn er daran dachte, wie er zwei Jahre zuvor zusammengebrochen und in einem erbärmlichen Zustand, gequält von Erschöpfung, Angst und Selbsthass, versunken war. Damals war Macro zur Stelle gewesen, um ihn vor den anderen abzuschirmen, während er sich erholt hatte. Doch jetzt war Macro nicht mehr hier, und Cato vertraute Apollonius nicht. Die Möglichkeit, dass der Spion eine Schwäche bei ihm entdecken und diese Information zu einem späteren Zeitpunkt gegen ihn verwenden könnte, wirkte entmutigend auf ihn.

Cato räusperte sich. »Ich dachte … dass die wilden Eber auf Sardinien größer sind, als man sie sich gemeinhin vorstellt.«

Apollonius runzelte die Stirn, schwieg einen Augenblick und nickte dann. »Das stimmt vermutlich. Geht dir sonst noch etwas im Kopf herum?«

»Nein.« Cato trieb sein Pferd an, indem er die Fersen in dessen Flanken drückte, und rief: »Centurio Placinus! Wir sollten das Tempo erhöhen!«

Als sie immer tiefer in den Wald eindrangen, befahl Cato einer Reiterschwadron, die Route vor der Kolonne auszukundschaften. Dann rückte die Infanterie auf, zusammen mit dem kleinen Tross aus zehn Gespannen, welche die Rationen, die Zelte und die schwere Ausrüstung transportierten und von einer Centurie Soldaten bewacht wurden, wobei jeweils eine Untereinheit einem Gespann zugeteilt war. Die vier Bolzenschleudern, die in der Festung auf den Türmen angebracht waren, hatte man für den Transport ebenso abgebaut und in ihre Einzelteile zerlegt wie ein kleines Katapult. Die beiden Waffen stellten die einzigen Artilleriegeschütze dar, die Cato zur Verfügung standen, doch sie waren als Waffen für eine offene Feldschlacht gedacht und brachten bei einer Belagerung nur wenig Nutzen.

Etwa acht Meilen von der Festung entfernt machte die Kolonne auf einem kargen Hügel halt für die Nacht. Zunächst wurde ein Graben ausgehoben und ein Erdwall aufgeschichtet, bevor sich die Soldaten in deren Schutz niederließen. Die schmale Mondsichel mit ihrem spärlichen Licht war kaum eine Hilfe für die Wachposten, die in die dunkle Landschaft starrten und Ausschau nach Hinweisen auf den Feind hielten, während sie gleichzeitig auf verräterische Geräusche lauschten. Doch da war nichts, abgesehen vom Kreischen einiger Nachtvögel, dem gelegentlichen Knacken eines Zweiges und Büschen, die Tiere auf ihrem Weg durch den Wald zum Rascheln brachten.

Im Zelt des Kommandanten teilte sich Cato im Licht zweier Öllampen mit Apollonius ein einfaches Mahl aus Eintopf und Brot.

»Wie geht es unserem Führer?«

»Er hat große Schmerzen, aber er wird überleben. Jedenfalls lange genug für unsere Bedürfnisse.«

»Wo ist er im Augenblick?«

»Ich habe ihn an den Wagen des Hauptquartiers an-
ketten lassen.«

»Wird er bewacht?«

Apollonius nickte. »Obwohl er nicht in der Lage ist,
einen Fluchtversuch zu unternehmen. Selbst wenn seine
Hände so weit in Ordnung wären, dass er das Schloss lösen könnte, wird er mit dem, was von seinen Füßen übrig
ist, nirgendwohin gehen.«

»Sorg dafür, dass er begreift: Wenn er uns nicht zur
Festung der Briganten führt oder uns in eine Falle lockt,
werden wir ihn töten. Und zwar möglichst schmerzvoll.«

»Mach dir keine Sorgen. Er weiß, was auf dem Spiel
steht.«

»Gut.« Cato schob seinen Zinnteller beiseite; er hatte
nicht zu Ende gegessen.

Der Spion deutete darauf. »Etwas dagegen, wenn
ich …«

»Bedien dich.«

Apollonius schob die Reste auf seinen eigenen Teller,
nahm einige Löffel voll und sah Cato dann fragend an.
»Du hast Angst um Claudia Acte.«

»Natürlich.«

»Sie sollte einigermaßen sicher sein, solange unsere
Gegner glauben, dass sie noch immer die Geliebte des
Kaisers ist und nicht irgendjemand, den er wie andere
vor ihr ins Exil geschickt hat. Die Briganten werden sich
um sie kümmern. Sie hat einen viel größeren Wert für
sie, solange sie am Leben ist. Es könnte erst dann gefährlich werden für sie, wenn wir in ihre Festung eindringen.
Dann könnten die Briganten beschließen, sie als letzten
Akt des Widerstands umzubringen.«

»Genau das fürchte ich. Ich kann keinen Forderungen nachgeben, die sie vielleicht stellen würden, und ich bezweifle, dass sie sich ergeben werden, weshalb es so aussieht, als müssten wir ihre Festung gewaltsam einnehmen. Wenn das der Fall ist, muss ich einen Weg finden, um sie sicher herauszuschaffen, bevor der Angriff beginnt. Oder sie wenigstens innerhalb der Festung an einen sicheren Ort schaffen, bis der Kampf vorüber ist. Das bedeutet, wir werden jemanden hinter den feindlichen Linien brauchen, der sie aufspüren und schützen kann. So, wie die Dinge stehen, glaube ich nicht, dass wir darauf zählen können, dass einer unserer Gegner zu uns überläuft. Also wird es darauf hinauslaufen, dass wir jemanden in die Festung schleusen müssen, um die Aufgabe zu erledigen.«

»Laut Calgarno ist das einfacher gesagt als getan. Er behauptet, dass es nur einen Weg ins Tal gibt. Es könnte natürlich sein, dass er lügt.«

»Oder dass es einen Weg gibt, von dem er nichts weiß.«

»Wenn er nichts darüber weiß, wie sollen wir diesen Zugang dann finden – selbst wenn er existiert?«

»Allerdings … Aber wenn wir keinen anderen Weg ins Tal finden und Claudia nicht in Sicherheit bringen können, ist es fast sicher, dass sie sterben wird. Ich bezweifle, dass Nero die Nachricht von ihrem Tod günstig aufnehmen wird.«

Apollonius schnalzte mit der Zunge. »Es ist nicht zu übersehen, dass deine Gefühle für sie dir im Augenblick mehr zu schaffen machen als die mögliche Reaktion des Mannes, der sie fortgeschickt hat. Die wahre Frage lautet, was für dich Priorität hat: ihr Leben zu retten oder den Feind zu besiegen?«

Cato faltete die Hände und legte sein Kinn in sie. Genau das war der springende Punkt. Aber Apollonius hatte unrecht. Wenn es um Catos Pflicht ging, standen seine Prioritäten niemals infrage. Er sah auf zu seinem Gefährten. »Ich habe den Befehl, den Feind zu besiegen. Wenn Claudia dabei stirbt, werde ich mich vor dem Kaiser dafür verantworten müssen.«

Der Spion biss sich auf die Unterlippe, und sein Gesicht nahm einen amüsierten Ausdruck an. »Ich hätte mein Geld darauf gewettet, dass du das sagst. Aber ob ich will oder nicht: Ich bin ein wenig enttäuscht darüber, dass du ihrem Leben eine geringere Priorität einräumst.«

Wieder verspürte Cato jene vertraute Beklommenheit, die er empfand, wenn er den Eindruck hatte, Apollonius wolle herausfinden, was er insgeheim fühlte und dachte.

»Du spielst die Rolle des Soldaten so gut wie der beste Schauspieler in Rom. Es ist eine perfekte Aufführung. Und doch bist du ein Mensch, der sich so distanziert wie möglich zeigt, was die Dinge angeht, die ihn in Wahrheit beschäftigen. Du bist ein rationaler Denker, Präfekt Cato, aber ebenso besitzt du eine romantische Ader – und diesen Verdacht habe ich schon eine ganze Weile. Du bist nicht einfach nur empfänglich für die Liebe einer guten, starken Frau, sondern beeinflusst von all den Idealen, die du in Ehren hältst.« Er neigte seinen Kopf leicht zur Seite und sah Cato herausfordernd an. »Habe ich unrecht?«

»Ich spiele den Soldaten nicht nur, ich *bin* Soldat.«

»Und noch sehr viel mehr, sonst hättest du nicht erreicht, was du erreicht hast.«

Cato rutschte unruhig hin und her. Ihm war nicht wohl bei der Richtung, die die Unterhaltung genommen hatte. Er beschloss, sie in eine neue Bahn zu lenken. »Und du, Apollonius? Hast du dich jemals gefragt, was deine eigenen Motive sind? Und deine eigenen Werte? Worin mögen die wohl bestehen, frage ich mich.«

»Ich habe nur sehr wenige Werte, denn je mehr ich über die Welt erfahre, desto mehr stoße ich auf Fragen und Unsicherheiten, anstatt auf Wissen und Antworten. Unter solchen Umständen begreift ein vernünftiger Mensch irgendwann, dass es am aufrichtigsten ist, Werten gegenüber misstrauisch zu sein. Ich beobachte das Leben. Ich beobachte die Menschen. Ich höre mir an, was sie zu glauben behaupten, und sehe mir an, wie sie sich tatsächlich verhalten. Dass beides übereinstimmt, ist ein seltenes Gut. Die Scharlatane, die Rom kontrollieren, geben anderen gegenüber vor, dass sie hinter ihren Worten stehen. Du bist aus einem anderen Holz geschnitzt. Du redest nicht über Ideale und tust oft so, als seiest du auf zynische Art weltmüde, und doch glaube ich, du bist in Wahrheit wenig mehr als ein romantischer Idealist, der darüber enttäuscht ist, dass so wenige den Ansprüchen gerecht werden, die du ihnen gegenüber hast. Für dich stellt ihr moralisches Versagen eine Ausnahme dar; für mich ist es die Norm. Die meisten Menschen sind Wölfe im Schafspelz. Aber du, Präfekt Cato, wirkst mit all deinen Werten eher wie ein Schaf, das versucht, als Wolf durchzugehen. Offen gestanden fasziniert mich die Frage, wie lange du das wohl durchhalten kannst. Es ist ein Wunder, dass es einem Menschen mit deiner tiefen moralischen Überzeugung gelungen ist, so lange zu überleben. Ich betrachte dich in dieser Hinsicht als eine Art faszinierendes Experiment. Wie lange kann sich ein guter

Mensch behaupten in einer verdorbenen Welt? Die Antwort darauf würde ich gern erfahren.«

Cato hörte sich die Bemerkungen des Spions an und lachte dann leise, als wolle er sie beiseiteschieben. »Bleib in meiner Nähe, Apollonius. Wenn du lange genug mit mir zusammen dienst, färbt vielleicht ein bisschen davon auf dich ab.«

Die Miene des Agenten blieb nachdenklich. »Genau das macht mir Sorgen.«

Zwei Tage später näherte sich die Kolonne um die Mittagszeit einer steil aufragenden Hügelkette, welche die umgebende Landschaft dominierte. An vielen Stellen reichten die Steilhänge und Felswände bis ganz hinauf auf den Höhenrücken. Der Wald wich offenerem Gelände, auf dem sich einzelne Sträucher, verkrüppelte Bäume und Felsblöcke fanden. Nach einem zweitägigen Marsch über Wege, die von uralten Bäumen gesäumt waren, in deren Schatten Angreifer jederzeit einen Hinterhalt vorbereiten konnten, waren Cato und seine Männer erleichtert, weniger gefährliches Terrain zu betreten.

Die Briganten würden sich durch das Herannahen des Feindes nicht überraschen lassen, dachte Cato, als er zur Hügelkette aufsah. Am zweiten Tag meldeten die Reiter, die als Vorhut der Kolonne das Gelände erkundet hatten, dass sie in der Ferne mehrere Gruppen feindlicher Krieger bemerkt hatten, welche sie ihrerseits von den Hügelkuppen aus beobachteten. Zunächst hatte Cato befohlen, Jagd auf sie zu machen, doch wenn die berittenen Soldaten den Ort erreichten, an dem ihre Gegner gesichtet worden waren, hatten diese sich bereits zurückgezogen und sich, so schien es, in Luft aufgelöst. Danach hatten sich die Römer damit zufriedengegeben, sich nicht mit dem Feind einzulassen, während sie sich weiter auf das Lager des Königs der Berge zubewegten. Als sie der Hügelkette näher kamen, erkannte Cato winzige Gestalten, die sie in sicherer Entfernung von den Höhenrücken herab im Auge behielten. Wenn es zutraf, was Calgarno ihnen berichtet hatte, konnten sich die feindlichen Wachposten darauf verlassen, dass die römische Kolonne, wie so viele vor ihnen, vorbeimarschieren würde, ohne den geheimen Zugangsweg in ihr verborgenes Tal zu entdecken.

»Bring den Jungen nach vorn«, befahl er.

Apollonius ritt an Catos Seite und holte das Seil ein, das am Sattel von Calgarnos Esel befestigt war, bis sich der Junge zwischen ihnen befand. Cato deutete auf die Hügelkette.

»Das ist der Ort, von dem du uns erzählt hast. Das feindliche Lager befindet sich im Tal dahinter, sagst du?«

»Mein Volk, ja.«

»Dann ist es jetzt an der Zeit, dass du uns zeigst, wo der Zugang zum Tal ist.«

Calgarno sagte nichts, setzte sich jedoch mit gekrümmten Schultern im Sattel auf.

»Du hast uns so weit geführt«, fuhr Cato fort. »Jetzt ist es zu spät, den Stummen zu spielen. Wenn du glaubst, dass du bereits genug gelitten hast, kann ich dir versichern, dass Apollonius sogar noch schmerzhaftere Methoden kennt, dich zum Sprechen zu bringen. Früher oder später wirst du uns alles sagen, was wir wissen müssen. Die einzige Frage, die du dir selbst stellen musst, lautet, wie viele Qualen du noch ertragen kannst, bevor du nachgibst. Also sag uns, wohin wir gehen müssen.«

»In die dunkelsten Tiefen des Hades!«, erwiderte Calgarno in scharfem Ton. Er drückte dem Esel die Fersen in die Seiten, heulte auf vor Schmerz, als der dumpfe Aufprall seiner Füße seine Zehen durchschüttelte, und drängte sein Tier vorwärts. Doch sofort wurde er zurückgerissen, als das Seil sich spannte und den Esel zum Stehen brachte. Wild warf sich der Junge im Sattel hin und her, um freizukommen, sackte dann aber nach vorn und weinte mit heftig zuckenden Schultern. Sein Fluchtversuch hatte etwas zutiefst Lächerliches und Armseliges, und Cato empfand Mitleid und Scham. Er gab Apollonius ein Zeichen, dem Jungen nichts zu tun, ritt mit seinem Pferd noch etwas näher an Calgarno heran und wandte sich in sanfterem Ton an ihn.

»Du bist ein tapferer Bursche, und du hast meinen Respekt. Aber du musst wissen, dass du uns nicht entkommen kannst. Ich werde dich nicht töten lassen, wenn du es versuchst, nur bestrafen. Es gibt keinen ehrenwerten Tod mehr für dich. Dazu hast du uns bereits zu viel verraten. Aber du kannst das alles durchstehen, und deine Leute auch, wenn sie sich dazu entscheiden, aufzugeben. Ansonsten bleibt euch allen nur noch der Tod. Und jetzt hör auf zu weinen.« Cato deutete auf den Beginn der Hügelkette, der etwa eine Meile entfernt war. »Ich könnte mir vorstellen, dass der Zugang zum Tal nicht mehr allzu weit entfernt ist, oder?«

Calgarno nickte.

»Gut. Dann suchen wir ihn und bereiten dem Ganzen ein Ende. Cato warf einen Blick über die Schulter und gab Apollonius ein Zeichen, sodass dieser zu ihm aufrückte. »Halte das Seil von jetzt an kürzer.«

»Ja, Herr.«

Am Spätnachmittag erreichten sie den Beginn der Hügelkette, die dort fast senkrecht auf ein mit Felsblöcken übersätes Gelände aus nackter, steiniger und staubbedeckter Erde abfiel, in deren trockenen Spalten einige verkrüppelte Bäume wuchsen. Die mächtigen Felsformationen schienen ohne Unterbrechung so weit aufzuragen, dass sie einen zweiten Höhenrücken bildeten, der fast parallel zum ersten verlief. Der Weg, dem die Soldaten bisher gefolgt waren, führte an den Hügeln vorbei und bog dann nach Osten in Richtung Küste ab.

Cato ließ die Kolonne anhalten und befahl, das Lager zu errichten. Während die Offiziere den Soldaten ihre Befehle zuriefen und die Männer die Tragegestelle mit dem Marschgepäck vom Rücken streiften, zeichneten Placinus und einer der Soldaten aus dem Hauptquartier in etwa zweihundert Schritten Entfernung auf einem mehr oder weniger ebenen Streifen des Geländes die Grenzen des Lagers ein. Danach wurde ein Teil der Centurien und der Reitereinheit dazu eingeteilt, an den Rändern des Lagers Wache zu halten, während sich ihre Kameraden mit Spitzhacken an die Arbeit machten; diese warfen die Erde auf, um einen Graben anzulegen, wobei sie mit dem gelockerten Material einen Wall errichteten, der als zweite Verteidigungslinie dienen würde. In einer schmalen Senke in der Nähe des Lagers floss ein kleiner Bach zwischen den Felsen hindurch, der genügend Wasser für Menschen und Pferde bot.

Während die Arbeit Gestalt annahm, stiegen Cato und Apollonius von ihren Pferden und setzten sich zusammen mit dem Gefangenen auf einige Felsen im Schatten einer uralten Korkeiche. Cato teilte seine Feldflasche mit Apollonius und dann mit Calgarno. Zunächst zögerte der Junge, doch Cato schob ihm die Feldflasche zwischen die bandagierten Hände, die jetzt lockerer gefesselt waren. Für seine Beine waren keine Fesseln nötig, denn er hätte höchstens schmerzvoll humpeln können.

»Nur zu«, forderte er den Jungen auf. »Es war ein heißer Tag, und es wir dir guttun, etwas zu trinken.«

Calgarno hob die Feldflasche vorsichtig an die Lippen und nahm mehrere Schlucke, bevor er sie Cato mit einem dankbaren Nicken zurückgab.

Schweigend saßen sie da und betrachteten das verwirrende Durcheinander der scheinbar undurchdringlichen Felsformationen und die Steilhänge dahinter. Wieder fragte sich Cato, ob der Gefangene sie nicht in die Irre führte. Es schien unwahrscheinlich, dass ein solcher Ort, wie er ihn beschrieben hatte, existierte. Vielleicht spielte Calgarno auf Zeit und lockte sie von der wahren Festung weg. Möglicherweise ist er mutiger, als es den Anschein hat, dachte Cato, während er den Jungen beobachtete. Calgarno sah von den Felsen weg in Richtung Lager; sein Blick war ruhig und unbewegt, und sein Körper verharrte ziemlich regungslos. Seine Haltung hatte etwas Unnatürliches, und einen Augenblick lang konnte Cato sich nicht darüber klar werden, was nicht stimmte. Er blickte zu Apollonius hinüber und sah, dass der Spion die dramatische Felsenlandschaft aufmerksam musterte. Plötzlich verstand er. Calgarno vermied es nachdrücklich, in genau die Richtung zu blicken, die doch eigentlich die größte Aufmerksamkeit auf sich ziehen musste.

Cato räusperte sich, und Apollonius drehte sich zu ihm um. Cato deutete unauffällig auf den Gefangenen, bevor er sprach.

»Calgarno, genau hier haben wir den Zugang zum Tal erreicht, nicht wahr?«

Der Junge antwortete nicht, schnitt aber fast unmerklich eine Grimasse, die die Wahrheit verriet.

»Apollonius, bring mir zehn Männer.«

Der Spion eilte zum Lager und kehrte kurz darauf mit den Soldaten zurück. Einem von ihnen befahl Cato, den Gefangenen zu bewachen, und dann führte Apollonius die anderen zu der Stelle, an der in etwa einhundert Schritten Entfernung die Felswände und die Bäume begannen. Die Sonne hing tief am Himmel, und die Schatten erstreckten sich bereits ein gutes Stück über die rosafarbene Landschaft hinweg. Als die Geräusche von der Errichtung des Lagers hinter ihnen langsam verklangen, traten sie wachsam zwischen die Bäume und fädelten sich durch Felsblöcke und Geröll hindurch auf jenen Punkt zu, an dem sich die beiden Höhenrücken trafen. Die Felswände warfen das Knirschen ihrer Stiefel zurück, und die Luft, die hier nicht entweichen konnte, war unbewegt und heiß. Es gab nur wenige Anzeichen von Leben. Die ersten Fledermäuse des Abends flatterten durch die Luft wie schwarze Stofffetzen in einer steifen Brise.

»Ich bin nicht sicher, ob es klug ist für uns, diesen Ort mit einer so großen Menge an Soldaten zu durchsuchen, Herr«, kommentierte Apollonius leise. »Wir machen zu viel Lärm.«

»Stimmt«, erwiderte Cato und befahl den Soldaten, haltzumachen. »Bleibt hier. Gebt keinen Laut von euch. Kommt so schnell wie möglich zu uns, wenn ich euch rufe. Wenn nicht, wartet.«

Er gab Apollonius durch eine Geste zu verstehen, dass der Spion ihm vorausgehen solle. »Zwei Augen sehen mehr als eines.«

Vorsichtig schoben sie sich weiter, Augen und Ohren jedem Geräusch und jedem Schatten zugewandt. Doch es gab nichts, das ihnen aufgefallen wäre, außer einigen Tieren, die hier lebten. Nach fünfzig Schritten blockierte ein niedriger Felsvorsprung den Weg, und Cato warf einen letzten Blick zurück, während sie beide ihn umrundeten und die Soldaten aus ihrem Blickfeld verschwanden. Auf der anderen Seite stießen sie auf etwas, das wie ein Ziegenpfad aussah, der sich durch die karge Vegetation wand.

»Sollen wir ihm folgen?«, fragte Apollonius. »Er scheint in die richtige Richtung zu führen.«

»Klingt vernünftig.«

Etwa hundert Schritte weiter wurde Cato sich bewusst, dass rechts und links von ihnen Abhänge aufzuragen begannen, und er spürte, wie sein Herz rascher schlug, während er und Apollonius vorwärtsschlichen. Plötzlich blieb der Spion stehen und riss die Hand hoch, sodass Cato ebenfalls abrupt stehen blieb.

Einen Augenblick lang war es vollkommen ruhig. Dann flüsterte Cato: »Was ist los?«

»Psst. Hör hin.« Apollonius neigte seinen Kopf leicht zur Seite. »Dort. Hörst du das?«

Cato hörte das schwache Pochen des Blutes in seinem Kopf und dann … Stimmen. Sehr schwach, und doch unmissverständlich. Sie kamen von einer Stelle vor und über ihnen, an der die Steilhänge aufeinander zuführten und sich zu berühren schienen.

Langsam verließen die beiden Männer den Pfad und drückten sich an die Steilwand zu ihrer Linken. Als sie sich um eine Ecke schoben, fiel ihr Blick auf eine schmale Schlucht zwischen den beiden Hängen. Die Schlucht war nicht lang. Bald wurde sie wieder breiter und mündete in ein offenes Stück Land, das wie ein ausgetrocknetes Flussbett aussah. Fünfzig Schritte entfernt erstreckte sich eine Steinmauer mit einem hölzernen Palisadenaufbau etwa sechzig Fuß weit über die Lücke zwischen den beiden Steilwänden. In der Mitte der Mauer befand sich ein offenes Tor mit einem Laufgang darüber und einem kleinen Turm rechts und links davon. Zwei Männer hielten Wache auf den Türmen, und zwei weitere standen im Torhaus. Ebenso wie das Terrain davor lag die Mauer im Schatten eines der Steilhänge, und Cato ging in die Hocke, um nicht gesehen zu werden, während er die Verteidigungsanlage des Feindes ausspähte. Dann wandte er sich mit aufgeregter Miene an Apollonius.

»Wir haben sie gefunden!«

KAPITEL 31

Von hoch oben erklang ein Ruf. Cato reckte den Hals und sah eine Gestalt, die am Rand der Felswand auf sie herabdeutete. Die Männer in den Türmen wandten sich in ihre Richtung und spähten in den Schatten am Fuß des Steilhangs.

»Wir müssen los.« Apollonius packte Cato am Arm. »Sofort.«

Schon sammelten sich mehrere Männer am Tor.

»Nur noch einen Augenblick«, erwiderte Cato und warf rasch noch einen Blick auf die Verteidigungsanlagen und die Schlucht, die sie umgab, um sich so viele Einzelheiten wie möglich einzuprägen. Noch während er das tat, stürmten die Gestalten aus dem Tor auf sie zu.

»Herr!« Apollonius zerrte ihn herum und schob ihn auf den Weg zurück, den sie gekommen waren, und dann rannten beide Männer durch die Schlucht, während die Verfolger ihnen hinterhereilten. Cato konnte weitere Rufe von den Spähern auf den Felshängen hören, die dort oben mit ihnen Schritt hielten.

Unweit vor ihnen stürzte Schotter in die Tiefe, und Cato stieß eine Warnung aus, während er den Spion gegen die Felswand drückte. Einen Augenblick später krachte ein Fels von der Größe eines mächtigen Weinfasses neben ihnen zu Boden. Während um sie herum Staub aufwirbelte, stieß Cato Apollonius nach vorn, und die beiden setzten ihre Flucht fort. Für eine kurze Strecke weitete sich die Schlucht, bevor ihre Breite auf vier Fuß zusammenschrumpfte und schließlich in das Terrain mit einzelnen Felsen und Bäumen dahinter auslief. Cato konnte hören, wie die Schritte ihrer Verfolger von den Felswänden rechts und links widerhallten, wodurch das Geräusch verstärkt wurde und es klang, als würden sie aus allen Richtungen gleichzeitig verfolgt. Ein weiterer Felsblock krachte – diesmal schlecht gezielt – zehn Fuß hinter ihnen auf den Boden, und der Aufschlag ließ ihn zusammenzucken.

Sie erreichten das Ende des Spalts zwischen den Felswänden, ließen die Schlucht hinter sich und rannten zwischen Bäumen und Felsen hindurch, während der Feind immer näher kam. Catos Herz schlug heftig, und seine Beine brannten von der Anstrengung des Laufens. Er warf einen raschen Blick über die Schulter und sah, dass die Briganten fünfzig Fuß hinter ihnen waren. Jenseits der Bäume vor ihm erkannte er die Soldaten, die den ersten Teil des Pfades mit ihnen gekommen waren; sie saßen auf der Erde und teilten sich einen Weinschlauch.

Ein Speer flog mit einem leisen Zischen dicht über ihre Köpfe hinweg und fiel klappernd vor ihnen zu Boden.

»Haken schlagen!«, rief Cato keuchend Apollonius zu, und die beiden stürmten zunächst in eine Richtung und dann abrupt in eine andere, um ihren Verfolgern ein schlechteres Ziel zu bieten. Ein weiterer Speer bohrte sich direkt neben Cato in das lockere Erdreich. Apollonius hatte ein wenig Vorsprung gewonnen und rief mit bellender Stimme den Soldaten einen Befehl zu.

»Zu mir! Zu mir!«

Die Soldaten sahen in seine Richtung, und einen Herz-schlag lang waren sie vor Überraschung wie erstarrt, doch dann sprangen sie auf, griffen nach ihren Schilden und Speeren und eilten den beiden Offizieren und dem Feind entgegen, der immer schneller näher kam.

»Komm schon, Cato«, rief Apollonius. »Noch eine letzte Anstrengung!«

In diesem Augenblick spürte Cato, wie ihn ein Hieb seitlich streifte und ein weiterer Speer unter seinem Arm hindurch ins Leere schoss. Der Schlag drängte ihn leicht zur Seite, doch das genügte, damit er mit dem hinteren Bein gegen seine vordere Wade stieß und ins Stolpern geriet. Er fiel heftig zu Boden und rollte herum. Wäh-rend er sich wieder aufrappelte und nach seinem Schwert tastete, drehte Apollonius sich um, zog seine Waffe und sprang nach vorn, sodass er zwischen Cato und dem Feind stand. Die Briganten, denen Catos Sturz neuen Auftrieb gegeben hatte, stimmten ein Triumphgeschrei an und stürmten zunächst weiter, wurden dann aber un-sicher und rückten nur noch langsamer vor, als sie sahen, wie Apollonius mit beiden Beinen fest auf der Erde vor ihnen stand, das Schwert in der einen und den Dolch in der anderen Hand.

»Los, Cato! Lauf! Ich halte sie auf!«

Cato hatte keine Zeit für einen Gedanken; er sah nur die Soldaten, die auf sie zurannten, den aufgewirbelten Staub, rosafarben im Licht der untergehenden Sonne, die grimmige Miene des Spions und die Briganten, die mit erhobenen Waffen näher kamen. Er zog sein Schwert, kauerte sich zusammen und rang nach Atem, während er sich auf den Kampf vorbereitete.

Drei Briganten befanden sich einige Schritte vor den anderen. Zwei waren mit Speeren bewaffnet, der dritte trug ein mächtiges Krummschwert. Dieser Mann stürmte auf Cato zu, während die beiden anderen, die Speere im Anschlag, Apollonius angriffen. Cato sah, wie sein Kamerad geschickt den ersten Speerstoß mit seinem Schwert parierte und so nahe an seinen Gegner herantrat, dass dieser in seine Reichweite kam. Dann versetzte er dem Briganten mit der scharfen Schneide seines Dolchs einen Hieb, der das Fleisch seines Arms mit einem präzisen Schnitt aufschlitzte. Er setzte seinen Angriff in einer einzigen flüssigen Bewegung fort, indem er Hüfte und Schulter drehte und die Spitze des Dolchs dem zweiten Mann in die Seite rammte, der durch seinen eigenen Schwung so weit nach vorn geraten war, dass er seine Waffe nicht mehr einsetzen konnte.

Der Schwertkämpfer schwang seine Waffe gegen Cato, wobei die Klinge einen leuchtenden Bogen beschrieb, denn die Spitze fing die letzten Strahlen der untergehenden Sonne ein. Cato hob sein eigenes Schwert, um die gegnerische Klinge beiseitezulenken und so den Schlag zu parieren. Mit einem scharfen metallischen Knall krachten beide Waffen gegeneinander, und die Funken flogen, als das schwerere Schwert Cato einen Schritt zurückdrängte. Es gelang ihm, das Gleichgewicht zu halten, und seine linke Hand schoss nach vorn, packte das Handgelenk seines Gegners und zog ihn zu sich und nach unten. Gleichzeitig senkte er die Spitze seiner Waffe und rammte sie dem Mann in den Bauch, wobei das Schwert mühelos die Schaffelljacke und das Fleisch des Mannes durchdrang. Er drehte die Klinge in der Wunde und zog sie dann heraus. Schließlich ließ er das Handgelenk des Mannes los und schlug ihm mit dem Handrücken ins Gesicht. Benommen und blutend, stolperte der Mann nach hinten, wo ihn seine Mitkämpfer grob beiseitestießen.

Jetzt standen die Chancen für Cato entschieden schlecht. Axtschwingend schob der nächste Brigant seinen Schild nach vorn und stürmte heran. Cato führte einen Hieb gegen den Kopf des Mannes, doch sein Gegner hob den Schild und fing den Hieb mit der Schildkante ab. Als Catos Klinge seitlich ins Leere glitt, schwang der Brigant seine Axt, und das breite Axtblatt zischte durch die Luft auf Catos Taille zu. Er reagierte instinktiv, indem er sich, die linke Schulter ausgestreckt, nach vorn warf. Als er gegen seinen Gegner krachte, schlug dessen Unterarm ohne Schaden anzurichten schlaff gegen Catos Kreuz, und die Axt verpasste ihr Ziel. Cato schob sich weiter nach vorn und drückte den Mann nach hinten, wodurch dieser stolperte und sich immer weiter zurückzog, während er sich abmühte, auf den Beinen zu bleiben.

Nach einem letzten mächtigen Stoß trat Cato wieder neben Apollonius. Der Spion hatte die beiden Speerkämpfer überwunden, doch jetzt standen ihm drei Briganten mit Schilden gegenüber, sodass er gezwungen war, einen nach dem anderen niederzustarren und mit seinen Blicken vor einem Angriff zu warnen. Der Axtkämpfer hatte sich erholt und näherte sich Cato vorsichtig, hielt dann aber inne, drehte sich um und runzelte die Stirn. Er rief seinen Männern einen Befehl zu, die sich daraufhin ein paar Schritte zurückzogen, sich dann umdrehten und im Laufschritt zum rückwärtigen Ende der Schlucht eilten, wobei sie ihre bedrängten Kameraden zurückließen. Der Mann, den Cato verwundet hatte, schob seine Waffe in die Scheide, drückte die Hand auf den blutigen Fleck an seiner Schaffelljacke und eilte seinen Kameraden nach.

Cato und Apollonius standen nebeneinander; die Brust beider Männer hob und senkte sich heftig, und das Blut tropfte von ihren Waffen, während hinter ihnen immer lauter das Donnern von Armeestiefeln erklang. Der erste Soldat rannte an ihnen vorbei, dem Feind hinterher.

»Lasst sie …«, begann Cato mit rauer Stimme, holte dann tief Luft und rief: »Lasst sie abziehen!« Die Soldaten hielten zögernd inne, während ihre Kameraden eine schützende Linie vor Cato und Apollonius bildeten. Letzterer tötete die beiden auf dem Boden liegenden Speerkämpfer mit einem raschen Stich in den Hals, und dann wischten er und Cato ihre Klingen ab und schoben sie in die Scheide.

»Jetzt wissen wir Bescheid«, sagte Apollonius.

Cato nickte. »Wir haben sie …«

Sobald sie ins Lager zurückgekehrt waren, befahl Cato, einen Graben und einen Erdwall anzulegen, um den Zugang zur Schlucht zu versperren; beides würde so weit von den Felsen entfernt sein, dass Briganten oben auf den Steilhängen sie mit möglichen Wurfgeschossen nicht erreichen konnten. Sobald das Lager fertig errichtet war, marschierten zwei Centurien in die Dämmerung hinaus, um mit der Arbeit an der Anlage zu beginnen, während

Cato sich im Zelt des Kommandanten mit seinen leitenden Offizieren beriet.

Placinus und Massimilianus saßen auf Hockern gegenüber dem Tisch, der aus zwei einfachen Holzböcken und einigen Brettern aufgebaut worden war. Die Seiten des Zelts waren hochgerollt worden, um das wenige noch vorhandene Tageslicht zu nutzen, während Cato all das skizzierte, was er von den Verteidigungsanlagen des Feindes im Gedächtnis behalten hatte. Apollonius stand seitlich von ihm, lehnte sich an eine Zeltstange und sah zu.

»Es gibt zwei Engstellen«, sagte Cato und deutete auf seine Skizze. »Hier am Eingang der Schlucht, und hier, wo sie eine Mauer errichtet haben. Nur zwei unserer Männer können den ersten Punkt gleichzeitig passieren, wo wir überdies mit Felsen, Pfeilen, Speeren, Schleudergeschossen und allem anderen angegriffen werden, das sie von den Steilhängen rechts und links auf uns werfen oder abfeuern können. Danach wird es darum gehen, die Mauer und das Tor anzugreifen.« Er hielt inne, um sich die Anlage zu vergegenwärtigen. »Ich würde sagen, die Mauer ist vom Boden bis zu den Palisaden darüber mindestens fünfzehn Fuß hoch. Sie besteht aus unverkleidetem Felsgestein und wirkt solide. Das hölzerne Torhaus ist der einzige schwache Punkt, aber wir werden keine Möglichkeit haben, sie mit dem Katapult auf die Probe zu stellen, denn es ist unmöglich, unsere Maschine nahe genug heranzubringen, um einen Versuch zu unternehmen. Also bleibt uns nichts anderes übrig als ein Frontalangriff mit Sturmleitern. Wenn man bedenkt, wie schmal die Front sein wird, an der wir kämpfen würden, glaube ich allerdings nicht, dass diejenigen, die den Geschosshagel in der Schlucht überleben, in der Lage sein würden, die Mauer zu überwinden. Deshalb werden wir den Feind wohl aushungern müssen. Sobald die Belagerungslinie aufgebaut ist und wir jede Annäherung des Feindes mit Fußangeln stoppen werden, sitzen sie in der Falle. Dann werden wir abwarten, bis sie aufgeben oder versuchen werden, sich den Weg freizukämpfen.«

Placinus kratzte sich nachdenklich am Kinn. »Gibt es irgendeinen anderen Zugang zum Tal?«

»Unser Gefangener meint, nein. Aber es könnte sein, dass er lügt, weshalb ich bei Tagesanbruch Apollonius und seine Kundschafter aussenden werde.« Cato wandte sich dem Spion zu. »Ich möchte, dass ihr diese Hügel umrundet. Sucht nach irgendeinem Hinweis auf einen anderen Weg ins Tal und erstattet mir dann Bericht. Seid gründlich. Wir können es uns nicht erlauben, irgendetwas zu übersehen.«

»Ich werde dafür sorgen. Wenn es einen anderen Zugang gibt, werde ich ihn finden.«

»Das will ich hoffen. Rom dürfte nicht begeistert sein, wenn wir zulassen, dass uns die Briganten durch die Finger schlüpfen, wie sie das zuvor schon so oft getan haben. Die Zeit ist gekommen, dass ihr Widerstand ein Ende findet, meine Herren. Was auch immer dazu nötig ist.« Er hielt inne und räusperte sich. »Es gibt noch einen Punkt, den wir im Auge behalten müssen. Der Feind hat Claudia Acte entführt. Es könnte sein, dass es auch noch mehr Geiseln gibt. Ich will, dass sie möglichst noch am Leben sind, wenn wir versuchen werden, sie zu befreien.«

Massimilianus sah ihn an. »Sobald unseren Feinden die Vorräte ausgehen, werden sie keine Rücksicht auf die

Geiseln nehmen. Wenn wir also versuchen, die Briganten auszuhungern, könnte es sein, dass die Geiseln zuerst verhungern oder dass der Feind sie umbringt, um weniger Mäuler füttern zu müssen.«

»Dessen bin ich mir bewusst. Hoffen wir, dass es nicht so weit kommt. Ich werde die Briganten auffordern, sich zu ergeben, sobald die Belagerungslinie errichtet ist.«

»Zu welchen Bedingungen, Herr?«

»Dass sie zurückgeben, was sie erbeutet haben. Die Männer werden in die Sklaverei verkauft, und der Rest wird bei den Stämmen an der Küste angesiedelt. Niemandem wird erlaubt werden, auf seinem angestammten Land zu bleiben.«

Massimilianus seufzte. »Das wird ihnen nicht gefallen, Herr.«

»Es muss ihnen auch nicht gefallen«, erwiderte Cato knapp. »Sie müssen es einfach nur akzeptieren. Oder sterben.«

»Ich wollte auf etwas anderes hinaus, Herr. Ich leiste auf dieser Insel nun schon so lange meinen Dienst, dass ich etwas über diese Leute gelernt habe. Sie sind so stolz, wie man nur sein kann. Ihre Vorfahren haben bereits über diese Insel geherrscht, da war Rom noch nicht einmal gegründet. Sie würden lieber sterben, als ihr Land aufzugeben und als Sklaven zu leben.«

»Das mag sein«, gestand Cato ihm zu, »aber ein anderes Angebot kann ich ihnen nicht machen. Ihre Vorherrschaft im Innern der Insel muss vernichtet und ihre Stämme müssen zerschlagen werden. Nichts anderes würde jemals genügen. Es sei denn, du hast einen Vorschlag zu machen, der sich auf ihre Kapitulation bezieht.«

Massimilianus dachte kurz nach. Dann schüttelte er den Kopf.

»Gut«, schloss Cato. »Wenn sie sich nicht ergeben, werden sie verhungern. Wenn sie versuchen durchzubrechen, müssen sie aufgehalten werden. Das ist alles. Wenn noch jemand etwas hinzufügen möchte …«

Die Plane zum Zelt der Mitarbeiter des Hauptquartiers wurde zurückgeschlagen, und einer der Soldaten trat ein und salutierte.

»Was ist?«, wollte Cato wissen.

»Der Arzt möchte dich sprechen, Herr. Er sagt, es sei dringend.«

»Dringend?« Cato runzelte die Stirn. »Oh, beim Hades, schick ihn rein.«

»Ja, Herr.« Der Soldat trat beiseite und winkte den Arzt der Kohorte durch die Zeltöffnung. Kaum dass Cato den verängstigten Ausdruck im Gesicht des Mannes sah, wurde er von einer so tiefen Unruhe erfüllt, dass sich sein Magen zusammenkrampfte.

»Ist etwas mit dem Gefangenen?«

Der Arzt schüttelte den Kopf. »Es geht ihm gut, Herr. Ich habe seine Verbände gewechselt, während das Lager errichtet wurde. Seine Hände und Finger werden in gewisser Weise heilen, allerdings wird er sie nie wieder wird vollständig gebrauchen können.« Er warf einen Blick auf Apollonius, bevor er in spitzem Ton fortfuhr: »Dein Verhörspezialist hat ganze Arbeit geleistet, Herr.«

Apollonius zuckte mit den Schultern. »Wenn man eine Aufgabe erledigen soll, dann erledigt man sie am besten gründlich, oder?«

»Es reicht!«, warf Cato ein. »Was wolltest du berichten?«

Der Arzt zögerte, bevor er antwortete. »Es ist die Seuche, Herr. Ich glaube, sie hat uns eingeholt.«

»Was meinst du damit? Wir haben einen Bogen um Augustis gemacht, als wir aus der Festung aufgebrochen sind.«

»Dann muss sich einer der Männer schon früher in der Stadt angesteckt haben, Herr. Das jedenfalls würde ich vermuten. Er ist in mein Zelt gekommen und hat über Kopfschmerzen und ein allgemeines Schwächegefühl geklagt. Ich habe ihn auf eine Trage legen lassen. Dann hat er angefangen, sich zu erbrechen.«

Cato dachte an die vielen Tage, an denen er selbst unter der Krankheit gelitten hatte, und an das Schwächegefühl, das danach zurückgeblieben war. Er konnte es sich nicht leisten, dass die Seuche die Männer seiner Kolonne niederwarf. Er brauchte jeden einzelnen von ihnen, um die Belagerung aufrechtzuerhalten oder die Festungsanlagen des Feindes anzugreifen, falls das nötig werden sollte.

»Du musst im Lager einen Quarantänebereich einrichten. Lass in einer Ecke ein Zelt aufstellen, trenne es mit einem Seil vom Rest des Lagers ab und lass eine Wache dort Aufstellung nehmen.«

»Ja, Herr.«

»Wo ist der Mann, der zu dir gekommen ist?«

»Ich habe ihn angewiesen, im Zelt zu bleiben, das uns als Krankenstation dient, solange ich dir Bericht erstatte, Herr.«

»Gut. Mit etwas Glück wird die Krankheit bei diesem

armen Kerl ihren üblichen Verlauf nehmen, ohne dass wir dem Risiko ausgesetzt sind, dass sie sich im ganzen Lager verbreitet.«

»Genau das ist das Problem, Herr.« Der Arzt fuhr sich mit der Hand über den Kopf. »Zwei weitere Männer haben sich bei mir gemeldet, bevor ich losgegangen bin, um dir Bericht zu erstatten. Sie zeigten ähnliche Hinweise auf die Krankheit, und ich habe ihnen gesagt, dass sie bei dem ersten Soldaten warten sollten. Ehrlich gesagt mache ich mir Sorgen, dass sich die Krankheit bereits unter den Soldaten ausbreitet.«

»Verstehe.« Das Gewicht einer weiteren Angelegenheit, in der er seine Männer führen musste, lastete schwer auf Catos Schultern. Es dauerte eine Weile, bis sein erschöpfter Verstand alle Folgen begriff, die diese Nachricht mit sich brachte. Wenn seine Männer krank wurden, würde die Kolonne die Belagerung immer weniger aufrechterhalten können. Er wäre dann auch nicht in der Lage, Verstärkung von der Vierten Kohorte oder der Marineeinheit anzufordern, denn damit würde er noch mehr Männer dem Risiko einer Erkrankung aussetzen. Im Augenblick war es am wichtigsten, strenge Vorkehrungen zu treffen, um die Ausbreitung der Seuche zu verhindern.

»Planänderung. Ich will, dass der Quarantänebereich außerhalb des Lagers angelegt wird, in wenigstens einhundert Schritten Entfernung. Schafft diejenigen, die bereits krank sind, unverzüglich dorthin. Neue Fälle sollen sich dort bei dir melden. Du wirst bei ihnen bleiben, bis die Krankheit vorüber ist. Kläre mit dem Quartiermeister, dass euch in sicherer Entfernung Wasser und

Rationen zur Verfügung gestellt werden. Und ihr werdet eine eigene Grube als Latrine brauchen. Massimilianus!«

»Herr?«

»Stell dafür einen Arbeitstrupp zusammen und für eine Palisade, die um den Quarantänebereich errichtet werden soll. Ich will nicht, dass irgendeiner der Männer in Versuchung kommt, seinen Kameraden einen Besuch abzustatten. Und ich will nicht, dass der Bereich ohne Schutz bleibt gegenüber irgendwelchen Briganten, die sich vielleicht noch außerhalb des Tals aufhalten. Teile eine halbe Einheit als Wache dazu ein.«

»Ja, Herr.«

Cato fixierte den Arzt eindringlich. »Du musst alles in deiner Macht Stehende unternehmen, um die Krankheit einzudämmen. Der Erfolg dieses Feldzugs hängt entscheidend davon ab, dass wir genügend Soldaten haben, die ihn in ganzer Länge durchstehen. Wenn die halbe Kolonne wegen der Seuche ausfällt, ist alles verloren. Hast du das verstanden?«

»Ja, Herr. Ich weiß, was meine Pflicht ist.«

»Dann lass mich nicht im Stich. Am besten kümmerst du dich sofort darum, dass alles eingerichtet wird. Wegtreten!«

Als der Arzt das Zelt verließ, verschränkte Cato die Hände und nagte an seiner Unterlippe.

»Das ändert die Lage ein wenig«, kommentierte Apollonius.

»Allerdings.«

»Jetzt hast du die Wahl, ob du sofort einen Angriff starten willst, solange du noch genügend Männer hast, auch wenn du dabei wahrscheinlich schwere Verluste in

Kauf nehmen musst, oder ob du bei deinem ursprünglichen Plan bleibst und darauf hoffen willst, dass sich die Krankheit nicht in der ganzen Kohorte verbreitet. Denn das würde es unmöglich machen, eine Belagerung aufrechtzuerhalten, ganz zu schweigen davon, einen Angriff zu unternehmen.« Apollonius hob eine Augenbraue. »Ich bin gespannt, wofür du dich entscheiden wirst.«

Cato empfand einen brennenden Groll, weil der Spion ihn schon wieder auf die Probe zu stellen schien und zu erkunden versuchte, was er im Innersten dachte. Doch er widerstand der Versuchung, dem Mann barsch den Mund zu verbieten. Dass Placinus sich zu Wort meldete, half ihm dabei.

»Ich würde sagen, wir gehen rein und greifen sie im Morgengrauen an, Herr. Bevor sie eine Chance haben, ihre Verteidigungsanlagen auszubauen.«

»Da bin ich anderer Ansicht«, widersprach Massimilianus. »Du hast gehört, was der Präfekt über das Terrain vor der Mauer gesagt hat. Schon bei dem Versuch, durch die Schlucht zu gelangen, würden wir die Hälfte unserer Männer verlieren. Sie sitzen in der Falle. Wir können den besten Augenblick abwarten und sie aushungern.«

Cato schüttelte den Kopf. »Wir können nicht abwarten. Was auch immer der Arzt tun mag, ich glaube, unsere Chancen, die Seuche einzudämmen, stehen schlecht. Heute Abend sind drei Männer außer Gefecht. Ich wette, bis zur Morgendämmerung werden es mehr sein. Und diejenigen, von denen wir wissen, dass sie krank sind, dürften unterdessen ihre Kameraden angesteckt haben. Wir müssen mit dem Schlimmsten rechnen. Das bedeutet, wir müssen so früh wie möglich angreifen. Gleichzeitig müssen wir sicher sein, dass es keinen Ausweg aus der Falle gibt, in der sie stecken. Das ist die Aufgabe von Apollonius.« Er wandte sich dem Spion zu. »Wenn du und deine Kundschafter einen weiteren Weg in das Tal finden könnt, sind wir vielleicht in der Lage, in die Festung einzudringen, ohne dass wir zuvor die Schlucht überwinden müssen. Oder wenigstens würden wir dort dann Männer postieren können, um sie an der Flucht zu hindern.«

Er hielt einen Augenblick inne und gähnte. »Das wäre vorerst alles, meine Herren. Wir müssen sie in den nächsten Tagen angreifen. Mehr gibt es heute Nacht nicht mehr zu sagen. Behaltet die Männer im Auge. Einige werden vielleicht nicht in den Quarantänebereich wollen, obwohl sie krank sind. Falls ihr irgendwelche Zweifel habt, schickt sie sofort zum Arzt. Verstanden?«

»Ja, Herr«, erwiderten die beiden Centurios. Dann standen sie auf und verließen das Zelt. Apollonius schob sich von der Zeltstange weg, dehnte Rücken und Schultern und setzte sich Cato gegenüber.

»Eine vertrackte Entscheidung, aber ich würde sagen, du hast recht.«

»Danke, dass du mir dein Vertrauen versicherst«, sagte Cato trocken.

»Wie willst du die Sache angehen? Außer, dass alles schnell gehen muss?«

Cato dachte kurz nach, bevor er antwortete: »Mit Feuer …«

KAPITEL 32

Der Aufbau der Anlagen, die den Zugang zur Schlucht blockierten, war am folgenden Spätnachmittag abgeschlossen. Bis dahin waren weitere sechs von Catos Männern krank geworden und hatten sich im Quarantänebereich gemeldet. Während sich die Abenddämmerung herabsenkte, ging er mit Placinus und Massimilianus den Wall entlang, wobei er immer wieder stehen blieb und die gute Arbeit kommentierte und Anweisungen für weitere Verbesserungen gab. Der Erdwall, auf dem sich eine Palisade erhob, wurde stellenweise von nacktem Felsterrain unterbrochen, das man nicht weiter bearbeitet hatte, um Zeit zu sparen; er war knapp sechshundert Schritte lang und wurde am Anfang und am Ende von den Felswänden der Höhenrücken begrenzt. Angespitzte Pfähle waren in den Erdwall getrieben worden, die in Richtung Graben zeigten. Im offenen Bereich vor dem Graben lagen überall Fußangeln. Wenn die feindlichen Krieger versuchen würden, die Sperranlage anzugreifen, um aus der Falle zu entkommen, riskierten sie, dass ihre Füße von den scharfen Eisenspitzen durchbohrt wurden, die in den trockenen Grasbüscheln versteckt waren. Ein Wachturm war errichtet worden, um die ganze Anlage zu überblicken, und ein einzelner, von einem Tor gesicherter Dammweg überspannte den Graben. Wachposten patrouillierten zwischen den Tortürmen, und das Tor und die Verteidigungsplattform darüber waren mit zwei Einheiten bemannt.

»Deine Männer haben gute Arbeit geleistet«, sagte Cato zu Massimilianus. »Wenn man bedenkt, wie wenig Erfahrung die meisten Garnisonen mit dem Errichten von Feldlagern haben.«

»Danke, Herr«, erwiderte der Centurio mit einem stolzen Lächeln. »Diese Brigantenbastarde werden nicht vorbeikommen an meinen Jungs.«

»Ich vertraue darauf, dass du dieses Versprechen halten kannst«, entgegnete Cato. »Wenn der Angriff misslingt, werden wir auf diese Anlagen zählen müssen, um die Falle lange genug geschlossen zu halten, bis der Feind seine Vorräte aufgebraucht hat.«

Bei der Erwähnung des bevorstehenden Angriffs auf die Verteidigungsanlagen des Feindes drehten sich die drei Männer zu den Reisigbündeln um, die in der Nähe des Tores aufgestapelt worden waren. Placinus hatte einen großen Versorgungstrupp in die nahe gelegenen Wälder geführt, um trockene Äste und Zweige zu sammeln, die zusammengebunden worden waren. Wenn Catos Plan funktionierte, sollte der auf das Feuer folgende Angriff die Mauer und das, was dann noch vom Tor übrig sein würde, ohne allzu große Schwierigkeiten überwinden.

»Irgendwelche Hinweise auf den Feind, als ihr im Wald wart?«, fragte Cato.

»Keine«, antwortete Placinus. »Ich hatte damit gerechnet, auf ein paar Kundschafter oder eine kleinere Kriegergruppe zu stoßen, aber da war niemand.«

»Höchstwahrscheinlich wurden sie mehr als ausreichend vor unserem Vorrücken gewarnt«, sagte Cato. »Sie hatten also genügend Zeit, um jeden in die Sicherheit ihres Unterschlupfs zu holen. Und nicht nur ihre Krieger. Ich könnte mir vorstellen, dass sie jeden zu sich geholt haben, einschließlich aller Viehherden, den sie mit sich nehmen konnten. Das ist gut für uns. Es würde unsere Soldaten nämlich nervös machen, wenn sie befürchten müssten, hinterrücks angegriffen zu werden, während sie sich auf einen Angriff aus der Schlucht vorbereiten. Ich habe jedem Mann der Kolonne die beruhigende Botschaft überbringen lassen, dass die einzigen Briganten, mit denen wir es zu tun bekommen werden, diejenigen sind, die im Tal in der Falle stecken.«

Er führte die beiden Männer zu zwei Holzrahmen, die neben den aufgeschichteten Reisigbündeln lagen. Zeltleder war über die soliden Baumstämme und ein verbindendes Gitterwerk gespannt worden, das aus kleineren Ästen bestand, die man abgeschnitten und dicht mit den Rahmen verflochten hatte. Sie würden dem Beschuss mit einem Felsbrocken, der größer war als eine Wassermelone, nicht standhalten, aber sie konnten die Männer darunter vor kleineren Steinen und anderen Geschossen schützen. Cato trat mit seinem ganzen Gewicht auf eines der bedeckten Gitterwerke und kam zu dem Schluss, dass es robust genug war, um den Soldaten Deckung zu bieten, die es über die Köpfe der mit Reisigbündeln beladenen Kameraden halten würden – und über ihre eigenen natürlich.

»Hoffen wir, dass Apollonius gute Neuigkeiten für uns hat, wenn er zurückkehrt.« Er trat einen Schritt von den Schutzvorrichtungen zurück. »So sehr ich auch davon überzeugt bin, dass unser Angriff Erfolg haben wird, so sehr hoffe ich, dass er einen anderen Weg ins Tal für uns findet. Er dürfte wohl vor Einbruch der Nacht wieder im Lager sein.«

Massimilianus schien skeptisch. »Ich würde nicht zu sehr darauf hoffen, Herr. Falls er in so kurzer Zeit irgendetwas findet, dürfte der Feind schon längst darüber Bescheid wissen. Es scheint mir vielmehr, dass unsere Gegner diesen Ort genau deshalb ausgewählt haben, weil es nur einen Zugang gibt und es leicht ist, die Engstelle zu verteidigen, die sie für ihre Befestigungsanlage ausgewählt haben. Ich finde nicht, dass wir zu sehr auf eine Alternative zum Frontalangriff vertrauen sollten, den du geplant hast, Herr.«

Cato gab ein Grunzen von sich, das alles und nichts bedeuten mochte, und wandte sich wieder dem Lager zu. Ein Centurio führte seine Männer aus dem Tor, um die Wacheinheit abzulösen. Von seiner leicht erhöhten Position aus konnte Cato über den Wall hinweg ins Lager sehen, und er betrachtete die fernen Gestalten mit erfahrenem Blick. Alles wirkte normal. Die Wachen drehten ihre Runden; man hatte die ersten Lagerfeuer angezündet, deren dünne Rauchfäden sich anmutig in die regungslose Luft erhoben, und die Männer der Reitereinheit brachten ihre Pferde aus dem Lager, um sie am Bach in der Nähe zu tränken. Sein Blick wanderte zu der kleinen Palisade, die etwas weiter unten am Hang errichtet worden war. Außer den beiden Männern, die draußen vor dem Tor standen, gab es dort keine Anzeichen von Leben, und er musste sich auf seine Fantasie verlassen, wenn er sich vorstellen wollte, was im Inneren vor sich ging. Wenn der Verlauf seiner eigenen Erkrankung in irgendeiner Weise typisch war, hatte der Arzt alle Hände voll damit zu tun, sich um seine Patienten zu kümmern. Falls sich eine große Anzahl weiterer Soldaten in Quarantäne begeben musste, würde er wenigstens einen der Sanitäter dazu abstellen müssen, den Arzt zu unterstützen. Das wiederum würde die Möglichkeiten der übrigen Sanitäter, die im Lager zurückblieben, einschränken, wenn es darum ging, sich um die Männer zu kümmern, die bei dem Angriff verletzt wurden. Und falls diejenigen, die sich um die Kranken kümmerten, selbst krank wurden, würde er das ganze Arrangement neu organisieren müssen.

Placinus räusperte sich. »Wann hast du vor, den Angriff zu beginnen, Herr?«

Cato sammelte seine Gedanken. »In einer ersten Phase werden wir ihre Verteidigungsanlagen niederbrennen. Das soll noch vor dem Morgengrauen geschehen. Sobald die Flammen ihr Werk verrichtet haben, setzen wir zum Sturm an. Möglicherweise gelingt es dem Feind, einige Reparaturen durchzuführen, also sorg dafür, dass deine Männer die Sturmleitern bereithalten.«

»Ja, Herr.« Placinus nickte und schwieg kurz, bevor er fortfuhr. »Da wäre noch die Frage, wer den Feuertrupp anführen soll. Wenn du keine Präferenzen hast, hätte ich gern die Ehre, die erste Bresche in die Reihen der Feinde zu schlagen.«

»Heute Nacht wird es nur darum gehen, so viel wie möglich zu vernichten. Ich will, dass das Tor, die Wachtürme und die Palisade niedergebrannt werden. Das ist alles. Es soll vorerst noch kein Versuch unternommen werden, die Briganten in einen Kampf zu verwickeln, Centurio. Ist das klar?«

»Ja, Herr.«

»Unter dieser Bedingung kannst du den Feuertrupp anführen.«

»Ja, Herr. Danke.«

Als Cato die zufriedene Miene seines Gegenübers betrachtete, kam er unweigerlich ins Nachdenken darüber, warum die besten Centurios der Armee bereit waren, sich selbst in Gefahr zu bringen. Placinus war aus demselben Holz geschnitzt wie Macro. Für sie waren Gefahr und die Erregung des Kampfes eine Art Sucht. Es war ein Wunder, dass es solche Männer überhaupt noch gab unter den Soldaten Roms, wenn man bedachte, wie sehr sie die ständige Bedrohung liebten. Bei Cato lagen die Dinge anders. Er war mit einer lebhaften Vorstellungsgabe gestraft, und immer, wenn er mit der Aussicht auf eine Gefahr konfrontiert wurde, erfüllte ihn eine düstere Vorahnung, und die unzähligen Arten, auf die er getötet werden oder sich eine Verletzung zuziehen konnte, die ihn für immer zum Krüppel machen würde, standen ihm vor Augen. Schreckliche Vorstellungen dieser Art quälten ihn bis zu dem Augenblick, in dem er tatsächlich sein Leben riskieren musste. Danach bestimmten der rohe Instinkt, schnelle Reflexe und die jahrelange harte Ausbildung sein Handeln, und alle belastenden Gedanken waren wie weggewischt angesichts der Aufgabe, den Feind zu überwinden und den Sieg zu erringen … oder einfach zu überleben und sich zurückzuziehen, um an einem anderen Tag zu kämpfen. Danach, wenn sich der Verstand wieder meldete, war er jedes Mal erschüttert darüber, wie leicht ein Geisteszustand in den anderen übergegangen und dann wieder in seinen ursprünglichen Zustand zurückgekehrt war. Einst hatte es ihn verwirrt, wie Macro anscheinend spielend mit so etwas fertigwurde, und er wusste, dass genau hier der entscheidende Unterschied zwischen ihnen lag. Macro war durch und durch Soldat, während Cato sich gelegentlich wie ein Hochstapler vorkam, der den Soldaten nur spielte. In den letzten Jahren hatte dieses Gefühl etwas nachgelassen, doch er war sich immer noch bewusst, wie viel ihn von Männern wie Macro oder Placinus trennte. Immerhin war es möglich, dass er sich eines Tages in seiner Uniform an der Spitze der Männer, die er führte, ganz und gar zu Hause fühlen würde.

Falls er lange genug lebte. Was seine Gedanken auf ein anderes Thema brachte.

»Massimilianus, du übernimmst Placinus' Position, sollte er fallen. Und das Oberkommando, wenn mir irgendetwas zustößt.«

»Ja, Herr.«

Cato hob die Hand und strich sich neben dem Verband, der sein Auge bedeckte, über die Stirn. Die Stelle um die Augenhöhle fühlte sich gequetscht an und reagierte empfindlich auf seine Berührung. Sein Auge pochte noch immer, und bisher hatte sich sein Sehvermögen nicht verbessert. Es war schwer, zu akzeptieren, dass er auf diesem Auge für den Rest seines Lebens blind bleiben könnte, und einen Augenblick lang jagte ihm die Vorstellung, auch noch das andere Auge zu verlieren, eisige Schauer des Entsetzens über den Rücken. Blind zu sein, erschien ihm ein schlimmeres Schicksal als der Tod.

»Du solltest wohl besser deine Männer vorbereiten, Centurio.«

Placinus salutierte und ging in Richtung Lager. Cato kehrte zusammen mit Massimilianus auf den Wall zurück. Zwischen den Felsen und Bäumen vor dem Graben war keine Bewegung zu erkennen, aber auf den Steilhängen über der Schlucht sah er mehrere Gestalten, die sich deutlich vor dem Hintergrund des Himmels abzeichneten, während sie die römischen Linien beobachteten.

»Sie werden vorbereitet sein, wenn wir kommen«, sagte Massimilianus.

»Dagegen lässt sich leider nichts machen. Die Dunkelheit wird Placinus und seine Männer auf einem Teil ihrer Route verbergen, doch sobald der Feind Alarm schlägt, wird man unsere Jungs von allen Seiten angreifen.«

Als die beiden Offiziere zum Lager zurückkehrten, hörte Cato das Geräusch sich nähernder Pferde. Er drehte sich um und sah, wie Apollonius und seine Männer in leichtem Galopp über den Weg heranritten, den die Kolonne am Tag zuvor genommen hatte. Staub wirbelte auf hinter ihnen, als sie sich dem Lager näherten. Als der Spion Cato erblickte, riss er den Arm hoch und befahl seinen Männern, haltzumachen. Dann schwang er sich aus dem Sattel, schlug hart auf dem Boden auf und rannte auf seinen Vorgesetzten zu. Die Aufregung, die ihm ins Gesicht geschrieben stand, war nicht zu übersehen.

»Glück gehabt?«, fragte Cato.

»Du musst einer der wenigen sein, die in der Gunst der Götter ganz oben stehen, Herr«, antwortete Apollonius grinsend. »Es gibt noch einen Weg ins Tal. Er ist nicht weiter als eine Meile von hier entfernt. Nicht, dass irgendjemand ihn bemerken würde – wir haben ihn völlig übersehen, als wir vorbeigeritten sind. Doch dann sind wir auf den Schäfer gestoßen.«

»Schäfer?«

Apollonius rief seinen Männern etwas zu, und einer der Reiter kam nach vorn. Zunächst dachte Cato, ein Bündel Lumpen liege vor dem Sattel quer über dem Pferd, doch dann sah er eine Bewegung, und ihm fiel auf, wie Arme und Beine gegen die Flanken des Pferdes schlugen. Der Reiter saß ab und hob seine Last kurzerhand auf den Boden. Ein Schmerzensschrei und ein Strom von schrillen Flüchen erklangen, als ein verschrumpelter alter Mann, der irgendwelche Fetzen und ein zerrissenes Lammfell trug, sich regte und steifbeinig aufstand. Die Sonne hatte seine Glatze so tief gebräunt, dass sie den leichten Schimmer polierten Holzes besaß. Ein zerzauster Bart zog sich über seinen Kiefer, und als er den Reiter beschimpfte, der ihn so unsanft auf dem Boden abgesetzt hatte, sah Cato, dass der Mann nur noch wenige Zähne hatte. Sein Gesicht, seine Hände und seine Füße waren schmutzig, und seine eingesunkenen Augen wässrig. Sein Gesicht war von blauen Flecken und Schrammen übersät, und sein Bart war mit etwas verklebt, das wie Blut aussah.

»Was für eine Kreatur ist denn das?«, fragte Cato mit einem leisen Lachen. »Ein Schäfer, sagst du?«

Apollonius grinste. »Das hat er jedenfalls behauptet, als wir ihn überrascht haben. Er war damit beschäftigt, eine Ziege in den Wald zu führen; wer also kann sagen, was die Wahrheit ist? Ich dachte, er hätte uns vielleicht etwas Nützliches zu erzählen, weshalb wir angehalten haben, um ein wenig zu plaudern. Dabei stellte sich heraus, dass Milopus hier einen Ziegenpfad kennt, der auf den Hügelrücken führt. Er hat mir gezeigt, wo der Pfad anfängt. Ich bin der Route ein kurzes Stück weit gefolgt. Sie scheint praktikabel zu sein.«

Cato spürte, wie sein Puls raste, als er sich dem alten Mann zuwandte. »Stimmt das?«

Milopus kniff die Augen zusammen, hob einen seiner knotigen Finger und deutete damit auf Cato. Dann sprach er mit einem so heftigen Akzent, dass man ihn kaum verstehen konnte. »Der da hat behauptet, ich würde eine Belohnung bekommen, wenn ich dir das sage!«

»Belohnung? Natürlich. Zeig uns einfach nur diesen Pfad.«

»Zuerst: Was gibst du mir?«

»Sag mir, was du willst, und es gehört dir«, erwiderte Cato ungeduldig.

Der alte Mann musterte Cato mit listiger Miene von oben bis unten und legte dann den Kopf auf die Seite wie ein Vogel. »Fünfzig Münzen …«

Cato hatte den Eindruck, dass der Mann den Wert seiner eigenen Forderung kaum verstand. »Asse, Sesterzen oder Denare? Du hast freie Wahl.«

Milopus kratzte sich am Kopf, bevor er antwortete. »Was auch immer am besten ist.«

»Das wären dann fünfzig Denare. Silbermünzen.«

»Und einen Esel.«

»Ein Esel, einverstanden.«

Gier funkelte in den Augen des alten Mannes. »Zwei Esel!«

»Treib's bloß nicht zu weit, alter Mann. Die Münzen und ein Esel gehören dir, wenn du uns den Pfad entlangführst.«

Milopus zuckte zusammen. »Ich zeige euch den Pfad, aber ich werde dort nicht weitergehen. Schlechte Leute. Grausame Leute. Sie schlagen Milopus. Nehmen ihm die Herde weg. Ihr geht. Ich bleibe.«

»Nein. Du wirst mit uns kommen. Und keine Tricks, sonst gibt es keine Münzen. Keinen Esel. Und wir zeigen dir, wie grausam Menschen wirklich sein können.«

Der Schäfer kniff das Gesicht zusammen, sodass es wie eine riesige Walnuss aussah, und nickte dann widerwillig. »Ich bin einverstanden. Aber hungrig jetzt. Ihr gebt mir zu essen?«

Cato deutete auf Massimilianus. »Der Centurio hier wird dich ins Lager bringen und dir etwas zu essen geben. Geh mit ihm.«

Massimilianus unterdrückte seinen Abscheu vor diesem schmutzigen Menschen und winkte den Schäfer heran. Milopus zögerte. Er musterte Cato misstrauisch blinzelnd und sagte: »Münzen und Esel. Nicht vergessen.«

Cato und Apollonius starrten ihnen nach, als sie davontrotteten. »Eine originelle Entdeckung, nicht wahr?«, sagte der Spion. »Als wir ihn erwischt haben, hat er sich zunächst geweigert zu sprechen, und stattdessen eine Art schmerzliches Geheul ausgestoßen. Ich frage mich, was die Briganten ihm angetan haben, dass er jetzt so verängstigt ist. Er wurde ruhiger, als ich ihm etwas Trockenfleisch und den einen oder anderen Schluck aus meinem Weinschlauch angeboten habe. Danach ist alles nur so aus ihm herausgesprudelt. Ein wahrer Wortstrom. Kurz zusammengefasst ging es darum, dass er fast sein ganzes Leben in einer Höhle am Fuß des Höhenrückens gehaust, sich um seine kleine Ziegenherde gekümmert und sich von den Leuten ferngehalten hat. Bis ihm vor ein paar Tagen die Briganten über den Weg gelaufen sind. Armer Bastard.«

»Hat er ihnen von dem Pfad erzählt?«

»Das habe ich ihn auch gefragt. Er sagt, nein.«

»Glaubst du ihm?«

Apollonius zuckte mit den Schultern. »Du hast ihn gesehen. Er ist ziemlich verrückt. Aber den Pfad gibt es tatsächlich. So viel ist wahr. Und er ist gut und gern fünfzig Silbermünzen und einen Esel wert, würde ich sagen. Wann sollen wir es versuchen? Wenn der Pfad tatsächlich dorthin führt, wohin der alte Mann sagt, könnte es uns vielleicht gelingen, genügend Männer ins Tal zu schleusen, um den Feind von beiden Seiten aus anzugreifen.«

Schon bald würde es dunkel werden, und die Nacht würde mondlos sein. Es wäre gefährlich, den Pfad in der Dunkelheit auszuprobieren. Abgesehen davon hatte Cato bereits Pläne für Placinus und seine Leute gemacht. Das Feuer würde die ganze Aufmerksamkeit des Feindes auf sich ziehen. Alle Blicke würden sich auf das Tor und die Mauer richten.

»Morgen. Nach dem ersten Angriff. Sobald es hell genug ist.«

Placinus tauchte aus der Dunkelheit hinter dem Wall auf, und sein Helmbusch hob sich schwarz von dem sternenübersäten Himmel ab.

»Die Männer sind bereit, Herr«, berichtete er.

»Sehr gut«, erwiderte Cato. »Du kannst mit dem Angriff beginnen. Möge Fortuna über dich und deine Männer wachen.«

»Danke, Herr.«

»Ich bleibe bei der Verstärkung«, fügte Cato überflüssigerweise hinzu. Sie waren den Plan mehrmals durchgegangen, und seine Worte verrieten etwas von der Besorgnis, die er empfand. Die Verstärkung wäre zur Stelle, falls der Feind einen Ausbruchsversuch unternehmen und Placinus und seine Männer angreifen würde. Er räusperte sich und fuhr dann fort. »Vergiss nicht, dass der zweite Angriff beginnt, sobald das Feuer sein Werk verrichtet hat, gleichgültig, ob Apollonius und ich bis dahin zurückgekehrt sind oder nicht. Verstanden?«

»Ja, Herr«, antwortete Placinus in geduldigem Ton.

»Weitermachen!« Beide salutierten.

Placinus nahm seine Position an der Spitze der Kolonne ein. Hinter ihm zog sich eine dunkle Linie bis zum Lager, und Cato konnte die Umrisse der Schutzmatten und der Reisigbündel erkennen, die auf den Tragegestellen der Soldaten lagen, an denen üblicherweise ihr Marschgepäck befestigt war. Hier und da konnte er den Schimmer der Töpfe erkennen, in denen die Öllampen brannten, mit denen die Kerzen angezündet würden, um die Reisigbündel in Brand zu setzen.

Leise gab Placinus den Befehl zum Ausrücken, und die Linie begann sich durch das Tor und über den Dammweg zu bewegen, wobei jede Einheit eine Entfernung von zehn Schritten zu der vorausgehenden einhielt; so sollte verhindert werden, das die Soldaten zu dicht aufrückten und damit ein leichtes Ziel boten, falls man sie auf ihrem Weg durch die Schlucht entdecken würde. Bereits bei Einbruch der Nacht waren Späher ausgeschickt worden, um sicherzustellen, dass sich keine feindlichen Wachposten auf dem Weg aufhielten, die hätten Alarm schlagen können. Nach einem kleinen Scharmützel hatten sich die Briganten durch die Schlucht und in die Sicherheit hinter der Mauer am Ende des Tals zurückgezogen.

Als die letzte Einheit des Feuertrupps abgezogen war, wandte sich Cato an Apollonius. »Halte ein Pferd für mich bereit, sobald ich zurückkomme.«

»Ja, Herr.«

»Und sorg dafür, dass der Schäfer nicht einfach verschwindet.«

»Ich habe zwei Mann als seine Wache abgestellt und ihnen erklärt, was ich mit ihnen machen werde, falls er einen Fluchtversuch unternimmt oder irgendwie zu Schaden kommt.«

»Dann werden wir uns bald wiedersehen.«

»Pass auf dich auf, Präfekt.«

»Das mache ich doch immer.«

Apollonius stieß ein leichtes Gelächter aus. Da es nichts mehr zu sagen gab, nickte Cato ihm zu und ging zu den vierzig Soldaten der Sechsten Centurie, die gerade ans Tor traten. Er nahm seine Position vor dem Optio ein und folgte den letzten Soldaten von Placinus' Einheit, die in kurzer Entfernung vor ihm sichtbar waren. Ihm kam der Gedanke, dass es klug gewesen wäre, die Mitglieder der Kolonne über ein Seil Verbindung halten zu lassen, um sicher zu sein, dass kein Soldat von seinen Kameraden getrennt wurde, doch jetzt war es zu spät dazu, und er konnte nichts weiter tun, als die Männer vor sich im Auge zu behalten.

Wegen der Enge des Terrains fühlte sich die Nacht warm an, und in der unbewegten Luft kamen Cato, der aufmerksam auf jedes Geräusch lauschte, das leise Knirschen der Soldatenstiefel und das Knarren der Lederbänder beunruhigend laut vor. Die Kolonne schob sich durch die frei liegenden Felsen und die kleinen Baumgruppen auf die hoch aufragende Masse der Steilhänge am Eingang der Schlucht zu. Cato bewegte sich langsam nach vorn, während er ständig auf den ersten Alarmruf von einem der feindlichen Posten oben auf den Felswänden wartete. Es konnte einfach nicht sein, dass die Briganten Placinus und seine Männer so lange übersehen würden, bis diese am anderen Ende wieder aus der Schlucht auftauchten. Die einzige Frage war, wie weit die Soldaten vorrücken konnten, bevor sie bemerkt würden.

Die steilen Felswände rechts und links rückten immer näher zusammen, und man konnte unmöglich bestimmen, wo genau die Schlucht sich zwischen ihnen hindurchschnitt. Cato sah, dass sich der letzte Abschnitt von Placinus' Kolonne rechts hielt, als die Soldaten den Fuß eines gewaltigen Felsblocks erreichten und auf jener Seite an ihm vorbeizumarschieren begannen. Die Stille der Nacht wurde abrupt von einem Ruf zerrissen, der von oben her erklang, und einen Augenblick später stieß ein Horn einen einzelnen lang gezogenen Ton aus. Als der Ton verklang, antwortete ihm ein zweites Horn in der Ferne, das durch die Felshänge dazwischen gedämpft wurde. Placinus schrie einen Befehl.

»Feuertruppe! Im Laufschritt, marsch!«

Einen Augenblick später stürmte die Gruppe vor Cato los, und er fürchtete, er könne sie aus dem Auge verlieren, als er über seine Schulter rief: »Sechste Centurie! Zu mir!«

Er verfiel in einen leichten Trab, um die Männer vor sich einzuholen. Vor und über ihnen erklangen mehrere Rufe sowie das Donnern der Stiefel und das Keuchen der Männer, die schwer an ihren Lasten trugen, während sie durch die Nacht eilten. Cato umrundete den Felsen und sah den schwarzen Rachen des Zugangs zur Schlucht fünfzig Fuß vor sich. Die Geräusche der Männer, die sich durch das beengte Terrain schoben, hallten von den Felswänden wider und verstärkten den Lärm, der nur einen Augenblick zuvor ausgebrochen war. Dann gab es ein neues Geräusch: das leise Prasseln von herabstürzendem Geröll und den lauten Knall eines Felsens, der von einer Steilwand abprallte, bevor er mit einem tiefen, dumpfen Donnern auf dem Grund der Schlucht aufschlug. Weitere Felsen folgten, und diesmal hörte Cato das Splittern von Holz und einen schmerzvollen Aufschrei, der jedoch sofort abbrach, als ein Offizier mit bellender Stimme den verletzten Soldaten anschrie, er solle den Mund halten.

Der Abschnitt des Feuertrupps direkt vor Cato blieb bei diesem Geräusch abrupt stehen, und er musste den Männern der Sechsten Centurie rasch befehlen, haltzumachen, bevor er selbst nach vorn rannte.

»Warum bleibt ihr stehen?«, schnauzte er sie an. »Bewegt euch! Marschiert weiter! Bewegung, verdammt noch mal!«

In der Dunkelheit konnten sich ihm die zermürbten Soldaten widersetzen, ohne erkannt zu werden, und keiner folgte seinem Befehl. Cato packte den Mann, der dem Eingang der Schlucht am nächsten stand, am Arm und schob ihn heftig nach vorn. Dann ging er zum nächsten. »Folgt mir, ihr Bastarde!«

Jetzt, da die ersten beiden Soldaten sich wieder in Bewegung gesetzt hatten, folgte der Rest, und Cato setzte sich an ihre Spitze und führte sie weiter. Es war fast vollkommen dunkel, als sie die Schlucht betraten. Der Lärm weiterer herabstürzender Felsen, die von Schrecken und Schmerz erfüllten Schreie der Verwundeten, das Knacken der Schutzmatten und das Kratzen ihrer Rahmen an den Felswänden hallten durch die Nacht.

Nachdem sie dreißig Schritte weit in die Schlucht eingedrungen waren, prallte er gegen den Rücken eines Soldaten, und beide hatten Mühe, stolpernd ihr Gleichgewicht zu bewahren. Als Cato wieder sicher auf den Beinen stand, tastete er nach dem Mann und schob ihn weiter. »Nicht stehen bleiben!«

»Nein«, erwiderte eine verängstigte Stimme. »Sie bringen uns um. Zieh dich zurück!«

Cato stieß ein Knurren aus. »Geh weiter oder ich schwöre, ich werde dich hier an Ort und Stelle niedermachen. Beweg dich. Es gibt nur zwei Arten von Männern, die in dieser Schlucht bleiben: diejenigen, die tot sind, und diejenigen, die bald schon tot sein werden. Wenn du also leben willst, lauf weiter!«

Wieder legte er die Hand auf den Rücken des Mannes vor sich und steuerte ihn mit festem Schritt auf das andere Ende der Schlucht zu, wo er Placinus' Stimme hörte, als der Centurio an der Spitze der Kolonne seinen Männern eine Ermutigung zurief.

Ein Schauer aus Geröll und Sand regnete auf Catos Kopf und Schultern nieder. Er stieß eine Warnung aus und warf sich gegen den Rand der Schlucht. Nur einen Herzschlag später krachte ganz in der Nähe ein Felsen zu Boden. Er ging weiter, ohne seine linke Hand von der Felswand zu lösen, damit er nicht die Orientierung verlor. Noch mehr Felsen stürzten in die Tiefe, und der Schrecken, sie nicht sehen zu können, trug zu dem Albtraum bei, zu dem die Geschehnisse in der Schlucht geworden waren.

»Macht Platz!«, rief eine Stimme unweit vor ihm. »Verwundete kommen durch.«

»Zur Seite!«, befahl Cato, und die Soldaten pressten sich gegen die Felswand, als sich eine Handvoll Männer, von denen einige von ihren unverletzten Kameraden gestützt wurden, an ihnen vorbeischoben. Während Cato wartete, bis der Letzte vorübergestolpert war, versuchte er, sich daran zu erinnern, wie lang die Schlucht war, doch es gelang ihm nicht, seine Position abzuschätzen.

Als die Verwundeten hinter ihm verschwunden waren, ging er weiter, wobei er über eine Leiche stolperte und die Hand nach unten ausstrecken musste, um sich auf den Beinen zu halten. Seine Finger tauchten in eine warme Masse blutigen Fleisches ein, und er zuckte angewidert zurück. Dann stieß er auf die Überreste eines der geflochtenen Schutzrahmen, der durch einen direkten Treffer zerschmettert worden war, und tastete sich voran durch zerstörtes Belagerungswerkzeug und aufgegebene Reisigbündel, bevor er über eine weitere Leiche hinwegstieg.

Inzwischen hatten die Männer vor ihm begriffen, wie gefährlich es war, wenn sie in der Schlucht stecken blieben, und es gab kein zu dichtes Aufrücken mehr, denn die Soldaten eilten schnellen Schrittes immer weiter, weil sie unbedingt aus der Schlucht entkommen wollten.

Als er wenige Schritte vor sich einen roten Schimmer entdeckte, der von zwei hoch aufragenden schwarzen Massen eingefasst wurde, begriff er, dass das Ende der Schlucht in Sichtweite war.

»Wir sind fast da, Jungs! Nur noch ein kleines Stück. Immer in Bewegung bleiben!«

Je näher er dem Ende der Schlucht kam, desto mehr konnte er von dem schmalen Streifen offenen Terrains vor der Mauer und dem Tor der Briganten erkennen. Placinus hatte keine Zeit verloren, und mehrere Feuer erleuchteten den Grund und die Felswände darüber, während die Flammen die straff geschnürten Reisigbündel verschlangen, die am Tor und am Fuß der Mauer aufgehäuft worden waren. Eilends entzündeten seine Männer weitere Bündel, während ihre Kameraden ihnen mithilfe der verflochtenen Holzrahmen so viel Deckung wie möglich zu verschaffen versuchten. Die Verteidiger, die auf der Mauer Aufstellung bezogen hatten, waren deutlich sichtbar in der grellen roten Glut, während sie kleine Felsen auf die Angreifer warfen und Pfeile und Schleudergeschosse auf sie herabregnen ließen. Sie hatten bereits mehrere Soldaten von den Beinen geholt, deren Körper – die der Toten regungslos, die der Verwundeten sich hin und her windend – überall entlang der Route, die Placinus und seine Truppe genommen hatten, auf dem Boden lagen.

Der Centurio stand ungerührt da, während er die Anstrengungen seiner Männer dirigierte, die sich geduckt unter dem schützenden Geflecht der Zweigmatten hervorwagten, sich schräg auf den Feind zuschoben und ihre Reisigbündel in das sich ausbreitende Feuer schleuderten. Das Toben der Flammen wurde immer heftiger und zwang die Verteidiger nach und nach, die Mauer zu verlassen, sodass nur noch die feindlichen Krieger in den beiden Türmen über dem Tor zurückblieben, wobei auch sie die glühende Hitze nicht mehr lange würden ertragen können. Noch immer waren die Gegner auf den Steilhängen über der Schlucht eine große Gefahr, denn sie schleuderten nach wie vor Steine auf die Angreifer oder rollten schwere Felsen auf sie.

Cato griff nach einem Schild, der neben der Leiche eines Soldaten lag, dessen Kopf zerschmettert worden war, als er am Ausgang der Schlucht stand. Er umfasste den Griff mit fester Hand und eilte nach vorn zu Placinus.

»Gute Arbeit, Centurio!«

»Herr? Was machst du denn hier? Du wolltest doch bei der Verstärkung bleiben.«

»Immer mit der Ruhe. Ich werde hier nicht das Kommando übernehmen. Das ist dein großer Auftritt.«

»Soll mir nur recht sein.« Placinus nickte und deutete auf das Tor. »Das wird ganz hübsch in Flammen aufgehen, wenn das Feuer die Baumstämme erreicht.«

Cato betrachtete den Brand, der sich fast über die ganze Länge der Mauer zog. Das Feuer konnte den Steinen nichts anhaben, aber die Hitze hinderte die Briganten daran, die Brüstung zu bemannen. Aus demselben Grund war es auch vorerst nicht möglich, Sturmleitern einzusetzen. »Lass die Leitern und die Schutzmatten in die Flammen werfen, sobald die Reisigbündel aufgebraucht sind, und schaff deine Männer von hier weg. Ihr könnt die Verletzten einsammeln, wenn ihr euch zurückzieht.«

»Ja, Herr.«

Cato war sich bewusst, wie wichtig es war, dass er sich Apollonius und dem Schäfer anschloss, um dem Ziegenpfad zu folgen, sobald es hell genug war, um den Weg auf dem Höhenrücken zu erkennen. Er klopfte Placinus auf die Schulter. »Die Verstärkung wird hier nicht gebraucht. Ich führe sie zurück hinter unsere Linien, und wir sehen uns im Lager.«

Als der Centurio die Hand hob, um zu salutieren, wurde sein Kopf plötzlich zurückgerissen, seine Arme erschlafften, und er fiel heftig mit dem Rücken voraus zu Boden. Sofort kauerte sich Cato zusammen und hob den Schild, um Placinus und sich selbst Deckung zu verschaffen. Im Licht der Flammen sah er die klaffende Wunde; ein Schleudergeschoss hatte oberhalb des Nasenrückens die Stirn des Centurios zerschmettert. Blut strömte aus der Wunde, und Placinus begann heftig zu zucken. Cato packte den Lederstreifen am oberen Rand der Rüstung des Centurios und zog dessen Körper an den Fuß des nächstgelegenen Steilhangs, wo er sie beide so gut er konnte mit dem Schild schützte. Als er Placinus in eine sitzende Position hob, sah er, dass der Centurio das Bewusstsein verloren hatte.

Einer der Soldaten, der sein Reisigbündel bereits ins Feuer geschleudert hatte, eilte auf die Schlucht zu und wollte gerade an ihnen vorbeigehen.

»Du!« Cato erhob sich und trat ihm in den Weg. »Schaff den Centurio nach hinten.«

Er half dem Soldaten, Placinus auf die Schulter zu heben, und lenkte ihn zur Mündung der Schlucht. Dann drehte er sich um und legte die Hände trichterförmig an den Mund. »Optio Caudus!«

Hinter dem Rahmen mit der geflochtenen Schutzmatte, der dem in Flammen stehenden Tor am nächsten war, wandte sich ihm eine Gestalt zu.

»Caudus!« Cato winkte mit den Armen. »Hierher!«

Blitzschnell verließ Caudus die Deckung und rannte über das offene Terrain. Cato kannte Caudus nur vom Sehen, und der besorgt wirkende junge Offizier, der sich neben ihm niederkauerte, schien der Aufgabe, die Position seines Vorgesetzten zu übernehmen, nicht gewachsen.

»Centurio Placinus ist verwundet worden. Man schafft ihn gerade ins Lager. Du hast jetzt das Kommando über die Erste Centurie.«

Cato wiederholte die Befehle, die er nur wenige Augenblicke zuvor Placinus gegeben hatte, und fixierte den jungen Mann eindringlich. »Hast du verstanden, was du tun musst?«

»Ja, Herr. Ich denke schon.«

»Denk nicht, tu's einfach«, erwiderte Cato knapp und schob den Mann in Richtung Tor. »Los!«

Der Optio rannte auf seine Position zurück, und Cato wartete, bis er sah, dass der junge Mann seine Befehle weitergab und die erste Einheit zurück in die Schlucht schickte. Zufrieden darüber, dass Caudus in der Lage war, den Rückzug zu kommandieren, hob Cato den Schild und stürmte zusammen mit den anderen Männern in die enge Schlucht. Noch immer stürzten Felsen in die Tiefe und töteten oder verwundeten weitere Soldaten, während sie, fast ohne etwas zu sehen, einer hinter dem anderen auf die eigenen Linien zueilten. Cato hielt Schritt mit den Männern und versuchte, so gut er konnte, sie dazu zu bringen, dass sie sich ruhig bewegten, denn er wusste, dass eine Panik auf so beengtem Raum zu einem Chaos führen würde, das nur noch mehr Opfer mit sich brächte.

Schließlich erreichte er den Eingang der Schlucht und schloss sich der Menge an, die zwischen den Felsen hindurch auf die Sicherheit des Grabens und den Wall zuströmte, der dazu gedacht war, den Feind in seiner Festung einzuschließen. Nachdem er durch das Tor gegangen war, legte er den Schild ab und ging zu Massimilianus, um ihn darüber zu informieren, dass Placinus verwundet worden war.

»Damit hast du jetzt hier das Kommando.«

»Ja, Herr.«

Cato musterte ihn im Licht des Feuers aus einem Kohlebecken in der Nähe. Die Miene des Offiziers der Hilfstruppen verriet zugleich Überraschung und Besorgnis, doch Cato kannte den Mann gut genug, um auf seine Fähigkeiten zu vertrauen. »Du weißt, was zu tun ist. Sollte ich aus irgendeinem Grund nicht zurück sein, wenn das Feuer erloschen ist, musst du den Angriff im Tal führen.«

»Ich verstehe, Herr. Ich werde dich nicht enttäuschen.«

Wenige Schritte hinter dem Tor wartete Apollonius auf ihn. Der Schäfer saß bereits im Sattel auf einem Pony und sah nervös und beklommen aus. Apollonius reichte Cato die Zügel seines Pferdes, ohne dass ein Wort gewechselt wurde, und schwang sich dann auf sein eigenes Pferd. Am Himmel im Osten erschien am Horizont das erste fahle Band der kommenden Morgendämmerung. In Richtung der Schlucht warf das tobende Feuer einen roten Schimmer gegen die schwarzen Felswände.

Sobald Cato im Sattel saß, griff der Spion nach den Zügeln des Ponys und nickte in Richtung Westen. »Da entlang!«

Sie ritten zu dem Weg, der an der Hügelkette vorbeiführte, und erhöhten das Tempo, sobald sie festeren Boden erreicht hatten. Es mochte sein, dass der Ziegenpfad für eine große Gruppe von Soldaten ungeeignet war, doch Cato betete darum, dass es drei Männern gelingen würde, ihm zu folgen und von einem Aussichtspunkt auf dem Grat aus zu erkennen, wo Claudia und die anderen Geiseln festgehalten wurden, und sie, falls möglich, zu befreien.

KAPITEL 33

B ist du dir sicher?«, fragte Cato, wobei er den Kopf
neigte und den Steilhang hinaufsah. Im spärlichen
Licht der Dämmerung konnte er einzelne Grasbüschel,
einige wenige Sträucher und den einen oder anderen
kleinen Baum erkennen, die sich zwischen den Felsen
an die Erde klammerten. Er bemerkte eine rasche Bewegung und begriff, dass es sich um eine Ziege handelte, die
Hunderte Fuß weiter oben stand und am Hang in einer
prekären Lage geradezu festzukleben schien. »Ich kann
überhaupt keinen verdammten Pfad entdecken, ganz zu
schweigen von einem, den man auch tatsächlich benutzen könnte, wie du behauptet hast.«

»Doch, er ist da«, sagte Apollonius und deutete auf
einen Felsen am Fuß der Steilwand. »Dahinter fängt er
an. Zeig's ihm, Milopus.«

Der Schäfer schlurfte nach vorn und führte die beiden Männer zu dem Felsen, den Cato, als sie kurz zuvor
abgesessen waren, für einen Teil der Steilwand gehalten
hatte. Erst beim Näherkommen sah er, dass sich dahinter
eine Lücke befand. Milopus rannte plötzlich voraus und
winkte sie zu sich.

»Siehst du? Siehst du?«

Als sie um den Felsen herumgingen, lag der Zugang
zum Pfad frei. Er war kaum so breit, dass eine Ziege es
schaffen konnte, auf dem Hang nach oben zu gelan-

gen, und so steil, dass das Klettern beschwerlich werden würde.

Cato schnalzte mit der Zunge. »Kein Wunder, dass die Briganten ihn nicht entdeckt haben. Aber ich denke, selbst wenn sie ihn gefunden haben, würden sie nicht glauben, dass irgendjemand diese Route jemals nutzen würde. Sie ist unpassierbar.«

»Nein.« Milopus schüttelte heftig den Kopf. »Ich bin hinaufgeklettert. Oft. Wirklich.«

»Na schön. Du gehst voran.« Cato legte seinen Schwertgürtel ab, löste seine Rüstung und zog sie aus, sodass er nur noch den Dolch am Gürtel um seine Tunika trug. Er versteckte seine Sachen hinter dem Felsen. »Ich bin bereit. Und los geht's, Milopus.«

Der Schäfer brauchte keine weitere Aufforderung. Seine ursprüngliche Zurückhaltung war verschwunden, sobald Cato ihm zur Besiegelung ihrer Abmachung einen zweiten Esel versprochen hatte. Jetzt bewegte er sich mit einer Lässigkeit, die sein Alter Lügen strafte. Oder war er tatsächlich jünger, als er mit seinem ungekämmten Haar und seiner schmutzverkrusteten Haut aussah? Er bewegte sich rasch, wobei er beim Aufstieg mit seiner linken Hand eine Stelle nach der anderen ertastete, an der man sich festhalten konnte. Cato folgte ihm und gab sich alle Mühe, mit ihm Schritt zu halten, während Apollonius die Nachhut bildete. Es war leichter, als es am Fuß des Steilhangs ausgesehen hatte, und schon bald waren sie über zweihundert Fuß weit aufgestiegen. Cato blieb stehen, um Atem zu schöpfen. Von seiner Position aus konnte er bereits meilenweit über die bewaldeten Hügel hinwegsehen, die sich von der Steilwand aus über das

Land zogen. Dann machte er den Fehler, nach unten zu blicken, und plötzlich schwamm sein Kopf, ihm wurde übel, und sein Stiefel rutschte ein kleines Stück ab, sodass ein Schauer aus Sand und kleinen Steinen den Hang hinabregnete.

»Alles in Ordnung mit dir?«, fragte Apollonius.

»Alles gut.« Cato schluckte. »Wir bleiben wohl besser in Bewegung.«

»Kommt!«, sagte Milopus und winkte sie zu sich. »Es ist noch ein ganzes Stück. Wir ruhen oben aus.«

Er kletterte weiter, wobei er gelegentlich innehielt, damit seine nicht so trittsicheren Gefährten aufholen konnten. Als sie Catos Einschätzung nach die halbe Höhe erreicht hatten, stand die Sonne über den Bergen im Westen, und die Hügelkette warf lange Schatten über den Wald. Schweiß rann ihm von der Stirn und über den Körper unter der Tunika, sein Herz schlug rasch vor Anstrengung, und seine Beine schmerzten. Alle Überlegungen, den Pfad zu nutzen, um einen Trupp Soldaten zur Festung des Feindes zu schleusen, waren wie ausgelöscht. Ein bewaffneter Mann in einer Rüstung würde den Steilhang unmöglich überwinden können. Der einzige Wert, den der Pfad für Cato besaß, bestand darin, dass sie mit seiner Hilfe in der Lage wären, den Aufbau der Festung der Briganten auszukundschaften und herauszufinden, wie viele Kämpfer der Feind aufbringen konnte, um die Überreste der Mauer zu verteidigen, wenn das Feuer erloschen war. Und hoffentlich auch den Ort zu entdecken, an dem der Feind die Gefangenen versteckte.

Nachdem zwei Drittel des Steilhangs unter ihnen lagen, begann Cato sich zu fragen, ob er überhaupt genügend Kraft besaß, um es bis ganz nach oben zu schaffen. Aber nach einem Blick zurück auf den Weg, den sie gekommen waren, begriff er, dass eine fast ebenso erschöpfende Anstrengung vor ihm lag, wenn die Zeit gekommen wäre, wieder hinabzusteigen. Er drückte sich gegen die Felswand, um kurz auszuruhen. Apollonius trat zu ihm; seine Brust hob und senkte sich deutlich, während er mehrmals tief aus- und einatmete.

»Wo, beim Hades, hat unser Freund nur die Kraft her, diesen Pfad hinaufzuklettern?«

Cato zuckte mit den Schultern. »Er kennt ihn gut, und er ist sehr mager. Es muss schwierig sein, in diesen Hügeln zu leben. Das hat ihn so zäh wie alte Stiefel gemacht.«

Der Schäfer war zwanzig Fuß vor ihnen stehen geblieben und murmelte etwas vor sich hin, während er Stücke von einem Streifen getrockneten Ziegenfleisches abriss, das unter seiner Tunika zum Vorschein gekommen war. Er drehte sich mit schuldbewusster Miene zu Cato um und streckte ihm zögernd den Streifen hin. »Hungrig?«

»Nein, danke«, rief Cato zurück. »Durstig.«

Milopus schüttelte den Kopf. »Kein Wasser. Vielleicht später.« Er schob das getrocknete Fleisch zurück und hob die Hand. »Nach oben!«

Ohne auf eine Antwort zu warten, kletterte er weiter. Cato biss die Zähne zusammen und folgte ihm.

Als der Pfad sich zum Grat des Hügels neigte und das Gehen leichter und sicherer wurde, war der Vormittag weit vorangeschritten, und die warme Luft ließ einen neuen heißen Tag erwarten. Catos Kehle war völlig ausgetrocknet, und es fühlte sich an, als klebe ihm die Zunge am Gaumen. Aber jetzt konnte er kaum fünfzig Schritte über sich die Hügelkuppe erkennen, und er fand die nötige Kraftreserve in sich, um den Aufstieg in rascherem Tempo als bisher zu beenden. Der Pfad führte auf einen grasbewachsenen Hügelrücken, und in etwa einer Viertelmeile Entfernung sah er mehrere Ziegen, die an verkrüppelten Büschen nagten. Er deutete auf sie.

»Deine?«

Der Schäfer nickte stolz.

»Du hast uns doch erzählt, die Briganten hätten deine Herde gestohlen«, sagte Apollonius in anklagendem Ton.

»Meine Ziegen im Wald, ja. Aber nicht meine Bergziegen.«

»Bleib hier«, wies Cato ihn an und gab Apollonius mit einer Geste zu verstehen, er solle ihm an den Rand des Hügelrückens folgen.

Sie bewegten sich vorsichtig, denn sie wussten nicht, welches Bild sich von ihrer Position aus zeigen würde. Als das Terrain flacher wurde, ging Cato langsamer und sah sich um, bis er eine Felsengruppe zu seiner Linken entdeckte.

»Dort drüben. Aber halte dich außer Sichtweite des gegenüberliegenden Abhangs.«

Auf der anderen Seite der Felsen lag der Anblick des Tals unter ihnen. Es war bis zu einer Viertelmeile breit und zog sich eine Meile weit vom Ausgang der Schlucht bis zu der Stelle, an der die Hügelrücken sich einander annäherten und miteinander verschmolzen. Ein trockenes Bachbett zog sich das Tal entlang und führte in ein natürliches Becken nicht weit von der Schlucht entfernt. Es schien immer im Schatten zu liegen, weshalb sein Inhalt nicht verdunstet war, schloss Cato. Einhundert Schritte unter ihnen ragte ein Felsvorsprung in das Tal. Die Festung des Feindes zog sich von diesem Vorsprung bis zur Mauer, welche die Briganten am Ende der Schlucht errichtet hatten. Das Feuer brannte noch immer, und Rauch stieg in den Himmel auf. Mehrere winzige Gestalten reichten, in einer Reihe stehend, vom Wasserbecken bis zur Mauer Eimer aneinander weiter, wo andere Gestalten versuchten, die Flammen zu löschen, die das Tor fast vollständig verschlungen hatten. Cato lächelte über die Ironie, dass das Löschen der Flammen durch den Feind den römischen Angriff nur umso schneller herbeiführen würde. Ein Angriff, den Massimilianus würde anführen müssen. Es war völlig unmöglich, den steilen Ziegenpfad wieder herabzusteigen und zum Lager zurückzukehren, bevor der Angriff begann. Deshalb würden der Centurio und seine Männer die Aufgabe erledigen müssen, und Cato wäre nichts weiter als ein Zuschauer.

Abgesehen von den Männern, die das Feuer bekämpften, gab es nur wenig Bewegung im Lager der Briganten, das aus Steinhütten und Vorratsschuppen bestand, deren Dächer aus Holzschindeln angefertigt waren. Es gab über einhundert solcher Gebäude, schätzte Cato, und dazu eine Reihe von Pferchen für die Tiere und terrassierte Felder, auf denen in bescheidenem Umfang Getreide wuchs. Hundert Schritte von den Hütten entfernt befand sich eine große Grube, deren Grund, so schien es jedenfalls, mit einer Reihe von Baumstämmen ausgelegt war. Während er zusah, erschienen zwei Männer aus der Siedlung der Briganten, die eine Last zwischen sich trugen. Als sie den Rand der Grube erreichten, kletterten sie hinab und legten ihre Last dort ab, bei der es sich, wie Cato inzwischen erkannte, um eine in dunkles Tuch gewickelte Leiche handelte. Dann kletterten sie nach oben und eilten davon.

»Hast du das gesehen?« Cato zeigte Apollonius die Grube. »Es muss ein Massengrab sein.«

Der Spion nickte und musterte dann die übrigen Abschnitte des feindlichen Lagers. Vor den Hütten saßen Menschen zusammengesunken im Freien oder lagen flach ausgestreckt auf dem Boden.

»Beim Jupiter! Das muss die Krankheit sein. Es hat sie böse erwischt. Schlimmer als uns.«

Cato nickte. Jetzt war klar, warum die Szene auch sonst so viel Ungewöhnliches zeigte. Das Fehlen von Rauch über Kochfeuern. Die Ziegen, die unbeaufsichtigt zwischen den terrassierten Feldern umherstreiften und das Getreide fraßen. Die Ruhe und Stille, die die Gebäude einzuhüllen schienen. »Eine von den Gruppen, die unsere Ländereien überfallen haben, muss die Seuche eingeschleppt haben. Wenn wir versucht hätten, sie auszuhungern, hätte unser eigenes Lager innerhalb kurzer Zeit auch so ausgesehen.«

»So wie es aussieht, ist die Seuche der wahre Sieger bei diesem Feldzug«, sagte Apollonius. »Sie wird am Ende auf beiden Seiten mehr Menschen getötet haben als jede Schlacht. Wenn wir das gewusst hätten, dann hätten wir Rom den Aufwand eines Feldzugs ersparen und einfach abwarten können, bis die Krankheit die Aufgabe für uns erledigt.«

»Die Briganten sind noch nicht besiegt.« Cato sah zu

der Reihe der Gestalten, die das Feuer bekämpften, und zu den Gruppen bewaffneter Briganten, die im Schatten der Mauer lauerten. »Mindestens zweihundert von ihnen können noch kämpfen. Es ist immer noch möglich, dass es so oder so ausgeht.«

Wieder musterte er die Siedlung und sah, dass zwei Männer vor einem Pferch in der Nähe des größten Gebäudes standen und irgendetwas darin zu bewachen schienen. Cato bemühte sich, mit seinem gesunden Auge genauer hinzusehen, und als er begriff, dass eine Handvoll Gestalten im Pferch saß, schlug sein Herz schneller. »Ich kann Gefangene sehen. Dort, im Pferch neben der großen Hütte.«

»Ich sehe sie auch.«

»Kannst du einen davon erkennen?«

Apollonius schüttelte den Kopf. »Es ist zu weit weg. Aber wenn sie noch am Leben ist, dürfte das die Stelle sein, an der wir sie wahrscheinlich finden werden.« Er lehnte sich gegen den Felsen und betrachtete den Präfekten mit fragender Miene. »Was hast du vor?«

»Da wir es nicht mehr früh genug ins Lager zurückschaffen, bevor der Angriff beginnt, müssen wir versuchen, Claudia Acte und die anderen Geiseln zu befreien.«

»Verstehe. Und wie sollen wir das deiner Meinung nach bewerkstelligen? Wir haben nicht mehr als zwei Dolche. Das lässt uns nicht gerade wie eine bedrohliche Streitmacht aussehen, wenn wir von diesem Hügel – entschuldige die Doppeldeutigkeit – *den Abstieg* wagen und versuchen, sie alle zu befreien.«

»Die Aufmerksamkeit des Feindes wird ganz auf Massimilianus und seine Jungs gerichtet sein. Das ist die beste Chance, die wir bekommen werden. Wenn wir zu lange warten, könnte es sein, dass sie die Gefangenen umbringen, noch bevor der Kampf vorbei ist.« Cato betrachtete seinen Begleiter mit kühlem Blick. »Du musst nicht mitkommen, wenn du nicht bereit bist, das Risiko einzugehen. Ich schaffe das allein, und du und der Schäfer könnt zusammen den Weg den Steilhang hinabklettern, auf dem wir hierhergekommen sind.«

»Wie bitte? Hierbleiben mit diesem faltigen Schwachkopf und den ganzen Spaß verpassen? Ganz sicher nicht, Präfekt. Mir schaudert bei dem Gedanken, dass ich zulassen könnte, einen halbblinden Romantiker nur mit einem Messer bewaffnet mitten im Lager des Feindes herumpfuschen zu lassen. Ich komme natürlich mit dir.«

Cato war erleichtert, aber das hätte er dem Spion unter keinen Umständen zeigen wollen. Er zuckte betont lässig mit den Schultern. »Wie du meinst. Aber du wirst tun, was ich sage.«

»Ja … Herr.«

Cato ließ noch einmal seinen Blick über die Siedlung des Feindes und das umgebende Terrain schweifen, bevor er eine Entscheidung traf. »Wir gehen auf der anderen Seite des Felsvorsprungs nach unten und nähern uns dem Lager genau in dem Moment von hinten, in dem Massimilianus den Angriff startet.«

»Und was ist mit dem Schäfer?«

»Was soll mit ihm sein?«

»Es wäre gefährlich, ihn mitzunehmen. Du hast gesehen, wie er ist. Halb wahnsinnig, würde ich sagen. Er könnte uns verraten.«

»Dann soll er hierbleiben, bis alles vorüber ist. Ich werde jemanden hochschicken, um ihn zu holen.«

»Was ist, wenn er nicht an Ort und Stelle bleibt? Was ist, wenn er neugierig wird und aus der Deckung hervorkommt, sodass ihn jemand sieht?«

Cato gefiel die Schlussfolgerung nicht, auf die Apollonius zuzusteuern schien, und mit fester Stimme entgegnete er: »Er hat uns den Pfad gezeigt. Wir werden unsere Seite der Abmachung einhalten.«

»Wie du meinst. Aber ich werde ihn fesseln. So können wir sicher sein, dass er uns keinen Schaden zufügt.«

»Wir haben kein Seil«, betonte Cato.

Apollonius zog seinen Dolch. »Ich werde Streifen aus diesem Fetzen schneiden, den er als Tunika trägt. Es wird nicht lange dauern.«

Noch bevor Cato etwas erwidern konnte, wandte er sich ab und verschwand zwischen den Felsen. Als Cato allein war, wandte er seinen Blick wieder dem Tor zu und sah, dass die Flammen ein wenig geschrumpft waren, sodass er den Schaden, den das Feuer angerichtet hatte, leichter erkennen konnte. Von beiden Türmen erhoben sich nur noch verkohlte Rahmen über dem verrußten Steinfundament. Das Tor zwischen ihnen war größtenteils zerstört, und das Feuer setzte ihm weiter zu, trotz der Bemühungen der Briganten an der Eimerkette. Zweifellos konnte es nicht mehr lange dauern, bis Massimilianus den Befehl zum Angriff geben würde.

Das Knirschen von Geröll dicht hinter ihm ließ ihn zusammenzucken und instinktiv nach seinem Dolch greifen, bevor er sah, dass es sich um Apollonius handelte.

»Du bist schon wieder hier?«

»Ich arbeite schnell«, erwiderte Apollonius, und als er sich neben Cato kauerte, sah dieser, dass ein Streifen Blut die Fingerknöchel des Spions bedeckte. Fast gleichzeitig bemerkte der Spion, was Cato aufgefallen war. »Er wollte hier oben nicht gefesselt werden. Ich musste ihn niederschlagen. Erst dann konnte ich mich um ihn kümmern.« Er beschirmte seine Augen und starrte in Richtung Tor. »Es kann nicht mehr lange dauern. Wir sollten zu dem Felsvorsprung gehen.«

Cato zögerte. Er war sich nicht sicher, ob er dem Wort des Spions glauben konnte und Milopus noch am Leben war. Aber was hätte es genutzt, wenn er Zeit damit verschwendet hätte, um nachzusehen? Und wenn Apollonius den Mann umgebracht hatte, was konnte Cato dann tun? Nichts. Jedenfalls nicht, bevor es ihnen gelungen wäre, die Geiseln zu befreien. Er würde sich später um die Angelegenheit kümmern, sofern es überhaupt nötig war.

Geduckt schlichen die beiden Männer zu dem Vorsprung, indem sie Felsen und Büsche als Deckung gegenüber den Feinden im Tal nutzten. Nachdem sie den Felsvorsprung passiert hatten, rannten sie den Hang hinab, wobei sie ständig Ausschau nach irgendwelchen Briganten hielten, die möglicherweise das übrige Terrain des kleinen Tals bewachen sollten. Am Fuß des Felsvorsprungs eilten sie eine kleine Anhöhe hinauf, um von diesem Aussichtspunkt aus zu planen, wie sie sich den Geiseln nähern würden. Cato kauerte sich zusammen und schob sich nach vorn. Schließlich sank er auf den Bauch und kroch in den Schatten einer kleinen Gruppe von Büschen. Dort hielt er inne, bis Apollonius zu ihm aufgerückt war.

Vor ihnen lag die Grube, die als Grab diente. Sie war hundert Fuß entfernt, und doch war Cato überzeugt, den widerlichen Verwesungsgeruch wahrzunehmen, der von den Leichen darin aufstieg. Bis zur Grube war der Boden nur spärlich mit verdorrtem Gras bewachsen und bot kaum Deckung. Zur Rechten beschrieb das ausgetrocknete Bachbett einen Bogen um die Spitze des Felsvorsprungs und mäanderte dann in Richtung Siedlung, bevor es sich in einem weiteren Bogen bis zum natürlichen Becken zog.

»Das ist unser Weg nach drinnen«, beschloss Cato und deutete auf das Bachbett. »Wir folgen ihm bis zu dem Punkt, der der Hütte mit dem Pferch am nächsten ist.«

»Und dann?«

»Und dann überwältigen wir die Wachen, befreien die Geiseln und bringen sie hierher, bis die Schlacht vorüber ist. Sollte der Angriff misslingen, bringen wir sie den Felsvorsprung hinauf zu Milopus und benutzen den Ziegenpfad als Fluchtweg.«

»Bei dir hört sich das alles ganz einfach an.«

»Wenn du keine bessere Idee hast, bleiben wir bei diesem einfachen Vorgehen«, erwiderte Cato knapp.

Bevor Apollonius etwas erwidern konnte, erklang in der Ferne ein lang gezogener Ton, den Catos erfahrenes Ohr mühelos als Laut eines römischen Horns erkannte. Er fuhr sich mit der Zunge über seine trockenen Lippen und holte tief Luft, als er spürte, wie sich seine Muskeln anspannten und er bereit war, loszuschlagen. »Das ist das Angriffssignal. Auf geht's!«

KAPITEL 34

Nachdem der letzte schrille Ton aus der Signaltrompete verklungen war, führte Centurio Massimilianus seinen Arm in einer bogenförmigen Bewegung nach vorn, womit er der ersten Centurie seiner Kohorte, die in Zweierreihen angetreten war, das Zeichen zum Abmarsch gab. In seiner anderen Hand hielt er das vordere Ende der ersten Sturmleiter. Genau wie seine Männer war auch er nur mit einem Schwert bewaffnet, da Speere bei einem Angriff zu sperrig gewesen wären; man hatte sie deshalb im Lager zurückgelassen. Der Zugang zur Schlucht wirkte schmal im Tageslicht, und er konnte sich vorstellen, wie angsteinflößend er im Dunkeln gewesen sein musste. Die meisten Männer der Centurie, die hinter ihm marschierten, hatten zu Placinus' Kolonne gehört und mussten mit strenger Hand geführt werden, damit sie die Schlucht ein zweites Mal durchquerten. Als er aufblickte, sah er, wie die Wachposten des Feindes ihre Kameraden davor warnten, dass die Soldaten gegen sie vorrückten.

Nachdem Massimilianus das Kommando über die Kohorte übertragen worden war, hatte er sich von Optio Caudus die Verhältnisse in der Schlucht und die von oben drohenden Gefahren beschreiben lassen. Daraufhin hatte er beschlossen, die Kolonne von Anfang an in einer Formation marschieren zu lassen, die so schmal wie nur möglich war, um zu verhindern, dass die Männer zu dicht aufeinander aufliefen und es bei gegnerischem Beschuss zu Chaos kommen würde; außerdem konnte er so vermeiden, dem Feind ein allzu leichtes Ziel zu bieten. Darüber hinaus hatte er seinen Männern befohlen, ihre Schilde an die Sturmleitern zu binden, um ihnen den größtmöglichen Schutz vor dem Geschosshagel zu bieten, der sie beim Durchqueren der Schlucht erwartete. Solche Maßnahmen hatten nie zu seiner Ausbildung gehört und waren in all seinen Jahren als Soldat nicht ein einziges Mal praktiziert worden. Die schiere Notwendigkeit jedoch hatte eine kreative Lösung verlangt, und er stellte zufrieden fest, dass seine Männer vor ihrem Angriff auf die Überreste der feindlichen Verteidigungsanlagen so gut geschützt wie nur möglich waren.

Ein Späher, den man dazu abgestellt hatte, das Feuer zu beobachten, war ins Lager zurückgeeilt und hatte den Zeitpunkt gemeldet, an dem die Flammen so weit in sich zusammengesunken waren, dass ein Angriff überhaupt durchgeführt werden konnte. Massimilianus hatte gehofft, dass Präfekt Cato und sein ständiger Begleiter früh genug zurückkämen, um die Attacke zu leiten. Doch diese Hoffnung hatte sich zerschlagen, sobald der Späher Bericht erstattet hatte. So war es jetzt Massimilianus, der die Verantwortung dafür trug. Weil die Männer seiner Kohorte so lange in Garnison gelegen hatten, war dies das erste Mal, dass sie in voller Formation in eine Schlacht zogen. Genau genommen war es sogar das erste Mal, dass Massimilianus selbst an Kämpfen von so bedeutendem Ausmaß teilnahm, und er war entschlossen, sich zusammen mit seinen Männern genauso gut zu schlagen wie jede andere Einheit von Hilfstruppen in der Armee. Wenn wir Erfolg haben, sagte er sich, darf sich die Kohorte vielleicht das Ehrenzeichen einer Schlacht an ihre Standarte heften.

Ein Pfeil bohrte sich zehn Fuß vor ihm in die Erde. Massimilianus holte tief Luft und rief den Soldaten einen Befehl zu. »Schilde hoch!«

Er und die sieben Männer hinter ihm schwangen die Sturmleiter über ihre Köpfe und umklammerten die seitlichen Latten, während sie gemeinsam mit den anderen Soldaten im Schutz der Konstruktion aus Leitern und Schilden vorrückten. Jetzt, da die feindlichen Krieger sahen, dass die Römer ihre Angriffsformation eingenommen hatten, ließen sie noch mehr Pfeile vom oberen Rand der Schlucht herabregnen; die Geschosse zischten durch die Luft und prallten von den Schilden ab oder fielen rechts und links auf die Erde. Der erste faustgroße Stein schlug kurz vor der Schlucht auf dem Boden auf, und Massimilianus beschleunigte seine Schritte. Jetzt mussten sich seine Befehle bewähren. Die Leitergruppe zu seiner Linken begann wie beabsichtigt zurückzufallen, sodass sie die Schlucht erst hinter – und nicht neben – dem Centurio und den Männern, die den Angriff anführten, erreichen würde.

Ein scharfer Knall erklang an seinem Schild, und der Aufprall drückte die Leiter ein wenig nach unten, als gleich darauf ein weiterer Stein gegen die Schutzvorrichtung schlug. Dann war Massimilianus in der Schlucht, wo ihn kühle Luft umschloss, denn die Steilhänge schirmten sämtliche Strahlen der Morgensonne ab. Über die ganze Länge der Schlucht hinweg konnte man Hinweise auf

den früheren Angriff erkennen: mehrere grässlich zerschmetterte Leichen, verstreute Waffen und Ausrüstung,
zerstörte Schutzmatten und pulverisierte Reisigbündel.
Gelegentlich fielen noch immer Steine von oben, doch
aufgrund der unregelmäßig geformten Steilhänge war es
schwierig für die Briganten, genau zu erkennen, wo die
Männer durch die Schlucht kamen, ganz zu schweigen
davon, dass sie gezielt auf sie hätten feuern können. Nur
zwei weitere Steine trafen die provisorische Schutzvorrichtung, bevor Massimilianus und die erste Gruppe die
Schlucht am anderen Ende verließen.

Dort sah er weitere Leichen und zerstörte und aufgegebene Ausrüstungsgegenstände auf dem Boden vor
der Mauer und auf deren steinernem Fundament, das
unter den zum Himmel aufsteigenden Rauchschwaden
noch vorhanden war. Vom Tor standen nur noch ein
paar verkohlte Baumstämme in den langsam erlöschen-
den Flammen, und durch die Lücke hindurch konnte er
sehen, wie die feindlichen Krieger sich formierten, um
ihre Festung zu verteidigen. Der Angriff erfolgte zum
perfekten Zeitpunkt: Keinem der Briganten war es gelungen, die Gluthitze zu überwinden, die aus den brennenden Resten des Tores aufstieg, um an der Mündung
der Schlucht in Stellung zu gehen.

Als die zweite Einheit erschien, befahl Massimilianus
den Soldaten, die Schilde von den Leitern loszubinden
und so dicht wie möglich an den Steilhängen Linien zu
bilden. Nachdem die erste Centurie die Schlucht vollständig verlassen hatte und bereit zum Vorrücken war,
gab er mit ruhiger Stimme den nächsten Befehl.

»Leitereinheiten! Vorrücken!«

Im Laufschritt strömten die Soldaten mit den Leitern nach vorn über das offene Gelände; ihre Schwerthand umklammerte die Leiter, und mit der anderen hatten sie die Schilde über den Kopf gehoben. Ihre Gegner ließen einen Hagel aus Steinen, Pfeilen und Schleudergeschossen von den Hängen auf sie herabregnen, als sie sahen, dass die Römer zu den schwelenden Überresten der Mauer vorrückten. Massimilianus zuckte zusammen, als ein Einschlag seine Schildkante splittern ließ, doch er wich nicht zurück und hielt weiter auf die linke Seite des zerstörten Tores zu. Am Fuß der Mauer blieb er stehen und befahl den Männern direkt neben ihm, die Leiter aufzustellen. Die Längsbalken beschrieben einen leichten Bogen und landeten auf den rußbedeckten Steinen. Sogleich begann der erste Mann, die Sprossen hinaufzusteigen. Zu beiden Seiten wurden weitere Leitern aufgerichtet.

Massimilianus schob sich am zweiten Mann vorbei und stieg die Leiter hinauf. Der Soldat vor ihm hatte sich nach rechts gewandt, weshalb der Centurio die andere Richtung einschlug, wobei er sein Schwert zog, während er hinter seinem Schild kauerte. Genau wie er angenommen hatte, war der Feind davon ausgegangen, dass die Römer das zerstörte Tor angreifen würden, weshalb nur wenige Briganten auf der Mauer waren. Das Feuer hatte den nächstgelegenen Turm zerstört, die Palisade niedergebrannt und die Steine gebacken, und jetzt stieg von unten glühende Hitze auf, als Massimilianus den ersten Briganten angriff, der versuchte, die Leiter von der Mauer wegzudrücken. Als der Mann ihn sah, zog er sofort eine Axt aus seinem Gürtel, um sich der Bedrohung zu stellen. Er schwang die Waffe hin und her, während Massimilianus näher kam, drehte dann die Hüfte zur Seite, holte so weit wie möglich nach hinten aus und führte die Axt dann mit aller Kraft bogenförmig nach vorn.

Der Brigant hatte den Zeitpunkt des Angriffs genau abgeschätzt, denn der Schlag zerschmetterte die Verstärkung an der Kante des römischen Schildes, bohrte sich tief in das Holz und schnitt in die Muskeln in Massimilianus' Oberarm. Weil der Schild jedoch die größte Wucht des Hiebs abfing, war die Verwundung zwar ernst, doch der Knochen brach nicht. Trotzdem strömte Blut aus dem Arm, als der Brigant seine Axt aus dem Holz löste und sofort wieder ausholte, um erneut zuzuschlagen. Massimilianus spürte, wie sein Arm taub wurde und sich seine Finger vom Schildgriff lösten. Er nahm seine schwindende Kraft zusammen, stürzte sich nach vorn, rammte seinen Gegner und stieß ihm sein Schwert in die Magengrube. Der Stoß brachte den Briganten aus dem Gleichgewicht. Er fiel von der Mauer und wurde unverzüglich von einem Soldaten am Boden getötet, der darauf wartete, die Leiter hinaufzuklettern.

Der Schild fiel Massimilianus aus der Hand. Während das Blut von seinem schlaffen Arm tropfte, blickte er sich um und sah, dass bereits mehr als ein Dutzend seiner Männer auf der Mauer standen und immer mehr über die Leitern nachkamen; schon jetzt waren es hier oben mehr Angreifer als Verteidiger. Hinter dem Tor wartete eine massive Gruppe Briganten darauf, dass die Soldaten durch die verkohlten Überreste des Tores stürmen würden. Massimilianus konzentrierte sich auf ihren Anführer, der bei der Nachhut stand und eine Art Standarte in den Händen hielt, die aus einem langen Stoffstreifen mit der Zeichnung eines Wolfskopfs bestand, und die er in der regungslosen Luft hin und her wirbelte.

Der Anführer rief den Männern, die in lockerer Formation ein wenig abseits standen, etwas zu und hob den Arm in Richtung Mauer. Mit lauten Schlachtrufen stürmte seine leichter bewaffnete Reservetruppe nach vorn und kletterte über Rampen und Treppen die Mauer hinauf, wo die Römer auf sie warteten, um ihre Position zu verteidigen. Massimilianus schob die Hand seines verwundeten Arms in seinen Gürtel, umfasste sein Schwert mit festem Griff und wandte sich dem Feind zu.

»Haltet eure Position! Lasst unsere Jungs die Leitern heraufkommen, damit wir hier oben stärker sind!«

Die Soldaten rechts und links von ihm hoben ihre Schilde und zogen ihre Schwerter, während die Woge der Briganten auf sie zuströmte.

Dreihundert Schritte entfernt beobachteten Cato und Apollonius über den Rand des ausgetrockneten Bachbetts hinweg, wie sich der Angriff entwickelte. Sie konnten sehen, dass einige der Briganten das Tor und jenen Teil der Mauer verteidigten, auf dem die Soldaten darum kämpften, ihre Position zu halten. Der Rest der Szenerie wurde von Hütten rechts und links versperrt. Man konnte unmöglich sagen, ob der Angriff zum Erfolg führen würde, aber er hatte fast alle kampffähigen Männer in der Festung auf sich gezogen. Nur die beiden Krieger, die die Gefangenen im Pferch bewachten, waren noch zu sehen. Darüber hinaus gab es jedoch noch einige andere Menschen hier: eine Handvoll Frauen, Kinder und ältere Männer, von denen die meisten erschöpft vor ihren Hütten saßen. Diejenigen, die noch die Kraft dazu besaßen, waren zur Mauer gegangen, um von dort aus den Verlauf der Kämpfe zu beobachten.

Cato musterte das Gelände zwischen ihrem Versteck und dem Pferch. Da sie beide nur leicht bewaffnet waren, wäre es selbstmörderisch, die Wachen frontal anzugreifen, auch wenn der Spion mit der Klinge besonders geschickt umzugehen verstand. Sie würden sich also anschleichen müssen. Unweit der Rückseite des Pferchs befand sich ein langer, niedriger Stapel Holz, der sich bis zu der leichten Senke zog, in der Cato und Apollonius sich verbargen. Wenn es ihnen gelang, den Stapel zu erreichen, ohne gesehen zu werden, konnten sie dahinter bis an das andere Ende kriechen und die Wachen von dort aus überraschen. Oder … Cato sah, dass der Pferch nur sechs Fuß hoch war und es einen kleinen Bereich gab, wo die scharfkantigen Spitzen der Holzpfähle voneinander wegdeuteten, wodurch eine Lücke entstand.

»Das ist unser Weg nach drinnen.« Er deutete darauf. »Wir lehnen eines der größeren Holzscheite dagegen, und du kannst mich hinaufhieven. Dann kletterst du mir nach.«

Apollonius sah hin und nickte. »Das dürfte funktionieren. Und dann?«

»Wenn wir im Pferch sind, können wir die Briganten daran hindern, den Geiseln etwas anzutun, bis Massimilianus und seine Männer das Lager überrannt haben.«

»Vorausgesetzt, dass sie das schaffen. Und wenn der Angriff fehlschlägt?«

»Dann werden unsere Freunde zweifellos entdecken, dass sie zwei Geiseln mehr haben, als sie dachten.«

»Das ist nicht gerade ermutigend«, murmelte Apollonius.

Cato schob sich vorsichtig über den Rand des Bachbetts und bewegte sich so flach wie möglich vorwärts, während er auf das diesseitige Ende des Holzstapels zukroch. Die ausgetrockneten Grasbüschel boten den beiden ein wenig Deckung, während sie sich weiterschoben. In der heißen, unbewegten Luft war der Lärm der Kämpfe auf der Mauer weithin zu hören, doch man konnte unmöglich sagen, welche Seite die Oberhand hatte. Als er den Stapel erreicht hatte, erhob sich Cato in die Hocke, wobei er den Kopf tiefer als die oberste Schicht der Holzscheite hielt. Er rückte ein kleines Stück, um Platz für Apollonius zu schaffen, und richtete sich dann auf, um über den Stapel hinwegzuspähen.

Auf der andere Seite befand sich ein Streifen festgestampfter Erde, wo ein Hund, der an einem großen Knochen nagte, mit dem Rücken zu ihnen saß. Zwanzig Fuß entfernt von dem Tier stand eine Hütte, eine Frau lag hustend neben dem Eingang. Ein kleines Kind mit einer struppigen schwarzen Haarmähne saß neben der Frau und zeichnete mit einem Zweig Muster in den Staub. Nicht weit dahinter standen weitere Hütten, doch nirgendwo waren andere Menschen zu sehen. Jedenfalls keine, die noch lebten. Cato erkannte, dass vor der größten Hütte der Siedlung mehrere Leichen in einer Reihe lagen: drei Kinder, eine Frau und ein Mann. Der Mann lag auf einer Bahre; um ihn herum waren ein Schild, ein Helm und mehrere Waffen angeordnet.

Erleichtert, dass niemand sie beobachtete, arbeitete sich Cato den Holzstapel entlang auf den Pferch zu, während Apollonius ihm folgte. Als sie das andere Ende erreichten, stolperte das Kind, das er Zeichen in den Staub hatte malen sehen, heran und blieb abrupt stehen, als es die beiden Männer bemerkt hatte. Cato erkannte, dass es ein Mädchen war, vielleicht drei oder vier Jahre alt. Die Kleine starrte die beiden Männer an, nuckelte an den beiden mittleren Fingern ihrer rechten Hand und kratzte sich mit dem Zweig, den sie in der linken Hand hielt, die Kopfhaut. Cato erstarrte. Er wusste nicht, was er tun sollte; er fürchtete, dass eine rasche Bewegung die Kleine dazu bringen könnte, in Panik davonzulaufen und so den anderen ihre Anwesenheit zu verraten. Apollonius schob sich an ihm vorbei, und seine Hand schloss sich um den Griff seines Dolchs.

»Was für ein hübsches Mädchen du bist.« Er lächelte. »Soll ich dir eine Geschichte erzählen? Komm her.«

»Nein«, unterbrach Cato ihn mit fester Stimme. »Überlass sie mir.«

Er zwang sich zu lächeln, winkte das Mädchen zu sich und deutete auf den Zweig. »Du zeichnest gern, nicht wahr? Ich auch. Gib mir deinen Stock.« Er streckte die Hand aus.

Das Mädchen rührte sich nicht und starrte die beiden mit der ausdruckslosen Miene eines sehr jungen Kindes an, das noch nicht gelernt hatte, sich zu fürchten. Dann reichte es ihm ohne besondere Geste den Zweig.

»Danke.« Cato strich mit seiner linken Hand den Boden vor sich glatt und zeichnete mit einfachen Strichen einen Hund. Dann sah er auf zu der Kleinen. »Erkennst du, was das ist?«

Sie kam näher, ging in die Hocke und sah sich das Bild

an. Dann lächelte sie erfreut. Vorsichtig nahm Cato ihre Hand, legte den Zweig hinein und deutete auf die glatt gestrichene Erde daneben. »Jetzt wollen wir sehen, ob du genauso gut bist. Nur zu, ich bin sicher, du schaffst das«, feuerte er sie an. »Schauen wir mal, wie viele du zeichnen kannst. Mach auch ein paar kleine. Welpen.«

»Welpen«, wiederholte sie zögernd. Dann lächelte sie und machte sich an die Arbeit. Cato schob sich an ihr vorbei und hob eine Augenbraue, während er ein solide aussehendes Holzscheit aussuchte. »Siehst du. Manchmal ist der Stylus wirksamer als der Dolch.«

Apollonius rümpfte die Nase. »Ich bezweifle, dass das jemals irgendjemandes Maxime werden wird.«

Geduckt eilten sie zur Rückseite des Pferchs, wo Cato das Scheit absetzte und schräg zwischen zwei Holzpfähle drückte. Von drinnen konnte er Stöhnen und das Rascheln einer Bewegung auf Stroh oder Farn hören. Er trat auf das Scheit, griff nach oben, umfasste die Spitzen zweier Pfähle und winkelte ein Bein an, damit Apollonius ihn mit Schwung nach oben drücken konnte. Mit einem mürrischen Knurren beugte sich der Spion vor und machte sich an die Arbeit, und indem er kräftig von unten schob, hob er Cato so hoch, dass dieser ein Bein über die Holzpfähle schwingen konnte. So leise wie möglich schob sich Cato über den Zaun und beugte sich dann nach unten, um dem Spion zu helfen. Dann ließen sich beide Männer innerhalb des Pferchs zu Boden fallen.

Sechs Geiseln befanden sich in dem kleinen Raum. Vier von ihnen lagen regungslos da; einer von ihnen, ein Mann, lag auf dem Rücken und starrte mit offenem

Mund und blicklosen Augen nach oben, während Fliegen um sein Gesicht summten. Bei den anderen, die nicht mehr am Leben zu sein schienen, handelte es sich um zwei weitere Männer und eine Frau, die in Lumpen gehüllt war. Ausgetrocknete Pfützen von Erbrochenem und blutbeschmierter Kot umgaben sie. Die Luft war von dem übelsten Gestank erfüllt, den Cato jemals gerochen hatte, und er und Apollonius zuckten zurück und hoben sich instinktiv die Hand vor den Mund. Auf der gegenüberliegenden Seite des Pferchs befanden sich zwei weitere Geiseln: ein magerer Junge und eine Frau, die hinter ihm saß und in deren Arme er sich geschmiegt hatte. Auch sie trugen irgendwelche schmutzigen Fetzen, und als sie die Eindringlinge hörten, öffneten sich ihre Augen. Die Frau schluckte und sagte mit leiser, krächzender Stimme: »Cato …?«

Wenn sie seinen Namen nicht ausgesprochen hätte, hätte Cato sie niemals wiedererkannt. Er flüsterte dem Spion zu: »Bei den Göttern. Es ist Claudia.«

Er forderte Apollonius mit einer Geste auf, zum Tor zu gehen und Wache zu halten, während er sich selbst an den Leichen vorbeischob und vor Claudia und dem Jungen in die Hocke ging. Ihr einst so elegantes Haar und ihre glatte Haut waren mit Schmutz und getrocknetem Blut bedeckt, das aus kleinen Schnitten in ihrem Gesicht und ihrer Kopfhaut stammte. Sie hatte Gewicht verloren, ihr Gesicht war schrecklich bleich, und ihr Blick war leer. Dasselbe galt für den ausgemergelten Jungen, der zwischen ihren Armen lag; sein Kopf hing auf seine Schulter herab, und sein Atem ging keuchend und flach. Er stieß einen schmerzerfüllten Schrei aus und versuchte schwach, gegen irgendetwas anzukämpfen, während Claudia sein Haar streichelte.

Sie sah auf zu Cato. »Er stirbt. Wie diese Leute hier und andere da draußen. So viele sind tot ... Meine Schuld ...«

»Du bist krank«, sagte Cato. »Ist es die Seuche?«

Sie nickte und versuchte zu sprechen, doch ihre Zunge gab nur ein trocken klickendes Geräusch von sich, und sie murmelte etwas Unzusammenhängendes. Frustriert hob sie die Hand und deutete auf etwas. Cato drehte sich um und sah, dass in der Nähe der Tür des Pferchs ein Wasserschlauch an einem eisernen Nagel hing. Er schob sich vorsichtig nach vorn und hängte ihn ab. Dann öffnete er den Stöpsel und hielt Claudia das Mundstück an die Lippen. Es gelang ihr, einige kleine Schlucke zu nehmen, wobei ihr ein Teil des Wassers aus den Mundwinkeln rann.

»Schon besser.« Sie lächelte schwach. »Ich war es, die die Seuche hierhergebracht hat. Nachdem ich dich gepflegt hatte. Alle diese Leute sind meinetwegen gestorben.« Ihre Augen wurden feucht. »Nur meinetwegen.«

»Es ist nicht deine Schuld«, sagte Cato nachdrücklich. »Sie haben dich als Geisel genommen.«

Sie schloss die Augen und seufzte. Dann runzelte sie die Stirn und hob zitternd die Hand an sein Gesicht. »Was ist mit deinem Auge passiert?«

»Das erzähle ich dir später«, sagte Cato rasch, als er die Kampfgeräusche plötzlich deutlicher hören konnte. Näher. »Hör zu. Wir sind hier, um dich zu retten. Meine Männer haben sich den Weg ins Tal freigekämpft. Sie werden schon bald bei uns sein. Aber es wäre möglich, dass die Briganten dich zu ihrer Flucht benutzen oder dich umbringen wollen. Wir müssen sie aufhalten. Apollonius und ich.« Er reichte ihr den Wasserschlauch, legte ihr die Hand an die Wange und nickte in Richtung des Jungen. »Kümmere dich um ihn.«

Dann drehte er sich um, zog seinen Dolch und trat Apollonius gegenüber an die Tür. Beide warteten, während sie konzentriert auf die immer lauteren Rufe und das Waffengeklirr lauschten. Sie hörten, wie schnelle Schritte näher kamen, Frauen und Kinder entsetzt aufschrien und etwas weiter entfernt das unmissverständliche Geräusch genagelter Soldatenstiefel erklang. Als Apollonius den Mund öffnete, um etwas zu rufen, schüttelte Cato energisch den Kopf und zischte: »Nein!«

Aber es war zu spät. Ein nur halb abgewürgter Ruf löste sich von den Lippen des Spions. Er knurrte sich selbst wegen dieser Dummheit wütend an und hob seinen Dolch, bereit zuzustechen. Draußen kam es zu einem raschen Wortwechsel, und dann hörte man, wie eine Gruppe von Männern näher kam und jemand mit lauter Stimme befahl, den Pferch zu öffnen. Cato drückte sich gegen den Türpfosten und verharrte vollkommen regungslos, um sich nicht zu verraten durch eine Bewegung, die man durch die Ritzen zwischen den Pfählen hätte sehen können. Eine Kette rasselte, und einen Augenblick später schwang die Tür, die nicht höher als vier Fuß war, nach außen.

»Tötet sie«, befahl eine Stimme. »Tötet alle Geiseln.«

Ein Brigant, der mit einem Speer bewaffnet war, duckte sich und schritt über die Schwelle. Apollonius trieb ihm den Dolch zwischen die Schulterblätter, und der

Mann fiel auf die Knie wie ein Ochse, den man mit einem mit Eisenspitzen versehenen Hammer gefällt hatte. Cato riss ihm den Speer aus den Händen und wirbelte ihn herum, sodass die Spitze der Waffe jetzt in Richtung der offenen Tür zeigte. Er sah mehrere Gestalten, die sich zusammenkauerten, um zu erkennen, was mit ihrem Kameraden geschehen war, und stieß mit dem Speer nach ihnen. Er fühlte, wie er jemanden traf, und riss sofort die Speerspitze zurück, bevor einer der Briganten den Schaft packen konnte.

Einen Augenblick später schoss eine breite, blattförmige Speerspitze auf ihn zu, und es gelang ihm gerade noch, sich seitlich wegzudrehen und dem Stoß auszuweichen. Dann stach er selbst wieder zu, als er ein Bein an der Seite der Tür sah, doch der Mann sprang zurück und außer Reichweite. Erneut wechselten die feindlichen Krieger draußen rasch ein paar Worte, die jedoch so leise waren, dass man sie wegen des Lärms, der überall in der Siedlung aufbrandete, nicht hören konnte. Dann erschien ein Schild in der Türöffnung. Er war oval, trug das Muster der Hilfstruppen und war wahrscheinlich von einem toten Römer erbeutet worden. Cato stach danach und trieb den Mann dahinter zurück. Doch der Brigant kam wieder, und diesmal glitt Catos Speer am Schild ab. Ein Schwert schoss darunter hervor und hieb gegen den Speerschaft, wodurch die Waffe nach unten gedrückt und Cato fast aus den Händen gerissen wurde. Als er sich wieder erholt hatte, war sein Gegner bereits in den Pferch gestürmt, doch dort erwartete ihn Apollonius. Mit seiner linken Hand packte der Spion den Rand des Schildes unweit der Spitze und riss diesen zu sich heran, wodurch der untere Teil wie ein Hebel gegen die Knie des Angreifers krachte. Gleichzeitig hob Apollonius seinen Dolch und jagte ihn diagonal in die Kerbe am Halsansatz des Mannes. Heißes Blut strömte hervor. Der Brigant sackte auf die Knie, ließ Schild und Schwert fallen und drückte seine Hand in einem hoffnungslosen Versuch, den Strom zu stillen, auf die Wunde. Apollonius trat ihn gegen die Brust, sodass er nach hinten in die Türöffnung fiel, und griff dann nach dem Schild und dem Schwert. Sofort stürmte ein weiterer Brigant mit einer Axt in den Pferch, hackte mit heftigen Schlägen gegen den Schild, sodass die Kante splitterte und die Fläche des Schilds bis zur Wölbung in der Mitte und dem Griff dahinter gespalten wurde.

»Cato!«

Cato drehte sich um und sah, dass Claudia auf die Rückseite des Pferchs deutete. Ein Mann kletterte über die Pfähle, wobei er das Holzscheit benutzte, das die Römer dort angelehnt hatten. Er sprang zu Boden und zog sein Schwert, als Cato herumwirbelte, um sich ihm entgegenzustellen. Es gab keine Möglichkeit, Apollonius zu unterstützen, der versuchte, sich gegen die wütenden Angriffe des Axtkämpfers zu behaupten, denn Catos ganze Aufmerksamkeit galt der neuen Bedrohung. Schon hievte sich ein zweiter Mann über die Holzpfähle. Cato stieß ein donnerndes Gebrüll aus und lenkte seinen Speer gegen die Brust des Schwertkämpfers. Sein Gegner hob seine eigene Waffe, um den Stoß zu parieren, und es gelang ihm, die Speerspitze mühelos abzulenken, bevor er begann, seine Hiebe gegen Catos Führungshand zu richten. Cato blieb nichts anderes übrig, als den Speer loszulassen. Die Spitze senkte sich in den Boden, und das Schwert glitt davon ab, doch gleich darauf zog Cato seine Waffe rasch mit der anderen Hand zurück und stieß sie erneut nach vorn.

Diesmal musste der Brigant überstürzt parieren, und die nach unten abgelenkte Speerspitze erwischte ihn am Oberschenkel, wo sie sich durch den Muskel bohrte und knirschend über den Knochen rutschte. Der feindliche Krieger schnappte nach Luft und schrie auf, als Cato den Speer drehte, um die Wunde zu vergrößern, und dann die Spitze freiriss, damit er dem zweiten Angreifer entgegentreten konnte. Doch bevor er in der Lage war, seine Waffe zu nutzen, hatte ihn der Brigant bereits von oben angesprungen. Der Aufprall riss Cato von den Beinen und schleuderte ihn nach hinten über eine der Leichen, wobei ihm das erdrückende Gewicht des Angreifers die Luft aus den Lungen trieb und ihm eine seiner Rippen brach.

Sofort setzte der quälende Schmerz ein, und er hatte Mühe zu atmen, während der Brigant mit der Faust gegen seinen Kopf hieb. Der Schlag streifte ihn zwar nur, doch gleich darauf senkten sich die Hände des Angreifers auf Catos Kehle, und seine Daumen tasteten nach der Luftröhre des römischen Offiziers. Cato packte eines der Handgelenke des Briganten mit seiner Rechten und versuchte, den Griff zu lockern; gleichzeitig tastete sich seine Linke über die Schaffellweste des Mannes nach unten, wo sie sich schließlich um den Schwertgriff schloss. Mit einer verzweifelten Anstrengung zog Cato die Waffe und versetzte dem Mann einen ungeschickten Schnitt am Hinterkopf. Zwar berührte die Klinge den

Kopf des Gegners, doch nur so schwach, dass kaum Blut floss. Noch einmal schlug er zu, diesmal mit mehr Kraft, und er spürte, wie die Schneide gegen den Schädel seines Gegners krachte. Das Gesicht des Briganten über ihm verzerrte sich plötzlich vor Schmerz, und sein Griff lockerte sich so sehr, dass Cato die Hand des Angreifers von seiner Kehle wegreißen konnte. Er warf sich unter seinem Gegner hin und her und schlug ein weiteres Mal zu. Dieser Hieb war so heftig, dass der Mann benommen zusammensackte. Cato drückte ihn von sich weg und kroch auf den in der Nähe liegenden Dolch zu.

Er packte die Waffe, sprang seinen Gegner an und versetzte ihm mehrere heftige Schläge in den Magen, und als der Brigant die Hände senkte, um seinen Oberkörper zu schützen, wandte sich Cato seinem Gesicht zu und stach wie rasend auf seinen Kiefer, seine Wangen, seine Augen und seinen Mund ein. Sein Gegner hatte keine Möglichkeit, den Angriff abzuwehren, und seine Hände zuckten wild hin und her, während das Blut um die beiden herum zu Boden spritzte.

»Cato!«, schrie Apollonius. »Sie haben es auf die Frau abgesehen.«

Cato blickte auf und sah, dass sich der Mann mit dem verwundeten Oberschenkel auf Claudia zuschleppte. Der Junge, den sie in den Armen hielt, hustete heftig und wehrte sich nach Atem ringend gegen seinen unvermeidlichen Tod. Der Brigant verkürzte seine Qual mit einem unter dem Brustkorb hindurch ins Herz geführten Schwertstoß und wandte sich dann Claudia zu, die schwach und hilflos an die Wand des Pferchs gelehnt auf dem Boden saß. Cato blieb keine Zeit, um nachzudenken. Er stürzte sich gegen den Rücken des Mannes und riss ihn zu Boden.

Trotz seiner Verwundung war der Brigant so kräftig und fit, dass es ihm gelang, Cato abzuschütteln. Er erhob sich, pflanzte sich breitbeinig auf und holte mit dem Schwert aus, um Claudia einen Hieb zu versetzen. Voller Verzweiflung darüber, dass er nicht eingreifen und sie retten konnte, riss Cato den Arm hoch und spreizte in einer flehentlichen Geste die Finger. Der überraschte Brigant zögerte einen Herzschlag lang, und genau in diesem Augenblick schleuderte Apollonius sein Schwert durch den Pferch. Sich in einem wilden Wirbel überschlagend, flog es durch die Luft, bis sich die Spitze in die Magengrube des Briganten bohrte und dabei lebenswichtige Organe verletzte. Der Aufprall schleuderte den Mann nach hinten, er krachte gegen einen der Türpfosten, sackte zu Boden und verblutete, während das Schwert aus seiner Brust ragte. Von draußen erklangen laute Rufe und Waffengeklirr, und dann hörten sie Massimilianus' Stimme.

»Setzt ihnen nach, Jungs. Lasst keinen entkommen. Bringt jeden um, der sich nicht ergibt!«

»Hierher!«, rief Apollonius. »Präfekt Cato ist mit den Geiseln hier drin.«

Einen Augenblick später betrat Massimilianus vorsichtig den Pferch. Ein Sanitätssoldat eilte ihm hinterher und fing das Ende des Verbands auf, den er um den verwundeten Arm des Centurio zu wickeln begonnen hatte. Massimilianus lächelte erleichtert und erfreut, als er Cato, Apollonius und Claudia sah, doch dieses Lächeln verschwand für einen Augenblick, als er die Leichen der anderen Geiseln erblickte. Dann wandte er sich wieder Cato zu und salutierte.

»Bitte darum, Bericht erstatten zu dürfen. Die Sechste Gallische Kohorte hat die Festungsanlagen und die Siedlung des Feindes eingenommen. Meine Männer sind gerade dabei, die letzten feindlichen Krieger zu erledigen und die anderen Mitglieder ihres Stammes gefangen zu nehmen.«

»Gute Arbeit, Centurio«, brachte Cato heraus, obwohl er immer noch außer Atem war. »Sorg dafür, dass sich der Sanitäter um Claudia Acte kümmert, wenn er dir deinen Verband angelegt hat.«

»Was ist mit dir, Herr?«

»Mit mir ist alles in Ordnung.«

»Das wirkt aber nicht so. Du siehst beschissen aus, Herr.« Massimilianus runzelte die Stirn und rümpfte die Nase. »Und bei allem, was mir heilig ist, du stinkst auch nach Scheiße.«

Für einen kurzen Augenblick war es vollkommen still. Dann begann Apollonius zu lachen, und von nervöser Erleichterung erfüllt, fiel auch Cato schließlich in das Gelächter ein.

KAPITEL 35

Rom, einen Monat später

Als Claudia die Augen öffnete und sie sich in der Schlafkammer umsah, beugte Cato sich über sie und küsste sie. Sie wies ihn nicht ab, doch sie erwiderte seinen Kuss auch nicht. Daraufhin lehnte er sich zurück, stützte sich auf seinen Ellbogen und musterte ihr Gesicht, das vom sanften Schimmer ihres Haares, das die Nackenrolle bedeckte, umrahmt war.

»Wie fühlst du dich heute morgen?«, fragte er.

Sie zögerte, bevor sie antwortete. »Besser ... viel besser. Ich glaube, ich bin bald wieder so kräftig wie zuvor.«

»Es wird noch eine Weile dauern, bis du dich vollständig erholt hast, wie ich selbst nur allzu gut weiß. Bis dahin solltest du so oft ruhen, wie du nur kannst.«

Sie lächelte. »Das werde ich.«

Einen Augenblick lang schwieg sie, während sie sich der gedämpften Geräusche der Stadt bewusst wurde, die durch die geschlossenen Fensterläden drangen.

»Ich hätte nie gedacht, dass ich nach Rom zurückkehren würde.« Sie runzelte die Stirn. »Ich weiß nicht, ob ich hier wirklich sicher bin.«

»Die einzigen Menschen, die wissen, dass du hier bist, mussten mir ihre Verschwiegenheit zusichern«, rief ihr Cato ins Gedächtnis. »Und was alle anderen betrifft, so bist du krank geworden und zusammen mit den anderen Geiseln im Lager der Briganten gestorben. Genau das werde ich auch sagen, wenn ich später im Palast Bericht erstatte.«

Claudia sah ihn besorgt an. »Und was ist, wenn sie dir nicht glauben?«

»Warum sollten sie das nicht tun? Als die Seuche in jenem Teil der Insel endlich abgeklungen ist, waren die meisten Briganten und fast ein Drittel der Kohorte tot. Es gibt keinen Grund, daran zu zweifeln, dass du unter den Verstorbenen warst.«

»Und das hätte auch wirklich so geschehen können. Die Briganten haben mein Eigentum zerstört und fast alle meine Sklaven umgebracht, befreit oder entführt. Sie haben mir nichts gelassen.« Sie hob die Hand und streichelte seine Wange. »Wenn du nicht gewesen wärst, wäre ich tatsächlich tot. Danke.«

Cato lachte leise und senkte seinen Mund, um sanft ihre Handfläche zu küssen. »Wir sind schon etwas weiter als bei einem höflichen Dankeschön, findest du nicht?«

Sie legte ihm den Arm um die Schulter und zog ihn zu sich, sodass sie ihn auf die Lippen küssen konnte, und von tiefem Glück erfüllt schloss Cato die Augen. Es war ein langer, intensiver Kuss; danach stützte er sich wieder neben ihr auf seinen Ellbogen und schaute sie liebevoll an.

»Du gehst ein großes Risiko ein, Cato. Du kannst mich nicht für immer in deinem Haus verstecken. Irgendjemand wird mich erkennen. Jemand wird reden. Und Nero und seine Ratgeber werden erfahren, dass ich die Bedingungen meiner Exilierung gebrochen habe. Die Folgen werden … heftig sein.«

»Wir werden eine Lösung finden. Etwas, bei dem wir beide sicher sind. Du solltest dir keine Sorgen darüber machen. Konzentriere dich vorerst nur darauf, wieder zu Kräften zu kommen.«

»Was ist mit den Angehörigen deines Haushalts?«

»Nur mein Verwalter und Apollonius wissen, dass du hier bist. Ich habe ihnen gesagt, dass vorerst niemand den Bereich mit den Schlafkammern betreten darf. Die einzigen Menschen in diesem Flügel sind wir und Apollonius.«

»Was ist mit deinem Sohn?«

Cato lachte. »Welcher Vater, der noch seinen Verstand beisammen hat, schläft in Hörweite eines viel zu lebhaften Kindes, wenn er es vermeiden kann? Lucius hat ein Zimmer im Erdgeschoss, gleich neben seinem Kindermädchen. Aber ich werde dich ihm irgendwann vorstellen. Ich glaube, du wirst ihn mögen.«

»Wenn er dein Sohn ist, dann bin ich mir sicher.«

Cato schnalzte mit der Zunge. »Meiner Erfahrung nach solltest du besser noch ein wenig mit deinem Urteil warten. Und da wäre natürlich noch der Hund.«

»Hund? Einen Hund hast du noch nie erwähnt.«

»Ich wollte dich nicht erschrecken. Cassius ist ein hässliches Tier, aber er hat ein treues Herz. Ich habe ihn von meinem Feldzug in Armenien mitgebracht.«

»Anscheinend hast du die Gewohnheit, Menschen und Tiere in Not zu retten.«

»Kann schon sein.« Cato zuckte mit den Schultern. »Ich habe bisher noch nicht besonders darüber nachgedacht. Ich hoffe, du wirst dich so gut eingewöhnen wie der Hund …«

»Oh du!« Sie knuffte ihm mit dem Ellbogen in die Rippen, und dann küssten sie sich noch einmal.

Beide schwiegen einen Augenblick lang und hingen ihren Gedanken nach, bis sie ihn schließlich fragte, was ihn beschäftige.

»Der Feldzug«, erwiderte Cato. »Die Menschen, die ich kennengelernt habe. Die Menschen, die ich bereits kannte und dann besser kennenlernte. Die Menschen, die gestorben sind ...«

Sie waren am Abend zuvor in die Stadt gekommen. Cato und Apollonius saßen auf der Kutschbank eines gemieteten Wagens, und Claudia lag unter zwei Schlafdecken im Schutz der Lederplane. Dahinter marschierten die überlebenden Freiwilligen der Prätorianerkohorte, die Maultiere mit ihrer Ausrüstung und die in ein Tuch gehüllte Leiche von Placinus mit sich führten. Die Gruppe hatte sich geteilt, als sie das Forum erreichte. Nachdem Cato einem seiner Männer den Befehl gegeben hatte, den Palast darüber zu informieren, dass sie zurück waren und er am nächsten Morgen Bericht erstatten würde, brachen die Prätorianer zu ihrem Quartier an der Stadtmauer auf, während Cato und die anderen den Weg in Richtung Catos Villa einschlugen. Es war ein trauriger Abschied, der umso schmerzlicher ausfiel, weil Placinus gestorben war, kurz nachdem sie, Sardinien hinter sich lassend, in See stachen. Bis dahin hatte der Centurio seine schreckliche Verwundung bereits mehrere Tage lang überlebt, wobei sich Zeiten der Bewusstlosigkeit mit Phasen abwechselten, in denen seine wahnsinnigen Schreie immer heftiger wurden. Er hatte Nahrung und Wasser verweigert und war stetig schwächer geworden, bevor er schließlich in einen tiefen Schlaf sank, in dem sein Atem immer flacher und mühsamer wurde, bis er am Ende ganz aufhörte. Er war ein guter und beliebter Offizier gewesen, und viele Mitglieder der Prätorianergarde würden seinen Tod aufrichtig betrauern.

Als der Wagen in den Stallbereich an der Rückseite von Catos Villa rollte, war die Sonne untergegangen, und Lucius lag bereits im Bett. Cato befahl, eine Mahlzeit zuzubereiten, die der Verwalter ihm, Apollonius und Claudia persönlich servierte, nachdem sich die anderen Sklaven in ihre Schlafquartiere zurückgezogen hatten. Keiner von ihnen hatte gesehen, wie Claudia ins Haus kam. Sie war hier sicher, solange niemand sie zu Gesicht bekam. Aber auf Dauer konnte sie so nicht leben. Früher oder später würde jemand sie sehen. Ein Sklave würde tratschen. Die Nachricht, dass Cato eine Frau in seiner Villa verborgen hielt, würde jemandem im Palast zu Ohren kommen, und man würde Fragen stellen. Sollten die Antworten nicht überzeugend sein, würde eine Abteilung Prätorianer vor seiner Tür erscheinen, um das Haus zu durchsuchen, und Cato und Claudia Acte würden vor den Kaiser geführt werden, wo sie zu erklären hätten, warum sich jemand, der bei Todesstrafe aus Rom verbannt worden war, in der Stadt aufhielt.

Cato setzte sich auf und schwang die Beine aus dem Bett. »Ich muss mich waschen und anziehen. Und ich muss Lucius sehen, bevor ich zum Palast aufbreche.«

»Natürlich musst du das. Geh. Ich komme zurecht.«

Er warf einen Blick über seine Schulter und musterte sie traurig. Er empfand die Last des Schmerzes, der all jene trift, die eine neue Liebe gefunden haben, welche die Welt um sie herum am liebsten von Anfang an auslöschen würde. Doch er war sich seiner Gefühle so sicher, dass er wusste, er würde für diese Liebe kämpfen, was auch immer kommen mochte, selbst wenn sie beide untergingen. Sollte es so weit kommen, musste er nur noch dafür sorgen, dass Lucius in Sicherheit war. Es gab einige entfernte Verwandte mütterlicherseits, die den Jungen großziehen konnten.

Cato stand auf und reckte die Schultern, bis er spürte, wie die Muskeln sich lockerten. Dann ging er durch das Zimmer zu seiner Kleiderkiste und streifte ein Lendentuch und eine Tunika über. Als er angezogen war, kam er zum Bett zurück, beugte sich herab und küsste Claudia ein letztes Mal.

»Ich werde so schnell wie möglich zurückkommen.«

»Möge Fortuna über dich wachen.«

»Bisher hat sie das immer«, erwiderte Cato lächelnd.

Er ging zum Wasserbecken am Ende des Treppenabsatzes. Es wurde über eine Röhre gespeist, die mit dem nächstgelegenen Reservoir verbunden war, welches seinerseits von Claudius' Aquädukt gespeist wurde. Das Wasser, das in das Becken floss, war während der Nacht von den Hügeln herabgeströmt und deshalb kühl und belebend, als Cato es sich ins Gesicht spritzte und mit einem Schwamm den letzten Staub abwischte, den er in der Nacht zuvor übersehen hatte. Als er fast mit dem Waschen fertig war, wurde er von Lucius' Rufen unterbrochen, und er ging um den Treppenabsatz herum zum überdachten Flur, von dem aus man in den Garten sah.

Sein Sohn warf dem Hund einen Stock zu, während der Verwalter in der Nähe saß und ihn ermutigte. Bisher waren Lucius' Arme noch nicht kräftig genug, um den Stock weiter als ein paar Schritte zu schleudern, und der Hund musste nur wenige Sätze weit springen, um ihn zu erreichen und damit zu Lucius zurückzueilen. Anstatt den Stock fallen zu lassen, blieb Cassius mit gespreizten Vorderbeinen schwanzwedelnd stehen, bis Lucius das Stück Holz zu packen versuchte. Dann wich er dem Jungen plötzlich aus, rannte um ihn herum und blieb wieder vor ihm stehen, um ihn erneut zu necken. Jedes Mal lachte Lucius und tat so, als wolle er das Tier ausschimpfen.

Cato eilte die Treppe hinab und trat in den Garten. Beim Klang seiner Schritte hob Cassius die Nase und schnüffelte. Dann ließ er den Stock fallen, stürmte auf Cato zu und sprang an ihm hoch. Er legte Cato die Pfoten auf die Brust, reckte die Schnauze nach vorn und fuhr mit seiner langen rosaroten Zunge über das Gesicht seines geliebten Herren.

»Papa!«, rief Lucius und rannte zu ihm, während sich der Verwalter erhob und ihm nacheilte. Als er den Augenverband sah, ging der Junge langsamer. »Was ist mit deinem Auge passiert, Papa?«

»Ich habe es verloren«, sagte Cato schlicht und bemühte sich, die Erinnerung an den Angriff auf den Außenposten beiseitezuschieben. Er zwang sich zu einem Lächeln. »Von nun an bin ich wie ein Zyklop.«

Er schüttelte den Hund ab, streckte die Arme nach Lucius aus und hob ihn hoch, während er ihn musterte. »Bei allen Göttern, bist du tatsächlich noch einen Zoll gewachsen, während ich weggewesen bin?«

Lucius nickte heftig. »Ich bin jetzt ein großer Junge.«

»Der ständig noch größer wird!« Cato setzte ihn ab und tat so, als betrachte er ihn streng. »Und warst du während meiner Abwesenheit ein guter Schüler?«

»Ein sehr guter, Herr«, erwiderte der Verwalter. »Sein Lehrer sagt, dass er eine rasche Auffassungsgabe besitzt.«

»Das freut mich zu hören. Jetzt wollen wir etwas essen, und dabei kannst du mir alles darüber erzählen.«

Sie gingen in das einfache Speisezimmer direkt neben der Küche, und Lucius sprach, ohne auch nur einmal innezuhalten, über all die Dinge, die er in den Monaten zuvor gelernt und in der Hauptstadt gesehen hatte. Als der Verwalter ihnen Brot, Käse und Honig brachte, schloss sich Apollonius ihnen an, und Lucius verfiel in einen langen Monolog, in dem er alles wiederholte, was er seinem Vater gerade erzählt hatte, während der Spion gutmütig so tat, als interessiere er sich sehr dafür. Dann wandte sich Lucius endlich seinem Essen zu und begann ein mit Honig getränktes Brötchen zu verschlingen. Apollonius warf Cato einen Blick zu.

»Ich vermute, du wirst schon bald zum Palast aufbrechen.«

Cato nickte. »Sobald wir gegessen haben.«

»Ich werde einen Teil des Weges mit dir gehen.«

»Das ist nicht notwendig.«

»Ich habe selbst einiges zu erledigen. Ich kenne einen Senator, der über eine der ausgesuchtesten Bibliotheken der Stadt verfügt. Dem möchte ich einen Besuch abstatten und ihn fragen, ob er mir einige seiner Bücher leiht. Ich werde dich bis zum Forum begleiten.«

Cato dachte nach. Apollonius' Gesellschaft würde

ihn von den Sorgen ablenken, die ihn bedrückten, weil er seinen Bericht im Kaiserpalast vorbringen musste. »In Ordnung.«

Sie brachen in der zweiten Tagesstunde auf, als das frühmorgendliche Sonnenlicht die Stadt zu erwärmen begann. Cato trug eine frische Tunika, und seine Stiefel waren gereinigt und poliert worden. Da es sich um einen offiziellen Besuch im Palast handelte, hatte er einen weichen Lederpanzer über seine Tunika gestreift und darüber wiederum seine metallene Rüstung. Ein einfacher Gürtel war um seine Hüften geschlungen, doch sein Schwert hatte er in seiner Scheide zu Hause zurückgelassen, den Dolch ebenso. Seine Erscheinung war militärisch und zugleich so elegant, dass er sich dem Kaiser und seinen Ratgebern präsentieren konnte.

Als sie den Hügel hinab ins Herz der Stadt gingen, war es Apollonius, der zuerst etwas sagte.

»Wie wird es wohl laufen? Was meinst du?«

»Wir haben den Auftrag erfüllt, den man uns übertragen hat. Claudia Acte wurde in die Verbannung begleitet, und die Briganten wurden vernichtet. Ich werde versuchen, den Bericht so kurz und angenehm wie möglich zu halten.«

»Daran zweifle ich nicht. Was willst du wegen Claudia unternehmen?«

»Keine Ahnung.«

»Du kannst nicht darauf hoffen, dass ihre Anwesenheit für immer geheim bleiben wird.«

»Das weiß ich«, antwortete Cato verärgert.

»Deine Prätorianerfreunde haben ihr Wort gegeben,

nichts zu verraten, aber du weißt, wie es ist, wenn sie einen Becher zu viel getrunken haben. Du wirst ihretwegen so früh wie möglich etwas unternehmen müssen.«

»Da wir anscheinend gerade dabei sind, Fragen zu stellen: Da wäre auch etwas, das ich dich fragen wollte.«

»Und zwar?«

»Dieser Schäfer, Milopus.«

»Was ist mit ihm?«

»Du hast gesagt, du hättest ihn gefesselt hinter einem Felsen zurückgelassen, bevor wir uns am Tag des Angriffs zu diesem Pferch geschlichen haben. Und du würdest hinterher zurückgehen und ihn freilassen.«

»Stimmt.«

»Ist das wahr?« Cato warf seinem Begleiter von der Seite einen Blick zu. »Hast du es getan?«

»Ich habe mich um ihn gekümmert, ja.« Apollonius blieb abrupt stehen, als sie die nächste Kreuzung erreichten. »Ich gehe da entlang. Ich hoffe, dass im Palast alles gut geht.«

Cato fixierte ihn mit einem festen Blick aus seinem gesunden Auge. »Hast du ihn freigelassen?«

»Ich habe deine Frage beantwortet, Präfekt. Die Angelegenheit ist beendet.« Apollonius nickte ihm zum Abschied zu. »Bis später.«

Er bog in eine Gasse ab und ging davon. Cato sah ihm einen Augenblick wachsam nach, bevor er seinen eigenen Weg fortsetzte.

Nachdem er sich bei dem leitenden Schreiber im Kaiserpalast gemeldet hatte, wurde Cato in die große Halle vor Neros Audienzsaal geführt, wo mehrere Menschen auf die Möglichkeit warteten, eine Eingabe vorzubringen oder ihren Fall vorzutragen. Er trat an eine der Seiten der Halle, lehnte sich gegen die Wand, und musterte die bescheidene Menge. Dabei bemerkte er Rhianarius und fing dessen Blick auf, als der Mann in seine Richtung sah. Sofort senkte Cato den Blick und widmete sich einer intensiven Betrachtung seiner Fingernägel.

»Präfekt Cato!«, rief eine Stimme durch die Halle.

»Oh, Mist«, knurrte Cato leise.

»Präfekt Cato, ich wusste doch, dass du das bist!« Der Reeder schob sich durch die Menge auf ihn zu, und Cato hob den Kopf mit einem höflichen Lächeln des Wiedererkennens.

»Wegen deines Augenverbands konnte ich zuerst nicht ganz sicher sein«, fuhr Rhianarius fort. »Ich vermute, deine Arbeit auf Sardinien ist abgeschlossen?«

»Ich fürchte, mein Bericht ist zuerst für die Ohren des Kaisers bestimmt.«

»Ja, gewiss. Natürlich ist er das. Ich würde dich niemals ermutigen, vom Protokoll abzuweichen.« Er beugte sich näher heran und senkte seine Stimme. »Aber weil du doch gerade von Sardinien zurück bist, kannst du mir vielleicht sagen, ob das Gerücht, das in Ostia die Runde macht, zutrifft. Wird die Insel wirklich unter Quarantäne gestellt, bis die Seuche vorüber ist?«

»Wie ich schon sagte, dazu kann ich keinen Kommentar abgeben.«

»Aber ich muss es wissen. So etwas könnte meinen gesamten Schifffahrtsbetrieb ruinieren.«

»Das wäre ohne jeden Zweifel jammerschade«, antwortete Cato ironisch.

Die Tür zum Audienzsaal öffnete sich, und einer der Mitarbeiter des Palasts glitt in den Vorraum. Die Anwesenden drehten sich erwartungsvoll nach ihm um. Der Mann räusperte sich und rief: »Präfekt Cato!«

»Hier!«

Cato trat von der Wand weg. Deutlich war er sich der enttäuschten Mienen um sich herum und des leisen Grollens derjenigen bewusst, die schon seit Stunden umsonst warteten und jetzt miterleben mussten, wie jemand, der so spät eingetroffen war, noch vor ihnen an die Reihe kam. Er ging zur Haupttür, doch der Mitarbeiter deutete auf eine kleinere Tür an der Seite der Vorhalle.

»Hier entlang, Herr.«

»Mein Bericht ist für den Kaiser bestimmt.«

»Ja, Herr. Aber der Kaiser ist gerade mit einer anderen Angelegenheit beschäftigt. Stattdessen wird Senator Seneca dich empfangen. Wenn du mir bitte folgen würdest.«

Der Mann führte ihn in einen schmalen Korridor, welcher am kaiserlichen Audienzsaal entlangführte und von dem mehrere kleine Räume abgingen, in denen Schreiber über ihren Dokumenten saßen. Von der anderen Seite des Korridors konnte Cato Bruchstücke dessen auffangen, was im Audienzsaal verhandelt wurde.

»… und wenn sie in Rhodos eine Statue errichten wollen, die mich darstellt, solltest du ihnen mitteilen, dass sie aus Gold sein muss.« Das war Neros Stimme.

»Aber Kaiserliche Majestät …«

»Gold, habe ich gesagt. Und das Gold muss …«

Die Stimmen verklangen, als der Palastmitarbeiter einen größeren Raum am Ende des Korridors erreichte und ausrief: »Präfekt Quintus Licinius Cato, Herr.«

Seneca saß auf einer Couch unter dem einzigen Fenster des Zimmers. Die Läden waren geöffnet, und Sonnenlicht strömte herein und beschien die Wände, auf denen Malereien die Abenteuer des Aeneas darstellten.

»Gut, dich wiederzusehen, Präfekt.« Senecas Lächeln war weder warmherzig noch ernst gemeint, sondern nichts weiter als die reflexartige Mimik eines langjährigen Politikers. »Wie ich höre, bedeutet deine Rückkehr nach Rom das Ende unserer Schwierigkeiten auf Sardinien, mal abgesehen von der Seuche. Aber du brauchst nicht stehen zu bleiben. Komm, setz dich zu mir ans Fenster.«

Seneca rutschte an das eine Ende der Couch, und Cato ging durch das Zimmer und setzte sich so weit wie möglich vom Senator entfernt zu ihm.

»Ich bin gekommen, um dem Kaiser Bericht zu erstatten, Herr.«

»Nero ist mit einer anderen Angelegenheit beschäftigt.« Seneca sah ihn mit einem wissenden Blick an. »Ich könnte mir vorstellen, dass du im Korridor einiges davon gehört hast.«

»Genug, um zu wissen, dass die Menschen auf Rhodos nicht glücklich über das Ergebnis der Unterhaltung sein werden.«

»Es sind Griechen. Sie werden irgendeinen Weg finden, Neros Ansprüche zu umgehen. Sie möchten eine Marmorstatue errichten. Nero verlangt Gold. Sie werden sich auf Silber einigen, und falls die Arbeiten dazu jemals tatsächlich beginnen sollten, wird Nero bis dahin längst vergessen haben, dass es jemals eine Diskussion darüber gab. So sehen die gewichtigen Sorgen eines

Kaisers aus. Was auch der Grund dafür ist, warum ich gebeten wurde, mich um eine weniger bedeutende Angelegenheit zu kümmern und die Feldzüge zu überwachen, die für die Sicherheit des Imperiums sorgen, während klügere Köpfe sich über so kleinliche Fragen wie die Wahl des Materials für eine Statue streiten.« Er schenkte Cato ein verschwörerisches Lächeln und sagte dann nach einem kurzen Zögern: »Du scheinst mir ein Auge weniger zu haben als bei unserer letzten Begegnung.«

Cato deutete auf den Verband. »Das? Das ist nur eine Verwundung. Nichts, das irgendjemanden kümmern müsste, der sich mit bedeutenden Angelegenheiten oder auch nur kleinlichen Fragen abgibt.«

»Umso besser. Und jetzt würde ich gern den Bericht hören.«

Knapp erläuterte Cato einige Einzelheiten der Situation, die er bei seiner Ankunft auf Sardinien vorgefunden hatte, und des Feldzugs, der in der Vernichtung der Briganten und ihrer Festung gegipfelt hatte. Seneca hörte aufmerksam zu und nickte, nachdem Cato geendet hatte.

»Gute Arbeit. Obwohl es sich so anhört, als hätte die Seuche dir die Hälfte davon abgenommen.«

»Sie hat den Feind hart getroffen, bevor sie sich in den Reihen meiner Männer ausbreitete. Wenn es anders herum gewesen wäre …«

»Allerdings. Du hattest Glück, dass du ihr nicht zum Opfer gefallen bist.«

»Ich war krank geworden, aber es scheint, dass sich ebenso viele erholen wie daran sterben, und einige stecken sich erst gar nicht an. Doch als ich die Provinz verlassen habe, hatte die Seuche viele meiner Männer getötet, dazu Tausende Zivilisten und den Feind. Genau genommen ist es sogar wahrscheinlich, dass die Briganten ohne den Einfluss der Seuche die Oberhand gewonnen hätten.«

Seneca nickte nachdenklich. »Es ist seltsam, nicht wahr? Rom ist die größte Macht der Welt, und doch sind wir machtlos gegenüber einem unsichtbaren Feind, der sich ungestraft überall unter uns bewegen und zuschlagen kann.«

»Da wäre noch etwas, das ich dir zu berichten habe.« Cato wappnete sich für die Lüge, die er erzählen musste – die er *überzeugend* erzählen musste. »Claudia Acte ist tot. Die Briganten haben sie als Geisel genommen, und sie starb an der Krankheit, während der Feind sie in seinem Lager festhielt. Dort haben wir sie auch begraben, zusammen mit den anderen Toten.«

»War sie bereits tot, als ihr sie gefunden habt?«

Cato zögerte, bevor er antwortete, denn er fürchtete, dass Seneca mehr wusste, als er ihm bisher offenbart hatte. »Nein. Aber es war zu spät, um sie zu retten. Bevor sie starb, sagte sie, sie sei es gewesen, die die Krankheit in das Lager des Feindes gebracht habe.«

»Ah, dann hat sie uns vor ihrem Tod einen letzten Dienst erwiesen. Sie war ohnehin verloren. Ich stand kurz davor, Nero davon zu überzeugen, ihren Hinrichtungsbefehl zu unterzeichnen. Sie musste verschwinden. Er hat sich zum Narren gemacht, als er sich von ihrem Zauber fesseln ließ. Wir konnten nicht zulassen, dass eine Frau von so gewöhnlicher Herkunft in den höchsten Kreisen der Macht Einfluss besitzt und weiterlebt, um irgendwelche Geschichten zu erzählen. Sie hat mir die Mühe erspart, ein unglückliches Ende für ihr Leben zu arrangieren. Trotzdem möchte ich fast sagen, dass Nero eine Art flüchtiger Trauer wegen ihres Verlusts empfinden wird, während diejenigen von uns, die ihm als Ratgeber dienen, eher etwas erleichtert sein dürften.«

Kalte Furcht erfüllte Catos Herz, als er über die Worte des Senators nachdachte. Claudia würde nicht auf Gnade hoffen können, sollte bekannt werden, dass sie noch lebte – ganz zu schweigen davon, dass sie sich in Rom aufhielt.

»Ja, fast so erleichtert wie über die Nachricht, dass auch Scurra, dieser großmäulige Tölpel, ein Opfer der Seuche wurde.«

»Scurra? Tot?«

Seneca lächelte. »Ah, dann hast du also noch nichts davon gehört? Nun, vermutlich nicht, denn nur ich habe diese Nachricht gestern aus Tibula erhalten. Es wird nicht besonders schwierig sein, einen besseren Mann für diese Aufgabe zu finden. Schließlich ist es nicht so, als könnte man die Latte noch viel tiefer hängen … Aber das ist Arbeit für einen anderen Tag. Die Frage ist, welcher Lohn dir jetzt zukommen soll. Es sollte möglich sein, dass du wieder in die Prätorianergarde eintrittst, sobald eine passende Stelle frei wird.«

Die Aussicht war verlockend, nur würde Cato dazu in Rom bleiben müssen. Und hier konnte er Claudia nicht auf Dauer beschützen.

»Danke. Ich werde darüber nachdenken.«

Seneca runzelte die Stirn. »Ich hätte gedacht, eine solche Perspektive würde dich freuen. Anscheinend hatte ich unrecht. Ist mir irgendetwas entgangen?«

»Es ist nur so, dass ich mich noch immer von der Krankheit erholen muss«, erwiderte Cato.

»Du siehst nicht krank aus.«

»Ich fühle mich immer noch schwach und erleide bisweilen Anfälle von Erschöpfung. Ich hatte gehofft, mich eine Weile ausruhen und vollständig erholen zu können, bevor ich meine Pflichten wiederaufnehme. Natürlich wäre ich dankbar für die Ehre, eines Tages erneut der Garde dienen zu dürfen.«

»Verstehe …« Seneca betrachtete ihn nachdenklich. Dann streckte er seinen Arm aus und tätschelte Cato die Schulter. »Du weißt am besten, was gut für dich ist. Nimm dir so viel Zeit, wie du brauchst; das hast du dir verdient. Warum mietest du nicht eine Villa in Baiae? Die Seeluft wird dir guttun. Es ist ein wunderschöner Ort. Ich selbst habe dort eine Villa.«

Cato nickte. »Das klingt vernünftig. Ich überlege es mir.«

»Tu das. Und lass mich wissen, wenn du bereit bist, deinen Dienst wiederaufzunehmen. Das Imperium braucht Männer mit deinen Fähigkeiten, um unsere Grenzen zu schützen.« Seneca erhob sich und machte eine Geste in Richtung Tür, womit er unmissverständlich zu verstehen gab, dass das Gespräch mit Cato beendet war. »Ich fürchte, ich muss jetzt zum Kaiser zurückkehren, bevor der Junge zu sehr nachgibt und die Leute aus Rhodos ihm eine Bronzestatue aufschwatzen.«

Cato neigte den Kopf zum Abschied und verließ das

Zimmer, wobei er sich bewusst war, dass der aufmerksame Blick des Senators ihm folgte. Er ging schneller, als er den Korridor erreicht hatte, und verließ eilends den Palast, denn er wollte so schnell wie möglich wieder zu Hause sein, um sich dort seinen Plänen zu widmen.

KAPITEL 36

Wir müssen Rom verlassen«, verkündete Cato, als er zusammen mit Claudia und Apollonius am Schreibtisch in seinem Arbeitszimmer saß. Cassius lag bei ihm; der Kopf des Hundes ruhte auf Catos Fuß, während das Tier in vollkommener Zufriedenheit mit halb geschlossenen Augen auf irgendetwas starrte, das sich nicht allzu nahe und nicht allzu weit entfernt vor ihm befinden mochte. Catos Verwalter hatte ihnen einen Krug Wein gebracht, der mit Wasser verdünnt war, bevor er sie allein ließ, damit sie sich beraten konnten.

»Warum?«, fragte Apollonius. »Wir sind doch eben erst angekommen.«

Cato berichtete, was er bei seinem Treffen mit Senator Seneca erfahren hatte. Als er geendet hatte, sah er besorgt zu Claudia. »In jedem Augenblick, den du in dieser Stadt verbringst, ist dein Leben in Gefahr.«

»Und deines«, erwiderte sie leise. »Und vielleicht auch das deines Sohnes.« Catos Schweigen war alle Bestätigung, die sie brauchte. »Ich muss dein Zuhause verlassen, Cato. Ich bringe dich und jeden anderen hier in Gefahr.«

»Das mag sein«, sagte Apollonius. »Aber wohin kannst du gehen? Auf wen kannst du dich verlassen? Wer wird dir Sicherheit bieten und dich nicht an Seneca und seine Spione verraten? Fällt dir irgendjemand ein, dem du dein Leben anvertrauen könntest?«

Sie dachte einen Augenblick nach und schüttelte dann den Kopf. »Ich werde Rom allein verlassen müssen.«

»Um wohin zu gehen?«, bedrängte Apollonius sie. »Und wie willst du ohne Geld und Beziehungen überleben?«

»Ich werde mir etwas einfallen lassen.«

Cato beugte sich vor und nahm ihre Hand. »Ohne mich wirst du nirgendwo hingehen. Ich werde mich um dich kümmern. Das ist das Mindeste, was ich tun kann, nachdem du mir das Leben gerettet hast.«

Sie lächelte sanft. »Ich habe nichts weiter getan, als dich zu pflegen, Cato.«

»Und dabei dein eigenes Leben riskiert. Ich war es, der dich mit der Seuche angesteckt hat.«

»Das weißt du nicht mit Sicherheit.«

»Nein? Wenn nicht ich, wer dann?«

Liebevoll drückte sie seine Hand. »Wie lange kennst du mich, Cato?«

»Lange genug, um zu wissen, was ich für dich empfinde. Und lange genug, um zu wissen, dass ich nicht mehr ohne dich leben will. Ich werde dich mit meinem Leben schützen. Genauso wie ich es getan habe, als ich dich aus diesem Pferch gerettet habe.«

Die Erinnerung ließ sie erstarren. »Wenn du dich wieder dafür entscheidest, mich zu schützen, wäre es durchaus möglich, dass du diesmal dein Leben dabei verlierst. Ich könnte nicht weiterleben, wenn ich so etwas auf dem Gewissen hätte.«

»Genauso wenig wie ich mit der Vorstellung leben kann, dich allein den Gefahren zu überlassen, die dir drohen. Und das werde ich auch nicht tun.«

Claudia entzog ihm ihre Hand und wandte sich auf der Suche nach Unterstützung Apollonius zu. »Sag ihm, dass ich recht habe. Du kennst ihn gut genug, um die richtigen Worte zu finden, die ihn überzeugen werden.«

Apollonius lachte und schüttelte den Kopf. »Immer dann, wenn ich glaube, dass ich ihn kenne, sagt oder tut der Präfekt etwas, das mich überrascht. Aber ich glaube, diesmal hat er einen Entschluss gefasst. Und wenn er zu einer Entscheidung gekommen ist, kann ihn nichts auf der Welt von dem Kurs abbringen, den er einmal eingeschlagen hat. So viel wenigstens weiß ich.«

»Oh, vielen Dank«, erwiderte sie in bitterem Ton. »Du warst mir eine große Hilfe.«

Wieder wandte sie ihren Blick Cato zu und sagte beschwörend: »Bitte, liebster Cato. Du weißt, dass ich dich liebe ... Ja, das stimmt. Ich gestehe es freimütig und von ganzem Herzen. Aber genau das ist der Grund, warum ich dich verlassen muss. Ich könnte es nicht ertragen, wenn ich miterleben müsste, wie du wegen mir zu Schaden kommst. Solange ich weiß, dass du sicher bist, werde ich glücklich sein.«

»Wie kannst du glücklich sein, wenn du mich liebst und dich gleichzeitig dafür entscheidest, mich zu verlassen?«

Sie dachte einen Augenblick nach und seufzte. »Es muss sein.«

»Nein«, sagte Cato mit fester Stimme. »Es gibt noch einen anderen Weg. Wie ich schon gesagt habe, müssen wir Rom verlassen. Du, ich und Lucius. Wir müssen irgendwo hingehen, wo man uns kaum erkennen wird. Irgendwo weit weg von hier. Irgendwo, wo wir unter

Menschen sein werden, denen wir vertrauen können, was dein Geheimnis betrifft.«

»Und wo sollte das sein? Man hat mich an Neros Seite in Rom, Baiae, Capreae und an jedem anderen Ort gesehen, den er im Imperium besucht hat. Nirgendwo wäre es sicher für mich.«

»Dann gehen wir noch weiter weg. So weit von Rom weg wie möglich. Wenn es sein muss, bis an irgendeine Grenze des Imperiums.« Cato hielt inne und nahm wieder ihre Hand. »Es gibt ein paar Menschen, denen ich dein Geheimnis anvertrauen kann. Da ist besonders ein Mensch, dem ich rückhaltlos vertraue. Ein Mann, der ohne zu zögern sein Leben für mich geben würde wie ich das meine für ihn.«

»Wer ist dieser Mann?«

»Sein Name ist Centurio Macro. Ich bin ihm zum ersten Mal begegnet, als ich zur Armee kam, und bis auf diesen letzten Feldzug haben wir stets Seite an Seite gekämpft. Er ist der tapferste Mensch, den ich jemals getroffen habe. Und der ehrlichste. Mit Macro werden wir sicher sein, das schwöre ich.«

»Und wo finden wir dieses Musterbeispiel soldatischer Tugenden?«

»In Britannien.«

»Britannien? Wie ich gehört habe, soll es eine Insel ungebildeter Barbaren sein, die mit besonderem Eifer jeden Vorteil verschmähen, den das Imperium ihnen zu bieten hat.«

»Das stimmt«, gestand Cato. »Aber welch besseren Ort könnte es geben, um dich vor den Menschen zu verbergen, die dich kennen? Wir können bei Macro bleiben, bis wir uns dort ein eigenes Zuhause aufgebaut haben. Ich habe mehr als genug Geld, um uns irgendein Stück Land zu kaufen. Ein Bauernhof im Süden der Insel würde genügen. Dieser Teil der Insel wurde bereits von uns unterworfen. Wir wären sicher dort. Ich werde einen Lehrer für Lucius besorgen …« Seine Gedanken rasten angesichts der vielen Möglichkeiten, und jeder einzelne von ihnen bestätigte, wie richtig diese Entscheidung war.

»Oh, mein lieber Cato!« Claudia lachte. »Ein Schritt nach dem anderen.«

Sie wandte sich an Apollonius. »Kennst du diesen Macro?«

»Oh ja. Er ist erfrischend unkompliziert. Ganz anders als unser Freund Cato.«

»Aber ist er auch vertrauenswürdig? Ist er ein Mann von Prinzipien?«

Apollonius schnitt eine Grimasse. »Wie genau würdest du das Wort ›Prinzipien‹ definieren?«

Cato stieß ein Knurren aus und wollte gerade etwas sagen, doch der Spion war schneller. »Macro ist so, wie Cato ihn beschrieben hat. An einem gefährlichen Ort könntest du keinen besseren Menschen an deiner Seite haben. So viel weiß ich.«

Catos kritische Miene verschwand bei dieser Bemerkung. Es war das erste Mal, dass er hörte, wie Apollonius Macro ohne jede Einschränkung lobte, und die Worte bewegten ihn.

»Wenn das so ist«, sagte Claudia, »würde ich diesen Centurio Macro gern kennenlernen.«

»Also wirst du zusammen mit Lucius und mir nach Britannien gehen?«

»Sehr gern.«

»Dann werden wir die entsprechenden Vorbereitungen treffen müssen, ohne dass irgendetwas meine Absicht verraten darf, Rom für immer zu verlassen – oder wenigstens so lange, bis die Gefahr für dich vorüber ist. Es wäre am besten für dich, wenn wir dich so schnell wie möglich aus der Stadt schaffen könnten. Ich besitze ein kleines Landgut im Norden. Dort kannst du bleiben, während ich meine Angelegenheiten in Rom regele.«

»Ich würde mir nicht mehr als ein paar Tage dafür Zeit lassen«, sagte Apollonius zu ihr. »Wenn Seneca dieses Haus nicht bereits von seinen Spionen beobachten lässt, wird es, da bin ich mir sicher, nicht mehr lange dauern. Jeder in Catos Rang, der eine mögliche Position in der Prätorianergarde nicht sogleich akzeptiert, zieht unerwünschte Neugier auf sich.«

»Ich fürchte, du hast recht. Ich hätte sein Angebot annehmen sollen.«

»Wenn du das getan hättest und dann nach Britannien gegangen wärst, hätte das nur noch mehr Verdacht erregt. Du hast das Richtige gesagt, Präfekt.«

»Vermutlich.«

Apollonius räusperte sich leise. »Da wäre noch eine Sache, die du bisher nicht zur Sprache gebracht hast.«

»Oh? Und die wäre?«

»Wo passe ich in deine Pläne?«

Die Frage überraschte Cato. Apollonius hatte sich zwar dafür entschieden, unter seinem Kommando zu dienen, doch er war dabei stets sein eigener Herr geblieben. Cato hatte nie über die Möglichkeit nachgedacht, dass Apollonius den Wunsch haben könnte, mit nach

Britannien zu kommen. Er hatte erwartet, dass sein Begleiter in Rom bleiben und sich einen anderen Mann von Rang suchen würde, dem er sich anschließen könnte.

»Wie meinst du das?«, fragte er misstrauisch.

»Wie sollte ich das wohl meinen, was glaubst du?«

»Während meiner Abwesenheit kannst du gern in diesem Haus wohnen, wenn du das wünschst.«

»Das ist sehr freundlich von dir, und ich weiß das zu schätzen«, erwiderte Apollonius ironisch. »Aber ich hatte mir eine etwas abenteuerlichere Erfahrung vorgestellt. Ich war noch nie in Britannien. Ich muss gestehen, ich war fasziniert von den Dingen, die du und Centurio Macro darüber erzählt habt. Wenn du mir gestatten würdest, bis Londinium mit euch zu reisen, würde ich sehr gern meine Bekanntschaft mit Macro erneuern und mir diese neue Grenzprovinz selbst anschauen.«

Nur einen kurzen Herzschlag lang musste Cato über diese Bitte nachdenken. Wenn ihnen auf der Reise nach Britannien Gefahren drohten, dann wäre der Spion – von Macro einmal abgesehen – der beste Mann, den er an seiner Seite haben konnte. Wenn sie beide zusammen reisten, wären Claudia und Lucius sicherer.

»Es würde mich freuen, wenn du mit uns kommen würdest.«

»Gut.« Apollonius lächelte. »Dann wäre das geklärt.«

Cato nickte. »So ist es. Ich glaube, jetzt ist ein Trinkspruch angebracht.«

Er griff nach dem Krug und füllte ihre Becher. Als Apollonius und Claudia die ihren erwartungsvoll hoben, dachte Cato noch einen Augenblick lang nach. »Auf eine sichere Reise und darauf, wieder mit alten Freunden vereint zu sein. Und auf eine lange Zukunft für uns alle.«

Die drei lächelten, stießen mit den Bechern an und leerten sie rasch, bevor sie sie mit einem scharfen Knall zurück auf den Tisch stellten.

Cato spürte, wie sich der Hund an seinen Beinen regte, und gleich darauf erschien Cassius' Schnauze in seinem Schoß; der Hund hatte die Augen nach oben gerollt und wackelte mit dem Schwanz. Cato streichelte den Kopf des Tieres und tätschelte seinen Hals. »Ganz genau, mein Junge, wir werden Macro wiedersehen.«

© Bill Waters

DIE ROM-SERIE

Im Zeichen des Adlers

(Under the Eagle), Rom 1

Kaiser Claudius gewährt seinem siebzehnjährigen Leibsklaven Cato die lang ersehnte Freiheit. Im Gegenzug muss sich Cato zu zwanzig Jahren Dienst in der römischen Armee verpflichten. Kurz darauf befiehlt der Imperator das gefährlichste aller militärischen Abenteuer, an dem einst sogar Cäsar scheiterte: die Eroberung Britanniens. Cato muss sich im Kampf gegen blutrünstige Barbaren bewähren – und eine tödliche Verschwörung unter den Offizieren zerschlagen ...

Im Auftrag des Adlers

(The Eagle's Conquest), Rom 2

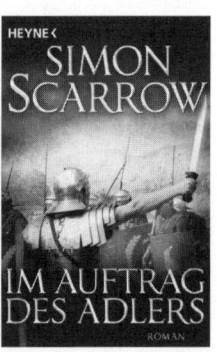

Die Invasion Britanniens hat begonnen! Centurio Macro und sein Vertrauter Cato führen die Zweite Legion gegen den schlimmsten Feind, mit dem es die römische Armee je zu tun hatte: Die keltischen Barbarenhorden sind wild, grausam und beinahe übermenschlich tapfer. Noch dazu müssen sich Cato und Macro gegen einen Feind aus den eigenen Reihen wehren. Denn der verräterische Tribun Vitellius hat seinen beiden Widersachern blutige Rache geschworen ...

Der Zorn des Adlers

(When the Eagle Hunts), Rom 3

Die Eroberung Britanniens gerät ins Stocken. Seit Monaten bringen verheerende Stürme über dem Kanal den dringend benötigten Nachschub zum Erliegen. Eisiger Frost lähmt die römische Invasionsarmee. Und dann die schreckliche Nachricht: General Plautius' Familie wurde von fanatischen Druiden verschleppt! Nur zwei Männer können ihr Leben jetzt noch retten: Centurio Macro und Optio Cato beginnen einen atemlosen Wettlauf mit der Zeit – denn bald schon werden die grausamen Götter der Druiden ein Blutopfer verlangen ...

Die Brüder des Adlers

(The Eagle and the Wolves), Rom 4

Britannien, 44 n. Chr.: Mit nadelstichartigen Attacken zerstören die britischen Barbaren immer mehr der wichtigsten römischen Versorgungswege. Und Zehntausenden von Legionären droht ein grausamer Hungertod! Allein Macro und Cato können die Nachschublinien jetzt noch vor dem Zusammenbruch retten – an der Spitze einer Schar von schlecht ausgebildeten keltischen Rekruten. Keine leichte Aufgabe, zumal die beiden Centurionen den einheimischen Kriegern zunächst zwei grundlegende Dinge beibringen müssen: eiserne Disziplin und unverbrüchliche Treue zu Rom – ihrem größten Feind ...

Die Beute des Adlers

(The Eagle's Prey), Rom 5

Britannien, 44 n.Chr.: Die römischen Eroberer kämpfen im zweiten Jahr gegen die Stämme Britanniens. Die meisten Soldaten sind kriegsmüde. Bei der entscheidenden Schlacht gerät die Legion, unter der die Centurionen Macro und Cato dienen, in eine Falle. Der Kampf ist verloren, die Soldaten werden vom jähzornigen General Plautius verbannt. Wie Tiere gehetzt, müssen Macro und Cato jetzt um ihr Leben kämpfen – und um ihre Ehre.

Die Prophezeiung des Adlers

(The Eagle's Prophecy), Rom 6

Rom, 45 n.Chr.: Die Centurionen Macro und Cato erhalten einen gefährlichen Auftrag. Geheime Schriftrollen, die über die Zukunft Roms entscheiden, sind in die Hände von Piraten geraten. Mit der römischen Flotte begeben sie sich auf die Jagd. Die erste Begegnung mit den Piraten jedoch gerät zum Desaster. Macro und Cato werden für die Niederlage verantwortlich gemacht. Um ihre Ehre zu retten, müssen sie das Hauptquartier der Piraten ausfindig machen.

Die Jagd des Adlers

(The Eagle in the Sand), Rom 7

Syrien, die östliche Grenze des Römischen Reichs, wird von Unruhen erschüttert. Die Centurionen Macro und Cato sollen die Schlagkraft der Kohorten wiederherstellen. Unterdessen schürt der Stammesführer Bannus den Hass gegen Rom. Gelingt es Macro und Cato nicht, die römischen Truppen gegen den Feind zu stärken, wird Rom seine östlichen Provinzen verlieren – und sie ihr Leben ...

Centurio

(Centurion), Rom 8

Im ersten Jahrhundert nach Christus steht nur das kleine Königreich Palmyra zwischen dem römischen Imperium und seinem Erzfeind, dem Reich der Parther. Als die Parther in Palmyra einfallen, um eine Invasion vorzubereiten, werden die beiden Veteranen Macro und Cato mit der Aufgabe betraut, die scheinbar unbesiegbare Übermacht aufzuhalten.

Gladiator

(Gladiator), Rom 9

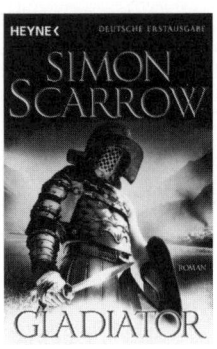

Die Krieger Macro und Cato sind auf dem Weg nach Rom, als ihr schwer beschädigtes Schiff vor Kreta anlegen muss. Dort tobt ein Aufstand – die Revolte unter der Führung des brutalen Gladiators Ajax droht die Mittelmeerinsel ins Chaos zu stürzen. Ajax steht dem römischen Reich mit unversöhnlichem Hass gegenüber, und auch gegen die beiden Centurionen hegt er tiefen Groll ...

Die Legion

(The Legion), Rom 10

Der ehemalige Gladiator Ajax wurde aus Kreta vertrieben und macht nun Ägypten unsicher. Seine Überfälle auf Flottenstützpunkte und Handelsschiffe stellen eine Bedrohung für die Stabilität des römischen Imperiums dar, da sich seine Männer als Römer ausgeben und so den Hass der Bevölkerung auf die Besatzungsmacht schüren. Die beiden erprobten Kämpfer Cato und Macro werden von Ägyptens Statthalter damit beauftragt, sich der 22. Legion anzuschließen und Ajax zur Strecke zu bringen, bevor das Land endgültig verloren ist.

Die Garde

(Praetorian), Rom 11

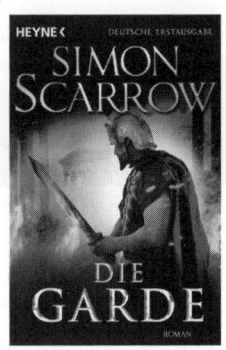

Rom im Jahre 50 n. Chr.: Intrigen sind an der Tagesordnung, und ein mysteriöser Geheimbund scheint alle Schaltzentralen der Macht unterwandert zu haben. Die Drahtzieher gehören offenbar zu den kampferprobten Prätorianern, der Leibgarde des Kaisers. Allein zwei mutigen Männern, die dem Imperium bis in den Tod treu ergeben sind, gelingt es, sich in die Prätorianergarde einzuschleusen: Präfekt Cato und Centurio Macro. Doch dann bringt sie ein alter Feind in Gefahr, und die beiden müssen erneut zu den Waffen greifen.

Die Blutkrähen

(The Blood Crows), Rom 12

Britannien, 57 n. Chr.: Seit zehn Jahren kämpft das Römische Reich darum, seine Herrschaft über Britannien aufrechtzuerhalten. In dieser Situation ist es fatal, dass der größenwahnsinnige römische Kommandant Quertus einen grausamen Privatkrieg führt, der den Hass in Britannien weiter schürt. Mit seiner Kohorte der »Blutkrähen« richtet er tief im Feindesland wahre Massaker unter der Bevölkerung an. Nun liegt es an den beiden Kriegsveteranen Cato und Macro zu verhindern, dass das Land im Chaos versinkt ...

Blutsbrüder

(Brothers in Blood), Rom 13

Britannien, 52 n. Chr.: Präfekt Cato und Centurio Macro führen ihre Männer weiter im Kampf gegen die einheimischen Stämme unter dem mächtigen Anführer Caratacus. Moral und Stärke der römischen Truppen sind durch unausgesetzte Attacken ausgehöhlt. In dieser verzweifelten Situation wählen Cato und Macro den direkten Angriffsweg ohne Rücksicht auf Verluste ...

Britannia

(Britannia), Rom 14

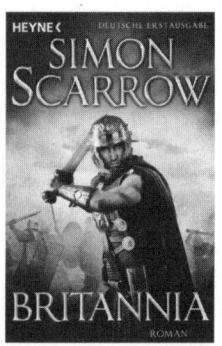

Britannien, 52 n. Chr.: Die westlichen Stämme planen einen Aufstand. Während Centurio Macro seine Wunden pflegen muss, führt Präfekt Cato eine Legion gegen die Stammeskämpfer an. Doch der Winter naht. Cato und seine Männer kämpfen gegen erbarmungslose Kälte und tödliche Schneestürme. Unterdessen kommt Macro ein schrecklicher Verdacht: Soll Catos Truppe für eine Intrige geopfert werden? Schon bald merken die beiden Blutsbrüder, dass ihre Feinde überall lauern ...

Invictus

(Invictus), Rom 15

Wir schreiben das Jahr 54 n. Chr. Mit brutaler Gewalt zwingt Rom der übrigen Welt seinen Willen auf. Präfekt Cato und Centurio Macro machen sich zusammen mit der kaiserlichen Garde auf nach Spanien, um Ruhm zu erlangen – über ein Land, das als unbesiegbar gilt ...

Imperator

(Day of the Caesars), Rom 16

Rom, 55 n. Chr.: Kaiser Claudius ist tot, auf dem Thron regiert der grausame Nero. Als Präfekt Cato und Centurio Macro von einem Feldzug zurückkehren, finden sie Rom im Chaos vor. Verzweifelt versuchen Cato und Macro, eine Armee aus loyalen Kämpfern zusammenzustellen. Doch der Machtkampf, der nun entbrennt, droht Rom in einen Bürgerkrieg zu stürzen ...

Das Blut Roms

(The Blood of Rome), Rom 17

Das mächtige Persische Reich fällt in das von Rom regierte Armenien ein. König Rhadamistus, bei aller Härte loyal gegenüber Rom, wird nach blutigen Kämpfen vom Thron gestoßen. Nun obliegt es seinem General Corbulo, den Kampf gegen die persischen Eindringlinge zu führen. Präfekt Cato und Centurio Macro springen Corbulo bei. Die zahlenmäßig unterlegene Schlagkraft der armenischen Krieger müssen sie mit Tapferkeit und ihrem strategischen Geschick ausgleichen: Es beginnt ein gewaltiger Kampf um Leben und Tod ...

Helden der Schlacht

(Traitor of Rome), Rom 18

An der Ostgrenze des Imperiums stehen römische Truppen den Parthern gegenüber. Schon wurden erste feindliche Krieger an den Ufern des Euphrat gesichtet. Tribun Cato und Centurio Macro sind kampferprobt in zahllosen Schlachten. Doch die Spione der Parther beobachten jeden ihrer Schritte. Und auch aus den eigenen Reihen droht Gefahr: Ein Verräter ist unter ihnen. Es ist an Macro und Cato, ihn zu finden und zu richten – sonst könnte er nicht nur die Legion zu Fall bringen, sondern das gesamte römische Imperium.

Verbannung

(The Emperor's Exile), Rom 19

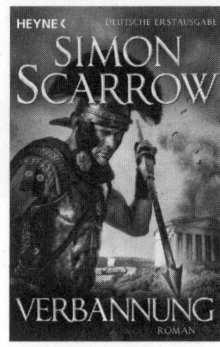

57 n. Chr.: Nach außen ist Nero der schillernde Herrscher Roms. Doch in Wahrheit lenken andere die Geschicke des Imperiums. Als eine Geliebte des Kaisers zu viel Einfluss gewinnt, veranlasst der Berater Seneca ihre Verbannung nach Sardinien. Tribun Cato, nach einer glücklosen Mission an der Ostgrenze des Reichs in Ungnade gefallen, soll ihre Sicherheit garantieren. Doch die Stämme aus dem Hinterland der Insel verüben immer wieder blutige Raubzüge. Lediglich eine Handvoll loyaler Männer steht an Catos Seite. Furchtlos kreuzen die zahlenmäßig unterlegenen Römer ihre Klingen mit den Barbaren.

DIE NAPOLEON-SAGA

Schlacht und Blut

(Young Bloods), 1769–1795

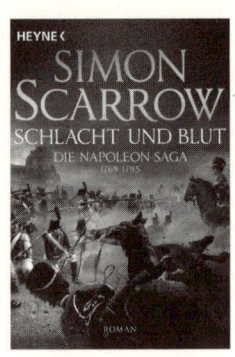

Korsika 1769: Unter dramatischen Umständen erblickt ein Junge das Licht der
Welt, der schon bald das Schicksal Eu-
ropas erschüttern wird: Napoleon Bo-
naparte. Im selben Jahr wird im fernen
Dublin Arthur Wellesley geboren. Die
Wege dieser beiden außergewöhnlichen
Männer werden sich immer wieder
kreuzen. Als junger Offizier führt Napoleon einen blutigen Vor-
stoß gegen die britischen Armeen, die die Französische Revo-
lution niederschlagen wollen. Im Kampf der beiden Imperien
treten er und Wellesley zum ersten Mal gegeneinander an …

Ketten und Macht

(The Generals), 1795–1803

Im Chaos, das die Französische Revo-
lution hinterlässt, wird Napoleon des
Verrats angeklagt. Um seine Reputa-
tion zu retten, begibt der große Feld-
herr sich auf Kriegszüge nach Italien
und Ägypten. Während Napoleon sich
in zahlreichen blutigen Schlachten verliert, schickt England sich an, unter der
Führung Wellingtons das mächtige Frankreich zu unterwerfen.

Die zwei mächtigen Schlachtenlenker Napoleon und Wellington stehen sich als erbitterte Feinde gegenüber in einem Kampf, der die Grundfeste der Weltgeschichte erschüttert ...

Feuer und Schwert
(Fire and Sword), 1804–1809

1804. Napoleon trachtet danach, Europa zu unterwerfen. Nach der Niederlage in der Schlacht von Trafalgar erringt er bei Austerlitz einen glorreichen Sieg gegen die Russen und Österreicher. Doch ein erbitterter Feind steht ihm weiterhin im Weg; Arthur Wellesley führt die britischen Truppen auf dem Kontinent an. Er befreit Portugal aus der französischen Herrschaft und führt das Heer in Spanien von Sieg zu Sieg. Bei jenen, die sich der napoleonischen Herrschaft nur widerwillig unterworfen haben, keimt Hoffnung. Freiheit liegt in der Luft ...

Kampf und Tod
(The Fields of Death), 1809–1815

1809: Viscount Wellington und Kaiser Napoleon sind mächtige Feldherren – und erbitterte Feinde. Beide halten ihre Armeen für stark genug, um jeden Feind zu besiegen. Doch im Krieg gibt es keine Gewissheiten.
Während Wellington in Spanien Siege

erringt, scheint sich Napoleons Schicksal gewendet zu haben. Doch selbst nach der verheerenden Niederlage in der Völkerschlacht bei Leipzig weigert sich der Franzosenkaiser, die Waffen zu strecken. Seine Armee ist noch immer gewaltig. Bei Waterloo stehen sich die beiden Erzfeinde zur letzten Entscheidungsschlacht gegenüber.

EINZELTITEL

Arena
(Arena)

Optio Macro, der in der zweiten Legion dient, ist gerade für besondere Tapferkeit ausgezeichnet worden. Jetzt will er Rom hinter sich lassen und neue Abenteuer suchen. Doch das Schicksal meint es anders mit ihm: Macro erhält den kaiserlichen Auftrag, den jungen Gladiator Marcus Valerio Pavo für die Arena vorzubereiten, und gerät schon bald in tödliche Gefahr: Denn bei dem Gladiatorenkampf geht es um mehr als um Leben und Tod. Pavo war einst römischer Legat, und das bevorstehende Duell in der Arena zieht das Gefüge Roms in einen Mahlstrom von Intrigen und Gewalt ...

Schwert und Säbel
(Sword and Scimitar)

Malta, A.D. 1565: Die Inselgruppe steht als Bollwerk zwischen Europa und dem Osmanischen Weltreich, das sich immer weiter ausdehnt. Die gewaltige osmanische Flotte kennt nur ein Ziel: Malta, das die christlichen Länder im Mittelmeerraum verteidigt, von der Landkarte zu wischen. In diesen dunklen Stunden kehrt Sir Thomas Barrett, der einst von der englischen Königin ins Exil verbannt wurde, zurück nach Malta, um den Rittern des Malteserordens beizustehen. Doch neben dieser schweren Aufgabe muss er noch eine geheime Order der Königin ausführen, von der die Zukunft des englischen Reiches abhängt. Im erbitterten Kampf um Malta stehen Schwerter gegen Säbel ...

Invasion
(Invader)

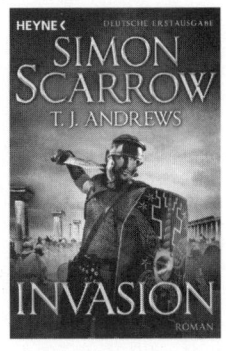

Britannien, 44 n. Chr.: Die Invasion Roms in Britannien hat viel Blut gekostet. Doch noch immer gibt es Widerstand. Die Männer der Zweiten Legion kämpfen weiter. Unter ihnen ist Figulus, ein junger Centurio, der sich durch besondere Tapferkeit hervortut und den Schlachtentod nicht fürchtet. Als der Winter naht, beginnt für Figulus eine gefährliche Mission, die nur Sieg oder Verderben kennt!

REISEN, LESEN, GEWINNEN
Für unterwegs immer das richtige Buch!

GROSSES GEWINNSPIEL
mit attraktiven Buchpaketen

Machen Sie mit! Im Internet unter
www.reisenlesengewinnen.de

Direkt zum
Gewinnspiel

Teilnahmeschluss ist der 15. Mai 2022
Viel Glück wünscht Ihnen Ihr Wilhelm Heyne Verlag

Robert Low

Die Eingeschworenen

»Die gnadenlose Welt der Wikinger, gigantische Schlachten –
Robert Low ist einfach grandios!« *Bernhard Cornwell*

978-3-453-41074-9

Runenschwert
978-3-453-53409-4

Drachenboot
978-3-453-41000-8

Rache
978-3-453-43714-2

Blutaxt
978-3-453-41074-9

Jan Ove Ekeberg

Die Große Wikinger-Trilogie

**Über Feuer geschmiedet,
mit Salzwasser gegerbt,
in Blut getränkt**

978-3-453-47142-9

978-3-453-47143-6

978-3-453-47144-3

Leseprobe unter **www.heyne.de**